博雅撷英

吴承学 著

晚明小品研究
（修订本）

北京大学出版社
PEKING UNIVERSITY PRESS

图书在版编目(CIP)数据

晚明小品研究/吴承学著.—修订本.—北京:北京大学出版社,2017.4

(博雅撷英)

ISBN 978-7-301-28050-8

Ⅰ.①晚… Ⅱ.①吴… Ⅲ.①小品文—文学研究—中国—晚明 Ⅳ.①I207.62

中国版本图书馆CIP数据核字(2017)第024349号

书　　　名	晚明小品研究(修订本) WANMING XIAOPIN YANJIU
著作责任者	吴承学　著
责任编辑	徐丹丽
标准书号	ISBN 978-7-301-28050-8
出版发行	北京大学出版社
地　　　址	北京市海淀区成府路205号　100871
网　　　址	http://www.pup.cn　新浪微博:@北京大学出版社
电子邮箱	编辑室 wsz@pup.cn　总编室 zpup@pup.cn
电　　　话	邮购部 62752015　发行部 62750672　编辑部 62752022
印　刷　者	北京中科印刷有限公司
经　销　者	新华书店
	880毫米×1230毫米　A5　15.75印张　394千字 2017年4月第1版　2025年6月第2次印刷
定　　　价	108.00元

未经许可,不得以任何方式复制或抄袭本书之部分或全部内容。

版权所有,侵权必究

举报电话: 010-62752024　　电子邮箱: fd@pup.cn

图书如有印装质量问题,请与出版部联系,电话: 010-62756370

目 录

绪　论 /1

第一章　晚明小品的文学背景与文化土壤 /7
第一节　明代前中期散文 /7
第二节　唐宋派及艺术家散文 /19
第三节　个性之潮与艺术氛围 /32

第二章　晚明文学前驱的小品 /42
第一节　徐文长小品 /42
第二节　李卓吾小品 /51
第三节　屠赤水小品 /63

第三章　汤若士诸家小品 /76
第一节　汤若士小品 /76
第二节　张元长小品 /83
第三节　陈眉公小品 /97

第四章　公安派小品 /113
第一节　袁中郎小品 /114
第二节　袁伯修、袁小修小品 /133
第三节　公安派的友声 /153

第五章　竟陵派小品 /167
第一节　钟伯敬小品 /167
第二节　谭友夏小品 /184

第三节　刘同人小品 /194
第六章　李长蘅诸家小品 /208
　　第一节　李长蘅小品 /208
　　第二节　王季重小品 /216
　　第三节　张宗子小品 /235
第七章　林泉高致 /254
　　第一节　山水园林小品 /255
　　第二节　古今游记之最 /269
第八章　逸致闲情 /283
　　第一节　清言与箴言 /284
　　第二节　清赏小品 /304
第九章　尺牍随笔 /316
　　第一节　尺牍小品 /316
　　第二节　艺术随笔 /328
第十章　谐趣风情 /344
　　第一节　戏谑小品 /344
　　第二节　香艳小品 /360
第十一章　悲怆之音 /373
　　第一节　不平与讽刺 /373
　　第二节　亡国悲声 /385
第十二章　晚明心态与晚明习气 /396
　　第一节　闲适与放诞 /396
　　第二节　焦灼与困惑 /403
　　第三节　真趣与轻狂 /413
第十三章　晚明小品的艺术创造 /426
　　第一节　传统与出新 /426

第二节　体制与形态 /437
第三节　意境营造 /449

第十四章　晚明小品的命运和地位 /457
第一节　晚明人的小品观 /457
第二节　晚明小品在清代 /463
第三节　晚明小品在日本 /471
第四节　晚明小品在二十世纪中国 /474

征引书目 /485

跋 /500

绪　论

中国古代散文经过先秦两汉的辉煌,此后在六朝让位于骈俪之文;到了唐代韩愈、柳宗元倡导古文运动,复兴古文,宋代欧阳修、苏轼等人继而光大之,并从骈体文手中夺回失去多时的文坛宗主地位。于是,传统古文又轰轰烈烈,呈现中兴气象,一时威风八面。

然而宋代以后,传统古文便呈式微之势,而那些曾为文人雅士所鄙视的通俗文学样式,如词、曲、小说、戏剧,不但热热闹闹地登上文坛,还逐渐堂堂正正地唱起主角。虽然,在正统文人眼中,传统诗文仍占统治地位,但事实上,它们已是雄风不再。尽管明代不少文人多次试图复兴传统古文,几经努力,亦有所起色,但总体终究无法恢复往日辉煌。

正当传统古文逐渐式微之时,先前在文言文中并不起眼的小品文,却如老枝新芽,蓬勃发展,蕞尔小邦,竟蔚然而成大国。小品文源流久远,至晚明而盛极。晚明小品艺术价值颇高,流露出晚明文人的性灵与真情,富有生活情调。它表现出的强烈个性与追求,在一定程度上,是对传统道德观和生活方式的冲击和否定。晚明小品是古代散文珍品,它为古代散文带来了荣耀,使之在文坛上能于通俗文学样式之外,争得一席之地。人们在列举明代文学成就时,往往如数家珍地提到与唐诗、宋词相提并论的小说、传奇,但切不可忘记晚明小品。

晚明小品历史上曾长期受到贬抑和忽视,近年却又被推崇到不甚合适的地位。如何恰如其分地评价晚明小品,是一个兼有历史意义和现实意义的问题。

晚明小品在传统古文之外另立一宗,它们不但走出"文以载道"的轨辙,而且逸出古文体制,以悠然自得的笔调,以漫话和絮语式的形态体味人生。晚明小品淡化了"道统"而增强了诗意,这可以说是其主要特点。这种特点既包含长处,也包含短处:它在自由抒发个性,真实表现日常生活和个人情感世界方面,比传统古文更为灵活自如;而传统古文的规模、气魄、格调、法度、思想内涵和历史深度等,则晚明小品文难以望其项背。晚明小品在文学史上的地位不能忽视,但也要避免不切实际地拔高。我们在欣赏晚明小品时,亦应看到它的一些流弊;在品鉴晚明文人的风流格调时,也不要忽略他们的不良习气。晚明小品"独抒性灵,不拘格套",富有创造性,拓展了文学散文的表现疆域,然而在总体上,又表现出某种狭隘性。抒发性灵本是文学创作题中应有之义;"性灵"二字固然重要,然文学表现的对象却绝不止于此。闲适固然也令人向往,但这只是生活的一个方面,而绝不是全部。

晚明小品是晚明文人心态真实而形象的写照。这些小品,素以清高、淡远、萧散、倜傥著称,然而也反映出晚明某些文人的浮躁、不安、狂放、压抑、困惑、焦灼和痛苦。那个时代既有"个性解放",又是人欲横流,文人们大胆地追求现世的乐趣和享受,他们放荡风流,同时不少人也难免卑俗化,沾染上市侩气,沉湎于纵欲狂澜之中,而难以自拔。

一丘一壑,一亭一园,固足令人玩味不已、流连忘返,然若以为天下之美尽于此,而不知此外复有名山大川、北海南溟,则陋矣!晚明小品空灵闲适,足令人称赏;然若以为中国文学之精妙尽于此,或以为此即是古典散文最精妙之处,则亦陋矣!

在悠久的中国文学历史中,那些具有强烈社会责任感、使命感和忧患意识的作家,那些与社会现实和人民大众休戚相关而且表现出正大刚强审美理想的作品,才是中国文学优秀传统的主体。晚明小品,尽管佳妙,毕竟还是小品。它们是对于中国古代文学优秀传统主体的补充,当然是一笔相当精彩的补充。不过,就是在中国历代小品文中,晚明小品的艺术成就,也并非前无古人。晚明固然是小品文极盛的时代,但魏晋、唐宋的诗人作家,以余事作小品,亦可谓无意于佳而自佳。与晚明小品相比,它们自有其难以企及的妙趣。

克罗齐说过,一切历史都是当代史。而历史研究,对于理解当代史也是大有裨益的。十年来,小品热持续不降,也可以说是当代社会的一种奇观。小品热,反映了当代的社会心态。文学告别了崇高和沉重,走向轻松和自由。我们似乎进入了一个逃避崇高、走向世俗的时代,而其极端者,甚至走向鄙俗化、市侩化。当今社会,弥漫着一种"小品习气"。不少读者偏嗜小品,他们流连于此,而不知此外有更为瑰丽辉煌的世界;一些作家,也只追求这种空灵闲适的小品风味,而不愿去追求更为崇高壮美的艺术境界。一些人粗通文墨,辄满纸庄禅;初涉人生,已泛论尘外。装深沉反成佻薄,饰高旷却显浅陋。而其下者,弄"真"成假,求雅得俗,空灵变为空洞,闲淡流为扯淡,小品也就成为无聊小语了。小品的危机,正隐藏在小品文盛行之时。

鲁迅先生在《杂谈小品文》中,指出当时的小品文创作,只重在"逸士"的"超然"。他非常深刻地说:

> 逸士也得有资格,首先即在"超然","士"所以超庸奴,"逸"所以超责任:现在的特重明清小品,其实是大有理由,毫不足怪的。①

---

① 《鲁迅全集》卷六《且介亭杂文二集》,第432页。

今天,重温鲁迅先生的话,仍然意味深长,启人心智。重视明人小品,固然可以,问题就在于"特重"二字。今天文坛的"特重"小品,也是"大有理由"。周作人在《〈近代散文抄〉序》中,有一句惊心动魄的话:"我卤莽地说一句,小品文是文学发达的极致,它的兴盛必须在王纲解纽的时代。"①这句话的确有点"卤莽",把小品文视为文学发达的极致,未免失之偏颇;但如果一个时代只剩下小品文"兴盛",却不是什么值得庆贺的事情。

我撰此小书,并无意为目前的小品热推波助澜,只是想介绍晚明主要的小品作家,勾勒晚明小品的发展线索,概括它表现在思想情趣与艺术形态上的总体特点。既道出其妙处,也揭示其弊端。让读者比较真实、全面地认识晚明小品,而不是毫无保留地欣赏、玩味和接受。我更希望读者不仅喜爱晚明小品,还能进一步去探索、欣赏古典文学中更为宏大、更为崇高的艺术世界。

在开始写作之前,我想对本书的研究范围略作一点说明。所谓晚明,传统是指明代万历年间至明朝灭亡(1573—1644)这段七十余年的历史。但是晚明作家因有其承前接后的生活跨度,却难以作出绝对的划分。本书所研究的晚明作家,大致有两种情况:一是指那些主要生活与创作年代在晚明的作家,这种情况最为普遍;另一种是指那些尽管主要生活与创作年代是在明代中期或清初,但在晚明生活过相当一段时间,在当时又有一定影响的作家。比较难以区分的是明末清初作家,有时难以明确是明人还是清人。碰上这种情况,我采用的态度是"从众"——依照学术界的惯例。

再说晚明小品的范围。"小品"之名,本于佛学。刘孝标注《世说

---

① 《知堂序跋》第2辑《〈近代散文抄〉序》,第322页。

新语·文学》引释氏《辨空经》说:"有详者焉,有略者焉。详者为大品,略者为小品。"①鸠摩罗什翻译《摩诃般若波罗蜜经》,有二十七卷本与十卷本,一称作《大品般若》,一称作《小品般若》。所以,"小品"原意是与"大品"相举而言的,小品是佛经的节文。小品佛经因为简短约略,便于诵读、理解和传播,故颇受人们喜爱。如六朝张融《遗令》就写道:"吾平生所善,自当凌云一笑。三千买棺,无制新衾。左手执《孝经》《老子》,右手执小品《法华经》。"②临死尚念念不忘"小品",可见其受欢迎之程度。中国古代小品文历史悠久,但直到晚明,人们才真正把"小品"一词运用到文学之中,把它作为某类作品的称呼。而小品文在晚明也从古文的附庸独立为自觉的文体。"小品"是一个颇为模糊的文体概念,要为"小品"下一个准确定义,恐非易事。它不像小说、戏曲、诗词、骈文等文体,在艺术形式上有着某些鲜明具体的标志与特点;更准确地说,"小品"是一种"文类",它可以包括许多具体文体。事实上,在晚明人的小品文集中,如序、跋、记、尺牍,乃至骈文、辞赋、小说等几乎所有文体都可以成为"小品"。不过,综观大多数被称为"小品"的作品,仍然有其大体上的特点,它不是表现在对于体裁外在形式的规定,而主要在于其审美特性,一言以蔽之曰:"小。"即篇幅短小,文辞简约,独抒性灵,而韵味隽永,用晚明人形容晚明小品的话便是:"幅短而神遥,墨希而旨永。"③

我的研究沿着如下思路进行:第一章,论述晚明小品的文学背景和文化土壤;第二章至六章,具体研究晚明著名小品作家和流派;第七章

---

① 《世说新语笺疏》上卷下《文学》第四,第229页。
② 《南齐书》卷四一《张融传》,第729页。
③ 唐显悦《媚幽阁文娱序》引郑元勋语,《四库禁毁书丛刊》集部第172册《媚幽阁文娱初集》,第6页。

至十一章,研究晚明小品的文体与类型;第十二章至十三章,从整体上研究小品所反映出来的晚明文人心态与习气,研究晚明小品的艺术传统和文体创造;第十四章,分别研究晚明小品在晚明、在清代、在日本,以及在二十世纪中国的不同影响和命运,从接受眼光来研究晚明小品的历史地位。这种研究力求做到微观与宏观并重,在文化背景下研究文学本体,从个别的、具体的分析逐步上升到总体的理论概括。然而,"非知之难,行之惟难"。研究方法容易说得冠冕堂皇,操翰搦管却往往力不从心。由于自己学识浅陋,研究思路与具体写作之间不免存在差距,而且研究思路和学术观点本身也不一定正确,因此,书中必定还有许多讹误之处,希望得到学界前辈、同道与读者的批评。

第一章　晚明小品的文学背景与文化土壤

　　小品创作在晚明而盛极。这种兴盛是受到当时社会风尚影响而形成的,故我们必须了解晚明小品产生的文化土壤。同时,晚明小品也是顺乎文学自身规律,自然而然发展起来的。为了更好地了解晚明小品的发展及其美学特征,我们有必要对明代前期、中期散文小品作一番历史回顾。

　　明代历史共270多年,关于明代散文发展的分期,学术界有不同见解。本书把明代散文历史发展分为三个时期:自洪武至天顺年间,是明代散文发展第一个时期;从成化至隆庆年间,是明代散文发展第二个阶段;从万历至崇祯年间,是明代散文发展第三个阶段,这个时期,史称为"晚明",是明代小品文最为兴盛的时代。下面,我们对明代前中期散文作走马观花式的巡视,以便对晚明小品勃尔兴盛的文学背景有一个大致了解。

第一节　明代前中期散文

　　洪武至天顺年间,是明王朝由开国走向稳定的阶段,也是一个百废俱兴的建设时期。由于明王朝是从少数民族手中夺得政权,在此之前,汉民族传统的思想、道德、文化,都受到不同程度的压抑和破坏,所以,从明初开始,占统治地位的政治文化思想,就显示出向传统和正统复归的倾向;在文学创作和文学思想上,也相应地体现出浓烈的复古主义色彩。总之,正统和复古,是明代文学发展初期的特点。把握了明代文学这个起点,我们就不难理解,为什么正统和"异端"、复古与反复古之间的纷争,贯穿于整个明代文化思想和文学创作之中。

明初大部分作家是由元入明的。这些作家亲身经历过社会动乱,对于社会现实与人生,有比较深刻的体验和认识。他们的作品往往能切近现实,富有社会意义,总体上,表现为一种比较健康、充实、严肃、尖锐的风格,对元末文坛上弥漫的纤弱缛丽而乏风骨的风气,起了扫荡作用。明初散文无论思想内容还是表现手法,其基调是比较传统的。正统文学批评对明初散文评价甚高,也从一个侧面说明它们较容易为传统所接受。这个时期的代表作家有宋濂、王祎、刘基、高启、方孝孺等。

宋濂(1310—1381)是开国文臣之首,其文雄峙一代,在明代享有崇高声誉,如刘基就曾推许他为"当今文章第一"。宋濂主张文以载道,宗经师古。这些都是老话题,无甚新意。但有一点值得注意,宋濂主张"大抵为文者,欲其辞达而道明耳"①,学习古文要取径欧阳修、韩愈、孟子,而上窥六经。其理论对后来归有光、唐顺之诸人大力提倡唐宋文和文从字顺的风格,有一种潜在影响。黄宗羲说:"欧、苏之后,非无文章,然得其正统者虞伯生、宋景濂而已……景濂无意为文,随地涌出波澜,自然浩渺。"②宋濂文章颇得唐宋古文之风致韵味,《四库全书总目》评价道:"濂文雍容浑穆,如天闲良骥,鱼鱼雅雅,自中节度。"③其风格从容简洁,善于变化;立意高远,字里行间颇见笔致。宋濂的传记

---

① 《丛书集成初编》,《宋学士全集》卷二五,第 934 页。
② 《黄宗羲全集》第 11 册"明文授读评语汇辑",第 160 页。
③ 《四库全书总目》卷一六九《宋学士全集》提要,第 1464 页。

和记叙性散文成就最高。他的《秦士录》《王冕传》《杜环小传》《记李歌》等传记,刻画了一系列富有个性的人物形象,深得古代史传文学传统的精髓。《送东阳马生序》乃是劝学励志之作,却下笔平易,如道家常,颇有生活气息。这种文章真正继承了唐宋人赠序的风神,令人有"仁义之人,其言蔼如"①之感。他的一些讽刺性小品,于风趣幽默之中,蕴含着对于世态人情的冷峻针砭。如《尊卢沙》,讽刺了一个无真才实学而好说大话的人,因说大话贻误军国大事,受到劓刑惩罚。于是,此人"终身不言,欲言,扪鼻即止"②。虽寥寥十字,而幽默、深刻和传神写照之功令人拍案叫绝。宋濂一些题跋,往往于较短篇幅中挥洒自如,或叙事,或品评,每每见出作者艺术功力。王祎③(1322—1374),初名伟,又名沩,字子充,与宋濂同门,其为文有宋人轨范,淳朴而切实,体制明洁,一变元人冗沓之病。而文气较弱,且文集中多模拟古人之作。虽当时文名与宋濂相颉颃,但实非宋濂之匹。

刘基(1311—1375),字伯温,青田人。他是明朝开国元勋之一,也是明初文学大家。《明史·刘基传》说刘基文章"气昌而奇,与宋濂并为一代之宗"④。他曾在太祖前论当世之文,亦推宋濂为第一,而自拟次之。刘基散文内容丰富,体裁多样。写景之文优美幽秀,有唐宋文之风致。而其寓言体小品文集《郁离子》,最负盛名。《郁离子》以犀利的笔调和生动的艺术形象,表达了深刻的思想内容。风格古朴闳深,余味曲包,颇有先秦诸子散文遗风。除了《郁离子》之外,刘基还写了其他

---

① 《韩昌黎文集》卷三《答李翊书》,第169页。
② 《丛书集成初编》,《宋学士全集》卷二七,第972页。
③ "王祎"或作"王袆",今古书籍中二者皆有用之。据宋濂《文宪集》卷九《送王子充字序》、方孝孺《逊志斋集》卷七《王氏兄弟字说》二文,应该以"袆"字为是。二人皆与王祎同时,所说可信。
④ 《明史》卷一二八《刘基传》,第3782页。

一些小品文。他的小品文善于以小见大,以日常生活中的小事或一些历史传说,揭露社会现实和人情世态。如《工之侨为琴》,写同样一张琴由于以新旧两种不同外貌出现,而受到截然不同的对待。这个故事不但讽刺了当时人们普遍存在的崇古抑今心理,而且暗示了真才实学之士受到社会不平等的对待。《卖柑者言》则以卖柑这一生活常事,委蛇而来,自然而然地揭露了贵族社会"金玉其外,败絮其中"[1]的腐朽本质。此文不但成为明代讽刺小品的经典之作,也是历代传诵名篇。

高启(1336—1374)天才纵逸,以诗盛名。然其文受唐宋古文家影响,峻洁雄健,尤长于叙事,成就颇高。如《书博鸡者事》,以下层市民为主角,记载他与当地土豪斗争的义举。其情节曲折生动、叙事畅达,而博鸡者的古道侠肠亦跃然纸上。

方孝孺(1357—1402),字希直,又字希古,人称正学先生,宁海人。他曾从宋濂学习,其学问文章为一时之冠。方孝孺的文学思想相当传统,他继承宋濂思想,而在轻文艺而重教化方面,又变本加厉。他文学上的成就主要是古文。黄宗羲评价方孝孺道:"正学不欲以文人自命,然其经术之文,固文之至者也!尤妙者在书,得子瞻之神髓,叙事亦登史迁之堂。"[2]《四库全书总目》评他学术醇正,文章"乃纵横豪放,颇出入于东坡、龙川之间"[3]。其文变宋濂的淳雅为高扬,风格豪放清雄,畅达不羁,而言正词严,有一股浩然之气充乎其间。方孝孺小品文亦寄托深远,写得隽永有味。如《蚊对》一文,通过作者与童子之间的对话,将蚊子与人类的吸血者作比较,指出后者比起蚊子,更为残酷,更为卑鄙,因此,也更令人痛恨。《指喻》则写一位健康的友人,手指上生了一小

---

[1] 《刘基集》卷六,第146页。
[2] 《黄宗羲全集》第11册"明文授读评语汇辑",第156页。
[3] 《四库全书总目》卷一七〇《逊志斋集》提要,第1480页。

疹，一直认为是小毛病而不重视，因不加治疗，终于导致大病。通过这一生活中的寻常事，娓娓而谈，说明"天下之事，常发于至微，而终为大患"①的道理，并以之作为治理国家的借鉴。

这个时期，较有成就的作家还有苏伯衡、贝琼、王格、陶安、宋讷、张以宁、林弼、释妙声、胡翰、徐一夔、王行、解缙、乌斯道等。这些作家也有一些出色小品之作。如贝琼（1314—1379）的《土偶对》是一篇对问式的政治讽刺小品，讽刺当时的官吏是一些尸位素餐、"衣冠而土木"之类的政治土偶，比古祠中"土木而衣冠"的土偶更为无用。文章言近旨远，笔锋犀利，是明代前期不可多得的小品文。②

明初几位主要作家和晚明作家的差别，首先是身份不同。严格说来，他们并非"作家"，而是经国大臣。他们的志向和兴趣是治国、平天下，而绝不在于舞文弄墨。他们往往耻于当"文人"，或被称为"文人"。这里可以宋濂和他的弟子方孝孺为例。他们都有一个共通点：喜欢作文，却不愿被称为文人。这在中国传统知识分子之中，是相当有代表性的。宋濂在自题画像《白牛生传》中说："生好著文，或以'文人'称之，则又艴然怒曰：'吾文人乎哉！天地之理欲穷而未尽也，圣贤之道欲凝之而未成也，吾文人乎哉！'"③在他看来，称他为"文人"是对他的污辱，至少是轻蔑。方孝孺也不愿当文人。别人赞赏他的文章，他反要"惭愧弥日，不能自解"④。他们之所以要写文章，是为了"载道"，不得已而为之的。可以说，这种文学观非常传统，甚至比较陈旧。

明初文人创作，大都讲究"养气"，追求义理、事功和文章三者合

---

① 《景印文渊阁四库全书》第1235册《逊志斋集》卷六《指喻》，第192页。
② 《明文海》卷一三四，第1354页。
③ 《丛书集成初编》，《宋学士全集》卷一一，第377页。
④ 《景印文渊阁四库全书》第1235册《逊志斋集》卷一〇《与郑叔度八首》，第299页。

一,故其文章大都有浩然正气和廊庙之风。即使是小品文,与晚明小品相较,也有天渊之别。他们绝不信笔涂抹,偶然寄怀或吟风弄月,亦只是聊抒逸气。他们的小品,篇幅短小,却要表现重要道理;事物浅近,仍要寄托深远意蕴;讲究寄托和含蓄,"称名也小,取类也大"。总之,小品不小,亦要载道。其美学风味,绝不在于潇散自如的诗情,而在于凝重深邃的哲理。其文章结构和用笔技巧,仍是古文写作传统。称之古文短制,恐怕更合乎实际。若视之为"小品",宋濂、方孝孺诸人泉下有知,恐怕要"艴然",或者"惭愧弥日"。

虽然明初散文与晚明小品差异极大,但在艺术精神上,仍然有某些关联。明初散文家大都比较推崇唐宋古文大家。他们的散文大都也受到唐宋古文的影响,而颇有其风致。这种现象表明,从明初开始,唐宋古文就对明代散文创作产生了巨大影响,对后来的唐宋派古文和晚明作家小品文创作的影响也十分深远。

永乐至天顺年间,明朝统治相对稳定,社会比较安定,经济也较为繁荣,而以八股取士的科举制度,正强烈地吸引着广大读书人埋头儒家经典。这个时期,各种社会矛盾暂时被掩盖起来,故文学上亦渐趋平易雍容。台阁体便是这个时期的产物。其代表人物,是杨士奇、杨荣、杨溥,人称"三杨"。

从政治史角度看,成化至隆庆年间,是明王朝兴盛时期,也是由盛转衰时期。明代中期的相当一段时间,社会经济仍然发达,手工业、商业发展迅速。同时,统治阶级内部争权夺利,百姓生活情况日渐恶化,边境多次告急,种种内忧外患,无时不在困扰着明王朝的君臣们。

成化以后,台阁体流弊益甚,引起文坛的强烈不满和创作上的反拨,于是文学创作走上复古道路。李东阳力图以典雅流丽之风,去纠正台阁体冗沓平弱的弊病。他在当时威望甚高,正如《明史》本传中所说:"自明兴以来,宰臣以文章领袖缙绅者,杨士奇后,东阳而已。"①但总的来说,李东阳尚未完全摆脱台阁体影响。而后起由李梦阳、何景明、徐祯卿、康海、王九思、边贡、王廷相组成的前七子和由李攀龙、王世贞、谢榛、宗臣、梁有誉、吴国伦、徐中行等人组成的后七子,给台阁体以致命打击。前后七子的作品内容比较充实,与现实关系较为密切。他们倡导"文必秦汉,诗必盛唐",认为:"西京之文实,东京之文弱,犹未离实也。六朝之文浮,离实矣。唐之文庸,犹未离浮也。宋之文陋,离浮也,愈下矣。元无文。"②他们持文学退化论观点,又有复兴古文的宏愿。

平心而论,明代前后七子所标举的文学理想无可非议,汉唐的确是中国古代文学艺术的黄金时代。这些时代的文人,心灵自由、活泼和健康。其文学艺术,则宏大、雄壮、崇高。前后七子在整个中国古代文学史中,独拈出秦汉文、盛唐诗,他们的审美判断相当高超,审美理想十分古雅。他们的复古思想,代表了一种对于汉唐气象的向往。但是从历史发展来看,他们的追求带有悲剧色彩。他们创作的时代,早已不是隆汉盛唐,而是封建社会逐渐衰败的时代。汉唐气象已难以再现了,而一旦过于执着地追求这种汉唐气象,就容易走上模拟之路。

前后七子在艺术上致力于寻求古文写作规范与准绳,有些文章不免受到古文格套束缚,而写得佶屈聱牙,缺乏性灵。正如《四库全书总目》所批评:"句拟字摹,食古不化,亦往往有之……其文则故作聱牙,以艰深文其浅易。"③所以,当公安派兴起之时,前后七子就难以抗衡。从某种意义上说,七子复古,恰是公安性灵派的先导。明代七子高唱汉

---

① 《明史》卷一八一《李东阳传》,第4824—4825页。
② 《艺苑卮言》卷三,《历代诗话续编》本,第985页。
③ 《四库全书总目》卷一七一《空同集》提要,第1497页。

唐,标榜一种文学上的崇高和理想,终于叫人感到隔膜。于是,就出现反其道而行之的倾向:走向世俗,走向轻灵。前后七子的失利和公安派的风靡天下,主要不是因为创作成就之高下有别,而是由当时的文化情势所决定的。他们的创作倾向,是在明初复古思想传统基础上发展起来的。不过,我们还要注意到,后七子的一些思想观念,也包含了晚明与之相对的性灵派思想的某些元素。前后七子文学思想亦有差异,创作成就也有高下,其中不乏优秀之作。如王廷相、宗臣、王世贞,都有一些自出手眼、畅达明快之作。宗臣《报刘一丈书》以漫画式手法,绘声绘色、惟妙惟肖地刻画出奔走权门者的卑鄙无耻,抨击了当时官场的腐败丑恶。文章写得痛快淋漓,至今似犹闻其嬉笑怒骂之声。作为后七子首领的王世贞,其小品文也不无可观。他作传统古文之余,亦即兴写了不少散文小品,尤其是题跋,清远闲逸,即便置之晚明小品中,也不逊色。与前后七子关系比较密切的还有"四十子",其中皇甫汸、莫如忠、刘凤、张凤翼、王稚登、王叔成、邹迪光、张鸣凤、邢侗、邹观光等,虽非大家,然亦颇有佳作。

明代前中期,有些不甚知名作家,虽很少为文学史家们所注意,却创作出相当精彩的小品文。其中大量作品,深刻揭露和批判了当时的社会现实。如嘉靖时期雷礼《黠鼠对》,写家中童子捕捉了一只老鼠,对之进行"酷刑",老鼠不服,并作了一番自我辩解。老鼠说,它之所以窃物而食,乃是造物者所赋予的自然天性,责任不在自己。而且它"昼伏不动,畏主法之惕惕,伺夕窃之,亦太仓一粒耳",并非不可赦的重罪。文章末尾以老鼠口气说:"况公知鼠行矣,不知世有甚焉者!决性命之情,公行掊窃,其浮于鼠多矣。"说完,触木而毙。[①] 此文写作类似

---

① 《明文海》卷一三七,第1375页。

于方孝孺《蚊对》,也是把贪官与鼠辈相比,使他们显得比老鼠还可恶,还猖狂。

嘉靖时期,陈鹤《乞市者传》写一个衣衫褴褛的老乞丐,原来是名逃兵。有人责备他,"尔何不义若此矣!"因为当时海寇延祸,民业凋零,农蚕不时,百姓"延颈而望战,倾耳而待捷,日夜皆是也"。在人们的责备下:

> 乞者俯首涕下,匍匐而前曰:"吁!公谬罪我。昔者士卒连部,运旎而令者,惟主军一人焉。军令吾进则进之,令吾退则退之。于凡策画变见,以出胜负者,一皆主军之所施,非吾卒之所奋能也。今府库之入,岁且七八,而布于召募者六焉。坐饮卧餐,曾不知习练之劳、奇伏之训,一旦赴江川,昧地道,突然敌来,弓刀自废。当是之时,惟知走之为胜也。主军不能以自罪,而归于部长;部长不能以自罪,而归于行伍。行伍不能却,且罪且死矣。吾安恋斗升之饷,以寄命于卒哉!故宁以乞市自终耳。"①

自古以来,为逃兵开脱责任的文章,恐不多见。此文以一老兵口吻,揭露当时统治者用兵无能、屡战屡败,而又互相推诿的现实,表现了百姓宁为乞丐、不为士兵的绝望心境。

也有一些小品表现了对于世态和人生的感受。如正德、嘉靖期间潘埙的《蜂蝶喻客》,是一篇巧妙而深刻的翻案文章,表现了他对于人情世态的独特思考。人们总是感叹世态炎凉,指责趋炎附势者,而潘埙则以游蜂舞蝶比喻趋炎附势的世人,认为如蜂蝶之为花之色香而趋赴,

---

① 《明文海》卷四二五,第4445页。

因花之开落而聚散,世人之趋炎附势,是"时之所驱,气之所使,情之所动,性之所为",总之,是"天也"。也就是说,趋炎附势是大自然普遍之规律,无可厚非。所以:

> 乃若桃杏既败,嗟其赴牡丹之家;酴醾、菡萏已当令矣,而芍药委地,犹数其叛,揆之于理,殊为不近人情。又若当此花时,孤松挺秀,修篁标节,佳则佳矣,然而无香可餐,有色可辟,政不免取百花之笑,而乃取反唇于蜂蝶乎?至若秋菊冬梅,色香殊绝,远纷华,甘寂寞,蜂蝶不知也;如或知尔,则又霜岩雪岭,清气逼人,恐亦不能近。此陶元亮所以慕素心之人,而林逋独栖迟于孤山下也。然则君子将与百花争荣乎?将于松竹比迹乎?抑将含贞抱璞,与梅菊共岁寒为三友乎?①

潘垍这篇作品深层意蕴,绝不是为那些趋炎附势之世人翻案。他只不过是运用逆向思维,提出一个问题,香艳的百花可使蜂蝶趋赴,而高节的松梅本与蜂蝶无缘;或不为蜂蝶所知,或不为蜂蝶所能近,所以根本无须讥讽蜂蝶。使人趋炎附势者,因自身有炎可趋,有势可附耳;如果像陶渊明、林逋这类高士,则不必为世态炎凉而激愤。文章重点在于使人反躬自问:自己是像招蜂引蝶的百花,还是如清气逼人的松竹梅菊?这篇文章表面翻案,其实是另立一新案。虽属标新立异之论,却无哗众取宠之弊。确是一篇优秀小品。

雷礼《名园对》所写含春园,是京师最著名的园林。作者三十八年前曾游此园,而今旧地重游,含春园已为空畦,惟苍松数株,一片凄凉。

---

① 《明文海》卷一四四,第1446页。

园中有一白发老叟说,此园已湮废近二十年,"初,主人操熟柄,力可抗此园,贵客慕而游之,以故縠交蹄剧不绝;及主人失势,子复骄侈不自殖,转盼间已为他人所据。今又三易主矣!"当其盛时,人们趋之若鹜;及至衰败,人们又避之犹恐不及,甚至落井投石。作者既从一个侧面反映出当时政治斗争的酷烈,写出沧桑变化、世态炎凉,而且也写出权贵们盛而速衰完全是自取的。文中以《阿房宫赋》结尾感慨的写法,借白发老叟之口说:"见名园不下数百区,今皆鞠为蓁芜。然前人失之,后人又从而效之,不能祛却尘缠,非举世皆愚而无一人省悟者乎?"①这是一篇幅短而意长的优秀小品,它所揭露的社会现象,在封建社会中很有普遍性。《桃花扇》"余韵"有曲子云:"眼看他起朱楼,眼看他宴宾客,眼看他楼塌了。"②这是许多封建社会权贵们升沉际遇的形象写照。雷礼《名园记》通过含春园在短短三十多年间数易其主的故事,表现出深深的人生感慨。

翁万达虽不以文学名世,然而他的一些小品却颇有意味。如《东灵公传》写西邱有一个文士,以"孝"闻名。一次,其父母生病,为了行其"孝"道,便有了下面一段有趣的故事:

> 一旦其亲病,顾谓邻之子曰:"相而之股肥。"邻之子曰:"无庸,肉之余也。"士巽言曰:"嘻!是何谓耶?吾闻股可以食人。今吾亲病且剧,必欲愈,庶几有传。请借而之股以充,如何?"
>
> 邻之子难之。士曰:"而好善乎?吾苟可以成孝名,而何爱一股?"邻之子曰:"股之割,无爱也,痛曷胜哉?"士曰:"君子成人之美,是之谓得其本心,不忍其肤之痛,则本心安在?以彼易此,而

---

① 《明文海》卷一三七,第1375页。
② 《桃花扇》卷四,第260页。

奚择？"

邻之子听之疑，退而语其友。友怒，导之，使反之曰："而欲行而孝，而有股，盍割诸？何求于我？"士曰："予股瘠，而股即予股，予亲即而亲之身，而不得而私也。予闻至德不有己，大道不绝人，求而弗与，仁者弗为也。宜熟图之。"

邻之子听之疑，退以语其友。友益怒，导之，使反之曰："而利借予肥是也。予亲使不幸而有疾，则将使谁割乎？天下理一而分殊，予不能为已甚也。且君子不以非礼养其亲，割他人之股以食之，非礼也。而奚过而固，则请以而之股易予股，痛惟均，食惟均。"士艴然曰："予割人股多矣，未有御也。而好辩乎，吾将理之。"邻之子恐，其友亦恐，而士且抚亲之腹以俟。①

这是明人小品中不可多得的佳作。它的特点，并非单纯是出色的语言功夫，主要在于对人情世态的深刻揭露。世上确有像西邱之士者，要割别人大腿上的肉来治自己父母的病，以博取孝子之名。如此荒唐至极的事，西邱之士却能振振有词，有理有据。明明损害别人利益，却要求别人要慷慨大方。他炉火纯青地运用儒家伦理道德去要求别人，上纲上线，强人所难。其巧言如簧，强词夺理，占尽了便宜，还责备他人自私自利、不仁不义。最终，这位西邱之士竟稳操胜券，而真正有理的"邻之子"和其朋友却被西邱之士的诡辩进攻得有口难辩，落荒而逃。现实中，此事未必有，但此类小人极多。他们令人讨厌，但君子与之较量又往往处于下风。翁万达感叹"今之士多类此也"。这篇小品是作者在宦海浮沉之中，根据自己亲身体验而创作出来的。此文写得颇为幽

---

① 《明文海》卷四二七，第4462—4463页。

默,行文十分冷静,读后令人扼腕而长叹!

第二节 唐宋派及艺术家散文

明代中期,散文创作方面出现了一种新的审美倾向,即注重散文的抒情性,并且更加贴近日常生活,淡化了传统古文沉重的格调。呈现出向晚明小品转折的特征,唐宋派散文代表了这种倾向。

"七子"提倡"文必秦汉",鄙视秦汉以后的散文,一时使明代散文离开了明初以来取法唐宋的传统。但是这一背离,并没有取得多少实绩。在前七子与后七子之间,出现了重新提倡唐宋古文的唐宋派,影响很大。明代散文发展,在总体上又重新回到唐宋散文的轨辙。这种回归,在文学内部,也是晚明小品兴盛的契机之一。

唐宋派代表人物是王慎中、唐顺之、茅坤、归有光等。唐宋派崛起于嘉靖年间,这个时期正值前七子领袖李梦阳、何景明去世。他们的理论和创作,也已经出现明显流弊,逐渐令人生厌;而后七子又尚未形成,文坛上似乎出现了权威空缺时期。于是,唐宋派应运而生。所谓"唐宋派",正是相对于"秦汉派"(七子)而言的。以李梦阳、何景明为代表的复古派,论文标举秦汉,鄙视西汉以后文章。而唐宋派则主张师法唐宋,并以韩愈、柳宗元、欧阳修、苏洵、苏轼、苏辙、曾巩、王安石为师,称为"唐宋八大家"。

唐宋派散文处于明代散文发展转折时期,具有承前启后的独特作用。他们的创作,已经导夫公安、竟陵先路。当然,与公安、竟陵相比,他们身上的传统因袭要多一些。他们一方面强调学习唐宋八大家古文,其散文具有传统古文的深刻烙印;另一方面,他们又强调"本色",提倡作者要直抒胸臆,不事雕琢。唐顺之说:"近来觉得诗文一事,只是直写胸臆,如谚语所谓开口见喉咙者,使后人读之如真见其面目,瑜瑕俱不容掩,所谓本色,此为上乘文字。"①这种理论,强调"直写胸臆",强调本色,已是后来公安派"独抒性灵"说之先声。在创作方面,唐宋派开始反映出新的审美特点。他们的创作,已经十分注意文学的个性化、生活化和世俗化;在艺术表现上,直抒胸臆又文从字顺、质朴自然。唐宋派散文可以说呈现了向晚明小品转折的特征。

王慎中(1509—1559)最初受"七子"影响,鄙视秦汉以后文章,后来研读欧阳修等人的文章,极为敬佩,遂改弦更张,力主师法唐宋文章,反对拟古,主张直抒胸臆。他的创作和理论,开拓了一时风气。唐顺之(1507—1560),字应德,一字义修,人称荆川先生。他早年也服膺前七子,后与王慎中交往,接受了他的观点。他既推崇先秦两汉文章,也肯定唐宋文的发展及其长处,主张变佶屈聱牙为文从字顺,所宗对象从秦汉变为唐宋。唐顺之编过一部《文编》,收集先秦两汉文章,也选入大量唐宋文章,目的是让人们能学习唐宋文的开阖首尾、经纬错综之法。唐顺之散文具有相当高的成就。《明史》本传评价其文章"洸洋纡折,有大家风"②。他的散文简雅清深而不事雕琢,其《竹溪记》《信陵君救赵论》等作品都是唐宋派古文的代表作。茅坤(1512—1601)在唐顺之《文编》基础上,编选《唐宋八大家文钞》一书,为学习古文者提供范本和门径,大大扩展了唐宋派的影响。几百年来,此书盛行不衰。

在唐宋派作家中,归有光创作成就最大。归有光(1507—1571),字熙甫,号项脊生,昆山人。归有光先辈曾显赫一时,但到了归有光祖、父辈,已成布衣,家境潦倒。归有光自小聪颖好学,据《明史·文苑传》记载,他"九岁能属文,弱冠尽通五经、三史诸书"③。以归有光的才华,

---

① 《唐顺之集》卷七《与洪方洲书》,第299页。
② 《明史》卷二五〇《唐顺之传》,第5424页
③ 《明史》卷二八七《文苑传》,第7382页。

在科举道路上本该一帆风顺,实际却是仕途蹭蹬,久困公车。他十四岁应童子试,二十岁考中第一名。但直到三十五岁,才考取应天乡试第二名。此后,多次考进士都未中,直到嘉靖四十四年(1565),才考中进士。当时,归有光已六十岁了。归有光一生许多精力都用于科举功名之上。在家庭生活方面,归有光也有许多痛苦经历。他幼年失恃,中年丧子女,两次丧妻,饱尝人间悲苦之情。这种艰辛生活经验,积淀在他的散文中,形成了一种哀婉而凄清的独特基调。归有光那些优秀散文,大多以自己的身世和家人、朋友的琐事为题材。清代方苞评价说:"其发于亲旧及人微来语无忌者,盖多近古之文。至事关天属,其尤善者,不俟修饰,而情辞并得,使览者恻然有隐……"①归有光这类作品数量并不太多,却有非同寻常的文学意义。它们以抒情笔调叙事,把日常生活琐事引入载道的古文之中,使古文出现生活化、口语化倾向,风格清新亲切,极大地发展了小品文文体的美学特征。

归有光喜爱《史记》,他说:"性独好《史记》,勉而为文,不《史记》若也。"②这是有自知之明的谦辞。他的文章,总体上和《史记》涵茹万状的气象和格局相去甚远;但笔法变化,不露迹象,而且取材细微,常在人不经意处落笔,琐琐细细,而传神写照,风神摇曳,这正是得益于《史记》。吴德旋在《初月楼古文绪论》中写道:"归震川直接八家。姚惜抱谓其于不要紧之题,说不要紧之语,却自风韵疏淡,是于太史公深有会处……"③归有光的优秀散文,篇幅相当简短,笔意疏淡。他特别擅长抓住生活中那些似乎微不足道的细节来传神写照,抓住生活中似乎不起眼的事物来抒写悠长的情致。这便是姚鼐所谓"于不要紧之题,说

---

① 《方苞集》卷五《书归震川文集后》,第117页。
② 《震川先生集》卷二《五岳山人前集序》,第27页。
③ 《论文偶记 初月楼古文绪论 春觉斋论文》,第29页。

不要紧之语"。如《先妣事略》写母亲因深受过多生育孩子之苦,想减少生育,便听信了老妪偏方,一口气吞下二枚生螺,弄到喉咙沙哑,说不出话来。又如写他母亲死时,他们很小,见人哭,也跟着哭,还以为母亲睡着了。后来,家人请画工来画母亲遗像,对画工说:"鼻以上画有光,鼻以下画大姊。"①这些细节,琐琐写来,平易自然,却十分真实动人。《寒花葬志》以一个平凡无奇的生活片断来写一个普通的婢女:

> 婢,魏孺人媵也。嘉靖丁酉五月四日死。葬虚丘。事我而不卒,命也夫!
>
> 婢初媵时,年十岁,垂双鬟,曳深绿布裳。一日天寒,爇火煮荸荠熟,婢削之盈瓯,予入自外,取食之,婢持去不与。魏孺人笑之。孺人每令婢倚几旁饭,即饭,目眶冉冉动,孺人又指予以为笑。回思是时,奄忽便已十年。吁!可悲也已!②

作者只用两个平凡而真切的细节,数笔便刻画出这位天真无邪的女孩形象。全文才一百十二字,但记叙曲尽其妙,缓缓道来,娓娓动人。它既写出了当年温馨的家庭气息,也包含了对于两位逝者的深切怀念以及世事沧桑的感慨。文章虽短,余味无穷。

归有光散文十分注重剪裁和布局,讲究篇章结构。其文章简明扼要,不枝不蔓,深得唐宋散文神髓。如《项脊轩志》,从项脊轩写出一个小家庭历史。文中涉及人物、事情甚多,如项脊轩的环境、伯父、叔父的分家,及以后项脊轩庭中的紊乱、家中的老佣人、家庭显赫的历史、母亲与祖母遗事、妻子到项脊轩后的生活等,头绪纷如,又多是生活琐事。

---

① 《震川先生集》卷二五《先妣事略》,第594页。
② 《震川先生集》卷二二《寒花葬志》,第536页。

归有光既以项脊轩变迁为主线来取材,又以感情的起伏流动来安排内容,所以脉络明晰,条理清楚,而结构又疏放自如。《项脊轩志》的描写也是以生活细节取胜的。如写他在项脊轩中读书,祖母对他说:"吾儿,久不见若影,何竟日默默在此,大类女郎也?"说完,帮他关上门,自言自语地说:"吾家读书久不效,儿之成,则可待乎?"老人对后辈那种欣赏、疼爱、呵护与期望等复杂的感情,溢然纸上。归有光文章风神摇曳,如此文篇末写道:"庭有枇杷树,吾妻死之年所手植也。今已亭亭如盖矣。"①物在人逝,寓无限感慨于平和叙述之中,大有"树犹如此,人何以堪"之叹,令人回味不已。

归有光的散文在明代影响很大,甚至有人誉为"明文第一"。归有光指斥过当时文坛领袖人物王世贞,但归有光去世后,王世贞还作了《归太仆赞》。其序说:"先生于古文辞,虽出之自《史》《汉》,而大较折衷于昌黎、庐陵,当其所得,意沛如也。不事雕饰,而自有风味,超然当名家矣。"其赞也说:"千载有公,继韩、欧阳。余岂异趋,久而始伤。"②他不但指出归有光创作的成就与特点,还表示对于归有光的由衷佩服。这种赞扬,来自与归有光处于不同文学流派,又曾被归有光斥为"妄庸巨子"的王世贞之口③,的确不易。

黄宗羲在《明文案序上》说:"议者以震川为明文第一,似矣。试除去其叙事之合作,时文境界间或阑入。"④他认为,归有光古文受到八股文影响,其古文时带有八股的意味。这是事实,但并不足多怪,归有光本身便是明代八股大家。《明史·文苑传》谓:"明代举子业最擅名者,

---

① 《震川先生集》卷一七《项脊轩志》,第 430 页。
② 《明人文集丛刊》第 14 册《弇州山人续稿》卷一五〇《文部》,第 6875—6876 页。
③ 《列朝诗集小传》丁集中《震川先生归有光》,第 559 页。
④ 《黄宗羲全集》第 10 册《南雷诗文集》,第 18 页。

前则王鏊、唐顺之,后则震川、思泉。"①在当时,王鏊、唐顺之、归有光、胡友信并称为八股文"四大家"。受八股文影响,这可以说是明人习文的普遍现象。即便是晚明,许多文人也难以摆脱这种影响。

与唐宋派同时,还有陈束、李开先、赵时春等,与王慎中、唐顺之并称"八才子"。他们的小品创作不囿于唐宋派,各有各的面目、性灵,亦多有可观。唐宋派和"八才子"的出现,使明代小品文出现一种新气象;他们的审美倾向和创作,隐含着公安派某些元素。从他们的创作中,我们已经可以约略听到晚明小品创作高潮即将到来的涛声。

明代中期有几个艺术家值得一提。祝允明、唐寅、文徵明等人,他们虽以书画艺术闻名,但在文学上也卓然自立,不甚倚门傍户,依附什么流派。他们的小品文字,也都自然拔俗,虽无意为文,不求工而大有意趣。他们的人格与作品,对于晚明文人与晚明小品都产生了一定的影响。

祝允明(1461—1527)②,字希哲,号枝山,长洲人,弘治五年举人。后连试礼部不第,遂纵情诗酒,落拓自放。与唐寅、文徵明、徐祯卿,并称"吴中四子"。祝允明早慧,五岁就能作径尺字,九岁能诗。博鉴群书,文章有奇气。他思维敏捷,常当筵疾书,思若泉涌。而其书法,更是名动海内。祝允明生活作风放荡不羁,《明史·文苑传》说他:"好酒色六博,善新声,求文及书者踵至,多贿妓掩得之。恶法礼士,亦不问生产。有所入,辄召客豪饮,费尽乃已。"③祝允明平生放诞自负,而持论激烈,其思想颇有异端色彩。比如,他在《祝子罪知录》中说,汤武非圣人、伊尹为不臣、孟子非贤人、武庚为孝子、管蔡为忠臣、庄周为亚孔子

---

① 《明史》卷二八七《文苑传》,第7384页。
② 据李又华《关于祝允明的生卒年及其他》,《江海学刊》2010年第3期。
③ 《明史》卷二八六《文苑传》,第7352页。

一人、严光为奸鄙等,都与传统观念截然不同。其思想的放任自由,启晚明名士之风。清王弘撰《山志》卷六"罪知录"条:"祝枝山,狂士也。著《祝子罪知录》,其举刺予夺,直抒胸臆,言人之所不敢言。亦间有可取者,而刺汤武、刺伊尹、刺孟子及程、朱特甚,刻而戾,僻而肆,盖学禅之弊也。乃知屠隆、李贽之徒,其议论亦有所自,非一日矣。圣人在上,火其书可也。"①这里,把祝允明的言论,看作是李贽和屠隆理论的先驱,视为异端邪说,正说明祝允明的特殊影响与地位。

祝允明创作之时,李、何主持文坛,倡复古之说,而祝允明不为风气所染,自成一家。虽然他最突出的成就在于书法艺术,但亦能诗文。其小品文,甚有可观者。他著有《怀星堂集》,此外还有《祝子罪知录》《浮物》《读书笔记》《野记》《前闻记》《志怪》等。他的一些小品,写得颇清新轻灵:

> 登高落帽,皆为风师雨伯阻之。虽病齿少饮,安能郁郁,独抱膝坐屋子下对淋淫者乎?驼蹄已熟,请午前来呼卢浮白,共销之也。②

> 秋日与客午食罢,客去,席地而卧。既交关未息,喜怒亘怀,寐去易境,情随见迁。寤而更追昔事,以为真喜怒亦能知其妄矣。时仰视庭下木阴,过半日加申矣。内外寂谧,悦怿无限。谓境加美加恶,咸不是适焉。世何负于人哉?廓然感荷,第未及坐忘耳。③

---

① 《四库全书存目丛书》子部第 115 册《山志》卷六,第 166 页。
② 《景印文渊阁四库全书》第 1260 册《怀星堂集》卷一三《九日请客》,第 560 页。
③ 《景印文渊阁四库全书》第 1260 册《怀星堂集》卷二一《偶然书》,第 654 页。

《四库全书总目》对祝允明文章的评价是:"其文亦潇洒自如,不甚倚门傍户。虽无江山万里之钜观,而一邱一壑,时复有致。"①这几乎可以移评晚明小品风格。也正说明,祝允明小品和晚明小品,有许多共同点。但是,祝允明小品既有艺术家轻灵风格,也有比较深沉之篇。如《谯楼鼓声记》:

> 居卧龙街之黄土曲北,鼓出郡谯,声自西南来,腾腾沈沈,如莫知其所在。
>
> 呜呼!鸣霜叫月,浮空摩远,敲寒击热,察公徼私。若哀者,若怨者,若烦冤者,若木然寡情者。徒能煎人肺肠,枯人毛发,催名而逐利,吊寒人,惋孤娥,戚戚焉。天涯之薄宦,岭海之放臣,崖窦之枯禅,沙塞之穷戍,江湖之游女,以至悼孽背灯之泣,畸幽玩剑之愤,壮侠抚肉之叹,迫于悲雅、苦犬、愁鲨、困虺,且鸣号不能已。
>
> 呜呼!鼓声之凄感极矣。
>
> 岁庚戌五月十八日丙夜,闻之以为记。②

袁宏道评论这篇文章时说:"如啸如歌,如关山夜笛,读者大难为情。"③全篇只有开头几句是实写之外,自"呜呼"一语,全是作者种种想象、感受与感慨,有强烈的感情色彩。谯楼鼓声,本无哀乐,但作者从鼓声中听到人间各种痛楚不平之音,是一篇忧愤深广之作。祝允明还有一篇《王昌传》描写民间大力士王昌。王昌有奇力,种田不用牛,自己一人

---

① 《四库全书总目》卷一七一《怀星堂集》提要,第1496页。
② 《景印文渊阁四库全书》第1260册《怀星堂集》卷二一《谯楼鼓声记》,第658页。
③ 《古今文致》卷四,第44页。

犁田,由妻子扶犁。文章写他如何战胜巨蛇和恶虎,战胜欺侮他的百余人,最别致之处,是当大力士闲着无事干时的一段描写:

> 昌或久虚其力,辄手足撼掉不自休,速奔山中,擢林木数株运弄之,或提顽石行百匝。雨,无为于室,则索绹如杵数十丈,寸寸掐断之,力稍解。①

古来写力士多矣,但写英雄无用武之处时的痛苦和非常奇特的解脱方法,却是颇有奇气的。

唐寅(1470—1524),字伯虎,一字子畏,自号六如居士、桃花庵主、鲁国唐生、逃禅仙吏、江南第一风流才子等,吴县人。弘治十一年乡试第一,受到程敏政的赏识。后程敏政主持会试,因泄漏试题案,牵连到唐寅。唐寅下诏狱,谪为吏。以为奇耻大辱,而坚不就职。归乡后,筑室桃花坞中,读书灌园。风流文采,照映江右。唐寅主要成就是绘画,其次是诗歌,文章数量不多。然当时文名颇著,有《唐伯虎全集》。在民间的观念中,人们更为熟悉的是风流倜傥的才子唐伯虎,这是他生活的一面。他对于人生确有看破红尘的味道,在《七十词》中说:"人年七十古稀,我年七十为奇。前十年幼小,后十年衰老,中间止有五十年,一半又在夜里过了。算来止有二十五年在世,受尽多少奔波烦恼。"②所以,他于科场蒙难后,多流连青楼歌馆,漫游名山大川。他的《言怀二首》之二云:"笑舞狂歌五十年,花中行乐月中眠。漫劳海内传名字,谁论腰间缺酒钱?诗赋自惭称作者,众人多道我神仙。"③便是其生活写

---

① 《明文海》卷四二五,第4441页。
② 《唐伯虎全集》卷一,第18—19页。
③ 《唐伯虎全集》卷二,第16页。

照。他的生活作风,颇受晚明人欣赏。如他《漫兴十首》之四:"老后思量应不悔,衲衣乞食院门前。"①袁宏道在《答林下先生》中论人生的五种真乐,最后的快乐是:"然后一身狼狈,朝不谋夕,托钵歌妓之院,分餐孤老之盘,往来乡亲,恬不知耻,五快活也。"②这种率性而行、不顾体面、自甘沦落的名士之风,与唐寅是一脉相承的。唐寅也写过一些戏谑的小品,如《达摩赞》:

> 这个和尚,唤做达摩。一语说不来,九年面壁坐。人道是观世音化身,我道它无事讨事做。③

又如《伯虎自赞》:

> 我问你是谁,你原来是我。我本不认你,你却要认我。噫!我少不得你,你却少得我。你我百年后,有你没了我。④

这些小品,写得都十分诙谐,颇能表现其才子气。唐伯虎放纵的同时,心境是相当苦闷的。他因仕途上受到意外挫折,备尝世态炎凉。其创作在狂诞之中,常交织着激愤、压抑、疏狂和悲凉情调。他的《与文徵明书》,叙述科场案前后人们对他截然不同的态度:

> 计仆少年,居身屠酤,鼓刀涤血。获奉吾卿周旋,颉颃婆娑,皆

---

① 《唐伯虎全集》卷三,第19页。
② 《袁宏道集笺校》卷五题作《龚惟长先生》,第206页。
③ 《唐伯虎全集》卷六,第16页。
④ 同上书,第17页。

欲以功名命世。不幸多故,丧乱相寻,父母妻子蹑踵而没,丧车屡驾,黄口嗷嗷。加仆之跌宕无羁,不问生产,何有何亡,付之谈笑。鸣琴在室,坐客常满,而亦能慷慨然诺,周人之急,尝自谓"布衣之侠"。私甚厚鲁连先生与朱家二人,为其言足以抗世,而惠足以庇人。愿贲门下一卒,而悼世之不尝此士也。芜秽日积,门户衰废,柴车索带,遂及蓝缕。犹幸藉朋友之资,乡曲之誉,公卿吹嘘,援枯就生,起骨加肉,猥以微名,冒东南文士之上。

方斯时也,荐绅交游,举手相庆,将谓仆滥文笔之纵横,执谈论之户辙。歧舌而赞,并口而称,墙高基下,遂为祸的。侧目在旁,而仆不知;从容晏笑,已在虎口。庭无繁桑,贝锦百匹;逸舌万丈,飞章交加。至于天子震赫,召捕诏狱。身贯三木,卒吏如虎。举头抢地,滇泗横集。而后昆山焚如,玉石皆毁。下流难处,众恶所妆。缋丝成网罗,狼众乃食人,马牦切白玉,三言变慈母。海内遂以寅为不齿之士,握拳张胆,若赴仇敌;知与不知,毕指而唾:辱亦甚矣!①

这是他亲身体验的世态炎凉,其格调悲愤难抑。这与他自称"笑舞狂歌三十年,花中行乐月中眠"②的情形,相去太远了。也许正是看透了世态炎凉,他的生活才如此放纵。

文徵明(1470—1559),初名璧,字徵明,以字行,更字徵仲,号衡山居士,长洲人。五十四岁以岁贡荐试吏部,任翰林待诏。旋上辞呈,三年后得归故里,以卖字画为生。文徵明诗、文、书、画皆工,尤善画,从学者众,故形成"吴门画派"。有《文徵明集》。在文徵明散文中,山水田

---

① 《唐伯虎全集》卷五,第2—3页。
② 《唐伯虎全集》卷二《言怀》,第16页。

园的作品占了很大比例,他的不少游记写得恬淡萧远,书画题跋品赏文字则清雅可爱,似乎更有特点:

> 余于画,独喜二米云山。平生所见,南宫特少,惟敷文之迹,屡屡见之,大要父子无甚相远。余所喜者,以能脱略画家意匠,得天然之趣耳。元章品题诸家,谓皆未离笔墨畦径。晚乃出新意,写林峦间烟云雾雨阴晴之变,自谓高出古人。元晖亦云:"汉与六朝作山水者,不复见于世,惟王摩诘古今独步。既自悟丹青妙处,观其笔意,但付一笑耳。"且谓:"百世之下,方有公论。"又尝自言:"遇合作处,浑然天成;荐为之,不复相似。"其言虽涉夸诩,要亦自有所得也。余暇日漫写此卷,然人品庸下,行笔拙劣,不能于二公为役。观者以畦径求之,正可发笑耳。①

> 赵松雪为袁通甫作《卧雪图》,老屋疏林,意象萧然,自谓"颇尽其能事";而龚子敬题其后,乃以不画芭蕉为欠事。余为袁君与之临此,遂于墙角著败蕉,似有生意;又益以崇山峻岭,苍松茂林,庶以见孤高拔俗之蕴,故不嫌于赘也。②

> 余尝观郭河阳真迹,峰峦溪壑,苍润淋漓,深得唐二李将军笔法。昔年余在京师,友人持河阳《关山积雪卷》出示,时观之令人洒然而醒,燕市风尘,不觉洗尽。距今思之,已隔二十余年矣。追忆此卷,神情欲飞,辄洗笔摹一过,凡二越寒暑始就。自谅技拙,不敢媲美古人,更不免效颦之意。嗟嗟!仅可得其皮毛,未能得其神

---

① 《文徵明集》卷二五《仿米氏〈云山卷〉》,第1397页。
② 《文徵明集》卷二五《袁安卧雪图》,第1401—1402页。

骨耳。后日若欲仿佛此图,则有余之赝本在也。①

这些题跋,皆有宋人小品之风,信笔而写,挥洒自如,以艺术家的眼光和手笔去品题艺术品,自有他人所没有的滋味。文徵明文章风格与唐寅、祝允明不同,他显得比较闲静平易,不那么激愤或激烈,也不那么自傲张狂。

清人赵翼《廿二史札记》卷三四论及"明中叶才士傲诞之习",列举诸位艺术家放荡行为之后评论说:"此等恃才傲物,跅弛不羁,宜足以取祸。乃声光所及,到处逢迎,不特达官贵人倾接恐后,即诸王亦以得交为幸,若惟恐失之。可见世运升平,物力丰裕,故文人学士得以跌荡于词场酒海间,亦一时盛事也。"②明中叶之后,随着经济发达,社会各阶层皆重视艺术。文人们自我意识亦逐渐加强,形成一种个性与世俗环境的冲突,他们的生活态度,对晚明文人影响很大。祝允明和唐寅等艺术家的影响,不仅在于他们文章任意挥洒的天然之趣,更在于他们狂放玩世的人生态度、摆脱儒家思想束缚精神和"才士傲诞之习"的文化人格。尤其值得注意的是,他们都曾以鬻文卖画为生。就像唐寅诗云:"闲来就写青山卖,不使人间造孽钱。"③所说的虽不无某种激愤,但文人、艺术家以自己的作品作为商品谋求生活之资,文学艺术不再是载道的经国大业,创作也不是仅仅作为一种业余爱好,这是一种值得注意的新潮流。

---

① 《文徵明集》卷二五《袁安卧雪图》,第1412—1413页。
② 《廿二史札记校证》卷三四,第784页。
③ 《唐伯虎诗选》,第188页。

第三节　个性之潮与艺术氛围

晚明小品走出"文以载道"传统,自由地抒发着个性,这种鲜明的艺术品格深受当时思想领域个性之潮和文人生活情趣的影响。《四库全书总目》在《续说郛》提要中谈到明代说部类作品的发展时说:

> 正(德)、嘉(靖)以上,淳朴未漓,犹颇存宋元说部遗意。隆(庆)、万(历)以后,运趋末造,风气日偷。道学侈称卓老,务讲禅宗;山人竞述眉公,矫言幽尚。或清谈诞放,学晋宋而不成;或绮语浮华,沿齐梁而加甚。著书既易,人竞操觚。小品日增,卮言叠煽。①

从这段话,我们不难看出,《四库》馆臣对晚明士风与文风和晚明小品的蔑视态度。不过,它还是道出了某些历史事实。它指出明代自隆庆、万历以后,社会风气与文人思想发生了明显变化。士人的生活、人格与文学创作,受到禅宗思想和李贽、陈继儒等人影响,这里对于"小品日增,卮言叠煽"现象所产生的历史氛围的表述,有助于我们理解晚明小品。

程、朱理学在明初成为官方哲学,永乐年间,胡广等人编出《五经大全》《四书大全》《性理大全》三书,又由明成祖朱棣亲自作序,并诏颁天下。以程、朱理学为标准,来统一社会思想,成为其思想准则,这标志着程、朱理学在思想方面的独尊地位。随着商品经济逐步发达,人们对

---

① 《四库全书总目》卷一三二,第1124页。

于物质生活需求也逐渐高涨,商品经济的观念形态逐渐渗透到社会各个阶层的思想领域之中;程、朱理学虽然还是官方哲学,但已经受到抨击,并日渐失去维系人心的精神统治力量,人们长期受到禁锢束缚的思想精神,亦得到一定程度解放。《明史·儒林传》说:"嘉(靖)、隆(庆)而后,笃信程、朱,不迁异说者,无复几人矣。"①程、朱理学由独尊逐渐退至次要地位,而王阳明心学则在思想界唱起主角。

晚明文化与王阳明心学关系密切。心学崛起于明中叶,而盛行于明代后期。顾炎武说:"盖自弘治、正德之际,天下之士厌常喜新,风气之变已有其所自来。而文成(王阳明)以绝世之资,倡其新说,鼓动海内。嘉靖以后,从王氏而诋朱子者,始接踵于人间。"又指出:"故王门高弟为泰州(王艮)、龙溪(王畿)二人。泰州之学一传而为颜山农(均),再传而为罗近溪(汝芳)、赵大洲(贞吉)。龙溪之学一传而为何心隐,再传而为李卓吾、陶石篑。"②这是从思想史的角度,勾勒了王阳明心学与晚明文人思想的承继关系。而事实上,王阳明心学深受晚明文人的喜爱,并对晚明文学起了直接影响。如袁宏道就说:"故仆谓当代可掩前古者,惟阳明一派'良知'学问而已。"③这种赞扬,正说明王阳明心学与公安派和晚明文学革新思潮的密切关系。

阳明心学是在陈献章等人的心学思潮基础上形成的。它在哲学上,以"心即理"取代朱熹的"性即理",以反朱学姿态出现于思想界,引发出否定传统绝对权威的思潮。阳明心学倡导人的主体精神,认为心就是性,就是天理,就是天地万物本体。心是精神本体,是宇宙最高本体,心有至高无上的功能。"人者,天地万物之心也;心者,天地万物之

---

① 《明史》卷二八二《儒林传》,第7222页。
② 《日知录集释》卷一八《朱子晚年定论》,第1065页。
③ 《袁宏道集笺校》卷二一《答梅客生》,第738页。

主也。心即天,言心则天地万物皆举矣,而又亲切简易。"①主张"发明本心良知",用人的存在和精神质量来确立客观万物的意义。其理论核心是注重人的尊严和主体精神价值。又认为:"心外无物,心外无事,心外无理,心外无义,心外无善。"②这种理论强调人的意识、主观精神的巨大作用,主张内省。由程、朱先验的伦理本体转向心理本体,带有一种反朱学传统精神。这种理论给当时死气沉沉的社会,吹进了清新空气,起了一种振聋发聩的作用。"当士人桎梏于训诂词章间,骤而闻良知之说,一时心目俱醒,恍若拨云雾而见白日,岂不大快!"③此后,王学左派进一步发展了心学。泰州学派开创者王艮以"百姓日用即道"的思想为宗旨,在下层民众中产生了巨大影响。而罗汝芳、何心隐、李贽,更是发扬了泰州学派的异端思想。何心隐提出"无父无君非弑父弑君"的口号,对封建伦理纲常发起攻击。他认为,"性"与"欲"两者不是对立的,"性而味,性而色,性而声,性而安佚,性也"④,人们对于声色、滋味、安逸的要求,是出于天性的正当要求。这种观点批判了"存天理,灭人欲"的主张,也是对阳明心学中"去人欲"思想的纠正。罗汝芳的"赤子之心"说,则体现了一种人性思想。《近溪子集》有一段关于"赤子之心"的论述:

> 天初生我,只是个赤子。而赤子之心,却说浑然天理。细看其知不必虑,能不必学,果然与莫之为而为、莫之致而至的体段,浑然打得对同过也。然则圣人之为圣人,只是把自己不虑不学的现在,

---

① 《王阳明全集》卷六《答季明德》,第238页。
② 《王阳明全集》卷四《文录·与王纯甫》,第175页。
③ 《顾端文公遗书·小心斋札记》卷三,第270页。
④ 《何心隐集》卷二《寡欲》,第40页。

对同莫为莫致的源头。我常敬顺乎天,天常生化乎我,久久便自然成个不思不勉而从容中道的圣人也。

"赤子之心"是未经世俗影响的,其"知"与"能"是与生俱来的先天自然状态。这种"赤子之心",还包含着与生俱来的"爱根"。"赤子出胎,最初啼叫一声,想其叫时,只是爱恋母亲怀抱。"①这种爱根,也就是"仁"。人有"爱根",也就有了人性,可以"推充这个爱根以来做人"。罗汝芳的哲学思想,还受到禅学影响,具有某种禅味。正如黄宗羲所说:"先生真得祖师禅之精者。"②颜山农提出"率性"说,认为"平时只是率性,所行纯任自然,便谓之道"③。纯任自然,便是道。这些理论都肯定了人的自然欲望和自然本性,成为文学上反禁欲和追求个性自由的理论先导。

其实,不止罗汝芳受到禅学影响,从阳明心学到整个泰州学派都是如此。黄宗羲在《泰州学案·序》中说:

> 阳明先生之学,有泰州、龙溪而风行天下,亦因泰州、龙溪而渐失其传。泰州、龙溪时时不满其师说,益启瞿昙之秘而归之师,盖跻阳明而为禅矣。然龙溪之后,力量无过于龙溪者,又得江右为之救正,故不至十分决裂。泰州之后,其人多能,赤手以博龙蛇,传至颜山农、何心隐一派,遂非名教之所能羁络矣。顾端文曰:"心隐辈坐在利欲胶漆盆中,所以能鼓动得人。只缘他一种聪明,亦自有不可到处。"羲以为非其聪明,正其学术也。所谓祖师禅者,以作

---

① 《罗汝芳集》,第74页。
② 《黄宗羲全集》第8册《明儒学案》卷三四《泰州学案·罗汝芳学案》,第4页。
③ 《黄宗羲全集》第7册《明儒学案·泰州学案》,第821页。

用见性。①

黄宗羲所说泰州学派"益启瞿昙之秘而归之师,盖跻阳明而为禅",相当准确。总之,到了晚明,心学与禅学混为一体,对于文人们思想、心态,乃至文学艺术创作都产生了巨大影响。

明代中叶以后,禅宗之风极盛。禅悦之风对于晚明人的思想和生活,也起了极大影响。晚明时代,许多人受到禅宗影响。正如谢肇淛《五杂组》卷八说:"今之释教殆遍天下,琳宇梵宫盛于黉舍;嗒诵咒呗嚣于弦歌,上自王公贵人,下至妇人女子,每谈禅拜佛,无不洒然色喜者。"②在各个阶层的人们中,文人更是普遍受到禅宗思想的影响。我们可以开列出一串很长的名单来:李贽、汤显祖、三袁兄弟、汤宾尹、陶望龄、董其昌、陈继儒、钟惺、谭元春、王思任等。李贽晚年干脆当了和尚,钟惺临死前写《告佛文》,发愿受五戒,并起法名为"断残"。晚明许多作家对于禅宗理论确是下了一番功夫的,袁中郎就很有代表性,他对禅宗十分有研究,甚至自认为比佛教徒还精通佛理。他曾对张幼于说:"仆自知诗文,一字不通,唯禅宗一事,不敢多让。当今勍敌,唯李宏甫先生一人。其他精炼衲子,久参禅伯,败于中郎之手者,往往而是。"③当时士大夫每天的"清课"是:焚香、煮茗、习静、寻僧、奉佛、参禅、说法、作佛事……而佛书,道书,陶、白、苏文集,李贽《焚》《藏书》……则是文人的"清供"。乐纯《雪庵清史》载:

> 天湖子居山中,目所有事则焚香、煮茗、习静、寻真、读书、著

---

① 《黄宗羲全集》第8册《明儒学案》卷三二,第820页。
② 《五杂组》卷八《人部四》,第145页。
③ 《袁宏道集笺校》卷一一《张幼于》,第503页。

书、论文、作诗,或临帖作画,或赏鉴摹古,或奉佛则寻僧、参禅、说法,或作佛事则翻经、忏悔、放生、戒杀……

  爱书,案头有《弥陀》《般若》《金刚》《楞严》《圆觉》《法华》《清静》《黄庭》《道德》《南华》《离骚》《太玄》、陶渊明、白香山、《苏东坡集》、唐诗、济南弇州、《太涵》《藏书》《焚书》及传奇数十卷而已……①

然而晚明人对于禅宗老庄,大多不是崇拜,不是虔诚信仰,而是精神上的排遣和寄托。朱锡绶(字筱云)有两句话:"谈禅不是好佛,只以空我天怀;谈元(玄)不是羡老,只以贞我内养。"②虽是清人之言,不妨移用来说明晚明人喜受庄禅的实际情况。晚明文人灵活参禅,也使他们可以灵活地处理精神解脱和生活享乐的关系,心身俱惬:既享受世俗的物质生活,而又不过于执着;既向往高远的精神境界,而又不脱离俗世的享乐。

  儒与禅之间,并非水火不容。自宋元以来,儒学受到禅学许多影响。尤其陆九渊、王阳明一派,更是与禅宗有血肉关系。"狂禅"之风,也源于陆王"心学"。不过,陆王"心学"的理论归宿是正心诚意。而到了李贽等人,则主要发扬了呵祖骂佛的反儒学传统精神,对于传统道德、儒学权威等,持强烈的怀疑和否定态度,蔑视一切世间礼法。他们的风格狂放执着,惊世骇俗,其思想行为,对于传统的伦理纲常与思想文化,具有一种巨大的破坏性,故人们称之为"狂禅"。狂禅代表当然

---

① 《北京图书馆古籍珍本丛刊》第 68 册《雪庵清史》,《清史自序》,第 366—367 页。
② 《丛书集成初编》,《幽梦续影》,第 6 页。

是李卓吾。在他的鼓动下,天下靡然从之。黄宗羲说,耿定向(1524—1596)"因李卓吾鼓倡狂禅,学者靡然从风,故每每以实地为主,苦口匡救"①。四库馆臣说:"竑师耿定向,而友李贽,于贽之习气沾染尤深,二人相率而为狂禅。"②一时之间,形成一种"狂禅"之风。

庄禅之风激起个性自由之潮。士大夫从传统禁锢解脱开来,大胆地追求现世的幸福、人间的乐趣,甚至是情欲。同时,在文学领域里,一种个性自觉的思想潮流悄然而起。由于程、朱理学失去了统治地位,封建伦理道德的虚伪性成为众矢之的,反对禁欲主义和假道学,成为晚明文学与道德领域的风气。反映到文学上,一个显著的特征,便是尊重、推崇与"理"相对的"情"。袁黄(1533—1606)《情理论》说:"古之圣人治身以治天下,唯用吾情而已。人生于情,理生于人,理原未尝远于情也。""人生而有情,相与为盱睢也,相与为煦煦洽比也。而极其趣,调其宜,则理出焉。""是故情深者为圣人,能用情者为贤人,有情而不及情者为庸人。若畸人迂士,往往窃理以自饰,而无情之人也。"③充分地肯定了情的巨大力量,强调情先于理,而且比理重要。此外汤显祖提出"至情"说,冯梦龙提出"情教"说,主张"借男女之真情,发名教之伪药"④,袁宏道提倡"独抒性灵,不拘格套"⑤等。这些理论,都反映出晚明文化思潮的奇异色彩。提倡个性也必然反对复古主义,反模拟剽窃,求创新革新,注重个性和创造性,师心自运,重视文学的审美价值,这一切,在晚明小品中,也得到了充分的表现。

---

① 《黄宗羲全集》第8册《明儒学案》卷三五,第67页。
② 《四库全书总目》卷一二五《焦弱侯问答》提要,第1077页。
③ 《两行斋集》卷一,明天启四年(1624)嘉兴袁氏家刊本,台湾"国家图书馆"藏本。
④ 《冯梦龙集笺注》卷五《叙〈山歌〉》,第147页。
⑤ 《袁宏道集笺校》卷四《叙小修诗》,第187页。

放浪不检和玩世不恭的品行,追求现世享乐的人生哲学,可以说是晚明文人的风尚。他们的人格,既有传统的儒雅之风,也受到商品经济发达的观念形态影响。晚明文人的审美意识与市民意识关系密切,不少文人接受了市民阶层的价值观、人生观、审美观。这是高雅文化与世俗文化的一次高度融合。晚明时期,社会腐败黑暗,各种矛盾日趋激化,内忧外患,出现了封建末世的症候。文人对于社会现实的幻灭感,更使庄禅哲学追求自然、适意、清静、淡泊的人生观风靡一时。晚明小品深受庄禅之风影响,艺术上追求空灵、幽静、淡雅、自然、清寂的审美情趣;同时受到晚明社会影响,又出现放纵、世俗、享乐、焦灼、浮躁之风。可以说,晚明小品文比较真实、集中地表现了这个历史时期文人复杂的心态。

自宋元以来,白话小说、戏曲、民歌大量涌现,至晚明而极盛。这些通俗文学样式的内容,大多表现市民生活、市民意识和生活情趣。晚明许多文人,对于通俗文学样式,都十分喜爱,评价很高,我们可以袁宏道为例。袁宏道在《叙小修诗》中认为,当时的诗文无法传世,"其万一传者,或今间阎妇人孺子所唱《擘破玉》《打草竿》之类"[1],高度赞扬了当时的民间歌谣。而且他也相当重视小说戏曲的地位,他在《觞政》中,开列了一系列经典作家作品:"诗余则柳舍人、辛稼轩,乐府则董解元、王实甫、马东篱、高则诚,传奇则《水浒传》《金瓶梅》等为逸典。"[2]他在《听朱先生说水浒传》一诗中,又说:"少年工谐谑,颇溺《滑稽传》。后来读《水浒》,文字益奇变。六经非至文,马迁失组练。"[3]这更是把《水浒》说得比"六经"和《史记》更为美妙。晚明文人所写的小品,可以说,

---

[1] 《袁宏道集笺校》卷四,第188页。
[2] 《袁宏道集笺校》卷四八,第1419页。
[3] 《袁宏道集笺校》卷九,第418页。

标志着雅俗两种审美观念的合流。明代由于俗文学对于雅文学影响，文学标准发生了变化。袁宏道在《〈雪涛阁集〉序》中，提出文学"有以平而传者""有以俚而传者""有以俳而传者"①。在《冯琢庵师》中，还提出"宁今宁俗，不肯拾人一字"之说。② 晚明许多小品，在语言上就接受了通俗文学影响，走向口语化、通俗化。

晚明文人在文化品格上，受宋人尤其苏、黄的影响很大。在知识结构上，也是如此。苏轼、黄庭坚的艺术修养十分全面，对诸种艺术形式，如诗词文赋书画等，都深有研究。受其影响，晚明文人工书善画者众。如徐渭、邹迪光、李流芳、邢侗、董其昌、陈继儒、李日华等，不计其数。不少作家在书画方面造诣很高，却为其诗名文名所掩。如竟陵派的钟惺，以诗文著称，又精于绘事。恽南田曾评论说："伯敬先生画宗逸品，绝似冷元人一派。笔致清逸，有云西天游之风。真能脱落町畦，超于象外。长蘅、孟阳微有习气，皆不及也。"又说他的绘画成就"盖得之于诗，从荒寒一境悟入，所以落笔辄有会心"③。这正说明晚明文人艺术修养全面，各种艺术方式互相交融渗透。晚明文人也明确指出这一点，如李陈玉《书李山人画册》说："古今书法、画苑及文章家，三堂一门，同工异曲。"他认为，历来的艺术家多兼工书、画、文章。因为书、画与文章三者，有内在共同点：

> 从来画苑名家，半属能文之士。何也？其人之精神必有以取万物之微，而后倒顺横斜，能转折赋形而出。故书法有正、有勒、有侧、有卧；画苑鹊啄、鱼游、钉头、鼠尾，种种提放，即其法也。文章

---

① 《袁宏道集笺校》卷一八，第711页。
② 《袁宏道集笺校》卷二二，第781—782页。
③ 《丛书集成初编》，《瓯香馆集》卷一二，第213—214页。

家有神、有似,有断、有续,有浓、有澹,有详、有略。画苑斗牛、踏驴、加毛、点睛,即其致也。原其巧妙,同一关棙。

是以东坡书法以涂竹,山谷竹法以作书,摩诘诗中有画,画中有诗,精灵所映,千灯一辉……古之异人往往以此寻梅而得杏,凝水以为冰,岂非灵则妙,妙则传,其原不可诬也?①

这里所说的"从来画苑名家,半属能文之士",在晚明确是事实。也许我们还可以补充说,晚明许多能文之士,也是书画名家。正是多种艺术形式的综合,使晚明小品增添了高雅的艺术意味和文化气息。

---

① 《冰雪携》(上),《书李山人画册》,第 223—224 页。

第二章　晚明文学前驱的小品

本章重点介绍晚明文学前驱的小品。徐渭是公安派诸人大力推崇的晚明文学的一面旗帜,李贽是公安派及许多晚明文人精神上的导师。屠隆情况比较复杂,他是从复古派向性灵派的转折,具有某种代表性。徐渭、李贽、屠隆三人,各自在文学、哲学,乃至文化人格方面,对于晚明文人产生了相当大的影响。

第一节　徐文长小品

徐渭(1521—1593),字文清,更字文长,号天池、青藤道士,山阴人。徐渭少年时即有文名,但文场上很不顺利,屡试不中。怀才不遇,又性气狂傲,每为权势所摈弃。三十七岁时,应浙江总督胡宗宪之请,任幕下书记,兼参机要。后胡宗宪因事被治罪,徐渭精神失常,而自戕未遂。后又因杀妻系狱七年。出狱后,纵情山水,漫游齐鲁燕赵,以诗文书画糊口,穷困以终。

徐渭一辈子穷愁潦倒,但在文学艺术上却取得了巨大成就,受到晚明文学家极力称誉。他是一个天才卓绝的艺术家,擅长书法,精于水墨画,开创写意画派,对后世影响很大。在文学上,徐渭的诗文与戏曲都有突出成就,著有诗文集《徐文长集》、戏曲论著《南词叙录》、杂剧《四声猿》等。徐渭在理论上强调文学作品必须有真实感情,并予人以强烈的感受;认为作品"果能如冷水浇背,陡然一惊,便是兴观群怨之品。如其不然,便不是矣"①。他的作品,大多有这种特点。

《四库全书总目》认为徐渭散文源出苏轼,创作成就比其诗歌高,并对徐渭的思想与创作进行分析:

> 盖渭本俊才,又受业于季本,传姚江纵恣之派。不幸而学问未充,声名太早,一为权贵所知,遂侈然不复检束。及乎时移事易,侘傺穷愁,自知决不见用于时,益愤激无聊,放言高论,不复问古人法度为何物。故其诗遂为公安一派之先鞭,而其文亦为金人瑞等滥觞之始。②

这段话对徐渭的评价虽然有不公允之处,但对徐渭创作风格特点与其身世关系的揭示,却是颇为中肯的。徐渭青年时曾以季本为师,同时与王畿交往,受到阳明之学的影响,加上怀才不遇,故形成一种愤激、放纵的个性。陆士龙评论徐渭小品说:"若寒士一腔牢骚不平之气,恒欲泄之笔端,为激为懑,为诋侮,为嘲谑,类与世枘凿。"③徐渭性格疏狂,其为文,放纵淋漓,任情涂抹,然得心应手,真乃文学大家手段。他一些谈论书画的小品,常常以三言两语道出个中精义;他如尺牍、游记,亦时时显露"青藤道士"的独特个性。

在徐渭小品文中,题跋和尺牍写得最为漂亮。《题自书杜拾遗诗后》是一篇很值得重视的小品:

---

① 《徐渭集》,《徐文长三集》卷一七《答许口北》,第482页。
② 《四库全书总目》卷一七八《徐文长集》提要,第1605页。
③ 《皇明十六家小品》,《徐文长小品引》,第253页。

> 余读书卧龙山之巅,每于风雨晦暝时,辄呼杜甫。嗟乎,唐以诗赋取士,如李、杜者不得举进士;元以曲取士,而迄今啧啧于人口如王实甫者,终不得进士之举。然青莲以《清平调》三绝宠遇明皇,实甫见知于花拖而荣耀当世;彼拾遗者,一见而辄阻,仅博得《早朝》诗几首而已,馀俱悲歌慷慨,苦不胜述。为录其诗三首,见吾两人之遇,异世同轨,谁谓古今人不相及哉?①

徐渭天才绝代,但到二十岁时,才勉强获得诸生资格,以后近十次参加乡试,每次都碰壁而归,终生在功名上没有成就。徐渭所敬佩的李白、杜甫和王实甫三人,生活在科举时代,却都不是进士。这种事实不知道应该是使徐渭感到激愤还是宽释。三人之中,杜甫的命运尤苦,更使徐渭感到与杜甫异代而同轨,同病而相怜,"每于风雨晦暝时,辄呼杜甫",这是一种发自内心的感怆之情。

徐渭写过《纪梦》二则,记录两段奇怪梦境,颇能反映他的心态:

> 历深山皆坦易。白日,道广纵可数十顷。非秋凳者,值连山北阤衙署四五所,并南面而阃。戎卒数十人守之。异鸟兽各三四羁其左,不知其名。予步至其中署,地忽震几陨。望山北青林茂密,如翠羽。亟走直一道观,入。守门者为通于观主人,黄冠布袍,其意留彼,主人曰:"此非汝住处。"谢出。主人取一簿揭示某曰:"汝名非'渭',此'哂'字,是汝名也。"观亦荒凉甚,守门及主,亦并蓝缕。

---

① 《徐渭集》,《徐文长佚草》卷二,第1098页。

时入匿群山人家冷室,而群山乃壁河之东,非西也。韩生陪焉。诸监移节群城五百及客无数,韩为之耳目,邀招以往,童子随者似东。似一二客踵至,辈伪扬曲至。卒曳以行,到一曲巷。某曰:"幸决某。"百等诺之。不百武,群山西上,一白羊,大可如一大驴而脚高,逐一白大羊,眼并黄金色。伯见之,怖而反走。误叫曰:"虎来!虎来!"某为大白羊所钳,钳项右不伤,亦不痛。十八年五朔梦。①

梦当然是子虚乌有的,但徐渭既然记录成文,可见他对此梦颇为重视。梦是日常心态的反映,徐渭两个梦境,绝不是愉快欢乐、心旷神怡,而是迷离恍惚、若得若失,不知道来何处、去何方,甚至连自己名字究竟是什么也不清楚;这梦境又有几分怪诞、几分恐怖,梦到忽然地震,梦到把羊当作老虎,又被大白羊所钳。我们不是占梦家,不能破译此梦的意义,但假如说徐渭的梦反映一种潜在的焦灼、紧张、压抑和不安,恐怕不是空穴来风。

徐渭是一位不幸的艺术家。他有杰出的艺术才能,还有一副傲骨。但现实却让他以诗文书画作为糊口养家之资,像工匠那样出卖自己的艺术。他代别人写了大量文章,故有《抄代集》一书。书序说:"古人为文章,鲜有代人者。"一般有才能的文士,不是当官,就是归隐,当官的有权势,自然不必代人写文章了,再说也不一定能写出文章;而归隐者高洁,自然不愿代人执笔了。而"渭于文不幸若马耕耳,而处于不显不隐之间,故人得而代之,在渭亦不能避其代"②。骏马应奔驰万里,如今却作为耕田之具,岂不悲伤?在现实生活中,他处于"不显不隐"的尴

---

① 《徐渭集》,《徐文长逸稿》卷二四,第1055—1056页。
② 《徐渭集》,《徐文长三集》卷一九《抄代集小序》,第536页。

尬地步,所以人家可以让他代笔,而他也不得不俯首听命。在《幕抄小序》中,他说在胡宗宪幕下五年,写了近百篇文章,只存一半,"其他非病于大谀,则必大不工者也",而且"存者亦谀且不工矣"。① 后来他在《与马策之》中,描写了自己寄人幕下的悲凉处境:

> 发白齿摇矣,犹把一寸毛锥,走数千里道,营营一冷坑上,此与老牯踉跄以耕,拽犁不动,而泪渍肩疮者何异?噫,可悲也!②

写此信时,徐渭已是年过半百。发白齿摇,为了生活,只好投奔老朋友,做他的幕僚,代他写文章。以徐渭横溢的天才和孤傲的个性,这种处境的悲凉无奈,是不言而喻的。徐渭把自己比喻为一头老公牛,踉踉跄跄勉力耕田,可是筋疲力尽,拉不动沉重的犁,眼泪簌簌而下,滴渍在肩头的伤疤上。读徐渭的文章,不难感受到这位天才的压抑悲怆之情。

徐渭四十五岁时,胡宗宪因被指控与严嵩有牵连而被捕,后自杀于狱中。徐渭听到这个消息之后,感到绝望,又深恐受辱,便打算自杀,写了《自为墓志铭》以明志。徐渭在文中生动而传神地刻画了自己那种狂傲、颓放的畸人形象。他说自己性格"贱而懒且直,故憚贵交似傲,与众处不浼袒裼似玩,人多病之,然傲与玩,亦终两不得其情也"③。写自己傲慢与玩世,故与世多违。"渭为人度于义无所关时,辄疏纵不为儒缚,一涉义所否,干耻诟,介秒廉,虽断头不可夺。"④表现自己强烈的叛逆精神和对儒家传统规范的蔑视。他还以虚拟口气,写他死后的

---

① 《徐渭集》,《徐文长三集》卷一九,第536页。
② 《徐渭集》,《徐文长三集》卷一六,第483页。
③ 《徐渭集》,《徐文长三集》卷二六,第638—639页。
④ 同上书,第639页。

境地:

> 故其死也,亲莫制,友莫解焉。尤不善治生,死之日,至无以葬,独余书数千卷,浮磬二,研剑图画数,其所著诗若文若干篇而已。①

读到这里,令人为之扼腕叹息。墓志是古代常用文体,而自为墓志,则是一种比较特殊的创作形式。此体滥觞于陶潜的《自祭文》,至唐代始盛行,如王绩《自作墓志文》、白居易《醉吟先生墓志铭》、杜牧《自撰墓铭》等。日本学者川合康三在《中国的自传文学》第四章中说:"纵观古来自撰墓志铭的全貌,表述对死亡的达观,应该是它的主流。尽管写作这种墓志铭的人并不一定都真的忘怀生死、四大皆空,但至少在执笔时,他的态度、心境是想要这样的。"②所论甚当。徐渭《自为墓志铭》倒是"忘怀生死"之作,而风格却是悲凉难抑,而非"达观"的。

读徐渭文章,有一种相当特殊和复杂的况味:傲气之中流露出悲怆,悲凉之中又夹带着幽默。徐渭在艰难之中,还是保持着一种幽默感。《与梅君》:

> 肉质蠢重,衰老承之,不数步而挥汗成浆,须臾拌却尘沙,便作未开光明泥菩萨矣。再失迎候道驾,并只在乡里故人咫尺之间摇扇闲话而已,非能远出也。稍凉敬当趋教,兼罄欲言。③

---

① 《徐渭集》,《徐文长三集》卷二六,第639页。
② 川合康三:《中国的自传文学》,第151页。
③ 《徐渭集》,《徐文长三集》卷一六,第484页。

信中写自己年老体胖,动辄汗流浃背,而一蒙尘土,则便如混混沌沌未画眉目的泥菩萨,说得何等地风趣幽默。又如尺牍《与道坚》一则说,京城就如一座金矿,各地的人涌入京城,就好像是来淘金似的。对于命运好的人来说,"满山是金银";而"命薄者偏当空处,某是也"①。自己偏偏就是入宝山空手而归的苦命人。这种比喻,自我嘲讽,而显得机智幽默。又如《答张太史》一文:

> 仆领赐至矣。晨雪,酒与裘,对证药也。酒无破肚脏,罄当归瓮;羔半臂,非褐夫常服,寒退拟晒以归。西兴脚子云:"风在戴老爷家过夏,我家过冬。"一笑。②

这则尺牍是对张元汴(张太史)送来礼物的答谢。有人认为,这则小品表现了徐渭与张元汴之间的矛盾。最后一句称对方为"老爷",自比为"西兴脚子",是拿幽默作间接的攻击。③ 其实,这封短札只是幽默而别致地表示对于张元汴馈送礼品的感谢罢了。清晨大雪,张元汴送来酒与裘作为御寒之助,真是雪中送炭。徐渭表达感激,自然不是感激涕零,而另有独特的表达方式。"对证药"就得体地表达出感激之情。下文便是幽默了:惠赐的东西,本应奉还,但酒已经喝开了,总不能剖开肚皮取还。不过,等喝完了酒,酒瓮是会归还的。至于裘衣,也是会还的——等天热不穿,自然璧还了。文末,引用了当时挑夫的一句俗话:"风在老爷家过夏,我家过冬。"这本是穷人对社会不公的调侃,徐渭反用此语之意,以自我调侃。实际上,意思是说,送来的礼物我将尽情享

---

① 《徐渭集》,《徐文长三集》卷一六,第483页。
② 《徐渭集》,《徐文长逸稿》卷二一,第1017页。
③ 汤高才主编:《历代小品大观》,第467页。

用,言外之意表达对所赠礼物的喜欢。这也是一种别致而不失尊严的感谢,若作为讽刺理解,则全文的意思不连贯。而且既然不肯领对方的情,大可拒之不收;既然享用对方礼物,还来攻击对方,未免是一副无赖的口吻了。虽然后来徐渭与张元汴关系不谐,但此牍口气还是友好的。

徐渭是一位有多方面造诣的艺术家。他有些论及艺术创作的小品,也颇为精彩。如在《与两画史》一札中写道:

> 奇峰绝壁,大水悬流,怪石苍松,幽人羽客,大抵以墨汁淋漓,烟岚满纸,旷如无天,密如无地,为上。
> 百丛媚萼,一干枯枝,墨则雨润,彩则露鲜,飞鸣栖息,动静如生,悦性弄情,工而入逸,斯为妙品。①

这是与画家谈论画艺的书札。徐渭本人就是写意画大师,对于绘画意境与技法,体会精微。此则尺牍先是论写意山水,推崇用淋漓的笔墨创造一种苍茫奇伟的风格;花鸟画则不同,以润墨鲜彩塑造既精工,又富有灵逸之气、悦人性情的意境。在这短札中,徐渭无意为文,但他那种以画家特有的艺术感觉所刻画出来的生动的艺术形象,构成一幅栩栩如生的山水画和花鸟画,很有画趣,可谓状难状之景如在眼前。又如《书石梁雁宕图后》:

> 台、宕之间,自有知以来,便驰神于彼,苦不得往,得见于图谱中,如说梅子,一边生津,一边生渴,不如直啜一瓯苦茗,乃始沁然。今日观此卷画图,斧削刀裁,描青抹绿,几若真物,比于往日图谱仿

---

① 《徐渭集》,《徐文长三集》卷一六,第487页。

> 佛依稀者,大相悬绝,虽比苦茗,尚觉不同,亦如掬水到口,略降心火。老夫看取世间,远近真假,有许多种别,不知他日支杖大小龙湫,更作何观。①

此种跋语,写得何等洒脱,文笔又是何等老辣颓放,寥寥数语,竟有多番曲折。用笔不温不火,却波澜纵横;虽是题画,而其中又洋溢着自己的情趣爱好。令人不能不佩服徐渭确有极高的语言艺术修养。

徐渭还著有笑话集《谐史》,据赵景深《小说戏曲新考》"中国笑话提要"所载,《谐史》原有一百一十六则,但原书已佚。王利器《历代笑话集》从《古今谭概》等书辑录五则,其中多是对于现实的讽刺,如《惜人品》一则:

> 某司寇讲学著名,一日,于酒次得远信,读毕,惨然欲泪。坐中一少年问其故。答曰:"书中云某老生捐馆,不佞悲之。非为其官,惜其人品佳耳。"少年应曰:"不然,近日官大的人品都自佳。"司寇默然。②

"近日官大的人品都自佳",这是多么辛辣的讽刺。官大非惟权大、势大、财大,连人品也自然好了。"自佳"之"自"字,妙绝。此文从徐渭这位命运多舛、一辈子沉于下僚的天才之手写出,"谑"之中不免带着"悲"与"愤"。

徐渭的生活年代,是在嘉靖中叶至万历中叶。其强烈的个性和狂放不羁的精神,成为晚明文学精神和文学创作的先导。但在他那个时

---

① 《徐渭集》,《徐文长三集》卷二〇,第570页。
② 《古今谭概》微词部第三十,《历代笑话集》,第169页。

代,晚明那种狂飙式的文学革新运动尚未到来。他在生前并没有得到普遍的赞许,其知名度也尚未远播天下,"其名不出于越"。到了晚明,他的价值才得到全面的认识。袁宏道在《徐文长传》中写他初次接触徐渭作品时的意外、狂喜与振奋:"获此奇秘,如魇得醒。""灯影下,读复叫,叫复读,僮仆睡者皆惊起。余自是或向人或作书,皆首称文长先生。有来看余者,即出诗与之读,一时名公钜匠,浸浸知向慕。"他高度评价了徐渭的文学成就与地位:"先生诗文倔起,一扫近代芜秽之习,百世而下,自有定论。"①由于袁宏道等人大力推崇,徐渭遂成为晚明文学的旗帜。徐渭创作的历史地位,不仅因为其高超的艺术才能,更因为它代表了一种新兴的文学精神,标志着晚明文学的发展趋向。黄宗羲在《青藤歌》中说:"岂知文章有定价,未及百年见真伪。光芒夜半惊鬼神,即无中郎岂肯坠?"②他又评论徐渭文章说:"其文具有至情,叙次句无不精到。夫震川之文淡,或落于时文;文长之淡,淡而愈浓,嘉靖间大作手。"又说:"天池文有法度,得《史》《汉》之体裁,但未底于美大耳。倔强自负,不屑入弇州太函之牢笼;而当世随声附和之徒,亦无有能道之者。水落石出,究竟天池之光芒不可掩。"③所论颇中肯。黄宗羲认为,纵使没有袁中郎大力推尊,徐渭的文学成就也不会被埋没。这是一种实事求是的历史观念。

第二节 李卓吾小品

李贽(1527—1602),原名载贽,号卓吾,又号宏甫,别号温陵居

---

① 《徐渭集》附录,第1342—1344页。
② 《黄宗羲全集》第11册《南雷诗历》3,第286页。
③ 《黄宗羲全集》第11册"明文授读评语汇辑",第177页。

士等,泉州晋江人。嘉靖举人,曾任云南姚安知府。五十四岁辞官居麻城,著书讲学,揭露当时的假道学。后被官方以"敢倡乱道,惑世诬民"的罪名下狱,自杀狱中。著有《焚书》《续焚书》《藏书》《续藏书》等。

李贽是明代新兴社会思潮的突出代表,公安派的思想先驱。他以"异端"自居,反对儒学礼教,反对"以孔子之是非为是非",尤其对假道学的攻击最为激烈。他在哲学思想上,曾受阳明之学很大启发,但又有所发展。如对"存天理,去人欲"(阳明亦主张此说),就持深恶痛绝的态度。他说:"穿衣吃饭即是人伦物理。除却穿衣吃饭,无伦物矣。"① 他的"童心"说对晚明文学艺术的影响最大。他把"童心"当作人性最高范畴。所谓"童心",指的是先天本性。它虽出自阳明"良知"说,却包容了人的本性与欲望。这种理论在当时的思想界放射刺目的光芒。在文学方面,他认为,天下至文都是出于"童心",是作家真实的思想感情与个性的自然流露,而不在于形式上的追求,更不在于拟古复古。他的观点,为晚明小品的发展提供了必要的思想基础。

李贽性格倔傲而倨强。他不崇拜偶像和权威,一切历史和现实,都要用自己的价值观重新加以评价。他在《赞刘谐》中讽刺那些自称是"真仲尼之徒"的守道者,而赞美刘谐,刘谐敢于称孔子为"我仲尼兄"。那些迷信孔子的人说:"天不生仲尼,万古如长夜。"刘谐嘲笑地说:"怪得羲皇以上圣人,尽日燃纸烛而行也!"② 李贽之所以赞刘谐,是因为他不像道学者那样把孔子作为"至圣先师",作为膜拜偶像,而是作为一种亲切而可以平等论道的对象。李贽之意,并不是要推翻孔子学说。刘谐称孔子为"兄",其实还是一个亲切的称呼。李贽追求和赞扬独立

---

① 《焚书》卷一《答邓石阳》,第4页。
② 《焚书》卷三,第130页。

意识、自我意识。他在《别刘肖川书》中说,豪杰与凡民的差异,就在于"庇人与庇于人",而"今之人皆受庇于人者也,初不知有庇人事者也"。小时在家,则受父母庇荫;长大在朝廷,则求庇荫于宰臣;那些手握生杀大权的边帅,按理应该独立吧,他们也要求庇荫于朝中大官与监军的太监;读书人想读书做官,就要求庇荫于孔孟;而写文章,则又求庇于班固、司马迁。李贽讽刺说,这些人都扬扬得意,"自以为男儿,而其实则皆孩子而不自知也"①。这里骂文人,骂将帅,骂朝官,他们的通病,是处处依附人,缺乏自主意识,更严重地说,是一种奴性,这正是封建社会制度的产物。而李贽心目中的"男儿",应该是有独立意志、铮铮铁骨的豪杰。李贽是一个孤傲的人。一般的庸人俗人,他当然看不起,而那些思想保守迂腐的文人和道学家,他更是深恶痛绝。所以,在一些人眼中,他确是一个狂妄而怪诞的人。他的个性刚烈,不屈不挠,宁死不屈。他的悲剧性结局,正是他的刚烈性格与传统势力冲突的必然结果。

李贽读书相当广泛,袁中道说他"所读书皆抄写为善本,东国之秘语,西方之灵文,《离骚》、马、班之篇,陶、谢、柳、杜之诗,下至稗官小说之奇,宋、元名人之曲,雪藤丹笔,逐字雠校,肌擘理分,时出新意"②。他在继承优秀文学传统同时,也创造出富有个性的文学风格。尽管他不以文学家名世,但他的一些小品,摆脱古文格套,信笔而书,发前人之所未发,尖锐犀利,不同凡响。吴从先《小窗自纪》说:"李卓吾随口利牙,不顾天荒地老;屠纬真翻肠倒肚,哪管鬼哭神愁。"③王夫之《姜斋诗话》外编卷二说"李贽以佞舌惑天下"④,王夫之所评,当然带着贬义。

---

① 《焚书》卷二,第58页。
② 《珂雪斋集》卷一七《李温陵传》,第721页。
③ 《四库存目丛书》子部第252册,第636页。
④ 《姜斋诗话笺注》附录《夕堂永日绪论外编》,第236页。

然而,我们假如从艺术影响角度来看,这也未始不可看成是赞词:能"以佞舌惑天下",其实,也是一大本事,必然具有艺术魅力和感染力。李贽文章之所以能够风行天下,除了它思想内容方面的原因,也有其艺术上的原因。这种"佞舌",岂容易乎?

让我们从小品艺术角度分析一下李贽之所以能"惑天下"的"佞舌""利牙"。李贽杂文的特点,首先是尖锐直率。如在《答耿司寇》中,李贽揭露耿定向(1524—1596)言行不一的伪善:

> 试观公之行事,殊无甚异于人者……种种日用,皆为自己身家计虑,无一厘为人谋者。及乎开口谈学,便说:尔为自己,我为他人;尔为自私,我欲利他;我怜东家之饥矣,又思西家之寒难可忍也。某等肯上门教人矣,是孔孟之志也;某等不肯会人,是自私自利之徒也。某行虽不谨,而肯与人为善;某等行虽端谨,而好以佛法害人。以此而观,所讲者未必公之所行,所行者又公之所不讲。其与言顾行、行顾言何异乎?

李贽还尖锐地指出耿定向口是心非的品格,又把耿定向的言行与普通百姓相比较:"翻思此等,反不如市井小夫。身履是事,口便说是事,作生意者但说生意,力田作者但说力田。凿凿有味,真有德之言,令人听之忘厌倦矣。"① 此等文字,淋漓尽致,入木三分,直扫温柔敦厚传统。就李贽文章的任性直率而言,可谓开晚明文风。而晚明文人的战斗性,却远逊于李贽了。

李贽眼光相当敏锐,他的翻案文章,往往从似乎毫无道理之处立

---

① 《焚书》卷一,第30页。

论,令人耳目一新。如贪生怕死,自古以来被视为人的恶性之一,但李赞偏偏说怕死为学道之本:"世人唯不怕死,故贪此血肉之身,卒至流浪生死而不歇;圣人唯万分怕死,故穷究生死之因,直证无生而后已。无生则无死,无死则无怕,非有死而强说不怕也。"又说:"自古唯佛、圣人怕死为甚。"他认为,孔子"朝闻道,夕死可矣"是"怕死之大者",因为其意是"朝闻而后可免于死之怕也"。① 听李赞一说,确有道理。这便是"佞舌"功夫了。又如李赞论君子之误国,更甚于小人。在《党籍碑》中说:"公但知小人之能误国,而不知君子之尤能误国也。小人误国,犹可解救。若君子而误国,则末之何矣。何也?彼盖自以为君子,而本心无愧也,故其胆益壮,而志益决。"②李赞确善于作翻案文章,推倒成说,开拓心胸。他的论证,常采用一种逆向思维方式,从"无理"处生出道理,从常人思想不到处看问题,反映出他非同寻常的锐利眼光和敏捷思维。

　　李赞的文章直率大胆,毫无传统文人温文谦恭作风。比如,他的自我评价便颇能表现这种风格。他在《焚书》卷四《杂述》里,谈到为人须有识、才、胆,而其中,识最重要。"有二十分见识,便能成就得十分才","有二十分见识,便能使发得十分胆"。有人问他对于识、才、胆三者的自我估价时,他说:

　　我有五分胆,三分才,二十分识,故处世仅仅得免于祸;若在参禅学道之辈,我有二十分胆,十分才,五分识,不敢比于释迦、老子明矣;若出词为经,落笔惊人,我有二十分识,二十分才,二十分胆。

---

① 《焚书》卷四《观音问·答自信》,第171页。
② 《焚书》卷五,第217页。

> 呜呼!足矣。我安得不快乎?①

虽略有谦辞,但字里行间,仍掩不住那种傲气、豪气和自得自信之感。自古以来,敢于自称有"二十分识,二十分才,二十分胆"者,舍李贽之外,还有多少人呢?此处李贽似有曹操夫子自述的味道。在这里,找不到传统文人那种温良恭让之风,当然更无虚饰。又如《答周友山书》论人情必有所寄时说:"各人各自有过活物件,以酒为乐者,以酒为生,如某是也;以色为乐者,以色为命,如某是也。至如种种,或以博弈,或以妻子,或以功业,或以文章,或以富贵,随其一件,皆可度日。"②这种口吻,正是晚明许多文人自我表现、自我暴露习气的蓝本。

李贽文章有一种"豪气",有一种居高临下、俯视众生的气概,一种自视甚高的自豪感。《读书乐引》自述其读书之乐,说他之所以在老年还能读书,是老天爷恩赐。于是,便有下面一段文字:

> 天幸生我目,虽古稀犹能视细书;天幸生我手,虽古稀犹能书细字。然此未为幸也。天幸生我性,平生不喜见俗人,故自壮至老,无有亲宾往来之扰,得以一意读书;天幸生我情,平生不爱近家人,故终老龙湖,幸免俯仰逼迫之苦,而又得以一意读书。然此亦未为幸也。天幸生我心眼,开卷便见人,便见其人终始之概。夫读书论世,古多有之,或见皮面,或见体肤,或见血脉,或见筋骨,然至骨极矣。纵自谓能洞五脏,其实尚未刺骨也。此余之自谓得天幸者一也。天幸生我大胆,凡昔人之所忻艳以为贤者,余多以为假,多以为迂腐不才而不切于用;其所鄙者、弃者、唾且骂者,余皆以为

---

① 《焚书》卷四《二十分识》,第155页。
② 《焚书》卷一,第26页。

可托国托家而托身也。其是非大戾昔人如此,非大胆而何?此又余之自谓得天之幸者二也。①

这段话,虽似谢天之言,实是自赞之语。它连用六个"天幸生我"的排比句,而且分为数层,层层深入:"天幸生我目""天幸生我手",至老还能有看细字的眼,还有写细字的手,这只是身体之幸,是一般读书人应有的条件,有这种天赋的人很多;但是,有天生好"手""眼"的人,不一定愿意读书,而"天幸生我性""天幸生我情",则是那些摒弃俗务,潜心学问者的条件,这种人已是很少有了;而"天幸生我心眼""天幸生我大胆",即是具有大胆的独创性,有卓越的识见和判断力,有敢于翻千古之旧案,自立一家之言的胆量。有这种天赋的人,则是凤毛麟角了。这也是李贽认为最值得庆幸、最为自豪之处。

李贽文章,如从内心迸发而出,有一股不可压抑的力量。其论说之文,更如冲锋陷阵,战无不胜。他在《与友人论文》一信中说:"凡人作文,皆从外边攻进里去,我为文章,只就里面攻打出来,就他城池,食他粮草,统率他兵马,直冲横撞,搅得他粉碎,故不费一毫气力,而自然有余也。"②这段话非常形象地表达出其创作特点。他认为真正的文章是这样形成的:

> 且夫世之真能文者,比其初皆非有意于为文也。其胸中有如许无状可怪之事,其喉间有如许欲吐而不敢吐之物,其口头又时时有许多欲语而莫可所以告语之处,蓄极积久,势不能遏。一旦见景生情,触目兴叹;夺他人之酒杯,浇自己之垒块;诉心中之不平,感

---

① 《焚书》卷六,第226页。
② 《续焚书》卷一,第6页。

数奇于千载。

  既已喷玉唾珠,昭回云汉,为章于天矣,遂亦自负,发狂大叫,流涕恸哭,不能自止。宁使见者闻者切齿咬牙,欲杀欲割,而终不忍藏于名山,投之水火。①

这些话,不妨看成是李贽的夫子自道。李贽文章都是有感而发,发愤而作的。其作品猛烈如炽火,奔腾如飞瀑,自由奔放,富于鼓动性。其语言明白畅达,有声有色,又时时杂以口语、俚语、骈语、佛语、道家语,无拘无束、淋漓尽致地表现了独特的个性和思想。

李贽文章"霸气"凌人,有一种喷薄而出、排山倒海之势,一种难以抗拒的力量。这主要是因为其思想的深刻性、尖锐性。但在艺术上看,与其语言风格关系也很密切。以《童心说》为例:

  龙洞山农叙《西厢》,末语云:"知者勿谓我尚有童心可也。"夫童心者,真心也。若以童心为不可,是以真心为不可也。夫童心者,绝假纯真,最初一念之本心也。若失却童心,便失却真心;失却真心,便失却真人。人而非真,全不复有初矣。②

这里,以龙洞山农(焦竑)一句话引起,从此议论开去,如长江大河,滔滔而来,一浪高于一浪。下面谈到,失却童心之人其言虽工,但毫无价值:

  岂非以假人言假言,而事假事、文假文乎?盖其人既假,则无

---

① 《焚书》卷三《杂述·杂说》,第97页。
② 《焚书》卷三,第98页。

所不假矣。由是而以假言与假人言,则假人喜;以假事以假人道,则假人喜;以假文与假人谈,则假人喜。无所不假,则无所不喜。满场是假,矮人何辩也?然则虽有天下之至文,其湮灭于假人而不尽见于后世者,又岂少哉?①

在这里,李贽采用了排比、重复等修辞方式,给人一种强烈的印象。近二十个"假"字,联翩而出。这铺天盖地而来的"假"之可恶、可怕,与上文所言的"真"遂形成强烈对比。而"童心"之可贵,就令人信服了。李贽文章极讲究文字技巧,注意艺术效果,它确有一种魔力,使人不知不觉地受到感染。如下文:

且吾闻之:"追风逐电之足,决不在于牝牡骊黄之间;声应气求之夫,决不在于寻行数墨之士;风行水上之文,决不在于一字一句之奇。若夫结构之密,偶对之切,依于理道,合乎法度;首尾相应,虚实相生:种种禅病皆所以语文,而皆不可以语于天下之至文也。"②

此段文字便是吸收了先秦纵横家的技巧,故形成一种排山倒海、呼啸而来的气象。又如李卓吾论苦乐相因时说:"人知病之苦,不知乐之苦。乐者,苦之因,乐极则苦生矣;人知病之苦,不知病之乐。苦者,乐之因,苦极则乐至矣。苦乐相乘,是轮回种。因苦得乐,是因缘法。"③非常深刻的思想表达得非常流畅,如珠落玉盘,美妙动听。作者很巧妙地运用

---

① 《焚书》卷三,第99页。
② 《焚书》卷三《杂述·杂说》,第97页。
③ 《焚书》卷三《复丘若泰》,第9页。

了一联长对,这不是为了卖弄文字技巧,而是一种与其表达的思想相一致的形式,让"苦乐相乘"的辩证思想与这种对偶的形式和谐地统一起来。

除了论说文之外,李贽的尺牍也十分精彩。周作人在《重刊〈袁中郎集〉序》中说:"不知怎的尺牍与题跋后来的人总写不过苏黄,只有李卓吾特别点,他信里那种斗争气分也是前人所无,后人虽有而外强中干,却很要不得了。"①李贽尺牍中,也同样表现出他那种强烈个性和斗争精神。例如,当湖广佥事史旌贤扬言要惩治和驱逐李贽出麻城时,耿克念邀请李贽前去黄安。李贽认为,如果去了,人们将误会他害怕了,跑到黄安"求解免",所以决意不去,并写了《与耿克念》一信,说:

> 丈夫在世,当自尽理。我自六七岁丧母,便能自立,以至于今七十,尽是单身度日,独立过时。虽或蒙天庇,或蒙人庇,然皆不求自来,若要我求庇于人,虽死不为也。历观从古大丈夫好汉尽是如此,不然,我岂无力可以起家,无财可以畜仆,而乃孤子无依,一至此乎?可以知我之不畏死矣,可以知我之不怕人矣,可以知我之不靠势矣。盖人生总只有一个死,无两个死也,但世人自迷耳。有名而死,孰与无名?智者自然了了。②

这些话,可谓掷地作金石声,真有"大丈夫好汉"的胆气和豪情。"不畏死""不怕人""不靠势",这就是他的人生信条。"人生总只有一个死,无两个死。"悲壮之慨,千古犹能动人。这种献身精神和执拗不屈的个性,正是晚明许多文人所缺少的。他在另一封《与耿克念》的信中又写

---

① 《知堂序跋》第2辑《重刊〈袁中郎集〉序》,第342页。
② 《续焚书》卷一,第20页。

道,他不是可以被吓跑的人:"我若告饶,即不成李卓老矣。""我可杀不可去,我头可断而我身不可辱。"①总之,宁死不屈。这种文人中硬汉子的形象,令人肃然起敬。

李贽在《与焦弱侯》中论及豪杰时说,人就如水,豪杰就如巨鱼。信中还有这样一段描写:

> 余家泉海,海边人谓余言:"有大鱼入港,潮去不得去。呼集数十百人,持刀斧,直上鱼背,恣意砍割,连数十百石,是鱼犹恬然如故也。俄而潮至,复乘之而去矣。"然此犹其小者也。乘潮入港,港可容身,则兹鱼亦苦不大也。余有友莫姓者,住雷海之滨,同官滇中,亲为我言:"有大鱼如山,初视,犹以为云若雾也。中午雾尽收,果见一山在海中,连亘若太行,自东徙西,直至半月日乃休。"则是鱼也,其长又奚啻三千余里者哉!②

这巨鱼,便是豪杰的象征。在尺牍中,来一段子虚乌有又气象非凡的寓言,其文气深得《庄子》与《战国策》纵横家之妙。尺牍竟能有此奇幻浩荡的气势,这正是晚明那些小品名家难以望其项背的。

李贽的作品与思想,对于晚明创作产生了巨大影响,受李贽影响最直接的当然是公安派。袁宗道曾向李贽问学。他在给李贽的信中说:"不佞读他人文字觉懑懑,读翁片言只语,辄精神百倍。"③袁宏道曾到麻城三个多月,从李贽问学。两年后,又与宗道、中道一起,再次拜会李贽。袁宏道十分推崇李贽《焚书》,称其:"愁可以破颜,病可以健脾,昏

---

① 《续焚书》卷一,第24页。
② 《焚书》卷一,第3—4页。
③ 《白苏斋类集》卷一五,第209—210页。

可以醒眼,甚得力。"①李贽思想成为他创作飞跃的契机。袁中道说,袁宏道认识李贽之后,"始知一向掇拾陈言,株守俗见,死于古人语下,一段精光,不得披露。至是浩浩焉如鸿毛之遇顺风,巨鱼之纵大壑。能为心师,不师于心;能转古人,不为古转。发为语言,一一从胸襟流出,盖天盖地,如象截急流,雷开蛰户,浸浸乎其未有涯也"②。而中道也十分崇拜李贽,称他是"今之子瞻也","而识力胆力,不啻过之"。③ 他还写了《李温陵传》,为李贽立传。总之,公安三袁都是李贽的崇拜者,其思想和创作都受到李贽的直接影响。当然,李贽对于晚明作家影响相当广泛,不仅仅公安派,许多晚明作家都十分敬佩李贽,如董其昌就说:"李卓吾与余以戊戌春初,一见于都门外兰若中,略披数语,即许可莫逆。"④从晚明小品文发展来看,李贽关于个性自由的思想和童心说,对于晚明小品创作的确产生了很大的影响。

虽然李贽摆脱传统思想束缚、自由地抒发个性的作风对晚明文风,尤其是公安派,产生过巨大影响,但是李贽文章与晚明小品诸家,甚至与公安派,相去甚远。的确,就其追求个性、独抒性灵、不拘格套这些方面而言,精神是相通的。但李贽文章以气胜,而晚明诸家小品以韵胜。公安派之长在于"趣",在于情致;李贽之长则在于理,在于气势。李贽文章充满斗争意味,而公安派文章多闲情逸致。李贽虽不以文章名世,但其小品文实有晚明诸子远所不及之处。

顾炎武说:"自古以来,小人之无忌惮而敢于叛圣人者,莫甚于李贽。然虽奉严旨,而其书之行于人间自若也。"又记载:"天启五年九

---

① 《袁宏道集笺校》卷五《李宏甫》,第221页。
② 《珂雪斋集》卷一八《吏部验封司郎中中郎先生行状》,第756页。
③ 《珂雪斋集》卷一〇《龙湖遗墨小序》,第474页。
④ 《画禅室随笔》卷四《禅悦》,第146页。

月,四川道御史王雅量疏:'奉旨,李贽诸书怪诞不经,命巡视衙门焚毁,不许坊间发卖,仍通行禁止。'而士大夫多喜其书,往往收藏,至今未灭。"①对其评价虽然不公,但从反面看出,晚明尽管官方百般禁焚,也拦不住李贽作品的广泛传播。这主要因为李贽作品具有深刻的思想性,但与其独特的艺术魅力也是有关系的。

第三节 屠赤水小品

屠隆(1543—1605)②,字长卿,又字纬真,号赤水,别号由拳山人、一衲道人、蓬莱仙客,晚年又号鸿苞居士。鄞县人。万历五年进士,任颍上知县,万历六年底迁青浦令,万历十年升礼部主事。屠隆性格不羁,当青浦县令时,延接吴越间名士泛舟置酒,以仙令自许。在郎署,益放纵诗酒,和西宁侯宋世恩两家肆筵曲宴,交往甚密,并时以通家往还。刑部主事俞显卿与屠隆有私仇,上疏弹劾屠隆,说他纵淫,还说他与宋世恩夫人有私,屠隆因而被罢官。罢官后屠隆曾写过一首《乌栾》曲,曲中说:

> 手提着闲中风月,一任他乌兔奔忙;肩担着物外乾坤,都不管春秋来往。出火坑,总领的一味清凉;离苦海,安稳地喜无风浪。解忧闷,服了平胃散;除烦渴,饮了太和汤。俺想那华清宫,马头残月,到不如白沙村,牛背斜阳。俺自有胸中丘壑,煞强如名利场……③

---

① 《日知录集释》卷一八《李贽》,第 1070—1071 页。
② 据徐朔方《晚明曲家年谱·屠隆年谱》,《徐朔方集》第 3 卷,第 309 页。
③ 《丛书集成初编》,《娑罗馆逸稿》卷一,第 1 页。

罢官的感觉,是跳出"火坑",脱出"苦海"。其后,他的生活越发放荡。《明史》本传说他"归益纵情诗酒,好宾客,卖文为活。诗文率不经意,一挥数纸"①。他遨游吴越,寻山访道,啸傲赋诗。晚年出盱江,登武夷。据钱谦益《列朝诗集小传》丁集上所载,屠隆"家无余赀,好交游,蓄声伎,不耐岑寂,不能不出游人间","衰晚之年,精华垂尽,率笔应酬,取悦耳目,渊明乞食之诗,固曰'叩门拙言词',今乃以文词为乞食之具,志安得不日降,而文安得不日卑!"②像屠隆这样好交游,好山水,好声色,而晚年竟落到"以文词为乞食之具",用文章应酬来获得生活之资的地步。以屠隆如此出众的才华,这种结局,似乎是个悲剧。但是,世上"乞食之具"多矣!农夫以耕耨,百工以制作,妓女以身体,官吏以媚颜,故文人"以文词为乞食之具",以艺术创作养活自己,绝不是可耻之事,也不是容易之事。

屠隆著有《栖真馆集》《由拳集》《采真集》《南游集》《鸿苞集》等,其散文瑰丽横逸,成就颇高。屠隆曾在答友人书信中,用一句话概括自己的创作:"姿敏而意疏",就是说,自己的特点是思维敏捷而疏于构思,所以"姿敏故多疾给,意疏故少精坚"。他还说自己"束发操觚,睥睨一世,长篇短什,信心矢口"。③ 据说他的《由拳》《白榆》诸集中文章,都是文不加点、一挥而就的。

在文学史上,屠隆有非常独特的地位。他是明代文学从前后七子时代走向公安派时代的一个重要过渡。《四库全书总目》卷一七九《白榆集》提要说:"隆为人放诞风流,文章亦才士之绮语……文尤语多藻

---

① 《明史》卷二八八《文苑传》,第 7388 页。
② 《列朝诗集小传》丁集上《屠仪部隆》,第 446 页。
③ 同上书,第 445—466 页。

绘,而漫无持择。益沿王、李之涂饰,而又兼涉三袁之纤佻也。"①屠隆列名后七子支流的"末五子",他服膺王世贞,亦为王世贞所称赏。同时,他又与汤显祖、袁宏道等人有交谊,受到他们的尊重。袁宏道曾在《与王以明书》中说:"游客中可语者,屠长卿一人,轩轩霞举,略无些子酸俗气。"②他的文学观受到前后七子的影响,追随"文须秦汉,诗必盛唐"主张;但在反对拟古这一点上,又与公安派同道。他在创作上兼了两者的特点,而总体上更倾向于性灵一路。吴从先《小窗自纪》就把屠隆与李贽并称:"李卓吾随口利牙,不顾天荒地老;屠纬真翻肠倒肚,哪管鬼哭神愁。"③

屠隆作品有一种浓厚的江南气息,他在江南长大,在江南任职,对于江南山水清音充满感情。每当处于恶劣艰苦或喧嚣嘈杂的环境中,他总是情不自禁地想起江南清远的山水和特殊的人文环境。如《答李惟寅》中谈到自己:

> 独畏骑款段出门,捉鞭怀刺,回飙薄人,吹沙满面,则又密想江南之青豁碧石,以自愉快。吾面有回飙吹沙,而吾胸中有青豁碧石,其如我何?④

这里,是以回忆江南之青溪碧石,来自我排遣,作为精神慰藉。在《送董伯念客部请告南还序》一文中,他更明确地说:"不佞故海上披裘带索之夫也,偶邀时幸,窃禄下寮,生平有烟霞之癖,日夜不忘丘壑间。而

---

① 《四库全书总目》卷一七九《白榆集》提要,第1621页。
② 《袁宏道集笺校》卷五,第223页。
③ 《四库存目丛书》子部第252册《小窗自纪》,第636页。
④ 《屠隆集》第4册《白榆集》文集卷之一〇,第399页。

苦贫无负郭一顷,饱其妻孥,不得已,就五斗中外,风尘马蹄,未尝不结思东南之佳山水。"①所以,一旦摆脱了官场羁绊,他就全身心地沉醉于"东南之佳山水"中,尽情满足自己的"烟霞之癖"了。

屠隆散文有一种乡村"情结"。他对于都市与官场生活,总感到隔膜,觉得自己难以融合到这种文化氛围之中。在《与元美先生》一信中,他说:"长安人事,如置弈然。风云变幻,自起自灭。是非人我,山高矣。"②京城是政治文化中心,是令多少士人一辈子梦牵魂绕的神往之地。而在屠隆心目中,不过是喧杂肮脏之处。他的《在京与友人》中有一段传神之笔:

> 燕市带面衣,骑黄马,风起飞尘满衢陌。归来下马,两鼻孔黑如烟突。人、马屎和沙土,雨过淖汙没鞍膝,百姓竞策蹇驴,与官人肩相摩。大官传呼来,则疾窜避委巷不及,狂奔尽气,流汗至踵,此中况味如此。
> 遥想江村夕阳,渔舟投浦,返照入林,沙明如雪;花下晒网罟,酒家白板青帘,掩映垂柳,老翁挈鱼提瓮出柴门。此时偕三五良朋,散步沙上,绝胜长安骑马冲泥也。③

陆士龙夹批道,此文描绘了两幅图:"一幅待漏图""一幅江南意",即仕宦生活与田园生活之对照,所言有理。短短数行,展现了两个迥异的生活环境:京城的都市生活是如此喧嚣、紧张,环境如此拥挤、肮脏,人与人的关系如此不平等;而乡村生活则是那么恬淡、闲适,环境那么宁静、

---

① 《屠隆集》第3册《白榆集》文集卷之三,第251页。
② 《屠隆集》第4册《白榆集》文集卷之一○,第413页。
③ 《皇明十六家小品》,《翠娱阁评选屠赤水先生小品》卷二,第201页。

清幽,人际关系又是那么纯朴、友好、和谐。一个是眼前的世界,一个是遥远的江南乡村。作者轻轻用"遥想"二字,就巧妙地把这两者作了强烈的对比,使人不禁油然而生"归去来兮"之感。"归来下马,两鼻孔黑如烟突",把沾满黑乎乎烟尘的鼻孔比喻为烟囱,真是妙不可言。传神写照,正在阿堵中。当然,屠隆文中对于京城的抱怨,并不是他的创造。古人对此早有描写,晋代诗人陆机《为顾彦先赠妇》诗中就说:"京洛多风尘,素衣化为缁。"①谢玄晖《酬王晋安》诗:"谁能久京洛,缁尘染素衣。"②但屠隆把"多风尘"的京城,写得如此传神,如此妙绝,却是前所未有的笔墨。在这里,妙处并不在对于村居生活的回忆,这种描写在中国古代文章中俯拾皆是。其妙处是写出京城生活环境的喧嚣、京城逼人的"官气",以及由此而来的人与人之间的不平等,使乡村生活相比变得更令人向往。

正因如此厌倦官场与喧嚣生活,所以,一旦离开都市,回归到恬静的乡村,屠隆即如鱼得水,似鸟归林,十分自在。在《归田与友人》一文中,他以抒情笔墨写道:

> 一出大明门,与长安隔世,夜卧绝不作华清马蹄梦。家有采芝堂,堂后有楼三间,杂植小竹树,卧房厨灶,都在竹间,枕上常听啼鸟声。宅西古桂二章,百数十年物。秋来花发,香满庭中。隙地凿小池,栽红白莲。傍池桃树数株,三月红锦映水,如阿房、迷楼,万美人尽临妆镜。③

---

① 《陆机集》卷五,第54页。
② 《谢宣城集校注》卷三,第203页。
③ 《皇明十六家小品》,《翠娱阁评选屠赤水先生小品》卷二,第203页。

归园田居,可以听鸟鸣,闻花香,赏莲品竹,自然界一切美景,都供我品赏,为我所用,就像秦始皇阿房宫、隋炀帝的迷楼贮有万千丽人侍候一样。比喻虽未能免俗,但屠隆那种写意自得之情,却是溢然纸上。

屠隆在作品中,多表达对于官场生活无奈与厌烦之情。如《与君典》一文中道:

> 条风驰荡,景物明丽,郊园春事当盛。花下玉缸,有良友固善,独酌亦自成趣。海内豪杰,咸得所处,即朗寂异操,出处殊致,尚都不失逍遥。独不佞沦于粪壤,即今青阳之月,蓬垢而对囚徒,夭桃刺眼,鸣鸠聒人,坐惜春光,掷于簿领。①

当青春作伴,良辰美景,其他人都在逍遥之时,他却因为公务在身,而无法去欣赏阳春美景。所以,他把当官视为"沦于粪壤"。后来,袁宏道屡辞官职,与屠隆这种当官有碍玩乐的想法是完全相同的。

屠隆的文化人格,在晚明文人中颇有代表性。他既追求闲适的江南乡村式生活情致,也善于将日常生活艺术化。这正是晚明文人特有的文化气质与处世态度。屠隆写过一些生活艺术方面的小品专著。如《考槃余事》一书,杂论文房清玩之事:谈书版碑帖,评书画琴纸,论笔砚炉瓶以至一切器用服御。如《盆玩》一文,描写种种盆景,颇有清致。其中写松的盆景:

> 盆景,以几案可置者为佳,其次则列之庭榭中物也。最古雅者,如天目之松,高可盈尺,其本如臂,针毛短簇,结为马远之"欹

---

① 《皇明十六家小品》,《翠娱阁评选屠赤水先生小品》卷二,第193页。

斜诘曲",郭熙之"露顶攫拏",刘松年之"偃亚层叠",盛子昭之"拖拽轩翥"等状,栽以佳器,槎枒可观。更有一枝两三梗者,或栽三五窠,结为山林排匝,高下参差,更以透漏窈窕奇名古石笋,安插得体,置诸中庭,对独本者。若坐冈陵之巅,与孤松盘桓对双本者,似入松林深处,令人六月忘暑。①

盆玩虽为小摆设,晚明文人却善于以之营造古雅的文化气息和氛围,从中获得清玩清赏的文化精神。所以,在屠隆看来,松之盆景,可以使人产生"与孤松盘桓"的感觉,可以"令人六月忘暑"。茶,本是"开门七件事"之一,乃日常生活的必需品,但古代文人将之提到文化的高雅层次。屠隆在此书中则说:"茶之为饮,最宜精行修德之人。兼以白石清泉,烹煮如法,不时废而或兴,能熟习而深味,神融心醉,觉与醍醐甘露抗衡,斯善赏鉴者矣。使佳茗而饮非其人,犹汲泉以灌蒿莱,罪莫大焉。有其人而未识其趣,一吸而尽,不暇辨味,俗莫甚焉。"②在他看来,饮茶不仅是物质享受,而且还有一种深刻的人文意蕴。因此,同是饮茶,便有了雅、俗之分,而茶与文人的人生境界,也就密切相关了。此外,屠隆又著有《游具雅编》一书。所谓"游具",是指便于游览之具,如笠、杖、鱼竿之类。这些既有助于文人养生,也是文人悦性的需要。

屠隆有小品《适志》一文:

何以适志?青山白云。何以娱目?朝霞夕曛。上有长林,下有回溪。黄麋昼出,玄猿夜啼。耳听松风,以当管弦。匡坐大石,手汲清泉。乐哉山居,可以徘徊。岩洞陡绝,豁焉中开。竹房内

---

① 《长物志　考槃余事》,《考槃余事》卷四,第316页。
② 《长物志　考槃余事》,《考槃余事》卷四《人品》,第335页。

幽,石坛外朗。有客清言,无客独往。人世隔绝,神冥大虚。一事关心,焚书展书。①

在这里,他描写了心目中理想的生活环境和生活方式。文中把"有客清言"作为理想生活方式的条件之一。这里的"清言",是指与客人之间的高雅清谈,并不具有文体意义。但是,在晚明时代,"清言"不仅是文人雅士清远玄逸的口头语言,也是一种新兴的小品文体。而这种文体的风行,和屠隆有密切关系。屠隆本人便写过《娑罗馆清言》和《续娑罗馆清言》二书,在晚明开创了一种清言小品写作风气。关于"清言小品"一体的渊源流变和艺术特点,本书第八章另有专节论述,此略。屠隆在《娑罗馆清言》中说:"观上虞《论衡》,笑中郎未精玄赏;读临川《世说》,知晋人果善清言。"②可见,屠隆非常欣赏《世说新语》中晋人清言,而且屠隆写作清言,也应该受到《世说新语》清言的某些影响。《世说新语》着重记载了晋代士大夫的思想、生活和清谈放诞的风气;而《娑罗馆清言》和《续娑罗馆清言》(下简称《清言》《续清言》)二书,则全是以格言形式,写出晚明文人的生活、情趣和心态,是晚明文人一部形象的"心史"。

屠隆思想受佛、道二家影响很大。晚年的屠隆,是佛、道二家的信奉者和宣传者。他写过阐述宗教的戏剧,也创作了大量悟禅求仙的诗曲,而在散文方面,佛道思想集中表现在《清言》《续清言》中。屠隆清言小品,首先强调对于人生本质虚幻的领悟。《清言》开篇便是对于人生如梦的感叹:"三九大老,紫绶貂冠,得意哉,黄粱公案;二八佳人,翠

---

① 《皇明十六家小品》,《翠娱阁评选屠赤水先生小品》卷二,第 223 页。
② 《屠隆集》第 6 册《娑罗馆清言》卷之下,第 552 页。

眉蝉鬓,销魂也,白骨生涯。"①"疾忙今日,转盼已是明日;才到明朝,今日已成陈迹。算阎浮之寿,谁登百年;生呼吸之间,勿作久计。"②名利声色,总是南柯一梦,过眼烟云。人必须在日常生活中领,悟人生幻灭的本质。"春去秋来,徐察阴阳之变;水穷云起,默观元化之流。"③"常想病时,则尘心渐灭;常防死日,则道念自生。风流得意之事,一过辄生悲凉;清真寂寞之乡,愈久转增意味。"④所以,最理想的是过着无忧无虑的隐逸生活。"道上红尘,江中白浪,饶他南面百城;花间明月,松下凉风,输我北窗一枕。""老去自觉万缘都尽,那管人是人非;春来尚有一事关心,只在花开花谢。"⑤这些清言,从各方面来阐释老庄、佛教那种人生如梦、人生如幻的思想。假如我们把屠隆清言与包括屠隆在内的晚明文人的实际生活相比较,是十分有意思的。屠隆说:"明霞可爱,瞬眼而辄空;流水堪听,过耳而不恋。人能以明霞视美色,则业障自轻;人能以流水听弦歌,则性灵何害?"⑥此言声色之不足留恋,而包括屠隆在内许多晚明文人,恰恰是喜欢放纵声色的。

屠隆对于僧道有特别感情,所以说:"方外偶过僧道,倒双屣,急开竹户迎来;座中倘及市朝,掩两耳,辄敕松风听去。"在他看来,最理想的生活是:"楼窥睥睨,窗中隐隐江帆,家在半村半郭;山倚精庐,松下时时清梵,人称非俗非僧。"⑦理想环境是"半村半郭",清静,又不清冷;理想身份是"非俗非僧",闲适,又不空寂。这种生活方式,可进可退,

---

① 《屠隆集》第6册《娑罗馆清言》卷之上,第541页。
② 《屠隆集》第6册《续娑罗馆清言》,第559—560页。
③ 同上书,第560页。
④ 同上书,第556页。
⑤ 《屠隆集》第6册《娑罗馆清言》卷之上,第541页。
⑥ 同上书,第543页。
⑦ 《屠隆集》第6册《娑罗馆清言》卷之下,第552页。

非常灵活,占尽人间一切便宜。从庄禅的世界观出发,便要求随遇而安的生活态度:

> 人若知道,则随境皆安;人不知道,则触途成滞。人不知道,则居闹市生嚣杂之心,将荡无定止,居深山起岑寂之想,或转忆炎嚣;人若知道,则履喧而灵台寂若,何有迁流,境寂而真性冲融,不生枯槁。①

随境而安,真性冲融,如陶潜般"心远地自偏"。这一点,正是晚明文人自身所难以达到的人生境界。若真正能做到"履喧而灵台寂若",屠隆就不会对于都市的喧杂表现出那么强烈的反感了。

在屠隆清言中,最有诗意,也最有艺术色彩的笔墨,是那些对于文人高雅生活的描写和特别设计:

> 口中不设雌黄,眉端不挂烦恼,可称烟火神仙;随宜而栽花竹,适性以养禽鱼,此是山林经济。

> 风晨月夕,客去后,蒲团可以双跏;烟岛云林,兴来时,竹杖何妨独往?

> 净几明窗,好香苦茗,有时与高衲谈禅;豆棚菜圃,暖日和风,无事听闲人说鬼。

---

① 《屠隆集》第 6 册《娑罗馆清言》卷之上,第 541 页。

临池独照,喜看鱼子跳波;绕径闲行,忽见兰芽出土。亦小有致,时复欣然。

杨柳岸,芦苇汀,池边须有野鸟,方称山居;香积饭,水田衣,斋头才着比丘,便成幽趣。

楼前桐叶,散为一院清阴;枕上鸟声,唤起半窗红日。

茶熟香清,有客到门可喜;鸟啼花落,无人亦是悠然。

水色澄鲜,鱼排荇而径度;林光潋荡,鸟拂阁以低飞。曲径烟深,路接杏花酒舍;澄江日落,门通杨柳渔家。

三径竹间,日华澹澹,固野客之良辰;一编窗下,风雨潇潇,亦幽人之好景。

据床嗒尔,听豪士之谭锋;把盏醒然,看酒人之醉态。①

屠隆在这些描写之中,寄托了自己的向往之情。这些充满诗意的描写,的确具有很强的艺术魅力。它们以简约对称的语言,描绘出文人种种理想的生活景象,犹如一幅幅清雅潋远的文人写意画。这些画面,无不是大自然美妙的情景,而其中主人公所表现的,又无不是与物熙和、澄怀涤虑、修洁脱俗的格调。屠隆以及后来一批晚明清言小品,比其他文

---

① 《屠隆集》第6册《娑罗馆清言》卷之下,第541—550页。

体的小品,更为集中、更为简约地反映了当时文士艺术化的生活理想。

屠隆在理论上,对于文学风格,却是持一种比较宽容的态度。在《与王元美先生书》中,他从大自然风光的多样化谈起:

> 今夫天有扬沙走石,则有和风惠日;今夫地有危峰峭壁,则有平原旷野;今夫江海有浊浪崩云,则有平波展镜;今夫人物有戈矛叱咤,则有俎豆晏笑。斯物之固然也。藉使天一于扬沙走石,地一于危峰峭壁,江海一于浊浪崩云,人物一于戈矛叱咤,好奇不太过乎?①

这种文学思想体现到其创作中,便是既有平和清新的一面,也有奇崛豪放的一面。《四库全书总目》说屠隆创作,"沿王、李之涂饰"②,即受到七子影响,这种情况往往为人所忽视。如其《海览》一篇,以近于汉赋的写法作记,写普陀海天的千变万化,文笔绚丽,气象壮观,风格雄奇。这种山水记,在晚明较为少见。如篇首写他从桃花津放舟东下,登侯清山,踞鳌柱峰,"陡觉东南天地大荒,寥阔开朗,奇然灏瀁。金鸡、虎蹲,两山对峙,奔腾峡口,蛟门峡东,谽谺鼓怒,巨涛摧硊,六合撼顿。夜宿佛阁上,通宵闻大风雷声,或如万面战鼓,訇訇而来,疑遂卷此山去。令我眇焉四大,掷于何所?其上挂扶桑蟠木,与阳乌亲乎?其下撞蛟宫水府,与龙子友乎?"③极力夸张铺排,刻意渲染,刻画一个令人目眩神驰、灏瀚苍茫的世界。文字则多用古僻字,语言显得古涩诘屈。与屠隆其他小品文相比,风格相去甚远。这正是其作品的一个侧面,恰好反映出

---

① 《屠隆集》第1册《屠长卿集》文集卷之六,第328页。
② 《四库全书总目》卷一七九《白榆集》提要,第1622页。
③ 《皇明十六家小品》,《翠娱阁评选屠赤水先生小品》卷一,第159页。

屠隆风格的复杂性。

黄宗羲说:"赤水之文,才情舒卷,忽而波澜浩渺,有一段好处,但未经剪裁耳!而随逐时尚,持论荒谬;幸其工夫未深,不掩本色。"①此评价亦褒亦贬,贬其持论而褒其文采才情之本色,所论可称平允。屠隆著作在当时影响很大,非常有名气。从反面例子,也可以说明一点问题。当时不少人假托屠隆之名,出版一些书籍赚钱。如《四库全书总目》所录的《篇海类编》二十卷、《翰墨选注》十二卷、《钜文》十二卷,谬误百出,却嫁名于屠隆,这些都是书肆为了牟利的伪作。

---

① 《黄宗羲全集》第11册"明文授读评语汇辑",第171页。

第三章 汤若士诸家小品

万历年间,公安派的创作,标志着晚明小品开始出现高潮。但是在此之前,晚明小品已达到相当高的艺术水平。下面介绍几位略早于公安派的重要作家。

第一节 汤若士小品

汤显祖(1550—1616),字义仍,号若士,又号海若,晚年号茧翁,别署清远道人,临川人。汤显祖出身书香门第,五岁就能属对,十三岁拜泰州学派王艮三传弟子罗汝芳为师,二十一岁乡试中举。此后,运气似乎不佳。先后两次赴京会试,都名落孙山;后又有两次因与权相张居正的子弟同时赴考,汤显祖不愿去趋逢而落第。到了万历十一年,汤显祖三十四岁时才中进士,并在南京任太常寺博士、礼部祠祭司主事等。他因正直敢言,故被贬到徐闻当典史。万历二十一年,他量移浙江遂昌知县,颇有政绩。万历二十六年,弃官归隐乡居,绝意仕进,而专事写作。汤显祖在文学上最杰出的成就是戏剧,写过传奇《紫箫记》《紫钗记》《还魂记》(即《牡丹亭》)、《南柯记》《邯郸记》五种,所作诗文收入《玉茗堂诗文集》。

汤显祖少年师承泰州学派,后来又接受了李贽与达观禅师的影响。在南京时,他多次与达观禅师见面,听他讲法;他对李贽也极为钦慕,万历十八年,李贽《焚书》始刻于麻城,汤显祖即殷勤求访。《寄石楚阳苏州》信中说:"有李百泉(李贽)先生者,见其《焚书》,畸人也。肯为求其书寄我骀荡否?"①可见他对李贽的倾慕之情。汤显祖思想比较复杂,但从其文学创作来看,反对程、朱理学,追求个性自由,是其主要方面。在他生活的时代,前后七子势力仍然很大,但汤显祖的文学趣味与复古主义绝不相同。他从早年开始,就激烈地批判前后七子之弊。针对"文必秦汉"的说法,他"尝与友人论文,以为汉宋文章,各极其趣者,非可易而学也。学宋文不成,不失类鹜;学汉文不成,不止不成虎也"②。他认为,宋代文章比秦汉文章更宜于作为学习对象。这种观点与唐宋派一致,也反映了明代人学习古文的实际情况。黄宗羲说:"海若之文,精悍而有识力,中间每有一段不可磨灭之处。然当其放溢时,每有杂笔阑入,未经淘汰耳!"③所评切当。钱谦益在《列朝诗集小传》中说:"自王、李之兴,百有余岁,义仍当雾霪充塞之时,穿穴其间,力为解驳。归太仆之后,一人而已。"④肯定了汤显祖在明代反对复古主义文学运动中承前启后的历史地位。

汤显祖美学思想的核心,就是"情"。这正是晚明文学思潮的一个重要特点。汤显祖《牡丹亭》是对于"情"最高、最形象的礼赞。他在《牡丹亭记题词》中说:"情不知所起。一往而深,生者可以死,死可以生。生而不可与死,死而不可复生者,皆非情之至也。""人世之事,非人世所可尽。自非通人,恒以理相格耳。第云理之所必无,安知情之所必有邪。"⑤自古以来,文学作品中,对于情的描写多矣,"情"可说是文

---

① 《汤显祖诗文集》卷四四《玉茗堂尺牍》之一,第 1246 页。
② 《汤显祖诗文集》卷四四《玉茗堂尺牍》之一《答王澹生》,第 1234 页。
③ 《黄宗羲全集》第 11 册"明文授读评语汇辑",第 174 页。
④ 《列朝诗集小传》丁集中《汤遂昌显祖》,第 563—564 页。
⑤ 《汤显祖诗文集》卷三三《玉茗堂文》之六,第 1093 页。

学中的一个永恒题材。正如金代元好问说:"恨人间、情是何物,直教生死相许。"①爱情能使人以生死相许,足见其巨大魅力。但元好问所表达的还是现实主义的说法;汤显祖则说情之所至,生者可以死,死者可以生。否则,就谈不上是至情了。这确是远远超越现实的浪漫瑰丽的豪语。汤显祖推崇的情,包含个性自由的内容。它既超越日常生活中的常理,也与宋明理学的"理"是对立的。在这个基础上,汤显祖提出文学创作要敢于突破常规。他在《合奇序》中说:"予谓文章之妙不在步趋形似之间。自然灵气,恍惚而来,不思而至。怪怪奇奇,莫可名状。非物寻常得以合之。"②文中还举苏轼的画竹与米芾的山水人物画为例,并把"宁为狂狷,毋为乡愿"这种人格理想运用到审美理想之中。他在《序丘毛伯稿》中也说:"天下文章所以有生气者,全在奇士。士奇则心灵,心灵则能飞动,能飞动则下上天地,来去古今,可以屈伸长短生灭如意,如意则可以无所不如。"③可见,汤显祖论文重在"生气"。"生气"源于作者"飞动"的"心灵"、自由的思想和不羁的个性。

查继佐《汤显祖传》说:"海若为文,大率工于纤丽,无关实务。然其遣思入神,往往破古。"④这是对其文学创作的总体评价。汤显祖传奇创作,千古流芳。"玉茗堂文"之成就,不如其戏曲,但也可称别具一格。《汤显祖集》中散文,分为"玉茗堂文"与"玉茗堂尺牍"两部分。"玉茗堂尺牍"数量很多,也最能代表汤显祖小品特点。沈际飞在《尺牍题词》中说:

---

① 《遗山乐府校注》卷一《摸鱼儿》,第53页。
② 《汤显祖诗文集》卷三二《玉茗堂文》之五,第1078页。
③ 同上书,第1080页。
④ 《罪惟录》列传之卷一八,第2532页。

汤临川才无不可,尺牍数卷尤压倒流辈。盖其随人酬答,独抚素心,而颂不忘规,辞文旨远。于国家利病处缅缅详言,使人读未卒篇,辄憬然于忠孝廉节。不则惝恍沉漻,泊然于白衣苍狗之故,而形神欲换也。又若隽冷欲绝,方驾晋魏,然无其简率。①

沈际飞题词高度地评价了汤显祖尺牍的内容和艺术成就,认为它堪称"压倒流辈"。"玉茗堂尺牍"展现了汤显祖的胸襟和个性,是我们认识汤显祖最直接的资料。他在《答余中宇先生》中说:"某少有伉壮不阿之气,为秀才业所消,复为屡上春官所消。然终不能消此真气。"②此数语,确是汤显祖品格的真实写照。"真气"是汤显祖性格最为可贵之处。他为了保持"真气"而屡屡吃苦头。万历十九年,汤显祖在南京礼部祠祭司主事,在一封写给皇帝的《论辅臣科臣疏》中竟说:"陛下经营天下二十年于兹矣。前十年之政,张居正刚而有欲,以群私人嚣然坏之。后十年之政,时行(申时行,曾为首辅)柔而有欲,又以群私人靡然坏之。皇上大有为之时可惜。"③敢于把皇帝经营的二十年一笔抹杀,结果被贬谪到广东徐闻,降为典史。万历十三年,他的座师司汝霖写信劝他与执政搞好关系,可调回北京任吏部主事。他写了《与司吏部》一信婉拒,信中叙述五条不想去北京的原因,如家庭、费用、身体、气候、水土等,其实都是托词。真正原因,是他对于官场,尤其像北京这种权势中心的厌恶。他说:"长安道上,大有其人,无假于仆,此直可为知者道也。"他的愿望是"依秣陵佳气,与通人秀生,相与征酒课诗,满捧而出,

---

① 《汤显祖诗文集》附录,第1536页。
② 《汤显祖诗文集》卷四四《玉茗堂尺牍》之一,第1244页。
③ 《汤显祖诗文集》卷四三《玉茗堂文》之一六,第1214页。

岂失坐啸画诺耶?"①表现出对于利禄的鄙视和个性自由的追求。

汤显祖研禅学庄,但对于现实,还是相当关切的。就是到了晚年,虽远离官场,仍关心时局。他曾在《答牛春宇中丞》信中说:"天下忘吾属易,吾属忘天下难也。"②汤显祖尺牍对于当时社会,亦有所批判。如《答马心易》:"三惠良书,阙然不报。此时男子多化为妇人,侧立俯行,好语巧笑,乃得立于时;不然,则如海母目虾,随人浮沉,都无眉目,方称盛德。想自古如斯,非今独抚膺矣。"③自古以来,在专制社会里,那些"立于时"或"称盛德"的人,往往是那些奴颜婢膝,唯唯诺诺的奴才;或者是那些毫无独立见解,随人浮沉的庸才。"男子多化为妇人",这是一种多么可悲的现象!汤显祖的揭露,极为深刻。李贽曾在《别刘肖川书》一文中,讽刺当时许多人自以为是个男子汉,其实,只不过是处处需人庇护的孩子④。而汤显祖则把官场上人比喻为"妇人",对女性颇为不尊。但其意,是借指那向权贵献媚,以作为进身之阶的官吏或士人。从生理学上说,男人女性化,是一种生理或心理的变态;而在社会生活、政治生活中,"男子多化为妇人",则是比喻一种相当可悲,而且难治的病态社会现象。这种社会现象,是在封建极权政治下必然产生的不治之症。

汤显祖尺牍一般篇幅短小。三言两语,潇洒自如,而其中大有意趣。汤显祖在《与刘君东》一信中提道:"屠长卿曾以数千言投弟,弟以八行报之,渠颇为怪。弟云,古人书'上云长相思,下云加餐饭',足矣。"⑤"八行",原泛指尺牍,但在此文中之意,"八行"应指短简。他认

---

① 《汤显祖诗文集》卷四四《玉茗堂尺牍》之一,第1226页。
② 《汤显祖诗文集》卷四八《玉茗堂尺牍》之五,第1393页。
③ 同上书,第1403页。
④ 《焚书》卷二,第58页。
⑤ 《汤显祖诗文集》卷四八《玉茗堂尺牍》之五,第1386页。

为,短简足以表达深挚感情。汤显祖《答陆学博》一信,全文只有四句:"文字谀死佞生,须昏夜为之。方命(意为"违命"——引者按),奈何?"①沈际飞评前二句说:"数字银钩铁画。"②历来碑志墓铭之类,不少是奉承死者,以达到讨好生者的目的。而富有"真气"的汤显祖对此无法接受。他说,这些文字,只能黑夜里写,昧着良心去作,而他则万万难以从命。文章虽然委婉,意思却是截铁斩钉。而此尺牍如此之短,其实也表示了无须多言的轻蔑态度。

汤显祖尺牍,尤其是晚年尺牍,写得如行云流水,舒卷自如,而颇有意趣。如他在六十岁家居时写的《与丁长孺》一札:

> 弟传奇多梦语,那堪与兄醒眼人着目。兄今知命,天下事知之而已,命之而已;弟今耳顺,天下事耳之而已,顺之而已,吾辈得白头为佳,无须过量。
>
> 长兴饶山水,盘阿寤言,绰有余思!视今闭门作阁部,不得去,不得死,何如也。③

老笔颓放,诙谐而又无所顾忌,从心所欲而不逾矩,真是大家手笔。信中以"梦语"和"醒眼"对举,诙谐而不失风度;对于"知命"与"耳顺"近乎文字游戏的解释,巧妙又有深意。丁长孺曾任中书舍人,后以言事忤首辅王锡爵而落职,而此时汤显祖也辞职家居。大概丁长孺仍想再涉仕途,故汤显祖信末,以回归大自然的舒适生活与那种"不得去,不得死"的官场生活作对比,言外似有规劝丁长孺之意。两年后,丁长孺又

---

① 《汤显祖诗文集》卷四七《玉茗堂尺牍》之四,第1336页。
② 《汤显祖诗文集》附录,第1536页。
③ 《汤显祖诗文集》卷四六《玉茗堂尺牍》之三,第1304页。

被起用广东按察使经历,移礼部主事,后来又被削籍。

中国古代的尺牍,从语言风格上大致可分为本色派与文采派两种倾向。汤显祖尺牍,清丽雅致,隽永飘逸,文采飞扬,可称为文采派尺牍。汤显祖在语言形式上非常讲究,尤其喜欢简洁高雅的表达方式。如以下数则:

> 门下竟尔高蹈耶?菇鲈适口,采吴江于季鹰;花鸟关心,写辋川于摩诘。进退维谷,屈伸有时。倘门下重兴四岳之云,在不佞庶借三江之水。芳讯时通,惟益深隆养,以重苍生。①

> 弟受性疏梗,户外都无长者车来。而丈俨然临之,信宿之间,三顾白屋。日月过而幽草回,风雷至而慵鱼动矣。两受良书,优渥满纸。承谕榷事已定,有仁人长者覆露在上,纵不尽鹰化为鸠,或可日损以月耶。弟书生,何足仰赞万一。②

> 目中如门下,零露蔓草,未足拟其清扬,秋水霜蒹,差以慰其游溯。鸣琴山水,太冲深招隐之情;迟暮佳人,惠休拟碧云之咏。倏焉别去,渺矣伊人。再觏无从,怅仁何及。③

从以上作品来看,汤显祖尺牍吸收了六朝骈文小品之精华,而达到颇高的艺术水平。其高妙之处,在于用骈文句式把复杂的人事和感情表达得如此生动流畅。这也是一种非同寻常的文字功夫。沈际飞评其尺牍

---

① 《汤显祖诗文集》卷四八《玉茗堂尺牍》之五《寄董思白》,第1403页。
② 《汤显祖诗文集》卷四八《玉茗堂尺牍》之五《答汪云阳大参》,第1403页。
③ 《汤显祖诗文集》卷四九《玉茗堂尺牍》之六《寄左沧屿》,第1435页。

"隽冷欲绝,方驾晋魏"①,并非虚语。汤显祖尺牍以文雅为主,当然,有时也写得相当通俗。如《与宜伶罗章二》:

> 章二等安否,近来生理何如?《牡丹亭记》,要依我原本,其吕家改的,切不可从。虽是增减一二字以便俗唱,却与我原做的意趣大不同了。往人家搬演,俱宜守分,莫因人家爱我的戏,便过求他酒食钱物。如今世事总难认真,而况戏乎?若认真,并酒食钱物也不可久。我平生只为认真,所以做官做家,都不起耳。②

信是写给当时的普通戏曲艺人的,故汤显祖用日常口语来写,把自己的主张表述得通俗晓畅,明白无误。不过,这种风格在玉茗堂尺牍之中,所占比例是极小的。

第二节 张元长小品

张大复(1554—1630),字元长,晚年自号"病居士",昆山人。著有《昆山人物传》《梅花草堂笔谈》《闻雁斋笔谈》等。

张大复世家昆山,其祖父诰,其父维翰,都是儒生。张大复幼时即聪明出众。十岁时,对于《论语》的理解,令塾师避席惊叹说:"此非吾所及也。"其读书,自汉唐以来经、史、辞章之学,皆涉猎而深究之,又能自出己见,而不为章句旧闻所纠缠。其为文空明駘荡,汪洋曼衍,任意之所之,随笔挥洒。张大复在当时吴中文士之中,极有名气。中年以后,仕途不得志,又因父亲去世痛哭,而双眼视力严重受损,因此,他谢

---

① 《汤显祖诗文集》附录,第1536页。
② 《汤显祖诗文集》卷四九《玉茗堂尺牍》之六,第1426页。

去诸生,每日垂帘瞑目,温习已读之书,或让侍者为其诵读。此后,更专心于文章之学,为文亦大进。其居处号梅花草堂,常有文士到此聚会。虽囊中羞涩,但与朋友笑谈如故。壮年再游长安,登吕梁,过齐鲁,考察古代名胜。晚年病废,自号"病居士"。

张大复主要的文学成就,包括古文和小品。他的古文颇受一些人的赏识,如钱谦益就说:"君之为古文,曲折倾写,有得于苏长公(东坡),而取法于同县归熙甫(有光)。非如世之作者,佣耳剽目,苟然而已。"如其《昆山人物传》便是以传记方式撰写的。此书旧本题为《梅花草堂集》,包括《昆山人物传》和《昆山名宦传》二种。《昆山人物传》所记载人物,自明代洪武至万历年间,大约三百人。《昆山名宦传》则是记述在此地做官者,共有十五人。张大复的历史传记文学,成就也颇高。故钱谦益赞扬其笔下人物传神,"焚香隐几,如见其人,衣冠笑语",并说此书中一些篇章,"杂之熙甫集中,不能辨也"。可见,在传记方面,张大复是受到唐宋派影响的。不过,就其影响而言,当时人们更为喜爱的,是张大复的小品文字。所以钱谦益不满地说:"君未殁,其书已行于世,人但喜其琐语小言,为之解颐捧腹,未有知其古文者也。"张大复本人对小说、戏曲颇感兴趣,他说:"庄生、苏长公而后,书之可读可传者,罗贯中《水浒传》、汤若士《牡丹亭》也。"①可见,他除了欣赏庄子、苏轼的文章之外,对于明代俗文学样式,也是持一种高度肯定的态度。同晚明许多作家一样,张大复也受到李贽影响,对他非常钦佩。②

张大复曾有《病居士自传》一文,对于了解其生平和家庭、性格与

---

① 以上引文均见钱谦益《牧斋初学集》卷五四《张元长墓志铭》,第1359页。
② 参见《梅花草堂笔谈》卷一《品泉》"而令儿子快读李秃翁焚书,惟其极醒极健者"句,第58页。

情趣,颇有帮助:

> 居士姓父姓,名父名,然不能如父志,丑之,又多病,故自号曰"病居士"。少习举子业,为诸生,诸习举业者呕心刳肝,多病悸;居士故不善雕虫,所作制义居下下,然亦病悸。吴地下湿,处则病肿,父尝为木阁居之,亦病肿。或数月不跬步,所饮竟日夜不满五合,然病下血,甚于豪饮者。好书及色,而性粗浮,不期尽解,所求于人甚备,然病肾水竭,目昏昏不能视。祖父产粗足自给,所得修脯常中上,又无贫乏施与,及为人报仇或藏亡破产之事,往往病穷。贳米养其老母,或贷之友,而久负之。性懦,闻催租剥啄声,心摇摇不能定,而强宗大猾,负其势以侮众,即不吾犯,必辱之,病傲。已无能,不欲言人之不及,而遇诸非法者、故为强词以夺正者,必折之,无所容然后已,病戆。见义或不能为,而好谈节侠,若飞六月之霜,振齐台之风,寒易州之水,则毛骨竦竖,隐隐若刺蝟乱起,病躁。尽其足力,不数里。每至佳山水,必攀涯汩流,竟日徙倚不能去,或暮夜无侣,则独往来庭宇间,至乌啼月落,欣然忘倦,病爱。缓步详视,必求如礼,而广坐绮筵,不耐谭欸,或虱痒不可忍,辄扪而啗之,病草。野而倨,行年四十,弃去举子业。人以题请,便欣然为之,仍镌而悬之国门,为时伧父,病结习。客谓居士曰:"子病奈何?"居士曰:"固也,吾闻之师,造化劳我以生,佚我以老,息我以死,我未老而化物者,且息我,我则幸矣,又何病焉。"居士块处一室,梦游千古,以此终其身。①

---

① 《续修四库全书》第1380册《梅花草堂集》卷五,第413页。

张大复生活的穷苦,以及在科举道路上的辛酸,无不影响他的性格与创作。此君一身"毛病","病悸""病肿""病下血""病肾水竭"等,此乃身体之病;而"病穷""病傲""病懑""病躁""病爱""病草""病结习"等,则是处境与性格之病了。文中,也不乏他直率的自我剖析之处,如"性懦""无能"等。但总的来说,作者对于自己性格上的"病",似乎是一种自我调侃,其实是一种自我欣赏。这篇《病居士自传》,说到底是一篇"自赞"之文。何以言之?请看张大复另一篇题为《病》的小品:

> 木之有瘿,石之有鸲鹆眼,皆病也。然是二物者,卒以此见贵于世。非世人之贵病也,病则奇,奇则至,至则传。天随生有言,木病而后怪,不怪不能传其形;文病而后奇,不奇不能骇于俗。吾每与圆熟之人处,则胶舌不能言;与鹜时者处,则唾;与迂僻者则忘;至于歌谑巧捷之长,无所不处,亦无所不忘。盖小病则小佳,大病则大佳,而世乃以不如己为予病,果予病乎?亦非吾病,怜彼病也。天下之病者少,而不病者多,多者吾不能与为友,将从其少者观之。①

所谓"病",就是超越世俗、平庸、乡愿的"真"和"奇"。"病"者,才有特点,有个性,有锋芒,才有出类拔萃之处。故"小病则小佳,大病则大佳"。而张大复如此多病,可谓"大佳"了。张大复这种观念,非常有代表性,晚明人喜欢不同常态的"病""癖""痴""狂",故抱怨"天下之病者少,而不病者多"。这也是晚明的一种时尚。

最能代表张大复小品文成就的是《梅花草堂笔谈》一书。全书十

---

① 《梅花草堂笔谈》卷三,第235—236页。

四卷,收录九百二十三则小品。《四库全书总目·梅花草堂笔谈》提要:"明张大复撰。大复字元长,昆山人。是编为其《梅花草堂集》中之一种。据《江南通志·文苑传》,乃其丧明以后追忆而作也。"①有些学者却把"丧明"理解为"明亡",并说其文章"透露出作者在明亡后不复与世相闻的遗民之哀"。② 其实,张大复死于崇祯三年,明朝尚未亡。"丧明"应指其病目而丧失视力。③ 张大复失明时间可能颇长,汤显祖《玉茗堂文》之三有《张氏纪略序》,其中提到张大复因失明,"至云母子之间,徒以声相闻者十四年"④。沈际飞评此语时说:"余犹及见元长先生。虽丧明,口授文字,能追取昔人尘土面目,而悲喜啼笑如生。"⑤可见,《江南通志》的说法并非虚谈。但《梅花草堂笔谈》中的作品非一时之作,似并非全是失明后追忆之作。其中多篇作品都记录了准确的写作日期,如《今日》注明:"癸卯二月廿六日书。"⑥《世长初度》注明:"戊申孟冬二日书于严叔向斋中。"⑦这应该是当时的实感实录。

张大复的朋友陈继儒(眉公)在《梅花草堂笔谈序》中,对张大复散文的评价是:"其流便尔雅似子瞻,而物情名理,往往与甘言冷语相错而出,刘义庆、段成式所不恒见也。元长贫不能享客而好客,不能买书

---

① 《四库全书总目》卷一二八,第1100页。
② 《历代小品大观》,第498页。
③ 《江南通志·文苑传》原文为:"张大复,字元长,昆山人。少英迈绝伦,父维翰,授以经史汉魏唐宋诸家,故学有原本,文日奇,名日起。父殁哀毁,两目丧明,犹成《笔谈》《梅花草堂》诸集。"《景印文渊阁四库全书》第511册《江南通志》卷一六五《文苑传》,第748页。
④ 《汤显祖诗文集》卷三〇《玉茗堂文》之三,第1043页。
⑤ 同上书,第1044页。
⑥ 《梅花草堂笔谈》卷一,第75页。
⑦ 《梅花草堂笔谈》卷三,第237页。

而好读异书,老不能徇世而好经世,盖古者狷侠之流。"①而张大复表弟许伯衡在《张先生笔谈题辞》中,则说他"事无分巨细,人不问亲疏,多借以发其诙谑感慨之气,往往有关世风经济语"②。张大复小品颇受苏轼题跋杂录一类文字影响,皆偶寄一时之兴,以甘言冷语,发其诙谐感慨之气。然从《梅花草堂笔谈》本身看来,所谓"好经世","往往有关世风经济语",是拔高评价对象的套语,不太符合实际情况。晚明文社兴盛,《梅花草堂笔谈》所记不少是文社中人的逸事名言、往来酬答之语与乡里佚闻琐事,而更多的则是作者随兴式杂录、对于人生与自然的偶然心会。

张大复小品也反映晚明文人心态。他在《言志》一文中,表达了自己的生活旨趣。"言志"这个题目,暗用《论语·先进》篇中典故。孔子要弟子们"各言其志",而最博得孔子赞赏的是曾点的志向。他说:"莫春者,春服既成,冠者五六人,童子六七人,浴乎沂,风乎舞雩,咏而归。"③这是一种个体人格与人生自由的境界,当然令人羡慕。而张大复的言志,则带有晚明这个特定历史阶段的色彩:

> 净煮雨水泼虎丘庙后之佳者,连啜数瓯。坐重楼上,望西山爽气。窗外玉兰树,初舒嫩绿。照日通明,时浮黄晕。烧笋午食,抛卷暂卧,便与王摩诘、苏子瞻对面纵谈。流莺破梦,野香乱飞,有无不定,杖策散步,清月印水,陇麦翻浪,手指如冰。不妨敞裘着罗衫外,敬问天公肯与方便否?④

---

① 《梅花草堂笔谈》卷首,第8页。
② 同上书,第13页。
③ 《论语集释》卷二三,第806页。
④ 《梅花草堂笔谈》卷一,第63—64页。

此外,张大复在《闻雁斋笔谈》的《戏书》二则中,也同样表达了自己的生活理想,言辞虽更为简单,却更为全面,更为直截了当:

> 一卷书,一麈尾,一壶茶,一盆果,一重裘,一单绮,一奚奴,一骏马,一溪云,一潭水,一庭花,一林雪,一曲房,一竹榻,一枕梦,一爱妾,一片石,一轮月。逍遥三十年,然后一芒鞋,一斗笠,一竹杖,一破衲,到处名山,随缘福地。也不枉了眼耳鼻舌身意随我一场也。①

此处与袁宏道《答林下先生》一文所写的五种"真乐",何其相似。我们难以说是谁影响了谁,不过,可以肯定,这是当时文人在物质与精神上的普遍追求:最大限度地追求物质与精神的满足,向往人生自由化与生活艺术化的理想。这种追求,反映的当然是士大夫的雅趣,与普通百姓绝不相同。如"一奚奴""一爱妾",恐怕只有少数人才"享受"得起。从中也可以看出,晚明文人雅趣的某种贵族气息。

不过,张大复小品在潇洒之中,又不断地品味一种人生苦味。这与他本人生活中一连串不幸遭遇有关。他曾说自己:"戊子哭父,辛卯哭姊,丙午哭母,庚戌哭女,癸丑哭弟,二十七年之间,肉骨殆尽。而毛发爪齿,髓脑颜色,无一如故者。"②其心境往往十分悲凉。在《哀》一文中说:"哀不可忍,哀不可遣。故凡平居忽忽,俯首多睡,若梦若醒,以至髓枯而发白者,皆忍之致效也。一往而深,尽哀而出,犹愈于遣乎?"③尤其到了老年,心情尤为凄楚。他在《境地》一篇中,沉重地区分少年

---

① 《说郛续》卷一四,第701页。
② 《梅花草堂笔谈》卷一一,第705页。
③ 同上书,第677页。

与老年之差异：

> 少年悲愤，总属多情；老去多情，转生凄感。譬之落红春沼，增其点缀；绕砌寒花，助其呀郁。又如载生之魄，吾见其新；下弦之光，倍为惨悴。非独人心为之，境也故尔。①

把老人境地比喻为光景无多的寒花与残月，"老去多情，转生凄感"，善感者必多愁，越是多情之人，就越多凄感。这里所描写的"境地"，也许正是张大复这位"病居士"的自我写照。

《梅花草堂笔谈》多描写当时文社与乡里的诸多朋友，是认识晚明文人社团生活的形象材料。张大复写文人，或记其事，或录其言，或写其丰姿，或书其逸趣。总之，是用简约的语言，以速写的方式，描绘出一系列文社朋友的形象。如张如："月下遇张如，光逗衿际，所着青衫，政与莹肌相发，敏便之性，都从闲闲中出。"②寥寥数言，这位朋友的形象便飘逸而出。又如《杨长倩》一则：

> 杨长倩宅湖之中，秋水长天，渺然一色。远睇飞鸢，跕跕水际。故不减武陵畏垒。夏秋间，龙吟湖底，烟雾翔涌。吴在大云："此时却疑身处混沌矣。"予每想至其处，一水之隔，仅仅朝暮，而不知途者，邈若河山，可笑也。长倩许我莼丝千缕，当乘兴访之。③

写杨长倩，不正面写人，只写其秋水长天渺然一色的生活环境，令人意

---

① 《梅花草堂笔谈》卷七，第463页。
② 《梅花草堂笔谈》卷八，第546页。
③ 《梅花草堂笔谈》卷四，第289—290页。

远。由此也可见《四库全书总目》对它"纤佻"的评价过于偏颇。

从研究小品文艺术形态的角度来看,张大复《梅花草堂笔谈》是晚明一部在艺术形态上颇具代表性的小品文集。我们所看到的小品,通常是从作家们文集中的序、跋、记、论、说、解、书札等文体中选出的,而《梅花草堂笔谈》则与诸体全无关系,它是地道而纯正的小品。很奇怪,我读《梅花草堂笔谈》第一个最鲜明的印象,竟是张大复给每篇小品所拟的题目:

> 雨势、食笋、谜、学安闲、独坐、今日、疑、诙语、结伴、夜、梦、不幸、试酒、疟、习、此坐、交情、自逆、夜坐、齿豁、月能移世界、吾不如、水势、猫、适、真、偏头风、吾力、病、悖、讨便宜人、燕、性、此女、息、午睡、易醉、怜才、诣张、将还、齿脱、海上、先、谑、此君、出、耻、霁、有耳、作解、此方、听受、早计、在贫、想因、吾老、不可已、也可人、有体、今夕、二无、耳目、扯淡、谀入、机、杀、耳入、野、闲、不必、不妨、吾物、乘、数、神往、为是、见利、抚掌

从上引题目来看,张大复小品文拟题的特点相当鲜明:首先是短。大多是一字、两字,这是一目了然的外在形态。另外,从这些题目不难看出作者创作时强烈的主观随意性。不像以往文章那样,讲究内容与题目的密切关系,许多题目只是信手拈来,用作文章的一种标志,而不是从涵盖全篇的主题提炼出来的。

另外,值得注意的是,《梅花草堂笔谈》中一些文章题目,竟像古人的某种无题诗一样,径取文章前两个字。如《雨洗》《病甚》《卖花》《今岁》等,这些题目并不一定与文章的内容关系十分密切,只是随手在篇首摘录下来,给文章安一个名称罢了。如《有耳》一篇,开头是:"有耳不得无闻,尝试接之,凡吾耳之所有,都为心之所无,故尝忿盈不可吐,

至竟日周行屋壁间,格格如在者。"① 又如《在贫》一篇,全文是:"在贫之日长,老去之年促。吾每不堪其忧,未信不改其乐。"② 题目摘自篇首二字。而有些题目,则摘自篇末。如《为是》一篇,则摘自篇末"得祸之烈,岂为是欤"③一语。这些题目,不但涵盖不了全文意义,甚至它本身尚无独立的意义,貌是有题,实则无题。这种拟题方式,似乎有点复古的味道,如《论语》的篇目"学而""为政",只是把开头两个字标作题目;《诗经》也多是采用诗歌开头两三个字来作为题目的,如《关雎》《卷耳》《凯风》《雄雉》等。后来,唐诗中也有以这种方式来拟题的,杜甫《不见》一诗,题目取篇首"不见李生久"一句首两字。《历历》一诗,题目也取自篇首"历历开元事",其实,也近于无题。在李商隐诗题中,这种情况就更多了。如《锦瑟》《商於》《潭州》《人欲》《一片》等,都是摘取开篇二字做诗题的。但是,秦汉以后的文章,像张大复这种拟题方式却是很少见的。传统散文题目,通常是:某某记或记某某、某某序、某某传、论某某,而题跋、尺牍的题目也很规范。相比而言,《梅花草堂笔谈》拟题的方式是非常奇特的。

　　这当然是张大复别出心裁的艺术追求,但并非毫无意义的标新立异。因为他所表述的内容,实在与传统散文有所不同。假如按一般散文的拟题形式,倒未必十分贴切。张大复小品的拟题正好反映出他的美学追求:这些信手拈来的题目,表现出一种创作的随意性。这种随意性,也许正表现出作者对于美感的瞬间体悟和传达,表现出作者的偶然兴会、涉笔成趣。而且,这种拟题,也是因为作者觉得自己所要表达丰富多端的意绪,难以用某一题目明确地概括和标志。我们还要注意,明

---

① 《梅花草堂笔谈》卷七,第451页。
② 《梅花草堂笔谈》卷九,第599页。
③ 《梅花草堂笔谈》卷一三,第858页。

代八股文兴盛,而八股文最讲究审题、破题,围绕题目来作文章,题目成了文章的关键。故张大复的拟题方式,对于当时的写作思维,实在是一种突破。这样说,并非"小题大作",艺术的形式是"有意味的形式",如题目这种外在形式,也与作者的审美旨趣息息相关,每一艺术形式的细微之处,都可能包含了审美的信息。可惜一些研究者,总觉得它们琐碎细小,故不愿去"寻枝摘叶",几乎忘了"于细微处见精神"的老话。

除了题目的特点之外,《梅花草堂笔谈》所收文章的篇幅也颇能体现"小品"之"小"。它们往往只用寥寥数语的隽永之言,写下随感录、随见录或偶忆笔录,绝无长篇大论之作。张大复小品在形式上有一种清言倾向。如《偶书》一篇,只有两句:"六时静默,由他燕燕莺莺;三月烟花,交付风风雨雨。"①其实是四六句子。《偶句》:"刚肠难忍英雄泪,死地谁堪儿女怜"②,是一对子。最短者是《雨窗》一篇,只有一句:"焚香啜茗,自是吴中人习气,雨窗却不可少。"③这些都是在日常生活中,随手记录下的一鳞半爪的感想。假如从传统文章学眼光来看,它们甚至不能叫"文章"。因为它们连一般文章所应有的结构都没有,更谈不上起承转合的篇章之法了。但它们又是一件不可否定的艺术作品。这种小品文,与传统古文短篇存在质的差异,具有独特的艺术品格。

张大复小品文非常注重记录一些稍纵即逝的景色或感触,逸笔草草,而意味深长:

> 卧听啼鸟,忽疏雨堕瓦,裂裂然。起坐苏斋,兰气芬馥,地下蒸

---

① 《梅花草堂笔谈》卷一一,第708页。
② 《梅花草堂笔谈》卷五,第332页。
③ 《梅花草堂笔谈》卷一一,第717页。

湿欲流。午余开霁,万里空碧,胸中洒然,若有得者。①

山溪桥有新泉,味极冷澈,日可濡百十户。闻之僧孺,云雨霁且访之。②

九十日春光,半消风雨中,人皆惜之。不知风雨中,春光政自佳,但笑世人不能领取耳。③

钱仲侯报我,山中桂发,始知秋老。吾窗前一片月,俱在屋外,庭中亦有木樨二株,干不暇枝,叶如卷耳,向人愁缩,了无吐粟意。年来贫病相习,未尝作厌离之想。入秋已还,伸脚偃卧,辄思异境,得之欣然。邻鸡破梦,悒悒不乐。④

寒灯夜雨,虽复意象萧瑟,故属佳境。今夕疏雨振瓦,颇与初蛰始电相当,础润侵衣,令人有脱故着新之想。⑤

腊梅烂开,浮香直入楼际,小坐绮疏下,暗想海朝庵尺许黄玉,忽尔盈庭。⑥

日常生活、寻常景色,一到张大复笔下,便诗情画意,滋味无穷。张大复

---

① 《梅花草堂笔谈》卷一《苏斋纪兴》,第70—71页。
② 《梅花草堂笔谈》卷七《山溪泉》,第434页。
③ 《梅花草堂笔谈》卷七《春光》,第446页。
④ 《梅花草堂笔谈》卷九《秋老》,第565—566页。
⑤ 《梅花草堂笔谈》卷一〇《今夕》,第656页。
⑥ 《梅花草堂笔谈》卷一四《腊梅》,第872页。

小品形式不拘一格，往往不顾传统文章学那套方式，言所欲言，随笔掇录。如《独坐》一篇："月是何色？水是何味？无触之风何声？既烬之香何气？独坐息庵下，默然念之，觉胸中活活欲舞而不能言者，是何解？"①全篇五句，全是问语。这种形态，在传统古文中，很少见过，却别有风致。张大复小品文的艺术境界，如王子猷雪夜访戴，乘兴而来，兴尽而去；又如白云出岫，逸宕自如，令人神远。

张大复的小品杂记琐闻，然多迁想妙得，非浅薄琐碎之作，其中往往有某种意趣和思致。如《月能移世界》一文云：

> 邵茂齐有言："天上月色，能移世界。"果然，故夫山石泉涧，梵刹园亭，屋庐竹树，种种常见之物，月照之则深，蒙之则净。金碧之彩，披之则醇；惨悴之容，承之则奇。浅深浓淡之色，按之望之，则屡易而不可了。以至河山大地，邈若皇古；犬吠松涛，远于岩谷。草生木长，闲如坐卧；人在月下，亦尝忘我之为我也。今夜严叔向置酒破山僧舍，起步庭中，幽华可爱。旦视之，酱盎纷然，瓦石布地而已。②

苍茫的月色，虚幻空蒙，若隐若现，使人们容易产生幻觉和丰富想象。在它的笼罩下，自然万物与日常所见的本来面貌，产生一种"距离"。月下观赏，也就产生了新的美感。那些山石泉涧、园林竹树，"种种常见之物"，在月色下显得更"深"、更"净"、更"醇"、更"奇"，而河山大地，竟让人产生一种置身于远古的感觉。最奇特的是，残破的僧舍庭院，在月色下"幽华可爱"，而白天一看，原来却是满地酱盎瓦石，毫无

---

① 《梅花草堂笔谈》卷一，第74—75页。
② 《梅花草堂笔谈》卷三《月能移世界》，第201—202页。

可爱之处!"月能移世界",所记录的实际上是一种非常重要的审美经验,也是相当有价值的审美观念。对于中国美学史研究者来说,这恐怕是一则应予以重视的材料。

张大复的语言,相当雅致可爱。他喜欢用精练的四言句,以诗一般的语言,写韵外之致:

> 一鸠呼雨,修篁静立。茗碗时供,野芳暗度。又有两鸟咿嘤林外,均节天成。童子倚炉触屏,忽鼾忽止。念既虚闲,室复幽旷。无事此坐,长如小年。①

> 小饮周叔明第,雨霰纷集,默念畴昔,此时便着屐登山去也。归拥牛衣,寒灯无焰,展转久之,乃遂酣卧。远鸡乱啼,纸窗如昼,启扉谛视,则雪深半尺矣。②

这些小品应目会心,神与物游,读起来似六朝骈体小品,而风神萧散,言意不尽,诚为晚明小品之佳作。

《梅花草堂笔谈》在形式上,既受到《世说新语》魏晋风流的影响,也明显受到东坡小品文的影响。如《李绍伯夜话》:"辛丑正月十一日夜,冰月当轩,残雪在地,予与李绍伯徘徊庭中,追往谈昔,竟至二鼓。阒无人声,孤雁嘹呖,此身如游皇古,如悟前世。"③从这则小品,我们不难品味出苏东坡《记承天寺夜游》一文的意境来。

长期以来,张大复的文章并没有受到应有的重视。崇祯年间,丁允

---

① 《梅花草堂笔谈》卷二《此坐》,第125页。
② 《梅花草堂笔谈》卷二《雪夜》,第162页。
③ 《梅花草堂笔谈》卷一,第58页。

和、陆云龙所选评的《皇明十六家小品》,就没有收入张大复作品。而与张大复同时的屠隆、汤显祖、陈眉公,在张大复之后的袁宏道、李长蘅、王思任、谭元春等人的作品,皆收入此集。可见,张大复在当时影响不大,认可度不高。到了清代,《四库全书总目》对《梅花草堂笔谈》的评价是:"所记皆同社酬答之语,间及乡里琐事,辞意纤佻。"①所谓"琐事""纤佻"等语,当然是从传统古文"文以载道"的标准来批评张大复的,可见四库馆臣对之持一种轻蔑态度。在《四库全书》中,张大复所有著作都被列入"存目",评价也很低。不过,这是晚明文人在清代普遍的遭遇。一直到二十世纪,张大复散文仍未受到重视。在沈启无、周作人作序的《近代散文钞》中,没有选录张大复的作品。钱锺书在对周作人《中国新文学的源流》一书评论中,对此表示遗憾:"他的《梅花草堂集》我认为可以与张宗子的《梦忆》平分'集公安竟陵二派大成'之荣誉,虽然他们的风味是完全不相同。此人外间称道的很少,所以胆敢为他标榜一下。"②把《梅花草堂笔谈》与《陶庵梦忆》相提并论,评价很高。张大复的文章确实是需要,也值得大胆"标榜"的。

第三节 陈眉公小品

陈继儒(1558—1639),字仲醇,号眉公,又号麋公,有时也自称"清懒居士",松江华亭人。《明史》卷二九八《隐逸》有传。陈继儒为诸生时,与董其昌齐名,王世贞也很推重他。二十九岁时,陈继儒取儒衣冠焚弃之,绝意仕进。遂隐居小昆山之阳,杜门著述,名倾朝野。闲时,则与一批文人、和尚、道士游山玩水,吟啸忘返,足迹罕入城市。当时文人

---

① 《四库全书总目》卷一二八《梅花草堂笔谈》提要,第1100页。
② 《中国新文学的源流》,《新月》1932年第4卷第4期。

学士俱雅重之，征请诗文者无虚日。而眉公也喜欢奖掖士人，片言酬应，莫不当意而去。陈眉公的名气上达皇帝。据《崇祯长编》卷三三所载，崇祯三年，"光禄寺卿何乔远荐华亭布衣陈继儒博综典章、谙通时务，当加以一秩"①；又卷五八载，崇祯五年，吏部尚书闵洪学又疏奏，说陈继儒是江南名士，识通今古，是有用的处士，不是那种徒以笔舌文章知名天下的虚士。但因为他"抗节烟霞，忘情轩冕，不可荣以仕进。诚令一吐胸中之奇，规画当世之务，当必有堪备庙堂采择者"②，于是皇帝下令，如陈继儒"果有嘉谟谠论，足济时艰，令着自条奏，送抚按进览"③。权贵们也无不造谒其门，咨询地方利弊。有许多权贵先后推荐，奉诏征用，眉公都以生病为由，屡辞不应。他活了八十多岁，在半个多世纪的创作生涯中，与晚明许多著名作家艺术家，都有交往，在文人中享有很高地位。

眉公不但在文人圈中地位高，在普通民众中影响也极大。朱彝尊说："甚至吴绫越布，皆被其名；灶妾饼师，争呼其字。"④陈继儒所作的种种书籍，在当时是畅销书，远近竞相"争购为枕中之秘。于是眉公之名，倾动寰宇。远而夷酋土司，咸丐其词章，近而酒楼茶馆，悉悬其画像，甚至穷乡小邑，鬻粔籹市盐豉者，胥被以眉公之名，无得免焉"⑤。在晚明文人中，的确极少有像眉公这样名动朝野、远及夷酋的。这是一种值得注意的文化现象。

眉公之所以名气极大，首先因为他是一名隐逸之高士。明代真正的隐逸之士甚少，《明史》的《隐逸传》只收录十二人。这与《明史》巨

---

① 《崇祯长编》卷三三，第1964页。
② 《崇祯长编》卷五八，第3364页。
③ 同上书，第3365页。
④ 《静志居诗话》卷二〇，第601页。
⑤ 《列朝诗集小传》丁集下《陈征士继儒》，第637页。

大的篇幅相比,少得可怜。在历代史书中,也是少有的。总之,真正的隐士,在明代是罕物。为什么会出现这种现象呢?《明史·隐逸》序中说得很清楚:

> 明太祖兴礼儒士,聘文学,搜求岩穴,侧席幽人,后置不为君用之罚,然韬迹自远者亦不乏人。迨中叶承平,声教沦浃,巍科显爵,顿天网以罗英俊,民之秀者无不观国光而宾王廷矣。其抱瑰材,蕴积学,槁形泉石,绝意当世者,靡得而称焉。①

明初不让文人隐逸,而后来,科举极盛,大多数文人一辈子奋斗目标就是走向仕途,又怎么肯去"隐"呢?《明史》说明代的隐士"靡得而称焉",这是符合实际的。所以,像眉公这样才华出众的人,当二十九岁青春盛时就走向山林,这在举世皆汲汲于科举名利时代,的确罕有。

不过,眉公之隐,并不是遁世无闻,而是声闻于天。无论是文人墨客,还是村野之人,无论是官,是民,都争相仿效,争相推重。眉公虽称为山人,隐居山林,而应酬事务,甚于常人。所以,他这种隐逸,并不清静,而是热闹得很。故有人讽刺陈继儒为"云间鹤"。这种讽刺并非空穴来风,无中生有,而是有一定现实基础的。当然,他也不像唐代的隐士,以之为终南捷径。他对于做官,倒是真正没有兴趣。像眉公这种"山人"的生活方式,在当时颇有代表性。如赵宦光(1559—1625)与妻陆卿子隐于寒山,足不至城市,也是号称隐居,而声气交通,实奔走天下,当事者多造门求见。朱彝尊《静志居诗话》卷一九称他"凡夫饶于财,卜筑城西寒山之麓,淘汰泥沙,俾山骨毕露,高下泉流,凡游于吴者,

---

① 《明史》卷二九八《隐逸传》,第 7623 页。

靡不造庐谈谦,广为乐方。"①这是当时所谓山林之士的普遍现象。眉公相当特别,他是名士,但非常随和,无丝毫与世格格不入的狂态、傲态;他是山人隐士,但从达官贵人到庶民百姓,都是其交际对象。眉公有隐士之名,却无清贫寂寞之苦;有贵人荣华,却没有案牍辛劳。这种人,谁不羡慕呢?

陈眉公名满天下的现象,也反映出晚明文化一种普遍的价值取向。宋代以后,文人的文化素养更为全面。作为名士,更是要求如此。大凡诗文之外,琴棋书画,花草虫鱼,都应该懂得。不但会正襟危坐,还要善于清赏;不仅会写,还要会"玩"。陈眉公的知识结构,具备一位名士的条件,他多才多艺,工诗善文,兼能书画之学,懂得清赏清玩,而且博闻强识,大凡经、史、诸子,儒、道、释诸家,下至术伎、俾官,无不了然。经史子集,无所不通;琴棋书画,又无所不晓,这就特别受到人们欢迎了。然而,其学问博而浅,多而杂,也是晚明人的通病。

眉公的著作极多,有《建文史待》《邵康节外纪》《逸民史》《读书镜》《虎荟》《狂夫之言》《续狂夫之言》《安得长者言》《书蕉》《枕谭》《偃曝谈余》《妮古录》《岩栖幽事》《笔记》《读书十六观》《群碎录》《珍珠船》《销夏》《辟寒》《香案牍》《古今韵史》《养生肤语》《文奇豹斑》《见闻录》《太平清话》《古论大观》等。陈眉公还是一个编辑家,编有《古文品外录》等。

眉公曾延招吴越间"穷儒老宿隐约饥寒者,使之寻章摘句,族分部居,刺取其琐言僻事,荟蕞成书,流传远迩。款启寡闻者,争购为枕中之秘。于是眉公之名,倾动寰宇"②。以他挂名的书籍,在民间"争购为枕中之秘",成为畅销书。也有不少书商,假冒陈眉公之名,以便欺售各

---

① 《静志居诗话》卷一九,第566页。
② 《列朝诗集小传》丁集下《陈征士继儒》,第637页。

类书籍。其中,著名的如《小窗幽记》《宝颜堂秘笈》等。

晚明文人有一种创作风气,喜欢钞撮前人诸书而自成己书。这类书可谓是汗牛充栋,而眉公的创作,对于这种风气,也起了推波助澜的作用。以眉公挂名的许多著述,多杂采史传说部及前人言语,或掇取琐言僻事,诠次成书,潦草成编,就学术而言,并无多少价值。许多著作看似学术笔记,其实多是无关紧要的琐碎之谈,可采之处很少。如《枕谭》《群碎录》等,都是信手摘录的读书心得,如语辞、典故一类的理解。《群碎录·序》说:"他石可以攻玉,众壤可以益岱。读书者即一字一语,何忍弃之。故题曰《群碎》。"①这些书没有什么学术价值,意义也不大。《珍珠船》就是杂采前人小说随笔之类书而成的,但没有出处,使人不知所出。又如《书蕉》二卷,杂钞古今名物训诂和奇文隽字可供辞藻之用者,随手摘录,编排殊无伦次。而书中不少人们所熟悉习见名物,仍勉强载入,徒费笔墨。更有甚者,书中的一些见解,实是抄录前人成果,但眉公有意无意地没其书名,以攘为己有(像关于"泥孩子"一则,其实是抄自陆游《老学庵笔记》五)。《枕谭》一卷,自跋谓读古人书,往往承袭伪谬,因取目前常用之语而考据之。但其所谓的考据,其实各有所本,并非心得。晚明文人治学似乎广博,经史子集无不涉及,无不著述,然细按之,多杂驳轻浅之论。在眉公著作中,也可见晚明浮躁和轻率的学风之一斑。

从学术角度来看眉公的著作,当然价值不大。那么,为何他这类杂辑古书而成的著作,在当时却影响巨大呢?这主要是因为眉公辑录和编选的一些书,比较讲究艺术性,体现了作者的审美趣味。从艺术角度看,也可以说是一种新的创造。如《读书十六观》采吕献可、苏轼等十

---

① 《群碎录》,第1页。

六人有关读书的名言或韵事,连缀成编,以为读书之法。其命名"十六观",是模拟浮屠氏之《十六观经》。《读书十六观》除了序和跋出自眉公之手,其余都是杂取有关读书的著名古语、古事之后,再加上一句:"读书者,当作此观。"不过,此书广为流传,自有其道理。如他在序中说:"读未见书,如得良友;见已读书,如逢故人。"①这两句话,的确是言简意赅,生动形象,道出读书人的心声,可为千古流传的名句。他所采集的关于读书的名人名言,也确实颇为隽永优美。如引倪文节论读书:"松声、涧声、山禽声、夜虫声、鹤声、琴声、棋子落声、雨滴阶声、雪洒窗声、煎茶声,皆声之至清者也,而读书为最。"②此等话,足令读书人为之神远。又如《香案牍》一书,是从道藏中"所载古今真人、列仙四百四十有七,顾其言不雅驯","汰而洗之,存其奇逸可喜者,精为一卷"③。《香案牍》是一部历代神仙小传,文学价值并不高,但因为眉公收录时,在语言方面作了一些提炼加工,遂变得清新可诵。

明代文学派别很多,眉公的文学倾向则很难说是什么派。他的情趣似与公安竟陵为近,但他与复古派、性灵派作家关系都不错,对两派的评价也比较公允。他既反对固执的摹古泥古,也不喜过分的轻浅新奇。眉公文风融合了他们的一些好处,博雅而有灵气,其文章受到各方面称赞。眉公著作中,应以小品文最有价值。他编选的《古文品外录》,可视为一本小品文选本。他自道此书:"择两汉以来之文,未经前人采拾而言远情深者,得三百篇。其或词章之外,别具世变,余亦间为笺其始末,附纸尾以备咨考。凡余所为如是者,要欲学者知九州之外,

---

① 《说郛续》卷三二《读书十六观》,第1539页。
② 同上书,第1539页。
③ 《四库存目丛书》子部第260册《香案牍·序》,第703页。

复有九州,九略之外,复有九略。引伸鼓舞其聪明,使之不倦而已。"①此书选秦汉至宋元之文,其选文旨趣大抵沿公安竟陵之路,务求新奇诡隽,所以名之曰"品外"。

在眉公文章中,序文很多。大抵因为眉公名气大,求之者众,故不乏敷衍之作。当然,其中也有写得颇有意思的。如为范长康的《米襄阳志林》所写的序,针对人们总是简单地理解米芾的"颠",甚至许多人用米芾的"颠"来作为自己生活中不良作风的借口。眉公在序中说:

> 夫米公之颠,谈何容易!公书初摹二王,晚入颜平原,掷斤置削,而后变化出焉。其云山一一以董、巨为师,诗文不多见,顾崖绝魁垒有深往者,而公之颠始不俗;两苏、黄豫章、秦淮海、薛河东、德麟、龙眠、刘泾、王晋卿之徒,皆爱而乐与之游,相与跌宕文史,品题翰墨,而公之颠始不孤;所居有宝晋、净名、海岳,自王、谢、顾、陆真迹以至摩诘,玉躞金题,几埒秘府,而公之颠始不寒;陪祀太庙,洗去祭服藻火,至褫职,然洁疾淫性,不能忍,而公之颠始不秽;冠带衣襦,起居语默,略以意行,绝不用世法,而公之颠始不落近代;奉敕写"黄庭",写御屏,奋毫振袖,酣叫淋漓,天子为卷帘动色,撤赐酒果,文其甚则佹请御前研以归,而公之颠始不屈挫;寄人尺牍,写至"芾拜",则必整襟拜而书之,而公之颠始不坠狡狯。②

在眉公眼中,米芾"颠"的内涵相当丰富,有"不俗""不孤""不寒""不秽""不屈挫""不坠狡狯"等方面。米芾历来被人称为"米颠",他的"颠"之中,非理性方面往往受到夸大,而眉公恰是从理性方面,来肯定

---

① 《明文海》卷二二二王衡《〈古文品外录〉序》,第2259页。
② 《续修四库全书》第1380册《陈眉公集》卷五《米襄阳志林叙》,第60页。

米芾的"颠"。这也是眉公用自己的理想,重新阐释米芾的人格。他的序深化了米芾"颠"的理性意义,也淡化和消解了米芾"颠"的原始意义。

眉公的朋友王仲遵写了《花史》一书,眉公既为之题词,又写了跋语。《花史跋》云:

> 有野趣而不知乐者,樵牧是也;有果蓏而不及尝者,菜佣牙贩是也;有花木而不能享者,达人贵人是也。古之名贤,独渊明寄兴,往往在桑麻松菊、田野篱落之间;东坡好种植,能手接花果,此得之性生,不可得而强也。强之,虽授以《花史》,将艴然掷而去之。若果性近而复好焉,请相与偃曝林间,谛看花开花落,便与千万年兴亡盛衰之辙何异?虽谓二十一史尽在左编一史中,可也。①

眉公认为,有两种人是难以品赏生活的。一种是"樵牧""菜佣牙贩",他们为生活所逼,自然难有此清兴;一种是达官贵人,他们驰骛世事,也难享清福。只有像陶渊明、苏东坡这样,既有闲情逸致,又有审美眼光的人,才能真正品赏花木之美。眉公自然也应列入"第三种人"。眉公不但性喜种植花木,还认为种植花草"可以长世""可以经世""可以避世,可以玩世也"②。陆云龙评《花史跋》一文说:"高超奇拔,芥子中能作须弥想。"③眉公把这"花开花落"的现象,看作是"千万年来兴亡盛衰"历史的缩影。于是,观赏花木,不仅可以提高人们的审美情趣,而且可以领悟人生与历史的真谛,岂不妙哉?晚明人喜欢清赏、清玩,但

---

① 《皇明十六家小品》,《翠娱阁评选陈眉公先生小品》卷二,第1139页。
② 《晚香堂小品》卷二二《花史题词》,第367页。
③ 《皇明十六家小品》,《翠娱阁评选陈眉公先生小品》卷二,第1140页。

像眉公如此拔高清赏作用和意义的,似乎不多见。

眉公的尺牍,写得颇有清趣。如《答项楚东》:

> 初坚客戒,如棘藤护笋,正与韵士相隔绝。柳花如霰,鸳鸯倦飞,小阁褰帷,残炉尚烬;此时恨不与吾丈太碧共之。二诗正如小儿涂鸦,不堪一笑,差有米家云山,少能忏垢耳。诗怀奉将,比季雅作老伧见红绡马上后少年也,并望转致。①

墨客雅人之文,极有风致、雅趣。

最能代表陈眉公面目的,倒是他的几部清言杂缀类小品集,其中以《岩栖幽事》最为出色。《岩栖幽事》是陈眉公一部清言类小品集。此书是眉公丁酉年(1597)隐居在婉娈草堂时所作。当时,他广读佛道之书,与邻公、院僧谈接花艺果种树之法。暇时集其语,故称为《岩栖幽事》。顾名思义,《岩栖幽事》便是写闲居幽雅的生活,书中多载人生感言和山居琐事,如读书品画、谈禅说诗、品山水、赏花草、接花艺术,以及焚香、点茶之类,颇为集中而典型地反映了晚明文人清幽的生活及其情趣:

> 箕踞于斑竹林中,徙倚于青石几上。所有道笈、梵书,或校雠四五字,或参讽一两章。茶不甚精,壶亦不燥,香不甚良,灰亦不死。短琴无曲而有弦,长讴无腔而有音。激气发于林樾,好风送之水涯。若非羲皇以上,定亦嵇、阮兄弟之间。

---

① 《晚香堂小品》卷二三,第397页。

> 三月茶笋初肥,梅花未困,九月莼鲈正美,秋酒新香。胜客晴窗,出古人法书名画,焚香评赏,无过此事。
>
> 住山须一小舟,朱栏碧幄,明榱短帆,舟中杂置图史鼎彝,酒浆肴脯。近则峰泖而止,远则北至京口,南至钱塘而止。风利道便,移访故人,有见留者,不妨一夜话,十日饮。遇佳山水处,或高僧野人之庐,竹树蒙茸,草花映带,幅巾杖履,相对夷然。至于风光淡爽,水月空清,铁笛一声,素鸥欲舞,斯亦避喧谢客之一策也。
>
> 古云鹤笠鹭蓑,鹿裘鹊冠,鱼枕杯,猿臂笛,与夫画图之屋庐,诗意之山水,皆可遇而不可求,即可求而不可常。余唯纸窗竹屋,夏葛冬裘,饭后黑甜,日中白醉。
>
> 不能卜居名山,即于岗阜回复及林水幽翳处辟地数亩,筑室数楹,插槿作篱,编茅为亭,以一亩荫竹树,一亩栽花果,二亩种瓜菜,四壁清旷,空诸所有,畜山童灌园薙草,置二三胡床,著林下,挟书研以伴孤寂,携琴弈以迟良友,凌晨杖策,抵暮言旋。此亦可以娱老矣。①

这里,眉公似乎为我们描绘出一幅幅晚明隐士富有诗情画意的生活图景。这的确不是一般人所能够享受的。郑瑄在《昨非庵日纂》中,意味深长地说:"不是闲人闲不得,闲人不是等闲人。"因为对一般人来说,"好山好水,风清月明,何尝识此意味。劳劳扰扰,死而后已"②。在这里,"闲人"是有特殊含义的。他必须在物质生活、精神生活方面,都有

---

① 《四库全书存目丛书》子部第118册《岩栖幽事》,第700—707页。
② 郑瑄:《昨非庵日纂》二集卷七,第307页。

"闲"的资本和素质才行。要达到这种条件和境界,是非常难的。所以说"闲人不是等闲人"。而眉公正是这种可以称为"闲人"的人。他曾自称为"清懒居士",懒而能清,正是"闲人"的最佳境界。

眉公非常善于在日常生活中发现清新淡远的诗意:

> 山鸟每至五更,喧起五次,谓之报更。盖山中真率漏声也。余忆曩居小昆山下时,梅雨初霁,座客飞觞,适闻庭蛙,请以节饮,因题联云:"花枝送客蛙催鼓,竹籁喧林鸟报更。"可谓"山史实录"。

而且,他以日常生活中的事物作为审美对象,用艺术批评方式来品赏自然,区别它们之间的微妙差异,表现出相当细腻的审美感受和高雅的情趣:

> 香令人幽,酒令人远,石令人隽,琴令人寂,茶令人爽,竹令人冷,月令人孤,棋令人闲,杖令人轻,水令人空,雪令人旷,剑令人悲,蒲团令人枯,美人令人怜,僧令人淡,花令人韵,金石彝鼎令人古。

> 瓶花置案头,亦各有相宜者。梅芬傲雪,偏绕吟魂;杏蕊娇春,最怜妆镜;梨花带雨,青闺断肠;荷气临风,红颜露齿;海棠桃李,争艳绮席;牡丹芍药,乍迎歌扇;芳桂一枝,足开笑语;幽兰盈把,堪赠化俦。以此引类连情,境趣多合。

眉公受到庄禅的影响,他说:"人有一字不识而多诗意,一偈不参而多禅意,一勺不濡而多酒意,一石不晓而多画意。淡宕故也。""人无意,意便无穷。"①这些观点,倒与公安派相类似。

眉公《安得长者言》也是一部值得注意的小品集。他在序中说:"余少从四方名贤游,有闻辄掌录之。已复死心茅茨之下,霜降水落时,弋一二言,拈题纸屏上,语不敢文,庶使异日子孙躬耕之暇,若粗识数行字者,读之了了也。"②可见,书中所记,是当时名贤名言,但已经眉公艺术加工,与其思想混为一体。沈德先在《跋》中说:"陈眉公每欲以语言文字津梁后学,故热闹中下一冷语,冷淡中下一热语,人都受其炉锤而不觉。是编尤其传家要领。"③这颇道出眉公清言的特点。此书与《岩栖幽事》不同,所论多是日常的道德修养,也是从日常生活小事之中总结出一些人生道理。如:

> 乘舟而遇逆风,见扬帆者,不无妒念。彼自处顺,于我何关?我自处逆,与彼何与?究竟思之,都是自生烦恼。天下事大率类此。

> 金帛多,只是博得垂死时子孙眼泪少:不知其他,知有争而已。金帛少,只是博得垂死时子孙眼泪多:亦不知其他,知有亲而已。

这些清言,对于世态人情的把握,还是颇有道理的。而《安得长者言》更有价值之处,则是某些对现实的批评。如:"朝廷以科举取士,使君

---

① 以上引文均出自《四库全书存目丛书》子部第 118 册《岩栖幽事》,第 695—699 页。
② 《四库全书存目丛书》子部第 94 册《安得长者言》,第 467 页。
③ 《丛书集成初编》,《安得长者言》跋。

子不得已而为小人也;若以德行取士,使小人不得已而为君子也。""医书云,居母腹中,母有所惊,则生子长大时发癫痫。今人出官涉世,往往作风狂态者,毕竟平日带胎疾耳。秀才正是母胎时也。"①这都是对科举取士制度的批评,认为科举取士使君子不得已而为小人;而当时官员往往作风狂态,也是由于科举这母体所带来的"胎疾"。眉公本人二十九岁便将儒衣冠烧掉,他对于科举的认识和批评,是比较深刻的。在明代,批评科举制度的人很多,但多是过河拆桥,中了进士再骂科举;或者骂了科举,不妨再去赶考。比较之下,眉公确是少数有资格骂科举之人。

在《安得长者言》中,还有一些话颇能反映出晚明人的心态。"清苦是佳事,虽然,天下岂有薄于自待,而能厚于待人者乎?"明人多持此说。其实,这是对个人清苦生活的非议。在他们看来,"清苦"之人,对自己尚如此苛刻,对别人自然也不厚道了。如此,个人清苦的生活,自然不是什么"佳事"。如果按这种逻辑再引申下去,那么,自己喜欢享受之人,自然也就能让他人享受了。从这句话,我们也不难理解为什么晚明人大多不讲究个人的操持了。《安得长者言》中,还有一句名言:"男子有德便是才,女子无才便是德。"②这句话明确地提出对男子与女子人格修养的不同标准,颇能反映眉公的道德观。它在晚明颇为流行③,在今天,仍然固执地活跃在某些人的观念之中。

眉公还有《模世语》一文,也是一篇值得注意的道德箴言。文中说:

---

① 以上引文出自《四库全书存目丛书》子部第 94 册《安得长者言》,第 469—473 页。
② 同上书,第 467—468 页。
③ 如曹臣(荩之)《舌华录》卷一《名语》就辑录了此言(《舌华录》,第 17 页)。

一生都是命安排,求甚么!今日不知明日事,愁甚么!不礼爷娘礼世尊,敬甚么!弟兄姊妹皆同气,争甚么!荣华富贵眼前花,傲甚么!儿孙自有儿孙福,忧甚么!奴仆也是爷娘生,夌甚么!当官若不行方便,做甚么!公门里面好修行,凶甚么!刀笔杀人终自杀,刁甚么!举头三尺有神明,欺甚么!文章自古无凭据,夸甚么!他家富贵生前定,妒甚么!前世不修今受苦,怨甚么!岂可人无得运时,急甚么!人世难逢开口笑,苦甚么!补破遮寒暖即休,摆甚么!才过三寸成何物,馋甚么!死后一文将不去,悭甚么!前人田地后人收,占甚么!聪明反被聪明误,巧甚么!虚言折尽平生福,谎甚么!是非到底自分明,辨甚么!暗里催君骨髓枯,淫甚么!阚赌之人没下梢,耍甚么!治家勤俭胜求人,奢甚么!人争闲气一场空,恼甚么!恶人自有恶人磨,憎甚么!冤冤相报几时休,结甚么!人生何处不相逢,狠甚么!世事真如一局棋,算甚么!谁人保得常无事,诮甚么!穴在人心不在山,谋甚么!欺人是祸饶人福,卜甚么!一日无常万事休,忙甚么!得便宜处失便宜,贪甚么![①]

《模世语》似乎是《红楼梦》的《好了歌》,劈头第一句话"一生都是命安排",已定下全文宿命论的基调。它提倡一种与世无争、委运随化的人生哲学。当然,文中所宣扬的处世之道,也未尝全是消极,它对那些积极进取者,可能是麻醉药;但对那些热衷权势、痴迷利欲者,却不啻一副清醒剂。《模世语》形式相当别致,这三十六条,基本上涉及常见的各种世态与心态。它采用棒喝方式,每则箴言前半正面立论,后半以反问方式,给人当头一棒。三十六个"甚么"排比而来,很有气势。此文影

[①] 《北京图书馆古籍珍本丛刊》第78册《水边林下》收录,《模世语》,第646—647页。

响颇大,正如清人石成金在《什么话》序中说:"陈眉公辑有《模世语》三十六条,唤醒人心而脍炙人口者,已久且多矣!"①石成金《什么话》六十条也就是模仿此文而作的。

其实,陈眉公并不是一个忘怀政治的隐士,他仍然关心时事政治,对于时局的判断和分析也颇为深刻。比如,在《答虞山周》一信中说:"有门户之说,而后有门庭之寇;有朝堂之胡越,而后有辽左之战场。"②直指当时诸多政治之纷争、战争之失败,皆与朝廷内部党争相关。对于晚明政治之弊端,看得相当真切。只不过,他对于家国变幻纷争,所推崇和采取的,是智者超然的态度,他在《与钱受之太史》说:"国轴之变幻,家乡之纷拏,且端坐冷眼观之,侠客之不如英雄者,侠客动而英雄静也;英雄之不如圣贤者,英雄险而圣贤稳也。若置身静稳中,即鬼神造化,奈何不得。况目前馀子哉?"③当然,对于时局"冷眼观之""置身静稳"之后,既可以有一番行动,也可以求安避祸。对于眉公来说,恐怕只能是后者了。

眉公是晚明一个很值得注意的人物。他对当时文人的创作和人格塑造,有明显的影响。正如《四库全书总目》说,晚明社会风气是:"道学侈称卓老,务讲禅宗;山人竞述眉公,矫言幽尚。"④《四库全书总目》在批评张应文《张氏藏书》一书时说:"明之末年,国政坏而士风亦坏。掉弄聪明,决裂防检,逐至于如此。屠隆、陈继儒诸人,不得不任其咎也。"⑤这些评价不免过分,但也揭示了李贽、屠隆与眉公三人,对于晚明文人的影响。当然,三人的影响是不同的。李贽主要是在哲学方面,

---

① 《福寿真经》,《什么话》,第117页。
② 《四库禁毁书丛刊》集部第20册沈佳胤《翰海》卷一二,第361页。
③ 同上书,第360—361页。
④ 《四库全书总目》卷一三二《续说郛》提要,第1124页。
⑤ 《四库全书总目》卷一三四《张氏藏书》提要,第1137页。

开创一种狂放自得之风,使文学创作走向"童心";屠隆主要在文学思想和文学创作上,代表一种从复古向性灵转化的新风气;而眉公则是在人格方面的影响,他兼隐士、山人、墨客、诗人于一身,既有清高之名,又有世俗之乐,可以说,代表了晚明文人的人格追求。

在眉公生活的时代,他的名气极大。但到了明末清初,"眉公"成为"山人"的符号,也成为备受攻击的"箭垛式人物"了。如清人蒋士铨《临川梦》戏中第二出"隐奸"以净角扮眉公,其上场诗是:"妆点山林大架子,附庸风雅小名家。终南捷径无心走,处士虚声尽力夸。獭祭诗书充著作,蝇营钟鼎润烟霞。翩然一只云间鹤,飞去飞来宰相衙。"这八句诗对于眉公当时的大批山人而言,其揭露可谓入木三分。而戏中有一段眉公很长的自白,是蒋士铨揣摩其心思而虚拟的。如道自己隐居"并非薄卿相而厚渔樵,正欲藉渔樵而哄卿相",又自称:"以此费些银钱饭食,将江浙许多穷老名士养在家中,寻章摘句,别类分门,凑成各样新书,刻板出卖。吓得那一班鼠目寸光的时文朋友,拜倒辕门,盲称瞎赞,把我的名头传播四方。而此中黄金、白镪不取自来。你道这样高人隐士,做得过做不过!"①"隐奸"一出戏,与其说批评陈眉公本人,不如说是清初文人对晚明山人与名士群体的讽刺。

---

① 《蒋士铨戏曲集》,《清容外集》,第 222 页。

第四章　公安派小品

以袁宗道、袁宏道、袁中道兄弟为代表的公安派,在万历年间崛起文坛。公安派的出现,有其历史必然性。正如钱谦益在论袁宏道创作的背景时说:

> 万历中年,王、李之学盛行,黄茅白苇,弥望皆是。文长、义仍,崭然有异。沉痼滋蔓,未克芟薙。中郎以通明之资,学禅于李龙湖,读书论诗,横说竖说,心眼明而胆力放,于是乃昌言击排,大放厥辞。①

这里所论甚确。徐渭、汤显祖和李贽,是袁宏道与公安派的先驱,而李贽更是公安派精神上和理论上的导师。在公安派之前,徐渭与汤显祖都创作了大量富有个性的优秀作品,但仍未能扭转整个文坛风气。等到公安三袁出来,文坛上才真正形成新气象。公安派继承和发展李贽的文学观点,又受到禅学影响,推崇性灵,反对摹古,主张文学进化。他们反对前、后七子,但不像唐宋派那样把"文必秦汉"改为师法唐宋,他们彻底摈弃模拟对象,而把"性灵"作为创作的表现对象。"性灵说"是

---

① 《列朝诗集小传》丁集中《袁稽勋宏道》,第567页。

他们的理论基础。他们推崇"独抒性灵,不拘格套,非从自己胸臆流出,不肯下笔"的创作主张①。他们的作品自然、坦率、大胆、真实地流露自己的真性灵,敢言人之不敢言,愿写人之不愿写。一切文学上的拘缚和戒律,都为之所弃。公安派影响很大,他们的理论和创作在当时形成一种横扫文坛的文学潮流。

第一节　袁中郎小品

袁宏道(1568—1610),字中郎,号石公。湖广公安人。万历十六年中举人,万历二十年中进士。授吴县令,官至吏部郎中。

中郎是公安派的首领,他的思想十分杂驳。他在《答陶石篑》一书中说:

> 近代之禅,所以有此流弊者,始则阳明以儒而滥禅,继则豁渠诸人以禅而滥儒。禅者见诸儒汩没世情之中,以为不碍,而禅遂为拨因果之禅;儒者借禅家一切圆融之见,以为发前贤所未发,而儒遂为无忌惮之儒。不惟禅不成禅,而儒亦不成儒矣。②

中郎指出,明代存在阳明心学"以儒滥禅"和佛家"以禅滥儒"两种现象。中郎的立场是反对援佛以说儒,而混搅儒佛两家的学说。他本人思想也是三教杂糅的。他在与袁无涯信中,自称"嗜杨之髓,而窃佛之肤;腐庄之唇,而凿儒之目"③。他在《人日自笑》诗中自我调侃:"是官

---

① 《袁宏道集笺校》卷四《叙小修诗》,第187页。
② 《袁宏道集笺校》卷二二,第790—791页。
③ 《袁宏道集笺校》卷四三《袁无涯》,第1281页。

不垂绅,是农不秉耒。是儒不吾伊,是隐不蒿莱。是贵着荷芰,是贱宛冠佩。是静非杜门,是讲非教诲。是释长鬓须,是仙拥眉黛。"①无论他的思想、他的个性,还是他的生活态度,都十分复杂与独特。中郎的思想得益庄禅最多,庄禅给中郎在个性和精神自由方面以极大启示。他鄙视礼法,放浪不羁。但是,在封建社会环境里的文人,几乎无法摆脱儒学的影响。中郎也如此。他曾用功于科举之业,也有过建功立业的理想,将积极入世的儒家精神付诸实践。他虽然放浪形骸,但仍然关心世道,就是在闲居之时,也并非完全忘却世事。他在《与黄平倩》一信中,说自己"莳花种竹,赋诗听曲,评古董真赝,论山水佳恶,亦自快活度日",似乎有一种超然物外的态度,"但每日一见邸报,必令人愤发裂眦,时事如此,将何底止?因念山中殊乐,不见此光景也。然世有陶唐,方有巢、许。万一世界扰扰,山中人岂得高枕?此亦静退者之忧也"。②此信颇为真实地反映了中郎性格的复杂性。

中郎小品相当典型地体现了晚明文人的心态。他在给徐汉明一封信中说,世间有四种人,"有玩世,有出世,有谐世,有适世"。他最欣赏的是"适世":

> 独有适世一种其人,其人甚奇,然亦甚可恨。以为禅也,戒行不足;以为儒,口不道尧、舜、周、孔之学,身不行羞恶辞让之事,于业不擅一能,于世不堪一务,最天下不紧要人。虽于世无所忤违,而贤人君子则斥之惟恐不远矣。弟最喜此一种人,以为自适之极,心窃慕之。③

---

① 《袁宏道集笺校》卷三三,第1058页。
② 《袁宏道集笺校》卷五五,第1611页。
③ 《袁宏道集笺校》卷五《徐汉明》,第218页。

中郎一生所追求的,也就是"适世"二字。所谓"适世",既不是玩世不恭,也不是远离尘寰;既非儒,也非释;既不想兼济天下,也不谈独善其身;既无济世精神,也非隐逸之风;不谈什么格物、致知、诚意、正心,也不管什么齐家、治国、平天下,更不用说什么安贫乐道、自强不息了。总之,"适世"就是与世无忤,顺乎自然,让身心得到最舒适的发展。所谓"适世",也就是"享世"。所以,他在给龚惟长的信中,描写了他心目中人生的真正幸福:

> 真乐有五,不可不知。目极世间之色,耳极世间之声,身极世间之鲜,口极世间之谭,一快活也;堂前列鼎,堂后度曲,宾客满席,男女交舃,烛气薰天,珠翠委地,金钱不足,继以田土,二快活也;箧中藏万卷书,书皆珍异,宅畔置一馆,馆中约真正同心友十余人,人中立一识见极高,如司马迁、罗贯中、关汉卿者为主,分曹部署,各成一书,远文唐、宋酸儒之陋,近完一代未竟之篇,三快活也;千金买一舟,舟中置鼓吹一部,妓妾数人,游闲数人,泛家浮宅,不知老之将至,四快活也;然人生受用至此,不及十年,家资田地荡尽矣,然后一身狼狈,朝不谋夕,托钵歌妓之院,分餐孤老之盘,往来乡亲,恬不知耻,五快活也。
> 士有此一者,生可无愧,死可不朽矣。①

陆云龙在翠娱阁选本中评此文说:"穷欢极乐,可比《七发》。"②在此之前的传统文学之中,我们很少见到有人如此直率,如此肆无忌惮、明目张胆地鼓吹这种"恬不知耻"的生活理想。然而在晚明,这种放纵声色

---

① 《袁宏道集笺校》卷五《龚惟长先生》,第205—206页。
② 《皇明十六家小品》,《翠娱阁评选袁中郎先生小品》卷二,第2035页。

的生活,绝不是"耻",而是一种雅兴和荣耀。穷奢极欲、声色犬马、纸醉金迷、恬不知耻等,这些传统的贬义词,到了中郎笔下,却成了不可多得的褒义词。词义褒贬的转换意味着价值观的历史转换。中郎此牍,尽管加以艺术化与夸张,却相当准确地表达出许多晚明文人的心声:人生就是充分地、最大限度地享受生活乐趣,尽可能地满足人的心灵与感官的所有欲望。在这里,中郎为晚明文人描绘了一幅生活理想蓝图,它不但是对名教礼法的反叛,不但是对中国传统文人那种重道义、重操持、自强不息的人格理想的一种背离,也是对陶潜式清高淡泊的隐逸之风的嘲弄。中郎式"穷欢极乐"的生活方式,与晚明人欲横流的社会潮流是一致的。晚明小品中有大量表现文人这种"穷欢极乐"的作品,当我们看到晚明作家大胆地暴露自己种种"劣迹"时,千万不要误会他们是在真诚忏悔。他们的自我暴露,大多是自我表现和自我夸耀。就像当今一些文人,自称"流氓""痞子"时,心里是非常得意的。

在中郎的作品中,尤其是前期作品,一个颇为集中的话题,便是谈论当官之苦。这类作品占了很大比例。他的诗歌《为官苦》道:"男儿生世间,行乐苦不早。如何因一官,万里枯怀抱。出门逢故人,共说朱颜老。眼蒿如寻长,闲愁堆不扫。"①而其尺牍更是常谈到做官之苦:

> 人至苦莫令若矣,当其奔走尘沙,不异牛马,何苦如之。②

> 人生作吏甚苦,而作令为尤苦,若作吴令则其苦万万倍,直牛马不若矣。何也?上官如云,过客如雨,簿书如山,钱谷如海,朝夕趋承检点尚恐不及,苦哉,苦哉!然上官直消一副贱皮骨,过客直

---

① 《袁宏道集笺校》卷二,第99页。
② 《袁宏道集笺校》卷五《王以明》,第240页。

> 消一副笑嘴脸,簿书直消一副强精神,钱谷直消一副狠心肠,苦则苦矣,而不难。唯有一段没证见的是非,无形影的风波,青岑可浪,碧海可尘,往往令人趋避不及,逃遁无地,难矣,难矣。①

> 弟作令备极丑态,不可名状,大约遇上官则奴,候过客则妓,治钱谷则仓老人,谕百姓则保山婆。一日之间,百煖百寒,乍阴乍阳,人间恶趣,令一身尝尽矣。苦哉,毒哉!②

在这里,中郎把当官夸张为天下最痛苦的牛马不如的生活。其实,他并非讨厌当官,只是其性格潇洒疏懒,所追求的是一种自然、自由、浪漫、舒适、任情适性的生活方式。具体地说,就是游山玩水、品花赏木、论道谈禅、作文赋诗、品茗饮酒的名士生活。他说做官之苦,主要是因为当官妨碍了他的玩乐。在其未出仕之前,当官曾是他所追求的生活目标。但这个目标实现之后,他又觉得毫无意味:

> 少时望官如望仙,朝冰暮热,想不知有无限光景,一朝到手,滋味乃反俭于书生……辟如婴儿见蜡糖人,啼哭不已,及一下口,唯恐唾之不尽,作官之味,亦若此耳。③

不过,袁中郎不是一个真正耐得住寂寞的人。当官,则嫌喧嚣忙碌;不当官,则又太清静寂寞。他在《兰泽、云泽两叔》一信中说:

---

① 《袁宏道集笺校》卷五《沈广乘》,第242页。
② 《袁宏道集笺校》卷五《丘长孺》,第208页。
③ 《袁宏道集笺校》卷六《李本建》,第310页。

> 长安沙尘中,无日不念荷叶山乔松古木也。因叹人生想念,未有了期。当其在荷叶山,唯以一见京师为快。寂寞之时,既想热闹;喧嚣之场,亦思闲静:人情大抵皆然。如猴子在树下,则思量树头果;及在树头,则又思量树下饭;往往复复,略无停刻,良亦苦矣。①

其实,中郎自己正是"往往复复,略无停刻"的。他万历二十年中进士,不做官,却与兄弟遍游楚中。万历二十三年,选为吴县令,但不久又辞官离职,游览江南佳山水。后授顺天教授,补礼部仪制司主事。两年后,又解官回乡,著书游览。万历三十四年,入京补仪曹主事,但不久又辞去。两年后,再入京,擢吏部主事,转考功员外郎,后又迁稽勋郎中。最终还是请假归乡定居。历史上,像他这样屡官屡辞,屡辞屡官,屡辞屡迁的实在少见!辞官时截铁斩钉,似乎做官是天下最为痛苦的事,一刻也难以呆下去;但事过情迁,不久又还是照当不误。他的一生,也就是他自己所希冀的"适世"生活方式的注脚。中郎那些大叹当官苦的作品,偶尔读之,妙不可言;但他这类作品数量很多,又不免过于渲染和夸张。如他在吴县所作尺牍说:"画船箫鼓,歌童舞女,此自豪客之事,非令事也。奇花异草,危石孤岑,此自幽人之观,非令观也。酒坛诗社,朱门紫陌,振衣莫厘之峰,濯足虎丘之石,此自游客之乐,非令乐也。"②这些都是诗人的夸张。事实上,他任吴县令时,并非完全与山水、诗酒、歌舞等绝缘;且又经历了辞官与任官的多次反复,作品中的情感,有时便不免显得有些轻浮,有些造作。这也是晚明文人的通病。

公安派当时的名声,首先是诗。其实,他们在散文上成就更大。正

---

① 《袁宏道集笺校》卷二一,第747页。
② 《袁宏道集笺校》卷五《兰泽、云泽两叔》,第211页。

如周作人在《重刊〈袁中郎集〉序》中所说:"在散文方面中郎的成绩要好得多,我想他的游记最有新意,传序次之,《瓶史》与《觞政》二篇大约是顶被人骂为山林恶习之作,我却以为这很有中郎特色,最足以看出他的性情风趣。尺牍虽多妙语,但视苏黄终有间,比孙仲益自然要强。"①评价大致准确。

中郎小品最显著的美学特征就是他所推崇的"趣"。他说:"世人所难得者唯趣。趣如山中之色,水中之味,花中之光,女中之态,虽善说者不能下一语,唯会心者知之。"②所谓"趣",就是自然与真率。陆云龙《叙袁中郎先生小品》把"趣"与"率真"结合起来,推崇中郎的小品文:

> 中郎叙《会心集》,大有取于"趣"。小修称中郎诗文云"率真"。率真则性灵现,性灵现则趣生。即其不受一官束缚,正不蔽其趣,不抑其性灵处……然趣近于谐,谐则韵欲其远,致欲其逸,意欲其妍,语不欲其沓拖,故予更有取于小品。③

陆云龙对袁中郎小品富于性灵与率真特点的把握,十分准确。《四库全书总目》评价中郎作品时说:"其诗文变板重为轻巧,变粉饰为本色,致天下耳目于一新。"所以,文坛"靡然而从之"。④撇开四库馆臣对公安派的否定态度,这种所谓"轻巧"和"本色"的评价,说到点子上了。

中郎的山水游记,每每以游踪与心迹合二为一,情、景、意、趣俱佳,更是独步一时。中郎性好山水,他曾幽默地说:"湖水可以当药,青山

---

① 《知堂序跋》第 2 辑《重刊〈袁中郎集〉序》,第 342 页。
② 《袁宏道集笺校》卷一〇《叙陈正甫会心集》,第 463 页。
③ 《皇明十六家小品》,《翠娱阁评选袁中郎先生小品》卷首,第 1879—1882 页。
④ 《四库全书总目》卷一七九《袁中郎集》提要,第 1618 页。

可以健脾。逍遥林莽,欹枕岩壑,便不知省却多少参苓丸子矣。"①他还正经地说道:"借山水之奇观,发耳目之昏瞆;假河海之渺论,驱肠胃之尘土。"②自然山水不但有益于身体健康,也有益于精神高洁。他对现实失去热情,失去希望,转而在大自然中,找到精神慰藉和寄托。每到一处,必游山玩水。其游踪,几遍半个中国。

中郎与山水之间的关系,似乎不是人对自然的品赏,而是彼此之间有一种感情的交流。中郎曾说,真正嗜山水的人,"胸中之浩浩与其至气之突兀,足与山水敌,故相遇则深相得,纵终身不遇,而精神未尝不往来也"③。游历过程是作家胸中之浩气与山水精神相往来的过程,是物我合一、情景相契的过程。中郎对于山水,有一种独特而新鲜的感受。他能把握山水的灵气和个性,把山水人格化,山水与他那种闲适拔俗的情怀和放浪不羁的胸襟,十分合拍。任访秋《袁中郎研究》幽默地说,中郎对于山水,"似乎是他在同大自然恋爱"④:他总喜欢用形容女性的语言,来描绘秀丽的山水景象,特别是从山水的色、态、情三方面来着眼。以女色来比喻山容,可以说是晚明文人的同好。如黄汝亨就说过:"我辈看名山,如看美人。颦笑不同情,修约不同体,坐卧徙倚不同境,其状千变。"⑤但中郎对此比喻特感兴趣,也写得特别生动。如《西湖一》:"山色如娥,花光如颊,温风如酒,波纹如绫,才一举头,已不觉目酣神醉。此时欲下一语描写不得,大约如东阿王梦中初遇洛神时

---

① 《袁宏道集笺校》卷六《汤郧陆》,第286页。
② 《袁宏道集笺校》卷六《陶石篑》,第286页。
③ 《袁宏道集笺校》卷五四《题陈山人山水卷》,第1582页。
④ 《袁中郎研究》,第81页。
⑤ 《原国立北平图书馆甲库善本丛书》,《寓林集》卷三〇《姚元素黄山记引》,第951页。

也。"①又如《满井游记》:"山峦为晴雪所洗,娟然如拭,鲜妍明媚,如倩女之靧面,而髻鬟之始掠也。"《与吴敦之》:"东南山川,秀媚不可言,如少女时花,婉弱可爱。"②此外如《上方》说:"虎丘如冶女艳妆,掩映帘箔。"③在《灵岩》一则中,写登琴台,听到松声如飞涛,有一段描写:

  余笑谓僧曰:"此美人环佩钗钏声,若受具戒乎?宜避去。"僧瞪目不知所谓。石上有西施履迹,余命小奚以袖拂之,奚皆徘徊色动。碧縎缃钩,宛然石髹中,虽复铁石作肝,能不魂销心死?色之于人甚矣哉!④

这里,更是把山水说成即使是铁石心肝之人也愿意为之销魂,甚至足以令人破戒的女色。这些比喻,都寄托了作者强烈的感情色彩。

中郎在《开先寺至黄岩寺观瀑记》一文中写道,他要那些向他请教作文方法的人,去向涧泉山水学习。当听者以为中郎在开玩笑时,他郑重其事地解释说,涧泉山水与文章之道相通,游览山水可悟文理。他说:

  夫文以蓄入,以气出者也。今夫泉,渊然黛,泓然静者,其蓄也;及其触石而行,则虹飞龙矫,曳而为练,汇而为轮,络而为绅,激而为霆,故夫水之变,至于幻怪翕忽,无所不有者,气为之也。
  今吾与子历含嶓,涉三峡,濯涧听泉,得其浩瀚古雅者,则为

---

① 《袁宏道集笺校》卷一〇,第422页。
② 《袁宏道集笺校》卷一一,第505页。
③ 《袁宏道集笺校》卷四,第160页。
④ 同上书,第165页。

《六经》;郁激曼衍者,则骚赋;幽奇怪伟,变幻诘曲者,则为子史百家。凡水一貌一情,吾直以文遇之,故悲笑歌鸣,卒然与水俱发,而不能自止。①

文章以气为主,泉水也以气为之。山水的风貌气象,各不相同,其中有如《六经》者,有如楚骚、汉赋者,有如子史百家者。游览之道,与读书、品赏乃至创作,是相通的。可见,中郎对于游道,确有一番自己独到的理论和见解,他把艺术品赏的方法,运用到山水游览之中。中郎山水游记写得高妙绝伦,与他对于山水那种独到的艺术品赏方式,是很有关系的。

描山摹水,固然是中郎之所长。但其游记不仅写出佳山水,往往还借山水来寄托个性、情致与感慨。如《鉴湖》:

鉴湖昔闻八百里,今无所谓湖者。土人云:旧时湖在田上,今作海闸,湖尽为田矣。贺监池去陶家堰二三里,阔可百十顷,荒草绵茫如烟,蛙吹如哭。月夜泛舟于此,甚觉凄凉。醉中谓石篑:"尔狂不如季真,饮酒不如季真,独两眼差同耳。"石篑问故。余曰:"季真识谪仙人,尔识袁中郎,眼讵不高欤?"四坐嘿然,心诽其颠。②

此处自比李白,是醉语,也是醒语。这种癫狂,在世事沧桑、如烟如哭的凄凉背景下,多了几分人生的感喟,几分知音难求的痛苦。袁宏道这种山水游记中,诗人的自我形象相当突出,最能显出其本色。又如《雨后

---

① 《袁宏道集笺校》卷三七,第1144页。
② 《袁宏道集笺校》卷一〇《鉴湖》,第445页。

游六桥记》：

> 寒食后雨,予曰:"此雨为西湖洗红,当急与桃花作别,勿滞也。"午霁,偕诸友至第三桥,落花积地寸余,游人少,翻以为快。忽骑者白纨而过,光晃衣,鲜丽倍常,诸友白其内者皆去表。少倦,卧地上饮,以面受花,多者浮,少者歌,以为乐。偶艇子出花间,呼之,乃寺僧载茶来者。各啜一杯,荡舟浩歌而返。①

暮春时节,风雨送春,落花无数,文人多感触伤怀。宋人如晦的词:"风急桃花也似愁,点点飞红雨。"②金代段克己《渔家傲·送春》也说:"一片花飞春已暮,那堪万点飘红雨。"③中郎此文的主题,也是"送春",但情调则全然与上述作品不同。一看到下雨,即急着与一帮朋友来到湖边与桃花送别,可见他与桃花之情之深。中郎性豪放潇洒,其与春天之别,自然不是凄别,不是惜别,而是快别、趣别,一种只有像中郎这种名士、达士才想得出来的别出心裁、充满着欢乐的送春方式。"落花积地寸余",一片深红。对此情景,朋友们干脆脱去外衣,露出白内衣。满地皆红而缀上白色数点,红白相间,岂不更为鲜艳?一会儿,大家玩累了,就仰卧在地上饮酒。此时,桃花乱落,纷如红雨,洒在这帮雅狂之士脸上。于是想到另一个作乐方式,脸上落花多者,须浮一大白;少者,则要吟唱歌曲。当兴阑时,寺院里的和尚派人开着小艇送茶来了,于是大家划着小船归去。一路上高声唱歌,旁若无人。文中所表现的是一种任情适性,与自然和谐的乐趣。

---

① 《袁宏道集笺校》卷一〇,第 426 页。
② 《全宋词》,《卜算子·送春》,第 722 页。
③ 《原国立北平图书馆甲库善本丛书》,《二妙集》卷七,第 1072 页。

中郎游记既表现文人雅趣，也反映了当时世俗的生活情调，尤其是那些写江南景观的作品：

> 虎丘去城可七八里，其山无高岩邃壑，独以近城故，箫鼓楼船，无日无之。凡月之夜，花之晨，雪之夕，游人往来，纷错如织，而中秋为尤胜。每至是日，倾城阖户，连臂而至，衣冠士女，下迨蔀屋，莫不靓妆丽服，重茵累席，置酒交衢间。从千人石上至山门，栉比如鳞，檀板丘积，樽罍云泻，远而望之，如雁落平沙，霞铺江上，雷辊电霍，无得而状。①

> 荷花荡在荶门外，每年六月廿四日，游人最盛。画舫云集，渔刀小艇，雇觅一空。远方游客，至有持数万钱，无所得舟，蚁旋岸上者。舟中丽人，皆时妆淡服，摩肩簇舄，汗透重纱如雨。其男女之杂，灿烂之景，不可名状。大约露帏则千花竞笑，举袂则乱云出峡，挥扇则星流月映，闻歌则雷辊涛趋。苏人游冶之盛，至是日极矣。②

在这里，城市与山林，高雅与妖冶，清幽与喧杂，香风与臭汗，文人雅士的风度与世俗生活情趣交织在一道，如同一幅《清明上河图》，这是当时江南名胜特有的情调。中郎对此是抱着一种观赏的态度的，而不是以雅人的身份和心态去排斥世俗的生活气息，这也反映出在雅文化与俗文化相兼相容特定时期的文人心态。

中郎的游记小品，自然清新而技巧高明，只是不落迹象。如《初至

---

① 《袁宏道集笺校》卷四《虎丘》，第157页。
② 《袁宏道集笺校》卷四《荷花荡》，第170页。

天目双清庄记》：

> 数日阴雨，苦甚。至双清庄，天稍霁。庄在山脚，诸僧留宿庄中，僧房甚精。溪流激石作声，彻夜到枕上。石篑梦中误以为雨，愁极，遂不能寐。次早，山僧供茗糜，邀石篑起。石篑叹曰："暴雨如此，将安归乎？"僧曰："天已晴，风日甚美。响者乃溪声，非雨声也。"石篑大笑，急披衣起，啜茗数碗，即同行。①

全文百来字，而情趣盎然，波涛起伏。文中写天目山的溪流泉石，作者不正面描写，偏从陶望龄梦中误以溪流激石声为暴雨来写。这是一种以虚写实，先声夺人之法。陶望龄这一"误"，"误"出情趣来。然而，这种"误"却不造作，因为有"数日阴雨"背景作为铺垫。

《瓶史》和《觞政》二书，颇能反映中郎的生活态度和情趣。《瓶史引》说："夫幽人韵士，屏绝声色，其嗜好不得不钟于山水花竹。夫山水花竹者，名之所不在，奔竞之所不至也。"中郎说他有志于玩赏山水，但"又为卑官所绊，仅有栽花莳竹一事，可以自乐"②。《瓶史》就是观赏插花的生活艺术小品。全文分为"花目""品第""器具""择水""宜称""屏俗""花祟""洗沐""使令""好事""清赏""监戒"十二篇，从中我们可以看出晚明文人对生活艺术的讲究。如插花，中郎认为："插花不可太繁，亦不可太瘦。多不过二种三种，高低疏密，如画苑布置方妙……夫花之所谓整齐者，正以参差不伦，意态天然。"③他认为，插花艺术应如东坡之文，随意断续；如李白之诗，不拘对偶，应该有一种天然之趣。

---

① 《袁宏道集笺校》卷一○，第453页。
② 《袁宏道集笺校》卷二四《瓶史引》，第817页。
③ 《袁宏道集笺校》卷二四《瓶史》，第822页。

如果插花时枝叶相当,红白相配,过于整齐,则失去天然的意态了。中郎真正把插花艺术化了,并把诗文创作的标准运用到插花艺术之中。而"清赏"一节,专论观赏各种花卉的时间和环境:

> 夫赏花有地有时,不得其时而漫然命客,皆为唐突。寒花宜初雪,宜雪霁,宜新月,宜煖房;温花宜晴日,宜轻寒,宜华堂;暑花宜雨后,宜快风,宜佳木荫,宜竹下,宜水阁;凉花宜爽月,宜夕阳,宜空阶,宜苔径,宜古藤巉石边。若不论风日,不择佳地,神气散缓,了不相属,此与妓舍酒馆中花何异哉?①

又有"监戒"一节:

> 花快意凡十四条:明窗净几,古鼎,宋砚,松涛,溪声,主人好事能诗,门僧解烹茶,蓟州人送酒,座客工画,花卉盛开,快心友临门,手抄艺花书,夜深炉鸣,妻妾校花故实。
> 花折辱凡二十三条:主人频拜客,俗子阑入,蟠枝,庸僧谈禅,窗下狗斗,莲子胡同,歌童弋阳腔,丑女折戴,论升迁,强作怜爱,应酬诗债未了,盛开家人催算帐,检韵府押字,破书狼籍、福建牙人,吴中赝画,鼠矢,蜗涎,僮仆偃蹇,令初行酒尽,与酒馆为邻,案上有"黄金白雪""中原紫气"等诗。②

这里以杂纂形式,列举了使花"快意"与辱花的各种情况,为我们展示了两种截然不同的生活环境和文化气氛:前者是幽静与古雅,后者是喧

---

① 《袁宏道集笺校》卷二四《瓶史》,第827页。
② 同上书,第828页。

器与俗气。① 一花一世界,中郎对插花环境的讲究,在某种程度上,也反映他的文化品格与人生态度。中郎性不饮酒,然喜欢酒趣与酒人,作有《觞政》一书。所谓觞政,也就是酒令。此书借用法律形式,规定饮酒的一些准则:"今采古科之简正者,附以新条,名曰《觞政》。凡为饮客者,各收一帙,亦醉乡之甲令也。"全书分为"吏""徒""容""宜""遇""候""战""祭""典刑""掌故""刑书""品第""杯杓""饮储""饮饰""欢具"十六部分。如论醉酒之宜:"醉月宜楼,醉暑宜舟,醉山宜幽,醉佳人宜微酡,醉文人宜妙令无苛酌,醉豪客宜挥觥发浩歌,醉知音宜吴儿清喉檀板。"②此书主要表现当时文人将日常生活艺术化的倾向与情趣。书末还附有"酒评",评论当时的酒友:

> 刘元定如雨后鸣泉,一往可观,苦其易竟;陶孝若如俊鹰猎兔,击搏有时;方子公如游鱼狎浪,喁喁终日;丘长孺如吴牛啮草,不大利快,容受颇多;胡仲修如徐娘风情,追念其盛时。刘元质如蜀后主思乡,非其本情;袁平子如武陵少年说剑,未识战场;龙君超如德山未遇龙潭时,自著胜地;袁小修如狄青破昆仑关,以奇服众。③

这些评语都是仿照六朝人物品评方式来品评酒友的,语言形象幽默,意趣高远。

中郎除了喜欢文人日常生活艺术化,对当时民间的实用工艺品也相当欣赏,其审美情趣,很有时代色彩。他在《时尚》一文中说:

---

① 宋人张镃的《玉照堂梅品》就有"花宜称""花憎嫉""花荣宠""花屈辱",中郎明显受他的影响,《十二鉴戒》开篇就说本文因读《梅品》而拟作。
② 《袁宏道集笺校》卷四八《觞政》,第1416页。
③ 同上书,第1421—1422页。

> 古今好尚不同,薄技小器,皆得著名。铸铜如王吉、姜娘子,琢琴如雷文、张越,窑器如哥窑、董窑,漆器如张成、杨茂、彭君宝,经历几世,士大夫宝玩欣赏,与诗画并重。当时文人墨士名公巨卿,炫耀一时者,不知湮没多少,而诸匠之名,顾得不朽。①

他还提到当时的工匠,如龚春、时大彬等人,认为千百年后,这些工匠的名声还可以流传下来。随着商品经济的发展和人们审美需求的变化,那些原先被视为是贱工的实用性职业身价倍增,实用性工艺品的价值则"与诗画并重",而这些工匠的名声竟比文人墨士、名公巨卿传得更为久远。中郎的思想,与当时社会急剧变化的价值观念是合拍的,而与那种"万般皆下品,唯有读书高"的传统观念相背离。他的观念相当有代表性,反映了晚明文人价值观的变化。

中郎尺牍得苏东坡、黄庭坚尺牍的飘逸隽永之美,而又益以流利畅快。他说自己写文章,"宁今宁俗,不肯拾人一字"②,这确是自知之论。尤其尺牍,为了表达一种真切和自然,往往选取俗语俗言与清言雅语杂糅成章,相映而更有一种特殊趣味:

> 败却铁网,打破铜枷,走出刀山剑树,跳入清凉佛土,快活不可言,不可言!投冠数日,愈觉无官之妙。弟已安排头戴青笠,手捉牛尾,永作逍遥缰外人矣。③

他有一些语言,与口语或白话小说已相去不远了。如他说自己"不惟

---

① 《袁宏道集笺校》卷二〇,第730—731页。
② 《袁宏道集笺校》卷二二《冯琢庵师》,第781—782页。
③ 《袁宏道集笺校》卷六《聂化南》,第311页。

悔当初无端出宰,且悔当日好好坐在家中,波波吒吒,觅甚么鸟举人进士也"①。这种语言,像是黑旋风李逵的口吻。白话要写得吸引人,也不容易:

> 粪里嚼渣,顺口接屁,倚势欺良,如今苏州投靠家人一般。记得几个烂熟故事,便曰博识;用得几个现成字眼,亦曰骚人。计骗杜工部,囤扎李空同,一个八寸三分帽子,人人戴得,以是言诗,安在而不诗哉?②

在中郎手里,这种俗语俗句,却也安排得非常艺术。"记得几个烂熟故事,便曰博识;用得几个现成字眼,亦曰骚人。计骗杜工部,囤扎李空同"这几句,便是以白话来写骈句了。其语言,于是便具有一种雅俗相兼、谐谑风趣的味道。

中郎文字如风行水上,自然成文,如瀑布直下,不可阻挡。他在一封信中,谈到自己将挂冠而去时说:"不佞去志已如离弓之箭,入海之水,出岭之云,落地之雪矣。"③连用四个比喻,说明去意已决。"离弓之箭,入海之水,出岭之云,落地之雪"四语,正可移评中郎文字的气势。他喜欢用博喻,用排比句,以造成一种气势:

> 弟已令吴中矣。吴中得若令也,五湖有长,洞庭有君,酒有主人,茶有知己,生公说法石有长老,但恐五百里粮长,来唐突人耳。④

---

① 《袁宏道集笺校》卷六《黄绮石》,第309页。
② 《袁宏道集笺校》卷一一《张幼于》,第502页。
③ 《袁宏道集笺校》卷六《诸学博》,第299页。
④ 《袁宏道集笺校》卷五《寄同社》,第201页。

吴令甚苦我：苦瘦，苦忙，苦膝欲穿，腰欲断，项欲落。①

作吴令，无复人理，几不知有昏朝寒暑矣。何也？钱谷多如牛毛，人情茫如风影，过客积如蚊虫，官长尊如阎老。以故七尺之躯，疲于奔命，十围之腰，绵于弱柳，每照须眉，辄尔自嫌，故园松菊，若复隔世。②

吏情物态，日巧一日；文网机阱，日深一日；波光电影，日幻一日。③

这种语言气势，似乎得之于李贽。袁小修说，中郎受到李贽影响，"发为语言，一一从胸襟流出，盖天盖地，如象截急流，雷开蛰户，浸浸乎其未有涯也"④。从这些例子可以看出李贽影响的一些迹象来。中郎有言："文章新奇，无定格式，只要发人所不能发，句法字法调法，一一从自己胸中流出，此真新奇也。"⑤袁宏道的语言，往往就是这种"发人所不能发"的新奇。他喜欢用新鲜泼辣的比喻，如写自己患疟疾，"倏而雪窖冰霄，倏而烁石流金，南方之焰山，北方之冰国，一朝殆遍矣。夫司命可以罚此下土者良多，何必疟也，毒哉！"⑥以数比喻，写疟疾发作时，那种忽冷忽热的状况，奇甚。又如任吴县令时则说："夫吴中诗画如林，山人如蚊，冠盖如云，而无一人解语。一袁中郎，能堪几许煎烁，油

---

① 《袁宏道集笺校》卷五《杨安福》，第213页。
② 《袁宏道集笺校》卷五《沈博士》第219—220页。
③ 《袁宏道集笺校》卷六《何湘潭》，第272—273页。
④ 《珂雪斋集》卷一八《吏部验封司郎中郎先生行状》，第756页。
⑤ 《袁宏道集笺校》卷二二《答李元善》，第786页。
⑥ 《袁宏道集笺校》卷六《吴曲罗》，第268页。

入面中,当无出理,虽欲不堕落,不可得矣。"①这种比喻,出人意料地通俗和新奇,给人相当深刻的印象。

关于袁中郎的历史贡献,钱谦益在《列朝诗人小传》中,从当时的历史背景说起:"万历中年,王、李之学盛行,黄茅白苇,弥望皆是。""中郎之论出,王、李之云雾一扫,天下之文人才士始知疏瀹心灵,搜剔慧性,以荡涤摹拟涂泽之病,其功伟矣。"②他的理论和创作,廓清复古主义习气,开启一代清新活泼的文风,居功甚伟。然而,后来者又模拟中郎,遂滑入浅俗率易一路。小修在《中郎先生全集序》中说:

> 至于一二学语者流,粗知趋向,又取先生少时偶尔率易之语,效颦学步。其究为俚俗,为纤巧,为莽荡,譬之百花开,而棘刺之花亦开;泉水流,而粪壤之水亦流,乌焉三写,必至之弊耳,岂先生之本旨哉?③

虽然,后来学公安派者的俚俗、纤巧和莽荡之风并非是中郎"本旨",但之所以产生这种后果,与中郎是有关系的。可以说,中郎的理论和创作,包括这种发展的"基因"。

黄宗羲评论袁宏道说:"天才骏发,一洗陈腐之习,其自拟苏子瞻,亦几几相近,但无其学问耳。"④所论颇中肯。中郎的著作,在当时影响极大。何伟然《类刻袁石公先生集记事》一文说:"石公先生集流满人间,即穷壤僻陬俱已获为枕中秘矣。"⑤当时,还出现一些假冒中郎所作

---

① 《袁宏道集笺校》卷五《王以明》,第223页。
② 《列朝诗集小传》丁集中《袁稽勋宏道》,第567页。
③ 《珂雪斋集》卷一一,第523页。
④ 《黄宗羲全集》第11册"明文授读评语汇辑",第176页。
⑤ 《袁宏道集笺校》附录3,第1717页。

的书籍。当然,目的是为了售利。弄到弟弟袁小修,要特地出来作辨伪工作。《游居柿录》说:"得祈年武昌书,谓书坊假中郎名刻书甚多,告之以赝,亦不信。"又说:"得中郎《十集》,内有《狂言》及《续狂言》等书,不知是何伧父刻画无盐,唐突西子,真可恨也!"①中郎作品之所以被假冒,正因为它是畅销书之故。

第二节 袁伯修、袁小修小品

袁宗道(1560—1600),字伯修,号石浦,是中郎的哥哥。伯修在科举场是相当顺利的。万历十四年,他二十七岁时,就举会试第一,殿试二甲第一。选庶吉士,授翰林院编修,历官春坊中允,至右庶子,后赠礼部侍郎。著有《白苏斋类集》。在三袁之中,伯修是长兄,事业成功最早。在生活和人生观方面,对两位弟弟影响很大。小修在《告伯修文》中提道:"自失母之后,兄弟姊妹四人,伶仃孤苦。我时年最小,视兄如父也。里舍书房中,三人相聚讲业,夜窗风雨,未常一日不共也。门户凋零,幸而兄致身青云,数十年以内,家门昌炽,无一发一毛非兄赐也。蕞尔之邑,不知有所谓圣学禅学,自兄从事于官,有志于生死之道,而后我兄弟始仰青天而见白日矣。"②伯修曾是这个家庭的主心骨。由于他,才形成了这个家庭读书的"小环境",这对于两个弟弟的成长,起了很大的作用。

伯修的思想偏重于儒家精神。他曾经参禅,但最终还是由佛返儒。在他的文集中,有大量阐述儒学"四书"的文章。他的性格与中郎不同,小修在《吏部验封司郎中中郎先生行状》中,提到中郎与伯修:"于

---

① 《珂雪斋集》,《游居柿录》卷一〇,第1345—1346页。
② 《珂雪斋集》卷一九,第787页。

应世之迹,微有不同。伯修则谓居人间,当敛其锋锷,与世抑扬,万石周慎,为安亲保身之道;而先生(中郎)则谓凤凰不与凡鸟共巢,麒麟不共凡马伏枥,大丈夫当独往独来,自舒其逸耳,岂可逐世啼笑,听人穿鼻络首。"①小修说他"无一念不真实,无一行不稳当,小心翼翼,周详缜密"②。总之,伯修是采取一种谨慎持重的处世态度,与中郎的放浪恣肆完全不同。他忠于职守,"鸡鸣而人,寒暑不辍",最终"竟以惫极而卒"③。这与中郎对于官职的游戏态度,也全然不同。

伯修在文学上的成就不如二弟,却是公安派的创始人。正如《列朝诗集小传》说:"其才或不逮二仲,而公安一派实自伯修发之。"④这种评价是公允的。他的《论文》上、下篇,提出文章应该真实地反映"心之所存",语言是随着时代变化而变化的,激烈地抨击了李梦阳为代表的模古风气。当王、李辞章盛行之时,伯修力排模拟之病,与时流迥异。他爱慕和推崇白居易和苏轼。这些对于中郎、小修都有直接影响。

钱伯城在他整理的《白苏斋类集》的"前言"中,有一段精彩的比较:

> 如果说,中郎的特色是清新,有如夏日清晨的露珠;小修的特色是奇诡,有如秋日蓝空的白云;那么,伯修的特色是温雅,有如春日拂面的轻风,同时有一种雍容和平的气度。而求新创新,不袭陈言,不落旧套,又是他们共同追求的目标。⑤

---

① 《珂雪斋集》卷一八,第756页。
② 《珂雪斋集》卷一九《告伯修文》,第788页。
③ 《珂雪斋集》卷一八《石浦先生传》,第710页。
④ 《列朝诗集小传》丁集中《袁庶子宗道》,第566页。
⑤ 《白苏斋类集》,第6页。

钱伯城从三袁风格同异着眼,几个比喻都非常准确。略可补充的是,三袁之中,伯修在生活与创作上,都比较强调理性,而且也表现出较强的理性。他有一篇《真正英雄从战战兢兢来》的文章,题目采用朱熹之言,全文便是阐释此言的:

> 故夫号真英雄者,扃之至深,辟之至裕;钥之至密,张之至弘。有侗乎若童稚之心,而后有龟蔡之神智;有怯乎畏四邻之心,而后有貔虎之大勇。困衡胸中,口呿弗张,而后出其谋也若泉涌;踯躅数四,曳踵弗前,而后出其断也若霆发。其心俯乎环堵之内也,而后其才轶乎宇宙之外;其心出乎舆台之下也,而后其才驾乎等夷之上。此一人也,其始之战战兢兢,若斯无一能者,而识者已有以窥英雄之全用;其后之沛发,若斯其卓荦,若斯其奇伟,人始指之曰:"真英雄!"而识者固不觇之于沛发之后,而觇之于平居战兢之时矣。

下面举了历史上真正的大英雄,如尧舜、周公、孔子等人为例,来说明"真正英雄从战战兢兢中来"。最后,他总结真正的英雄,应该做到"无欲以澄之,慎独以析之,则自无一时一事不出于战兢"①。所谓"战战兢兢",即谨慎小心。文章所阐释的主张,与伯修那种"小心翼翼,周详缜密"的为人是一致的。

伯修所长,在于论说之文。其论说文自出手眼,见解新颖,启人心智。如历来赞扬陶渊明者,都着眼于他的高风亮节。萧统《陶渊明集序》中说:"贞志不休,安道苦节。不以躬耕为耻,不以无财为病。自非

---

① 《白苏斋类集》卷七,第79—80页。

大贤笃志,与道污隆,孰能如此乎!"而读陶渊明作品,可以使"驰竞之情遣,鄙吝之意祛,贪夫可以廉,懦夫可以立"①。伯修却不是看重其孤洁清高的品格,他在《读渊明传》中说,"口于味,四肢于安逸,性也",但两者往往"相妨"。山野之人,身虽安逸,但物质生活却成问题;而当官"啖肥甘",却需"冒寒出入,冲暑拜起"。而"人固好逸,亦复恶饥",像陶渊明三次出仕,全是为了满足口腹之欲,"与世人奔走禄仕,以餍馋吻者等耳"。所以,他一得公田,亟命种秫,以求一醉。陶渊明的弃官,不是为了清高,而是为了安逸,而且也是因为"尚可执杖耘丘,持钵乞食,不至有性命之忧"。他的结论是:"渊明岂以藜藿为清,恶肉食而逃之哉?疏粗之骨,不堪拜起;慵惰之性,不惯簿书。虽欲不归而贫,贫而饿,不可得也。"渊明不是不爱富贵,而是他求安逸的性格,不惯于官场的紧张生活,长期如此,便有生命之虞。他还有一个比喻:"譬如好色之人,不幸禀受清羸,一纵辄死,欲无独眠,亦不可得。盖命之急于色也。"一个好色而体弱之人,过着禁欲的生活,不是忽然高洁起来,只是怕丢了性命。由此看来,陶渊明的清高孤洁,在伯修的眼里,成为"好逸恶劳"。所以,他认为,萧统、魏了翁等人对渊明的评价"殊为过当",是"不近人情之誉"。伯修说:"世亦有禀性孤洁如此者,然非君子所重,何足以拟渊明哉!"这句话非常值得注意。禀性孤洁,没有可称道的,更不能拿来比拟渊明。这种对渊明的重新阐释和评价,反映了晚明文人的人生观、价值观与传统的重大差别。在他们看来,人的本性就在于追求享乐,任情适性,而不是追求道德完善。所以,他认为陶渊明的好处,在于他能"审缓急,识重轻,见事透彻,去就瞥脱",善于权衡得失利弊,按人的本性去处事,从而使自己生活得舒适愉快。也就是说,个

---

① 《陶渊明集笺注》,第614页。按:此书据南宋绍兴本,题作《陶渊明文集序》。

人自由和舒畅,比道德品质更有价值。① 伯修以官职喻美色,颇为新奇,他的弟弟中郎也用此喻。中郎曾谈到他不愿当官的原因时说:"下吏有一切喻,夫美女赠人,人争悦之,然不可以赠病者。何也?谓其有损无益也。今官之可好,虽如美色,病者得之,适以戕生,左手自刎,右手得天下,愚者不为也。"② 对于生性疏懒无拘无束之人,授之以官,无异于以美女赠病人,适足以戕其性命。此喻甚妙。

伯修的论说文,以别出心裁而又周详缜密为其风格特征。《论谢安矫情》是一篇很有特色的论辩小品。全文如下:

> 谢安石新亭从容,及围棋赌墅等事,余少时每服其量,而疵其矫也。今乃知安石妙处,正在矫情。若出自然,有何难乎?譬如悬河之辨,一旦缄口;一石之量,忽然止酒,乃见定力。若口吃而不言,恶醉而不饮,其谁不能乎?且自古英雄,未有不矫而成功者也。怯者矫之,以至于勇;勇者矫之,以至于怯。拂之乃成,顺则罔功,此类甚众,难以悉数。即如荆轲、韩信诸人,非世人所谓杀人不眨眼英雄哉!然而勾践怒叱,则隐嘿逃去;市人窘辱,则匍伏胯下。非所谓矫勇为怯者耶?若安石,则真能矫怯为勇矣。佛氏亦称无生法忍。忍之也者,矫之也。贫者必忧,矫以乐;富者必僭,矫以礼。圣人之道也。人易自高,矫之以下;人易为雄,矫之以雌。老氏之学也。若是,则谢安石之矫,吾犹恐其未至也,而又何疵焉?③

---

① 以上引文均出自《白苏斋类集》卷二〇,第292—293页。
② 《袁宏道集笺校》卷六《朱司理》,第298页。
③ 《白苏斋类集》卷二〇,第291—292页。

此文历来研究伯修少论及之。其实,它倒是颇为代表伯修文章的风格和成就的。此文说"安石妙处,正在矫情",为"矫情"翻案,立论谈何容易。从理论上,恐怕人人都会反对矫情。而且公安派原是推崇发自本性的趣,"矫情"正是对于本性的忍耐和压抑。然而,伯修却能在不利的情况下,说得头头是道,引经据典,有理有据,自圆其说,甚至可以把"矫情"提高到"圣人之道"的高度。这就是以八股功夫去写小品文了。读此文章,就不难理解,伯修何以年纪轻轻就中了进士。可见,伯修虽师从李贽,但其人生哲学与李贽不同。讲究节制,主张战战兢兢,和李贽的狂肆无所顾忌大相径庭。

伯修的山水游记,风格平实流畅。不像中郎那样奇情壮采,跳荡恣肆。如:

> 玉泉山距都门可三十里许,出香山寺数里,至山麓,罅泉流汇于涧,湛湛瀹人心胸。至华严寺,寺左有洞曰"翠华",有石床可憩息,题咏甚多,莓溃不可读。又有石洞在山腰,若鼠穴,道甚险。一樵儿指曰:"此洞有八百岁老僧。"从者弃行李,争往观,呵之不能止。及返,余问:"果有老僧否?"曰:"僧有之,然年止四五十。"乃知樵儿妄语耳。①

平平道来,朴素自然,而文气通畅,脉络分明。寓隽永的情思于平淡的客观描写之中,而不像中郎的山水游记那样,激荡着强烈的主观色彩。但伯修的山水游记在平淡之中又不乏风趣。如上文写樵夫讹传翠华洞中有八百岁的老僧,一班人争先恐后去观看,拦都拦不住。但结果观者

---

① 《白苏斋类集》卷一四《游西山四》,第183—184页。

回来说:"僧有之,然年止四五十。"语言虽平易,却饶有风趣。又如他的《上方山》(二):

> 自欢喜台拾级而升,凡九折,尽三百余级,始登毗卢顶。顶上为寺一百二十,丹碧错落,嵌入岩际。庵寺皆精绝,莳花种竹,如江南人家别墅。时牡丹正开,院院红馥,沾薰游裾。寺僧争设供,山肴野菜,新摘便煮,芳香脆美。独不解饮茶,点黄芩芽代,气韵亦佳。夜宿喜庵方丈,共榻者王则之、黄昭素也。昭素鼻息如雷,予一夜不得眠。①

此一节,记叙登上方山毗卢顶。文笔简洁,点染从容。而景色之清美,寺僧之热情,从字里行间流溢出来。文末,写与昭素同眠,被他的鼾声吵得一夜不得入眠。寥寥数笔,却真实而有趣地写出了旅行中的真实况味。

伯修的尺牍,也有自己的风格,平和细致,其言蔼如。如小修因科举之路不顺,便放荡酗酒,伯修写信给他,说:

> 又邑中人云:弟日来常携酒人数十辈,大醉江上,所到市肆鼎沸。以弟之才,久不得意,其磊块不平之气,固宜有此。然吾弟终必达,尚当静养以待时,不可便谓一发不中,遂息机也。信陵知终不可用,故以酒色送其余年。陈思王绝自试之路,始作平乐之游耳。弟事业无涯,其路未塞。为朱紫阳亦大破碎,即陈同甫亦太粗豪。陈同甫度桥,马次且,即下马拔剑斩其首,辛稼轩见而奇之。

---

① 《白苏斋类集》卷一四《上方山二》,第186页。

奇则奇矣,马有何知,而遂残其命。此视王蓝田之踩鸡子,更甚矣。少年遭祸,晚得一第,数月遂至不享,此亦可以戒矣。然吾弟恺悌仁厚,宁复有此。闻邑中少年多恶习,不可不诱引之也。①

这种家信,虽意存责备,但语气平和。既表示对弟弟的理解,又循循善诱,加以鞭策和鼓励,而且引历史典故为证,指出放荡与狂怪之不可为。这种尺牍写得平实委婉,颇有长者与仁者之风。

袁中道(1570—1627),字小修。少年时即能辞赋,但科场甚不顺利。万历三十一年,才乡试及第。到了万历四十四年,方得进士,而年已四十七岁了。官至南京礼部郎中。著有《珂雪斋集》。

对小修影响最大,而且最受其崇敬的,是李贽和中郎。小修曾说:"本朝数百年来,出两异人,识力胆力,迥超世外,龙湖、中郎非欤?"②李贽是他的精神导师,也是其前辈。而小修与中郎的感情,既是兄弟,又是同道、同学和朋友。当中郎去世时,小修在《寄苏云浦》信中的一段话十分动人:

弟薄命,与中郎年相若,少即同学,长虽宦游,南北相依,曾无经年之别,一日不相见,则彼此怀想。才得聚首,欢喜无穷;忽尔分袂,神色黯黯。至于今年尤甚,形影不离,暂别去,即令人呼唤,不到不休。弟所以处困穷而不戚戚者,止以知己之兄在耳。今复化去,弟复有何心在世?中肠谁与吐?疑义谁与析?风月谁与共欢?山川谁与共赏?锦绣乾坤,化作凄凉世界。已矣已矣,恐弟亦不久

---

① 《白苏斋类集》卷一六《寄三弟》,第232—233页。
② 《珂雪斋集》卷二四《答须水部日华》,第1047页。

于世矣!①

他们兄弟三人,小修与伯修相差十岁,与中郎只差两岁,而且长期生活在一起,受中郎的影响,更为直接。小修的思想情趣、个性和处世态度,与伯修差异较大,而相近于中郎。中郎与小修都倾向于庄禅,而性格都豪放不羁,有强烈的自我意识和无拘无束的名士脾气,都喜欢享受人生,笑傲于山水园林花木诗酒之间。中郎在《叙小修诗》一文中,说小修:"既长,胆量愈廓,识见愈朗,的然以豪杰自命,而欲与一世之豪杰为友。其视妻子之相聚,如鹿豕之与群而不相属也。其视乡里小儿,如牛马之尾行而不可与一日居也。泛舟西陵,走马塞上,穷览燕、赵、齐、鲁、吴、越之地,足迹所至,几半天下。"但小修在科场上屡遭败绩,远不如中郎顺利,故其文章与性格,又多了几分感慨与放荡。正如中郎所说:

> 盖弟既不得志于时,多感慨;又性喜豪华,不安贫窘;爱念光景,不受寂寞。百金到手,顷刻都尽,故尝贫;而沉湎嬉戏,不知樽节,故尝病;贫复不任贫,病复不任病,故多愁。②

不得意而多感慨,不耐寂寞,贫而喜豪华,病而湎嬉戏。这些都是小修性格的特点,在晚明文人中也颇有代表性。

小修作品的数量,比两位哥哥都多。他的主要成就,是山水游记。伯修、中郎都写过系列山水游记,但小修规模更大。他写了《西山》十记,《东游记》三十一篇,《西山游后记》十一篇。这些作品,大致以游踪

---

① 《珂雪斋集》卷二三,第999页。
② 《袁宏道集笺校》卷四《叙小修诗》,第187—188页。

为次,描写胜景,以小品缀成长篇,尺幅组成长卷。而表现手法,则变化多端,或工笔,或写意,或实写,或虚写。这种方式的特点,是每篇相当短小,轻灵自由,而整体又相当恢宏,可以自由灵活地反映自然景色。如《西山十记》,每记大多是二三百字,相当简约,各自独立成篇,而各篇之中,又有联系,彼此之间构成一个整体。

小修的游记,写得天然灵动,善于把握自然山水的特点,传神写照。他相当注意表达方式的创新,描写不落入窠臼。比如,中郎喜欢把山水比喻为美人,而小修则喻之为一美丈夫。其《游太和记》中,与人评论太和山时说:

> 大约太和山,一美丈夫也。从遇真至平台为趾,竹荫泉界,其径路最妍。从平台至紫霄为腹,遏云入汉,其杉桧最古。从紫霄至天门为臆,砂翠斑烂,以观山骨,为最亲。从天门至天柱为顾,云奔雾驶,以穷山势,为最远,此其躯干也。左降而得南崖,皱烟驳霞,以巧幻胜。又降而得五龙,分天隔日,以幽邃胜。又降而得玉虚宫,近村远林,以宽旷胜。皆隶于山之左臂。右降而得三琼台,依山傍涧,以淹润胜。又降而过蜡烛涧,转石奔雷,以滂湃胜。又降而得玉虚岩,凌虚嵌空,以苍古胜。皆隶于山之右臂。合之,山之全体具焉。其余皆一发一甲,杂佩奢带类也。①

这里,以山为一幅人物画的"粉本"。以山之诸美,喻为人的趾、腹、臆、颅、躯、臂等部位。游踪写得分明,文笔亦有情趣。而这种"美丈夫"的比喻,又抓住了太和山气魄雄伟而秀美飘逸的特点。小修对于景物的

---

① 《珂雪斋集》卷一六,第678页。

刻画十分细腻,而且也时时流露出一种幽默。如《西山十记·四》描写碧云寺的金鱼:"朱鱼万尾,匝池红酣,烁人目睛。日射清流,写影潭底,清慧可怜。或投饼于左,群赴于左;右亦如之,咀呷有声。然其跳达刺泼,游戏水上者,皆数寸鱼;其长尺许者,潜泳潭下,见食不赴,安闲宁寂,毋乃静躁关其老少耶?"[1]这里对于金鱼的描摹,可谓绘声绘色,惟妙惟肖。而小鱼跳动水面,大鱼潜泳潭下,作者则联想到老人与青年人静躁的性格区别。着一戏笔,妙趣横生。

小修的山水游记文笔相当细腻,有时喜欢在写景中表现某种哲思、理趣。他描写景色的笔墨,也变化多端。时而用画龙点睛的简笔,时而用泼墨般的浓笔,时而叙述,时而描写,笔墨灵动。他还喜欢把议论和叙述结合起来,作为写景的一种手段。如在《游太和记》中,当看至两山夹处,怪石林立于水中,水石相遇,呈现各种奇景时,他写道:

> 大约以石尼水而不得往,则汇而成潭;以水间石而不得朋,则峙而为屿。石偶诎而水赢,则纡徐而容与;水偶诎而石赢,则颓叠而吼怒。水之行地也迅,则石之静者反动而转之,为龙为虎,为象为兕;石之去地也远,则水之沉者反升而跃之,为花为蕊,为珠为雪。以水洗石,水能予石以色,而能为云为霞,为砂为翠;以石捍水,石能予水以声,而能为琴为瑟,为歌为呗。石之跰避水,而其岩上覆,则水常含雪霰之气,而不胜泠然;石之颅避水,而其颠内却,则水常亲曦月之光,而不胜烂然。[2]

---

[1] 《珂雪斋集》卷一二,第537页。
[2] 《珂雪斋集》卷一六,第674页。

一般游记往往寄议论于描写之中,而这段文字却是寓叙述于议论之中。作者既写出了水石相遇的各种情状,又作为山水品评人的身份隐然出现作品之中,似乎是一位导游,热情地向游客评述山水佳景。这种写法别具一格。

《爽籁亭记》写自己居玉泉山中数月,"无日不听泉"。自古写听泉的文章很多,而小修此记的妙处,是突出其写听泉的感觉:

> 予来山中,常爱听之。泉畔有石,可敷蒲,至则趺坐终日。其初至也,气浮意嚣,耳与泉不深入,风柯谷鸟,犹得而乱之。及暝而息焉,收吾视,返吾听,万缘俱却,嗒焉丧偶,而后泉之变态百出。初如哀松碎玉,已如鹍弦铁拨,已如疾雷震霆,摇荡川岳。故予神愈静,则泉愈喧也。泉之喧者,入吾耳而注吾心,萧然泠然,浣濯肺腑,疏瀹尘垢。洒洒乎忘身世而一死生。故泉愈喧,则吾神愈静也。①

当心浮气躁之时,便不能真正地欣赏泉水;而当收视返听、屏息凝神之际,心灵处于一种虚静状态,才能与大自然交流。这时,泉水不但"入吾耳",还"注吾心",使心灵受到自然洗礼而得到净化。那些尘世俗念,似乎被泉水涤荡干净。此时,自然与我融为一体,使人"忘身世而一死生"。他说,古今之乐,只有"八音",而今"始知八音之外,别有'泉音'一部"。它是一种"泠泠世外之声",其妙处是王公大人所不能听,也无暇听的,"而专以供高人逸士陶写性灵之用"。

小修的日记《游居柿录》记载十年间的生活,内容相当丰富。但从

---

① 《珂雪斋集》卷一五,第 655 页。

艺术角度看,此书中记述游览山水部分,文笔清隽,善于营造艺术意境,是山水小品中的杰构。万历三十五年,小修参加科举考试落第。次年冬季,拟远游吴越名山胜水。下面几段,便是写他当时的游历生活:

> 夜,雪大作,时欲登舟至沙市,竟为雨雪阻。然万竹中雪子敲戛,铮铮有声。暗窗红火,任意看数卷书,亦复有少趣。自叹每有欲往,辄复不遂,然流行坎止,任之而已。鲁直所谓"无处不可寄一梦"也。

> 天霁,晨起登舟,入沙市。午间,黑云满江,斜风细雨大作。予推篷四顾,天然一幅烟江幛子。①

万历三十六年冬天,小修乘舟出发,途中遇到大风雪,被迫折回沙市。前一则写作者被雨雪困阻,江舟之中听雪竹之声,孤灯夜读。风雪敲竹,反衬出冬夜之静谧;暗窗红火,更显得雪夜的严寒。而"每有欲往,辄复不遂"之感,也暗寓了其人生困顿的感喟。后一则,写午间黑云满江,斜风细雨,"推篷四顾,天然一幅烟江幛子"。只寥寥数语,便刻画出极为美妙的烟雨江景,确是传神写照的高手。细细涵泳,一种烟雨迷离的感觉,似乎凸立纸上,扑面而来。又如:

> 舟中望沣州嘉山,山虽不竦秀,而多深松。自此两岸多垂杨,渔家栉比。近津市愈清澈,下了了见石子,石上多绿苔如鬐鬣,随流荡漾,又如长麈尾披拂,故水映而成绿。乃知有山处水多绿,以

---

① 《珂雪斋集》,《游居柿录》卷一,第1111—1112页。

下多石苔故也。

> 从山下易小舟,山前有洲如月,水流其中成曲。湖上杨柳森秀。山间偃盖之松,枕藉岩阿。从此水益清,下见砾石,滩上流声瑟瑟。①

小修的游记,似乎与水最有缘分。其笔下井泉溪涧、瀑布池潭、江河湖海,可谓逢水必妙。有关水的游记,都写得灵动清新,富有机趣。尤其是这些江行日记,更是纯洁宁静,清雅脱俗,无烟火气,而有山水画的萧散清逸意境,是古代游记中不可多得的珍品。

在三袁之中,小修文字最大的特点是坦率,坦率到一般人难以承受的程度。晚明人多有自我暴露的癖好,或以自我暴露为自我炫耀。小修的自我暴露,当然也受到这种风气的影响,但还多少有些比较真诚的成分在内。如在《游高梁桥记》中检讨自己"嗜进而无耻,颠倒而无计算"②,检讨自己对仕途的追求,过分执着而成无耻。《心律》更是一篇非常值得注意的文章。文中以佛家的十善十恶之说,进行反思。这十恶是:一杀生,二偷盗,三邪淫,四妄语,五两舌,六恶口,七绮语,八贪欲,九嗔怒,十邪见。小修以虔诚的态度逐一对照自己的生活。在中国古代,很少有写得如此坦率的文章。如写自己犯了"邪淫"之过③,他写道:

> 吾生平固无援琴之挑,桑中之耻,然游冶之场,倡家桃李之蹊,

---

① 《珂雪斋集》,《游居柿录》卷二,第1115—1116页。
② 《珂雪斋集》卷一二,第535页。
③ 佛家称男子与妻妾的性关系为"正淫",与妻妾之外的性关系为"邪淫"。

或未得免缘。少年不得志于时,壮怀不堪牢落,故借以消遣,援乐天樊素、子瞻榴花之例以自解。又以远游常离家室,情欲未断,间一为之。迄今渐断,自后当全已矣。终年数夕,有乐不久;染指而食,不如不食。倾赀为之,偷淫两犯,为损大矣。

若夫分桃断袖,极难排豁。自恨与沈约同癖,皆由远游,偶染此习。吴越、江南,以为配偶,恬不知耻。以今思之,真非复人理,尤当刻肉镂肌也……

吾因少年纵酒色,致有血疾。每一发动,咽喉壅塞,脾胃胀满,胃中如有积石,夜不得眠,见痰中血,五内惊悸,自叹必死。追悔前事,恨不抽肠涤浣。及至疾愈,渐渐遗忘,纵情肆意,辄复如故。然每至春来,防病有如防贼。设或不谨,前病复生。初起吐血,渐至潮热咳嗽,则百药不救,奄奄待尽。神识一去,淫火所烧,坠大地狱,可不怖哉!①

承认自己冶游嫖娼,喜欢"断袖",有改过之心,而无坚持的意志。《心律》也可以说是一部《忏悔录》。在晚明,许多文人以冶游为雅事,津津乐道,以为可夸耀之事。然小修这里,确是虔诚地自我检查。此外,他在《答钱受之》信中也说:"自念生平无一事不被酒误,学道无成,读书不多,名行不立,皆此物为之崇也。甚者乘兴大饮后,兼之纵欲,因而发病,几不保躯命。"②公安三袁的寿命都不长。伯修四十一岁,中郎四十三岁,小修最长,也不过只有五十三岁。人命之修短,有先天与后天之原因,三袁之短寿,看来与放纵酒色或有关系。又如《心律》自我剖析对于功名利禄的追求:

---

① 《珂雪斋集》卷二二,第954—955页。
② 《珂雪斋集》卷二四,第1025页。

> 追思我自婴世网以来,止除睡着不作梦时,或忘却功名了也。求胜求伸,以必得为主。作文字时,深思苦索,常至呕血。每至科场将近,扃户下帷,捐弃身命。及入场一次,劳辱万状,如剧驿马,了无停时。岁岁相逐,乐虚苦实。屈指算之,自戊子以至庚戌,凡九科矣。自十九入场,今年亦四十一岁矣。以作文过苦,兼之借酒色以自排遣,已得痼疾。逢时便发。头发已半白,鬓已渐白,须亦有几茎白者。老丑渐出,衰相已见,其所得果何如也! 设使以此精神求道,则道眼已明;以此精神学仙,则内丹已就;以此精神著书,则垂世不朽之业已成。而所苦丘山,所得尚未毫厘,今犹然未知税驾。①

明人功名心炽热,却普遍喜欢自命清高。小修倒是相当老实坦率地承认自己功名心之强烈。他说自己对于功名,日思夜想,梦中也想。所以,除了睡着不做梦时,才有片刻忘却"功名"二字。小修两个哥哥,都是科举场上的幸运儿,伯修二十七岁举会试第一,宏道二十五岁登进士第,而小修经过二十多年的场屋之苦,到了四十六岁时才中了进士。而写《心律》时,小修因在科场中多次失利,几乎心灰意冷,失去信心。这里描写自己在科举考试中的种种苦状,是十分真实的。当然,尽管如此,小修还是坚持考下去,直到几年后中了进士。因此可以看到,像小修这样的士人非常典型:虽深知科举之苦、功名之虚妄,但终究还是没法摆脱科举之羁缚。这反映出晚明许多文人对于科举的态度。

小修的传记写得相当好,如《梅大中丞传》《江进之传》《李温陵传》等。尤其《李温陵传》,更是写出李贽这位有血有肉的思想家形象。

---

① 《珂雪斋集》卷二二,第961页。

写其超悟卓识,写其峻洁人品,也真实地写出其个性。如写其倔强、诡异、急躁、任性、直率、高傲:"公气既激昂,行复诡异。""公为人中燠外冷,丰骨稜稜。性甚卞急,好面折人过。士非参其神契者,不与言。强力任性,不强其意之所不欲。"又强调其生活方面的特点:"体素癯,澹于声色,又癖洁,恶近妇人。"公安派诸人并不禁欲,为什么强调其澹于声色一面呢?当时,李贽的罪名除了以言论惑众之外,还有风化方面的罪名。礼科给事中张问达疏劾李贽,列举李贽多种罪名,其中"尤可恨者,寄居麻城,肆行不简,与无良辈游庵院,挟妓女,白昼同浴,勾引士人妻女,入庵讲法,至有携衾枕而宿者"①,把李贽说成是一名淫棍。而《李温陵传》用"澹于声色""恶近妇人"二句,使罪名不攻自破。又写其洁癖:"性爱扫地,数人缚帚不给。衿裙浣洗,极其鲜洁。拭面扫身,有同水淫。"一个在思想上无束无缚,在创作上"不阡不陌"之人,按理应是不拘小节者。然而李贽偏偏在生活方面,有如此之固执的洁癖,而且到了近乎病态的地步。李贽大力倡导顺乎"人欲",而自己偏偏"恶近妇人"。这正写出人的复杂性,也就显得更为真实了。李贽被封建卫道者逼害而死,但小修始终对之保持崇敬,在《李温陵传》中,最值得注意的是,把李贽当作一个英雄好汉来写。自古以来,写文人多写其风流儒雅,像这样的英雄气概确是很少。文中写李贽入狱一段:

> 初,公病……《易因》成,病转甚。至是逮者至邸舍。匆匆公以问马公。马公曰:"卫士至。"公力疾起,行数步,大声曰:"是为我也!为我取门片来。"遂卧其上,疾呼曰:"速行,我罪人也,不宜留!"……

---

① 《日知录集释》卷一八"李贽"条,第1069—1070页。

明日,大金吾裛讯。侍者掖而入,卧于阶上。金吾曰:"若何以妄著书?"公曰:"罪人著书甚多,具在,于圣教有益无损。"大金吾笑其崛强,狱竟无所裛词,大略止回籍耳。久之,旨不下,公于狱舍中作诗读书自如。一日,呼侍者剃发。侍者去,遂持刀自割其喉,气不绝者两日。侍者问:"和尚痛否?"以指书其手曰:"不痛。"又问:"和尚何自割?"书曰:"七十老翁何所求?"遂绝。

这几个细节描写的目的,都是为了突出地表现李贽那种大节不夺、视死如归的英雄气概。在《李温陵传》篇末,有一段相当重要的文字,文中谈到他对于李贽很敬佩,但有人问他学不学李贽时,他说自己"虽好之,不学之也",因为"其人不能学者有五,不愿学者有三":

　　公为士居官,清节凛凛;而吾辈随来辄受,操同中人,一不能学也。公不入季女之室,不登冶童之床;而吾辈不断情欲,未绝嬖宠,二不能学也。公深入至道,见其大者;而吾辈株守文字,不得玄旨,三不能学也。公自少至老,惟知读书;而吾辈汩没尘缘,不亲韦编,四不能学也。公直气劲节,不为人屈;而吾辈怯弱,随人俯仰,五不能学也。
　　若好刚使气,快意恩仇,意所不可,动笔之书,不愿学者一矣。既已离仕而隐,即宜遁迹名山,而乃徘徊人世,祸逐名起,不愿学者二矣。急乘缓戒,细行不修,任情适口,裔刀狼藉,不愿学者三矣。①

---

① 《珂雪斋集》卷一七,第720—725页。

这里,又一次表现小修直率坦白的个性。这段话特别有意思,小修比较李贽与"吾辈"在个性、道德、品格、气节、生活作风、学识等方面的重大差异,正是因为这种重大差异,导致"不能学"与"不愿学"。当然,小修对于这种差异略有夸张,但基本是事实。而这种差异,也正是李贽与晚明大多文人的重大区别。

小修的尺牍数量很多,写得也很有个性,而且相当精致。如给李贽的信:

中道,楚腐儒也。长萱笺疏,无复远志;茧守一室,空怀汗漫。先生,今之李耳,相去非遥,而自远函丈,深为可愧。秋初有丈夫紫髯如戟,鼓棹飞涛而访先生湖上者,此即袁生也。不揣愚昧,敢以姓名通之先生。①

此信既写出对李贽的敬仰之情,也透露自己豪放的性格。信中与李贽预约秋初将登门拜访,表达得相当别致,富有诗意和情趣。未见其人,先闻其名,先睹其貌。又如《寄四五弟》一牍:

山中已有一亭,次第作屋,晨起阅藏经数卷,倦即坐亭上,看西山一带,堆蓝设色,天然一幅米家墨气。午后闲走乳窟听泉,精神日以爽健,百病不生。吾弟若有来游意,极好。三月初间,花鸟更新奇,来住数日,烟云供养,受用不尽也。②

这种小牍,情韵悠长,文笔简约而工妙,富有诗情画意,相当典型地表现

---

① 《珂雪斋集》卷二三,第791页。
② 《珂雪斋集》卷二四,第1014页。

晚明文人闲适淡远的生活情趣。

历来祝寿之文,一般都是应酬的套语,无足可观。但小修祝贺姐姐五十岁生日《寿大姊五十序》,却值得一读。他小时失母,兄弟姐弟之间,最相怜爱。有两个细节最为动人。一个是小时候,姐姐被送到城里舅舅家里鞠养。当时,他才四岁多,已入蒙学:

> 窗隙中见舅抱姊马上,从孙岗来,风飘飘吹练袖。过馆前,呼中郎与予别。姊于马上泣,谓予两人曰:"我去,弟好读书!"两人皆拭泪,畏蒙师不敢出声。已去,中郎复携予走至后山松林中,望人马之尘自萧岗灭,然后归,半日不能出声。

另一段写寒夜,他们几人围炉而坐,听伯修讲故事:

> 伯修喜谈说古今事,姊喜听,惟恐语止,自煮茶饷之。伯修复说鬼神奇怪事,缘饰之以相恐吓。姊与予皆胆薄,灯火明灭,风吹纸窗,真如有物至,大骇啼而走,伯修拊掌大笑为乐。①

充满日常生活气息,而且重视细节。如"风飘飘吹练袖""我去,弟好读书""半日不能出声""惟恐语止,自煮茶饷之""伯修拊掌大笑为乐"等,都是对于日常琐事传神写照之句。身边小事,平凡无奇,一经其手,即生光辉,颇有唐宋派散文的神韵。

小修的散文成就,在中郎之下,而略胜于伯修。钱谦益曾对小修说:"子之诗文,有才多之患,若游览诸记,放笔芟薙,去其强半,便可追

---

① 《珂雪斋集》卷九,第431页。

配古人。"小修同意这种评价,并承认:"吾尝自患决河放溜,发挥有余,淘炼无功。"①看来小修对自己的创作是有自知之明的。他的不少作品,可谓冲口而出,以平易率直为主,因此,容易趋于浅近。"发挥有余,淘炼无功",也正是公安派创作普遍存在的缺陷。但小修对于这种缺点,也有特别看法。他在《答蔡观察元履》信中,承认自己作品"大都输写之致有余,锻炼之功不足,都无言外之意,而姑吐其意中之所欲言",不过,他又说:"不肖谬谓垂世之业,亦必置身于世间毁誉称讥之外,而后一段精光不可磨灭。而有意于不朽者,其势且速之朽。故往往冲口信笔,不复删汰,以为果出雅士之口,即俗亦雅也;果出俗士之口,即雅亦俗也。姑赅而存焉,听后之人爱我者留,不爱我者去,以付诸虚心平气之定论焉。"②看来,小修的目的是达到了,他的诗文创作已确立了他在文学史上的地位。

第三节 公安派的友声

公安三袁交游甚广,当时名流如汤显祖、王稚登、丘长孺、董其昌、钱象先、虞长孺、张献翼、张凤翼等,都与之关系密切。而审美趣味与之相近者,或受到其影响的人很多,如黄辉、江盈科、陶望龄、雷思霈、汤宾尹、潘之恒等,以下择要介绍。

江盈科(1553—1605)③,字进之,号绿萝山人,桃源人。万历二十年进士,授长洲令,官至四川按察司佥事。著有《雪涛阁集》。

小修的《江进之传》对于我们了解江盈科,很有帮助。据小修记

---

① 《列朝诗集小传》丁集中《袁仪制中道》,第569页。
② 《珂雪斋集》卷二五,第1063页。
③ 据黄仁生辑校《江盈科集》序言,第12页。

载,江盈科出生于农村,有天赋,从小就刻苦读书。后来他任地方官,颇为清廉,有政声。这和早年的贫苦经历似有关系。"其于寒士,尤加嘘植,曰:'我尝寒士之苦久矣!'"他是公安三袁亲密的朋友。万历二十四年,江进之任长洲令,而中郎是吴县令,彼此常相往还。小修《江进之传》说:"公与中郎游,若兄弟。行则并舆,食则比豆。迎谒行役,以清言消之,都忘其惫。"两人的关系,如兄如弟,亲密无间。"每会必以诗文相励,务矫今代蹈袭之风。"①他们志趣相投,互相切磋砥砺。公安三袁曾居京师,在崇国寺葡萄林内,与当时名人一起,结社论学,其中就有江进之。江进之"体素羸,有血疾",生活又贫困,死后欠下一大笔债务。故小修说:"甚矣,贫吏之苦也!"②

江进之年纪比中郎大得多,但十分推崇中郎。他为中郎《敝箧集》《锦帆集》写了序,给《解脱集》甚至写了两次序。他对中郎的文章,相当喜爱。在《解脱集二序》中,他说:"余每读一章,未尝不欣然颐解,甚或跳跃叫啸不自持。"③这种喜爱,并非虚言。他对中郎散文的评价,颇为中肯:

> 噫!甚矣,中郎言语妙天下也!夫近代文人纪游之作,无虑千数,大抵叙述山川云水亭榭草木古迹而已,若志乘然。中郎所叙佳山水,并其喜怒动静之性,无不描画如生。譬之写照,他人貌皮肤,君貌神情。若夫尺牍,一言一字,皆以所欲言信笔直尽,种种入妙……中郎诸牍,多者数百言,少者数十言,总之自真情实境流出,与嵇、李下笔,异世同符。就中间有往复交驳之牍,机锋迅疾,议论

---

① 《袁宏道集笺校》卷一八《雪涛阁集序》,第 710 页。
② 《珂雪斋集》卷一七《江进之传》,第 725—727 页。
③ 《江盈科集》,《雪涛阁集》卷一八,第 404 页。

朗彻,排击当世能言之士,即号为辨博者,一当其锋,无不披靡,斯已奇矣。要之有中郎之胆,有中郎之识,又有中郎之才,而后能为此超世绝尘之文。不然,傍他人门户,总其唾余,拟古愈肖,去古愈远,其视中郎,何啻千里!①

他认为,中郎山水游记之佳处,是能为山水传达神情,写出山水性格来;而中郎尺牍之妙处,在于能言所欲言,情真而境实,揭肺肝示人,使人无不感动。值得注意的是,江进之提出中郎之文,源于其"胆""识""才"。他还把中郎散文与当时摹古风气作对比,高度评价中郎散文的"超世绝尘"。从文学批评上看,这些都是颇有理论价值的。

黄宗羲曾评论江进之的文章说:"一宗石公,而才不及,然疏爽可观。"②所论甚是。现在看来,在江进之的作品中,倒是其笑话类的谐谑小品,较有特点。他著有《谈言》《雪涛小说》《雪涛谐史》等。《雪涛谐史》由潘之恒作序并评点。书中所录,多是当代逸事,或名人,或寻常百姓,其中也有一些民间笑话。《雪涛小说》,名为"小说",其实正是以笑话引发道理的小品文。如《任事》一篇,说明朝自洪武以来,"自宗藩、官制、兵戎、财赋以及屯田、盐法皆弊坏之极。收拾无策,整顿无绪"。当时的官吏毫无责任感,"当其事者,如坐敝船之中,时时虞溺,莫可如何。计日数月,冀幸迁转,以遗后来,而后来者又遗后来,人复一人,岁复一岁,而愈敝愈极。虽有豪杰,安所措乎?"针对这种现象,他写道:

盖闻里中有病脚疮者,痛不可忍,谓家人曰:"尔为我凿壁为

---

① 《袁宏道集笺校》附录3,第1691页。
② 《黄宗羲全集》第11册"明文授读评语汇辑",第182页。

穴。"穴成，伸脚穴中，入邻家尺许。家人曰："此何意？"答曰："凭他去邻家痛，无与我事。"

又有医者，自称善外科，一裨将阵回，中流矢，深入膜内，延使治，乃持并州剪去矢管，跪而请谢。裨将曰："簇在膜内者须亟治。"医曰："此内科事，不应并责我。"

噫，脚入邻家，然犹我之脚也；簇在膜内，然亦医者之事也。乃隔一壁，辄思委脚；隔一膜，辄欲分科。然则痛安能已，责安能诿乎？今日当事诸公，见事之不可为，而但因循苟安，以遗来者，亦若委痛于邻家，推责于内科之意。①

把痛脚伸到邻家，便认为与自己无关，是隔壁的事了，是自欺；把箭剪断，将责任推给内科，则是欺人。在官僚社会里，那种"欺人"的行为，尤为普遍。官员办事不肯负责任，每事互相推诿。民国的李宗吾写过一本著名的《厚黑学》，其中有讽刺官场的"办事二妙法"。其中第一妙法便是"锯箭法"，即是推卸责任之法。可见，这种"妙法"是古今官场通病。这种通病的由来，也是由于官僚制度所造成的。因为，那些敢于负责任的有正义感的官员，往往遭到不测，而那些耍滑头官员，倒往往官运亨通。

江进之的戏谑小品，颇有批判现实的意义。《催科》一则，揭露当时官吏不顾百姓死活，横征暴敛：

昔有医人，自媒能治背驼。曰："如弓者、如虾者、如曲环者，延吾治，可朝治而夕如矢。"一人信焉，而使治驼。乃索板二片，以

---

① 《雪涛小说》，第8页。

一置地下,卧驼者其上,又以一压焉,而脚躧焉。驼者随直,亦复随死。其子欲鸣诸官,医人曰:"我业治驼,但管人直,那管人死。"

这位号称能治驼背的医生,只管把驼背压直,却不管人的死活。江进之在讲述了这个故事之后,感叹道:"呜呼!世之为令,但管钱粮完,不管百姓死,何以异于此医也哉?"当然,地方官是向朝廷负责的。所以,真正的责任,不在地方官吏,江进之直指解决问题的关键,在于最高统治者:"非仗明君躬节省之政,下宽恤之诏,即欲有司不为驼医,不杀人,可得哉?"①这里,揭露出官员横征暴敛的幕后操纵者,是文章精粹之所在。

陶望龄(1562—1609),字周望,号石篑,会稽人。万历十七岁会试第一,殿试第三,历官太子中允谕德、国子祭酒。黄宗羲《明儒学案》把陶望龄列在"泰州学案"之中,并说:

> 先生之学,多得之海门(周汝登),而泛滥于方外,以为明道阳明之于佛氏,阳抑而阴扶,盖得其弥近理者,而不究夫毫厘之变也。其时湛然、澄密、云悟,皆先生引而进之,张皇其教,遂使宗风盛于东浙。②

陶望龄在哲学思想方面,和中郎十分相近。他是中郎知心同道的朋友,中郎在给他的信中,比较山水、花草、美人与朋友几者:"青山白石,幽花美箭,能供人目,不能解人语;雪齿娟眉,能为人语,而不能解人意,盘

---

① 《雪涛小说》,第8—10页。
② 《黄宗羲全集》第8册,第130页。

桓未久,厌离已生。唯良友朋,愈久愈密。"①陶望龄就是这种愈久愈密的友朋。他弃官后,与中郎同游江南三个月,一起谈禅论道,同览西湖,登天目、黄山,观五泄瀑布,品山玩水。中郎写信与伯修说:"自堕地来,不曾有此乐。前后与石篑聚首三月余,无一日不游,无一游不乐,无一刻不谭,无一谭不畅。不知眼、耳、鼻、舌、身、意,何福一旦至此,但恐折尽后来官禄耳。"②与陶望龄之间的深厚友谊,跃然纸上。在中郎尺牍中,给陶望龄的信数量很多,他是中郎最亲密的朋友之一。

陶望龄的诗文,在当时也有一定影响。小修就把陶望龄与中郎诗文相提并论,说他们的作品"俱从灵源中溢出,别开手眼,了不与世匠相似"。他们的作品,与一般人的差异是:

上下千古,不作逐块观场之见,脱肤见骨,遗迹得神,此其识别也;天生妙姿,不镂而工,不饰而文,如天孙织锦,园客抽丝,此其才别也;上至经史百家,入眼注心,无不冥会,旁及玉简金叠,皆采其菁华,任意驱使,此其学别也;随其意之所欲言,以求自适,而毁誉是非,一切不问,怒鬼嗔人,开天辟地,此其胆别也;远性逸情,潇潇洒洒,别有一种异致,若山光水色,可见而不可即,此其趣别也。③

当然,陶望龄在当时的影响,主要是在哲学方面。其文学成就,远不能与中郎相比。不过,他们的共同特点,就是不拘格套地抒发性灵和独立见解。

---

① 《袁宏道集笺校》卷四二《陶周望祭酒》,第1274页。
② 《袁宏道集笺校》卷一一,第492页。
③ 《珂雪斋集》卷一八《吏部验封司郎中中郎先生行状》,第758页。

历来对陶望龄文章的评价不一。王夫之说他"合古今雅俗,堆砌成篇,无一字从心坎中过,真《庄子》所谓'出言如哇'者,不数行,即令人头重。盖当时所尚如此,启祯间始洗涤之"①,而黄宗羲则说:"歇庵之文,昌明博大,一洗剿袭模仿之套,盖宗法阳明者也。但阳明出之无意,歇庵出之有意,所谓大而未化,累棋至顶,正不易耳!"②黄宗羲的评价,比较近乎事实。陶望龄的作品,以传记为长。黄汝亨在《歇庵集序》中说:"陶子于文有《史》《汉》,有《骚》《雅》,而长于序记。"③如其《徐文长传》刻画了徐渭这个命途多舛、狂放不驯的怪杰:

既出狱,纵游金陵,比客于上谷,居京师者数年。狱事之解,张官谕元忭力为多,渭心德之,馆其舍旁,甚欢好。然性纵诞,而所与处者颇引礼法,久之,心不乐。时大言曰:"吾杀人当死,颈一茹刃耳,今乃碎磔吾肉!"遂病发,弃归。既归,病时作时止,日闭门与狎者数十人饮嚎,而深恶诸富贵人,自郡守丞以下求与见者,皆不得也。尝有诣者伺便排户半入,渭遽手拒扉,口应曰:"某不在。"人多以是怪恨之。晚绝谷食者十余岁,人问何居,曰:"吾啖之久,偶厌不食耳,无他也。"尤不事生业,客幕时,有馈之洮绒十许匹者,遂大制衣被,下及所嬖私亵之服,靡不备者,一日都尽。及老贫甚,鬻手自给,然人操金请诗文书绘者,值其稍裕,即百方不得,遇窘时乃肯为之。所受物人人题识,必偿已乃以给费,不即馁饿,不妄用也。有书数千卷,后斥卖殆尽。帻芜破弊,不能再

---

① 《姜斋诗话笺注》附录《夕堂永日绪论外编》,第 236 页。
② 《黄宗羲全集》第 11 册"明文授读评语汇辑",第 169 页。
③ 《原国立北平图书馆甲库善本丛书》,《寓林集》卷三《歇庵集序》,第 379 页。

易,至藉藁寝。①

在此传中,徐渭的形象逼真生动,可谓须毛毕现。我们把此传与中郎的《徐文长传》相比,不难看出两人的风格差异。中郎写得非常浪漫奇峭,传奇色彩很浓,文中还有虚构夸张之处。正如中郎自己所说:"《徐文长传》虽不甚核,然大足为文长吐气。"②而陶望龄《徐文长传》却写得比较平易,但更为真实可信。如徐渭杀妻下狱,张元忭大力营救徐渭出狱,徐渭虽然心里感激他,但与之相处,却受不了礼法的约束。便说,我杀人偿命,不过砍头一瞬间的痛苦,如今生活于礼法之中,却如凌迟处斩,痛苦百倍。人家去看他,身子已经进了门,他却硬把人推出来,说:"徐渭不在。"这些细节,都非常真实地传达出徐渭那种狂放而又不谙世情的文人性格。中郎与陶望龄两篇徐渭传记,可以合读。徐渭之所以在晚明产生巨大影响,主要是中郎的推崇,但其中也有陶望龄一份力量。正是他为中郎提供徐渭作品,并与中郎一起,为徐渭写传记,为徐渭集写序,以此形成推崇徐渭的风气。

潘之恒(1556—1622),字景升,一字庚生,号冰华生、天都逸史,歙县人。少称诗,与汪道昆结白榆社。嘉靖间曾任中书舍人。钱谦益《列朝诗集小传》说他:"须髯如戟,甚口,好结客,能急难,以倜傥奇伟自负。晚而倦游,家益落,侨寓金陵,留连曲中,徵歌度曲,纵酒乞食,阳狂落魄以死。"潘之恒可谓是晚明典型的中下层文士,有才华而命运不济,自负而不用于世,故纵情声色,甚至乞食佯狂。潘之恒在当时颇有诗名,但据钱谦益说,晚年时却是"酒间唱酬,率意涂抹,无复持择。人

---

① 《徐渭集》附录,第1340—1341页。
② 《袁宏道集笺校》卷二二《答陶石篑》,第779页。

谓老而才尽,未几逝矣"①。他曾师事王世贞,后来结识公安三袁,又倾心其论。潘之恒曾为中郎《解脱集》写序,序中说:"余既盟小修,以神交中郎,及为吴令,始通书订盟。未几,同陶周望造余丰水上,政解组印,消摇山水时也。"②可见,他与袁氏兄弟过从非常密切。他著有《鸾啸小品》《黄海》《名山注》《亘史》等,可称当时小品的小名家。

潘之恒在文学观念上,也与和公安派相近。他写有《情痴》一文,认为汤显祖的《牡丹亭》"是能生死死生,而别通一窦于灵明之境,以游戏于翰墨之场"。他进一步借题发挥,阐述"情"与"痴"的妙处:

> 夫情之所之,不知其所始;不知其所终;不知其所离,不知其所合。在若有若无、若远若近、若存若亡之间,其斯为情之所必至。
> 故能痴者,而后能情;能情者,而后能写其情。杜之情痴而幻,柳之情痴而荡。一以梦为真,一以生为真,惟其情真,而幻荡将何所不至矣!③

他不但强调"情"之强烈与真诚,而且强调"情"的执着。只有执着到痴迷的状况,才是真正的有"情"。而作家只有情痴,才能写出真感情来。

王则古在《鸾啸小品序》中评论潘之恒及其创作:

> 历览登眺,幽壑奇岩,恋恋低回不能去。所纪江山洞湖、观阁园池,经其摹写,恍焉坐翠微,泛烟波,松篁丛桂之集目,令人神往而当卧游也。即其品题赠答,韵语绮谈,一一道人意中事,读之而

---

① 《列朝诗集小传》丁集下《潘大学之恒》,第630—631页。
② 《袁宏道集笺校》附录3,第1693页。
③ 《冰雪携》(下),《情痴》,第192页。

> 躁心平,郁心畅,垒块可消,以歌以舞,如怨如诉,所谓诗可以兴,非耶?①

对其评价甚高。潘之恒小品文比较有价值的,是那些关于艺术的随笔。《明文海》卷一四六收录了潘之恒《提琴》《三弦》《独音》《筝》《口戏》等文章,从中可以看出潘之恒对音乐与曲艺的喜爱和修养。如在《口戏》中,他刻画了北京一位双目失明的口技艺术家"苏瞽"的绝技,虽"双目无见,而舌根之慧,无所不通"。他能吹拉弹唱,曲尽其情,但其精绝处,则是口技。"闭之室,倚壁而听之,忽若游茂林而百鸟弄音也,忽若阅大苑而牛马嘶风也,忽若临市廛而鸡鸣、犬吠、儿女啼号,猾豪争关,轮蹄夹击,杂沓奔驰,嚣起氛上,若震一方而惊四座。"他可以逼真地模拟出大自然的声音和日常生活中的各种声响。这里对于苏瞽的叙述,令人想起清代作家林嗣环的散文名篇《口技》来。不过,潘之恒的《口戏》,除了叙述苏瞽绝技之外,文中有一段"客"与苏瞽的对话:

> 客曰:"子技至此乎? 子将以舌视乎? 吾视子舌,知为秦之苗裔矣。"苏瞽曰:"吾之坐一室也,茫乎若无四隅,俯仰纵横,莫不以身传而象之。浸假而鸣,群飞而翔,忽生万翼;浸假而嘶,群逸而奔,忽骤万蹄。为官长,为逻卒,为践更,为昼,为夜,杂而成声。吾听之若一,吾执一而合喙,众之听之,遂以一而为万矣。彼吹万也,孰万使之哉? 吾所以用舌者,四体,舌也;五官,舌也;一毛一窍皆舌也。吾不知有吾舌,亦不知有吾身,而后能成此技也。成之以想者也,吾以舌养吾生耳! 秦之舌存,适足以戕其生,吾不为也。且

---

① 王则古:《鸾啸小品序》,潘之恒《鸾啸小品》,明崇祯二年(1629)刻本,卷尾,上海图书馆古籍部。

吾甚乐乎其无视也。令予有目,且得进乎技哉?"客曰:"善。"乃易謦称为"舌师"云。①

苏謦认为,当达到不知有舌,不知有身之时,才能达到艺术至境。他主张"成之以想者也,吾以舌养吾生",而且"甚乐其无视"。失明原是痛苦的,但他认为,如果不失明,其技艺难以达到如此高度。苏秦以舌游说诸国合纵以抗秦,但最终死于非命。所以,苏秦之舌不如苏謦之舌。苏謦在这里不但阐发了他对于口技奥妙的独特而深刻的理解,也表现了与艺术相关的人生哲学。

潘之恒有很好的戏曲艺术修养。他在《秦淮剧品》序中说,自己"观剧数十年",对于戏剧的感受和理解,从少年到老年,有一个由浅入深的过程:

> 余观剧数十年而后发此论也。其少也,以技观,进退步武,俯仰揖让,具其质尔。非得嘹亮之音、飞扬之气,不足以振之;及其壮也,知审音。而后中节合度者可以观也;然质以格囿,声以调拘,不得其神,则色动者形离,目挑者情沮。微乎微乎,生于千古之下,而游于千古之上。显陈迹于乍见,幻灭影于重光,非旃孟之精通乎,造化安能悟世主而警凡夫? 所谓以神求者,以神告,不在声音咲貌之间;今垂老,乃以神遇。

少年观赏,重在演员的技术。壮年观赏,重其法度。到了老年观赏,则重其神态。而《秦淮剧品》正是潘之恒老年创作的。在此书中,他采用

---

① 《明文海》卷一四六,第1460页。

魏晋人物品评方式,用富有诗意的形象和优美的语言,以"神遇"方式,对当时秦淮戏剧演员进行品评:

> 彭大气概雄毅,规模宏远,足以盖世。虽捉刀掬泉,其自托非浅。

> 周氏父子,一庄以直,一婉以恬,居然方正之风,雍熙之典。

> 陆三劲节高韵,登场自喜,千人俱废,似以度胜者。白蘋骋望,殊觉青山撩人。

> 王四发音振林,乍见虽潜其光怪,亦足惊座,夭矫如游龙。①

潘之恒还著有《曲艳品》《后艳品》,都是对于当时演员的品评。如:"曼修容徐步若驰,安坐若危,蕙情兰性,色授神飞,可谓百媚横陈者矣。""掌翔风颜如初日,曲可崩云,巫峰洛水,仿佛飞越,岂直作掌中珍耶?"②潘之恒长期侨寓金陵,流连曲中,纵情声色,所以,对于当时的艺妓及其生活相当熟悉。他写过一些艳情小品,如《曲中志》《金陵妓品》等。虽有猎艳之情,但主要是欣赏她们的情致风韵和艺术修养。对她们的不幸,也颇有同情之感。《金陵妓品》序说:"诗称'士女',女之有士行者,士行虽列清贵,而士风尤属高华。以此求之平康,惟慧眼乃能识察,必其人尚儒素而具灵心。"他把艺妓分为以"典则胜"的"品",以

---

① 《说郛续》卷四四《秦淮剧品》,第2051—2052页。
② 《说郛续》卷四四《曲艳品》,第2053—2054页。

"丰仪胜"的"韵",以"调度胜"的"才",以"颖秀胜"的"色"各大类①。这些小品为我们提供了认识当时社会生活与文人心态的形象材料。

潘之恒关于艺妓题材的小品,也有写得颇为成功的。如《鸾啸小品》中的《仙度》一篇,写杨超的才、慧、致三者兼佳:

> 杨之仙度,其超超者乎!赋质清婉,辞气轻扬,才所尚也,而杨能具其美。一目默记,一接神会,一隅旁通,慧所涵也,杨能蕴其真。见猎而喜,将乘而荡,登场而从容合节,不知所以然,其致仙也,而杨能以其闲闲而为超超。此之谓致也,所以灵其才,而颖其慧者也。
>
> 余始见仙度于庭除之间,光耀已及于远;既觏于坛坫之上,佳气遂充于符。三遇于广莫之野,纵横若有持,曼衍若有节也。西施淡妆,而矜艳者丧色。仙乎!仙乎!美无度矣!而浅之乎,余以"度"字也。"仙",仙乎?其未央哉!②

此文就是写艺妓杨超。潘之恒在《金陵妓品》序中,也谈到"仙度雍容协调"之美,而且把她列为以"典则"取胜的"品"。③ 这里写杨超,主要不是写其艳色丰韵,而是写她作为艺人的才华和素质。杨超天生丽质,辞气轻扬,有很强的记忆力和理解力,极度聪颖,而登台则从容合度,自然天成,可谓才、慧、致三者集于一身。作者以自己三次见到杨超,虽一次比一次距离更远,而其感受,却是一次比一次强烈,极力赞美地写出杨超其"度"若"仙"。

---

① 《说郛续》卷四四《金陵妓品》,第2050—2051页。
② 《潘之恒曲话》上编,第42页。
③ 《说郛续》卷四四《金陵妓品》,第2050页。

潘之恒也写过一些颇有情致的游记小品。如《半塘小志》,写半塘圣院:"松林在千佛阁后,仅存百株,风涛鼓之,如数部鼓吹,晴岚烟翠,映带阁间,俨然宋人图画。""翠幄在寺东,东舟上人房,合抱树四五当门。游者衣皆染绿,而庭积美荫,如坐翠波。"[1]这些小品,都幅短神遥,写出了一种超然物外、淡泊逸远的情韵。其格调与所描写的对象,非常和谐。

---

[1] 《说郛续》卷二六《半塘小志》,第1273页。

第五章　竟陵派小品

当公安派风靡文坛时,又有一支队伍异军突起,与其同领风骚——以钟惺、谭元春为代表的竟陵派,亦主张反对摹古,推崇性灵,表现自我;然而他们的美学追求,与公安派又有所不同。他们提倡以"幽深孤峭"的艺术风格,来表现"幽情单绪"的内容。在创作上,他们力求以谨重和新奇的风格来矫正公安派的浅率和俚俗,创作出了不少优秀的小品文。

第一节　钟伯敬小品

钟惺(1547—1624),字伯敬,号退谷,又称止公居士,一曰晚知居士。临终受戒,自起法名断残。湖广竟陵人。在科举道路上,钟惺的仕途并不顺利。万历十九年,钟惺补诸生。但过了十二年,直到万历三十一年,才中乡试。万历三十八年,三十七岁的钟惺中了进士。但这榜进士又因为党争,而陷入多年的科场案,影响他们的仕途。钟惺任过行人、工部主事、南礼部仪制司主事等官,不过都是些闲散官职。天启元年,才升迁为福建提学佥事。天启三年,因丁父忧,去职,又受到弹劾,说他"丁父忧去职,尚挟姬妾游武夷山"①。自后居家三年,直到逝世。钟惺著有《隐秀轩集》,选本有《诗归》(与谭元春合选)、《东坡文选》和史学著作《史怀》等,此外,还评点过一些书籍。

钱谦益《列朝诗集小传》说:"伯敬少负才藻,有声公车间。擢第之后,思别出手眼,另立深幽孤峭之宗,以驱驾古人之上。而同里有谭生元春,为之应和,海内称诗者靡然从之,谓之钟谭体。"②可见,竟陵派、钟谭体这些名称,原都是称诗歌创作的,不过,这些作家在散文写作上也有大致相同的倾向。钟惺受过公安派的影响,他推崇袁宏道,与袁中道也有交情,意在学习公安派长处,而去其短处。而后来则自立门户,自创流派。竟陵派的崛起,正是公安派衰落之时。

竟陵派从公安派来,然其审美趣味又有所不同。举一个例子来说,同样是推崇苏轼,袁中道说:"今东坡之可爱者,多其小文小说;其高文大册,人固不深爱也。"③他的兴趣所在,是东坡那些涉笔成趣的小品文。而钟惺则全然不同。他在《东坡文选序》中,说东坡之文"能全持其雄博高逸之气,纡回峭拔之情,以出入于仁义道德、礼乐刑政之中,取不穷而用不敝,体屡迁而物多姿"。他批评"今之选东坡文者多矣。不察其本末,漫然以'趣'之一字尽之。故读其序记、论策、奏议,则勉卒业而恐卧;及其小牍小文,则捐寝食徇之。以李温陵心眼,未免此累,况其下此者乎?"对苏轼创作成就与价值的不同看法,正反映了两种有差异的文学价值观念。李贽和公安派推崇东坡的小文小说,而钟惺更为推崇那些序记、论策、奏议等文章,认为这些文章"理义足乎中,而气达乎外,胆与识谡谡然于笔墨之下",是"真学问,真文章"。其实,钟惺并

---

① 《日知录集释》卷一八"钟惺"条,第1071页。
② 《列朝诗集小传》丁集中《钟提学惺》,第570页。
③ 《珂雪斋集》卷二四《答蔡观察元履》,第1045页。

不反对文中有"趣",不过认为"趣"只是创作的基本要求,"譬之人,趣其所以生也,趣死则死","今取其止于足以生者,以尽东坡之文,可乎哉?"公安与竟陵分别推崇东坡的不同面貌,在一定程度上反映了他们不同的美学追求。如果说,公安派追求的是"趣",那么,钟惺追求的应该是"理义足乎中,而气达乎外,胆与识谡谡然于笔墨之下"①。公安派喜欢情趣,而钟惺追求理致。钟惺的文章,也表现出比较强烈的理性色彩。

钟惺在给谭元春的信札中言及散文写作,颇耐人寻味:"奇俊辨博,自是文之一种,以施之书牍题跋,语林说部,当是本色。至于鸿裁大篇,深重典雅,又当别论。正恐口头笔端,机锋圆熟,渐有千篇一律之意。如子瞻所称'斥卤之地,弥望皆黄茅白苇',此患最不易疗。"这里所说的"奇俊辨博""口头笔端,机锋圆熟",正是公安派及其追随者的作风。钟惺并没有否定它们,只是担心一旦形成"千篇一律"的风尚,"性灵"也成了黄茅白苇、弥望皆是的新格套了。这里透露出对于当时散文创作现状的某种担忧与不满,也可以看出,他和公安派创作的不同处。在此信中,钟惺还指出:"又文字一篇中佳事佳语,必欲一一使尽,亦是文之一病,不为大家。"②可见,他喜欢比较朴素的、有节制的表现方式,而不是炫耀才华或追求藻采。这也是其文章创作旨趣。

竟陵派的诗文既有联系,又有区别。幽深孤峭,主要是其诗歌的艺术追求。钟惺说:"真诗者,精神所为也。察其幽情单绪,孤行静寄于喧杂之中;而乃以其虚怀定力,独往冥游于寥廓之外。"③谭元春也说:"夫人有孤怀,有孤诣,其名必孤行于古今之间,不肯遍满寥廓,而世有

---

① 《隐秀轩集》卷一六,第240页。
② 《隐秀轩集》卷二八《谭友夏》,第461页。
③ 《隐秀轩集》卷一六《诗归序》,第236页。

一二赏心之人,独为之咨嗟彷徨者:此诗品也。"①竟陵派诗歌通过孤行静寄的覃思冥搜,写出幽深孤峭的作品。至于其散文之中,山水游记、写景小品,在景物描写中也体现一种幽深孤峭、幽冷静寂的情怀。而多数论说文的风格,则是简约精警,别出心裁。

钟惺散文中,议论文的数量最多,成就也最高。它们善于翻案,求新求奇,又合乎情理。如《夏梅说》:

> 梅之冷易知也,然亦有极热之候。冬春冰雪,繁花粲粲,雅俗争赴,此其极热时也。三四五月,累累其实,和风甘雨之所加,而梅始冷矣。花实俱往,时维朱夏,叶干相守,与烈日争,而梅之冷极矣。
>
> 故夫看梅与咏梅者,未有于无花之时者也。张谓《官舍早梅》诗所咏者,花之终,实之始也。咏梅而及于实,斯已难矣,况叶乎?梅至于叶而过时久矣。廷尉董崇相官南都在告,有《夏梅》诗,始及于叶。何者?舍叶无所为夏梅也。予为梅感此谊,属同志者和焉,而为图卷以赠之。
>
> 夫世固有处极冷之时之地,而名实之权在焉。巧者乘间赴之,有名实之得,而又无赴热之讥。此趋梅于冬春冰雪者之人也,乃真附热者也。苟真为热之所在,虽与地之极冷而有所必辩焉。此咏夏梅意也。②

梅花的特点,便是傲雪凌霜,冲寒而开。而赏梅于雪冰之中,遂成为上流社会与文人雅士们的习俗,成为可以夸耀、可以伪饰的时髦,成为可

---

① 《鹊湾文草》,《诗归序》,第39页。
② 《隐秀轩集》卷三六《夏梅说》,第585页。

以"附庸"的"风雅"。作者说,冰雪之中的梅花本身,虽"处极冷之时之地",但"趋梅于冬春冰雪者之人",却是"真附热者",而引夏天赏梅之人为同志。表面看来,似乎悖谬;细细品味,却有道理。这是一篇托物寓意、讽刺人情世态的小品。文章构思独特,由季节的冷热,谈到赏梅咏梅的冷热,又进一步谈到世态炎凉,自然而然地讽刺了那些名为清高风雅、实则趋炎附势的世俗之人。这篇文章,颇能表现出钟惺思维方式的特点——洞察秋毫而鞭辟入里;也表现出钟惺论说文的特点——以冷隽犀利之笔,含孤高峭拔之气。明人喜欢翻案,而不少翻案文章流露出偏激轻浮的习气。钟惺此文,却堪称此中佳品。

钟惺也是一位历史学者,著有史学评论集《史怀》二十卷。《隐秀轩集》卷第二三收了史论小品四十篇,在其文集中所占分量颇大。这些史论的范围,上自先秦下至东晋。其对象以历史人物为主,间有历史事件。其中一些评论,也有自得之见,颇受苏轼史论的影响。如《王莽》篇中说:

> 从来盗天下者,或权臣,或夷狄,或女后。虽篡夺心迹不同,皆各具一种乱贼之才,其胆识权略,皆有绝人处。观王莽始末,一狂骏躁扰,粗中人耳。其性情,则小儿妇女也;其举止,则阍竖也;其言辞,则病者之嚅哜、梦之魇也;其面目,则优伶之妆涂而登场也。所为矫激欺世,止能持之节让下士,诳媚女主。而宰衡登摄以往,本色毕露,其一切不情不经,与其身之成败相为始终,可笑可厌可悲者甚多,不知何以遂有天下也?

> 盖其诸父专擅,政在其家已久。元后难老为之主,势深而气厚,而杜钦、谷永、张禹之徒,为之羽翼涂饰,使汉之君臣,恬不为备,垂成而莽承之。如故家传器,子孙屑越,随地委置,幸而遭之者,非必有深谋大力,皆得而拾之。又如厚墉邃宇,坚扃深钥,健黠

> 者先为之穿决开发,其中之所有,童昏佣贩,皆能负趋而去。及其取非其有,处非其地,神明失守,耳目易位,摔裂投掷,惟恐其坏之不尽,去之不速。真主相覩,拱手而还其故处,理势必然,无足怪者。莽之取汉,汉则予之,非莽之工而汉之拙也。可不畏哉![1]

钟惺认为,王莽篡汉,并不是他有什么过人的胆识权略,而是前头已经有一帮人客观上为他提供了篡位的条件。王莽的篡汉,实际上是汉王朝拱手把天下送给他。其结论是:"莽之取汉,汉则予之,非莽之工而汉之拙也。"在文章里,他为了论说有力而夸张地贬低王莽的才能,不免过分;但他看到王莽篡汉时的社会、政治背景,看到西汉灭亡的必然性——就像宝贝已经遗弃于路上、保险箱已被人撬烂打开,谁都可能是意外的受益者。钟惺认为,历史选择了王莽,有其必然性,也有其偶然性。这是很有历史眼光的。他的史论小品,对于一些历史人物的评价,也非常中肯。如《孔融》篇中,认为孔融的气质,本来只是名士,不是政客。他体气高妙,如琪花瑶草;虽有结实,自是风尘外物。孔融的个性特点,是一个"疏"字:"疏之一字,是名士本色,而经世人殊用不着。"疏狂、疏放,是名士本色,令人称赏,但把这种疏狂、疏放的名士脾气,用到政治上,却万万不可。孔融的致命伤,在于名士"然又耻不能经世,勉作经济事"。文士却不甘心于只当文士,又想参与政治,故招致杀身之祸。不过,钟惺说,"然其胆量意气在祸福之外,实其所长"[2],深为佩服孔融对强权毫不畏惧的勇气。

钟惺文集中,序跋占的比例颇大。他对序跋的写作,十分重视。《摘黄山谷题跋语记》说:"题跋之文,今人但以游戏小语了之。不知古

---

[1]《隐秀轩集》卷二三,第427—428页。
[2] 同上书,第428—429页。

人文章无众寡小大,有精神本领则一。故其一语可以为一篇,其一篇可以为一部。"又说:"知题跋非文章家小道也。其胸中全副本领,全副精神,借一人、一事、一物发之。落笔极深、极厚、极广,而于所题之一人、一事、一物,其意义未尝不合,所以为妙。"①钟惺自己的序跋之文,往往写得结构谨严、语言精到、见解独特,警拔卓识。如《问山亭诗序》:

> 今称诗不排击李于鳞,则人争异之;犹之嘉、隆间不步趋于鳞者,人争异之也。或以为著论驳之者,自袁石公始。与李氏首难者,楚人也。夫于鳞前无为于鳞者,则人宜步趋之。后于鳞者,人人于鳞也,世岂复有于鳞哉?势有穷而必变,物有孤而为奇。石公恶世之群为于鳞者,使于鳞之精神光焰,不复见于世。李氏功臣,孰有如石公者?今称诗者,遍满世界,化而为石公矣,是岂石公意哉?②

在文学上,袁宏道与李攀龙针锋相对。但钟惺却认为,袁宏道是"李氏功臣",他反对模拟李攀龙,实际上,恰恰是保护了李攀龙。因为这种模拟,"使于鳞之精神光焰,不复见于世"。而如今模拟袁宏道,又形成新的风气。似乎天下都是袁宏道,那么,真正的袁宏道还能存在吗?钟惺的观点,是相当辩证的。他能剔肤见骨,从现象看到本质。又如《题鲁文恪诗选后》一文,谈到选诗者是作者的功臣,使读者能读其精华,"删选之力,能使作者与读者之精神心目为之潜移而不知";但钟惺在肯定选家的功劳之后,笔锋一转,进一步从创作角度,提出作家"莫若

---

① 《隐秀轩集》卷三五,第564—566页。
② 《隐秀轩集》卷一七,第254—255页。

少作,作其所必可传者。选而后作,勿作而待选"。① 它要求作家写作态度要认真而严肃,有为而作。在下笔之前,先有一番自我淘选的功夫,而决不滥作、轻作。钟惺所提出来"选而后作,勿作而待选"的观点,是相当精辟的。

《题潘景升募刻吴越杂志册子》一文,颇有意思,道出古今相同的文人难题。潘之恒(景升)著书甚多,其《三吴越中杂志》一书,被称为"地史之董狐"。但无钱出书,只好募刻,又募不到钱。所以,钟惺议论说:"富者余赀财,文人饶篇籍。取有余之赀财,拣篇籍之妙者而刻传之,其事甚快。非惟文人有利,而富者亦分名焉。"这本来是一件两全其美的好事,但事实上,两者却是"苦不相值"。富者对于赞助募刻书籍不感兴趣。于是,出现了因为无钱,好书出不了,或因为有钱可出书,而"天下俚诗恶集,阗咽国门"的怪现象,其中原因,"岂非赀财所为乎?"②文人大抵缺钱,而有钱者未必能写好文章,看来,好书难出,劣书泛滥的问题,是古已有之的。

竟陵派文章在风趣方面,稍逊公安派,但有时也不乏冷峻的幽默。如钟惺的《自题诗后》一文,写他与谭元春都认为:在生活中,真正的旷达和潇洒是不读书,不作诗文。作诗文,就难以真旷达了。理论上,他们都明白这个道理,但问题在于两人都是"书淫诗癖",离不开诗文。于是,文章就有下面一段妙文:

> 袁石公有言:"我辈非诗文不能度日。"此语与余颇同。昔人有问长生诀者,曰:"只是断欲。"其人摇头曰:"如此,虽寿千岁何

---

① 《隐秀轩集》卷三五,第562页。
② 同上书,第564页。

益?"余辈今日不作诗文,有何生趣?①

这里,把作家的创作欲望比喻为人自身难以扼制的色欲,而且纵使此欲能断,作家活着还有什么滋味?这种比喻,生动而别出心裁,文笔妙趣横生。

钟惺为文,苦心构思。这种特点,也表现在书札之中。传统书札是信笔而书,很少讲究为文的用心。而钟惺对于书牍的写作,仍很讲究。如《与陈眉公》一信,写于万历四十五年。当代大名士陈继儒过访南京,会见了钟惺。陈继儒归后,钟惺修此短简致意:

> 相见甚有奇缘,似恨其晚。然使前十年相见,恐识力各有未坚透处,心目不能如是之相发也。朋友相见,极是难事。鄙意又以为不患不相见,患相见之无益耳。有益矣,岂犹恨其晚哉!②

此书札只是四句话,却一句一转,层层深入,句句有自得之见。作者的文字十分准确,古人总是以"相见恨晚"来形容新交相识的可贵,而钟惺竟说"相见甚有奇缘,似恨其晚"。这一"似"字,就用得奇了,文势变得顿挫有力,且为下文蓄势。以下文章,正围绕这个"似"字来作。作者议论道,相见关键看有益无益,而非早晚。结尾说,"有益矣,岂犹恨其晚哉?"用一"岂"字,来回应首句"似"字,而言外之意,又是说与陈眉公相见,收益很大。虽只寥寥数语,仍可见作者构思和修辞之苦心。

《与郭笃卿》一篇,也颇能见出钟惺尺牍的技巧。这封信的内容是推荐一位星相先生给郭笃卿:

---

① 《隐秀轩集》卷三五,第561页。
② 《隐秀轩集》卷二八,第475—476页。

> 弟平生不喜星相,尤不喜星相之极验者。凡以人生祸福,妙在不使人前知,若一一前知,便觉索然,且多事矣。弟所知陈生,则星家之极验者也。以弟不喜其术,欲去而之他邑。想兄与弟同好恶,亦应不喜此术。而世上如我两人趣尚者,百无一二,则陈生之遇者百,而不遇者亦一二也。幸随分推广,但莫荐之钟伯敬一流人耳。一笑。①

陆云龙在《翠娱阁评选钟伯敬先生小品》中,评此尺牍说:"每读先生文,有一波未竟,一波又兴;一峰方转,一峰又出,令人不暇应接,而尺牍犹甚。"②这种尺牍的特点,不在内容的深刻,而在遣词用意之巧。信中说,我不喜欢星相,尤其是不喜欢那些算得太准的人。而这位陈先生星相极验,只好离开此处了。这里的妙处是称赞陈先生,偏从不喜欢其星相写起。越是说不喜欢,便越显其高明。文章写到此处,不易下笔了:对方也许要说,你既然不喜欢,何以知道我也不喜欢。作者偏偏再给自己出一难题。他说,咱们趣味相投,你自然也是不会喜欢星相的。这封推荐信写至此,已经是山穷水尽了:既然知道郭笃卿也不喜欢,那么这种推荐不是多余的了?不料,作者笔锋一转,说:世上像你我两人不信星相的人很少,大多数人是信星相之术的,何况陈先生又是"星家之极验者",所以还是很有市场的。信末才道出推荐的目的,让郭笃卿"随分推广"。不过,他不无幽默说,只是千万不要推荐给钟惺之流人物。一封小小推荐书,把对方与推荐者都奉承了,又恰到好处;写得如此波澜起伏,抑扬开阖;一个简单的意思却说得如此曲折,如此艺术:这正是钟惺的才人伎俩。

---

① 《隐秀轩集》卷二八,第467页。
② 《皇明十六家小品》,《翠娱阁评选钟伯敬先生小品》卷二,第2336页。

在钟惺书信中，《拟曹操让黄祖杀祢衡书》是颇有游戏意味的作品。人们总说，曹操借黄祖之手来杀祢衡。此文则以曹操写信责备黄祖的口吻，让曹操进行自我辩解。此文分为三层意思。第一层是辨明将祢衡送黄祖处的用意。曹操说，祢衡为人狂骏，而在任鼓吏之后，在此处关系已闹僵了，当时祢衡"决不能恬然食孤之食，听孤之教"，留在此处，对祢衡没好处，所以只好为他找个落脚处，也给他一个锻炼机会；祢衡是一位书生，"接霸王之时少，见孤宽容，以为天下尽如是；不若使游群雄间以炼之"，正因为知道黄祖"性颇卞急"，正好调伏祢衡的狂骏之病，使他成为一个真正的人才，以后还可用之；退一步，让祢衡有个去处，也使他"不至流落失职，此则孤区区之志也"，绝没想到黄祖竟然把祢衡杀了！有人说，曹操忌恨祢衡，又怕蒙恶名，故借黄祖之手杀之，下文便针对这种说法，以轻蔑的口吻反驳道：

> 若谓孤有怒且忌于衡，恶有杀才士名而假手于足下，此又不然。衡有何可忌？孤有怒于衡，即杀衡耳，且杀衡又何损于孤？孤所杀不尝有十百倍于衡者乎？

曹操说，他不杀祢衡，绝不是不敢杀，而是因为"不足杀而可怜"。他认为，祢衡经过调教，以后可以成为王粲、陈琳一类人。曹操说，陈琳草檄文侮辱他，远甚于祢衡，但后来归顺，"孤诚心喜之"。而真正说得上能让曹操忌恨的人是刘备，曹操又是如何对待他呢：

> 夫刘备者，孤尝许其"天下英雄惟备与孤耳"，则孤所忌宜莫如备。备将关羽，亦臣隶之皎皎者，坠孤掌股者数矣。孤皆抚之，已负孤而又纵之，而又抚之，而又纵之，终始成其义。孤岂惮有杀英雄名？凡以王伯将相之业，非杀之所取胜，俟其运数有所归、智

勇有所穷,而后承其敝。丈夫举事,从古如此。况衡之不足杀者乎?①

全文针对"忌""惮"二字,写祢衡之不足忌,杀衡之不足惮。文章论述十分严密,将各种说法一一驳倒。而更值得注意的是,作者揣摩曹操的心理,以其口气来写,惟妙惟肖。这种技巧,既可能借鉴了当时小说、戏曲等通俗的文学作品形式,也可能受到八股文的影响。八股文,"代圣贤立言"就需揣摩古人的心理、口气,来代古人立言。从这方面看,《拟曹操让黄祖杀祢衡书》是一篇在形式上颇值得注意的文章。拟作是一种特殊文体,元明以来颇为流行。《四库全书总目》卷八九《史义拾遗》提要说,此书有"设辞"一体,如《毛遂上平原君》《唐太宗责长孙无忌》,"大都借题游戏,无关事实,考同时王袆集中,亦多此体。盖一时习尚如斯,非文章之正格,亦非史论之正格。以小品视之可矣"②。以此体为"小品",虽含有轻视之意,却颇有识见。明清的文章总集,也注意收录这种特殊文体的作品。明清之际的贺复徵《文章辨体汇选》卷七七八至七八〇"杂著类",收录许多"拟类"文章,以代拟方式,替古人立言。钟惺《拟曹操让黄祖杀祢衡书》正在其中。③

钟惺的散文也善于写人。他在《白云先生传》中塑造了一位民间穷苦诗人的形象。白云先生"自隐于诗,性命以之",尽管生活尚不能自保,但嗜诗如命。文章最动人的细节,是当白云先生偶然被懂诗的林古度兄弟发现,受到称赏时。文章写道:"每称其一诗,辄反面向壁,流涕悲咽,至于失声。其后每过门,辄袖饼饵食之,辄喜,复出其诗,泣如

---

① 《隐秀轩集》卷二八,第481—482页。
② 《四库全书总目》卷八九《史义拾遗》提要,第759页。
③ 《景印文渊阁四库全书》第1410册,第869页。

前。"平生穷愁潦倒默默忍受,而当受到两位不相识少年的赞许,却"反面向壁,流涕悲咽,至于失声"①。这十六字,可谓传神,它非常准确地传达出一位悲伤心酸的老人难以自持而勉强自持的神态,也写出了民间文人对艺术的执着追求和他们的穷苦生活。

钟惺喜欢游览山水,"所至名山川必游,游必足目渊渺,极升降萦缭之美。使巴蜀,历三峡,入东鲁,观日出,较闽士,陟武夷……"②但是钟惺的山水游历,在晚明文人中并不算多。其游兴游踪,与袁宏道比,相去甚远。在袁宏道的创作中,游记写得最多。而《隐秀轩文》中,只收入山水记七篇、园馆记二篇。他的游记,写景想象清奇。如《中岩记》写唤鱼潭一带的景色:"大抵唤鱼潭以往,行皆并壑,石壁夹之若岸,壑若溪,藤萝亏蔽壑中荇荇藻,老树如槎,根若石,猿鸟往来若游鱼,特无水耳。"③把两边石壁比喻成岸,山壑比喻为溪,的确新奇。在《浣花溪记》的开头,写成都南门万里桥景色:"西折,纤秀长曲,所见如连环,如玦如带,如规如钩,色如铿,如琅玕,如绿沈瓜。"用一连串生动的比喻,逼真地描写多彩而富有质感的景色。可以看出,钟惺作为一位出色画家的艺术素养。钟惺的游记文笔相当简洁,内涵又非常丰富。如《浣花溪记》写景记事,错落有致,而又充满对杜甫那种"穷愁奔走,犹能择胜;胸中暇整,可以应世"④的阔达胸襟的崇敬。

钟惺的一些诗序,也写得相当出色,颇有山水游记的意味。如《秋日舟中题胡彭举秋江卷》的诗序:

---

① 《隐秀轩集》卷二二,第355—356页。
② 《鹄湾文草》,《退谷先生墓志铭》,第125页。
③ 《隐秀轩集》卷二〇,第325页。
④ 同上书,第328页。

己酉秋,予将由金陵还楚,胡彭举为予写"秋江"卷为别。衰柳寒汀,远山细浦,而孤舟片帆,泛泛其景于空青遥碧之间,隐见灭没,初不见水。觉纸上笔墨所不到处,无非水者,使人常作水想。越数日,舟过三山,天末积水,残屿如烟。予指空蒙远净者示弟快,曰:"是非彭举卷中所余一片闲纸乎?"①

写秋江图似山水,写山水似秋江图。逸兴遄飞,集诗人画家一体;文笔空灵,在于有无之间。

若说公安派和竟陵派在散文风格上的差异,可以袁宏道和钟惺为例加以比较。大致袁宏道的散文平易畅达,长于机趣;钟惺的散文矜炼深刻,神气内敛。袁宏道的散文世俗味极浓,文笔也不避俚俗;而钟惺则求幽情单绪,孤行静寄。"我辈文字到极无烟火处便是机锋。"②袁宏道的语言放纵恣肆;而钟惺的语言字斟句酌,刻意安排。袁宏道散文绝不装腔作势,然易失之浅俗肤熟;钟惺散文绝不落俗套,然易失之枯涩险僻。

钟惺与其他竟陵派作家一样,其文章追求别出心裁,匠心独运。但在语言形式上,时有奇险涩口之感。如下文:

　　雪无畅于庚辛之冬春者,看雪无博于庚辛冬春钟子之在白门者。由今想之,于木末亭,于鸡鸣寺塔下,于乌龙潭,于孝陵,于秦淮之舟。大要木末之雪秀,秀于木、于烟。鸡鸣寺眺后湖,后湖之雪旷,旷于湖。乌龙潭之雪幽,幽于潭,亦于木、于烟。孝陵之雪雄,雄于陵。秦淮雪舟,前此未有也。雪则蒋山,蒋山之雪活,活于

---

① 《隐秀轩集》卷二,第9页。
② 《隐秀轩集》卷二八《答同年尹孔昭》,第476页。

从水看山。①

夜分,童报气兴于东,非夜气也,以为日,急往登峰。万光而碧其下,星不能光,光不能尽如夜,而犹不失为星光。趋盛,又以为日。此而日焉,是日于夜也。久之,有赤而圆,其端从碧中起者,日也。脱于碧者半,天海所交,水风窘之,反不能圆。赤尽而白,白斯定,定斯圆,圆斯日矣,则下界日出时也。

壑穷,亭之,声光相乱,水木莫敢任。自亭入,弘整可屋,屋之。屋后为壁,洞在壁下,泉出焉,渊而不流,竟日乃出。②

试细细涵泳这些文字,其感觉,就如行走于怪石嶙峋、曲折迷离之小径。这种游览,虽然有趣,却让人步履艰难。钟惺欲矫正公安派过分的浅切流利,而出以字雕句琢,几无一字虚下。而其句法、字法,又别出心裁。公安派以畅快求新,而失之浅;竟陵派以奇崛求新,故往往失之涩。

袁宏道与钟惺在散文上的差异,其中有时代与个性的多种原因,但主要是由审美个性差异所决定的。"退谷羸寝,力不能胜布褐,性深靖如一泓定水,披其帷,如含冰霜,不与世俗人交接,或时对面同坐起若无睹者。"③钟惺的心襟完全不同于一般官员,他是个独善其身的孤介高洁之士。其性格内向而避世,其心境落寞和孤芳自赏。而袁宏道则是那种热情如火、放荡不拘、性格外向、交游极广、喜欢戏谑、富有情趣的才子。

---

① 《隐秀轩集》卷四《〈五看雪诗〉引》,第46页。
② 《隐秀轩集》卷二〇《岱记》,第336—337页。
③ 《鹄湾文草》,《退谷先生墓志铭》,第124页。

钟惺文以冷峻节制、感情内敛为特点,然而也有例外。其《告亡儿肆夏文》是钟惺写得感情最真挚,文笔最直肆的一篇。肆夏是钟惺的长子,也是独子,肆夏的弟妹十人都夭折了。肆夏早慧,十三岁就补诸生。可以说,他是钟惺未来的希望。然而,肆夏十六岁时试诸生高等,"试归八日而病,病十三日而卒"。这是令钟惺肠断魂绝、无可弥补的精神巨创。其祭文一开始云:

> 自八月十二日至二十五日,儿肆夏盖亡十四日矣。口念儿名,心忆儿事儿言,目想儿形,耳存儿声。儿纸墨未干,衣汗未燥,席温未寒,履迹未灭。谓儿在后园书房也,谓儿往新宅看大父母也,谓儿行游街市未归也,谓儿远出郡邑应有司试也,恍然不省儿亡。时时闻儿母哭声于帷,闻裁褚招魂为儿作冥蔫;出循厅事,有七尺之棺在庑,有素幄食器在几,有"亡儿樊倩秀才之灵"八字在灵床上,乃始疑儿亡也,儿真亡也哉!于是不得不以儿为亡者而呼之,而招之。呼其乳名曰:"首哥,首哥!"呼其名曰:"肆夏,肆夏!"呼其字曰:"樊倩,樊倩!"汝真吾儿乎,非吾儿乎?儿死有灵乎,无灵乎?死而去乎,未去乎?去而复来乎,不复来乎?来有验乎无验乎?

写出儿亡之后若存若亡的恍惚,在悲痛至极之时,语无伦次,精神濒临崩溃的状态。篇末写儿子临死时,对他说:"可奈何,可奈何!儿不去,儿不去!爷呼我,我在;招我,我来。"接着,他责备儿子健忘,不守信用,没有遵守临死的诺言:

> 今化去十四日矣,了无声迹,且不入我梦。儿何健忘而不信也?岂汝性灵真为天曹冥司执不得来,抑受生人间也?汝以汝为非我子,今人寄居人宅十六年,饮之食之,教之诲之,去后宁不一寄

声谢居亭主人乎?

祭文最后,求儿子来世再降临他家。并且许愿,如再降生,就再也不勉强他做他不愿做的事情,而是让其按本性自由发展。然后,又教他去求天曹冥司开恩,放他回来;不然,也要求阴间的亲戚们帮忙,无论如何,也得来个音信:

> 女诚能再来,女耽前因,照管本性,不乐昏宦,必不强汝以人世之乐,虐子以人生之苦,同汝为世外方外之游。女若往生人间,未必有如此父,受如此快乐!若果为天曹冥司留汝不遣,汝持片纸,上往天曹,下往冥司,哀吁苦情,未必不放汝来也。如不放汝来,汝念我,当浼求宅神祖先及冥中亲眷,报汝下落:或天堂,或地狱,或生人间,令我不念汝。我手迹女能识,我文字汝能认取,儿其闻之!①

这种文章,可谓创巨痛深、椎心泣血之作。其感情绝无节制,呼天抢地。其语言绝不冷涩矜炼,纵笔所至,不受拘束。这种风格,是竟陵派所少见的。

公安派与竟陵派是晚明两大文学流派,后来又同样受到攻击,但竟陵派受到贬低、压制更大。如钱谦益对公安派或有所褒扬,对竟陵派则极力贬抑,他在《列朝诗集小传》中评价钟惺及其竟陵派的诗歌创作说:

---

① 《隐秀轩集》卷三四,第552—554页。

当其创获之初,亦尝覃思苦心,寻味古人之微言奥旨,少有一知半见,掠影希光,以求绝出于时俗。久之,见日益僻,胆日益粗……其所谓深幽孤峭者,如木客之清吟,如幽独君之冥语,如梦而入鼠穴,如幻而之鬼国,浸淫三十余年,风移俗易,滔滔不返。余尝论近代之诗,抉摘洗削,以凄声寒魄为致,此鬼趣也。尖新割剥,以噍音促节为能,此兵象也。鬼气幽,兵气杀,著见于文章,而国运从之,一二轻才寡学之士,衡操斯文之柄,而征兆国家之盛衰,可胜叹悼哉!①

这里,竟然把竟陵派诗歌创作,看作是明代灭亡的征兆。这样的罪名大得可怕,虽然评价的是竟陵派诗歌,但也影响了人们对于竟陵散文的评价。

第二节　谭友夏小品

谭元春(1586—1637),字友夏,号鹄湾,别号蓑翁。他与钟惺同乡,比钟惺小十多岁。万历三十三年二人相识,志同道合,成为忘年之交。谭元春说:"予与钟子交,庶为近古。起万历乙巳,讫天启乙丑,盖二十有一年。交终矣!"②时人称为"钟谭",共创竟陵派。谭元春的科举之路更不顺利。天启七年,始举于乡。崇祯十年,再上公车,殁于旅舍。著有《谭友夏合集》,合集卷六至卷一四,为散文部分,也就是《鹄湾文集》。谭元春散文数量并不多,但不少文章写得相当精要。

谭元春与钟惺一样,都受到公安派的影响,但又看到其缺点。他在

---

① 《列朝诗集小传》丁集中《钟提学惺》,第571页。
② 《谭元春集》卷一五《〈丧友诗三十首〉引》,第425页。

《〈袁中郎先生续集〉序》中说,中郎"卓大坚实之文,出自痛快俊颖之手,吾愿学公者从是悟文章之道"。其实,"卓大坚实"并非袁宏道文章的主要特色,谭元春特地拈出,目的是让人看到公安派的另一面。他批评一些人"若舍其大者不言,而于所为翰墨游戏,易于触目者,则赏之不去口,传之不崇朝,而法之不遗力也"①,可见,他对于公安派那些翰墨游戏的小品文,评价不高。从这种审美情趣出发,不难理解谭元春小品文创作的路子,与公安派有明显的差异。

谭元春擅长写序跋——为自己,或为他人的诗文集。其文章数量不多,但序跋超过了一半。这些序跋,虽然是尺幅短章,但很有思想内涵和深度,也很讲究艺术性,比较准确地写出作者个性、情趣与艺术造诣。他在《诗归序》说,其选诗论诗之旨趣是"冥心放怀,期在必厚"。这种"厚"的艺术境界,首先是从性灵而来的:"夫真有性灵之言,常浮出纸上,决不与众言伍。而自出眼光之人,专其力,壹其思,以达于古人,觉古人亦有炯炯双眸,从纸上还瞩人,想亦非苟然而已。"这里,揭示了选家与古人心心相印的情况,"觉古人亦有炯炯双眸,从纸上还瞩人",多么形象生动!这确是一种富有个性的戛戛独造之语。他还谈道:

夫人有孤怀,有孤诣,其名必孤行于古今之间,不肯遍满寥廓,而世有一二赏心之人,独为之咨嗟傍徨者:此诗品也。

譬如狼烟之上,虚空袅袅然一线耳。风摇之,时散时聚,时断时续;而风定烟接之时,卒以此乱星月而吹四远。②

---

① 《鹄湾文草》,第46页。
② 同上书,第38—39页。

这里,对于幽情单绪与孤怀孤诣诗品的描写相当有诗意,这也是谭元春自己的美学追求。

谭元春颇有识力,其序文最能体现这种特点。他在《〈袁中郎先生续集〉序》中,针对袁中郎的创作提出:"古今真文人何处不自信,亦何尝不自悔?"这是非常深刻的道理。什么叫自信与自悔呢?"当众波同泻,万家一习之时,而我独有所见,虽雄裁辩口,摇之不能夺其信。至于众为我转,我更觉进。举世方竞写喧传,而真文人灵机自检,已遁之悔中矣。"敢于抗世俗,反潮流,虽众人哓哓,仍不为所动,一意孤行,此谓之"自信";当自己主张已为众人所接受,形成一种新风气,成为新的崇拜和模拟对象,却能够反思,敢于自我否定,以求自我超越,此谓之"自悔"。谭元春以"自信"与"自悔""自变",作为袁中郎创作上的特点,是非常准确的:

> 往公之哭江进之也,有悔其诗文妙理、生前未商语;后寄黄平倩札,有悔其《瓶花》诗文,俱有痕迹语。夫公之妙于悔,何待公言哉?细心读《破砚集》,又似悔《潇碧》矣;细心读《蒿华游稿》,又似悔《破砚》矣。今察公续稿,其文章中卓大而坚实者,又似为古今人俱下一悔脚也。①

历来研究中郎者,少言及他敢于多变又善变的特点。自信与自悔,表面看似矛盾,其实本质是一致的,就是追求独创。大概古今喜欢标新立异,开风气之先者,都有此特点。不仅中郎如此,小修也是如此,往往喜欢自我否定,像梁启超夫子自道:"以今日之我,难昔日之我。"②

---

① 《鹄湾文草》,第45—46页。
② 《清代学术概论》之二十六,第86页。

谭元春在自己的诗集《秋寻草》上,有《秋寻草自序》一文。此文开篇写秋天之美:"夫秋也,草木疏而不积,山川澹而不媚,结束凉而不燥。比之春,如舍佳人而逢高僧于绽衣洗钵也;比之夏,如辞贵游而侣韵士于清泉白石也;比之冬,又如耻孤寒而露英雄于夜雨疏灯也。"把秋天与春、夏、冬三季比较,又拟之各种形象,准确把握秋天的特点和自然品格。秋天的特点就是"清",天地正是借秋天来洗濯烦秽、吐故纳新的。谭元春批评历来游人,"而游人者不能自清其胸中,以求秋之所在,而动曰'悲秋'"。谭元春说,宋玉心中有悲愁,那是真正"悲秋","后人未尝有悲而悲之,不信胸中而信纸上,予悲夫悲愁者也"。[1] 他指出传统"悲秋"作品,其中有些不是从自己的真实感受出发,而是蹈袭前人,无病呻吟。这种"悲秋",本身是可悲的。

谭元春为女诗人王微诗集所写的《〈期山草〉小引》,也是一篇颇具匠心的序文:

> 己未秋闱,逢王微于西湖,以为湖上人也。久之复欲还苕,以为苕中人也。香粉不御,云鬟尚存,以为女士也。日与吾辈往来于秋水黄叶之中,若无事者,以为闲人也。语多至理可听,以为冥悟人也。人皆言其诛茆结庵,有物外想,以为学道人也。尝出一诗草,属予删定,以为诗人也。诗有巷中语,阁中语,道中语,缥缈远近,绝似其人。
>
> 荀奉倩谓"妇人才智不足论,当以色为主",此语浅甚。如此人此诗,尚当言色乎哉? 而世犹不知,以为妇人也。[2]

---

[1] 《谭元春集》卷三〇,第805—806页。
[2] 《鹃湾文草》,第93页。

文章从篇章结构到词语字句,都是精心安排的,一口气用八个"以为……人也"排比句,一气贯穿,连用八个"也"字结尾的叙述句,颇有六一居士《醉翁亭记》开篇文笔摇曳的遗风。"以为"二字,亦用得妙。因为王微的身份似实似虚,如真如幻,难以肯定。而这一切,绝不是闲笔,句句说人,实则句句说其诗。下文"缥缈远近,绝似其人",则巧妙地把其人其诗统一起来。序文虽短,但女诗人奇特多彩的生活与孤高脱俗的风采,以及其诗的缥缈远近,无不形于笔端。

谭元春的一些墓志与传记也有佳篇,刻画人物传神生动。如《退谷先生墓志铭》,可视为一篇钟惺传略。文中非常准确地把握钟惺"性深靖如一泓定水,披其帷,如含冰霜,不与世俗人交接"的特点。其中有一段描写钟惺任南京礼部郎中时的生活:

> 退谷改南时,僦秦淮一水阁,闭门读史,笔其所见,题曰《史怀》。孤衷静影,常借歌管往来,陶写文心。每游人午夜棹回,曲倦酒尽,两岸寂不闻声,而犹有一灯荧荧,守笔墨不收者,窥窗视之,则嗒然退谷也。东南人士以为真好学者,退谷一人耳。

这是极具典型意义的描写。在繁华喧闹的秦淮做官,竟能闹中取静,闭门读史,而且"借歌管往来,陶写文心",有力地表现出钟惺"性深靖如一泓定水"的特点来。文中写半夜秦淮河归于寂静,只见一灯荧荧,钟惺仍在笔耕不辍。这是一个多么冷幽又多么动人的情景。谭元春还写钟惺外表虽严冷,内心却厚道,"待友接士,一以诚厚"。在江南任官时,有一次,便衣出游虎丘,路上被两个喝醉的公子所纠缠侮辱,同行"怒欲殴之",却被钟惺制止了:

> 明日传刺,有两书生求见,肃衣冠,书币恭谨,以文来贽称"弟

子"者;退谷出舟相见,则向人也。为细阅其文,不复言,两人惭无措。①

以相当宽容厚道的态度,来对待无礼之辈。当他知道求见者就是昨日喝醉的二公子时,竟平静地"为细阅其文,不复言"。这个细节,很生动地说明了钟惺的品质风度。这种写法,可谓于细微处见精神。

谭元春的"记",写得不多。在《鹄湾文草》中,只收了八篇"记"。虽然数量不多,但比较鲜明地表现竟陵派散文的艺术特点。他的《游玄岳记》《游南岳记》和乌龙潭三游记数篇,都可列为晚明优秀游记作品。他旅居南京期间所写游览乌龙潭的三篇游记,同写一个景点,但不雷同,各具特点,成为一组系列游记。《初游乌龙潭》概述景点的位置与特点,《再游乌龙潭》描写雨中游乌龙潭,《三游乌龙潭》则写月下乌龙潭的景色。三篇前后相贯,从不同角度、不同时节、不同心情来描写乌龙潭景色。三篇之中,《再游乌龙潭》一文写得尤好。此文写七夕游乌龙潭,篇首逆锋用笔,先以六个缀以"宜"字的句子,表述七夕游玩良辰美景赏心乐事的理想境地。"潭宜澄,林映潭者宜静,筏宜稳,亭阁宜朗,七夕宜星河,七夕之客宜幽适无累。"然笔锋一转,写作者所经历的却是另一番境地,他是在暴风骤雨、震雷疾电的恶劣天气中游览乌龙潭的:

> 已而雨注下,客七人,姬六人,各持盖立幔中,湿透衣表。风雨一时至,潭不能主。姬惶恐求上,罗袜无所惜,客乃移席新轩。坐未定,雨飞自林端盘旋不去,声落水上,不尽入潭,而如与潭击。雷

---

① 《鹄湾文草》,第124—126页。

> 忽震,姬人皆掩耳欲匿至深处。电与雷相后先,电尤奇幻,光煜煜入水中,深入丈尺,而吸其波光以上于雨,作金银珠贝影,良久乃已。潭龙窟宅之内,危疑未释。
> 　　是时风物倏忽,耳不及于谈笑,视不及于阴森,咫尺相乱。而客之有致者,反以为极畅,乃张灯行酒,稍敌风雨雷电之气。忽一姬昏黑来赴,始知苍茫历乱,已尽为潭所有,亦或即为潭所生,而问之女郎来路,曰"不尽然",不亦异乎?①

这里所描写的景象,虽不同于篇首所述的理想境地,却展示了谭元春特殊的审美视角。他把乌龙潭的风雨雷电描摹得有色有声,奇幻惊人。其文笔诡奇幽峭,从自己亲身体验的各种感觉来把握乌龙潭奇幻之景,从中我们不难看出谭元春对于奇幻景色的欣赏和愉悦。这也反映出他审美趣味的个性。而文末写那位女郎,用笔又迷离恍惚,颇有幽诡之气。

谭元春擅长写景,与钟惺工力悉敌,而笔锋之变幻出新,有时甚至能出其右。如《游玄岳记》:

> 过系马峰,忽一岩奇甚,连延数处。怪石与树与草与涧,若一心一手,彼隙则此充之,与王子服返其起处详观焉。岩未穷,即为仁威观,有落叶数十片,背正红,点桥前小池,若朱鱼乘空。过观十余里,桃李花与映山红盛开如春,接叶浓荫,行人渴而憩,如夏虫切切作促织吟,红叶委地如秋。老槐古木,铁干虬蜷,叶不能即发如冬,深山密径,真莫定其四时。有猿缀树间方自嬉,童仆呼于后,猿

---

① 《鹄湾文草》,第116—117页。

挂自若。①

写红叶飘在小池里,如"朱鱼乘空",真是别出心裁而又贴切确当的比喻。而作者写山中种种佳妙景象,以如春、如夏、如秋、如冬来刻画,如一幅幅色彩斑斓的山中四时佳景图。这样,既真实地再现深山密径的变幻无穷、应接不暇之美,又避免平铺直叙,或落俗套,构思极为巧妙。而本篇下文,写另一天游览:

> 早起,梯石穿冈,上竹树几不可止,细流时在耳边,与蒙茸争路。又行四五里,俯看深壑,茫若坠烟,身在壑底。五龙忽在天际,下级水自北来,南响始奔。自南折东,始为青羊涧。涧上置桥,高壁成城,相围如一瓮,树色彻上下,波声为石所迫,人不得细语。
> 桃花方自千仞落,亦作水响。听涧,自此桥始快焉。沿涧而折,过仙龟岩,如龟负苔藓而坐,泉从中喷出溅客。此而上,石多怪,向外者如捉人裾,向下者如欲自坠,突起者树如为之支扶,中断者树如为之因缘。其为杉松柏尤奇,在山上者依山蹲石,根露狞狞,必千寻数抱而后已;其在深壑者,力森森以达于山,千寻数抱,才及山根。而望其顶,又亭亭然与高树同为一盖,此殆不可晓。觉山壑升降中,数千万条皆有厝置条理,参天拔地,因高就缺,若随人意想现者。②

这里描写的壑、泉、波、石、涧、松等,不过是寻常景物,但到了谭元春笔下,就决无浮泛轻浅之病。谭元春状物写景,冗繁删尽,别开生面,如木

---

① 《鹄湾文草》,第104—105页。
② 同上书,第105—106页。

雕,如篆刻,如锥画沙,如铁画银钩,力透纸背,而丝丝入扣。其文笔险绝,奇峰迭起,而文境瘦峭,自成一格。谭元春的文字表达能力,确有出人之处:寻常事物,以不寻常的方式来表现,或特殊的比喻,或特殊的想象,或特殊的遣词造句,使人得到一种新鲜感、奇特感。今以《游南岳记》为例再加以说明。文中写水帘洞"水倾如帘,霜雪同根下",描写清奇。又写山中晴雨变幻:"及华严峰,晴在络丝潭;及潭,晴在玉板溪;及溪,晴在祝高峰:若与晴逐者。"写晴雨不定如顽童,极有情趣。写风起云涌之状,则说:"久之云动,有顷,后云追前云,不及,遂失队。"这也是富有情趣的拟人写法。"沙边有石,石隙有泉,泉旁有壑。壑下复有奔响,响上有树,树间有花草青红光,光中又有飞流杂波。急流处有桥,桥上下皆有阴,阴内外有幽鸟啼。"①这些景物,实在难写出什么特点。于是,干脆用一种如同民歌中的顶真法,将种种景象连接起来,语如贯珠,又恰如其分地反映出景物之间的连锁关系及彼此的空间位置。这种写法,以诗歌之法为文,在传统散文中实属少见。

谭元春为文谨严,虽不拘于前人法度,然下笔审慎,语言简省凝练,立意幽深,表现力强。他力求在艺术表达上洗去平弱俗熟,独创奇特。他在《又答袁述之书》中说:

> 古人无不奇文字。然所谓奇者,漠漠皆有真气。弟近日止得潜心《庄子》一书。如解牛何事也?而乃曰"依乎天理"。渊,何物也?而乃曰"默"。惑,有何可钟也?而乃曰"以二缶钟惑"。推此类具思之,真使人卓然自立于灵明洞达之中。②

---

① 《鹄湾文草》,第111—114页。
② 同上书,第25页。

可见,谭元春对"奇"的追求,主要在于语言形式方面的创造,这种倾向在其游记中表现得最为明显。谭元春的语言别出心裁,他不但喜欢多用短句,还喜欢吸收骈文的句法入散文。其文章往往以抒情的笔调和骈散相间的语言,去追求一种特殊的意味。如《自题〈湖霜草〉》一文(《湖霜草》为谭元春诗集),记述游览西湖与苔、雪的美妙感受。文章前半部分用散体文,概述游览的时间、地点、人物,和泛舟游览的"五善":

> 予以己未九月五日至西湖……当其不寓楼阁,不舍庵刹,而以琴尊书札托彼轻舟也,舟人无酬答,一善也;昏晓不爽其候,二善也;访客登山,恣意所如,三善也;入段桥,出西泠,午眠夕兴,四善也;残客可避,时时移棹,五善也。

接着,笔调一变,改为骈文体制,来抒写山水之美与游览感受:

> 细而察之,意绵绵于空翠古碧之中,逢客来而若断;目恍恍于衰黄落红之下,触松色而始明。众阜欣欣,借红叶为魂魄;六桥历历,仗明月以始终。我怀伊何,谁念及此。夫哲人早悟,入山水而神惊;志士多忧,闻黄落则气塞。况乎望山陟岭,杳然无极;泊岸依村,动必以情。有西湖幽映其外,不待十里,而步步皆深;有两高环照其上,寻至千重,而层层欲霁。江海倒射乎韬光之顶,溪流送阴于龙井之前。响声依然,如苏子过亭之日;泉事甚远,同骆丞刳木之思。①

---

① 《谭元春集》卷三〇,第 812—813 页。

以散体文来叙事,以骈体文来写景抒情,融合无间,笔墨雅炼,确独有风味。此外如《上座主李太虚太史笺》中,"每于呼天、呼母之时,即兴负君、负师之感。回思元春少而读书,贱未失意,山水固其可耽,而懒不重经;笔砚本与相近,而嬉未至工。苟非知我之人,无不掩口而笑"①,以骈文句式入散文,显得相当凝练、简整而雅致。

钟、谭并称,艺术风格相近,但仍有所不同。明人徐波在《钟伯敬先生遗稿序》中评论说:"钟则经营惨淡,谭则佻达颠狂;钟如寒蝉抱叶,玄夜独吟,谭如怒鹘解绦,横空盘硬。"②不过,谭元春的创作成就,在总体上难与钟惺相提并论。他的才情与艺术创造力,比起钟惺来要逊一等。而其作品的艺术境界,比钟惺作品也要狭隘些。

第三节　刘同人小品

竟陵派在晚明文坛影响甚大,海内"靡然从之"。在晚明小品作家中,如王思任、祁彪佳、张岱等,都受到竟陵派的影响。而刘侗,则可说是得到竟陵派"真传"。他执笔的《帝京景物略》,是竟陵派后期小品中的典型。

刘侗(约1594—约1637),字同人,号格庵,湖广麻城人。他因"文奇"而被礼部奏参,崇祯七年成进士,曾选任吴县知县。赴任时,逝于扬州。刘侗与谭元春关系密切,他们有同乡之谊。而谭元春既是前辈,又是竟陵派首领,刘侗与之趣味相契,声气相通,便自然成为竟陵派中人了。刘侗也写过诗歌,不过他在文学史上的声名,主要是由他与于奕正合作的《帝京景物略》这本记述北京风土景物的书籍所奠定的。

---

① 《鹄湾文草》,第14页。
② 《明文海》卷二五四,第2668页。

周亮工《书影》第五卷中记载了于奕正的生平：

> 于奕正,初名继鲁,字司直,宛平人,生而峻洁,性孝友。丧父,让财于兄弟,独居荒园,治举子业;耻剽窃为文章,其所交游者,皆当世名人,以故多畏恶讪笑之者。
>
> 奕正工为诗歌,好游名山,尝言秋山严静澹峙,如有道高人,每于霜清木老时,骑驴而往,穷岩绝岫,数百里间,无不周览。遇断碑,必披荆剔藓以识之。或攀枯萝,蹑危石,逾其绝顶,慨然赋诗,有超世之概。
>
> 与楚谭元春友夏、刘侗同人,尤称友善。两君来京师,必客其园,与同人著《帝京景物略》。
>
> 崇祯乙亥,偕同人取道秣陵,遍历名胜;将之楚,会友夏止之,遂归。而疾作,殒于金陵旅舍……于生南行,将著《南京景物略》,竟以友夏不果,惜哉!①

这一段记载,有助于我们了解于奕正其人和《帝京景物略》一书。于奕正与刘侗一样,与谭元春颇为亲密。谭元春在北京时,就是住在于奕正的园中。谭元春诗中,也记载他们一起游览北京的情景。于奕正特长是诗歌,但他长于京师,又好游名山,寻根问底,故对帝京名胜和风土人情了解尤深。因此,于奕正在《帝京景物略》一书中所起的作用,是不能忽视的。他对景点的选择与引导,对于该书的构思取材都至关重要。刘侗和于奕正原来计划撰写《南京景物略》作为《帝京景物略》的姐妹篇,可惜还没有完成,两人就先后辞世了。

---

① 《书影》卷五,第 148 页。

明代的文人墨客，多是江南一带的人。其游踪,多在江南的青山秀水间。描写江南山水的文章书籍,汗牛充栋。刘侗虽是南方人,"北学而燕游者五年"。他写作《帝京景物略》,不但因为他喜爱这里的山水景物,更在于他认为,此书的写作有特殊意义:"考中原之山势,江北主,江南宾。古圣先王,笃生必于江北……天下之水,东趋沧海,沧海所涯,号称天津。故山水之攸结,莫并我帝京者也。于焉神人萃,物爽冯,成周鼓文,汉代瑞像,胫翼谓何,气先符应。他若潭云塔影,龙螺洞光,木石幻气精,熙游盛今古,虽留更仆,未可悉数已。"①总之,北京有其特殊的文化地理方面的优势,远非他地可比。可见,刘侗、于奕正此书的写作,除了记录风土人情之外,还表明他们具有某种政治文化眼光。在写作中,刘侗与于奕正有所分工:于奕正负责摭求事实,刘侗负责排纂成文。所以,此书虽是二人合作而成,但从文学成就而言,则首应归功刘侗。书末所附的历代诗歌,则是由刘侗的朋友周损所完成的。据刘侗《帝京景物略·叙》说,他们的合作相当认真:"事有不典不经,侗不敢笔;辞有不达,奕正未尝辄许也。所未经过者,分往而必实之。出门各向,归相报也。"②对于所写之景物,莫不亲身考察,故其记述大致真切可信。

《帝京景物略》以审美眼光审视地方风物,记述了北京地区的风景名胜和习俗风情。它既是一部内容翔实可信的地方景物志,也是一部审美价值很高的艺术作品。此书成书于崇祯八年。作者在《帝京景物略·略例》中有一段颇值得注意的话:古人记山水有郦道元《水经注》,记梵刹有杨衒之《洛阳伽蓝记》,记熙游有周密《武林旧事》,但《帝京景物略》比起上述著作来,难度更大。他们的书,内容更为复杂,范围更

---

① 《帝京景物略·叙》,第1—2页。
② 《帝京景物略》,第2页。

为广泛,"枯菀致异,广狭量殊,难矣,难矣"①。尽管早有古人成功的著作可供借鉴,作者却提出此书"布体陈辞,不更蹑向人一步"。也就是说,其语言和体例,都追求自成一格。可见,作者所悬目标很高。此书详细记叙了北京地区的景物,包括园林寺观、名胜古迹、岁时习俗等。全书以地区分卷,共分:城北内外、城东内外、城南内外、西城内、西城外、西山(上)、西山(下)、畿辅名迹八卷。共记景点一百二十九个,每景一篇。每篇之末,各系以与景点相关之诗。每记一景点,又追源溯流,讲述历史沿革,以景为经,以史为纬。故此书不仅是一部写景小品,也是一部有关北京历史地理文化的重要书籍。

《帝京景物略》主要内容是山川、寺院、园林、民俗风情几方面。刘侗在《帝京景物略·略例》中,谈到此书写作体例:"山川记止夷陵,刹宇记止衰盛,令节记止嬉游,园林记止木石,比事属辞,不置一褒,不置一讥。习其读者,不必其知之,言外得之。"②也就是说,作者在写作《帝京景物略》一书时,是持一种客观态度的。对于记述对象,不漫加褒贬,可以说是一种历史眼光。因此,此书与一般山水游记有很大差异,作者的感情通常是深藏不露的。另外,作者又是用一种审美的眼光去观察、取材和写作的。他以充满诗意的文学语言,为我们艺术地再现了十七世纪北京的风土与景物。细心的读者仍可以从字里行间,体会出作者的思想感情来。如《钓鱼台》:

> 近都邑而一流泉,古今园亭之矣。一园亭主,易一园亭名,泉流不易也。园亭有名,里井俗传之,传其初者;主人有名,蒋绅先生雅传之,传其著者。泉流则自传。偶一日园亭主,慎善主人,名听

---

① 《帝京景物略》,第3—4页。
② 同上书,第3页。

> 土人,游听游者。出阜成门南十里,花园村,古花园,其后村,今平畴也。金王郁钓鱼台,台其处。郁前玉渊潭,今池也。有泉涌地出,古今人因之。郁台焉,钓焉,钓鱼台以名。元丁氏亭焉,因玉渊以名其亭。马文友亭焉,酌焉,醉斯舞焉。饮山亭,婆娑亭,以自名。
> 　　今不台,亦不亭矣。堤柳四垂,水四面,一渚中央,渚置一榭,水置一舟,沙汀鸟闲,曲房人邃,藤花一架,水紫一方,自万历初,为李皇亲墅。①

这里用相当客观的态度,冷静而清晰地叙述了钓鱼台亭园的历史变迁,并且生动地描写了钓鱼台的佳景。但从作者的叙述中,我们也不难体会世事沧桑之感。园亭随着主人的不断变更而不断更名,而"今不台,亦不亭矣"。只有那自然景物,山水泉流,树木花鸟,千古不易,给人永恒的美感。

明代园林十分兴盛,《帝京景物略》中有不少篇章记载明代北京的园林艺术。如《定国公园》一则,写定园总体的特色是"朴"。园中土垣不加涂饰,土池也没有驳岸,建筑物十分随意,树木的种植也任其自然,不按行列栽培。而且在古屋之中,"额无匾,柱无联,壁无诗片"。但刘侗认为,这种造园"实则有思致文理者为之",因为它反映了一种追求平淡、崇尚自然的园林美学思想,这也是与"文理"相通的。"藕花一塘,隔岸数石,乱而卧,土墙生苔,如山脚到涧边,不记在人家圃。"一塘水池,数片乱石,加以生苔土墙,让人产生一种置身于真实的自然景观之中的感觉。这是一种高妙的造景艺术,将文人写意画的技法运用到

---

① 《帝京景物略》卷五"西城外",第313—314页。

造园之中,力求简朴,而以有限的空间和景物来再现大自然的无限。定园的总体风格追求"朴",如:"一堂临湖,芦苇侵庭除,为之短墙以拒之。左右各一室,室各二楹,荒荒如山斋。西过一台,湖于前,不可以不台也。老柳瞰湖而不让台,台遂不必尽望。"①这反映了明代园林艺术一种追求古朴的风尚。此外如《英国公新园》:

> 夫长廊曲池,假山复阁,不得志于山水者所作也,杖履弥勤,眼界则小矣。崇祯癸酉岁深冬,英国公乘冰床,渡北湖,过银锭桥之观音庵,立地一望而大惊,急买庵地之半,园之,构一亭、一轩、一台耳。但坐一方,方望周毕。其内一周,二面海子,一面湖也,一面古木古寺,新园亭也。园亭对者,桥也。过桥人种种,入我望中,与我分望;南海子而外,望云气五色,长周护者,万岁山也;左之而绿云者,园林也;东过而春夏烟绿,秋冬云黄者,稻田也;北过烟树,亿万家甍,烟缕上而白云横。西接西山,层层弯弯,晓青暮紫,近如可攀。②

英国公新园的特点,不在于其园内亭轩台阁之美,而在于它巧妙地借用了园外大自然之景,突破了园林的空间限制。此园三面环水,四周风景宜人。园中只构一亭、一轩、一台,然四面湖光山色,竟相奔来眼底。东边是万顷春绿秋黄的稻田,西边是晓青暮紫的西山,南眺万岁山云气蒸蔚,北望远树含烟,园中园外,浑然一体,形成气象万千的园林景观。连桥上的行人,也成为园中之景、画中之境:"过桥人种种,入我望中,与我分望。"这是多么富有情趣与人文气息的风景。虽然,真正提出"借

---

① 《帝京景物略》卷一,第43—44页。
② 《帝京景物略》卷一"城北内外",第48页。

景"理论的是计成《园冶》一书。这里反映的,也正是"借景"的园林美学思想。

刘侗对于山水园林的描写,往往不是全面介绍,而是重在写其最有特色之处。如《成国公园》一则,写一棵四五百岁的老槐树:"身大于屋半间,顶嵯峨若山,花角荣落,迟不及寒暑之候。下叶已兔目鼠耳,上枝未萌也。绿周上,阴老下矣。其质量重远,所灌输然也。数石经横其下,枝轮脉错,若欲状槐之根。"①《惠安伯园》写园中数百亩一圃的牡丹园:"花之候,晖晖如,目不可极,步不胜也。"②若仔细游览这个牡丹园,需要一天时间。而《曲水园》的特点则是富于水竹,更以形态如松,"肤而鳞,质而干,根拳曲而株婆娑"的"松化石"著称③。《洪光寺》写遮天蔽日的柏树,"人行径中,上丁丁雨者,柏子也;下跄跄碎者,柏枯也。耳鼻所引受,目指所及,柏声光香触也"④,这是一个柏树的世界。《白石庄》全篇则以"柳"为主脑:

> 白石桥北,万驷马庄焉,曰白石庄。庄所取韵皆柳。柳色时变,闲者惊之;声亦时变也,静者省之。春,黄浅而芽,绿浅而眉,深而眼。春老,絮而白;夏,丝迢迢以风,阴隆隆以日;秋,叶黄而落,而坠条当当,而霜柯鸣于树。柳溪之中,门临轩对,一松虬,一亭小,立柳中。亭后,台三累,竹一湾,曰"爽阁",柳环之。台后,池而荷,桥荷之上,亭桥之西,柳又环之。一往竹篱内,堂三楹,松亦虬。海棠花时,朱丝亦竟丈,老槐虽孤,其齿尊,其势出林表。后堂

---

① 《帝京景物略》卷二"城东内外",第84页。
② 《帝京景物略》卷五"西城外",第291页。
③ 《帝京景物略》卷二"城东内外",第97页。
④ 《帝京景物略》卷六"西山上",第376页。

北,老松五,其与槐引年。松后一往为土山,步芍药牡丹圃良久,南登郁冈亭,俯瞰月池,又柳也。①

全篇以"庄所取韵皆柳"一句,定下基调。园中之虬松、小亭、台阁、荷池、海棠、芍药、牡丹,全是围绕着柳色来写的,构思颇为别致。

对于北京民俗风情的真实记录与精彩描写,也是《帝京景物略》的亮点之一。作者对此是有意识加以系统记录的。《略例》说:"闾里习俗,风气关之,语俚事琐,必备必详。盖今昔殊异,日渐淳浇,采风者深思焉。"并举例说:"《春场》附以岁时,《弘仁桥》附以酬香,《高梁桥》附以熙游,《胡家村》附以虫嬉。"②总之,作者对于民俗风情倾注了相当的热情。如《灯市》记北京正月的灯市之盛,《春场》一篇,详记北京一年四季民间的重要节日及其风俗。《高梁桥》写清明时节高梁桥民间娱乐活动,其中有爬竿、翻筋斗、筒子、马弹解数、烟火水嬉等活动。文中写爬竿与筋斗,最为精彩:

> 扒竿者,立竿三丈,裸而缘其顶,舒臂按竿,通体空立移时也;受竿以腹,而项手足张,轮转移时也。衔竿,身平横空,如地之伏,手不握,足无垂也。背竿,髁夹之,则合其掌,拜起于空者数也。盖倒身忽下,如飞鸟堕。
>
> 筋斗者,拳据地,俯而翻,反据,仰翻,翻一再折,至三折也。置圈地上,可指而仆尔,翻则穿一以至乎三,身仅容而圈不动也。叠案焉,去于地七尺,无所据而空翻,从一至三,若旋风之离于地,已则手两圈而舞于空,比卓于地,项膝互挂之,以示其翻空时,身手足

---

① 《帝京景物略》卷五"西城外",第288—289页。
② 《帝京景物略》,第3页。

尚余闲也。①

这些绘声绘色的描写,真实而生动地再现了当时民间的杂技艺术。这些杂技,已达到非常专业的水平。在《帝京景物略》中,这些有关民俗风情的描写倒是比较平实流畅的,与书中那些写山水园林的文笔有所不同。

顺便一提,《帝京景物略》也提供了一些中外文化交流的材料。如《城隍庙市》文中极其详细地描叙当时市场上所摆卖的各种商品,对于我们认识晚明社会经济,很有帮助。文中提到外国商品,"有乌斯藏佛,有西洋耶稣像,有番橙,有倭扇,有葛巴剌碗"②,反映出当时中外文化交流盛况之一隅。《利玛窦坟》中,记载了利玛窦初到中国所携带之物品(如耶稣像、万国图、自鸣钟、铁丝琴),以及他到中国后主要的事务,尤其是从中国传统儒学的眼光,来介绍"西儒"之学的特点等。这些记载,都颇有历史价值。在字里行间,刘侗还流露出对于"西儒"之学的敬仰之情。此外,在《天主堂》一文中,提到天堂教堂是利玛窦所造。文中写教堂"供耶稣像其上,画像也,望之如塑,貌三十许人。左手把浑天图,右叉指若方论说次,指所说者,须眉竖者如怒,扬者如喜,耳隆其轮,鼻隆其准,目容有瞩,口容有声,中国画缋事所不及"③。西洋绘画传入中国之后,曾受到不少人的鄙视,而刘侗则说"中国画缋事不及",这当然是就绘画中人物形象的透视与质感而言,说明西洋艺术传入中国后,部分文人对之是持欣赏态度的。

传统文学把刘侗列为竟陵派,这不但因为他是楚地人,与钟惺、谭

---

① 《帝京景物略》卷五"西城外",第 280 页。
② 《帝京景物略》卷四"西城内",第 242 页。
③ 同上书,第 222 页。

元春有同乡关系,更因为刘侗受到竟陵派的影响,风格相类。从正统文学观点看来,他的文章"幺弦侧调,惟以纤诡相矜"①。今天看来,其文章特点是"奇"。这种奇,主要表现在其特殊的艺术感受与语言表现的风格上。

《帝京景物略》有许多篇章是相当优秀的小品文。作者的文学表现力很强,往往三言两语就勾勒出一方自然景色,表现出一种意境。尤其重要的是,刘侗有很强的艺术创造性。自古写山水园林的人很多,写山水园林最难出新。而刘侗最出色的本领,就在于能写出寻常景色的别趣来。其成功之处,有两方面:一是在寻常的景物中,写出常人难以体会的感觉。如《香山寺》写甘露寺的金鱼,"泉上石桥,桥下方池,朱鱼千头,投饵也肥,头头迎客,履音以期"②。写池中的金鱼,当游客投下食物时,竞相浮出水面争食,似乎是热烈地迎接着客人到来。更奇特的是写鱼"履音以期",聆听着足音以等待客人。这便写出奇趣来了。刘侗的另一方面,是能以不寻常的表达方式,来表达寻常事物。如《西堤》中,写夏天荷花盛开,荷叶也很茂盛,到处散发荷的香味。作者写道:"花香其红,叶香其绿。"③说荷花香味由红色出来,荷叶香味由绿色而来。色彩怎么会产生香味呢?原来,作者目的在于强调香味是从花与叶所散发的。这种红香、绿香的说法,也很奇特,给人的印象很深。又如《云水洞》:"登大小摘星岭,西望胡良、拒马大小河,如练,如带,如游丝,在拄杖下,颠则落河中耳。"④写远方的河,所用比喻是前人用过的,但说它"颠则落河中"的写法,却又是别出心裁的。

---

① 《四库全书总目》卷七七《帝京景物略》提要,第673页。
② 《帝京景物略》卷六"西山上",第332页。
③ 《帝京景物略》卷七"西山下",第415页。
④ 《帝京景物略》卷八"畿辅名迹",第500页。

古文发展到唐宋以后,主体的语言风格追求文从字顺、文气流畅,趋于生活化。从唐宋派到公安派,大致都走的是这条路。而刘侗的语言,恰恰是对这种传统的背离。在语言方面,追求孤僻生涩之趣。这种风气始于钟惺与谭元春,但刘侗却把这种倾向加以集中和放大。所以,他的语言与钟惺、谭元春相比,显得更为诡奇。他的佶屈聱牙,并非像韩愈某些古文那样使用古僻生疏的字词,而是用异常的句式来表现特殊的艺术感受。

从美学上看,刘侗所追求的是一种陌生化的艺术效果。他往往打破语言的常规,追求一种非同寻常的美感。比如,他喜欢变化词性,以名词作为动词。如《水关》:"水一道入关,而方广即三四里,其深矣,鱼之;其浅矣,莲之,菱芡之,即不莲且菱也,水则自蒲苇之,水之才也。"①"鱼""莲""菱芡""蒲苇"本来都是名词,但文中则作为动词使用。其意为养鱼、种莲、种菱芡、生长蒲苇。又如《海淀》:"水之,使不得径也;栈而阁道之,使不得舟也。"②这里的"水"是蓄水,"栈而阁道"是建造栈道,使之成为阁道之意。这也是把名词动词化了。这种表达不仅新奇,也显得非常简括。若用正常的表达方式,都难以像刘侗表达得如此简洁奇峭。

刘侗喜欢用极短句式,如《三圣庵》中的句子:"有台而亭之,以极望,以迟所闻者。三圣庵,背水田庵焉。门前古木四,为近水也,柯如青铜,亭亭。台,庵之西。台下亩,方广如庵。豆有棚,瓜有架,绿且黄也,外与稻杨同候。"③读起来节奏迫促,与传统的山水游记行云流水、优美自然的语言根本不同。这种效果是作者有意识的追求。他故意把古典

---

① 《帝京景物略》卷一"城北内外",第27页。
② 《帝京景物略》卷五"西城外",第320—321页。
③ 《帝京景物略》卷一"城北内外",第50页。

散文中常用以起承转合与使文气舒缓自如的虚字,尽可能地删去。如"门前古木四,为近水也,柯如青铜,亭亭"句,若在"亭亭"之后,补足二字,像"如盖"之类的补语,则文气顺畅而平易。作者把"亭亭"二字用于此处,文气蓦地变得奇峭起来。

刘侗为了洗去文气的平弱,喜欢特殊句式,或有意地变化句法,使之失去对称平衡,造成音韵上的不流利,以求得文势的奇僻峭拔。如《白石庄》写柳"春,黄浅而芽,绿浅而眉,深而眼。春老,絮而白;夏,丝迢迢以风,阴隆隆以日;秋,叶黄而落,而坠条当当,而霜柯鸣于树"①,对于几个季节的描写,偏用完全不同句式。甚至描写春季的句式也绝不统一,以追求一种变化,一种与公安派的流利不同的美感。又如《水尽头》开头:

观音石阁而西,皆溪,溪皆泉之委;皆石,石皆壁之余。其南岸,皆竹,竹皆溪周而石倚之。燕故难竹,至此,林林亩亩。竹,丈始枝;笋,丈犹箨;竹粉生于节,笋梢出于林,根鞭出于篱,孙大于母。

过隆教寺而又西,闻泉声。泉流长而声短焉,下流平也。花者,渠泉而役乎花;竹者,渠泉而役乎竹;不暇声也。②

这一篇的遣词造句,突破规范。初读不免佶屈聱牙,反复吟咏却别有风味。而值得注意的是,作者这里多用偶句,却写出如此拗折冷隽之趣。的确是相当独特的。又如《雀儿庵》:

---

① 《帝京景物略》卷五"西城外",第288—289页。
② 《帝京景物略》卷六"西山",第385—386页。

雀儿庵，在潭柘后山五里。在千峰万峰中，在四时树色、四时虫鸟声中。庵，方丈耳。一灯满光，一香满烟。然佛容龛，容供几；僧容席，容榻，容厨；客来，容坐，庵矣。山田给粥饭，叶给汤饮，蔬果给糇饵，庵矣。①

　　传统古文中的排比句，都是累累如贯珠的流畅，而刘侗这里虽然也运用了排比句，却故意追求一种艰涩生拗之趣。文中的表达方式很特别，如说"一灯满光，一香满烟"，点一盏灯就使满庵生辉，点一支香就使满庵弥漫着烟。作者之意，是特别强调雀儿庵之小。这种表达方式，的确见出作者在文字上的苦心经营。

　　刘侗喜欢突破传统的表达方式，在《温泉》一文中，刘侗先是细致地描写温泉之美，文章的结尾，用这样两句话作结："泉而东六十里，大汤山，又一温泉；再东三里，小汤山，又一温泉。"②他竟然用相同的句式，重复地表现同一意思。而"又一温泉""又一温泉"似乎显得单调而累赘！但这正是刘侗独特的追求。他之所以反复强调"又一温泉"，一则是表现他对温泉的喜爱之情，一则也是表达对此地温泉之丰富的意外惊喜。当然，原意完全可以用更为简约的语言，两句可以合并为一句，用"皆有温泉"统而言之。但原文独特的味道就完全丧失了。鲁迅先生的著名散文《秋夜》开头："在我的后园，可以看见墙外有两株树，一株是枣树，还有一株也是枣树。"③恰恰也是用一种看起来重复烦冗的话，准确传神地表达他当时寂寞单调的心境。虽意趣与《温泉》不同，却有异代同工之妙。

---

① 《帝京景物略》卷七"西山下"，第462页。
② 《帝京景物略》卷五"西城外"，第330页。
③ 《鲁迅全集》卷二《野草》，第166页。

总之,《帝京景物略》的艺术特点在于奇,在于打破传统语言规范的创造性,这是非常值得重视的。中国古代的地域风物志很多,但像《帝京景物略》这样有独特艺术追求,又取得较高艺术成就的并不多。在记述北京风土景物的书中,这是一部出版较早,又最有艺术特色的著作。正是由于风格之独特,它才能在中国文学史上占有一席之地。此书无论语言艺术还是体例,都对当时和后人产生了影响。如张岱的《西湖梦寻》一书,就受到其影响。它以北路、西路、南路、中路、外景五门,分记其胜,每景首为小序,而杂采古今诗文胪列其下,其体例全仿刘侗《帝京景物略》。但平心而论,《帝京景物略》追求奇峭而过于刻意,甚至造作;过于追求突破语言规范,寻常的意思有时却令人颇难于考索。其佳妙之处,如曲径通幽,别有洞天;而其劣处,则"如衣败絮行荆棘中,步步牵挂"①。描写园林名胜之作,还是以清新流畅的风格为正体。刘侗《帝京景物略》的文字,可谓别体也。

---

① 《袁宏道集笺校》卷一〇《孤山》,第 427 页。

第六章 李长蘅诸家小品

晚明许多书画家创作了相当精彩的艺术性小品，李流芳可以说是其中的杰出代表，他的小品兼有诗情画意和小品韵致。王思任与张岱都经历了亡国之痛，但王思任成为明朝的忠臣义士，张岱则在自己的作品中表达对于故国的追恋和对以往生活如梦如幻的回忆。王思任与张岱都是晚明小品大家，王思任小品新鲜泼辣，诙谐畅达；张岱小品则如一部晚明文化风俗小史，也是晚明小品艺术的集大成者。

第一节 李长蘅小品

李流芳（1575—1629），字长蘅，号香海，又号慎娱居士、泡庵道人等，嘉定人。万历三十四年举人。天启二年，抵近郊闻警，赋诗而返，遂绝意仕进，筑檀园读书其中，著有《檀园集》十二卷。其生平附见《明史·文苑传》唐时升传中。

李流芳在《自题小像》中说："此何人斯？或以为山泽之仪、烟霞之侣，胡栖栖于此世？其胸怀浩浩落落，乃若远而若迩兮，其友或知之，而不免见怪于妻子。嗟咨兮，既不能为冥冥之飞兮，夫奚啻乎薮泽之视矣。"①这是他的精神自画像。钱谦益与李流芳同年中举,对他相当了解。《列朝诗集小传》说:"长蘅为人,孝友诚信,和乐易直,外通而中介,少怪而寡可,与人交,落落穆穆,不为翕翕热。磨切过失,周旋患难,倾身沥肾,无所鲠避。"②总之,李流芳在晚明狂狷的风气中,是一个比较沉静而诚挚的文人。不过,李流芳并非忘情于世事政治,当阉党披猖乱政之时,李流芳往往中夜叹息饮泣,悲愤难抑。

李流芳是一个有多方面才能的艺术家。他的书法规摹东坡,绘画尽得董、巨之神髓,表现烟岚气象,笔墨秀润可爱,有野逸清静的景趣;而诗文雍容典雅,至性至情,溢于楮墨之间。李流芳书画在当时的名气,可能比其诗文名气更高。正如谢三宾《〈檀园集〉序》中所说,当时人们"大率珍其画与书耳,能得其诗文之意之所在者,已不可多得"③。谢三宾曾合刻唐时升、娄坚、程嘉燧和李流芳四人作品,号为《嘉定四先生集》。这四人皆擅长于诸种艺术。当时人认为:"四先生诗文书画,照映海内……而唐以文掩,娄以书掩,程以诗掩,李以画掩云。"④在当时文人之中,李流芳最欣赏程嘉燧。他曾说:"精舍轻舟,晴窗净几,看孟阳吟诗作画,此吾生平第一快事。"⑤李流芳虽然书画诗文皆工,但穷老不遇,徒放浪于吴山越水之间。有意思的是,李流芳的艺术作品大受欢迎,有些人利用其名声得到好处,而李流芳则穷苦依旧。谢三宾说流芳"文章书画绚烂海内,其徒盗窃名姓及摸勒炫售者,犹足以奉父母,活妻子,而长蘅身没之日,园亭水石图书彝鼎之外,籝无一金,廪无

---

① 《景印文渊阁四库全书》第 1295 册《檀园集》卷九,第 379 页。
② 《列朝诗集小传》丁集下《李先辈流芳》,第 581 页。
③ 《景印文渊阁四库全书》第 1295 册《檀园集》卷首,第 295 页。
④ 《中国地方志集成》上海府县志第 8 辑《光绪嘉定县志》卷一九《文学》,第 399—400 页。
⑤ 《列朝诗集小传》丁集下《李先辈流芳》,第 582 页。

釜粟"①。李流芳的读书处叫"檀园",故其集子叫《檀园集》。据张鸿磐《西州合谱》中"檀园"条:

> 李长蘅先生文章书画妙天下,所居檀园,室宇亭榭皆饶有画思,望而知为幽人之宅。好武林山水,尝欲移家入皋亭桃花坞。自魏珰窃柄,毒流正人,先生既罢上公车,而西湖亦起珰祠……先生从此决避世之志矣。乃于园中复凿曲沼,开清轩,通修廊,栽花灌木,若将终老焉。②

可见,李流芳隐居檀园,是对当时黑暗现实一种积极的逃避,也是一种消极的反抗。

从总体上看,李流芳散文成就,在明代并不是第一流的,他不具有大家的才胆识力。《四库全书总目》卷一七二《檀园集》提要说李流芳:"才地稍弱,不能与其乡归有光等抗衡。而当天启、崇祯之时,竟陵之盛气方新,历下之余波未绝,流芳容与其间,独恪守先正之典型,步步趋趋,词归雅洁。二百余年之中,斯亦晚秀矣。"③这种评价,大致准确。李流芳的散文,既不同于当时的公安派、竟陵派,也不模拟于前后七子,其格调高洁,文辞清雅畅达,与唐宋派的散文相近。李流芳的古文,称不上名家,但其小品,却是晚明的佳构。也许,以他的才力和艺术修养,更适合小品写作。

李流芳小品的成就,主要在两个方面:一是游记,一是书画题跋。《檀园集》卷八收入了李流芳所作的"记"九篇,其中游记六篇:《游

---

① 《景印文渊阁四库全书》第1295册《檀园集》卷首,第294页。
② 《说郛续》卷二二《西州合谱》,第1098页。
③ 《四库全书总目》卷一七二《檀园集》提要,第1515页。

虎丘小记》《游石湖小记》《游虎山桥小记》《游玉山小记》《游焦山小记》《游西山小记》，都是颇有情致的小品。一个值得注意的现象是，李流芳游记的题目一律称为"小记"，《檀园集》是在李流芳生前由谢三宾编就的，所有作品则是李流芳提供的，题目应是自拟的。当然，题目一律称之为"小"，不是一种巧合，可以看出李流芳是在有意识地、自觉地创作游记小品的。从篇幅看来，这些游记篇幅都相当短小，的确也是名副其实的"小记"。

晚明的美学思潮，有一种雅俗合流的倾向。而李流芳的特别之处，是保持一种高洁雅致的审美趣味，与流俗相去甚远，有一种孤芳自赏的意味。如他的《游虎丘小记》：

> 虎丘，中秋游者尤盛。士女倾城而往，笙歌笑语，填山沸林，终夜不绝，遂使邱壑化为酒场，秽杂可恨。予初十日到郡，连夜游虎丘。月色甚美，游人尚稀，风亭月榭，间以红粉，笙歌一两队点缀，亦复不恶。然终不若山空人静，独往会心。尝秋夜与弱生坐钓月矶，昏黑无往来，时闻风铎，及佛灯隐现林杪而已。又今年春中，与无际舍侄偕访仲和于此。夜半，月出无人，相与跌坐石台，不复饮酒，亦不复谈，以静意对之，觉悠然欲与清景俱往也。生平过虎丘，才两度见虎丘本色耳。①

他在《江南卧游册题词》中《虎丘》一则也说："虎丘宜月，宜雪，宜雨，宜烟，宜春晓、宜夏、宜秋爽、宜落木、宜夕阳，无所不宜，而独不宜于游人杂沓之时。"②假如比较一下袁宏道以欣赏的笔调，表现虎丘中秋时那

---

① 《景印文渊阁四库全书》第 1295 册《檀园集》卷八，第 367 页。
② 《景印文渊阁四库全书》第 1295 册《檀园集》卷一一，第 397 页。

种雅俗同乐的热烈景象,不难发现,李流芳所欣赏的"虎丘本色",与之相去甚远。他的其他游记大多是以凝练别致的笔调,表现作者超然物外、静观世事的淡泊逸远、悠然忘我的情韵深致。其意境空灵,宛如一幅幅淡雅、高洁的精美画轴。但是,其山水游记绝无冷寂之病。作者所记录的山水风情之间,洋溢着一种朋友的深厚友谊和炙热真情。如《游石湖小记》:

> 予往时三到石湖游,皆绝胜。乙亥与方孺冒雨着屐登山巅亭子。贳酒对饮,狂歌绝叫,见者争目摄之。去年,与孟阳、弱生、公虞寻梅到此,遍历治平僧舍。已登郊台,至上方绝顶,风日清美,人意颇适。九日复来登高,以雨不果登。放舟湖中,见烟樯雨楫,杂沓而来,举酒对之,亦足乐也。是日秋爽,伯美舍弟辈俱有胜情,由薇村至上方,复从郊台茶磨取径而下。路傍时有野花幽香,童子采撷盈把。落日,泊舟湖心,待月出,方命酒。孟阳、鲁生继至,方舟露坐剧饮,至夜半而还,盖十年无此乐矣。①

此外,如《游虎丘小记》写与弱生、无际同游,《游玉山小记》写与伯美同游,《游焦山小记》写与孟阳、鲁生、伯美同游,无不是把游览山水胜景作为文人之间精神交流的过程,从而为文章增添一种雅趣与深情。

李流芳的小品文,以书画题跋最有特色。黄宗羲评价其《檀园集》道:"长蘅无他大文,其题画册,萧洒数言,便使读之者如身出其间,真是文中有画也。"②《檀园集》卷一一有《西湖卧游册跋语》二十二则,《江南卧游册题词》四则,其他题画卷六则。卷一二有《题跋》二十五

---

① 《景印文渊阁四库全书》第1295册《檀园集》卷八,第367页。
② 《黄宗羲全集》第11册"明文授读评语汇辑",第188页。

则,共有近六十篇的艺术题跋,其数量虽不多,但几乎篇篇精美雅洁。在晚明小品中,独树一帜。李流芳的小品与其为人一样,在晚明是比较有特色的。它没有狂野怪诞之气,显得纯粹雅洁,比较传统和古典,味道十分隽永。由于作者是书画家,精通画艺,故这些题跋不但行文挥洒自如,隽逸清新,其传神写照的手段,也非一般作家所能比。

李流芳的画卷题跋,其特点是突出"卧游"二字。这些画册题跋,绝大多数可以作为游记小品或园林小品欣赏:

> 曾与印持诸兄弟醉后泛小艇从西泠而归,时月初上,新堤柳枝皆倒影湖中,空明摩荡,如镜中,复如画中,久怀此胸臆,壬子在小筑忽为孟阳写出,真是画中矣。①

> 去胥门九里,有村曰"横塘"。山夷水旷,溪桥映带村落间,颇不乏致。予每过此,觉城市渐远,湖山可亲,意思豁然,风日亦为清朗。即同游者,未喻此乐也。横塘之上为横山,往时曾与潘方孺阻风于此,寻径至山下,有美松竹,小桃方花,恍若异境,因相与攀跻至绝顶。风怒甚,几欲吹堕。二十年事也。丁巳中秋后三日画于孟阳阊门寓舍。九月,复同孟阳至武林,夜雨,泊舟朱家角,补题。②

> 余近喜画小册,时有好事者往往致此乞画。此册亦为友人所

---

① 《景印文渊阁四库全书》第 1295 册《檀园集》卷一一《西湖卧游册跋语》,《孤山夜月图》,第 396 页。
② 《景印文渊阁四库全书》第 1295 册《檀园集》卷一一《江南卧游册题词》,《横塘》,第 396 页。

乞,携之虞山。是日风日清美,与子崧寻吾谷。盘礴枫林下,丹黄如绣。饭后呼兜舆,至维摩、兴福两兰若。归而落日映湖,圆月出岭矣。因出此册示子崧,便欲攘去。子崧爱予画,十年所蓄,皆落盗手,遂欲以攘补之,知攘效矣。顾余手在,患子崧不好尔,何必尔耶?因题而归之,并发一笑。①

其文笔如行云流水,流转自如,表现得极自然,令人遐思飞腾。李流芳的画卷与其题跋,构成一种特殊的艺术整体。如果说,画卷是对生活场景或者自然风景一个横断面的描绘的话,题跋,则是对画面的补充:对画面这静止一瞬的动态延伸。李流芳题跋总是以饱蘸诗意的笔墨,写出创作画卷的因缘、激发灵感的环境和富有情致的生活。他的题跋,不是只就画图而述,而往往追述与之相关的前因后果,和与文人雅士值得回味的历史,总之,其题跋绝不是就画谈画,而是以散文这种时间艺术与绘画这种空间艺术互相补充、互相生发。还有一部分题跋,也传达了艺术家孤寂的心情。如《题画册》一则写道:

慎娱居士有幽忧之疾,夜苦不寐。寒冬漏长,独酌易尽,久读伤神,又无观力,不耐枯坐。唯赖笔墨可以自遣,心手有托,形神暂调,意适而忘,与梦俱至。②

可以看出,李流芳是以艺术创作为精神寄托,作为解愁释闷的手段。

晚明小品文作家多是江南人,故晚明小品反映出非常浓郁的江南

---

① 《景印文渊阁四库全书》第1295册《檀园集》卷一二《题跋》,《题画》,第401页。
② 《景印文渊阁四库全书》第1295册《檀园集》卷一二《题跋》,《题画册》,第401页。

文化气息,这不但因为其中多描绘秀美的吴越山水,更因其中蕴涵江南文人特殊的地域文化心理。古人认为:"盖山川风土者,诗人性情之根柢也。"①丹纳《艺术哲学》论希腊人的审美观时,谈到"自然界的结构留在民族精神上的印记"。他说,希腊的自然界和谐秀美,没有奇幻险绝,"一切都大小适中,恰如其分,简单明了,容易为感官接受","人看惯明确的形象,绝对没有对于他世界的茫茫然的恐惧,太多的幻想,不安的猜测","自然界在人的头脑中装满这一类形象,使希腊人倾向于肯定和明确的观念"。②这种对于希腊人审美观的地域基础的解释,对我们理解晚明小品的地域色彩,是有帮助的。在这方面,李流芳是一种比较突出的例子。他的审美意识,侧重于清新秀美。这主要表现在他那些与江南有关的游记和《西湖卧游册跋语》《江南卧游册题词》等小品之中;值得注意的是,李流芳一些描写北方景色的作品,也同样反映了这种审美观。如其《游西山小记》对于北方景色的描写:"平堤十里,夹道皆古柳,参差掩映,澄湖百顷,一望渺然。""远见功德古刹,及玉泉亭榭,朱门碧瓦,青林翠嶂,互相缀发。湖中菰蒲零乱,鸥鹭翩翩,如在江南画图中。"③饶有趣味的是,李流芳对于北方景物,也是用其特有的审美观去观察的。故特别留意北方景色与江南一致之处,"如在江南画图中",是对北方风景的一种倾心赞叹。

李流芳的小品,大多文笔精妙、意境浑成,然也偶有可议之处。如《跋〈盆兰卷〉》写兰花:"花虽数茎,然参差掩映,变态颇具。其葩或黄,或紫,或碧,或素;其状或含,或吐,或离,或合,或高,或下,或正,或敧;

---

① 《孔尚任诗文集》第3册《古铁斋诗序》卷六,第475页。
② [法]丹纳著,傅雷译:《艺术哲学》第4编《希腊的雕塑》第1章"种族",第255—256页。
③ 《景印文渊阁四库全书》第1295册《檀园集》卷八,第369页。

或俯而如瞰，或仰而如承，或平而如揖，或斜而如睨，或来而如就，或往而如奔，或相顾而如笑，或相背而如嗔，或掩抑而如羞，或偃蹇而如傲，或挺而如庄，或倚而如困，或群向而如语，或独立而如思。"①这里以二十六个"或"字开头的排比句式，写出兰花各种不同的形状神态，应该说，这种刻画是细腻，然而从全文看来，这里的描写，不但与其作品整体风格不和谐，和"数茎"兰花清雅的韵致也不合拍。原先非常自然平淡的意境，突然插入一段铺陈排比、故显功力才气的句子，就好像在一幅淡远的中国画上，忽然来几笔浓彩的油画；或者像在韦应物的山水诗中，突然来几句韩愈的《南山》诗句，显得很不和谐。②

第二节　王季重小品

王思任(1575—1646)，字季重，号遂东，又号谑庵，山阴人。万历二十三年进士，曾知兴平、当涂、青浦三县，又任袁州推官、擢刑部主事，转工部，出为九江佥事。鲁王监国，授礼部侍郎，进尚书。关于王思任的生平，张岱有《王谑庵先生传》③，查继佐亦有《王思任传》④。而王思任自己所作的《脚板赞》一文，则更为简约生动地传达出王思任生活的精神："曾入帝王之门，曾踏万峰之顶，曾到齐晋云间欺官之署，曾走狭邪非礼亡赖之处，而不曾投刺于东林魏党，乞食墦间，沽名井上。所以然者，脚底有文，脚心有骨。"⑤有"文"有"骨"，正是王思任自己外圆内

---

① 《景印文渊阁四库全书》第1295册《檀园集》卷一一，第399页。
② 韩愈《南山》诗，五十余个"或"字。《送孟东野序》，二十几个"鸣"字。李流芳这里可能模拟了韩愈笔法。但韩愈《南山》诗的形态与表现内容，是统一的。
③ 《琅嬛文集》卷四，第193—196页。
④ 见《罪惟录》列传之卷一八，第2540—2542页。
⑤ 《文饭小品》卷一，第45页。

方的形象写照。他在日常生活中放荡不羁,任性疏爽;在党争纷乱之中,却独立不阿,既不附魏党,也不近东林党。张岱《王谑庵先生传》说:"先生于癸丑、己未,两计两黜,一受创于李三才,再受创于彭瑞吾。人方眈眈虎视,将下石先生,而先生对之调笑狎侮,谑浪如常,不肯少自贬损也。"①他在任地方官时,也是尽心尽责地处理政务,因而颇有政声。王季重有强烈的民族意识。当清兵攻入北京,驱师南下,他上疏太后,速理政务,"断酒绝色,卧薪尝胆";还主张"立斩士英之头,传示各省,以为误国欺君之戒",并要太后下哀痛罪己之诏,以复振人心士气。② 当马士英败走至浙江,王思任愤而写了上马士英疏,怒斥他误国。清兵破绍兴,闭门绝食而死。

王思任的著作,现存有《谑庵文饭小品》《王季重十种》。王思任晚年曾自编《文饭》一书,定为六十卷。名为"文饭",寓其以文为饭,不可须臾离去之意。但"雕几未半,而玉楼召去,刻遂不成"③。后其子王鼎起重编,因条件所限,只录五卷,名为《文饭小品》。所谓"小品",包括了各种文体,如尺牍、启、表、判、募疏、赞、铭、引、题词、跋、纪事、说、骚、赋、乐府、琴操、风雅什、绝句、古诗、律诗、诗余、游记、传、序、行状、墓志铭、祭文、疏等。《王季重十种》包括杂序、游唤、历游记、游庐山记、杂记、尔尔集、避园拟存、律陶、庐游杂咏、弈律。这两本书,篇目既有同处,彼此又可互补。

王思任受到李贽思想影响,也对他十分推崇。他在《题李卓吾先生小像赞》中道:"西方菩提,东方滑稽。箭起鹘落,刃骍牛飞。快如嚼

---

① 《琅嬛文集》卷四,第 195 页。
② 《明季南略》卷五《王思任请斩马士英疏》,第 286 页。
③ 《文饭小品》,《余增远序》,第 500 页。

藕,爽则哀梨。是非颠倒,骂笑以嬉。公之死生,《藏书》《焚书》。"①对李贽的为人和著作,都作了恰当的评价。在文学上,王思任情趣虽近于公安竟陵派,但其审美趣味并不狭隘,他在谈到历代游记时说:"司马子长善游,天未启其聪,不晓作记。记自柳子厚开,其言郁塞,山川似籍之而苦,吾何取焉?苏长公之疏畅,王履道之幽深,王元美之萧雅,李于鳞之生险,袁中郎之俏隽,始各尽记之妙,而千古之游,乃在目前。"②他在《批点玉茗堂〈牡丹亭词〉叙》中,历数"古今高才":"左丘明、宋玉、蒙庄、司马子长、陶渊明、老杜、大苏、罗贯中、王实甫、我明王元美、徐文长、汤若士而已。"③可见,他在文学上取径颇广。而对明代复古派与性灵派的代表人物,他都同样欣赏。

王思任《〈世说新语〉序》谈到《世说新语》一书在艺术上的特点:

> 然而小摘短拈,冷提忙点,每奏一语,几欲起王谢桓刘诸人之骨,一一呵活眼前,而毫无追憾者。又说中本一俗语,经之即文;本一浅语,经之即蓄;本一嫩语,经之即辣。盖其牙室利灵,笔颠老秀,得晋人之意于言前,而因得晋人之言于舌外,此小史中之徐夫人也……
> 嗟乎!兰苕翡翠,虽不似碧海之鲲鲸,然而明脂大肉,食三日定当厌去;若见珍错小品,则啖之惟恐其不继也。此书泥沙既尽,清味自悠,日以之佐《史》《汉》炙可也。④

---

① 《文饭小品》卷一,第42页。
② 《王季重十种·杂序》,《〈南明纪游〉序》,第40页。
③ 《王季重十种·杂序》,第31页。
④ 同上书,第2—3页。

他认为,《世说新语》虽然文字短小,却能传达出晋人风神,使之再现眼前。而且其语言含蓄、老辣,又有文采,"清味自远"。它与经史巨著相比,就像兰苕翡翠与碧海鲲鲸相比,虽然气象不如,但也小巧可爱。而且,从审美感受来看,《世说新语》就像那些美味小菜,与经史一类"明脂大肉"不同,自有其特殊的美学滋味,令人品之不厌。这段话,虽是评论《世说新语》,也是他对这一类小品的审美评价。从某种程度上,可以说是王思任的一种美学追求。

《列朝诗集小传》说:"季重有隽才,居官通脱自放,不事名检。性好谑浪,居恒与狎客纵酒,谈笑大噱。遇达官大吏,疏放绝倒,不能自禁,好以诙谐为文,仿大明律制《奕律》,吾以为必传,枚皋、郭舍人之流也。"①王思任的"谑",表现在日常生活与其作品之中。张岱《快园道古》记录不少王思任日常生活中的戏谑言行。可见,王思任的"谑"在晚明是很著名的。王思任不仅喜欢戏谑的言行,他还在《屠田叔〈笑词〉序》中,对"笑"作了颇为别致的论述。他认为,古人的笑是纯粹的,而发展到后来,"笑亦多术矣"。就像小孩的笑是真诚的,青年的笑是快乐的,而老人的笑则是苦涩的了。他对屠田叔作了如此评论:

> 海上憨先生者老矣,历尽寒暑,勘破玄黄,举人间世一切虾蟆傀儡马牛魑魅抢攘忙迫之态,用醉眼一缝,尽行囊括。日居月诸,堆堆积积,不觉胸中五岳坟起,欲叹则气短,欲骂则恶声有限,欲哭则为其近于妇人,于是破涕为笑。②

因为生活中充满了丑恶,对此胸中郁积不平,对这些现象叹气、怒骂、痛

---

① 《列朝诗集小传》丁集中《王金事思任》,第574页。
② 《王季重十种·杂序》,第20页。

哭,都无济于事,只好"破涕为笑"。这种笑,包含了悲哀、绝望、愤怒、痛苦之情,也是一种无力改变现实的苦涩之笑。所以,这种笑往往具有揭露社会黑暗,批评社会现实的作用。这正是王思任的夫子自道。王思任以"谑"闻名,他之所以采用谑的方式,除了其性格风趣之外,与他"历尽寒暑,勘破玄黄",而又处于没落的社会有关。张岱《王谑庵先生传》提道:"人有咎先生谑者,其客陆德先叹曰:'公毋咎先生谑。先生之莅官行政,摘伏发奸以及论文赋诗,无不以谑用事。'"①可见,王思任的"谑",不是玩世不恭,倒是一种积极的处世方式。他的"谑",不仅用于日常生活,也用到批评政治上去。如《简徐亮生》:"马阮尽草包,一摇鼓鼗卖官,一拿绰板唱曲子耳。天下事去矣,足下可速归。"②诙谐地讥刺权奸马士英和阮大铖无耻无聊的嘴脸。王思任也有"自谑",喜欢自我调侃。如《谑庵自赞》:

遂初服,四十五。发见白,齿渐龋。兴还高,人不腐。舌如风,笑一肚。要读书,恨愚鲁。半通今,半博古。友子瞻,师杜甫。性喜客,肯作主。酒不让,棋堪赌。爱山水,怕官府。奉高堂,居乐土。迟起床,早闭户。任天公,皆有数。不告贫,不诉苦。③

这是为纪念自己四十五岁生日所写的。它既是"自赞",也是自嘲、自谑。《谑庵自赞》以幽默的笔调,道出自己的生活趣味和性格特点,是一篇相当有特色的小品。《谑庵自赞》在形式上也值得一说。它借鉴了宋代王应麟编著的启蒙教材《三字经》,此书通俗易懂,并采用三言

---

① 《琅嬛文集》卷四,第 194 页。
② 《文饭小品》卷一,第 21 页。
③ 同上书,第 46 页。

韵语,读起来朗朗上口,便于记诵。王思任的《谑庵自赞》以《三字经》的形式写成,取其通俗有趣;他还以仄声韵通押全篇,制造一种拗口的音韵效果。这种特殊的音韵效果,似乎和这位谑庵的执拗性格相一致。总之,此文形式上本身就有一种谑趣。当代学者启功曾自撰《墓志铭》:"中学生,副教授。博不精,专不透。名虽扬,实不够。高不成,低不就。瘫趋左,派曾右。面微圆,皮欠厚。妻已亡,并无后。丧犹新,病照旧。六十六,非不寿。八宝山,渐相凑。计平生,谥曰陋。身与名,一齐臭。"[1]启功以幽默口吻自我调侃,与四百年前的王谑庵遥相呼应,可以相视而笑。

王思任《悔谑》是笑话集子。以往的笑话,或者是编造出来的,或者是辑录前人逸事,而《悔谑》不同,它是王思任自己日常生活的真实记录。笑话的主人公,全都是王思任自己;而调侃的对象,都是文人雅士、达官贵人。

> 长安有参戎喜诵己诗不了,每苦谑庵。一日不得避,开口便诵。谑庵曰:"待写出来奉教。"即命索笔。谑庵曰:"待刻出来奉教。"

> 一秀才专记旧文,试出果佳,夸示谑庵:"定当第一。"谑庵曰:"还是第半。"秀才不喻,谑庵曰:"那一半是别人的。"

> 某刺史生傲甚,诗质谑庵:"方古人何等?"谑庵曰:"大约渊明风味。"喜而问答者再矣。一日,留谑庵鸡黍,止存宾主,曰:"吾子

---

[1] 《启功全集》第6卷《自撰墓志铭》卷三,第59页。

素强,何至渊明佞我?"谑庵起席,耳语之曰:"老先生,诗有些'陶气'。"①

这些戏谑,都是对于某些附庸风雅、不学无术,而又自我感觉良好者的嘲弄,读了不免让人忍俊不禁。张岱《王谑庵先生传》说:"盖先生聪明绝世,出言灵巧,与人谐谑,矢口放言,略无忌惮。"②从他的《悔谑》中可看出张岱所言并非虚语。

王思任的个性,既有谑,又有庄;其为人,既有圆,又有方。平生喜谑,但又正气凛然。明亡,则舍生求义。他的《思任又上士英书》,写得义愤填膺,感荡激烈,是脍炙人口的佳作,也是王思任的代表作:

> 阁下文采风流,才情义侠,职素钦慕。即当国破众疑之际,爰立今上,以定时局,以为古之郭汾阳,今之于少保也。然而一立之后,阁下气骄腹满,政本自出,兵权独握。从不讲战守之事,只知贪黩之谋,酒色逢君,门墙固党,以致人心解体,士气不扬。叛兵至则束手无策,强敌来而先期以走,致令乘舆播迁,社稷丘墟。阁下谋国至此,即喙长三尺,亦何以自解?
>
> 以职上计,莫若明水一盂,自刎以谢天下,则忠愤节义之士,尚尔相谅无他。若但求全首领,亦当立解枢权,授之才能清正大臣,以召英雄豪杰,呼号惕厉,犹可倖望中兴。如或逍遥湖上,潦倒烟霞,仍效贾似道之故辙,千古笑齿,已经冷绝。再不然如伯嚭渡江,吾越乃报仇雪耻之国,非藏垢纳污之区也,职请先赴胥涛,乞素车白马,以拒阁下。上干洪怒,死不赎辜。阁下以国法处之,则当束

---

① 《文饭小品》卷二,第226—234页。
② 《琅嬛文集》卷四,第193页。

身以候缇骑;私法处之,则当引领以待钼鏖。①

王思任在信中代表越地人民声讨马士英。文章采用欲抑先扬之法,借用欧阳修《与高司谏书》的技巧,先写自己曾经对于马士英怀有钦慕和希望,但马士英大权在握,而骄横独断,误国欺君,罪大恶极。以下,王思任为马士英想出了几条出路:最好的办法,是自杀以谢天下;假如还想保全性命,则应该辞职,让正直而有才能的人来担负起重振乾坤的重任;也可以像贾似道一样,逍遥湖上,但将成为千古笑骂的对象;甚至也可以去投奔他处,苟全性命,②但无论如何,绝对不允许到我们越地来,因为"吾越乃报仇雪恨之国,非藏垢纳污之区也"。假如你厚颜无耻,仍坚持要到越地来,我就投身于钱塘江中,从伍子胥处乞得素车白马,用鬼神来驱逐你了。篇末,表示自己不惧死,无论用国法还是用私法来处置,他都无所畏惧。嬉笑怒骂,皆成文章,可称晚明最有斗争锋芒的文章之一,其忠愤之气,千古尚存。

王思任性喜游山水,汤显祖有《王季重小题文字序》,说他"往来燕越间,起禹穴吴山江海淮沂,东上岱宗,西迤太行,归乎神都。所游目,天下之股脊喉腮处也。英雄之所躔,美好之所铺,咸在矣"③。王思任作品历来最为人称道的,是他的游记散文。陆云龙《翠娱阁评选王季重先生小品》卷首"叙"评论其山水记说:"先生直以片字镂其神,辟其奥,抉其幽,凿其险,秀色瑰奇,踞其颠矣。"④王思任散文,深受徐渭和公安派的影响,放纵之中谐趣横生;而其语言,又颇受竟陵派的影响,追

---

① 《明季南略》卷五,第 286 页。
② 这里的"伯嚭渡江"事,见《史记·吴太伯世家》:"楚诛伯州犁,其孙伯嚭亡奔吴,吴以为大夫。"(《史记》卷三一,第 1770 页)
③ 《汤显祖诗文集》卷三二《玉茗堂文》之五,第 1074—1075 页。
④ 《皇明十六家小品》,第 421 页。

求一种新奇之境。张岱评其山水游记:"见者谓其笔悍而胆怒,眼俊而舌尖,恣意描摩,尽情刻画。"①传统游记大多以清新自然、淡泊逸远、情味悠永为其文体特征。但王思任的大多数山水游记则有所不同。他以怪怪奇奇,纵横奇宕取胜。请看下面一节写天台山的游记:

> 诘朝,由竹厨下,看幽溪,坐般若石,听浪春。扪一仄径,取圆通洞,三大石堆成,妙有天来,云听呼入,泉喉乱放,蜩咽鹤清,或直吼下如狮子作武,又或奏独笙,或击万鼓。攀罗上松风阁,顾瞻左壁,骨绣毛锦,灯公十丈宝莲舌,无庸导师,便便然灵文玄对,不可谓单直蒲团上来也。
>
> 去此三里许,一石跳地插天,欲往从之,茂草跋扈,遂别去。取旧岭上数里,望台邑,一方耗耳。俄有苍莨笋一枝,沉黑拔地山尾,是国清之塔矣。路眩陡不可舆,敕股健束,速向鞋底下取塔。取而益隔,旋十数岭,一蹊俯千丈余,一道银布,从绝涧抛下,乃石梁小弱弟析居此,而日夜啼号者。马栗人寒,各不得语,亦不能转换回侧。稍延至容足地,塔出予马首,然后有国清也。②

古代诗文中的寻常之景、寻常之事,到了王思任笔下,就蓦地产生了一种"陌生化"的艺术效果,令人刮目相视,形成相当有个性的语言。无论是叙述、描写,还是遣词、造句,都不落窠臼,出人意料。写泉声则"泉喉乱放",写石壁则"骨绣毛锦",写石则"跳地插天",写草则"茂草跋扈",写山涧则是"一道银布,从绝涧抛下,乃石梁小弱弟析居此,而日夜啼号者",写国清塔则比喻为"苍莨笋一枝,沉黑拔地山尾",往山

---

① 《琅嬛文集》卷四《王谑庵先生传》,第193页。
② 《王季重十种·游唤》,《天台》,第112—113页。

下看塔则说成"向鞋底下取塔"。这都是爱奇务险、远出常情的奇谲语,在传统的山水游记中,是绝少如此的。

王思任游记往往用别出心裁、超出常规的构思以洗去平弱。如其《天台》结尾,把天台山的各个风景名胜,比喻为一篇篇风格各异、气象不同的文章,然后借用科举考试放榜的形式,自己任主考官,一一品第山中诸胜:

> 外史氏曰:予游天台,盖操一日之文衡矣。赖仙佛之灵,风雨无恙,得以搜阅竣事。略用放榜例,品题甲乙,与诸山灵约,矢诸天日,不敢有偷心焉。

下文便以诗文评点的术语,来描述诸名胜特色,如:"文章胎骨清高,气象华贵,万玉剖而璧明,万绣开而锦夺,昆仑嫡血,奴仆群山,仙或许知,人不能到,所谓琼台双阙也,第一。""绕肠雄气,满腹古文,郁郁苍苍,扶余穷北,万年寺也第六。""句句番语,字字鬼才,别有僻肠,不得以文体而黜之,神仙赶石第十五。"①江山如画,山水如文。这种观念,并非王思任的首创,但王思任以科举考试放榜的形式来评骘山水,却是一种很有时代气息的构思。

王思任的游记与传统山水游记颇有差异。除了风格奇谲险怪、构思奇特之外,他在游记中多写旅行所闻见的人情世态,人文因素突出。如《游西山诸名胜记》写游览后的感受:"天下名山,寺领之;天下名寺,僧领之;天下名僧,势与利领之。"说佛僧十分势利,游客中的官员大受欢迎,而一般文士则备受冷遇,他观察到:"其相遇时,面目有迎拒焉;

---

① 《王季重十种·游唤》,《天台》,第119—120页。

其相揖时,肱膂有敬肆焉;其相饭时,烦简有器数焉。"他说,旅游对于缙绅来说,是快事;对于贫士而言,则是苦事。遂感慨:"游何容易! 士何可游!"①王思任的观察十分细微,也耐人寻味。佛寺,清静地也,尚受势利影响;旅游,雅事也,还受世俗侵蚀。其他事便可想而知了。他的不少游记,重点不在描写风景,而在记录旅游过程的所见所闻、民情世态。满井是一名胜,明代写满井的游记甚多。王思任《游满井记》写初春游满井,则与他人的游记大不相同。此文写满井风景,只有数句对于泉水的描写,大量的篇幅则是描写满井游客的种种形态:

> 游人自中贵外贵以下,巾者,帽者,担者,负者,席草而坐者,引颈勾肩履相错者,语言嘈杂。卖饮食者,邀诃好火烧,好酒,好大饭,好果子。贵有贵供,贱有贱鬻。势者近,弱者远。霍家奴驱逐态甚焰。有父子对酌,夫妇劝酬者;有高髻云鬟、觅鞋寻珥者;又有醉詈泼怒、生事祸人,而厌天陪乞者。传闻昔年有妇即此坐蓐,各老妪解襦以帷者,万目睃睃,一握为笑。而予所目击,则有软不压驴,厌天扶掖而去者;又有脚子抽登复堕,仰天丑露者;更有喇唬恣横,强取人衣物,或狎人妻女,又有从傍不平,斗殴血流,折伤至死者。一国狂惑。予与张友买酌苇盖之下,看尽把戏乃还。②

这里所记述的,完全是一个喧杂的市井生活场景。其中所刻画的各个阶层、各种人物形形色色,品类杂陈。而且王思任是以一种置身其外的冷静态度,去观察社会人生的。对各种人物,只是客观地记述,不加以褒贬。"买酌苇盖之下,看尽把戏乃还。"看人间百态,如同看戏。山水

---

① 《文饭小品》卷三,第242—243页。
② 同上书,第243—244页。

游记不写其清静之景,偏选取各色人物来描写,这种观察视角的转换是颇有意思的。后来,张岱的名篇《西湖七月半》开篇说:"西湖七月半,一无可看,止可看看七月半之人。"①下面再写西湖七月半五类看客的形象。其视点与笔法,正与王思任的《游满井记》相同。

王思任的山水游记,也时有戏谑笔墨,这也是异乎一般游记的地方。但其戏谑,并非泛泛玩笑而已,也颇有深意。如《天姥》:

> 从南明入台,山如剥笋根,又如旋螺顶,渐深遂渐上。过桃墅,溪鸣树舞,白云绿坳,略有人间。饭班竹岭,酒家胡当垆艳甚,桃花流水,胡麻正香,不意老山之中有此嫩妇。过会墅,入太平庵看竹,俱汲桶大,碧骨雨寒,而毛叶离韰,不啻云凤之尾。使吾家林得百十本,逃帻去裈其下,自不来俗物败人意也。行十里,望见天姥峰大丹郁起,至则野佛无家,化为废地,荒烟迷草,断碣难扪。农僧见人辄缩,不识李太白为何物,安可在痴人前说梦乎?山是桐柏门户,所谓"半壁见海","空中闻鸡",疑意其颠。上至石扇洞天,青崖白鹿,葛洪丹丘,俱在明昧之际。不知供奉何以神往?天台如天姥者,仅当儿孙内一魁父,焉能"势拔五岳掩赤城"耶?山灵有力,夤缘入供奉之梦,一梦而吟,一吟而天姥与天台遂争伯仲席。嗟呼!山哉!天哉!②

天姥山曾因李白的《梦游天姥吟留别》一诗而闻名天下。李白以浪漫的手法,夸张地描绘出天姥山的雄伟:"天姥连天向天横,势拔五岳掩赤城。天台四万八千丈,对此欲倒东南倾。"极写天姥之高。又说天台

---

① 《陶庵梦忆 西湖梦寻》,《陶庵梦忆》卷七,第83页。
② 《王季重十种·游唤》,《天姥》,第108页。

山虽高,还不及天姥高,好像拜倒在天姥山的东南一样。而王思任亲眼所见,天姥山哪能与天台山相比。它只能作为天台山的儿孙辈,只不过是一位较为魁伟的孙子罢了。但孙子毕竟是孙子,哪有"势拔五岳掩赤城"之理?其实,李白所写,是以梦游来驰骋想象,抒发其"安能摧眉折腰事权贵,使我不得开心颜"的感慨罢了①。如此匠心,作为诗人的王思任哪能不晓?但太白能情有别寄,谑庵就不能谑有别寄吗?于是,他便把太白和天姥山扯到一起,作为幽默的对象。他说,太白何以对天姥山如此神往,天姥山为何如此大出风头,是因为山灵善于钻营,能高攀权贵("夤缘"),走后门到太白的梦境中,使太白"一梦而吟,一吟而天姥与天台遂争伯仲席!"这并不是轻浮的调笑,而是借题发挥,"嗟乎!山哉!天哉!"讽刺的矛头,对着世间普遍存在的高攀权贵、以势压人的社会现象。

王思任的成就,不仅仅是山水游记。他的不少序跋,也写得相当精彩。如其《徐文长逸稿叙》中,有一段刻画晚年徐渭形象的文字:

> 不喜富贵人,纵飨以上宾,出其死狱,终以对贵人为苦,辄逃去,与不如公荣者饮即快。卒然遭之,科头戢手,鸥眠其几,豕接其盆,老贼呼其名字,饮更大快。一有当意,即衰童、遏妓、屠贩、田佃,操腥熟一盛,螺蟹一提,敲门乞火,叫拍要挟,征诗得诗,征文得文,征字得字,见激韵险目,走笔千言,气如风雨之集。②

一个疏狂奇傲与拙执放纵的老人形象,呼之欲出,可与袁宏道的《徐文长传》并读。

---

① 《李白集校注》卷一五,第898—899页。
② 《文饭小品》卷五,第442页。

王思任的语言极有特色。他特别喜欢用别出心裁的修辞方式,制造"陌生化"的艺术效果。其比喻新奇而泼辣,常常出人意表,甚至令人感到吃惊,但给人的印象很深。《淇园序》:"天下山水,有如人相:眉巉目凹,蜀得其险;骨大肉张,秦得其壮;首昂须戟,楚得其雄;意清态远,吴得其媚;貌古格幻,闽得其奇;骨采衣妍,滇粤得其丽。然而韶秀冲停,和静娟好,则越得其佳。"①以各种人的相貌来比喻天下山水,可谓别出心裁。《华盖》:"海雨在四五月间,如妇人之怒,易搆而难解;又如少年无行子,盟在耳门,须臾翻覆。"以"妇人之怒"和"少年无行"来比喻海雨的诸种特点,恐怕是前无古人的。接着,写在山巅亭子上:"看山海云物忙甚,似六国征调百万军骑,分路战祖龙者。大江乃抽匣之剑,光采陆离,然时时闪闪暗推磨,万顷不定。"②又如《剡溪》:"自此万壑相招赴海,如群诸侯敲玉鸣裾。逼折久之,始得豁眼一放地步。"群壑相招赴海,也将自然界景物人格化了。这还不够,再来一个妙喻,"如群诸侯敲玉鸣裾"③。有时,王思任整篇山水游记全由比喻构成。如《小洋》中,写落日则"如胭脂初从火出";写山则"俱似鹦绿鸦背青";写猩红"如绣铺赤玛瑙";写沙滩"色如柔蓝懈白";写云霞则说"又有七八片碎剪鹅毛霞,俱金黄锦荔,堆出两朵云,居然晶透葡萄紫也";写夜岚"如鱼肚白,穿入出炉银红中"④。王思任的比喻,往往染有诙谐的色彩。如《雁荡》开篇,就把雁荡山比喻为"雁荡山是造化小儿时所作者,事事俱糖担中物,不然,则盘古前失存姓氏,大人家劫灰未尽之花园"⑤。《仙岩》一文中写道:"泉石之奇,皆泉石之聪明强有力所

---

① 《王季重十种·杂序》,第8—9页。
② 《王季重十种·游唤》,第127—128页。
③ 同上书,第107页。
④ 同上书,第131页。
⑤ 同上书,第121页。

自致者。泉不安于泉,跃而为瀑布。"①又如在《东山》篇中,他写大雾方开,旭日初上,望虞山一带,山峰萦绕着云雾。他比喻说,这种景色,就像"絮棉中埋数角黑幕",也像"是米癫浓墨压山头时也"。米芾画山水,信笔为之,多是烟云掩映的水墨云山,故有此喻。以上两个比喻,已经十分形象生动了。但更妙的是,王思任更添一笔:"然不可使癫见,恐遂废其画。"②因米芾见此云山之景,自愧弗如自然之工。用此一笔,化虚为实,妙趣横生了。总之,王思任使用比喻,除了新奇之外,还喜欢把夸张与幽默结合起来。这也是王季重语言的一个特点。张岱说王季重散文"见者谓其笔悍而胆怒,眼俊而舌尖,恣意描摩,尽情刻画"③的特点,与这种特殊的修辞手法是有关系的。

王季重小品的语言,无不是陈言尽去、戛戛独造的。《小洋》一文的开头,刻画此处山水特点说:"天为山欺,水求石放。"④写山之高,则说天被山峰所欺凌;写江面之窄、江石之多,则说江水被江石拦住,只好哀求石头手下留情,放它过去。王思任描摹事物喜欢给人以新的具体感受,如《天姥》中,写在太平庵看竹,说竹子极茂盛,有水桶那么粗。接着,王思任用"碧骨雨寒"⑤四字,形容竹林荫天蔽日,给人凉意。"雨寒"用得妙极!寒意是谁都体验过的感觉,但此处寒意,竟如细雨般纷纷扬扬,随风飘洒。于是,这种寒意成为看得见、摸得着的感觉。王思任总是刻意追求表达方式的新奇泼辣。如《徐伯鹰〈天目游诗纪〉序》开篇:"尝欲佞吾目,每岁见一绝代丽人,每月见一种异书,每日见几处

---

① 《王季重十种·游唤》,第128页。
② 同上书,第106页。
③ 《琅嬛文集》卷四《王谑庵先生传》,第193页。
④ 《王季重十种·游唤》,第131页。
⑤ 同上书,第108页。

山水,逢阿堵举却,遇纱帽则逃入深竹,如此则目著吾面不辱也。"①"欲佞吾目",自己谄媚、讨好自己的眼睛,让它赏美色,品异书,观山水,而远离金钱与权势,使眼睛长在我的脸上,而不觉得受到侮辱。这种说法,极新鲜、活泼,富有个性。对于传统表达方式,王思任有时略作改动,便产生新的情趣。如《游西山诸名胜记》一文,写"夜坐时,月来射石如水,其净如拭"②。"月光如水"是一个熟悉的比喻,但王思任加以"射石"二字,平淡的语言马上变得奇崛起来,月光于是变得具有质感和力度。王思任的散文,受到竟陵派的影响,有奇僻峻炼一面,但他自己还有恣肆豪放一面。如《纪游引》中论及游道:"予尝谓官游不咏,士游不服,富游不都,穷游不泽,老游不前,稚游不解,哄游不思,孤游不语,托游不荣,便游不敬,忙游不慊,套游不情,挂游不乐,势游不甘,买游不远,赊游不偿,燥游不别,趁游不我,帮游不目,苦游不继,肤游不赏,限游不道,浪游不律。"③一口气来了二十三个"游",又是同样句式,真是用墨如泼,把各种游的缺陷都写尽了,显出过人的才气和豪情。

王思任艺术上的追求,是出奇制胜和不断创新。无论是语言还是谋篇布局、表现手法等方面,都极为讲究。细读王思任文章,你会发现几乎每篇都有出人意料的笔墨,或是比喻,或是夸张,或是用语,或是开端,或是结尾……往往若穿天心,出月胁,有意外惊人之语。而且各篇之间,极少有雷同的语言和构思。随步换形的艺术手法和变幻多端的结构形式,使王思任小品具有一种奇诡炫丽、变化莫测的风格,给读者的感受,有如柳宗元读韩愈文所言,"若捕龙蛇,搏虎豹,急与之角而力

---

① 《王季重十种·杂序》,第48页。
② 《文饭小品》,第240页。
③ 同上书,第54页。

不敢暇"①。

晚明小品在艺术品格上与八股文是背道而驰的,但在艺术形式上却可能与八股文存在某些瓜葛。明代八股文与小品文之关系,往往为研究者所忽略,但古人早已注意到此问题。王夫之曾说:

> 经义之设,本以扬榷大义,剔发微言;或且推广事理,以宣昭实用。小题无当于此数者,斯不足以传世……唯有一种说事说物单句语,于义无与,亦无所碍,可以灵隽之思致,写令生活。此当以唐人小文字为影本。刘蜕、孙樵、白居易、段成式集中短篇,洁净中含静光远致,聊拟其笔意以骋宕心灵,亦文人之乐事也。汤义仍、赵侪鹤、王谑庵所得在此。刘同人亦往往近之,余皆不足比数。②

王夫之认为,八股文中有一种小题文字,与一般八股文不同,和义理关系不大,却可以用别致的笔调,写出作者活泼泼的灵隽思致,可以骋宕心灵。他特别指出晚明的汤显祖、王思任与刘侗诸家的文章,即得益于小题八股。

八股文写作,是明代文人进身官场所必须掌握的一门基本技艺。它对于文人的消极影响,前人的论述很多。然而文人们对之日夕揣摩,从中总结出许多技巧。这些技法,对其他文体的写作,自然而然地会产生一些影响。可以说,八股文之盛,引发了中国古代诗文创作技巧理论的热潮。王思任对八股文,特别是小题八股文,是深有研究的。他在《小题怡赠自序》中说:"孔孟语言,无有小处,大题小做,小题大做。题

---

① 《柳宗元集》卷二一《读韩愈所著毛颖传后题》,第569页。
② 《姜斋诗话笺注》附录《夕堂永日绪论外编》,第249页。

外生文,题中归命,一部缩入一章,一章缩入一句,知是者吾与之论文矣。"①他在《小题锐序》:"文章之祖必本于火,火之精欸日藻天,而其体则锐。分焰重英,不可向迩,文之至也……文章不取锐,将钝汉是可儿耶?"②他在《著坛搜逸序》中说:"抡文如选色,其面在破,其颈在承,其肩胸在起,其腰肢在股段,其足在结束,其大体在长短纤肥,神态艳媚,若远若近,是耶非耶之间。而总之以面为主,面不佳,百佳费解也。"③这些都是从八股文中领悟写作技巧。王思任本人就是八股好手,汤显祖《王季重小题文字序》称他"能于笔墨之外言所欲言","灵心洞脱,孤游皓杳"④,张岱也说他"传世小题,《幼》不可及"⑤。王思任的写作,是否受到八股文的影响呢?他所写的八股文不必多说,他的其他文章,也是受到八股文的一些影响的。其中最明显的特点便是他相当注意文章的破题与起承转合之法。把小题八股技巧运用到小品文写作之中,可以说是王思任写作的一种尝试。如《〈名园咏〉序》开篇:

忽然而有我,忽然而呼我,于亿万千字之中,执认一二,梦寐不讹,所谓"名"也。随其心之所及,买天缝地,挝水邀山,相之以动潜,旺之以馆榭,主人以为己有,而狂士瞿瞿于柳樊之外,则所谓"园"也。

---

① 《文饭小品》卷五,第402—403页。
② 同上书,第406页。
③ 同上书,第411页。
④ 《汤显祖诗文集》卷三二《玉茗堂文》之五,第1074—1075页。
⑤ 《琅嬛文集》卷一《王季重先生像赞》,第247页。按:《幼》指王思任制艺小题集《及幼草》一书。

以上先破"名园"二字。接着,再承以论之:

> 盖尝试言之,善园者以名,善名者以意。其意在,则董仲舒之蔬圃也,袁广汉之北山也,王摩诘之辋川廿景,杜少陵之空庭独树也,皆园也,无以异也。不得者,且为荡丘,为聚血,为哄市,为棘圃,为斜阳荒草、狐噪蛇啸之区。①

不但王思任的论说类文章,其山水游记也时有八股技法的影响。这么说,并不是带着贬义的。八股文在明代,严重束缚了文人的思想和创造力,然而在文学中,吸收某些八股文技法,作为一种写作的技巧,其作用并非完全是消极的。

王思任在《〈心月轩稿〉序》中,提到友人称他"与公安竟陵不同衣饭,而各自饱暖"。他引此评为"知己"②。王思任小品确受过公安、竟陵两派的双重影响,兼得公安派的酣畅敏锐与竟陵派的奇僻险涩。当然,也不可避免地接受了两派的消极方面。无可讳言,王思任的语言也有相当生僻之处。如《大爷赋》中,写越地刀笔之吏时,说他们:"共囊一笔,各锐一刀。小智挈半瓶之醋,粗文行三脚之猫。手虽生段,草亦多包。"③最后二句的意思应是"虽生手段,亦多草包",但故意错综其文,以求谑趣,读来不免生僻拗口。有些作品如《坑厕赋》,虽然并不是完全无聊之作,但的确意义不大。至于像《悔谑》中第三十九则,写在雪地小便时的玩笑话,则已是无聊之作了。

---

① 《王季重十种·杂序》,第19页。
② 同上书,第59页。
③ 《文饭小品》卷一,第84页。

第三节　张宗子小品

张岱(1597—1689),字宗子,改字石公,号陶庵,又自号蝶庵居士,山阴人,侨寓杭州。张岱出身于一个仕宦家庭,他的高祖张天复,嘉靖进士,官至太仆寺卿。曾祖父张元忭,隆庆年间状元,授官翰林编修。祖父张汝霖也是进士,在朝廷任过职。这个家族到了他父亲张耀芳时,开始衰落。其父在科举考试中屡战屡败,且多病,不事生计,又喜欢"鼓吹剧戏",喜欢神仙。这倒是给了张岱很大影响。张岱年幼就异常聪慧,六岁时,祖父带他共游武林,遇到当时的大名士陈眉公,跨一角鹿,为钱塘游客。陈眉公指着屏上李白骑鲸图,出了上联"太白骑鲸,采石江边捞夜月",张岱遂对之曰:"眉公跨鹿,钱唐县里打秋风。"眉公大喜,称之为"小友"。可惜如此杰出的才华,偏逢末世,无论国家还是家庭,都处于没落境地。加上自己仕途淹蹇,他干脆绝意仕进,而变本加厉地发扬他父亲那种不事生计,喜欢玩乐的精神。正如他在《自为墓志铭》中称:"少为纨绔子弟,极爱繁华,好精舍,好美婢,好娈童,好鲜衣,好美食,好骏马,好华灯,好烟火,好梨园,好鼓吹,好古董,好花鸟,兼以茶淫橘虐,书蠹诗魔。劳碌半生,皆成梦幻。"这种生活,当然反映声色犬马、骄奢淫逸的享乐主义。但从另一个角度看,也不失为一种特殊的生活体验,他也因此结交了从上流阶层到下层社会的三教九流、各色人等,包括高官、平民、缁衲、高人、艺人、竹工、陶工、锡匠、铜匠,乃至妓女、商贾。张岱娴熟诗文、书画、园林、剧戏、音乐、清玩、清供,乃至民间器物制作等种种高雅艺术、民间艺术与日常生活艺术形式,从而成为一位具有全面艺术修养、对晚明民俗文化有着深切感性认识的艺术家。

但是,随着清兵入关,明王朝覆灭,他原先的生活"皆成梦幻"。他自己说:"年至五十,国破家亡,避迹山居。所存者破床碎几,折鼎病琴,与残书数帙,缺砚一方而已。布衣蔬食,常至断炊。回首二十年前,真如隔世。"①在此天崩地陷之时,张岱还是保持气节,避居山中,以著书来旧梦重温。他最著名的小品文集《陶庵梦忆》《西湖梦寻》《琅嬛文集》等,大多是他对如梦如烟往事的追忆。作者写作动机是十分复杂矛盾的,他自己说是抱着忏悔之情来写作的:"遥思往事,忆即书之,持向佛前,一一忏悔。"②但事实上,在其作品中,我们却难以感受张岱有什么忏悔之情,倒是不乏对曾经的纸醉金迷生活的津津乐道,和这种生活不可复得的惋惜之情。当然,张岱的"梦忆""梦寻",也寄托了某种程度的民族感情。因为他所追忆的不仅是一己的生活,其遭遇不只是个人的悲剧,也是整个民族共同的噩梦。他在《西湖梦寻》自序中说:阔别西湖二十八年,无日不梦西湖。但明亡后,两至西湖,看到许多风景园林,"仅存瓦砾",或"如洪水湮没,百不存一矣"③。因此,张岱的散文,也流露怀念故国故乡之感,寄托国破家亡的感慨。

张岱在晚年回忆一生,觉得其遭遇有"七不可解",而连他自己也难以断定究竟属于何等人,"故称之以富贵人可,称之以贫贱人亦可;称之以智慧人可,称之以愚蠢人亦可;称之以强项人可,称之以柔弱人亦可;称之以卞急人可,称之以懒散人亦可。学书不成,学剑不成,学节义不成,学文章不成,学仙学佛、学农学圃俱不成,任世人呼之为败子,为废物,为顽民,为钝秀才,为瞌睡汉,为死老魅也已矣"④。这些话,当然有自我调侃的因素,但多少也是"实录",它的确道出张岱个性、人格

---

① 以上内容均出自《琅嬛文集》卷五《自为墓志铭》,第 199—201 页。
② 《琅嬛文集》卷一《梦忆序》,第 28 页。
③ 《陶庵梦忆 西湖梦寻》,《西湖梦寻》,第 119 页。
④ 《琅嬛文集》卷五《自为墓志铭》,第 200 页。

和人生道路的复杂性与内在矛盾。这在晚明文人中是颇有代表性的,也是明末清初这个特殊社会的复杂性在文人身上的折射。

张岱的思想与许多晚明文人一样,自由而杂驳。他读儒学著作,但不相信程、朱理学,而出以自见。《四书遇序》说:"余幼遵大父教,不读朱注。凡看经书,未尝敢以各家注疏横据胸中。"①张岱的家庭有信奉佛教的传统,他也多与僧人往来,做些佛事,但又放纵声色,绝不是虔诚的佛教徒。

张岱是晚明小品的代表作家,其创作具有独特而自觉的美学追求。他在《琅嬛诗集序》中说,为文曾学徐渭、袁中郎、钟惺、谭元春,经过一段时间之后,他明白一个道理:"余于是知人之诗文,如天生草木花卉,其色之红黄,瓣之疏密,如印板一一印出,无纤毫稍错。世人即以他木接之,虽形状少异,其大致不能尽改也。"②作家各有个性,不必强求。于是,他把那些模拟徐渭、钟惺、谭元春的作品烧掉。他在文学主张上,继承公安派、竟陵派的观点,反对复古,提倡任情适性的文学,但在创作上,又不囿于公安派和竟陵派,兼取各家各派之长而弃其短。"盖其为文不主一家,而别以成其家,故既能醇乎其醇,亦复出奇尽变,所谓文中之乌获,而后来之斗杓也。"③可以说,张岱是晚明小品文艺术的集大成者和杰出代表。

张岱推崇诗文的"冰雪之气"。冰雪之气,就像剑之光芒、山之空翠、月之烟霜、古铜之青绿、玉石之胞浆,是诗文的生命与特征。他说,世界上的山川、云物、草木、色声、香味,莫不有冰雪之气。但冰雪之气,最能表现在诗文之中。"其所以恣人挹取受用之不尽者,莫深于诗

---

① 《琅嬛文集》卷一,第25页。
② 同上书,第62页。
③ 《琅嬛文集》旧刻序跋《王雨谦序》,第309页。

文。"诗文的冰雪之气,便是高格调。"盖诗文只此数字,出高人之手,遂现空灵;一落凡夫俗子,便成臭腐。"①又说:"盖文之冰雪,在骨在神,故古人以玉喻骨,以秋水喻神,已尽其旨。"②他也推崇创作的自然境界,在《跋谑庵五帖》中说:"天下之有意为好者,未必好。而古来之妙书妙画,皆以无心落笔,骤然得之。"③"无心落笔,骤然得之"之语,虽是谈书画,其实也是张岱创作所达到的艺术境界。其作品挥洒自如,兴会淋漓,多神来之笔。而笔锋如白云苍狗,变幻莫测而舒卷自如。张岱追求空灵,但与晚明一些文人追求空灵而堕入空疏或空泛不同,他注意到空灵应有其基础。他在《跋可上人大米画》中说:"天下坚实者空灵之祖,故木坚则焰透,铁实则声宏。"④这是相当高明的美学见解。他所说的虽是绘画艺术,但与文学创作也是相通的。张岱曾与人讨论戏曲艺术,十分推崇平淡自然的美学境界:"布帛菽粟之中,自有许多滋味,咀嚼不尽。传之永远,愈久愈新,愈淡愈远。东坡云:凡人文字,务使和平知足;余溢为奇怪,盖出于不得已耳。"⑤布帛菽粟,寻常之物,然正是人们不可须臾离开的必需品。张岱的散文多写寻常琐事,不求奇怪,看来与这种美学观念有关。

张岱的小品文集,有《琅嬛文集》《西湖梦寻》和《陶庵梦忆》三书。《西湖梦寻》是一部西湖山水园林掌故的小品集。张岱长期生活在杭州,对于西湖风景了如指掌,烂熟于心。正如王雨谦的《西湖梦寻序》所说:"张陶庵盘礴西湖四十余年,水尾山头无处不到;湖中典故真有世居西湖之人所不能识者,而陶庵识之独详;湖中景物真有日在西湖而

---

① 《琅嬛文集》卷一《一卷冰雪文序》,第19页。
② 《琅嬛文集》卷一《一卷冰雪文后序》,第54页。
③ 《琅嬛文集》卷五,第214页。
④ 同上书,第213页。
⑤ 《琅嬛文集》卷五《答袁箨庵》,第143页。

不能道者,而陶庵道之独悉。"①此书对每一处景点园林皆穷原竟委,循名责实,故西湖主要园林景观的历史和现实一一得以再现。而作者的笔墨,又融写景、抒情于一体。文笔空灵透脱,有颇高的审美价值。祁豸佳在《西湖梦寻序》中,赞扬此书"有郦道元之博奥,有刘同人之生辣,有袁中郎之倩丽,有王季重之诙谐,无所不有。其一种空灵晶映之气,寻其笔墨又一无所有。为西湖传神写照,政在阿堵矣"②。这种评价,并无过誉。不过,西湖自白居易和苏轼之后,已有许多文人墨客为之创作过大量诗文。明代嘉靖年间的田汝成,著有《西湖游览志》。而晚明的袁宏道、张京元、李流芳、萧士玮,都写过大量非常精彩的西湖山水园林小品。平心而论,《西湖梦寻》也只是有所增益,它绝不是独创之作。其形式,完全采用刘侗、于奕正的《帝京景物略》一书的体例。在艺术上,也并未有明显突破前辈与时贤的意境。有些学者对此书评价,似乎过高。《琅嬛文集》六卷,包括序、记、启、疏、檄、碑、辨、制、乐府、书牍、传、墓志铭、跋、铭、赞、祭文、琴操、杂著、颂、词等,是张岱的诗文选集。其中有一些杰作佳篇,然也不无轻浅之作。张岱若无《陶庵梦忆》一书,也不过是晚明寻常一小名家罢了。《陶庵梦忆》是张岱的代表作,也是晚明小品的代表作之一。《陶庵梦忆》内容丰富,视野开阔,涉及晚明社会生活的诸多方面,也可以说是一个艺术家眼中的晚明文化风俗小史。它涉及晚明社会生活与风土民情的许多方面,如文物古迹、歌馆楼台、园林池沼、戏曲声伎、弹琴劈阮、名工巧匠、奇花异木、节日习俗、饮食烹饪、斗鸡臂鹰、六博蹴鞠,乃至打猎阅武、放灯迎神、狭邪妓女的生活等,都得到生动的反映。正是《陶庵梦忆》,使张岱跻身于晚明小品大家的行列,甚至与中国古代其他第一流散文家相比,也不

---

① 《陶庵梦忆 西湖梦寻》,《西湖梦寻》,第 114 页。
② 同上书,第 115 页。

必多让。

《〈陶庵梦忆〉序》说:"兹编载方言巷咏、嘻笑琐屑之事,然略经点染便成至文。"①周作人在《〈陶庵梦忆〉序》中,很精辟地指出:"但张宗子是个都会诗人,他所注意的是人事而非天然,山水不过是他所写的生活的背景。"②的确,张岱的眼光与普通文人不同。他特别重视对世态人情和众生相的细致考察和描写,他的许多小品就像一幅幅色彩明丽的风俗画。如《西湖七月半》不写西湖景色,偏写看七月半之人。其中有达官贵人,有名娃闺秀,有名妓闲僧,有市井闲汉,也有文人雅士。他们的身份不同,趣味不同,仪表风貌也各自不同。但全汇合到西湖看月的盛会之中,"人声鼓吹,如沸如撼,如魇如呓,如聋如哑"③。在《扬州清明》中,写扬州清明的盛况,城中男女毕出,轻车骏马,箫鼓画船,从城市到郊野,绵延三十里,扫墓人、游客、仕女、艺人、商贾、货郎、妓女、僧人,络绎不绝。张岱把扬州清明节与别处的节日盛况作比较:"余所见者惟西湖春,秦淮夏,虎邱秋,差足比拟。然彼皆团簇一块,如画家横披,此独鱼贯雁比,舒长且三十里焉,则画家之手卷矣。"④《扬州瘦马》细致而真实地反映了当时纳妾的陋俗。《二十四桥风月》写烟花女子的生活,这里有名妓,有杂妓,供嫖客自由挑选。其中写到更深人静,被挑剩下无人要的妓女的表情心态:"或发娇声唱《劈破玉》等小词,或自相谑浪嘻笑,故作热闹以乱时候,然笑言哑哑声中,渐带凄楚。"强作欢颜,以歌声笑语,故作热闹来掩饰,却掩饰不住内心的痛苦和凄凉。这些可怜的妓女,为了生存,想出卖肉体,尚不可得。"夜分不得不去,悄

---

① 《陶庵梦忆 西湖梦寻》,《陶庵梦忆》序,第9页。
② 《知堂序跋》第2辑《〈陶庵梦忆〉序》,第278页。
③ 《陶庵梦忆 西湖梦寻》,《陶庵梦忆》卷七,第84页。
④ 《陶庵梦忆 西湖梦寻》,《陶庵梦忆》卷五,第66页。

然暗摸如鬼,见老鸨、受饿、受笞,俱不可知矣。"①张岱的观察是何等地细腻准确!

张岱的作品,也十分注重反映富有活力的民俗和民间文化生活,表现民间的艺术家乃至千姿百态的民众生活方式、信仰、价值、爱好,以及民间文化那种质朴、单纯、自然乃至粗鄙的风尚。这一切在他的笔下,便构成一幅生动而丰富多彩的晚明江南民俗文化长卷。写人物则贵族、名士、公子、墨客、和尚、货郎、能工巧匠、说书艺人,乃至商贾、博徒、名妓、丑妓、嫖客、闲僧、无赖各色人等,毕现笔端;写习俗,则有虎丘的中秋夜、扬州的清明节、西湖的七月半、西湖的香市、金山的竞渡、定海的水操、艳冶佳丽的秦淮河;写民间的文化则有"烟焰蔽天,月不得明,露不得下"的"鲁藩烟火"②;自达官贵人至老百姓家家有灯棚的"绍兴灯景",演员在台上走索、翻桌、翻跟斗、蹬坛蹬臼、跳索跳圈、蹿火蹿剑,天神地鬼、牛头马面、鬼母丧门、夜叉罗刹、锯磨鼎镬、刀山寒冰、剑树森罗的"目连戏"……

一般而言,张岱的小品善于以传神简约的语言,来抒写独特的感受。但那些与民俗有关的作品,其文笔则往往比较细腻平实,甚至不避平铺直叙。如《泰安州客店》:

> 客店至泰安州,不复敢以客店目之。余进香泰山,未至店里许,见驴马槽房二十三间;再近有戏子寓二十余处;再近则密户曲房,皆妓女妖冶其中。余谓是一州之事,不知其为一店之事也。投店者,先至一厅事,上簿挂号,人纳店例银三钱八分,又人纳税山银一钱八分。店房三等。下客夜素、早亦素,午在山上用素酒果核劳

---

① 《陶庵梦忆 西湖梦寻》,《陶庵梦忆》卷四,第51—52页。
② 《陶庵梦忆 西湖梦寻》,《陶庵梦忆》卷二《鲁藩烟火》,第25页。

之,谓之"接顶"。夜至店,设席贺。谓烧香后,求官得官,求子得子,求利得利,故曰贺也。贺亦三等:上者专席,糖饼、五果、十肴、果核、演戏;次者二人一席,亦糖饼,亦肴核,亦演戏;下者三四人一席,亦糖饼、肴核,不演戏,用弹唱。计其店中,演戏者二十余处,弹唱者不胜计。庖厨炊爨亦二十余所,奔走服役者一二百人。下山后,荤酒狎妓惟所欲,此皆一日事也。若上山落山,客日日至,而新旧客房不相袭,荤素庖厨不相混,迎送厮役不相兼,是则不可测识之矣。泰安一州与此店比者五六所,又更奇。①

这是一种纯民俗学的眼光。他在这里并不注重记叙的艺术性,对于客店的考察,其记事琐细,追求精确具体,住店的过程、店房的分等、酒席的摆设等,皆不胜其详、不厌其烦地一一笔录,甚至像驴马槽、戏子寓的数目,住店和纳税金额也照录不误。虽是平铺直叙,却非废话连篇。同类作品还有《扬州瘦马》《方物》《严助庙》《鲁藩烟火》等。这些作品的历史价值、认识价值,恐尚在审美价值之上。

张岱对民间艺术特别感兴趣,评价极高。他说过:"然一砂罐、一锡注,直跻之商彝、周鼎之列,而毫无惭色。"②把当时的民间艺术品与上古时期的珍贵文物相提并论。张岱对于民间工匠非常欣赏,《诸工》一文说:

> 竹与漆与铜与窑,贱工也。嘉兴之腊竹、王二之漆竹、苏州姜华雨之箑箑竹,嘉兴洪漆之漆,张铜之铜,徽州吴明官之窑,皆以竹与漆与铜与窑名家起家,而其人且与缙绅先生列坐抗礼焉。则天

---

① 《陶庵梦忆 西湖梦寻》,《陶庵梦忆》卷四,第56—57页。
② 《陶庵梦忆 西湖梦寻》,《陶庵梦忆》卷二《砂罐锡注》,第30页。

下何物不足以贵人,特人自贱之耳。①

他认为,"贱工"不贱,只要他们有一技之长,就完全可与上流社会的"缙绅先生列坐抗礼",平起平坐。这种思想观念是很开明的。他的小品记录了当时许多民间能工巧匠的技艺。如《吴中绝技》:"陆子冈之治玉,鲍天成之治犀,周柱之治嵌镶,赵良璧之治梳,朱碧山之治金银,马勋、荷叶李之治扇,张寄修之治琴,范昆白之治三弦子,俱可上下百年保无敌手。"②张岱对民间工匠,既欣赏又同情。如濮仲谦的竹雕,"其技艺之巧,夺天工焉"。普通的竹头,经他勾勒数刀,或略刮磨之,就成为出色的艺术品,而得到重价。许多人从濮仲谦身上捞到好处,但他却是"赤贫自如"。③

从文化学角度看,张岱小品最突出的特点,是古典文化形态中的贵族文化与民间文化、高雅文化与通俗文化天衣无缝地融为一体。他不像一般的文人,只是抱着一种猎奇的、居高临下的态度,或者仅仅为了寻求某种借鉴的目的来对待民间文化,他对民间文化与通俗文化,不仅积极地认同、主动地参与,而且在他的观念中,这两种文化根本就没有高下贵贱之分,有时他对于民间文化与通俗文化的兴趣甚至更为浓厚。

晚明作家,多接受通俗文学艺术形式的浸染,张岱是一个突出的例子。例如他对戏曲艺术既喜欢,又在行。这种嗜好和才能明显受到其父亲的影响。他在《张氏声伎》中说:"我家声伎,前世无之,自大父于万历间与范长白、邹愚公、黄贞父、包涵所诸先生讲究此道,遂破天荒为之。"他家里的戏班,就有过"可餐班""武陵班""梯仙班""吴郡班""苏

---

① 《陶庵梦忆 西湖梦寻》,《陶庵梦忆》卷五,第60页。
② 《陶庵梦忆 西湖梦寻》,《陶庵梦忆》卷一,第20页。
③ 《陶庵梦忆 西湖梦寻》,《陶庵梦忆》卷一《濮仲谦雕刻》,第21页。

小小班""平子茂苑班"等。在长期的演出与观摩之中,"主人解事日精一日,而傒僮技艺亦愈出愈奇"①。他在《过剑门》一文中还说:"嗣后曲中戏,必以余为导师,余不至,虽夜分不开台也。以余而长声价,以长声价之人而后长余声价者多有之。"②他自己偶尔也创作戏曲,《远山堂剧品》把张岱《乔坐衙》一剧列为"逸品",说"慧业文人,才一游戏词场,便堪夺王、关之席"③。可以说,张岱是一位戏曲鉴赏家、剧作家和导演。

　　深厚的通俗艺术修养,对张岱的创作产生了一定影响:在审美观方面,使他追求新鲜生动的形象,不避通俗谐趣的语言;而更为明显的是,因为他对艺人的艺术造诣、人格魅力的真正了解和倾心赏识,故能在小品文中刻画一些栩栩如生的通俗艺术家形象。张大来有超凡的蹴鞠技巧,"球著足,浑身旋滚,一似粘疐有胶、提掇有线、穿插有孔者,人人叫绝"④。女优朱楚生,虽然不算漂亮,但楚楚谡谡,虽绝世佳人也无其风韵,其魅力乃在眉眼之中,"其孤意在眉,其深情在睫,其解意烟视媚行"。朱楚生不但风韵动人,而且相当敬业,"性命于戏,下全力为之,曲白有误,稍为订正之,虽后数月,其误处必改削如所语"。但这位女优的最后结局是悲剧性地"以情死"。⑤

　　张岱善于写出民间艺术家的风神。如《柳敬亭说书》一篇中,写柳敬亭外貌"奇丑",人称"柳麻子","黧黑,满面疤瘤,悠悠忽忽,土木形骸";却是很受欢迎的说书人,"常不得空",请他说书,要提前十天预约。柳敬亭说书要求听众"必屏息静坐,倾耳听之",不然,"辄不言"。

---

① 《陶庵梦忆　西湖梦寻》,《陶庵梦忆》卷四,第54页。
② 《陶庵梦忆　西湖梦寻》,《陶庵梦忆》卷七,第92—93页。
③ 《中国古典戏曲论著集成》第6册《远山堂剧品》,第172页。
④ 《陶庵梦忆　西湖梦寻》,《陶庵梦忆》卷四《严助庙》,第50页。
⑤ 《陶庵梦忆　西湖梦寻》,《陶庵梦忆》卷五《朱楚生》,第68页。

他的说书艺术"疾徐轻重,吞吐抑扬,入情入理,入筋入骨",作者听他说过"景阳冈武松打虎",多以己意加以再创作,听起来与原书"大异",但"其描写刻画,微入毫发"。如说武松到酒店里沽酒,店内无人,武松大吼一声,"店中空缸空甏皆瓮瓮有声"。只一个创造性的细节,武松的英雄形象便扑面而来。张岱称赞这种说书艺术,"闲中着色,细微至此"①。又如"串戏妙天下"的彭天锡,尤其善于扮演丑、净,演技极高:

> 千古之奸雄佞倖,经天锡之心肝而愈狠,借天锡之面目而愈刁,出天锡之口角而愈险,设身处地,恐纣之恶不如是之甚也。皱眉眠眼,实实腹中有剑,笑里有刀,鬼气杀机,阴森可畏。

彭天锡以艺术典型化的手段,更为集中、概括地表现反面人物的特征。张岱认为,彭天锡串戏之所以有此妙处,就是因为他自己有"一肚皮书史,一肚皮山川,一肚皮机械,一肚皮礌砢不平之气,无地发泄,特于是发泄之耳"②,在戏曲艺术表现中,尤其在反面人物的塑造中,体现了自己对人生、社会的理解。所以,不但特别生动,而且十分深刻。

与晚明其他小品作家一样,张岱的作品,也表现出文人的生活情趣。他本人曾经过着声色犬马、弹琴咏诗的贵族雅士的生活。《〈陶庵梦忆〉序》说:"以故斗鸡、臂鹰、六博、蹴鞠、弹琴、劈阮诸技,老人亦靡不为。"③观赏生活,享受人生,体味艺术,这些都是他最为拿手的。他所创作的关于文人日常生活艺术的小品,也颇多佳篇。如《闵老子茶》写茶艺家闵汶水请他饮茶,其中有一段描写:

---

① 《陶庵梦忆 西湖梦寻》,《陶庵梦忆》卷五,第62—63页。
② 《陶庵梦忆 西湖梦寻》,《陶庵梦忆》卷六《彭天锡串戏》,第71页。
③ 《陶庵梦忆 西湖梦寻》,《陶庵梦忆》序,第9页。

  灯下视茶色,与瓷瓯无别而香气逼人,余叫绝。余问汶水曰:"此茶何产?"汶水曰:"阆苑茶也。"余再啜之,曰:"莫绐余,是阆苑制法而味不似。"汶水匿笑曰:"客知是何产?"余再啜之,曰:"何其似罗岕甚也。"汶水吐舌曰:"奇!奇!"余问:"水何水?"曰:"惠泉。"余又曰:"莫绐余,惠泉走千里,水劳而圭角不动,何也?"汶水曰:"不复敢隐。其取惠水,必淘井,静夜候新泉至,旋汲之。山石磊磊藉瓮底,舟非风则勿行,故水之生磊,即寻常惠水,犹逊一头地,况他水邪!"又吐舌曰:"奇!奇!"言未毕,汶水去,少顷持一壶满斟余曰:"客啜此。"余曰:"香扑烈,味甚浑厚,此春茶耶?向瀹者的是秋采。"汶水大笑曰:"予年七十,精赏鉴者无客比。"遂定交。①

这一段对话相当有趣。就像武术家不露声色,却暗地里在比试彼此的功夫深浅。虽然茶艺专家屡给张岱出难题,但他却可以精确地品味出茶的品种、产地和季节,还能辨别出泉水的源地和特点。其本领甚至让茶艺专家佩服得五体投地,两人也因此而定交。明代人十分讲究艺术鉴赏力,比如谈诗论文,随意抽出一篇作品来,如果能辨别其大体时代和作者,那就叫妙悟。张岱正是将文学艺术鉴赏力运用到日常生活艺术之中了。张岱的这类小品,为我们认识当时文人的文化人格,提供了形象的材料。

  张岱的山水园林小品,极善于营造富有诗意的意境。如《湖心亭看雪》:

---

① 《陶庵梦忆 西湖梦寻》,《陶庵梦忆》卷三,第38—39页。

崇祯五年十二月,余住西湖。大雪三日,湖中人鸟声俱绝。是日更定矣,余拏一小舟,拥毳衣炉火,独往湖心亭看雪。雾凇沆砀,天与云、与山、与水,上下一白,湖上影子,惟长堤一痕、湖心亭一点、与余舟一芥、舟中人两三粒而已。到亭上,有两人铺毡对坐,一童子烧酒炉正沸。见余大喜曰:"湖上焉得更有此人!"拉余同饮。余强饮三大白而别。问其姓氏,是金陵人,客此。及下船,舟子喃喃曰:"莫说相公痴,更有痴似相公者。"①

此文是以诗为文的典范。文中的意境,神似柳宗元《江雪》所描写的"千山鸟飞绝,万径人踪灭。孤舟蓑笠翁,独钓寒江雪"②的意境。西湖,在张岱的笔下,曾是人声鼎沸、游人如云,如今却"人鸟声俱绝",一切归于寂静荒寒。张岱以"点""染"结合的方法,营造诗一般的意境。他先是以大写意之手段,逸笔草草地濡染出一片广漠空蒙的湖山雪景,一片白茫茫的天地。然后,在这大背景中,再用浓墨点出茫茫雪景之中突出的景物。作者用"一痕""一点""一芥""两三粒"几个数量词,就传神地写出了依稀可辨的长堤、湖亭、小舟与游人。然而,这一切还只是构成静止的画面。文中写此时湖心亭中,竟尚有人在饮酒赏雪。这就使原先静止的画面,灵气往来。文末,舟子的喃喃之语,"莫说相公痴,更有痴似相公者",以舟人之语作结,意趣深微,有文外之旨。与柳宗元的《江雪》诗相比,《湖心亭看雪》的意境显得不那么孤寂。毕竟他不是"孤舟""独钓",还有同"痴"之人,在天寒地冻之际,带来某种温馨之感。

张岱小品率性任真,清新空灵,兼雅趣与谐趣于一身。它吸取诗歌

---

① 《陶庵梦忆 西湖梦寻》,《陶庵梦忆》卷三,第 43 页。
② 《柳宗元集》卷四三,第 1221 页。

的抒情特性,达到了极高的艺术境界。无论是写景、叙事,还是说理、抒情,都神韵飘举,趣味盎然。张岱散文的最大特点,是切近日常生活,每于寻常琐事,娓娓道来,却令人把玩不尽。姚鼐评价归有光文章"于不要紧之题,说不要紧之语,却自风韵疏淡"①的妙处,也可移评张岱小品。张岱欣赏柳敬亭说书那种"闲中着色,细微至此"②的艺术,这是善于运用生活细节增加文章的情致。张岱小品也颇得"闲中着色"之妙。如《天镜园》:

> 天镜园浴凫堂,高槐深竹,樾暗千层,坐对兰荡,一泓漾之,水木明瑟,鱼鸟藻荇类若乘空。余读书其中,扑面临头,受用一绿,幽窗开卷,字俱碧鲜。每岁春老,破塘笋必道此,轻舠飞出,牙人择顶大笋一株掷水面,呼园人曰:"捞笋!"鼓枻飞去。园丁划小舟拾之,形如象牙,白如雪,嫩如花藕,甜如蔗霜,煮食之无可名言,但有惭愧。③

天镜园被写得美极了。幽与绿是天镜园的基调,划船载笋的船工一声吆喝"捞笋",打破了天镜园的宁静,洋溢着快乐的生活情趣。这犹如一首令人赏心悦目的优美田园诗,也是一个富有生活情趣的戏剧场面。《金山夜戏》写有一次他心血来潮,半夜带着戏班,来到金山寺大殿里演戏。一时,锣鼓喧天,全寺僧人都起来看戏。接着,张岱写了一细节:"有老僧以手背揉眼翳,翕然张口,呵欠与笑嚏俱至,徐定睛,视为何许

---

① 《论文偶记 初月楼古文绪论 春觉斋论文》,第29页。
② 《陶庵梦忆 西湖梦寻》,《陶庵梦忆》卷五《柳敬亭说书》,第63页。
③ 《陶庵梦忆 西湖梦寻》,《陶庵梦忆》卷三,第41页。

人,以何事何时至,皆不敢问。"①这位老和尚的形象多么生动!半夜被吵醒起来,半睡半醒的神态立于纸上。《目连戏》写演出时,万余观众齐声呐喊,"熊太守谓是海寇卒至,惊起,差衙官侦问,余叔自往复之,乃安"②。观众的气氛,由熊太守"惊起"的细节格外逼真,也骤生趣味了。

晚明是高雅艺术与世俗艺术相融合的时代。这种文学的时代特征,也体现在张岱身上。张岱的语言艺术,达到炉火纯青的境界。不论是散语、骈语,还是文言、白话,雅语、俗语,皆驱使自如。他大多用白描写法,但传神而含蓄。其叙述语言,或典雅明丽,或通俗浅易,如《二十四桥风月》《扬州瘦马》等篇的语言,都相当浅俗。又如《宁了》写家中所养一异鸟叫"宁了",能作人语:

> 大母呼滕婢,辄应声曰:"某丫头,太太叫。"有客至,叫曰:"太太,客来了,看茶。"有一新娘子善睡,黎明辄呼曰:"新娘子,天明了,起来罢!太太叫,快起来!"不起,辄骂曰:"新娘子,臭淫妇!浪蹄子!"新娘子恨甚,置毒药杀之。③

这里似乎是通俗小说,用的是"俗不可耐"的井市语言。张岱叙述语言的雅与俗,是根据叙述对象和背景而定的。大凡叙述文人的生活,则雅;叙述与市井、民俗有关的生活,则酌用俗语。张岱的语言如行云流水,变幻自如。如《扬州清明》,先是用散体文叙述扬州清明民俗,接着,忽插入四言句加以描写:

---

① 《陶庵梦忆 西湖梦寻》,《陶庵梦忆》卷一,第15页。
② 《陶庵梦忆 西湖梦寻》,《陶庵梦忆》卷六,第72页。
③ 《陶庵梦忆 西湖梦寻》,《陶庵梦忆》卷四,第53页。

>是日,四方流寓及徽商西贾、曲中名妓,一切好事之徒,无不咸集。长塘丰草,走马放鹰;高阜平冈,斗鸡蹴鞠;茂林清樾,劈阮弹筝。浪子相扑,童稚纸鸢,老僧因果,瞽者说书。立者林林,蹲者蛰蛰。日暮霞生,车马纷沓。宦门淑秀,车幕尽开,婢膝倦归,山花斜插,臻臻簇簇,夺门而入。①

以赋的铺陈恣肆的技法入小品,也别有风味。

张岱的语言,有很高超的艺术表现力。无论写人物,写景色,一落笔便栩栩如生。他善于用点染之法把握描写对象的神韵。如《金山夜戏》中写月光,只用两句:"林下漏月光,疏疏如残雪。"②笔墨何其简约。而到了《闰中秋》中,写月光则说:"月光泼地如水,人在月中,濯濯如新出浴。夜半白云冉冉起脚下,前出俱失,香炉、鹅鼻、天柱诸峰,仅露髻尖而已,米家山雪景仿佛见之。"③张岱善用比喻,他的一些比喻相当大胆。苏东坡把西湖比为西子,而张岱在《湘湖》中谓:"余谓西湖如名妓,人人得而媟亵之;鉴湖如闺秀,可钦而不可狎;湘湖如处子,眠娗羞涩,犹及见其未嫁时也。"④他在《西湖梦寻·西湖总记》中解释说,把西湖比喻为妓女,是因为色艺俱丽,娇艳迷人,但受到人们的亵渎和轻慢。"在春夏则热闹之,至秋冬则冷落矣;在花朝则喧哄之,至月夕则星散矣;在清明则萍聚之,至雨雪则寂寥矣。"⑤可见,把西湖比喻为妓女,主要是批评一般人喜欢凑热闹,而不会欣赏西湖的真正"风味"。

张岱的小品文,能不落俗套,直欲超越前人。如《白洋潮》写观潮:

---

① 《陶庵梦忆 西湖梦寻》,《陶庵梦忆》卷五,第66页。
② 《陶庵梦忆 西湖梦寻》,《陶庵梦忆》卷一,第15页。
③ 《陶庵梦忆 西湖梦寻》,《陶庵梦忆》卷七,第90页。
④ 《陶庵梦忆 西湖梦寻》,《陶庵梦忆》卷五,第62页。
⑤ 《陶庵梦忆 西湖梦寻》,《西湖梦寻》卷一,第121页。

立塘上。见潮头一线从海宁而来,直奔塘上。稍近则隐隐露白,如驱千百群小鹅,擘翼惊飞。渐近,喷沫冰花蹴起,如百万雪狮蔽江而下,怒雷鞭之,万首镞镞无敢后先。再近则飓风逼之,势欲拍岸而上。看者辟易,走避塘下。潮到塘,尽力一礴,水击射溅起数丈,著面皆湿。旋卷而右,龟山一挡,轰怒非常,炮碎龙湫,半空雪舞,看之惊眩,坐半日,颜始定。①

当然,自古以来,写观潮的作品不少。南宋周密《武林旧事》中的"观潮",早是名篇了。但我们不妨比较一下:"方其远出海门,仅如银线,既而渐近,则玉城雪岭,际天而来,大声如雷霆,震撼激射,吞天沃日,势极雄豪。"②无疑,周密《观潮》是张岱《白洋潮》艺术上的先驱。但不难看出,张岱写观潮,绝不只是借鉴,还有自己的创造。《白洋潮》与《观潮》之间,不但详略不同,而且就写潮的文字而言,张岱《白洋潮》称得上"变本加厉",后出转精,艺术表现技巧极高。其描写由远而近,由缓而急,有声、有色、有气势,有观众的表情反映,比喻纷迭而来,给人一种如在眼前、如闻其声的逼真感,一种强烈的现场感。张岱有很强的艺术创造力,他借鉴前人的艺术技巧,但往往能青出于蓝而胜之。比如,他受过竟陵派影响,却能泯其痕迹。如在《陶庵梦忆》中有以下句子:"曲而长,则水之。""深而邃,则水之。""静而远,则水之。"③"紫金城城之,门以楼。"④"鲁藩之灯:灯其殿,灯其壁,灯其楹柱,灯其屏,灯其座,灯

---

① 《陶庵梦忆 西湖梦寻》,《陶庵梦忆》卷三,第36—37页。
② 《武林旧事》卷三,第4页。
③ 《陶庵梦忆 西湖梦寻》,《陶庵梦忆》卷一《砎园》,第16页。
④ 《陶庵梦忆 西湖梦寻》,《陶庵梦忆》卷二《孔林》,第23页。

其宫扇伞盖。"①"家大人造楼,船之;造船,楼之。"②"一肚皮园亭于此小试,台之、亭之、廊之、栈道之、照面楼之,侧又堂之、阁之……"③以名词用为动词,不但凝练,而且使之具有一种新的表现力度。这都是竟陵派的惯用技法。又如《金山夜戏》:"月光倒囊入水,江涛吞吐,露气吸之,噀天为白。"④这些描写,都颇有竟陵派的笔致。但张岱用得浑成,舒展自如,不像竟陵派那种刻意追求而拗口艰涩。

周作人在《再谈俳文》中评说张岱:"他的目的是写正经文章,但是结果很有点俳谐;你当他作俳谐文去看,然而内容还是正经的,而且又夹着悲哀。"⑤张岱在晚明是名士,是纨绔子弟;明亡入清,又成了明朝遗民。因此,张岱的作品往往具有风流得意与惆怅痛苦两种不同的况味。这交结起来,就成了张岱散文那种空灵不乏凝重,潇洒、诙谐又间有悲凉的风格。与晚明许多小品作家一样,张岱的小品多有机锋和谐趣。他喜欢调侃别人,也喜欢自我调侃,但这种诙谐,是有内涵的,绝不轻浮。如《快园记》:"余尝谑友人陆德先曰:'昔人有言,孔子何阙,乃居阙里。兄极臭,而住香桥;弟极苦,而住快园。世间事,名不副实,大率类此。'"⑥以文字游戏,来调侃孔子、调侃友人、调侃自己,这并不是无聊语。其实,也是对于诸多矛盾生活现象的调侃。又如《自题小像》:"功名耶落空,富贵耶如梦,忠臣耶怕痛,锄头耶怕重,著书二十年耶而仅堪覆瓮,之人耶有用没用?"⑦句句调侃而语语真诚,语语沉痛。

---

① 《陶庵梦忆 西湖梦寻》,《陶庵梦忆》卷二《鲁藩烟火》,第25页。
② 《陶庵梦忆 西湖梦寻》,《陶庵梦忆》卷八《楼船》,第96页。
③ 《陶庵梦忆 西湖梦寻》,《陶庵梦忆》卷八《瓛花阁》,第98页。
④ 《陶庵梦忆 西湖梦寻》,《陶庵梦忆》卷一,第15页。
⑤ 《琅嬛文集》附,第12—13页。
⑥ 《琅嬛文集》卷二,第95页。
⑦ 《琅嬛文集》卷五,第248页。

张岱的散文,除了受到公安、竟陵两派的影响之外,其内容、格调,也明显受到宋代作家的影响。尤其《陶庵梦忆》与《西湖梦寻》两书,就受到孟元老的《东京梦华录》、周密的《武林旧事》的影响。孟元老的《东京梦华录》是作者在南渡之后所作。全书记载北宋都城东京(今河南开封)的城郭、街坊、市容、贸易、河流,以及民俗和宫廷生活等,从中寄托对北宋繁盛景象的追恋之情。作者在《梦华录序》中,历数当时观赏之盛:"灯宵月夕,雪际花时,乞巧登高,教池游苑,举目则青楼画阁,绣户珠帘。雕车竞驻于天街,宝马争驰于御路,金翠耀目,罗绮飘香。新声巧笑于柳陌花衢,按管调弦于茶坊酒肆……仆数十年烂赏叠游,莫知厌足。"而这一切,随着北宋的覆灭而成梦幻。于是,"暗想当年,节物风流,人情和美,但成怅恨"。他还解释其书取名"梦华"之意:"古人有梦游华胥之国,其乐无涯者,仆今追念,回首怅然,岂非华胥之梦觉哉!"[①]可见,他对故国倾覆充满沉痛和怊怅之情。而《武林旧事》则是周密于宋亡以后回忆南宋旧事而作的。书中所记,全是作者的耳闻目睹,凡朝廷典礼、山川风俗、市肆节物,鼓坊乐部,无不备载。他对往昔的繁华,也有一种如梦的感觉:"及时移物换,忧患飘零,追想昔游,殆如梦寐,而感慨系之矣。"[②]而张岱的《陶庵梦忆》《西湖梦寻》二书,同样也是追忆旧朝盛事之作,也同样有一种往事如梦如幻之感。他与孟元老和周密的心曲是相通的。

---

① 《东京梦华录》,第19—20页。
② 《武林旧事》卷首《武林旧事序》。

第七章 林泉高致

宋代艺术家郭熙在他的《林泉高致集·山水训》中说:"君子之所以爱夫山水者,其旨安在?邱园养素,所常处也;泉石啸傲,所常乐也;渔樵隐逸,所常适也;猿鹤飞鸣,所常观也。尘嚣缰锁,此人情所常厌也;烟霞仙圣,此人情所常愿而不得见也。"①可见,从尘嚣缰锁中解脱开来,寻找山水清音,林泉高致,正是古来文人雅士所追求的理想。同时,也产生了大量吟咏山水园林的作品。

从散文发展史的角度考察,山水记与园林记源远流长,都有相当悠久的历史。到了晚明,山水记与园林记成为文人抒发性灵、表现审美意趣的一种重要文体。几乎所有的诗人作家,都写过这类作品。本书在研究晚明小品文作家时,对他们的山水、园林小品也作了一些介绍。这里拟以山水、园林小品为专题,再作专门的论述。晚明山水小品与园林小品,两者关系密切而又有所区别。其相同之处是游玩和评赏,但山水小品的对象是大自然的山水,而园林小品的表现对象则主要是人们创造出来的亭阁楼台等。当然,园林往往也与山水结合在一起。

---

① 《景印文渊阁四库全书》第812册,第573页。

第一节 山水园林小品

晚明的山水园林小品很多,我们在本书介绍小品作家的章节中已有所论及,下面再略作补充。

晚明山水游记兴盛,作家对游记写作有着自觉的美学追求。如曹能始在《洪汝含鼓山游纪序》中就说:

> 作文,惟游山纪最难。未落笔时,搜索传志,铺叙程期,洋洋洒洒,堆故实于满纸,但数别人财宝而已,于一种游情了不相关。即移之他处游亦可,移之他人游亦可;拘而寡韵,与泛而不切,病则均焉。
>
> 纪游如作画,画家必须摹古,间复出己意,着色生采,自然飞动。及乎对境盘礴,往往难之。乃以为画不必似,盖远近位置木石向背,逼真则碍理,两不入耳。法既不伤,于境复肖,又何以似为病也。①

游记是一种特殊的文体,一方面它涉及历史地理文化,所以,必须准确了解有关历史、地理和典故,不然,便容易"泛而不切";但它毕竟是一种反映作家心灵活动的艺术创造,关键要表现一种"游情",不然,则容易产生"拘而寡韵"之病。故曹能始认为,写作游记之难,一在于"切",一在于"韵"。表现自然景象,要不即不离,就像画家作画,既要"摹古",又能自出"己意"。曹能始这些话,不妨看作晚明文人对游记艺术

---

① 《皇明十六家小品》,《翠娱阁评选曹能始先生小品》卷一,第2529页。

追求的理论概括。

既然山水游记必须表现作家的"游情"和性灵,其中就反映出晚明文人的文化品格。的确,晚明大量山水游记,正是当时文士心灵的写照。这里以陈仁锡的山水记为例。陈仁锡(1581—1636),字明卿,天启二年进士。他对小品也颇有研究,编有《古文奇赏》《苏文奇赏》等书。他本人也是晚明颇有名气的小品文作家,陆云龙以之为晚明小品十六家之一。陈仁锡对于山水,有一种独特的感受。比如西湖之美,古来共谈,东坡有"欲将西湖比西子"之语,西湖遂被赋予一种女性的柔美风韵。但陈仁锡却品味出西湖"红粉心"与"节侠气"兼备的特殊风格:"节侠心即红粉心,拜岳先生,齿牙尽裂;才过第一桥,浑眼娇粉,以此二障牵惹,湖光消去一半。"①所谓"节侠心即红粉心",就是说,真正的英雄气,恰恰包含了儿女情。这是晚明文人的通识。如周铨就写有《英雄气短说》一文,认为"惟儿女情深,乃不为英雄气短"②。陈仁锡正是以晚明文人特有的眼光兴趣来解读山水园林的。他笔下兼有"节侠气"和"红粉心"的西湖,正投射了晚明文人的人格理想,富有时代的色彩。

山水游记一般是以清新、逸远、隽永为传统风格,但晚明出现一种倾向,即以奇宕僻怪的笔调来写山水游记。如竟陵派、王思任的山水记,就表现出这种独特的追求。陈仁锡的山水记,也有文笔奇宕的特点。如《重建焦山塔记》开篇:

> 大江中,一笔判吴楚,吸江海,如高才生,滔滔无择言,其笔雄

---

① 《皇明十六家小品》,《翠娱阁评选陈明卿先生小品》卷二《题春湖词》,第1693页。
② 《冰雪携》(下),《英雄气短说》,第145页。

浑而奔放;一笔闯飞仙之窟,挟万丈云霞,呼三诏精爽,其笔幽奇而峭兀。故金山有笔,写波涛,亦写牙筹。①

这里,把金山塔比喻为一管凌云的健笔,而大自然则如才气横溢的文士,以此笔抒写雄浑而奔放的文章。作者还说,焦山如果无塔,则是"焦山无笔,如读万卷书,不作一篇文字;如待诏金马门,十问不一答,非体也"。这都是比喻奇特、想落天外的妙笔。

陈仁锡的游记,构思奇特,表现手法丰富。如在《听僧说福胜石梁幽溪大龙湫五泄瀑记》中写天台山福胜观的瀑布:

福胜观自华顶分支,源石门,经三井,其来也长,沿崖飘曳。初下也,如决蒲昌之巨洪;怒激也,如奔太仆之万马;远观也,如悬匹练于万绿丛中;近观也,如倒雪山于无热池内;隔林响一天骤雨,远林撼万树秋声。若夫溅万斛之珠玑,萃百花于一石;既因崖而作势,因仄以旋舞。于人则奇男子、烈丈夫,磊砢不平,怒气横胸,防风氏可戮,而东山可征;桀纣可伐,而少正卯可诛;秦项可灭,而胡元可驱。发可冲其冠,戈可挥其日;气可冲牛斗,怒可裂目眦。

接着,写雁宕大龙湫的瀑布:

若夫雁宕大龙湫之瀑,自雁湖分支,源白云庵顶,经龙湫尾闾。其来也短,悬空飘舞,因风为力。初下也,倾银河于卮口;将半也,洒灌沫于喷壶。前之、左之、右之,睨而视之,若理千丝于机轴;下

---

① 《皇明十六家小品》,《翠娱阁评选陈明卿先生小品》卷二,第1625页。

> 之,后之,逆之,仰而观之,如撒斜珠于虚空。有时映日,化作虹霓;有时乘风,变为云雾;此有起伏无顿挫之瀑势也。于人则美丈夫、艳女子,可以乘羊车,可以执麈尾,可以连白璧,可以映明珠;班伯惭其丽,何晏愧其美。似陈平而冠玉,若董偃而卖珠。亦可方之西子,比之南威,翩若惊鸿,婉若游龙;荣曜秋菊,华茂春松;仿佛兮若轻云之蔽日,飘飘兮望流风之回雪;又似乎河洛之宓妃。①

这里,采用赋体的手法,极力摹写瀑布,写物图貌,铺陈扬厉,妙喻纷迭,惊采绝艳。而且,还相当形象地比较不同瀑布的特点和审美个性。这种山水记,风格华丽,气象峥嵘,与传统的山水记颇有差异。

在晚明描写西湖的山水园林记中,张京元的《湖上小记》当属上乘之作。张京元,字思德,号无始,泰兴人。万历年间进士,历任户部主事,江西参议等职。他的小品文集《湖上小记》,以简远洗练、自然萧散而富有诗情画意的笔墨,描绘西湖的美景,真可谓"幅短而神遥,墨希而旨永"。张岱的《西湖梦寻》诸文,多采张京元的小品文作为附录,可见对之十分重视。张京元《湖上小记》选取西湖最有特色的风景点,以简约传神之笔,勾勒西湖的风韵:

> 天竺两山相夹,回合若迷,山石俱骨立,石间更绕松篁。过下竺,诸僧鸣钟肃客,寺荒落不堪入,中竺如之。至上竺,山峦环抱,风气甚固,望之亦幽致。②

> 苏堤度六桥,堤两旁尽种桃柳,萧萧摇落,想二三月,柳叶桃

---

① 《皇明十六家小品》,《翠娱阁评选陈明卿先生小品》卷二,第1649—1651页。
② 《陶庵梦忆 西湖梦寻》,《西湖梦寻》卷二附《张京元上天竺小记》,第158页。

花,游人阗塞,不若此时之为清胜。①

真所谓逸笔草草,迥然是一幅明人写意山水园林小品画图。尤其值得注意的是,张京元的小品以自己的审美感受为中心,所描写的景物都染上作者自己的意兴和感受:

> 韬光庵在灵鹫后,鸟道蛇盘,一步一喘。至庵入坐一小室,峭壁如削,泉出石罅汇为池,蓄金鱼数头。低窗曲槛,相向啜茗,真有武陵世外之想。②

文中所写的景点,不是纯客观的静止观察,而是随着作者"一步一喘"的攀登逐步显示出来。作者也在此过程中,找到与之相契的超然物外、悠然忘我的美感特质。张京元在山水小品中,渗进强烈的主观审美情趣。如《湖心亭小记》:

> 湖心亭,雄丽空阔。时晚照在山,倒射水面,新月挂东,所不满者半规,金盘玉饼,与夕阳彩翠,重轮交网,不觉狂叫欲绝。恨亭中四字匾,隔句对联,填楣盈栋,安得借咸阳一炬,了此业障。③

只用寥寥数语,就传达出风景之精神风韵来。而那种高兴时狂叫欲绝,愤怒时恨不得放火的描写,却也透露出他的名士狂狷之风。张京元在写景中,间或发出议论,使写景的小品在山水清音之外,还有一种历史

---

① 《陶庵梦忆 西湖梦寻》,《西湖梦寻》卷三附《张京元苏堤小记》,第178页。
② 《陶庵梦忆 西湖梦寻》,《西湖梦寻》卷二附《张京元韬光庵小记》,第150页。
③ 《陶庵梦忆 西湖梦寻》,《西湖梦寻》卷三附《张京元湖心亭小记》,第180页。

的感受:

> 九里松者,仅见一株两株,如飞龙劈空,雄古奇伟。想当年,万绿参天,松风声壮于钱塘潮,今已化为乌有。更千百岁,桑田沧海,恐北高峰头有螺蚌壳矣,安问树有无哉。①

古代文学批评家刘勰在《文心雕龙·神思》中,谈到作家的构思之妙时说:"寂然凝虑,思接千载;悄焉动容,视通万里。"②张京元的《九里松小记》正得此妙。它就眼前九里松的寥落,联想到当年"松声壮于钱塘潮"的景象,又推想到千百年后,将会发生沧海桑田的巨变,令人感慨系之。这样的小品,以高远的意境和深刻的历史感,开拓了山水小品的写作途径。

晚明写私家园林小品的,应以祁彪佳的《寓山注》为代表。祁彪佳(1602—1645),字虎子,一字幼文,又字弘吉,号世培,浙江山阴人。他出身于世宦之家,从小受到很好的教育。他曾经仕途亨通,十七岁中乡试,二十一岁中进士,次年任福建兴化府推官,崇祯时为御史,巡按苏松。后辞官家居八年,崇祯末复起为官。清兵入关,他力主抗清,并在南京参与拥立福王,任大理寺丞、右佥都御史,巡抚江南。不久,为马士英排挤去职。清兵攻破杭州后,他沉水自杀。《明史》卷二七五有传。祁彪佳在文学艺术上的主要成就在戏曲方面,著有传奇《全节记》《玉节记》两种,戏曲理论著作有《远山堂曲品》《远山堂剧品》,在散文方面,则有《寓山注》与《甲申日历》等。《甲申日历》是他在甲申年所作的日记。这一年为崇祯十七年(1644),正是明王朝天陷地崩之时,李

---

① 《陶庵梦忆　西湖梦寻》,《西湖梦寻》卷二附《张京元九里松小记》,第142页。
② 《文心雕龙义证》,第975页。

自成的起义军攻入北京,崇祯皇帝自杀。此日记颇具历史价值。而《寓山注》则是一本艺术成就很高的园林小品文集。

崇祯六年,祁彪佳因秉公办事,得罪当朝首辅周延儒。受到报复,祁彪佳也因此看透封建官场的黑暗,在崇祯八年,借养母思归,一再奏请辞官,终获批准,从而结束十多年的仕宦生活,回到秀丽的家乡江阴,自己构造园林,以供隐居。寓山是作者家乡的一座小山。小时候,他与两个哥哥在这里一起"剔石栽松,躬荷畚锸","或捧土作婴儿戏",如今,"偶一过之,于二十年前情事,若有感触焉者。于是卜筑之兴,遂勃不可遏"①。在摆脱世网的牵累之后,他为自己构造一种山林泉石的幽静环境。

明清时代,私家园林走向鼎盛,士大夫的筑园之风十分盛行。尤其江南一带,更成为园林之薮。寓山处在古人称为山川之丽、万壑千岩的山阴,有非常秀美的自然环境。祁彪佳为了造园,早而出,暮而归,祁寒盛暑,风雨无阻。他把积蓄都投入其中,他自称因为造园,"以故两年以来,囊中如洗,予亦病而愈,愈而复病,此开园之痴癖也"②。祁彪佳的建园,不只为了享乐。他还在花草木石、楼阁亭榭、一丘一壑中,寄托自己某种幽愤之情和对人生的感慨。如在《读易居》中说:"自有天地,便有兹山,今日以前,原是嶒崚寸土,安能保今日以后,列阁层轩,长峙乎岩壑哉? 成毁之数,天地不免。"③世事沧桑,后之视今,犹今之视昔,寓山园林,岂能长保? 未免令人感慨。在《让鸥池》中,作者感叹自己对风景的欣赏,"终不若轻鸥容与",它们对外物,无论是风平浪静,雪练澄泓,还是风波乍起,云涛飞漱,都同样从容欣赏,"不作两观"。相

---

① 《祁彪佳集》卷七《〈寓山注〉序》,第150页。
② 同上书,第151页。
③ 《祁彪佳集》卷七《寓山注》,第152页。

比之下，自愧不如，"翻觉濠濮之想，犹有机心未净"。①

　　园林小记源于山水游记，但表现内容，又各不相同。山水游记所述重在奇山秀水，而《寓山注》所记，重在寓山内的园林景物。寓山中的一斋、一室、一轩、一楼、一堂、一廊、一亭、一榭、一阁、一幌、一池、一坞、一桥、一堤、一台、一石、一泉、一径、一渡、一陌、一坡，无不成为其取境对象。

　　园林景色与一般的自然山水不同，它们是在有限的空间之中，以人工创造一个可居、可游、可赏的生活空间环境，其本身也就是一件体现古典人文理想的艺术小品。中国传统的园林，是以自然山水为景境创作主题的。在创作方法上，与古典绘画相通。郭熙《林泉高致集·山水训》说："世之笃论，谓山水有可行者，有可望者，有可游者，有可居者。画凡至此，皆入善品。"②同样，造园也讲究可行、可望、可游、可居，即实用与审美的结合。祁彪佳的寓山园林，与一般造于城市中的园林不同，它本身便是融于自然之中的。所以，虽是人工园林，但较易得自然之趣。《寓山注》的写作特点，也就在于妙合自然。园林空间有限，但在其笔下，意境却十分幽远，予人以宛若山林的感受。他所采用的方法，与晚明造园理论大师计成《园冶》提出的"借景"理论是相通的。他说："寓之为山，善能藏高于卑，取远若近"③。如铁芝峰，只不过一小阜，"从园外望，渺焉一丘"。而祁彪佳写铁芝峰，则写"及登峰眺览，觉云气霞光，都生足底"④。《远山堂》写堂处园中，"在几案间，日取石气云乳，作朝夕饱餐"，"独是北面旷览，见渺渺数山，浮宕于秋净天空之

---

①　《祁彪佳集》卷七《寓山注》，第153页。
②　《景印文渊阁四库全书》第812册，第574页。
③　《祁彪佳集》卷七《寓山注》，《让鸥池》，第153页。
④　《祁彪佳集》卷七《寓山注》，《铁芝峰》，第162页。

外"。① 故小小的园林,使人有置身大自然的岩壑林泉之感。而《远阁》一文,则进一步开扩亭阁空间与时间的意义:

> 阁宜雪、宜月、宜雨,银海澜回,玉峰高并,澄晖弄景。俄看濯魄冰壶,微雨欲来,共诧空蒙山色,此吾阁之胜概也。然而态以远生,意以远韵,飞流夹巘,远则媚景争奇;霞蔚云蒸,远则孤标秀出。万家烟火,以远,故尽入楼台;千叠溪山,以远,故都归帘幕。
> 若夫村烟乍起,渔火遥明,蓼汀唱欸乃之歌,柳浪听睍睆之语,此远中之所孕含也。纵观瀛峤,碧落苍茫。极目胥江,洪潮激射。乾坤直同一指,日月有似双丸,此远中之所变幻也。览古迹依然,禹碑鹄峙;叹霸图已矣,越殿乌啼。飞盖西园,空怆斜阳衰草;回舣兰渚,尚存修竹茂林。此又远中之所吞吐。而一以魂消,一以怀壮者也。盖至此而江山风物,始备大观。觉一壑一邱,皆成小致矣。②

这里,有限的空间景象包含了无限的空间意境。因为它不仅把园林与园外的自然连为一气,而且与足以"魂消"和"壮怀"的历史文化联系起来,从而拓广园林亭榭的自然与文化意义。这种写法,就不仅是借景,而且也借助于历史了。

《寓山注》的篇幅都很短小,作者以十分简约传神的文笔,描绘出一幅幅情韵悠长的写意小品,在有限的自然空间中,给人以无限自然的感受:

---

① 《祁彪佳集》卷七《寓山注》,第168页。
② 同上书,第164页。

一水环回,飞清激素。每至菡萏乍吐,望踏香堤,如长虹吸海,带万缕赤霞,与波明灭。①

　　两池交映,横亘如线,夹道新槐,负日俛仰。春来士女联袂踏歌,屐痕轻印青苔,香汗微醺花气。②

　　从踏香堤望之,迥然有台。盖在水中央也。翠碧澄鲜,空明可溯。每至金蟾戯浪,丹嶂迥清,此台乍无乍有。上下于烟波雪浪之间,环视千柄芙蓉。又似莲座庄严,为众香涌出。③

这真是赏心悦目,美不胜收。作者不但写出了景色的风情和魅力,而且表现了对生活理想与生活情趣的追求,寄托了自己的殷殷情愫。作者的语言表现能力高超,一丘一壑,都别有风致和个性。即便是一处小景,在他的笔下,也别具风韵。如《松径》写在园中造一小径:

　　园之中不少娇娇虬枝,然皆偃蹇不受约束。独此处俨焉成列,如冠剑丈夫鹄立通明殿上。予因之疏开一径,"友石榭"所繇以达"选胜亭"也。劲风谡谡,入径者六月生寒。迎门一松,曲折如舞。共诧五大夫何妩媚乃尔。径旁尽植草花,红紫杂古翠间,如韦文女嫁骑驴老叟,转觉生韵。④

---

① 《祁彪佳集》卷七《寓山注》,《呼虹幌》,第152页。
② 《祁彪佳集》卷七《寓山注》,《踏香堤》,第153页。
③ 《祁彪佳集》卷七《寓山注》,《浮影台》,第153页。
④ 《祁彪佳集》卷七《寓山注》,第156页。

一条寻常所见的松径,到了作者笔下,便有无限情趣。尤其把古翠松树与红紫花草相伴,比喻为"韦文女嫁骑驴老叟",顿生谐趣,可见其文笔之活泼灵动。张岱《跋寓山注》说祁彪佳的《寓山注》"不事铺张,不事雕绘,意随景到,笔借目传,如数家物,如写家书,如殷殷诏语家之儿女僮婢。闲中花鸟,意外烟云,真有一种人不及知、而己独知之之妙"①。这种评价,是十分准确的。正因为作者与所记景物之间有亲如密友的情感,对之有一种"人不及知、而己独知之之妙",有一种独特的感受,故一旦形诸笔下,就能意随景到,笔借目传。书中写景原有"觉一壑一邱,皆成小致矣"②之语,正可移评此书的自身风格特点。

祁彪佳所造的园林,不全是亭阁楼台,他也注意营造一种农村生活情调。《豳园》叙述他开垦土地以种桑、种梨、桔、桃、李、杏、栗,在树下栽紫茄、白豆、甘瓜和红薯,故常咏陶渊明"欢然酌春酒,摘我园中蔬"诗句,追求诗经中《豳风》所描述农村生活的风致,故称此处为"豳园"③。在"豳园"附近,还特地修造"抱瓮小憩",供仆人休息,"主人亦时于此摘蔬啖果实。倚徙听啼鸟声,大有村家况味"④。此外如《丰庄》一文:

庄与园,似丽之而非也。既园矣,何以庄为?予筑之为治生处也。出园北,折渡小桥,迎堤而门。绿畴在望。每对田夫相慰劳,时或课妇子,挈壶榼往饷之。取所余酒食啖野老,共作田歌,呜呜互答。堂之后为场圃,十月纳禾稼。邻火相春,荐新秔,增老母一

---

① 《琅嬛文集》卷五,第210页。
② 《祁彪佳集》卷七《寓山注》,《远阁》,第164页。
③ 《祁彪佳集》卷七《寓山注》,《豳园》,第165页。
④ 《祁彪佳集》卷七《寓山注》,《抱瓮小憩》,第165页。

匕箸。及蚕月,偕内子以居焉,采桑采蘩。女红有程课,场圃旁各数楹,栖耕作者,养鸡牧豕,鸡吠之声,达于四野。学稼学圃,予将以是老矣。堂之西有丙舍三,他日为儿子读书处。读书于此,兼欲令其知农家苦。

从此处看来,他与那些富人达官的造园供消遣愉悦,并不完全相同。像修造丰庄的目的,就是"筑之为治生处也"①。他自己参加一些劳动,和农夫野老也颇为亲近,他还设想让儿子在此读书,让他懂得稼穑之艰难。这里所刻画的情景,的确类似于陶渊明隐归田园的生活,自有一种质朴淳厚的野趣,与晚明一批为数不少的那些"有志深轩冕,而泛咏皋壤;心缠几务,而虚述人外"②的名士山人,是有所不同的。

张岱《跋寓山注》赞扬祁彪佳的《寓山注》融合了前人山水记的妙处:

> 古人记山水手,太上郦道元,其次柳子厚,近时则袁中郎。读注中遒劲苍老,以郦为骨;深远冶淡,以柳为肤;灵巧俊快,以袁为修目灿眉。立起三人,奔走腕下。③

这里,高度评价祁彪佳《寓山注》艺术成就,说它兼有郦道元、柳子厚和袁中郎三人山水游记之妙。语气虽略有夸张,但祁彪佳的园林小品风格的确兼有遒劲、深远和清新之美。在晚明,不少山水游记或园林小记受竟陵派的影响,而《寓山注》的文笔清新流利,风格则较近于袁中郎。

---

① 《祁彪佳集》卷七《寓山注》,《丰庄》,第 165 页。
② 《文心雕龙义证》,第 1158、1164 页。
③ 《琅嬛文集》卷五,第 211 页。

从《寓山注》的语言,也可以看出一些袁中郎的影响。如《孤峰玉女台》中,写孤峰玉女台"方在众香国酣醉群芳,忽然隐隐环佩,意是杜兰香、萼绿华辈骑青鸾、步云气、从群玉峰头姗姗其来迟耶?"接着说:"盖犹陈思王初遇洛神时,欲著一语不得耳。"①此比喻正是从袁中郎《初至西湖记》中"此时欲下一语描写不得,大约如东阿王梦中初遇神时也"②一语来的。

谈到晚明的园林艺术,有必要涉及当时杰出的园林艺术家计成和《园冶》一书。计成(1582—?),字无否,江苏吴江人。计成少年时就擅长绘画,中年以后,转事园林建筑,成为杰出的造园艺术家和理论家。他的《园冶》一书,是我国,也是世界最早的关于园林建筑的专著,具有重要的美学价值。此书既反映了我国园林艺术的民族特点,也反映了计成本人和晚明士人对建筑艺术的审美趣味和生活情趣。计成在书中提出"借景"这一重要美学思想,他认为:"夫借景,林园之最要者也。"③所谓借景,便是把园外的景物借到园内的视景范围中来,以突破园林自身面积与空间的有限性,扩大景物的深度和广度,寓无限于有限。他提出:"借者,园虽别内外,得景则无拘远近,晴峦耸秀,绀宇凌空,极目所至,俗则屏之,嘉则收之,不分町畽,尽为烟景。"④他把借景分为"远借""邻借""仰借""俯借""应时而借"等。《借景》一篇,不但最为重要,文字亦清雅可喜:

构园无格,借景有因。切要四时,何关八宅?林皋延伫,相缘

---

① 《祁彪佳集》卷七《寓山注》,《孤峰玉女台》,第158页。
② 《袁宏道集笺校》卷一〇《西湖一》,第422页。
③ 《园冶》卷三《借景》,第200页。
④ 《园冶》卷一《兴造论》,第23页。

竹树萧森；城市喧卑，必择居邻闲逸。高原极望，远岫环屏。堂开淑气侵人，门引春流到泽。嫣红艳紫，欣逢花里神仙；乐圣称贤，足并山中宰相。闲居曾赋，芳草应怜。扫径护兰芽，分香幽室；卷帘邀燕子，间剪轻风。片片飞花，丝丝眠柳，寒生料峭，高架秋千。兴适清偏，怡情丘壑。顿开尘外想，拟入画中行。林阴初出莺歌，山曲忽闻樵唱。风生林樾，境入羲皇。幽人即韵于松寮，逸士弹琴于篁里。红衣新浴，碧玉轻敲。看竹溪湾，观鱼濠上。山容蔼蔼，行云故落凭栏；水面粼粼，爽气觉来欹枕。南轩寄傲，北牖虚阴。半窗碧隐蕉桐，环堵翠延萝薜。俯流玩月，坐石品泉。苎衣不耐凉新，池荷香绾；梧叶忽惊秋落，虫草鸣幽。湖平无际之浮光，山媚可餐之秀色。寓目一行白鹭，醉颜几阵丹枫。眺远高台，搔首青天那可问；凭虚敞阁，举盃明月自相邀。冉冉天香，悠悠桂子。但觉篱残菊晚，应探岭暖梅先。钱家杖头，招携邻曲，恍来林月美人，却卧雪庐高士。云幂黯黯，木叶萧萧。风鸦几树夕阳，寒雁数声残月。纱窗梦醒，孤影遥吟。锦帐偎红，六花呈瑞。樽兴若逢戴氏，埽烹果胜党家。冷韵堪赓，清名可并。花殊不谢，景摘偏新。因借无由，触情俱是。①

此文以秀逸清新的骈文形式写成，分论造园的种种借景之法，但是我们完全可以把它作为一篇优美的艺术小品文来读。

从审美角度看，计成的《借景》以诗化的语言，描摹晚明士大夫与一些文人理想的生活环境蓝图，其中心便是以艺术化的手段，去建构充满诗情画意的园林意境。这个生活环境理想国的建构，除了客观外在

---

① 《园冶》卷三《借景》，第199—200页。

的景物,更主要的是必须有主体的积极审美意识参与创造。无论是远借、邻借、仰借、俯借,还是应时而借,只有人们"目寄心期"的审美意识的参与,这种借景才能完成。在所借景物中,有林皋竹树、高原远岫、芳草飞花、兰芽幽室、梧叶虫草、湖光秀月、白鹭丹枫、风鸦寒雁等山、水、动物、植物、建筑景物,但在借景之中,离不开人们那种有高雅审美情趣的活动。"幽人即韵于松寮,逸士弹琴于篁里""红衣新浴,碧玉轻敲。看花溪湾,观鱼濠上""俯流玩月,坐石品泉""钱系杖头,招携邻曲""纱窗梦醒,孤影遥吟""眺远高台""凭虚敞阁"……这些都是人在景致中的活动,并构成幽美雅致的园林意境。

第二节 古今游记之最

晚明游记中,称得上鸿篇巨制的大制作的,当然是《徐霞客游记》了。钱谦益《嘱徐仲昭刻游记书》说:"唯念霞客先生游览诸记,此世间真文字、大文字、奇文字,不当令泯灭不传。"又《嘱毛子晋刻游记书》:"徐霞客千古奇人,《游记》乃千古奇书。"[1]又作《徐霞客传》,称徐霞客游记"当为古今游记之最"[2]。严格地说,徐霞客游记不属于"小品",它是一部六十多万字的皇皇巨著。它所记述的内容,涉及地理、民俗、民族、政治、宗教、边防等方面。就地理而言,它所记录的又与一般的文人只记其山水景色不同。山水源流、地形地貌、岩石、洞壑、瀑布、温泉、水道、山脉、动物、植物、矿产……——呈现于笔端,其本身构成一个整体的"真文字、大文字",它与那种偶然心会、涉笔成趣的小品文是绝不相同的;而且,徐霞客旅游的目的,首先不在文学创作,而是科学的探

---

[1] 《徐霞客游记》卷一〇下附编,第1186页。
[2] 同上书,第1202页。

求。不过，徐霞客游记中有许多片断写得相当精彩优美，富有情趣和意味，有很强的文学色彩，即使与晚明小品大家的作品相比，也毫不逊色。

徐弘祖（1586—1641），字振之，号霞客，江阴人。徐霞客出身于官僚地主家庭，但到了其父徐有勉，家道已中落。徐霞客自幼聪慧，矢口即成诵，搦管即成章。他受到相当全面的文化教育，尤其喜欢史地一类的奇书。因科举考试失利，又对明末黑暗政治现状失去兴趣，即绝意仕进。他从二十二岁开始旅行，至去世前一年，前后三十余年，路程十余万里，足迹遍及今天的江苏、浙江、山东、河北、山西、陕西、河南、安徽、江西、福建、广东、贵州、云南、北京、天津、上海等十九个省市，考察了许多名山大川，如太湖、落迦、天台山、雁荡山、白岳、黄山、武夷山、庐山、嵩山、华山、太和山、罗浮山、五台山、恒山等。在旅行过程中，他以日记为主要形式，记录观察所得，写成一系列游记。

在徐霞客之前，唐代玄奘和明代郑和的足迹都远至海外，但他们毕竟是为了宗教或政治的目的，受到朝廷支持。而徐霞客的旅行，则毫无政治和宗教或其他功利目的，纯粹是为了考察。在明代，绝大多数文人都奔着科举做官这条道路，徐霞客虽受挫于科举，以他的才华如稍加时日，持之以恒，仍很有成功的机会。退一步说，如果不参加科举，他也完全可以像陈眉公一样，安安逸逸地当个山人、隐士、名流，可是徐霞客却选择旅行这种在当时完全是既无功无利又相当危险的事业。他在西行探险之时，给陈眉公写过一封信：

弘祖将决策西游，从牂牁、夜郎以极碉门铁桥之外。其地皆豺獆鼯啸，魑魅纵横之区，往返难以时计，死生不能自保。尝恨上无以穷天文之杳渺，下无以研性命之深微，中无以砥世俗之纷沓，惟此高深之间，可以目撼而足析。然无紫囊真岳之形，而效青牛出关之辙,漫以血肉,偿彼险巇。①

他有与世俗不同的独特人生理想。为了实现这个理想,他不计功利得失,愿意将自己的血肉,酬付予山川。这是何等的豪迈和悲壮。从这点看,徐霞客是中国文人中的精英,尤其是在人欲横流的时代,徐霞客更显得崇高和可敬。

徐霞客并不是游记的创始者。中国人自古热爱大自然,古人称"智者乐水,仁者乐山"。魏晋以后,特别是六朝的文人雅士,多登临胜景,并吟诗作文,于是,山水诗文勃然而兴。而自唐以后,山水游记更是不可胜数。但是,徐霞客之前的文人,他们写游记,往往都是寻找一种精神寄托,以山水游记发牢骚,而不是一种纯粹的探索。正如奚又溥在《徐霞客游记》的序中说:"夫司马柳州以游为文者也,然子厚永州记游诸作,不过借一邱一壑,以自写其胸中块垒奇倔之思,非游之大观也。"②像徐弘祖这种以毕生精力专事于游记著述,而成为篇幅如此巨大、内容如此丰富的著作者,乃古来第一人。作者继承陆游《入蜀记》、范成大《骖鸾录》《吴船录》等按日记程的传统方式,对山川景色,按考察路径,依日依时详加记录。他每篇游记,都真实地记录游程的日程、安排、计划、气候、方位、准备工作等等,甚至柴盐油米之事,何时吃饭,何处住宿,都一一记下。作者以科学家和艺术家的眼光,对各种景观,作了全方位观察,上下左右,俯瞰仰望,既状其形,又摄其神,大笔濡写,细笔勾摹,笔笔生色。于是,一个个缤纷多彩的景观,如同一幅幅美妙动人的画卷,随着作者的进程和考察的眼光,依次打开,不断延伸,连续组接,构成一幅绵延万里的锦绣山河图。这也是徐霞客游记高出前人

---

① 《徐霞客游记》卷一〇下附编《致陈继儒书》,第1147页。
② 《徐霞客游记》卷一〇下附编,第1270页。

游记之处。

陈眉公《答徐霞客》一文谈到自己与徐霞客的差异:"且弟好聚,兄好离;弟好近,兄好远;弟好夷,兄好险;弟栖栖篱落,而兄徒步于豺嗥鼯啸魑魅纵横之乡。不谒贵,不借邮符,不凯地主金钱,清也;置万里道途于度外,置七尺形骸于死法外,任也;负笠悬瓢,惟恐骇渔樵而惊猿鸟,和也。"①这段话,虽兼有自谦与誉人之意,却也大体道出了徐霞客与这位名士性格及生活旨趣的差别。这也可以说,是徐霞客与晚明多数文人的重大差异。初看起来,晚明文士与徐霞客都是喜欢游山玩水的,但其区别也是明显的。一般文人重在玩赏,而徐霞客重在考察。前者借山水以怡情养性,寄托情怀,他们的乐山乐水,全凭一种兴致,乘兴而来,兴尽而返;徐霞客则秉持一种探险精神,遇山川名胜,必寻源探脉,披奇抉奥,不怕危峦绝壁、险道长途,也不管寒暑之侵、饥渴之害,驰驱数万里,踯躅三十年。因此,晚明一般文士,与徐霞客就有"好聚"与"好离"、"好近"与"好远"、"好夷"与"好险"之别了。

潘耒在《徐霞客游记》的序中,通过把徐霞客与当时一般文人的游赏加以比较,从而凸现徐霞客的意义。他说,文人达士,多喜言游。但真正的游,不是轻易可言的:"无出尘之胸襟,不能赏会山水;无济胜之支体,不能搜剔幽秘;无闲旷之岁月,不能称性逍遥;近游不广,浅游不奇;便游不畅,群游不久;自非置身物外,弃绝百事,而孤行其意,虽游犹弗游也。"一般文士之游,只是"近游""浅游""便游""群游",而徐霞客之游,则完全不同。他一生所涉历,手攀星岳,足蹑遐荒。其旅游不从大道,只要有名胜,就迂回屈曲去访寻。每游必先审视山脉如何去来,水脉如何分合,既得大势,然后一丘一壑,支搜节讨。其登山不必有径,

---

① 《徐霞客游记》卷一〇下附编《答徐霞客》,第1183—1184页。

涉水不必有津。荒榛密棘,急流恶泷,皆阻隔不了其探险的行程。其旅行绝不是一种消闲,而是一种十分艰苦的历程。瞑则寝树石之间,饥则啖草木之实。不避风雨,不惮虎狼,不惧强盗,不计程期,不求伴侣。这种游,称得上"以性灵游,以躯命游",在种种艰难困苦面前,表现出惊人的毅力和非凡的精神。像这样的游,古往今来,徐霞客一人而已![1]故徐霞客游记,没有一般记游之作那种随兴而至、兴尽而返的名士气,却充溢着一种不畏艰险壮士之情,时时展现着一般人所领略不到的美。

徐霞客游记一方面继承《水经注》《洛阳伽蓝记》、柳宗元山水游记的传统,另一方面,他身处晚明,自然也受到晚明文风的一些影响。徐霞客有许多文学朋友,如李维桢、李流芳、陈继儒、张大复、王思任、许学夷、钱谦益等,这些都是晚明杰出的文学艺术家。徐霞客的散文,大致有晚明那种不拘格套、潇洒自如的文风,但又摈弃其浅薄油滑的弊病。徐霞客具有很强的文学表现能力,他的游记写作,可称为"笼天地于形内,挫万物于笔端"。他描写自然景观,不但逼真,而且生动。如《游雁宕山日记》写山峰:"山腋两壁,峭立亘天,危峰乱叠,如削如攒,如骈笋,如挺芝,如笔之卓,如幞之欹。""袈裟伛偻""流霞映采""冰壶瑶界""下伏如邱垤"[2]等,妙用缤纷的比喻,富有创造性。又如《黔游日记·一》中,写黄果树瀑布:"万练飞空,溪上石如莲叶下覆,中剜三门,水由叶上漫顶而下,如鲛绡万幅,横罩门外,直下者不可以丈数计,捣珠崩玉,飞沫反涌,如烟雾腾空,势甚雄厉。"[3]徐霞客还常常在景观描写中表现自我主观感受,如:"夕阳已坠,皓魄继辉,万籁尽收,一碧如洗,真是濯骨玉壶,觉我两人形影俱异,回念下界碌碌,谁复知此清光?即

---

[1] 《徐霞客游记》卷一〇附编下,第 1268—1269 页。
[2] 《徐霞客游记》卷一上,第 6—9 页。
[3] 《徐霞客游记》卷四下,第 651 页。

有登楼舒啸,酾酒临江,其视余辈独蹑万山之巅,径穷路绝,迥然尘界之表,不啻霄壤矣。"①徐霞客的语言相当丰富,笔下形象千姿百态,绝少雷同。书中写山峰、危崖、峭壁、岩洞、江河、溪涧、瀑布、花草、树木等,无不是随步换形,笔随景迁。比如,其《游黄山日记》有三处写黄山松:"尽皆怪松悬结,高者不盈丈,低仅数寸,平顶短鬣,盘根虬干,愈短愈老,愈小愈奇,不意奇山中又有此奇品也!""坞半一峰突起,上有一松,裂石而出,巨干高不及二尺,而斜拖曲结,蟠翠三丈余,其根穿石上下,几与峰等。"②"其松犹有曲挺纵横者,柏虽大干如臂,无不平贴石上如苔藓然。"③既把握其共性,又注意到不同地势、位置黄山松的特点。这不但因为作者对自然界有惊人的观察力,故能把握各自的精神特征,也因为作者具有高超的语言技巧,词汇丰富,文笔多变,随步换形。

徐霞客具备游记大家的二大素质:"锐于搜寻"和"工于摹写"④。前者需要一种科学态度,后者则需要一种文学才能,而徐霞客正兼有科学家与文学家的双重才华。《滇游日记十》对腾越州硫黄塘的描写:

> 则一池大四五亩,中洼如釜,水贮于中,止及其半,其色浑白,从下沸腾,作滚涌之状,而势更厉;沸泡大如弹丸,百枚齐跃而有声,其中高且尺余,亦异观也……溯小溪西上,半里,坡间烟势更大,见石坡平突,东北开一穴,如仰口而张其上腭,其中下绾如喉,水与气从中喷出,如有炉橐鼓风煽焰于下,水一沸跃,一停伏,作呼吸状;跃出之势,风水交迫,喷若发机,声如吼虎,其高数尺,坠涧下

---

① 《徐霞客游记》卷二上《浙游日记》,第103页。
② 《徐霞客游记》卷一上,第14—16页。
③ 《徐霞客游记》卷一上《游黄山日记·后》,第31页。
④ 《四库全书总目》卷七一《徐霞客游记》提要,第630页。

流,犹热若探汤;或跃时,风从中卷,水辄旁射,揽人于数尺外,飞沫犹烁人面也。余欲俯窥喉中,为水所射,不得近。①

这种描写,有声有色,诉诸人们的视觉、听觉、触感,似乎是一篇现场的新闻报道,给人一种非常强烈、真实的感受,有一种震撼人心的力量。只有具备精确科学眼光的人,才能观察得如此细致;只有具备高度文学表现力的人,才能如此形象生动地再现出来。

徐霞客游记艺术上最大的特点便是真实。正如潘耒在序中所说的,此书"记文排日编次,直叙情景,未尝刻画为文,而天趣旁流,自然奇警;山川条理,胪列目前;土俗人情,关梁阨塞,时时著见;向来山经地志之误,厘正无遗;奇踪异闻,应接不暇,然未尝有怪迂侈大之语,欺人以所不知。故吾于霞客之游,不服其阔远,而服其精详;于霞客之书,不多其博辨,而多其真实"②。卢文弨在《书徐霞客游记后》也说:"此记所游历,直事即目,非有意藻绘为文章也。知书者亦正以其真而许之,然大约类形家者言为多。"③这些评价十分中肯。徐霞客所记,都是付出巨大代价,亲身体验和经历的。其形容物态,摹绘情景,皆凿凿可稽,绝无虚语和妄语。人们读之,虽越数千里之远,隔数百年之后,高山大川,怪木奇材,瘴风酷暑,淫霖狂飓,无不历历于眉睫之前。徐霞客的沉实风格,正好与晚明一般文人的浮躁、轻浅文风形成强烈对比。

钱谦益说徐霞客游记"文字质直,不事雕饰,又多载米盐琐屑,如甲乙帐簿。此所以为世间真文字"④。杨名时的序也说:"大抵霞客之

---

① 《徐霞客游记》卷九上,第1008—1009页。
② 《徐霞客游记》卷一〇下附编,第1269页。
③ 同上书,第1275页。
④ 《徐霞客游记》卷一〇下附编《嘱徐仲昭刻游记书》,第1186页。

记,皆据景直书,不惮委悉烦密,非有意于描摹点缀,托兴抒怀,与古人游记争文章之工也。"①他们都认为,徐霞客游记的风格真实朴素,不事雕琢。这也是学术界普遍的说法。这种说法,作为总体把握基本上是准确的,不过,如果细加分析,还可以看到,徐霞客前后期游记的风格存在一些差异。徐霞客的旅行,可分为前后时期。前期自二十二岁起到五十一岁,二十九年。在这段时间,徐霞客断断续续地游览许多名山大川,其目的主要是搜奇探胜。该时期共有游记十七篇,篇幅只占全部游记的十分之一。后期则是五十一岁以后的西南之行,从江阴出发,到了云南,历时四年,才回到家乡。现存的徐霞客游记,绝大部分是后期所写的。前期的游记,所游大多是已经开发的风景名胜。二十九年时间,仅存五万字的十七篇游记。而且作者有较为安定的环境、宽裕的时间,可以从容地写作,可以字斟句酌,着意修辞和修改。假如我们是从文学艺术创作角度来看的话,前期游记,如《游天台山日记》《游雁宕山日记》《游黄山日记》《游武夷山日记》《游庐山日记》《游太华山日记》等篇章,都显得较为精到,构思严密、文采斐然,情韵深永。与晚明诸公的大多游记,并无太大差异。

徐霞客后期旅行的写作条件相当恶劣,大多游记是在跋山涉水之后,饥渴疲惫之时,挤时间写成的。当然,也就难有精力去着意摹写。所以风格朴素,不事矫饰。既然许多是随手的记录,其中也就不无琐碎或粗率之处;而且目的又是为了科学考察,其记录也就不求文采,而以准确和细致为第一义。故文辞繁委,质实详密。如果只从文学角度来看,也就未必篇篇都很有可读性了。不过,若从科学考察游记角度来读,则后期游记有更高的科学价值,也就更有可读性了。对于徐霞客前

---

① 《徐霞客游记》卷一〇下附编《杨序二》,第 1273 页。

后期的游记,应有不同的欣赏眼光。如《滇游日记十一》:

水帘洞在桥西南峡底,倚右岭之麓,幽闷深阻,绝无人行。初随流觅之,傍右岭西南,行荒棘中三里,不可得;其水渐且出峡,当前坳尖山之陴矣。乃复转,回环遍索,得之绝壁下,其去峡底桥不一里也,但无路影,深阻莫辨耳。其崖南向,前临溪流,削壁层累而上,高数丈。其上洞门岭岈,重复叠缀,虽不甚深,而中皆旁通侧透,若飞薨复阁,檐牖相仍。有水散流于外,垂檐而下;自崖下望之,若溜之分悬;自洞中观之,若帘之外幕;"水帘"之名,最为宛肖。洞石皆棂柱绸缪,缨幡垂飐,虽浅而得玲珑之致,但旁无侧路可上,必由垂檐叠复之级,冒溜冲波,以施攀跻,颇为不便。若从其侧架梯连栈,穿腋入洞,以睇帘之外垂,只中观其飞洒,而不外受其淋漓,胜更十倍也。崖间有悬干虬枝为水所淋漓者,其外皆结肤为石,盖石膏日久凝胎而成;即片叶丝柯,皆随形逐影,如雪之凝,如冰之裹;小大成象,中边不欹,此又凝雪裹冰,不能若是之匀且肖者也。余于左腋洞外得一垂柯,其大拱把,其长丈余,其中树干已腐,而石肤之结于外者,厚可五分,中空如巨竹之筒而无节,击之声甚清越。余不能全曳,断其三尺,携之下,并取枝叶之绸缪凝结者藏其中;盖叶薄枝细,易于损伤,而筒厚可借以相护,携之甚便也。

水帘之西,又有一旱岩。其深亦止丈余,而穹覆危崖之下,结体垂象,纷若赘疣,细若刻丝,攒冰镂玉,千萼并头,万蕊簇颖,有大仅如掌,而笋乳纠缠,不下千百者,真刻楮雕棘之所不能及!余心异之,欲击取而无由,适马郎携斧至,借而击之,以衣下承,得数枝。取其不损者二枝,并石树之筒,托马郎携归玛瑙山,俟余还取之。①

这段描写水帘洞的文字,十分详尽。寻找水帘洞的途径和过程,此洞的方位、地点与特点和命名的原因,此石灰岩溶洞中及周围的各种石笋、石钟乳的形状和构成原因,如何采石笋,如何带石笋等,无不一一交代清楚。如从纯文学性游记来看,似乎有些琐碎;但从科学考察角度来看,这种文笔,却是十分精彩的。其精确和详细的记录,让我们似乎也可以按图索骥。这种描写,绝不是枯燥的现象罗列,而是具有艺术表现力和感染力的,展现了大自然的鬼斧神工。他对石钟乳的描写,"悬干虬枝为水所淋漓者,其外皆结肤为石,盖石膏日久凝胎而成;即片叶丝柯,皆随形逐影,如雪之凝,如冰之裹",不但相当形象,而且对石钟乳的成因解释,也很有科学眼光。这正是一般文学家所难以达到的。

但是,质朴二字,仍难以概括徐霞客后期全部游记的风格。如《滇游日记四》:

> 坐茅中,上下左右,皆危崖缀影,而澄川漾碧于前,远峰环翠于外。隔川茶埠,村庐缭绕,烟树堤花,若献影镜中。而川中凫舫贾帆,鱼罾渡艇,出没波纹间。棹影跃浮岚,橹声摇半壁,恍然如坐画屏之上也。②

这是作者在螳螂川一峰顶上道士的茅舍中所见到的景色,用笔清新而明丽,富有诗情画意,流露出文人才士的本色。

---

① 《徐霞客游记》卷九下,第 1044—1045 页。
② 《徐霞客游记》卷六上,第 772 页。

徐霞客游记的价值,还在于记游所体现出来的崇高人格力量。其游记时而秀丽,时而雄奇,尽得山川佳胜之妙。而字里行间,作者那不辞辛劳、风尘仆仆的身影,了然可辨。在早期旅行中,徐霞客就有一种寻幽穷奇的冒险精神。如他在冬季登黄山的天都峰,冰雪覆盖着险峻的山径,坚滑无比,寸步难行。而徐霞客偏"独前,持杖凿冰,得一孔,置前趾,再凿一孔,以移后趾"①。终于攀上天都峰,使被大雪困在山中三月的和尚大为吃惊。而后期旅行途中,更是险象环生,常常有生命之虞。在《楚游日记》中,写乘船泊于潇湘,久雨天晴,"月色颇明","为之跃然",殊不料,半夜来了一伙强盗:

  群盗喊杀入舟,火炬刀剑交丛而下。余时未寐,急从卧板下取匣中游资移之,越艾舱,欲从舟尾赴水,而舟尾贼方挥剑斫尾门,不得出,乃力掀篷隙,莽投之江中。复走卧处,觅衣披之。静闻顾仆与艾、石主仆,或赤身,或拥被,俱逼聚一处。贼前从中舱后破后门,前后刀戟乱戳,无不以赤体受之者。余念必为盗执,所持绸衣不便,乃并弃之,各跪而请命,贼戳不已,遂一涌掀篷入水。入水余最后,足为竹牵所绊,竟同篷倒翻而下,首先及江底,耳鼻灌水一口,急踊而起,幸水浅止及腰,乃逆流行江中,得邻舟间避而至,遂跃入其中。时水浸寒甚,邻客以舟人被盖余,而卧其舟,溯流而上三四里,泊于香炉山,盖已隔江矣。还望所劫舟,火光赫然,群盗齐喊一声为号而去。②

这一次虽然死里逃生,却是"身无寸丝",行李盘缠也丢失无遗了。而

---

① 《徐霞客游记》卷一上《游黄山日记》,第14页。
② 《徐霞客游记》卷二下,第201页。

同行者,则皆身受创。徐霞客在旅行中,考察过三百多个岩洞。在当时,工具还相当落后,全靠手脚攀登。洞穴考察,往往十分危险。《滇游日记九》中,有一段写他在游南香甸时,发现石房洞,遂冒险登山的经过:

> 先是,余望此巉嶭之峰,已觉其奇,及环其麓,仰见其盘亘之崖,层耸叠上,既东转北向,忽见层崖之上,有洞东向,欲一登而不见其径;欲舍之,又不能竟去,遂令顾仆停行李,守木胆于路侧,余竟仰攀而上。其上甚削,半里之后,土削不能受足,以指攀草根而登。已而草根亦不能受指,幸而及石,然石亦不坚,践之辄陨,攀之亦陨,间得一少粘者,绷足挂指,如平帖于壁,不容移一步,欲上既无援,欲下亦无地;生平所历危境,无逾于此。盖峭壁有之,无此苏土;流土有之,无此苏石。久之,先试得其两手两足四处不摧之石,然后悬空移一手,随悬空移一足,一手足牢,然后悬空又移一手足,幸石不坠;又手足无力欲自坠,久之,幸攀而上,又横帖而南过,共半里,乃抵其北崖,稍循而下坠,始南转入洞。①

这次攀登,困于悬崖之上,"进亦忧,退亦忧",徐霞客称"生平所历危境,无逾于此"。最终上得山去,然而,下山时,从悬崖上溜下来,更是一番惊心动魄的经历:"出洞,循崖而北,半里,其下亦俱悬崖无路,然皆草根悬缀,遂坐而下坠,以双足向前,两手反而后揣草根,略逗其投空之势,顺之一里下,乃及其麓,与顾仆见,若更生也。"②作者为了观察一个山洞,竟冒着生命危险去攀缘。在这过程中,每一刻都可能丧生。这

---

① 《徐霞客游记》卷八下,第990页。
② 同上书,第991页。

里给我们感受最深的,当然还不是作者那生动、形象的描述险情的文笔,而是文中所体现出的那种冒险精神。传统文人之中有此冒险精神与英雄气质者,确实太少了。略早于徐霞客的袁中郎曾说:"恋躯惜命,何用游山?"还说:"且而与其死于床笫,孰若死于一片冷石也?"①这些话,博得许多研究者的称赏。实际上,袁中郎自己的游踪,也不过是些寻常名胜罢了,实在谈不上有多少生命之虞。所谓"死于一片冷石"之说,未免有些夸大其词。最有资格来说此豪言壮语的,应是徐霞客。

徐霞客旅行的眼光,与一般文人不同。不仅是欣赏,更在于发现。他是以一种做学问的眼光去旅行、去探索的。他在地理考察方面,作出了重大贡献。如对西南地区石灰岩的溶蚀地貌的成因、特点、分布等的观察和记录,在世界地理史上都是首创的。他准确地认识到水在岩溶地貌形成过程中的作用,对于石钟乳的成因,也有合理科学的解释。他的游记,自始至终都贯彻着一种实事求是的观察与思索相结合的精神。如《游太和山日记》:

> 山谷川原,候同气异,余出嵩、少,始见麦畦青;至陕州,杏始花,柳色依依向人;入潼关,则驿路既平,垂杨夹道,梨李参差矣;及转入泓峪,而层冰积雪,犹满涧谷,真春风所不度也。过坞底岔,复见杏花;出龙驹寨,桃雨柳烟,所在都有。②

一路高山和平原、冰雪和花木,这些都不仅是风景,也是科学考察的对象。徐霞客把它们联系起来,得出"山谷川原,候同气异"的结论。《粤西游日记三》中,记录南宁新宁的地理时说:"且江抵新宁,不特石山最

---

① 《袁宏道集笺校》卷三七《开先寺至黄岩寺观瀑记》,第1145页。
② 《徐霞客游记》卷一下,第55页。

胜,而石岸尤奇;盖江流击山,山削成壁,流回沙转,云根迸出,或错立波心,或飞嵌水面,皆洞壑层开,肤痕縠绉;江既善折,岸石与山辅之恐后,益使江山两擅其奇。"①这里,写的是新宁的石山与石岸的特点。丁文江在《徐霞客先生年谱》中极为称赏徐霞客"观察之精确",并说此处"江流击山,山削成壁,流回沙转,云根迸出"数语,"即近世地质学者所谓河流侵蚀之原理也"。②

徐霞客后期的一些游记,往往于琐细、平常和朴素的记录中,流露出相当深挚动人的感情。如己卯(1639)七月,徐霞客在云南腾越地区。当时,离家已四年,朋友俞禹锡有仆人准备回家乡,要帮他带家书回去。徐霞客在《滇游日记十一》中记载:

> 余念浮沉之身,恐家人已认为无定河边物;若书至家中,知身犹在,又恐身反不在也,乃作书辞之。至是晚间不眠,仍作一书,拟明日寄之。③

寥寥数语,却有几番转折;如此平淡的口气,却表达了非常复杂的感情。万语千言,尽在此寄与不寄的踌躇之中矣。古来关于家书有过许多动人诗文,此则日记,可列入其中。

---

① 《徐霞客游记》卷四上,第456页。
② 《徐霞客游记》附录《徐霞客先生年谱》,第35页。
③ 《徐霞客游记》卷九下,第1037页。

第八章　逸致闲情

晚明时代,出现大量清言小品与清赏小品,它们集中地表现了晚明文人的闲情逸致。"清"之一字,甚为晚明人喜欢。王思任《清课诗引》:"清者,天之所争也。痴云昏露,暴雨终风,有以阂之,则其心不快。每见秋澄碧落,境界愈高,天心愈杳,愈觉矜喜。乃知最上之物,天自取之。其中于人也,为佛为仙,为圣贤豪杰。人世有五福而清不与,清又天之所最吝也。"①可见,"清"是人生的最高境界。何伟然在《〈广清记〉序》中说:"天则取清气,朝则取清时,官则取清吏,禅则取清规,仙则取清班,鬼则取清魂。山川则清而秀吐,草木则清而芬扬,昆虫则清而韵泠。天下无此清字,不成为世界。"又说:"清为天地民物之原,千古高人逸士之根也。"②所谓"清",有清妙、清雅、清拔、清奇、清静、清净、清虚、清远等内涵。总之,"清"就是高洁超俗之意。晚明文人与"清"的关系,十分密切。如乐纯著有《雪庵清史》一书,为小品杂言,分"清景""清供""清课""清醒""清福"五门。这种审美嗜好,正反映出晚明文人以"清"为人生理想的价值取向。而这种人生理想反映到小品创作中,便出现大量的清言小品与清赏小品。

---

① 《文饭小品》卷一,第53页。
② 《明文海》卷二三〇,第2375—2376页。

第一节 清言与箴言

在中国古代,某种文体在特定时代的勃兴,往往具有特殊的文化意义和美学内涵。晚明"清言"的兴盛,便是其中一例。

晚明"清言",是一种精致而优美的格言式小品。其内容大多表现晚明文人的闲情逸致和庄禅幽尚。清言,原意是清谈,指清雅、玄妙的言谈、议论。陶渊明《扇上画赞》:"郑叟不合,垂钓川湄,交酌林下,清言究微。"①《世说新语·文学》:"(王导)语殷(浩)曰:'身今日当与君共谈析理。'既共清言,遂达三更。"②《晋书·乐广传》说:"广善清言,而不长于笔。"③这里所谓"清言",都是指富有哲理意趣的言语。在明代,"清言"一词,仍然保存有清谈的含义。如顾元庆《檐曝偶谈序》:"快雪时晴,相与二三子负暄于东檐之下,拥膝联趾,清言竟日。"④

晚明文坛大量出现一种名叫"清言"的小品。作为一种文体,早在晚明之前,就有人写过"清言"作品。如朱存理(1444—1513)就有《松下清言》。他在《题〈松下清言〉》中说自己:"僦居松下,日录过客之谈,曰《松下清言》。"而《松下清言》的内容,则"非他势利之人,过谈势利之事也。今吾与客之所谈者,又不过品砚、借书、鉴画之事而已"⑤。可见,他的清言多谈与艺术有关的生活情趣。在晚明清言小品大量产生之前,明人已经有一些关于人生和道德方面的箴言。如钱琦的《钱公良测语》、何景明的《四箴杂言》和敖英的《慎言集训》。《钱公良测

---

① 《陶渊明集笺注》卷六,第 508 页。
② 《世说新语笺疏》上卷下《文学》第四,第 212 页。
③ 《晋书》,第 1244 页。
④ 《说郛续》卷一七《檐曝偶谈》,第 793 页。
⑤ 《景印文渊阁四库全书》第 1251 册《楼居杂著》,第 604—605 页。

语》:"清苦固是佳事,然亦不可过。天下岂有薄于自待而能厚于待人者乎?""人生一日,或闻一善言,见一善行,行一善事,此日方不虚生。""人常想病时,则尘心渐减;常想死时,则道念自生。"①敖英的《慎言集训》作于嘉靖五年,分上、下卷。上卷为"戒",即言语时应禁止的现象,如"戒多言""戒轻言"等,共二十二类二百四十二则;下卷为"贵",即是言语时提倡的现象,如"言贵简""言贵诚实"等共十类九十二条。敖英在《慎言集训叙》中说:"余平居应酬,往往不当言者言之,不必言者言之。甚或招尤起羞,悔莫能追。每览载籍,于慎言有涉者,辄掇节焉,汇而抄之以自警。"②这些箴言作品,与清言也有相近之处。

晚明初期,有一些比较有影响的感言和箴言小品,与后来大量清言小品在形式上有一定关系。下面,以田艺蘅和陆树声的箴言小品为例,略作介绍。

田艺蘅(1524—1591?),字子艺,钱塘人。以岁贡生为徽州训导,罢归。③ 他是著名学者田汝成之子。自幼天资聪颖,才华横溢,但举业偃蹇,故放浪西湖,纵情山水。田艺蘅的著作《留青日札》,记录他读书心得和对人生社会的感受、体会,也记录了许多逸事旧闻。其中最值得注意的是卷七《玉笑零音》。这部箴言体小品,是晚明盛行清言一体的先驱。如:

  鹏运扶摇,不知游于天外;虱逃缝絮,不求出乎裈中。居化有宜,适真各得。

---

① 《丛书集成初编》,《钱公良测语》,卷下第49—50页。
② 《丛书集成初编》,《慎言集训》叙,第1页。
③ 参考汪超宏《田艺蘅的生卒年与曲作》,《明清浙籍曲家考》,第1—5页。

> 忘名之士,能弃万乘之居;好名之人,能轻千乘之国。
>
> 士苟洁心,无假浴于江海;女能饬体,何必竞其黛朱!
>
> 恶土,虽善种不生;善土,虽恶种不死。良农择地而种,君子择人而施。
>
> 有子如龙虎,不须作马牛;有子如豚犬,何须作马牛。①

这些都是对人生、对生活的感言,书中也有对历史的感言。如:"江河若决,神禹不能挽其流;井田既开,周公不能复其界。"这些,又似乎是对当时现实的感叹。这些人生感言、历史感言,都写得形式精美,言简意赅。

陆树声(1509—1605),字与吉,号平泉,松江华亭人。嘉靖二十年会试第一,历官太常卿。神宗初,累拜礼部尚书。陆树声阅世既深,阅人亦多,他的不少感言小品,是对人生深有体会之言,非泛泛而谈。这些感言,多写于多病的老年,故常就生老病死而论人生哲学。如《清暑笔谈》一书,便是他老年的感悟之言。其序曰:"余衰老退休,端居谢客,属长夏掩关独坐,日与笔砚为伍。因忆曩初见闻积习,老病废忘,间存一二,偶与意会,捉笔成言,时一展阅。如对客谭噱,以代抵掌。"②《清暑笔谈》内容十分丰富,涉及面较广。除了生死之理、养生之旨之外,还有其他谈人生哲理、读书论艺的内容。如:

---

① 《留青日札》卷七《玉笑零音》,第98—108页。
② 《丛书集成初编》,《清暑笔谈》,第1页。

> 攫金于市者,见金而不见人;剖身藏珠者,爱珠而忘自爱。与夫决性命以饕富贵,纵嗜欲以戕生者何异?
>
> 棋罢局而人换世,黄粱熟而了生平。此借以喻世幻浮促,以警夫溺情世累,营营焉不知止者。
>
> 无云之月,有目者所快睹也,而盗贼所忌;花鸟之玩以娱人也,而感时惜别者,因之堕泪惊心。故或见境以生情,或缘情而起境。
>
> 观舞剑而得神,闻江声而悟笔法,此出于积习之久,一触则诣神境,如参禅已至境界,一喝得悟者。譬之人当关而立,一喝则掉臂而过矣。灵云之于桃花,香岩之于击竹,其得悟皆此类,若据以求悟,是守枯筌而索舟剑也。[1]

从田艺蘅到陆树声所写的这些警世名言,在形式上,颇值得注意。它们大多以精警的语言和接近骈偶的形式来阐论人生哲理,这一特点到了屠隆,就形成一种比较固定的"清言"形态,在晚明大行其道。

到了晚明,传统的格言体小品逐渐演化为清言小品。在当时,清言小品的写作,形成一种风气。正如《四库全书总目》所说:"山人墨客,莫盛于明之末年,刺取清言,以夸高致,亦一时风尚如是也。"[2]这种表述的口气,当然是轻蔑的;所表达的,却是事实。清言风行的原因,与"山人墨客,莫盛于明之末年"这一现实,很有关系。晚明出现山人墨客这些文人的特殊阶层,他们喜欢谈禅论道,品文论艺,喜欢清谈,而清

---

[1] 《丛书集成初编》,《清暑笔谈》,第8—13页。
[2] 《四库全书总目》卷一三二《增定玉壶冰》提要,第1125页。

言的形式自由,三言两语,信手拈来,又简约深刻,充满哲理,故为人所喜爱。晚明的曹臣著有《舌华录》,此书从经、史、诸子百家中,摘取一些隽永的语言,分为慧语、名语、豪语、狂语、傲语、冷语、谐语、谑语、清语、韵语、俊语、讽语、讥语、愤语、辩语、浇语、凄语,目的也是为了适应清谈的需要,让读者"舌本生莲"。"清言"作为文体简约隽永,易于口头流传。正如吴从先在《小窗自纪》中所说:"名世之语,政不在多;惊人之句,流声甚远。"[1]以清言小品来表达高致,确是当时的风尚。吴从先又说:"冷语、隽语、韵语,即片语亦重九鼎。"[2]这些话,不妨看作当时文人对清言的价值判断。晚明这一类的清言小品很多。如屠隆的《娑罗馆清言》《续娑罗馆清言》、闵元衢的《增定玉壶冰》、陈继儒的《岩栖幽事》《安得长者言》《读书十六观》、彭汝让的《木几冗谈》、李鼎的《偶谭》、黄汝亨的《寓林清言》、张复的《戄下语》、吴从先的《小窗自纪》、何伟然的《呕丝》、倪允昌的《光明藏》、余绍祉的《元邱素语》、王纳谏的《会心言》、祝世禄的《祝子小言》、赵世显的《一得斋琐言》、陆绍珩的《醉古堂剑扫》等。此外,如陆云龙的《翠娱阁评选行笈必携》也辑有《清语部》一卷。关于屠隆和陈眉公的清言小品,因本书已有专节论述,这里就不赘论了。下面,再介绍其他一些清言作品。

徐学谟(1522—1593),字叔明,一字子言,号太室山人,嘉定人。嘉靖二十九年进士,官至礼部尚书。归田后,著有《归有园稿》。《四库全书总目》卷一七八说:"学谟尝谓昔人有云,近世大夫以官为家,罢则无所于归。故自早岁罢荆州守,即构一园,名曰归有。因以名其诗文。"[3]其《归有园麈谈》,也是清言类作品。其特点正如汉陂外史跋

---

[1] 《四库全书存目丛书》子部第 252 册《小窗自纪》,第 628 页。
[2] 同上书,第 641 页。
[3] 《四库全书总目》卷一七八《归有园稿》提要,第 1598 页。

《归有园麈谈》指出:"月旦人伦,雌黄物理。包笼连类,取譬收奇。自著一家之书,不经人道之语。雅谑兼陈,醇驳互见。使夫挥麈者,便尔神怡。抚掌者,则不鱼倪矣。"这也是一般清言小品共有的特征。徐学谟《归有园麈谈》最精粹之处,是对世态人生的透彻论述。他往往用非常冷峻深刻的眼光来剖析世态炎凉:

> 炎凉之态,处富贵者更甚于贫贱;嫉妒之念,为兄弟者或狠于外人。

> 孩提之童,无不知爱其亲,似矣,假令易乳而食,能自识其母乎?及其长也,无不知敬其兄,似矣,假令从幼出继,能自辨其亲兄乎?

> 谦,美德也;过谦者,多怀诈。默,懿德也;过默者,或藏奸。

> 淫奔之妇,矫而为尼;热中之夫,激而入道。

可以看出徐学谟老于世故。他善于透过各种社会现象,看到本质,或解释各种现象产生的内在原因。他对世态炎凉,似有很深的感受:"颜随势改,升降顿殊;气逐时移,盛衰立见。"他还提供一些人生策略:"当得意时,须寻一条退路,然后不死于安乐;当失意时,须寻一条出路,然后可生于忧患。"[1]这大概是徐学谟从多年的官场中总结出来的人生智慧吧。

---

[1] 《丛书集成初编》,《归有园麈谈》,第7—9页。

彭汝让的《木几冗谈》①,也是一部清言小品。彭汝让,生卒年不详。《木几冗谈》开篇说:"半窗一几,远兴闲思,天地何其寥阔也;清晨端起,亭午高眠,胸襟何其洗涤也。"可视为此书的小序。他把人的处境分为"穷而穷""穷而不穷""不穷而穷""不穷而不穷"诸类。"穷而穷者,穷于贪;穷而不穷者,不穷于义。不穷而穷者,穷于蠢;不穷而不穷者,不穷于礼。是故君子贫而知义,富而知礼。"②《木几冗谈》的趣旨,并不高谈隐逸。他说:"夫人有志于功业者,有志于山林者。巢、许不能为管、晏,管、晏不能为巢、许,性也。故曰:'凫胫续之则悲,鹤胫断之则忧。'"与晚明许多文士山人之高言隐逸有所不同,《木几冗谈》比较注重人生修养。如:

造诣不尽者,天下之人品;读不尽者,天下之书。

多躁者必无沉毅之识,多畏者必无踔越之见,多欲者必无慷慨之节,多言者必无质实之心,多勇者必无文学之雅。③

嗜欲者语之富贵利达则悦,语之贫贱忧戚则拂衣而去;好名者语之夸大奢靡则悦,语之恬淡隐约则拂衣而去。故曰:"鱼相忘乎江河,人相忘乎道术。"④

此外,《木几冗谈》所论甚广,谈史论文,谈哲理,言人生。其道理较为

---

① 收入《说郛续》卷三一。
② 以上均出自《说郛续》卷三一,第1496页。
③ 同上书,第1498页。
④ 《说郛续》卷三一,第1499页。

浅近,而语言也较为质朴。

李鼎的《偶谭》一书①,是随笔性清言。书名就是偶然而谭(谈)的意思。李鼎,字长卿,新建人,万历十六年举人。《偶谭》一书颇受庄禅影响。"扫地焚香,愧作佛前之弟子;草衣木食,永为世外之闲人。"这两句话,可能就是作者人生的写照。他的清言小品,常常流露出寂灭和出世的旨趣来:"应千二百四十年之佳会,猛着力,只在九龄;超万亿兆尘沙劫之业根,急回头,直须一瞬。""大道玄之又玄,人世客而又客。直至忘无可忘,乃是得无所得。"由于这种庄禅思想,故自有独特的人生态度:"身退日,便是功成名遂,犹龙老子神哉;心远时,自无马隘车填,五柳先生卓矣。"古人倡言功成身退,而此君却说,身退便是功成,似乎身退是人生的目的。因此,他对历史人物的评价也有自己的见解:"三徙成名,笑范蠡碌碌浮生,纵扁舟,负却五湖之风月;一朝解绶,羡渊明飘飘遗世,命巾车,归来满架之琴书。"在他看来,理想的生活,应该是隐逸闲适的:"身在江湖,心悬魏阙,身心两地奔波;手探月窟,足蹑天根,手足一齐顺适。"以这种庄禅的眼光来阅世,万物也就染上庄禅意趣了:

万壑疏风清两耳,闻世语,急须敲玉磬三声;九天凉月净初心,颂真经,胜似撞金钟百下。

诗思在霸陵桥上,微吟就,林岫便已浩然;野趣在镜湖曲边,独往时,山川自相映发。

---

① 收入《说郛续》卷三一。

>　　茅檐外，忽闻犬吠鸡鸣，恍似云中世界；竹窗下，雅有蝉吟鸦噪，方知静里乾坤。
>
>　　杏花疏雨，杨柳轻风，兴到忻然独往；村落浮烟，沙汀印月，歌残倏尔言旋。①

这些清言，都是用诗一般的语言，建构了一个个幽雅清新的理想生活意境。

吴从先的《小窗自纪》，是晚明一部规模较大的清言小品集子。吴从先，字宁野，号小窗，著有《小窗自纪》《小窗别纪》《小窗清纪》《小窗艳纪》四书，合称"小窗四纪"。《小窗自纪》引陈眉公之语，如引经典，可见其清言趣旨与眉公相近。他还赞扬袁宏道与汤显祖，"词坛中之文将，云间陈征君（眉公）；文场中之词臣，公安袁吏部（宏道）"。"情词之娴美，《西厢》以后，无如《玉合》《紫钗》《牡丹亭》，三传置之案头，可以挽文思之枯涩，收神情之懒散。"从这些话中，也可以看出吴从先的文学情趣，近于公安性灵一派。与晚明许多文人一样，吴从先也受到禅宗思想的影响："破除烦恼，二更山寺木鱼声；见彻性灵，一点云堂优钵影。"不过，他主张"以晋人之风流，维以宋人之道学，人品才情，才合世格"。这种兼风流与道学于一身的人生理想，是比较少见的。

清言之清，当然首先是指清雅的生活。《小窗自纪》中许多清言，表现了晚明文人的生活情趣："赏花须结豪友，观妓须结淡友，登山须结逸友，泛水须结旷友，对月须结冷友，待雪须结艳友，饮酒须结韵友。""小窗偃卧，月影到床，或逗留于梧桐，或摇乱于杨柳，翠华扑被，

---

① 以上内容出自《说郛续》卷三一，第1501—1504页。

俗骨俱仙。及从竹里流来,如自苍云吐出,清送素娥之环佩,逸移幽士之羽裳。相思足慰于故人,清啸自纡于长夜。""高僧简里送诗,突地天花坠落;韵妓扇头寄画,隔江山雨飞来。"又如:"山上须泉,径中须竹,读史不可无酒,谈禅不可无美人。""才经文酒社,高尚者忽逞征逐之豪;一入风月场,老成人亦生游冶之态。"①这些都真实地反映了晚明文人既清雅,又轻狂的生活情趣,所谓"谈禅不可无美人",也许正是晚明文人谈禅的情况或者是理想。

吴从先擅长以清言的形式,描写景致与意趣,如:

石上藤萝,墙头薜荔,小窗幽致,绝胜深山。加以明月照映,秋色相侵,物外之情,尽堪闲适。

论声之韵者,曰溪声、涧声、竹声、松声、山禽声、幽壑声、芭蕉雨声、落花声、落叶声,皆天地之清籁,诗肠之鼓吹也。然销魂之听,当以卖花声为第一。

蓬窗夜启,月白于霜;渔火沙汀,寒星如聚。忘却客子作楚,但欣烟水留人。

清斋幽闭,时时暮雨掩梨花;冷句忽来,字字秋风吹木叶。②

这些清言,或骈体,或散体,建构诗一般的意境,给人以无尽的审美愉悦。

---

① 《四库全书存目丛书》子部第252册《小窗自纪》,第617—648页。
② 同上书,第620—639页。

《小窗自纪》中,也有一些谈艺论文的清言。以艺术的语言谈艺术,令人意远。如:"挟来字句风霜,使我情魂洗濯;如有花姿冰玉,令人神骨萧疏。""日月山河,不过剩影,何况块然一身;文采声名,方是真神,那得漫焉终世。"又如:"问:何为应试之文? 曰:早知不入时人眼,多买胭脂画牡丹。问:何为垂世之文? 曰:不是一番寒彻骨,怎得梅花扑鼻香。"①应试之文,必须随俗;而真正想垂世之文,则须耐得寂寞而久经磨难,所言至为深刻。这是在以八股文取士的时代,文人的心态和策略。

　　晚明清言小品的语言,比较典雅,但同时喜欢加入俗语。《小窗自纪》也一样:"绝好看的戏场,姊妹们变脸;最可笑的世事,朋友家结盟。""呜呼! 世情尽如此也。作甚么假,认甚么真,甚么来由,作腔作套,为天下笑。看破了都是扯淡。""任他极有见识,着得假,认不得真;随你极有聪明,卖得巧,藏不得拙。"②对偶的形式,是一种文雅的修辞方式,而这里却是以对偶形式来编排白话俗语,语言上有一种特别的谐趣。

　　最后,再介绍晚明两本人生清言箴言小品集。一本是吕坤的《呻吟语》,一本是洪应明的《菜根谈》。

　　吕坤(1536—1618),嘉靖万历年间人,字叔简,一字心吾或新吾,自号抱独居士,宁陵人。曾官至刑部左、右侍郎。吕坤为人"刚介峭直,留意正学。居家之日,与后进讲习,所著述,多出新意"③。吕坤的父亲吕得胜,号近溪,写过《小儿语》一书。这本书以通俗的格言体,为教育儿童而写,分为"四言""六言""杂言"几部分,风格颇为通俗而幽

---

① 《四库全书存目丛书》子部第 252 册《小窗自纪》,第 644、633、618 页。
② 同上书,第 637、640 页。
③ 《明史》卷二二六《吕坤传》,第 5943 页。

默。如:"老子终日浮水,儿子做了溺鬼;老子偷瓜盗果,儿子杀人放火。""人言未必皆真,听言只听三分。"①受父亲的影响,吕坤又写了一本《续小儿语》,写得更为详尽,也颇多有用和深刻的格言。如:"做第一等人,干第一等事,说第一等话,抱第一等识。欺世瞒人都易,惟有此心难昧。""要吃亏的是乖,占便宜的是呆。""穷易过,富难享;宁受疼,莫受痒。"②

吕坤影响更大的,是箴言体小品《呻吟语》一书。此书成于万历二十一年。所谓"呻吟语",指病时疾痛之语。其创作目的是"以一身示惩于天下"③,即起着警世的作用。《呻吟语》以儒家中庸之道为立足点,反映了作者对人生和社会的思考。全书分六卷,即礼集、乐集、射集、御集、书集、数集。又分为性命、存心、伦理、谈道、修身、问学、应务、养生、天地、世运、圣贤、品藻、治道、人情、物理、广喻、词章十七类,篇幅颇大。从题目也不难看出其儒家修养的道德体系。《呻吟语》表现的思想情趣,与一般晚明清言小品不同。它更近于传统的格言、箴言,内容多关乎治国修身、处事应物,也表现了作者的哲学思想。其风格颇为谨重,无一般晚明人的狂狷之风;其立意比较积极,无晚明许多小品虚无的态度。

吕坤的思想综采百家,但主体仍是儒家。不过由于受到时代风气的影响,他的儒学思想带有明显的晚明色彩。比如,他积极主张根据人情物理来会通和权变,不拂人的情性。如卷一"谈道"就说:"尧、舜、周、孔之道,只是傍人情、依物理。"④卷二"问学"也说:"学问大要,须

---

① 《小儿语》,第3页。
② 《续小儿语》,第6—7页。
③ 见《呻吟语》序。
④ 《呻吟语 菜根谈》,《呻吟语》卷一,第48页。

把天道、人情、物理、世故识得透彻,却以胸中独得中正底道理消息之。"①卷五"治道"又说:"王法上承天道,下顺人情,要个大中至正,不容有一毫偏重偏轻之制。"②卷六"人情":"圣人处世只于人情上做工夫,其于人情,又只于未言之先、不言之表上做工夫。"③从人情物理讲道学,强调人情物理的重要性。这比以理杀人的腐儒,高明何止百倍。又如卷三"应务":"《仪礼》不知是何人制作?有近于迂阔者,有近于迫隘者,有近于矫拂者,大率是个严苛繁细之圣人所为,胸中又带个惩创矫拂心而一切之。后世以为周公也,遂相沿而守之。毕竟不便于人情者,成了个万世虚车。"④他大胆批评儒家经典的不近人情,"成了万世虚车"。他还指出封建社会在实施礼教方面对男女的两重标准:"夫礼也,严于妇人之守贞,而疏于男子之纵欲,亦圣人之偏也。"⑤这些,都深刻地批判了封建社会礼教之不平等与不公正。

《呻吟语》在艺术形态上,属于箴言或语录体,言简意赅。但总体上,语言比较随意,有感而发,随手记录,不求文采,不求偶对,辞达而已。此书历来影响颇大,如清代尹会一在《吕语集粹·序》中说:"吕新吾先生著述甚富,皆心得之学,明体达用之书也,而《呻吟语》为最。余反复玩味,见其推勘人情物理,研辨内外公私,痛切之至,令人当下猛省,奚啻砭骨之神针,苦口之良剂。"⑥申涵光的《荆园小语》也说:"吕新吾先生《呻吟语》不可不常看。"⑦《呻吟语》时时体现出儒家君子自

---

① 《呻吟语 菜根谈》,《呻吟语》卷二,第146页。
② 《呻吟语 菜根谈》,《呻吟语》卷五,第269页。
③ 《呻吟语 菜根谈》,《呻吟语》卷六,第334页。
④ 《呻吟语 菜根谈》,《呻吟语》卷三,第197页。
⑤ 《呻吟语 菜根谈》,《呻吟语》卷五"治道",第323页。
⑥ 《丛书集成初编》,《吕语集粹·序》,第1页。
⑦ 《丛书集成初编》,《荆园小语》,第8页。

强不息的积极用世精神,由于身处晚明,社会现实的黑暗与吏治的腐败,这种强烈用世的精神,必然伴随深沉的忧患意识。《呻吟语》最值得注意的,并不是那些道德箴言,而是在卷五"治道"中所反映出来的忧患意识:

> 而今不要掀揭天地、惊骇世俗,也须拆洗乾坤、一新光景。

> 振则须起风雷之益,惩则须奋刚健之乾,不如是,海内大可忧矣。

> 如今天下事,譬之敝屋,轻手推扶,便愕然咋舌。今纵不敢更张,而毁拆以滋坏,独不可已乎?

> 整顿世界,全要鼓舞天下人心。鼓舞人心,先要振作自家神气。而今提纲挈领之人,奄奄气不足以息,如何教海内不软手折脚、零骨懈髓底!

> 印书先要个印板真,为陶先要个模子好。以邪官举邪官,以俗士取俗士,国欲治,得乎?

> 纪纲法度,整齐严密,政教号令,委曲周详,原是实践躬行,期于有实用,得实力。今也自贪暴者奸法,昏惰者废法,延及今万事虚文,甚者迷制作之本意而不知,遂欲并其文而去之。只今文如学校,武如教场,书声军容,非不可观可听,将这二途作养人用出来,令人哀伤愤懑欲死。推之万事,莫不皆然。安用缙绅簪缨塞破世

间哉？①

这是对晚明社会现实和政治现状的批评，其态度相当激烈，也非常中肯，而且流露出对明代政治的失望，以至绝望的情绪。这不是吕坤一己之私情，也是明清之际，在社会即将发生天崩地陷的巨变之前，一批有正义感和使命感的知识分子所共同表现出来的悲剧情怀。

《菜根谈》，有些本子作《菜根谭》，其作者，有的本子题为洪应明，有的本子则题为洪自诚。《四库全书总目》卷一四四子部小说家类存目二《仙佛奇踪》提要："明洪应明撰，明字自诚，号还初道人。其里贯未详，是编成于万历壬寅。"②可见，洪应明与洪自诚，同为一人。只是一为名，一为字。按"万历壬寅"即万历三十年，也就是公元1602年，可见，洪应明主要生活于万历年间。《菜根谈》的创作时间不详，民国十四年（1925）扫叶山房影印日本刻本于孔兼《菜根谈题词》③云："逐客孤踪，屏居蓬舍……日与渔父、田夫朗吟唱和于五湖之滨、绿野之坳，不日与竞刀锥、荣升斗者交臂抒情于冷热之场、腥膻之窟也……适有友人洪自诚者，持《菜根谈》示予，且丐予序。"④可见《菜根谈》所作的时间，是于孔兼辞官家居时间，也就是万历二十一年以后的二十年间。所以，《菜根谈》与《呻吟语》同样写于万历年间。但《菜根谈》的写作，略晚于《呻吟语》。

《菜根谈》的篇幅比《呻吟语》小得多，分为"修省""应酬""评议""闲适""概论"几部分。古人以"咬菜根"喻过清苦生活。朱熹《朱子

---

① 《呻吟语　菜根谈》，《呻吟语》卷五，第274—286页。
② 《四库全书总目》卷一四四，第1230页。
③ 于孔兼《明史》卷二三一有传，他是万历八年进士，官至礼部仪制郎中，万历二十一年因疏救考功郎中赵南星而被谪，从此家居二十年，杜门读书。
④ 《呻吟语　菜根谈》，《菜根谈》，第371页。

全书·学七》:"某观今人因不能咬菜根而至于违其本心者众矣,可不戒哉。"①于孔兼《菜根谈题词》说:"谈以'菜根'名,固自清苦历练中来,亦自栽培灌溉里得。其颠顿风波,备尝险阻,可想矣。"②三山病夫在序《菜根谈》时,也表达了近似的意见:"菜之为物,日用所不可少,以其有味也。但味由根发,故凡种菜者必要厚培其根,其味乃厚。似此书所说世味及出世味,皆为培根之论,可弗重欤?"③二氏的议论,都侧重于人品的修养,有励志警策之作用,以揭示《菜根谈》书名的内涵。

把《菜根谈》与《呻吟语》作一比较,更能看出两书的特色。如果说《呻吟语》的内容大致是从儒家学说出发,来阐述道德修养,那么《菜根谈》的内容则大致是关于人情哲理与生活艺术,充满人生智慧与生活气息。于孔兼在《菜根谈题词》中,颇为简要地概括此书内容:"其谈性命直入玄微,道人情曲尽岩险。俯仰天地,见胸次之夷犹;尘芥功名,知识趣之高远。笔底陶铸,无非绿树青山;口吻化工,尽是鸢飞鱼跃。"④在《菜根谈》中,人生哲理、世态炎凉、论文谈艺、山川水月、泉石烟霞、花草虫鱼,无所不具。它不像《呻吟语》那样,阐释比较纯正的儒家中庸思想,而是熔儒道释三家于一炉,加上作者自己对人生的体验和思考,带有更为浓郁的晚明色彩。"看破有尽身躯,万境之尘缘自息;悟入无坏境界,一轮之心月独明。"⑤"山河大地已属微尘,而况尘中之尘;血肉身躯且归泡影,而况影外之影。非上上智,无了了心。"⑥这些清言,庄禅的意味很浓。但像"欲做精金美玉的人品,定从烈火中锻来;

---

① 《朱子全书》,《朱子语类》卷一三《学七·力行》,第 409 页。
② 《呻吟语 菜根谈》,《菜根谈》,第 371 页。
③ 同上书,第 370 页。
④ 同上书,第 371 页。
⑤ 《呻吟语 菜根谈》,《菜根谈》,《闲适》,第 401—402 页。
⑥ 《呻吟语 菜根谈》,《菜根谈》,《概论》,第 428 页。

思立掀天揭地的事功,须向薄冰上履过"①一类,又很有儒家君子自强不息的观念。不过,《菜根谈》在描写文人理想的生活时,总是流露出清静无为、空虚淡泊的情趣与禅机:"阶下几点飞翠落红,收拾来无非诗料;窗前一片浮青映日,悟入处尽是禅机。"②"孤云出岫,去留一无所系;朗镜悬空,静躁两不相干。""听静夜之钟声,唤醒梦中之梦;观澄潭之月影,窥见身外之身。"可见,《菜根谈》主要的思想倾向,流露出受到老庄与禅宗影响的晚明文人的思想情趣,颇为典型地反映了晚明文人的意绪、情趣和心态。

晚明许多清言作品都流露出当时文人强烈的幻灭感和末世意识。在这方面,《菜根谈》比较有代表性。"狐眠败砌,兔走荒台,尽是当年歌舞之地;露冷黄花,烟迷衰草,悉属旧时争战之场。盛衰何常,强弱安在?念此令人心灰。"③令人不免有"亡国之音哀以思"之预感。晚明文人所追求的闲适超脱,往往与这种末世的悲凉和苦涩交织在一起,故与其他时代,比如唐宋文人的闲情逸致,有明显不同的况味。

从艺术上看,《呻吟语》与《菜根谈》在形式上是颇为不同的。《呻吟语》属于语录体、箴言体之类,而《菜根谈》则是清言体。《菜根谈》典型地反映了晚明清言语言形态的特色。清言的语言,往往融合骈文之韵与散文之气,高雅整饬而又灵动畅达。清言的语言,是相当灵活多变的,往往骈散兼用,而多用骈语。不过,清言虽用骈语,却与传统骈文的文体风格有很大差异。骈文比较重视辞藻之华艳、色彩之浓郁,讲究用典、声律,故风格华丽;清言虽多偶句,但比较生活化,少用典故,风格更为自然清新、流畅自由,读起来如行云流水,自如无碍。《菜根谈》在语

---

① 《呻吟语 菜根谈》,《菜根谈》,《修省》,第373页。
② 《呻吟语 菜根谈》,《菜根谈》,《闲适》,第403页。
③ 《呻吟语 菜根谈》,《菜根谈》,《概论》,第427—432页。

言方面,与《呻吟语》也有所不同。它更喜欢诗意的语言,显得深刻、隽永而精美,令人回味无穷:"昼闲人寂,听数声鸟语悠扬,不觉耳根尽彻;夜静天高,看一片云光舒卷,顿令眼界俱空。""霜天闻鹤唳,雪夜听鸡鸣,得乾坤清纯之气;晴空看鸟飞,活水观鱼戏,识宇宙活泼之机。"这些诗化语言,构成一种相当灵动的艺术意境和强烈的艺术感染力,使读者似乎在欣赏自然的松韵石声、水心云影中,超然妙悟。

晚明清言存在雅俗两种审美观念的合流,既可以用诗化的语言,也可以用相当通俗化的语言。如《菜根谈》:"富贵的一世宠荣,到死时反增了一个恋字,如负重担;贫贱的一世清苦,到死时反脱了一个厌字,如释重枷。"①"进德修道,要个木石的念头,若一有欣羡,便趋欲境;济世经邦,要段云水的趣味,若一有贪著,便堕危机。"②对偶的形式,是一种文雅的修辞方式。而这里却是以对偶形式来编排白话俗语,语言上有一种特别的谐趣。总之,文白并用,雅俗相兼,经典之语,市井之言,皆可熔于一炉。其风格,整饬而又灵动,雅致而又通俗。可以说,这是晚明清言小品的语言形式特点。

《菜根谈》一书问世以来,在海内外影响甚大。此书流入日本后,于江户时代重刊,一纸风行,遍传三岛。清康熙帝曾亲自辑录"满汉合璧本"《菜根谈》,命内务府印行,以教育子弟。近年来,《菜根谈》在海内外都颇受重视,甚至形成一股阅读热潮。

清言小品的艺术形式,渊源久远,甚至可以追溯到先秦典籍。《论语》《老子》中的一些格言,已经颇有清言意味。而《世说新语》中所辑录的魏晋人的高言旷语,也可以看成清言小品。晚明清言小品,既是在《世说新语》一类清谈作品的影响下产生的,同时,也受到一些传统文

---

① 以上内容出自《呻吟语 菜根谈》,《菜根谈》,《闲适》,第399—404页。
② 《呻吟语 菜根谈》,《菜根谈》,《概论》,第412页。

体的影响。传统文体中的"箴""规""戒",也是短小的格言。清言小品也是在这些格言体的基础上发展起来的。作为一种文体,晚明清言小品在内容和形式方面,都有其特点。清言小品的思想内容相当复杂、广泛而又相当灵活,人生哲理、世态炎凉、论文谈艺、山川水月、泉石烟霞、花草虫鱼,无所不具。但综观晚明大多清言小品,其主要思想倾向,流露出晚明文人的庄禅意趣,就像吴从先的《小窗自纪》中说的:"无欲者其言清,无累者其言达。"①清言之清,就在于表现超尘绝俗的清高之趣与隐逸之风,这是晚明清言小品最为突出的主题。晚明清言小品,非常集中而简要地反映出晚明文人的心态,是我们认识晚明文人心态的形象资料。日本学者合山究教授在《心灵的中药——〈明代清言集〉》解说中,谈到晚明清言内容时说:

> 不用说,其中包括家庭的、社会的、道德的、风流的种种人生内容,但与这些交织在一起的对于自然的雄伟秀美的富于感情而又细致入微的描述,毕竟最能扣动我们的心弦。他们谈论的闲适生活和自然生活中的美的情趣,我们现代人多半已经看不见了,平常也不去留意,很容易用平凡陈腐的一言半语就打发过去了。但是,人类对于自然这个母亲的憧憬向往是决不会完全忘怀的。当人们对无聊乏味的世态人情感到厌倦时,必定对大自然产生一种眷恋之情。此时此刻,如果静静地玩味这些中国的清言,它们如同摇篮曲一般,温柔亲切地讴歌投身于自然怀抱中的山居生活的闲情乐趣,我们定能进入东方世界所特有的天人合一的幽深境界吧。②

---

① 《四库全书存目丛书》子部第252册《小窗自纪》,第621页。
② 《明清文人清言集》附录,第196页。

合山究教授从"东方世界所特有的天人合一的幽深境界"来评价明代清言的佳处。他还说,清言"像清凉剂那样使人感到清新爽快"。同时,他也指出,清言存在"尖锐性显得不足"的缺点。他的分析,都很有道理。

的确,晚明清言在整体上的思想内容是有其两重性的。一方面,它艺术地表达了功名利禄、声色享乐,不过是身外之物、过眼烟云这种观念,这对于热衷功名利禄,汲汲于贪欲者来说,确是一副清醒剂;但是它所消解的,绝不仅是功名心和贪欲,连壮志、雄心和进取精神,统统被佛道的出世、避世的精神和虚无主义所消解了。所以,崇高的精神和英雄的气度,便在这种逍遥闲适的清言形式之中消磨掉了。清言所标榜的是高旷,而最终所导向的往往是平庸、世故和滑头。

清言小品也有其独特的艺术形式:往往只是片言只语的随感录,却是深思熟虑的人生经验或人生哲理的思考;短小简约,而风格高雅隽永;介于诗歌与散文之间,既是诗的散文化,也是散文的诗化。《四库全书总目》卷一二五《爨下语》提要说它:"每条俱以偶语联比成文,颇似格言而多杂以委巷之语。"①所谓"以偶语联比成文",也就是用对偶的方式,连缀成文。比如:"白云冉冉,落我衣裾,闻村落数声,酷似空中鸡犬;皓月娟娟,入人怀袖,听晚风三弄,恍如天外鸾凰。""座上有琴尊,燕来燕去皆朋友;山中无历日,花开花落也春秋。"②中国古代一些短小的格言,多是骈语,取其朗朗上口,工整易记也。晚明清言小品的语言,往往是骈散兼用,而多用骈语;文白并用,而雅俗相兼;经典之语,市井之言,皆可熔于一炉。其风格,整饬而又灵动,雅致而又通俗。这可以说是晚明清言小品的语言形式特点。晚明清言小品喜用骈语,除

---

① 《四库全书总目》卷一二五,第1081页。
② 《丛书集成续编》子部第90册《快书》卷二《光明藏》,第12—16页。

了传统的影响之外,也可能受到明代八股文的影响。八股文正是两两相对,骈俪成文的。在这种风气之下,骈语也就大为流行了。

第二节　清赏小品

肯定和追求现世生活的享受,从中得到乐趣,本是中国文化的一种传统。然而世俗社会往往以追求物质享受为目的,没有更高的精神和审美追求;高洁的文人又往往重视对精神世界的向往,鄙视物质享乐。唐宋以后,文人与士大夫意在把这两者结合起来:在物质享乐的同时,寻求精神的享受,创造了一种以消闲遣兴、修身养性为目的的艺术化生活方式。到了晚明,这种生活方式被发挥得淋漓尽致。

晚明艺术化的生活风气,主要反映在晚明文人受庄禅之风的影响,追求现世生活与人间乐趣。晚明商品经济逐步发达,人们对物质生活的需求高涨,但同时这种世风也折射出当时严酷的社会现实。晚明社会的腐败、政治的黑暗,不但使早先像徐渭和李贽那样的文士所具有的狂狷精神受到挫折,也使多数文人逐步失去对于现实与政治的热情关切,遂使与世对立的抗争成为与世浮沉的混沌或远离尘世的超脱。斗士的狂放演化为名士的清赏,狂悖、忧郁、苦闷、愤慨转化为逍遥、自适,士大夫与文人的热情,遂倾注在如何构造一个真实的艺术化生活环境上。既然外部社会现实是如此的混乱和俗气、喧杂而危险,如此的无奈,那么,人们自然而然地喜欢营造和退缩到一个属于自己的安全舒适、平静雅致的精神乐园中。

清供、清玩、清赏这类生活情趣,至少自宋代以后就风行了。如宋代的林洪就著有《山家清供》《山家清事》一类的书。但到了晚明,清赏、清玩和清供形成一种普遍的风气。就像沈仕《林下盟》中所说,当时文人日常生活的"十供"是:"读义理书,学法帖子,澄心静坐,益友清谈,小酌半醺,浇花种竹,听琴玩鹤,焚香煎茶,登城观山,寓意弈棋。"①费元禄说士人的"游道"有三,即"天""神""人"。其中,人的游道是"抗志绝俗,玩物采真"②。在晚明人看来,玩物不但没有"丧志",而且能够"采真"。所谓"采真",就是获得人生的真谛。"玩物采真"四个字,言简意赅地反映出晚明人清玩清赏的哲学。

所谓清赏、清玩和清供,其本质便是把每个生活细节艺术化,随时随地都能发现、营造与欣赏古雅和有情趣的文化意味。从山水园林、风花雪月、楼台馆阁,乃至膳食酒茶、文房四宝、草木虫鱼、博弈游戏、器物珍玩等事物上,获取清玩清赏的生活文化精神。基于这种文人生活,晚明产生了大量有关清玩清赏的小品文。

晚明文人的清赏,往往与养生相联系。在这方面,高濂的《遵生八笺》最为详尽,也最有代表性。高濂(1557？—1603)③,字深甫,钱塘人。《遵生八笺》洋洋近百万字,堪称养生方面的巨著。此书分为八笺,即"清修妙论笺""四时调摄笺""起居安乐笺""延年却病笺""饮馔服食笺""燕闲清赏笺""灵秘丹药笺""尘外遐举笺",是古代养生艺术的集大成之作。《四库全书总目》说:"书中所载,专以供闲适消遣之用。标目编类,亦多涉纤仄,不出明季小品积习,遂为陈继儒、李渔等滥觞。"④这种评价,虽带贬意,但对其特点及影响的评价,却是中肯的。假如我们从考察"明季小品"渊源的角度来看,《遵生八笺》中有大量"闲适消遣"的小品文。历来文学研究者很少涉及此书,大概因为此书是谈养生之道的。古人往往把生活艺术化,作为养生的一种重要方式。

---

① 《说郛续》卷二八,第1374页。
② 《四库全书存目丛书》子部第118册《晃采馆清课》,第119页。
③ 参考徐朔方《高濂行实系年》,《徐朔方集》第3卷《晚明曲家年谱》,第197页。
④ 《四库全书总目》卷一二三《遵生八笺》提要,第1059页。

我们举"四时调摄笺"为例。此笺以四时幽赏作为养生之道。春时的幽赏是：孤山月下看梅花、八卦田看菜花、虎跑泉试新茶、保俶塔看晓山、西溪楼唼煨笋、登东城望桑麦、三塔基看春草、初阳台望春树、山满楼观柳、苏堤看桃花、西泠桥玩落花、天然阁上看雨。夏时的幽赏是：苏堤看新绿、东郊玩蚕山、三生石谈月、飞来洞避暑、压堤桥夜宿、湖心亭采莼、湖晴观水面流虹、山晚听轻雷断雨、乘露剖莲雪藕、空亭坐月鸣琴、观湖上风雨欲来、步山径野花幽鸟。秋时的幽赏是：西泠桥畔醉红树、宝石山下看塔灯、满家巷赏桂花、三塔基听落雁、胜果寺月岩望月、水乐洞雨后听泉、资岩山下看石笋、北高峰顶观海云、策杖林园访菊、乘舟风雨听芦、保俶塔顶观海日、六和塔夜玩风潮。冬时的幽赏则有：湖冻初晴远泛、雪霁策蹇寻梅、三茅山顶望江天雪霁、西溪道中玩雪、山头玩赏茗花、登眺天目绝顶、山居听人说书、扫雪烹茶玩画、雪夜煨芋谈禅、山窗听雪敲竹、除夕登吴山看松盆、雪后镇海观晚炊。这些都是在特定的季节、时间、特定的风景点进行的某种幽赏。作者用优美的语言，详列四时种种幽赏的方式、方法、内容及其特点，每一则都是清雅的小品文。如：

> 保俶塔看晓山：山翠绕湖，容态百逞，独春朝最佳。或雾截山腰，或霞横树梢，或淡烟隐隐，摇荡晴晖；或恋气浮浮，掩映曙色。峰含旭日，明媚高张；风散溪云，林皋爽朗。更见遥岑迥抹柔蓝，远岫忽生湿翠，变幻天呈，顷刻万状。奈此景时值酣梦，恐市门未易知也。①

---

① 《遵生八笺》,《高子春时幽赏》,第134页。

步山径野花幽鸟：山深幽境，真趣颇多。当残春初夏之时，步入林峦，松枝交映。退观远眺，曲径通幽。野花隐隐生香，而嗅味恬淡，非檀麝之香浓；山禽关关鼓舌，而清韵闲雅，非笙簧之声巧。此皆造化机局，娱目悦心，静赏无厌。时抱焦桐，向松阴石上，抚一二雅调，萧然景会幻身，是即画中人物。远听山村茅屋傍午鸣鸡，伐木丁丁，樵歌相答。经丘寻壑，更出世外几层。此景无竞无争，足力所到，何地非我传舍？又何必与尘俗恶界，区区较尺寸哉？①

三塔基听落雁：秋风雁来，唯水草空阔处择为栖止。湖上三塔基址，草丰沙阔，雁多群呼下集，作解阵息所。携舟夜坐，时听争栖竞啄，影乱湖烟，宿水眠云，声凄夜月，基畔呖呖嚓嚓，秋声满耳，听之黯然。不觉一夜西风，使山头树冷浮红，湖岸露寒生白矣。此听不悦人耳，惟幽赏者能共之。若彼听鸡声而起舞，听鹃声而感变者，是皆世上有心人也，我则无心。②

山窗听雪敲竹：飞雪有声，惟在竹间最雅，山窗寒夜，时听雪洒竹林，浙沥萧萧，连翩瑟瑟，声韵悠然，逸我清听。忽尔回风交急，折竹一声，使我寒毡增冷。暗想金屋人欢，玉笙声醉，恐此非尔所欢。③

以上四则，分别是春、夏、秋、冬四季幽赏。总之，一年四季，都有可以幽赏的良辰美景，关键是要有发现美的眼光和悠闲的心境。

---

① 《遵生八笺》，《高子夏时幽赏》，第202页。
② 《遵生八笺》，《高子秋时幽赏》，第239—240页。
③ 《遵生八笺》，《高子冬时幽赏》，第279页。

《遵生八笺》卷一四至卷一六为《燕闲清赏笺》,专论鉴赏清玩之事,包括古董陶瓷、书画、文具、玉石、香品、乐器、花草树木等方面的品赏。其中所论,颇多精彩之处。如论插花艺术,须"令俯仰高下,疏密斜正,各具意态,得画家写生折枝之妙,方有天趣"①,把国画的构图艺术运用到插花艺术之中,与袁中郎的《瓶史》有异曲同工之妙。

张应文的《清秘藏》,是艺术品鉴赏方面颇有代表性的著作。张应文,字茂实,昆山人,屡试不第,乃一意以古器书画自娱,并把自己的心得写成《清秘藏》一书。全书分上、下两卷。卷上论玉、论古铜器、论法书、论名画、论纸、论宋刻书册、论宋绣缂丝、论雕刻、论古纸绢素、论装褫收藏;卷下叙赏家、叙书画印识、叙法帖源委、叙临摹名手、叙奇宝、叙斫琴名手、叙唐宋锦绣、叙造墨名手、叙古今名论目、叙所蓄所见。《清秘藏》所叙内容丰富,涉及艺术鉴赏的许多方面。其文笔比较朴素,多据实而言,但也有写得相当有文采的:

> 鲁公《送裴将军诗》,兼正、行、分、篆体,倏肥倏瘦,倏巧倏拙,或劲若钢铁,或绰若美女,或如冠冕大人鸣金佩玉于庙堂之上,或如龙跳天门、虎卧凤阙,或如金刚瞋目,夜叉挺臂,或如飘风骤雨,落花飞雪,信手万变,逸态横生,谓如坼壁路、印印泥、锥画沙、屋漏痕、折钗股法兼得之者,鲁公传世数帖,余获遍观,当以此帖为最。②

> 人物顾盼语言,花果迎风带露。飞禽走兽逼真,山水林泉清闲幽旷。屋庐深邃,桥彴往来。石老而润,水淡而明。山势崔嵬,泉

---

① 《遵生八笺》,《瓶花三说》,第639页。
② 《清秘藏》卷上"论法书",第6页。

流洒落。云烟出没,野径迂回。松偃龙蛇,竹藏风雨。山脚入水澄清,水源来历分晓。有此数端,虽不知名,定是妙手。①

这些章节,对于艺术,都颇有自己深刻独到的体会。而语言,也富有诗情画意,清新可诵。

文震亨,字启美,长洲人,文徵明的曾孙。崇祯中,官武英殿中书舍人,以善琴供奉。明亡后,殉节而死。他著有清赏类小品文《长物志》十二卷("长物",即多余之物,典见晋代王恭之语)。《四库全书总目》卷一二三《长物志》提要说此书:"凡闲适玩好之事,纤悉毕具。大致远以赵希鹄《洞天清录》为渊源,近以屠隆《考槃余事》为参佐。明季山人墨客,多以是相夸。所谓'清供'者是也。然矫言雅尚,反增俗态者有焉。惟震亨世以书画擅名,耳濡目染,与众本殊。故所言收藏赏鉴诸法,亦具有条理。"②《长物志》分为室庐、花木、水石、禽鱼、书画、几榻、器具、衣饰、舟车、位置、蔬果、香茗十二类,各为一卷,比较全面地表现了晚明文人关于生活环境的美学观念。

《长物志》所论,大致是如何营造家居高雅的艺术环境和艺术氛围。"室庐"一则说:

居山水间者为上,村居次之,郊居又次之。吾侪纵不能栖岩止谷,追绮园之踪;而混迹廛市,要须门庭雅洁,室庐清靓。亭台具旷士之怀,斋阁有幽人之致。又当种佳木怪箨,陈金石图书。令居之者忘老,寓之者忘归,游之者忘倦。蕴隆则飒然而寒,凛冽则煦然

---

① 《清秘藏》卷上"论名画",第6页。
② 《四库全书总目》卷一二三《长物志》提要,第1059页。

而燠。若徒侈土木,尚丹垩,真同桎梏樊槛而已。①

生活环境有多种多样,有在山水之间者,有在乡村者,有在远离车马的郊居者,但对于多数士人来说,其生活环境却是"混迹廛市"。随着社会的发展,人们的生活空间越来越小,世俗生活也越来越喧嚣。于是,有必要在"廛市"中营造一个优雅清静的艺术环境,像陶潜说的"结庐在人境,而无车马喧"。吴从先在《小窗自纪》中,以清言的形式,非常精辟地谈论说:"幽居虽非绝世,而一切使令供具,交游晤对之事,似出世外。"②于是,人们大可不必车船劳顿,或艰难跋涉去游山玩水、寻幽访壑,在日常生活之中,在自己的庭院、台阁、居室,水石、草木、蔬菜、门窗阶栏、书画古玩、文房四宝、坐几椅榻、车舟等,都可以构成一个优美的艺术境界。从某种意义来说,这比山水园林与人的关系更为密切、平和,也更为温馨,是人们最为寻常,也最为重要的生活环境。这反映一种新的生活美学意识。

同文学艺术一样,中国古代环境建构艺术,也讲究"师法自然",以自然山水为主题进行再创作,把自然景观带到庭院之中。文震亨《瀑布》讲在庭院中构建人工瀑布:

> 山居引泉,从高而下,为瀑布稍易。园林中欲作此,须截竹,长短不一,尽承檐溜,暗接藏石罅中,以斧劈石叠高,下凿小池承水,置石林立其下,雨中能令飞泉喷薄,潺湲有声,亦一奇也。尤宜竹间、松下,青葱掩映,更自可观。亦有蓄水于山顶,客至去闸,水从

---

① 《长物志 考槃余事》,《长物志》卷一,第23页。
② 《四库全书存目丛书》子部第252册《小窗自纪》,第618页。

空直注者,终不如雨中承溜为雅。盖总属人为,此尚近自然耳。①

再造自然,又要泯灭人为的痕迹,使之近于自然。这种艺术环境的建构,主要不是"侈土木,尚丹垩",追求富丽堂皇,而是要反映一种幽雅的审美趣味。如房间内部的布置,讲究"安设得所":

> 位置之法,烦简不同,寒暑各异。高堂广榭,曲房奥室,各有所宜,即如图书、鼎彝之属,亦须安设得所,方如图画。云林清秘,高梧古石中,仅一几一榻,令人想见其风致,真令神骨俱冷。故韵士所居,入门便有一种高雅绝俗之趣。若使前堂养鸡牧豕,而后庭侈言浇花洗石,政不如凝尘满案,环堵四壁,犹有一种萧寂气味耳。②

所谓"清斋位置",也即是生活环境的布置,使每一细微之处都透露出清雅的人文气息。如坐几、坐具、椅榻屏架、悬画、置炉、置瓶等处的布置,都很有讲究。同是居室,小室与卧室、敞室,各异其趣。《长物志》既讲实用,也讲艺术,其环境美学的观念,甚至在今天,仍有其价值。而从小品文角度,《长物志》多以优美和抒情的语言来叙述清雅环境的建构和鉴赏,文采清丽,精致可爱,本身也是颇有审美价值的小品文。

茶与酒,不仅是一种日常的生活物资,也是文人生活的清品。文震亨《长物志》卷一二《香茗》在香与茶之上,寄托了深厚的人文意义:

> 香、茗之用,其利最溥。物外高隐,坐语道德,可以清心悦神。初阳薄暝,兴味萧骚,可以畅怀舒啸。晴窗拓帖,挥麈闲吟,篝灯夜

---

① 《长物志 考槃余事》,《长物志》卷三,第53页。
② 《长物志 考槃余事》,《长物志》卷一〇,第135页。

读,可以远辟睡魔。青衣红袖,密语谈私,可以助情热意。坐雨闭窗,饭余散步,可以遣寂除烦。醉筵醒客,夜语蓬窗,长啸空楼,冰弦戛指,可以佐欢解渴。①

茶道是一种人生的境界,使人达到妙合自然的淡泊心境。饮茶不但是文人生活的一部分,也是人格培养和熏陶的大事。

程羽文的《清闲供》,是一部相当细致、别致地表现文人日常生活艺术的小品文。《清闲供》中的"小蓬莱"条说,蓬莱之所以是仙境,因为它隔谢了人世间的嚣尘浊土。而对于士人而言,心远地自偏,"即尘土亦自有迥绝之场,正不必侈口白云乡也",关键是自己建构一个清逸宁静的生活环境。下面便是程羽文对生活环境的一些标准:

> 门内有径,径欲曲。径转有屏,屏欲小。屏进有阶,阶欲平。阶畔有花,花欲鲜。花外有墙,墙欲低。墙内有松,松欲古。松底有石,石欲怪。石面有亭,亭欲朴。亭后有竹,竹欲疏。竹尽有室,室欲幽。室旁有路,路欲分。路合有桥,桥欲危。桥边有树,树欲高。树阴有草,草欲青。草上有渠,渠欲细。渠引有泉,泉欲瀑。泉去有山,山欲深。山下有屋,屋欲方。屋角有圃,圃欲宽。圃中有鹤,鹤欲舞。鹤报有客,客欲不俗。客至有酒,酒欲不却。酒行有醉,醉欲不归。②

在这里,程羽文别出心裁地用顶针的修辞方式来写。这并非是一种文字游戏,而是体现一种美学观念。即以这种环环相扣的语言,建构一个

---

① 《长物志 考槃余事》,《长物志》卷一二,第 153 页。
② 《香艳丛书》三集卷二《清闲供》,第 694 页。

诸种要素密切相关的生活环境,大体上构成一幅当时文人理想的园林生活场景。从中可以看出明代文人的生活美学观念:与大自然融为一体,体现一种清雅的情调。

《清闲供》还说,日月流逝如梦,加上人们又"名犨利竞,膏火自煎",所以,人生如蜉蝣。高士必须在日常生活之中善于发现情趣和美感,把握和享受每时每刻、每个场景、每个细节。故又作"四时欢"一则。写在一年四季中,如何品味生活的情趣和大自然所赋予的美景。如"秋时"的清课是:

> 晨起下帷,检牙签,挹露研朱点校。禺中操琴调鹤,玩金石鼎彝。
> 晌午,用莲房,洗砚,理茶具,拭梧竹。
> 午后,戴白接䍦,着隐士衫,望红树叶落,得句题其上。
> 日晡,持蟹螯鲈脍,酌海川螺,试新酿,醉弄洞箫数声。
> 薄暮,倚柴扉,听樵歌牧唱,焚伴月香,壅菊。

"冬时"的清课则是:

> 晨起,饮醇醪,负暄盥栉,禺中置毡褥,市乌薪,会名士,作黑金社。
> 晌午,挟笑理旧稿,看晷形移阶,濯足。
> 午后,携都统笼,向古松,悬崖间,敲冰煮建茗。
> 日晡,布衣皮帽装,嘶风镫,策蹇驴,问寒梅消息。

> 薄暮,围炉促膝煨芋魁,说无上妙偈,谈剑术。①

高濂的四时清赏,只是开列了游赏的内容和地点,而程羽文则连时间表都排出来了。岂但一年四季的享受不同,便是一日十二时辰,也须是"随方作课,使生气流行"。故又有"二六课"一节,从清晨到深夜的时时刻刻("二六"即十二时辰),都有讲究。程羽文在此则的序文中说:"撒开两手,鱼跃鸢飞;打破桶底,中流自在。此是转身向上一路,还从法外护持。所以饥食困眠,假借四大;行生坐卧,不离色身。但令二六时中,随方作课,使生气流行,身无奇病。只此着衣吃饭家风,便是空假中观正局。"可见,程羽文的"清闲供",受到佛家很大的影响。他在"二六课"中,把每天的时间分为"辰""巳""午""未""申""酉""戌""亥""子""丑寅""卯"②,详细地开列了一张享受生活、品赏人生与修身养性的时刻表。

晚明有不少关于文人清玩的小品。所谓清玩,主要是指古钟鼎彝器、书画、石印、镌刻、窑器、漆器、琴、剑、镜、砚等。屠隆《考槃余事》一书,即是讲述关于书版碑帖、书画琴纸、笔砚炉瓶和日用的器用服饰之物的鉴赏艺术。而董其昌(1555—1636)的《骨董十三说》,可以说,是对于古玩的概论性小品,其书论"骨董"的类别、特点、形态和品赏方法等,尤其值得注意的,是他对人们古玩清赏的文化分析。他认为,人们在现实生活中,追求声色臭味之好,"故人情到富贵之地,必求珠玉锦绣、粉白黛绿、丝管羽毛、娇歌艳舞、嘉馔珍馐、异香奇臭,焚膏继晷,穷日夜之精神,耽乐无节,不复知有他好。"于是,人们逐渐厌倦了这些新声艳色,"故浓艳之极,必趋平淡;热闹当场,忽思清虚"。他的结论是

---

① 《香艳丛书》三集卷二《清闲供》,第697—699页。
② 同上书,第702—704页。

"好骨董,乃好声色之余也"。这是说,品鉴古玩,是为了在声色之外,找到一处清虚之地。所以,品赏古玩,也是一种闲适的人生修养,也可以进德修身,而且"有却病延年"之助。因此,玩赏"骨董",便不可"草草而玩":

> 先治幽轩邃室,虽在城市,有山林之致。于风月晴和之际,扫地焚香,烹泉速客,与达人端士谈艺论道,于花月竹柏间盘桓久之。饭余晏坐,别设净几,辅以丹罽,袭以文锦,次第出其所藏,列而玩之,若与古人相接欣赏,可以舒郁结之气,可以敛放纵之习,故玩骨董,有助于却病延年也。①

清玩的目的是"虽在城市,有山林之致",于是,这种清玩便具有一种深刻的文化意义。不过,清玩生活本身具有一种贵族气息,不但百姓"玩"不起,一般的文人恐怕也难以有此清福。

---

① 《丛书集成续编》第94册,第740—741页。

第九章　尺牍随笔

古代散文发展到唐宋,各种文体已经基本齐备并且成熟。晚明小品的文体,大多是传统的文体。但是,晚明文人在小品写作中,善于将性灵贯注到传统文体之中,使之更具有艺术色彩。这里,以尺牍和艺术随笔为例。

第一节　尺牍小品

中国古代的尺牍写作,有悠久的历史。宋代的苏、黄,更是把尺牍艺术发展到极致。但尺牍小品最为兴盛的时代却是晚明。除了当时许多文集收录尺牍之外,还出现大量专收前人或当代尺牍的集子。如陈继儒辑的《寸札粹编》二卷、沈佳胤辑的《翰海》十二卷、丁允和品定、陆云龙评注的《书隽》二卷、陆云龙辑的《小札简》二卷等。清初也出版了不少晚明尺牍集子,最有代表性的,是陈枚辑的《写心集》十六卷、《写心二集》二十卷①;另一种是周亮工的《尺牍新钞》十二卷。此书后收入《丛书集成初编》,近年也出版了单行本。总之,明末清初尺牍集子的大量出版,正表明这种文体在当时受重视的程度。

---

① 两书另名为《晚明百家尺牍》,后收入"国学珍本文库"第一集中。

尺牍盛行于晚明,主要因为这种文体与晚明文人的审美情趣比较合拍。尺牍本来是一种实用性很强的文体,但到了文人手中,它便成为抒发性灵、表现个性的工具。正如冯梦祯在《叙七子尺牍》文中所说:"原夫尺牍之为道,叙情最真而致用甚博。本无师匠,莹自心神;语不费饰,片辞可宝;意不涉泛,千言足述。"①尺牍的文体自由简短,对象一般又是文人墨客,所以尺牍一体,是通俗而高雅、实用又富有审美价值的文体。这正是晚明文人所追求的艺术境界。屠隆曾高度地评价尺牍的作用:"夫不翼而飞、无胫而走者,其惟方寸之牍乎?扬芬振藻,宣情吐臆,述事陈理,伤离道故,则此道胜矣。"②晚明尺牍表现对象十分自由,除了日常交际应酬的实用功能之外,也可以抒发人生的感言和浪漫情怀,可以写山水风情,交流读书心得。晚明尺牍的语言,可以是文言,也可以是白话;可以是骈语,也可以是散文。艾南英在《再答夏彝仲论文书》中说:"盖平常柬牍,半杂方言,半杂恢谐,古人且有用小说及《世说新语》者矣。"③可见,尺牍真正是一种可以信笔抒写的自由文体。

晚明的小品作家,大多也都是尺牍作家。如李贽、徐渭、汤显祖、袁宏道、张岱等,都创作出许多情韵和性灵兼佳的尺牍小品。因本书对他们已有专门介绍,这里不再重复,另外择要介绍其他一些作家的尺牍小品。

晚明的尺牍,大体都有短小精致的特点。陆云龙在《小札简小引》中说:

寸瑜胜尺瑕,语刺刺而不休,何如片言居要?况乎损尺牍为寸

---

① 《四库存目丛书》集部第 164 册《快雪堂集》卷一,第 51 页。
② 《屠隆集》第 3 册《白榆集》文集卷之一《皇明名公翰藻序》,第 205 页。
③ 《四库禁毁书丛刊》补编第 72 册《天佣子集》卷二,第 213 页。

笺,亦宜敛长才为短劲。故敛奇于简,当如米颠卷石,块峦而具有岩鹫;敛锐于简,当如徐夫人匕首,纤锋而足制死命;敛巧于简,当如棘端之猴,渺末而具诸色相;敛广于简,当如一泓之水,涓涓而味饶大海。①

陆云龙提出"尺牍损为寸笺"的说法,颇为别致。虽然"尺牍"与"寸笺"都是书信的别称,但陆云龙故意"望文生义",巧妙地在"尺"与"寸"表面含义的差别上做文章。损"尺"为"寸",关键就在于能"敛":"敛奇""敛锐""敛巧""敛广"。"敛",是一个值得注意的审美概念。它的含义非常丰富,有约束、节制、压缩和聚集等意义。"敛",就是在原先篇幅已非常有限的基础上,又进一步压缩、提炼、精减,使形式更为简减,而意味更为丰富。于是,尺牍就成为一种包含无限意味的微型艺术品。这也是晚明许多尺牍名家共同的美学追求。

在这方面,宋懋澄尺牍是比较有代表性的。宋懋澄(1572—1622),字幼清,松江华亭人。万历间举于乡,著有《九籥集》。其尺牍载于其中《九籥别集》卷之一。宋懋澄的尺牍,在明末清初颇有名气。周亮工的《尺牍新钞》卷二共选了宋懋澄三十三首尺牍,居全书入选篇数之首。与晚明许多文人一样,宋懋澄的尺牍作品,也常常流露出佛教的影响。他说:"十年来奉教西方,而犹然以功利为戚,岂善男子邪?"②"吾视天下犹剩物残编,不足以烦我四大。"③"佛言三界如空花,惟见在是机关木人。若夫身后,妄之又妄,而竭志图之,妄根深也。"④这些尺

---

① 陆云龙:《翠娱阁评选小札简小引》,《翠娱阁评选笺必携》,明崇祯间峥霄馆刻本,复旦大学图书馆古籍部。
② 《九籥别集》卷一《与月上人》,第240页。
③ 《九籥别集》卷一《与钱大》,第240页。
④ 《九籥别集》卷一《与孟大》,第242页。

牍,都表现了佛教寂灭与虚无的思想。从形态上看,宋懋澄的尺牍是名副其实的"短札体"。一般书信本来就比较简短,但宋懋澄的尺牍,短得不能再短了。《九籥别集》是由吴伟业所选的,在选录过程中应有所删略。从现刊本看来,宋懋澄的绝大多数书札只有寥寥数语,甚至只有一两句话。① 宋懋澄尺牍写作,很可能也受到当时流行的"清言"体一类小品的影响,故在内容与形式上,明显具有了一种"清言"倾向。同晚明清言一样,宋懋澄尺牍也受到《世说新语》或六朝人清谈的影响,兼六朝之逸宕和清言的雅致于一体:

> 以读书消岁月则乐志,以之干功利则束情。②

> 痛饮可以全神,年来胃不受酒,觉思虑之烦。③

> 吾畏见风波,由胸中无此。④

> 自去年已来,万事不动心,惟见美人,不能无叹。⑤

> 读书不必过人,正令得其趣。⑥

他的有些尺牍,颇耐人寻思。如《与樊一》:"少苦羁绁,得志,但愿畜马

---

① 下文所引,皆为文集中的全文。
② 《九籥别集》卷一《与姚九》,第240页。
③ 《九籥别集》卷一《与酒人》,第242页。
④ 《九籥别集》卷一《与皇甫七》,第243页。
⑤ 《九籥别集》卷一《与昌一》,第245页。
⑥ 《九籥别集》卷一《与卫四》,第250页。

万头,都缺衔辔。"①因自己小时吃了受束缚的苦头,所以,希望一旦得志,就让骏马能去其衔辔,恢复其自然天性。此尺牍暗用《庄子·马蹄》的典故,颇有追求自由、解放个性的内涵。后来,龚自珍《病梅馆记》所表现的精神,与这种想法颇为相类。他在《与戚五》一札中,还写道:"鸷鸟当秋,临风整翮,饱禽肉而高扬,顿洗羁绁之辱,何为复受人招。"②从这则尺牍中,我们可以感受到作者在挣脱羁绁、高翔秋空的雄鹰身上寄托了一种渴望自由的理想。在《与张大》一札中,他说:

> 我二十前,好名贪得,庚寅已后,备尝艰险,始信奢俭苦乐,总是一妄。然犹以进取自励,至甲午病胃犯噎,乃慨然束经,病中追思往念,悉已成空,遂并一切诸好,亦复澹然。③

在这里,他总结二十年人生体验的三个阶段:最初,是好名贪得;然后,是渐悟人生之妄;最后,病中得妙悟。晚明人认为:"人常想病时,则尘心渐减;常想死时,则道念自生。"④病与死,是体会人生道理的难得机会,在宋懋澄看来,病,成为人生修养的必修课。在《与陈二》一札中,他进一步说:"病者小人所苦,而君子之幸。人若未死,惟病可以寡欲。某不患无得,惟恐病之不常来。"⑤这种说法,虽受到佛教的影响,但显得颇为矫情。"惟恐病之不常来",这种口吻正透露出晚明文人某种自觉不自觉的做作习气!

宋懋澄的一些尺牍,也颇有写景名篇。如《与家二兄》:"闻虞山瀑

---

① 《九籥别集》卷一《与樊一》,第262页。
② 《九籥别集》卷一《与戚五》,第248页。
③ 《九籥别集》卷一《与张大》,第239—240页。
④ 《钱公良测语》卷下,第49页。
⑤ 《九籥别集》卷一,第250页。

布,濯濯千尺,如长剑倚天,是东南之胜。"①只一句,便勾勒出山水的精神。他在书札中所描写的生活颇有晚明文人所追求的高致远韵。如:

  深院凉月,偏亭微波。茶烟小结,墨花纷吐。梧桐萧萧,与千秋俱下。②

  村居遇雨,来往绝人,自晨昏侍食之外,虽妻子罕见。居植修竹,间有鸟鸣,女墙低槛,疑近山岫。昼则雠校史书,夜则屈伸一榻,谢绝肥甘,疏远苦醴。胸中无思,或会古今得失,一顿足而已。如此数日,天亦将晴,人亦将至,我亦将出。不可以不记也。因就灯书之。③

  这些尺牍,都着意去追求一种清远闲适的艺术意境。它们似乎是一首首抒情意味很浓的田园诗,又颇似晚明文人隽永雅致的清言小品。
  晚明的尺牍,也是我们认识晚明社会与文人精神的材料。在一些尺牍中,透露了官场的黑暗与正直文人的无奈。支大纶在《示儿》一牍中,教导儿子说:

  丈夫遇权门须脚硬,在谏垣须口硬,入史局须手硬,值肤受之愬须心硬,浸润之谮须耳硬。④

---

① 《九龠别集》卷一,第247页。
② 《九龠别集》卷一《简周先生》,第238页。
③ 《九龠别集》卷一《与范大》,第247—248页。
④ 《尺牍新钞》卷四,第150页。

"脚硬""口硬""手硬""心硬""耳硬",浑身上下都"硬",便成为一个正直有气节的铮铮铁汉。以此作为官之箴言,真是难得。然而,也难以行得通。因为为官之道,往往在于"圆"而不在于"方",起码也要外圆内方。所以,支大纶的命运便可想而知。他在《出京辞同年》一札中就说:"生以狂妄上触权奸,概从窜逐。"这可以说是"遇权门须脚硬"所付出的代价。支大纶曾感叹自己"如白头媳妇,屡易翁姑,无论食性难谐,旧嫌易隙,而华色既衰,即务为婉娈恭媚之容,酒浆织纫之劳,亦且丑之矣。况诸姑小叔,啧有烦言,又有不可必者乎?"在官场中,动辄得咎,就如不招人喜欢的白头媳妇,偏偏又遇到挑剔刁钻的公婆和小姑、叔子们,不管如何温顺,如何卖力,也难讨得欢心。真正想有独立人格,而又避免受到倾轧压逼的唯一办法就是"决意长往,以自同于凿坏灌园之侣者也"[1],远远离开官场这个是非之地,当一个乡村老农,了此一生。

高攀龙则在《与黄凤衢》一信中,表达了对黑暗势力的轻蔑和对于逆境泰然处之的态度:

> 年丈横被风波,然转高声价矣。夫天意岂直高年丈之名,乃玉成年丈之实?百年浮荣,转盼过眼,迟暮思之,惘然无得。若将外向精神,反归自己,讨个定帖,乃千生万劫,转迷成觉之日也。此个路头,干涉非小。但在顺境中趁着兴头,难得回头;逆境中没了世味,方寻真味。故弟尝谓造化,每以逆境成全君子,以顺境坑陷小人。以弟验之,即今半生受用,实缘圣主一谪。年丈异日当有味斯语,幸勿以弟言为迂而忽之。[2]

---

[1] 《尺牍新钞》卷四,第151页。
[2] 《尺牍新钞》卷一,第3页。

作者因友人仕途上遭到挫折,而写此牍加以宽慰。所谈的道理并不新鲜,这种书信容易落入迂腐、酸臭老套,但此尺牍,还是言之有理,让人信服。这关键就在于作者有自己的亲身体会,"半生受用,实缘圣主一谪"。所以,他所说的"造化,每以逆境成全君子,以顺境坑陷小人",就并非虚语,非门面语,而是自证自悟所得。他说:"顺境中趁着兴头,难得回头;逆境中没了世味,方寻真味。"也是至理之名言。诗人说,诗穷而后工;对仕宦者来说,则可能是"逆境而后成"。高攀龙在熹宗时官左都御史,因反对魏忠贤,被革职,与顾宪成在无锡东林书院讲学,为东林党首领之一。后魏忠贤党羽崔呈秀派人往捕,投水死。可见他在信中所言,并非矫情之语。

黄虞龙的尺牍,往往流露一种豪迈自信、无拘无束的个性。他在《与邹满字》中说:"古来奇逸之士,皆胸中负如许无状,喀喀欲吐而不得吐,故发之歌咏,行之词赋,或使酒骂坐,或拥少挟伎,或呼庐陆博。虽云习气未除,总之英雄不得志,则用以自秽耳,宁有真实哉!"①这些话,是从李贽《杂述·杂说》一文中生发开来的。然李贽只是解释创作上的发愤而作,而黄虞龙则更推而广之,至日常的放浪形骸现象。这种理论,是很有晚明的时代特点的。英雄不得志,则自秽其身,这也是晚明许多文人为自己放荡不羁生活所作的一种解释。黄虞龙的这种性格,在创作上,自然容易走上性灵一途,而抨击拟古之风。他在《与客》一牍说:"古今能文章之士,皆胸中无物,眼底无人。无物,故河山大地,以至虫鱼花鸟,都足供给笔端。无人,故先秦两汉,百家诸子,只是我寻常交往。"胸中无任何束缚,无任何偶像,故以客观万物作为取之无竭的创作材料,可与古人平等对话。"酒籍肉帐,悉成佳编;怒骂嬉

---

① 《尺牍新钞》卷七,第240—241页。

笑,无非至论。昔之坡仙,今之卓老,庶几近之乎!"①推崇苏轼与李贽,其审美情趣,相当鲜明。黄虞龙的许多尺牍风格,却是比较清雅的,如:

> 泛泖湖,日色淡融,水意平远,目青山小小如几案间物。已复天水连绵,一望无际,久之,汀洲半点,鸥凫可亲。推窗凝睇,夙怀顿饱。致问眉公,此去蓬壶几里?②

> 三月春暮,江南草长,飞花去树,流莺乱啼。行酒郊垧,游女云集,旖旎妖娆,目睛为夺。而山色波光,淡宕绝人,无形无影之中,残春忽送,新夏若来。一岁关心,无过此时。③

这些尺牍,文笔清丽,意境隽永,有如六朝的山水小赋。

俞琬纶的尺牍,多凄苦之音。俞琬纶,字君宣,长洲人,万历三十二年进士。他自比"如食蓼虫,身在苦中,不知人间有何许事"④。俞琬纶的苦闷与科举制度给文人带来的巨大压力有关。这种苦闷,在明代文人中是有代表性的。正如他在《与客》一牍所说:"人生苦境多已,至我辈复为举业笼囚,屈曲己灵,揣摩人意,埋首积覆瓿之具,违心调嚼蜡之词,兀度兰时,暗催梨色,亦可悲已。"⑤他把科举制度当作牢笼,而写那些味同嚼蜡的八股文,则是违心之作。可悲的是,明知如此,却仍要走这条路。这就是明代文人的悲哀之处。当成功地通过科举考试时,他又感到惭愧,因为有些比他有才华者却落第了:"弟自出榜后,殊自惭

---

① 《尺牍新钞》卷七,第237页。
② 《尺牍新钞》卷七《与陈眉公》,第235页。
③ 《尺牍新钞》卷七《与傅远度》,第239页。
④ 《尺牍新钞》卷七《与王太玉》,第256页。
⑤ 《尺牍新钞》卷七,第256页。

愧,才华如古白,尚困鳞池中。"①虽说此牍是对落第者的安慰,但科举考试的不合理,也确是事实。俞琬纶的尺牍,语言生动,而构思奇僻。如说"三衢橘柚之乡,久客于此,一身酸涩"②,又如"浙江涛,春明柳,与年丈醒里平分,梦中交换"③,不过这些语言放到书信中,略觉有雕琢痕迹。

陈锺琰的尺牍,写得相当有特色。他自称"具一种迂肠拗癖",别具一格而特立独行,"绝去依傍,掉臂单行。如谢康乐山游,持刀斧磔剪荒径,凿声冲冲然"④。他认为,自然万物与人生各种情景,都是创作的源泉:"花之敷坼,鱼鸟之哀乐,风日之争让,农渔之单偶,烟水之奔缓,陌上叱牛声之生熟,舣苕之行止;此皆文心所佐助者也。"⑤他一些摹写山水的尺牍,写得相当别致。如下二则:

> 英山突兀辣诡,仆最爱其入手处。譬之名家伸纸将画,偶尔落墨,点污纸上,遂以势成之。幅图完好,为峰峦,为草树,为人家,为昆仑楼;或为禽鱼,为云气往来,为马而飞空骋辔以游。察其起止,有伦无理,不可以常法律也。⑥

> 溴阳峡是造物迂肠拗笔所作者。峰头部置,俱于不必安处,硬然安之,耐人思索。大约如古逸书,班驳错落,骤读之,神理不属,似生似斜,似脱似敧断。一再思之,却极完稳,欲为咨补一二字,觉

---

① 《尺牍新钞》卷七《与陈古白》,第256页。
② 《尺牍新钞》卷七《与周玉绳》,第255页。
③ 《尺牍新钞》卷七《与缪当时》,第255页。
④ 《尺牍新钞》卷一〇《答孙本芝公祖书》,第349—350页。
⑤ 《尺牍新钞》卷一〇《与慧林和尚》,第350页。
⑥ 《尺牍新钞》卷一〇《游英州观音岩示弗人》,第350页。

无下手。天地间乃有此种怪物。①

把自然山水比喻为艺术作品,然后,写造物者构思之奇特,一则比喻如画家无意把墨汁点染在纸上,于是顺势作画;一则比喻造物者迂肠拗笔,硬然安之。这些都是形容英山与溴阳峡的不寻常。作者以议论来写山水,而又曲折而言。这种构思,真是他自己说的"迂肠拗癖",故有出人意料之妙。

晚明尺牍既多是文人之间的文字交往,其中便有不少值得注意的文学批评的宝贵材料。陈锺琰的《与曾弗人书》"纵谭隆、万以来诸公诗文",可以视为对晚明诗文的一个颇为精彩的小结。卫泳对此尺牍的评语是:"洒洒千言,直抒胸臆,觉弇州国朝文评,犹逊此慨爽宏畅。"此尺牍对一些风格相近作家的比较,尤有见地。如比较钟惺和谭元春的差异:"谭友夏灵腕幻舌,与伯敬大不类。人尽以同调称之,仆尝辨其非。仆意伯敬古而化,友夏奇而至。伯敬有神境,友夏无凡境。伯敬坦坦如平地,服牛乘马,悠然适也。友夏则峰峦巃嵸,叠出最外眺听怀新。伯敬如晴雪霁月,使人喜,友夏复如雷霆交作,风雨总至,倏然使人惊。伯敬能为友夏,友夏不能为伯敬。"他认为,钟惺风格较为平易大度,而谭元春较为奇险。又如评价汤显祖和王季重的差别:"汤义仍、王季重气体颇相近,义仍自云其文不及诗。仆意以文犹有轶宕之气,诗则太板重。季重稍险窄,诸游记复奇绝。毕竟是虞德园一眷属,但头讫较清明尔。"②这些评价,都是很有主见的。

晚明尺牍很多,以上只是举数例略加说明。但从这些例子不难看出,晚明尺牍小品的总体倾向,是走向艺术化、审美化,而弱化实用的功

---

① 《尺牍新钞》卷一〇《与曾弗人》,第351页。
② 《冰雪携》(下),《与曾弗人书》,第20—24页。

能。许多尺牍选本,则删去有关日常事实的陈述,只保留表现性灵和情致方面的内容。周亮工在《尺牍新钞》"选例"中说:"尺牍为一时挥翰之文,非关著作。或兴会所至,濡染逾涯;或繁赜交纷,拖沓累幅。至有名章俊语,每以一句之疵,一字之颣,少为减价者,不妨稍加删割,要之无伤大体。"①尺牍本是实用的文体,信中必然有许多琐事,而信手而书,也时有疵病。故明清尺牍选家则往往加以"删割"剪裁,或抽出其中的名言隽语,使这些尺牍在总体上呈现一种诗化的倾向。清代孔尚任说:"人但知词为诗之余,而不知尺牍亦诗之余也。"②他的说法,正反映了明末清初尺牍创作的实际情况。

晚明文人喜欢把尺牍这种实用文体加以雅化,把它作为精致的骈文,或者简短的"诗之余"来写,的确使这种实用文体增加了艺术形式上的审美价值。但晚明大多尺牍写得太漂亮了,太雅化了,太讲究了,也就出现了一些流弊。谢肇淛(1567—1624)曾说:

> 近时文人墨客有以浅近之情事而敷以深远之华,以寒暄之套习而饰以绮绘之语,甚者词藻胜而谆切之谊反微,刻画多而往复之意弥远。此在笔端游戏,偶一为之可也,而动成卷帙,其丽不亿,始读之若可喜,而十篇以上稍不耐观,百篇以上无不呕哕矣。③

谢肇淛所指甚广,但他所批评"以浅近之情事而敷以深远之华,以寒暄之套习而饰以绮绘之语"的现象,尤其与晚明尺牍写作有关。尺牍本来是实用文体,应以自然流露,随意抒写为佳。但晚明的不少尺牍却成

---

① 《尺牍新钞》,第466页。
② 《湖海集》卷一一《与徐丙文》,第234页。
③ 《五杂组》卷一四《事部二》,第257页。

为形式过于讲究的美文,它们实际上也是开了清代《秋水轩尺牍》《雪鸿轩尺牍》之类书籍的风气。这些尺牍淡化实用而过于唯美,也就容易走向造作和虚矫一路了。反观宋人苏、黄诸人的尺牍,信手天成、涉笔成趣,晚明尺牍毕竟稍逊一筹。

第二节 艺术随笔

这里的艺术随笔,指序跋、题记、评点等形式的小品。晚明艺术兴盛,艺术种类很多,这类艺术随笔不胜枚举。这里只是将其作为一种类别,略而言之。

序跋是传统文体,而晚明几乎所有作家的文集中都收入此类作品。这里,先举陈仁锡的《昭华琯序》一文为例。陈仁锡的序,入手便不凡:

> 文字,山水也;评文,游人也。夫文字之佳者,犹山水之得风而鸣,得雨而润,得云而鲜,得游人闲懒之意而活者也。游人有一种闲懒之意,则评文之一诀也。天公业案,惟胡乱评文字为最,何也?山水遇得意之人固妙,遇失意之人亦妙;缘其人闲懒之意而山水活者,亦不必因其人憔悴之意而山水即死;总于山水无损也。借他人唾余,装自己咳笑,而妄以咳笑呼山水,山水不大厌苦之乎?

把作品比喻为山水,把评论家比喻为游人。那么,批评便是如游人倘徉山水,指点山水。这种对于批评的比喻,是多么富有诗意,而且在他笔下,评论又是多么潇洒,多么富有情趣!但是,乱评文字则是最为罪过的事。陈仁锡这篇文章有些特别,他是为项仲展一部叫《己未选》的八股文选集所写的序。八股文的序不好写,但他聪明地抛开此选集的八股文内容,而抓住八股文选本有选有评的特点,从评论形式上,大做文章。下文还写他在洞庭读此书:"从千万顷巨浪中,读一篇,浮一大白;读一快评,浮十大白。""须臾,仲展之评,化为湖,湖化为酒。"[1]写得相当投入,相当奇幻,而且充满激情,确是一篇优秀的序文,尽管是八股文集的序文。

自唐宋以后,艺术小品文非常兴盛,在晚明,各种艺术形式的互相综合与渗透,更是一种创作上的普遍趋势。这种现象,也反映到艺术批评之中。如曾异撰《题画》:

> 予尝谓左丘明、司马迁、班固,此千古画家神手,山水、人物、草木、鸟兽,无不妙者。范晔多买胭脂,浓描靓抹,此宫庙画人物手也。子书中惟韩非子神于画鬼,庄周如蒲永升善画水,兼能绘风。他如韩退之《书张中丞传》,柳子《段太尉逸事》,并英英写生笔。子厚诸游记,绝妙山水,吾欲展而大之。陈寿《三国志》,欧阳公《五代史》,花卉翎毛耳。《晋书》尚有一二笔,他史无足入谱者。[2]

就文学批评而言,曾异撰对诸家之评论并没有多少新意,但就批评的"艺术化"方面,却有值得注意之处。苏轼早有诗画相通之说,但曾异撰更进一步,别出心裁地把历来的文学名家,比喻为各种不同品类的画家,以之表达自己的审美爱好。这种批评方式,无疑是十分新奇、形象又比较含蓄的。在这里,文学家的艺术风格,不是直接地表述出来,读者要通过对于艺术形象的一番转换才能理解。这种评论,是有道理的。这是因为,文学艺术与绘画艺术一样,在形象塑造上,在构思与风格上,确有相通之处。又如虞淳熙给袁宏道《解脱集》写的序言:

---

[1] 《明文海》卷三〇八,第 3173 页。
[2] 《冰雪携》(上),《题画》,第 222—223 页。

> 大地，一梨园也。曰生、曰旦、曰外、曰末、曰丑、曰净，古今六词客也。壤父而下，不施粉墨，举如末；陈王作净丑面，然与六朝、初唐人俱是贴旦；浣花叟要似净；李青莲其生乎？任华、卢仝诸家，半丑半净，而乐天、东坡，教化广大，色色皆演；王维、张籍、韩子苍所谓"按乐多诙气"，率歌工也。袁中郎自诡插身净丑场，演作天魔戏，每出新声，辄倨《主客图》首席。人人唱《渭城》，听之那得不骇。至抵掌学寒山佛、长吉鬼、无功醉，士并谓为真。①

明代的戏曲十分兴盛，许多文人对戏剧艺术也很在行，此序文便是运用中国戏曲特有的表演体制术语来进行评论的。所谓生、旦、外、丑、净，这些角色行当，既是戏曲中艺术化、规范化的性格类型，也是带有性格特点的表演程式的分类系统。作者便借用角色行当的性格类型，来比喻作家的风格类型："旦"的表演风格妩媚妍丽，秀丽灵巧，故比喻六朝与初唐诗；李白诗，秀逸飞动，故比喻为"生"；杜甫诗气局苍老，故比喻为"外"；而白居易、苏东坡，则被比喻为技艺全面，戏路宽广，各种角色都能演的演员；"净"的表演豪放或粗犷，"丑"则风格诙谐幽默、机智，故以任华、卢仝为"半净半丑"，而袁宏道的诗，也是"插身净丑场"。这些艺术评论谈不上深刻，但评论形态却相当别致。

艺术评论的艺术化、小品化，也是晚明艺术界的普遍现象。晚明时期书画一类的题跋、随笔很多，如陈继儒的《书画史》《书画金汤》、董其昌的《论画琐言》《画禅室随笔》、李流芳的《西湖卧游图题跋》、王稚登的《丹青志》、茅一相《绘妙》、沈颢的《画麈》、莫是龙的《画说》、张丑的《清河书画舫》、郁逢庆的《书画题跋记》、汪砢玉《珊瑚网》等。这些艺

---

① 《皇明十六家小品》，《翠娱阁评选虞德园先生小品》卷一，第629—630页。

术随笔,大多写得很有情致,其本身也是艺术品。晚明时期,江南一派的艺术特别发达,书画艺术家比较集中于吴越地区,使这个地区形成一种非常浓厚的艺术气氛。故王稚登《吴郡丹青志序》说:"吴中绘事,自曹、顾、僧繇以来,郁乎云兴,萧疏秀妙。将无海峤精灵之气偏于东土耶!抑亦流风余韵前沾后渍耶!"①这种浓厚的艺术气氛,对晚明小品的创作也产生了一定影响。限于篇幅,这里仅以董其昌和李日华两人的艺术随笔为例,略作介绍。

董其昌(1555—1636),字玄宰,号思白、香光居士,华亭人。官至南京礼部尚书。他在书画上有很高造诣,是明末杰出的艺术家。其艺术小品,也颇为雅致。陆云龙在《序董太史小品》中,评论其小品:"寓奇于平,化拙为巧,融板为逸。飘然如云中鹤,淡然如林着烟。艳冶美人,容与林间;萧骚逸士,婆娑泉石。谁谓短幅残缣不与拱璧争价哉?压右军之遗墨,残缣剩幅,一字一金;薄右丞之点染,小碛寒沙,一景一绝。即与长公小品共读之,为一为两,当亦无从辨者。"②与苏东坡小品相提并论,所评不免夸大,但可见当时评价之高。其《画禅室随笔》一书,可以说是当时论艺小品文中颇有代表性的集子。此书凡四卷,一、二卷论书画,三卷记游记事和论诗评文,四卷为杂言和禅说。《画禅室随笔》内容颇丰富,尤其对书画流派风格的演变及技巧的研究,多有自得之见。此书论画,提出"南北宗论":"禅家有南北二宗,唐时始分。画之南北二宗,亦唐时分也。"③他将唐以后的山水画,分为南北二宗:以水墨渲淡画法的文人画家为南宗,以青绿勾填画法的职业画家为北宗。主要观点是提倡"文人画",贬抑"行家画"。关于"南北宗"之说,

---

① 《明代传记丛刊》第72册《吴郡丹青志序》,第499页。
② 《皇明十六家小品》,第867—869页。
③ 《画禅室随笔》卷二《画诀》,第76页。

在当时除了董其昌之外,莫是龙的《画说》与沈颢的《画麈》也都持此观点。可以说,这反映了晚明艺术中强调笔墨表现和文人气息的价值取向。

《画禅室随笔》中,一些关于艺术家与自然关系的论题,也颇有价值。他在此书中,主张画家要"以天地为师":

> 画家初以古人为师,后以造物为师。吾见黄子久《天池图》,皆赝本。昨年游吴中山,策筇石壁下,快心洞目,狂叫叫曰"黄石公",同游者不测,余曰:"今日遇吾师耳。"①

黄公望,字子久,是元代杰出画家。董其昌极为推崇他,说"元季四大家,以黄公望为冠"②。他的画作,大多表现江南秀逸的山川景色,风格苍劲高旷,气势雄秀,有"峰峦浑厚,草木华滋"③之称。黄公望晚年所作的《天池石壁图》绘重峰叠岭,高松层崖。其结构繁复,而笔法简练,烟云流润,气势雄浑,是黄公望自创的浅绛山水代表作。此作现存故宫博物院,而董其昌当时所见到的,却都是赝品。直到自己亲身游历吴中山水,目睹秀丽的景色,才感觉到他所追寻的"黄石公",其实就在大自然之中。这才是自己真正的老师。从自然中领略出黄公望的画法,确是很有道理的。因为黄公望就常常携带笔墨,到吴中去领略江南自然胜景,随时摹写。吴中的山水,是黄公望与董其昌共同的老师。

董其昌又以山川和诗人为知己:

---

① 《画禅室随笔》卷二《题自画·题天池石壁图》,第92—93页。
② 《画禅室随笔》卷二《画源》,第71页。
③ 《容台集》别集卷四《画旨》,第700页。

> 大都诗以山川为境,山川亦以诗为境。名山遇赋客,何异士遇知己?一入品题,情貌都尽。后之游者,不待按诸图经,询诸樵牧,望而可举其名矣。嗟嗟,"澄江净如练","齐鲁青未了",寥落片言,遂关千古登临之口,岂独勿作常语哉?以其取境真也。①

诗人只有亲身考察山川名胜,才能写出"取境真""情貌都尽"的作品。这些作品,因为真实传神,所以后人无法超越。他又进一步提出"读万卷书,行万里路"的主张。这是艺术修养两个非常重要的方面。有此修养,胸中才能不俗,下笔才有逸趣,"胸中脱去尘浊,自然丘壑内营,立成鄄鄂,随手写出,皆为山水传神矣"②。"读万卷书,行万里路"的美学观点,也很有意义,可以说是我国优秀文学艺术家创作的不二法门。董其昌的其他书画题跋,也写得相当有艺术性:

> 余与平原程黄门,以使事过江南,一日阁舆道上,陂陀回复,峰峦孤秀。下有平湖,碧澄万顷。湖之外,长江吞山,征帆点点,与鸟俱没。黄门曰:"此何山也?"余曰:"其齐山乎?"盖以"江涵秋影"句测之,果然。③

> 画秋景,惟楚客宋玉最工,"寥慄兮若在远行,登山临水兮送将归",无一语及秋,而难状之景,多在语外。唐人极力摹写,犹是子瞻所谓"写画论形似,作诗必此诗"者耳。韦苏州"落叶满空

---

① 《画禅室随笔》卷三《评诗》,第115—116页。
② 《画禅室随笔》卷二《画诀》,第61页。
③ 《画禅室随笔》卷二《题自画·江山秋思图》,第91页。

山",王右丞"渡头余落日",差足嗣响。因画秋林及之。①

这些题跋,文笔简远,意境平和,而饶有兴味。

李日华(1565—1635),字君实,号竹懒,又号九疑,嘉兴人。万历二十年进士,官至太仆少卿。他工书画,精品赏,在当时的名声几乎与董其昌相埒。有著作多种,其中《六砚斋笔记》《紫桃轩杂缀》《味水轩日记》等书,内容广泛,然以书画题跋和其他谈艺之作为主,也是颇有价值的艺术小品文。李日华论艺术创作,十分重视作者的胸襟。他说:"绘事必以微茫惨澹为妙境,非性灵廓彻者,未易证入。所谓气韵必在生知,正此虚澹中,所含意耳。其他精刻逼塞,纵极功力,于高流胸次间何关也?"②李日华主张以自然为粉本,学习艺术,必须随时观察和记录。他说:"山行,遇奇树怪石,即具楮墨,四面约略取之,此亦诗家李贺锦囊之储也。"③

李日华的艺术随笔,还提到他在现实生活中领悟古典绘画艺术的真谛。《味水轩日记》万历三十八年庚戌九月十三日的日记中说,他到了老竹岭,当时天气新晴,万象澄朗,"诸峰晓色,澄翠拖蓝。日光射之,远者如半空朱旗,近者如涂金错绣。丹枫苍桧,点缀其间。万壑屯云,千流漱玉",他大为感叹"李昭道父子画法,不为虚设"④!李昭道父子,指唐代画家李思训与其子李昭道,人称"大李将军""小李将军",擅长画山水树石,好写湍濑潺湲、云霞缥缈之景,而金碧辉煌,自成家法。后世绘着色山水及青绿或金碧山水,多取以为法。董

---

① 《画禅室随笔》卷二《题自画·题秋林图》,第95页。
② 《六研斋笔记 紫桃轩杂缀》,《紫桃轩又缀》卷一,第341—342页。
③ 同上书,第261页。
④ 《味水轩日记校注》卷二,第141页。

其昌在《画禅室随笔》卷二中说:"禅家有南北二宗,唐时始分。画之南北二宗,亦唐时分也。"并以李思训父子为"北宗"之祖,以王维为"南宗"之祖,又尊"南宗"为正宗。① 晚明绘画艺术,存在一种重"南"轻"北"的倾向。而李日华则在自然山水的绚丽景色中,领悟到李思训的金碧山水家法也是师法自然的。其风貌,反映大自然本身存在一种美的类型,故其"画法不为虚设"。无论"南宗""北宗",不同的艺术风格流派,都自有其存在的合理性,不容受到贬抑。这种观点比董其昌更为公允。

李日华论艺术,颇多自得之见。如《紫桃轩又缀》卷二:

> 竹懒遇书画赝迹,未尝不番覆谛观,亦有连声称赏者。客不解。竹懒曰:"……赝迹虽浮浅可笑,然未尝不依傍古人精神而运。画即失气韵,而布置自存;书即乏风神,而骨骸或在。以我寸灵默游其间,未尝不遇古人之百一也。况生末法中,凡诸像设种种,皆灵山光焰,安得悉起紫金真相而事之乎?"②

历来对于赝品都是深恶痛绝的,而李日华则细细观察,甚至还"连声称赏",因为他认为赝品仍然有价值,其中仍存在"古人精神",可以欣赏和学习其"布置""骨骸"之处。言之亦颇有理。又如:

> 终日处乔松修竹之下,未必能写松与竹。穷山倾崖,乱松之坞,祖干孙枝,纵横交倚,而后松之态毕献矣;荒江之滨,沙砾之地,丛筱生焉,多而不删,孤而不益,偃抑欹直,各任其天,而后竹无遁

---

① 《画禅室随笔》卷二《画诀》,第76—77页。
② 《六研斋笔记　紫桃轩杂缀》,《紫桃轩又缀》卷二,第350页。

姿矣。①

李日华认为,事物要从不同角度去观察,要找到最佳的观察视点,才能真正把握事物的神态。处在幽雅环境中的乔松与修竹,只是其常态。如果只限于此,画家就未必能表现松竹的精神。只有画家不畏艰苦,到穷山倾崖和荒江沙砾之处,才能观察到松竹最为真实的姿态和神韵。

晚明画记一类的小品,也颇有佳作。画记,自唐宋以后已十分流行。这是一种艺术说明文类的小品。它们的特点,是从一种艺术形态向另一种艺术形态的转化,是一种艺术语言对另一种艺术语言的移译。而这种转化和移译本身,就是富于创造性的艺术。下面以晚明几篇著名的艺术说明文为例。

黄淳耀(1605—1645)的《李龙眠画罗汉记》是一篇题画记。李公麟,号龙眠居士,北宋杰出画家。他的作品表现范围很广泛,大凡人物、山水、花鸟、宫室、鞍马、道释等,无所不能。李公麟的罗汉渡江图今已失传,不过,有了黄淳耀《李龙眠画罗汉》详细而传神的记录,我们可以领略李公麟原作大体的风采:

> 李龙眠画罗汉渡江,凡十有八人;一角漫灭,存十五人有半,及童子三人。
> 凡未渡者五人。一人值坏纸,仅见腰足。一人戴笠携杖,衣袂翩然,若将渡而无意者。一人凝立远望,开口自语。一人跽左足,蹲右足,以手捧膝,作缠结状;双屦脱置足旁,回顾微哂。一人坐岸上,以手踞地,伸足入水,如测浅深者。

---

① 《六研斋笔记 紫桃轩杂缀》,《六研斋笔记》卷二,第39页。

方渡者九人。一人以手揭衣,一人左手策杖,目皆下视,口呿不合。一人脱衣,双手捧之而承以首。一人前其杖,回首视捧衣者。两童子首发鬅鬙,共异一人以渡;所异者长眉覆颊,面怪伟,如秋潭老蛟。一人仰面视长眉者。一人貌亦老苍,伛偻策杖,去岸无几,若幸其将至者。一人附童子背,童子瞠目闭口,以手反负之,若重不能胜者。一人貌老,过于伛偻者,右足登岸,左足在水,若起未能;而已渡者一人捉其右臂,作势起之。老者努其喙,缬纹皆见。

又一人已渡者,双足尚跣,出其履,将纳之;而仰视石壁,以一指探鼻孔,轩渠自得。①

从叙述角度来看,这篇文章的结构十分平稳,层次脉络分明:分为未渡、方渡、已渡三种人来叙述。而叙述顺序,也井井有条:记未渡者,先记未准备者,次记正在准备者,再记开始渡江者。一般来说,平稳的结构,容易流于平板,难以有灵动之趣。而此文的佳处,正是在平稳的整体结构中,蕴含着自然灵动之趣。结构平稳在某种程度上,带来了平板的可能,所以,必须以变化和传神的笔墨,使艺术形象内部有灵动之气。这种成功,主要靠文笔变化与传神写照。这十几位罗汉形象各异,神态迥别,作者对其动作、神情观察和描写,可谓妙入微毫。如描写那位已渡者:"双足尚跣,出其履,将纳之;而仰视石壁,以一指探鼻孔,轩渠自得。"已渡者得意的神态,便跃然纸上,让人如见其面,如闻其声。在这里,题画记与绘画两者之间,存在一种"不即不离"的关系。作者的文笔有虚有实。一方面,是对画面的真实再现,这是实;另一方面,则又发挥文字的特点,以补绘画语言之局限。如:"一人戴笠携杖,衣袂翩然,

---

① 《景印文渊阁四库全书》第1297册《陶庵全集》卷七,第732页。

若将渡而无意者。"这里,对此人的装束的描写,是对画面的再现,是实;而"若将渡而无意者",则是作者合理的主观想象。又如"一人坐岸上,以手踞地,伸足入水,如测浅深",一人"去岸无几,若幸其将至者","童子瞪目闭口,以手反负之,若重不能胜者",一人"右足登岸,左足在水,若起未能",这些描写所包含的艺术想象,都是画面本身所不能准确表现出来的。这种虚构,使作品不至于太过质实。绘画与散文,本属两种不同的艺术形态。绘画是一种空间艺术,以其线条和色彩来描绘一片景象在空间的铺展;而语言文字,则能描述出一串活动在时间里的发展。因此,题画记可以说是一种从空间艺术向时间艺术转换的创作。李龙眠的罗汉图,是一幅空间静止的景象,到了黄淳耀的画记,则成为持续进行的系列活动。尽管在画记里,黄淳耀仍重在忠实于表现绘画所讲究的结构和布局,但这种表现,又是充满动态的。这种艺术随笔,不仅是对艺术作品的再现,而且是一种艺术再创造,因为作者把自己的审美理解和感受,融注其中了。

魏学洢的《核舟记》与宋起凤的《核工记》,都是描写当时微雕艺术的佳作。前者是写王叔远在桃核上,雕刻苏东坡泛舟赤壁的韵事。后者是写一位不知名的艺术家,在桃坠上刻着唐诗人张继《枫桥夜泊》诗意。这两篇作品,不但再现了明代微雕艺术之巧夺天工,就其本身而言,也是富有魅力的艺术品。如《核舟记》描写舟中各种人物:

> 船头坐三人,中峨冠而多髯者为东坡,佛印居右,鲁直居左,苏黄共阅一手卷。东坡右手执卷端,左手抚鲁直背,鲁直左手执卷末,右手指卷,如有所语。东坡现右足,鲁直现左足,各微侧,其两膝相比者,各隐卷底衣褶中。佛印绝类弥勒,袒胸露乳,矫首昂视,神情与苏、黄不属。卧右膝,诎右臂支船,而竖其左膝,左臂挂念珠倚之,珠可历历数也。

舟尾横卧一楫,楫左右舟子各一人。居右者椎髻仰面,左手倚一衡木,右手攀右趾,若啸呼状;居左者右手执蒲葵扇,左手抚炉,炉上有壶,其人视端容寂,若听茶声然。①

而宋起凤的《核工记》,则在短短的数百字中,描写出桃坠上所刻的僧人、旅客等七位人物,楼台钟鼓等建筑物,及器具九种、山水灯月等景物七种;而人事如传更、报晓、候门、夜归、隐几、煎茶等,"各殊致殊意,且并其愁苦、寒惧、疑思诸态,俱一一肖之"②。在简短的篇幅中,写出如此丰富的事物情态,这种文字,也可以称之为"微雕艺术"。故张潮把它们比喻为"显微镜"③。《核舟记》与《核工记》两文写法相近,然而就艺术表现而言,则略有差异。《核舟记》有东坡的《赤壁赋》为据,文笔放恣而事有所本;《核工记》以张继的"姑苏城外寒山寺,夜半钟声到客船"④诗为底本,欲追摹其诗意。《核工记》文笔简约,《核舟记》更为细腻。不过,从传神写照的手段而言,似以《核舟记》略胜。陆次云在《古今文绘》中,评论此文说:"刻核舟者神于技,记核舟者神于文。摩拟人物于纤微之中,意态神情毕出,何异道子写生?君曰'技亦灵怪矣哉',余曰'文亦灵怪甚矣!'"⑤所评甚是。

文学评点兴于宋代而盛于明代。评点之学是一种很有民族特色的批评形式。清人张潮在《虞初新志·凡例》中说:"兹集触目赏心,漫附数言于篇末;挥毫拍案,忽加赘语于幅余。或评其事而慷慨激昂,或赏

---

① 《虞初新志》卷一〇,第119—120页。
② 《虞初新志》卷一六,第194页。
③ 《虞初新志》卷一〇《核舟记》后,第119页。
④ 《全唐诗》卷二四二《枫桥夜泊》,第2721页。
⑤ 引自夏成淳编《明六十家小品文精品》,第475页。

其文而咨嗟唱叹。敢谓发明,聊抒兴趣;既自怡悦,愿共讨论。"①此话虽不是专论评点之学,但把握到评点活动所具有的强烈的主观色彩与形式上的随意性。一些评点文字因为投注了批评者的主观色彩,又具有一定的艺术性,也可能独立而成小品文。在晚明,许多诗文、小说、戏曲的评点文字,也可视为一种类型特殊的小品文。我把它们称为"评点体"小品。这种小品,其实也是一种艺术随笔、读书札记。这种形式十分自由,长短不拘。它们往往是以文本为基础,涉笔成趣,借题发挥,来表现自己的艺术观和对人生的体会。

四书,是明代士子考科举的必读书。但李贽《四书评》却藏刀夹棒,颇有批判现实的锋芒。此书有总评,有夹评,有眉批,其中有许多情趣盎然的评点。如《论语·子张》篇:"仕而优则学,学而优则仕。"李贽点评道:"今人学未优已仕矣,仕而优如何肯学。"②《论语·泰伯》中,曾子谈"鸟之将死,其鸣也哀;人之将死,其言也善",李贽评点说:"圣贤将死也,定有裨于人;今人未死,惟见其损人而已。"③《孟子·离娄章句》说道:"人之患在好为人师。"李贽评点说:"今之'好为人师'者,亦饥寒迫之耳。其胸中实是怕极,何敢言'好'?"④《孟子·万章》咸丘蒙与孟子一段对话,李贽评曰:

> 读此篇罢,便思曲尽今人作文丑态,看书痴状。如"君不得而臣,父不得而子",本妙语也,便做出一段尧北面,瞽瞍北面来,且竭力描写,尽心刻画。说舜之容蹙,孔之言殆,愈多愈丑。今之作

---

① 《虞初新志》卷首《凡例十则》。
② 《四书评》,第160页。
③ 同上书,第74页。
④ 同上书,第222页。

> 文者,得毋类是乎?如"普天之下,莫非王土,率土之滨,莫非王臣",本有为之言也,便疑夔瞍不为舜臣,痴騃一至于此!今之看书者,得毋类是乎?齐东野人之骂,不为刻矣。①

这里,对于当时作文之人与读书之人的"丑态""痴状"的揭露,都是借古人的酒杯,浇自己的块垒。总之,李贽的《四书》评点,借题发挥,对于当时士人揭露可谓入木三分。

晚明不少作家都评点过小说。这些评点,不但很有理论价值,从小品文的角度看,也很值得注意。现以容与堂刊本《李卓吾先生批评忠义水浒传》为例②。《梁山泊一百单八人优劣》,也是一篇人物评论的小品文。此文对水浒人物进行品第轩轾,把李逵列为"梁山泊第一尊活佛",这类人物还有石秀、鲁达、武松等人;品评宋江为"假道学,真强盗",因为他"逢人便拜,见人便哭,自称曰'小吏小吏',或招曰'罪人罪人'的",显得十分虚伪;而评价最差的是吴用,因为他"一味权谋,全身奸诈,佛性到此,澌灭殆尽"③。这些评价,感情色彩都十分强烈。作者把李贽的童心说作为人物品评的价值标准,李逵正是"绝假纯真"、富有童心的人物。而像宋江、吴用这些官吏、文人出身者,虽然"多读书,识义理",却"障其童心"。这些观点,影响了后来金圣叹的评点。此书的评点很有晚明思想色彩。如在四十八回"一丈青单捉王矮虎"处评点道:

> 王矮虎还是个性之的圣人,实是好色,却不遮掩,即在性命相

---

① 《四书评》,第240—241页。
② 此书评点署名李贽,但有学者认为作者是叶昼。
③ 《容与堂本水浒传》附录,第1486页。

> 并之地,只是率其性耳。若是道学先生,便有无数藏头盖尾的所在,口夷行跖的光景。呜呼,毕竟何益哉!不若王矮虎实在,得这一丈青做个妻子,也到底还是至诚之报。①

这段评点,既是谐谑之语,也是严肃之言。说王矮虎是一个好色的圣人,得到一丈青做妻子,是"至诚之报",这些当然是谐语了;但他喜欢王矮虎的原因,是他率性而行,不像道学家般的虚伪。这种说法却是针对当时现实而说的。该书评点往往以风趣生动的语言,揭示《水浒》的艺术手段。如:

> 有一村学究道:"李逵太凶狠,不该杀罗真人;罗真人亦无道气,不该磨难李逵。"此言真如放屁,不知《水浒传》文字,当以此回为第一。试看种种摹写处,那一事不趣?那一言不趣?天下文章当以趣为第一。既是趣了,何必实有是事,并实有是人?若一一推究如何如何,岂不令人笑杀!②

这里,以俚俗诙谐的口气,嘲笑了那些过于执着于字面,而不懂语言艺术的读者,而拈出《水浒》的表现追求"趣"的特点,指出艺术上的"趣"比事实更为重要。又如:

> 《水浒传》事节都是假的,说来却似逼真,所以为妙。常见近来文集,乃有真事说做假者,真钝汉也,何堪与施耐庵、罗贯中作奴!③

---

① 《容与堂本水浒传》,第719页。
② 《容与堂本水浒传》第五十三回,第797页。
③ 《容与堂本水浒传》第一回末总评,第11页。

这种评点,把当时文人的创作与《水浒传》比较,提出艺术上的重要论题。小说评点起源于宋代末年,但此书的评点,绝不仅仅是对原文的一种浅显体会,而是把评点者自己的个性、情趣、思想、感受,都投入其中。其见解深刻,其文笔又写得非常精彩,妙趣横生,富有文学色彩。所以,也可以说是一种创作。正因为如此,晚明一些优秀评点之作品可以作为小品的特殊类别来研究。

晚明也有以小品文评点小品文者。如卫泳的《冰雪携》、陆云龙的《十六名家小品》,其评点皆十分注意本身的艺术性。许多评点本身,也可以说是一篇小品文。《四库全书总目》卷一九三《十六名家小品》提要评此书:"每篇皆有评语,大抵轻佻儇薄,不出当时之习。"①这种评价,正好说明晚明的小品评点与当时小品创作声气相通,颇能反映出晚明文人的心态。如《冰雪携》第一篇选陈眉公的《园史序》,卫泳在篇后评曰:"大地一蘧庐也。古今来本无常主,吾愿芒鞋竹杖,到处逍遥,随缘自足,门前尺地,拳山勺水,安得私为常有哉。玩此不觉洒然。"②借所评的小品抒发自己的怀抱。又如卫泳评王思任的《名园咏序》说:

>洛阳名园之盛衰,为天下治乱之所系。士大夫当承平时,怡情山水,适意花木。一旦沧桑忽变。禾黍生悲,欲长为抱瓮灌畦之叟得乎?余游越颇览名胜,今不知其风景何如也。能无凭而吊之。③

此评点借题发挥,表现自己的沧桑之感与家国之悲,本身也是一篇小品。

---

① 《四库全书总目》卷一九三,第1765页。
② 《冰雪携》(上),《园史序》,第2页。
③ 《冰雪携》(上),《名园咏序》,第4页。

第十章　谑趣风情

晚明文人的闲情逸致和风流倜傥的文化人格，除了表现在那些山水园林小品、清言小品及清赏小品之中，也在戏谑小品和香艳小品中充分地流露出来。

第一节　戏谑小品

谐谑，本是中国文人生活的一部分。《诗经·淇奥》中，早就有"善戏谑兮，不为虐兮"①之语。六朝以后，雅谑更是成为文人喜欢的一种文化品格。在《世说新语》的"言语""捷悟""排调""轻诋"诸篇中，常常可以看到文人雅谑的生活。自宋代苏、黄之后，此风尤盛。戏谑不但是文人一种精神生活的调剂，而且颇能表现出他们的机智、敏捷、博学、诙谐和幽默。喜爱戏谑，也是晚明文人的一种时尚，甚至当时还有些专门追求戏谑之乐的文人团体。据张岱《陶庵梦忆》记载，当时京师成立了叫"噱社"的娱乐团体，他们"喈喋数言，必绝缨喷饭"②。在理论上，当时人们也相当重视戏谑，如徐渭在《东方朔窃桃图赞》中，就说过："道在戏谑。"谢肇淛说："古今载籍有可以资解颐者多矣，苟悟其趣皆

---

① 《十三经注疏》，《毛诗正义》卷三，第321页。
② 《陶庵梦忆　西湖梦寻》，《陶庵梦忆》卷六《噱社》，第78页。

禅机也。"①这已经把谐谑的作用提到可以悟禅的高度。冰华居士(潘之恒)在《雪涛谐史·谐史引》中则说:

> 善乎李君实先生之言:"孔父大圣,不废莞尔;武公抑畏,犹资善谑。"仁义素张,何妨一弛;郁陶不开,非以涤性。唯达者坐空万象,恣玩太虚,深不隐机,浅不触的;犹夫竹林森峙,外直中通,清风忽来,枝叶披亚。有无穷之笑焉,岂复有禁哉?②

这里引经据典,为谐谑制造非常充足的理论根据。在这种风气下,晚明文人创作出了大量的戏谑小品。这些戏谑小品,可以分成两类:一是以传统古文体裁所写的讽刺小品,一是以通俗艺术形式而写成的笑话小品。关于第一类讽刺小品,我们在下文还有介绍。这里,我们着重介绍晚明的笑话小品。历来研究晚明小品者,很少把当时风行的"笑话""笑林"一类书籍考虑进去,一般都是把它们归入小说研究的范围。其实,此类作品作为随笔小品恐更为合适。晚明笑话小品之所以兴盛,在文学内部,起码有两方面的原因。一方面是在当时的文学观念中,文学艺术的教化功能受到削弱,而其娱乐性、愉悦性得到强调。另一方面,当时通俗文艺极盛,文人普遍受到影响,于是,就自己创作起笑话作品来。

明代的笑话书籍很多,王利器辑录的《历代笑话集》《历代笑话集续编》二书收集历代笑话七十多种,而其中明代有潘壎《楮记室》、耿定向《权子》、李贽《山中一夕话》、陆灼《艾子后语》、姚旅《露书》、刘元卿《应谐录》、徐渭《谐史》、谢肇淛《五杂组》、郭子章《谐语》、浮白斋主人

---

① 《五杂组》卷一六《事部四》,第290页。
② 《历代笑话集》,《雪涛谐史·谐史引》,第245页。

《雅谑》、浮白主人《笑林》、张夷令《迁仙别记》、郎瑛《七修类稿》、江盈科《谈言》《雪涛小说》《雪涛谐史》、郁履行《谑浪》、钟惺《谐丛》、赵南星《笑赞》、潘游龙《笑禅录》、冯梦龙《笑府》《广笑府》《古今谭概》、起北赤心子《新话摭粹》、醉月子《精选雅笑》、陈眉公《时兴笑话》、乐天大笑生《解愠编》、吴国安《累瓦编》。此外，还有无名氏《谐数》《笑林》《续笑林》《解颐赘语》《胡卢编》《喷饭录》《笑海千金》《时尚笑谈》《华筵趣乐谈笑酒令》等，其中多属晚明之作，可见当时风气之盛。这些笑话书籍，既有辑录民间作品的，也有文人自己创作的，它们综合雅俗两种审美情趣。所以，研究笑话小品与一般研究纯粹文人创作的小品文不同，具有双重意义。

下面，我们简单介绍晚明的一些笑话小品（作品均见《历代笑话集》）。

刘元卿（1544—1609），字调父，江西安福人，官至礼部主事。他的《应谐录》篇幅不长，但颇有精粹之作。如《争雁》一则，写兄弟两人看见有大雁飞过，还未射箭，先争论雁是烹的好吃，还是烤的好吃。一直争执不休，只好打官司。最终的判决，是一半烹，一半烤。争论终于解决了，但大雁早已飞远了。"今世儒争异同，何以异是?"①讽刺当时文人喜欢无休无止的争议，结果往往坐失良机。假如把它放到明代党争不断的背景中，这则笑话具有一种让人感到沉重的幽默。《万字》一篇，写一位少爷跟着老师学认字，学得"一""二""三"几个字，便自以为其他字都如此简单。于是，辞退老师。有一次，父亲让他写一封信，邀请一位姓"万"的亲戚。结果，少爷写了好久，都没写成。父亲催促他，他还生气地说，天下的姓氏多的是，为何偏偏要姓"万"。我从早晨

---

① 《历代笑话集》，第162页。

起来,至今才写了五百画!这则笑话讽刺当时一些人偶有所解,便"自矜有得",结果闹了笑话。①《猫号》一则说,有人家畜一猫,为了起一个奇特的名字而费尽心思。先是称"虎猫",但虎不如龙之神,又改称"龙猫";龙离不开云,故改为"云猫";云不敌风,改为"风猫";墙能挡住风,遂叫"墙猫";老鼠能破墙,干脆叫"鼠猫"。作者假借"东里丈人"的话说:"猫即猫耳,胡为自失本真哉!"②讽刺有些人过于追求形式和名声的奇特,而失去本性。《悦谀》一则,写一位官员,喜欢别人吹捧他,"每布一令,群下交口赞誉,令乃欢"。有一名喜欢拍马的人,更是棋高一着,想出别致的吹捧方法,装作无意地对人悄悄说:当官的都喜欢吹捧,唯独我们的主人,根本不把别人的吹捧放在眼里。此官听了大喜,对之嘉赏不已,说:"知余心者惟汝!"③清代的俞樾曾写过一则《高帽》的笑话,与此则有同工之妙(《俞楼杂纂》卷四八)。刘元卿《两瞽》一篇,颇有意思:

> 都市有齐瞽,行乞衢中,人弗避道,辄骂曰:"汝眼瞎耶?"市人以其瞽,多不较。
>
> 嗣有梁瞽者,性尤戾,亦行乞衢中,遭之,相触而踬。梁瞽故不知彼亦瞽也,乃起亦怼骂曰:"汝眼亦瞎耶?"两瞽哄然相诟,市子姗笑。
>
> 噫,以迷导迷,诘难无已者,何以异于是?④

---

① 《历代笑话集》,第163页。
② 同上书,第163—164页。
③ 同上书,第164页。
④ 同上书,第167页。

瞎子骂他人眼瞎,可气;而两瞎子互骂对方是瞎子,则十分可笑了。作者之意,当然绝不是调侃生理缺陷者,而是讽刺精神方面残疾之人。明代文人派别林立,党同伐异,然彼此的争论多类似于文中的两瞽。其结果,只是以迷导迷罢了。

赵南星(1550—1627),字梦白,号侪鹤,别号清都散客。万历进士,官至吏部尚书,为东林党重要人物。天启中,宦官魏忠贤擅权,政治腐败,他与之对抗,和邹元标、顾宪成三人,号为"三君"。《列朝诗集小传》说他"负意气,重然诺,有燕赵节侠悲歌慷慨之风"。"抗议竖节,身为部党之魁,人以为门庭高峻,不可梯接,不知其通轻侠,纵诗酒,居然才人侠士,文章意气之俦也。"他是一个政治家,文学上也有所成就。《列朝诗集小传》说:"为文滔滔莽莽,输写块垒,而起伏顿挫,不能禀合于古法,要其雄健磊落,奔轶绝尘,北方之学者,未能或之先也。"[1]如其《酒史序》,写他的外舅冯公少负瑰奇博学,但运命不偶,失意于科举,故中情郁悒,自霾于酒。每遇酒伴,无不醉者,以为"睡者,小逃世也"。原先与他一起饮酒的还有赵公,后来赵公中了进士,当官去了。所以,冯公益廓落无聊,沉湎于酒。文章写出当时无数科场失意者难以解脱的苦闷之情,颇有认识意义。文章从酒而论及清谈,他反对把晋朝衰落的原因归之清谈,认为"是晋衰而后清谈盛,非清谈盛而后晋衰也"。他说,世上有酒人,有肉人。"夫酒人者,皆有绝世之才,昭旷之识,豁达之度,若尘情俗态一毫未尽,必不可以成酒人。"而有些官宦之人,"解食肉耳,谓之肉人可也"。酒人与肉人的区别,在于一清谈,一浊谈。[2]《孟黄鼬传》一文,写当时一些官员贪婪如禽兽,百姓恨之入骨,

---

[1] 《列朝诗集小传》丁集中《赵尚书南星》,第554—555页。
[2] 《明文海》卷二二七,第2330页。

但他们却博取了"好官"之名。作者感叹道:"以此知吏治矣。"①

赵南星的《笑赞》,是一本形态特殊的笑话小品文集。他先是记录一个笑话,然后加上一个"赞",对此笑话加以点评,言简意赅地揭示笑话的内涵。此书不少作品是富有深意的佳作。如:

> 一和尚犯罪,一人解之,夜宿旅店,和尚酤酒劝其人烂醉,乃削其发而逃。其人酒醒,绕屋寻和尚不得,摩其头则无发矣,乃大叫曰:"和尚倒在,我却何处去了?"
>
> 赞曰:世间人大率悠悠忽忽,忘却自己是谁。这解和尚的就是一个,其饮酒时更不必言矣,乃至头上无发,刚才知是自己却又成了和尚。行尸走肉,绝无本性,当人深可怜悯。②

这位押解和尚的差人,被和尚灌醉酒,剃光了头发。醒来后,居然认为自己是和尚,反不知"我却何处去了"。故事似乎荒唐,但经赵南星一阐释,其深长的寓意就凸现出来了。"世间人大率悠悠忽忽,忘却自己是谁。"真是十分深刻的命题。这是一个著名的故事,除了《笑赞》之外,刘元卿的《应谐录》也收录了。据季羡林说,在欧洲也流传着类似的故事。故事的主人公与一位黑人出行,夜里当他酣睡时,黑人起来把他的脸抹黑,偷了他的东西,溜走了。第二天,他大惑不解:"黑人在这里,可是我到什么地方去了?"③可见,忘记自我,迷失本性,是古今中外人们所面临的普遍问题。这个轻松的笑话,倒含蕴着相当深刻的哲学

---

① 《明文海》卷四二二,第4407页。
② 《历代笑话集》,第279页。
③ 《一个流传欧亚的笑话》,季羡林《比较文学与民间文学》,《季羡林文集》卷八,第31页。

命题。赵南星还十分深刻而辛辣地讽刺那些尸位素餐的官僚们,如:

> 宋朝某官邵箎,上殿泄气,降为知州。邵胡须上卷,时人称为"泄气狮子"。
>
> 赞曰:"邵箎流风余韵,他无所闻,以上殿泄气,至今传之。不然,几与草木同腐矣!"①

赵南星所记录的这个历史故事的本身,趣味不高,只能叫俗趣。此人做官没有政迹,默默无闻,倒是因为在朝廷上放了一个响屁被降职,而名字才被人流传下来。这件事情经赵南星妙笔一点评,便具有非同寻常的意义:假如没有这桩"屁"事使他"臭名"远扬,这位平庸的官员,"几与草木同腐矣"。其评说画龙点睛,言简旨远,可谓以俗为雅,点铁成金。

赵南星的讽刺范围很广,大凡儒道释皆被讽刺过。而对各种社会现象,也嬉笑调侃。迂腐的读书人,多是讽刺对象。但其锋芒,又往往超越于此:

> 一秀才买柴曰:"荷薪者过来。"卖柴者因"过来"二字明白,担到面前。问曰:"其价几何?"因"价"字明白,说了价钱。秀才曰:"外实而内虚,烟多而焰少,请损之。"卖柴者不知说甚,荷的去了。
>
> 赞曰:秀才们咬文嚼字,干的甚事,读书误人如此。有一官府下乡,问父老曰:"近年黎庶何如?"父老曰:"今年梨树好,只是虫吃了些。"就是这买柴的秀才。②

---

① 《历代笑话集》,第283页。
② 同上书,第285页。

这里,不但讽刺了读书人咬文嚼字的酸气,而且还捎带揶揄了官僚脱离百姓的习气。虽是平静道来,却令人绝倒。又如:

> 一贫士冬日穿夹衣。有谓之者曰:"如此严寒,如何穿夹衣?"贫士曰:"单衣更冷。"
> 赞曰:夹衣胜单衣,单衣胜无衣,作如是观,即能乐道安贫。有一人耻说家贫,单衣访友。其友问他如此寒天,如何单衣?其人答曰:"我元来有个热病。"其友知他是诈,留至天晚,送他在凉亭内宿歇。冻急了随即逃走。又一日相遇,问他前日留宿,如何不肯次日再会。其人说:"我怕日出天热,趁着早凉就行了。"①

这又是一个读书人。作者不是嘲笑贫穷,而是讽刺那些不敢面对现实的虚伪态度。作者的笔锋,针对封建社会里许多人,以"安贫乐道"来掩盖自己窘态的情况。安贫乐道,本是美德。但不敢直面现实,以高论来虚饰,却是十分可笑的。饥寒交迫的人,过分夸耀自己的节衣少食,就如哑巴自夸沉默,太监自诩寡欲,令人怀疑其真实性。本来就是"不能",偏要说成是"不为"。在中国,这种死爱面子的虚伪,可谓是一种传统痼疾。下面一则,是讽刺旧社会男女不平等的现象:

> 郡人赵世杰半夜睡醒,语其妻曰:"我梦中与他家妇女交接,不知妇女亦有此梦否?"其妻曰:"男子妇人,有甚差别?"世杰遂将其妻打了一顿。至今留下俗语云:"赵世杰,半夜起来打差别。"
> 赞曰:道学家守不妄语为良知。此人夫妻半夜论心似非妄语,

---

① 《历代笑话集》,第286页。

> 然在夫则可,在妻则不可,何也? 此事若问李卓吾,定有奇解。①

同样是做性梦,在男人,则为可以夸耀的风流韵事;在女子,则是应该重惩的淫行秽事。男女之间,连做梦都不平等,何况其他事?"在夫则可,在妻则不可",这种现象,当然不仅是家庭的琐事了,社会上不是更多的不平等吗? 道家说道,总说得神乎其神,恍兮惚兮,下面一则笑赞就是由此而来的:

> 有破谜者曰:"上挂天,下挂地,塞的乾坤不透气。"问人是甚东西。其人曰:"我亦有个东西。头朝西,尾朝东,塞的乾坤不透风。"破谜者曰:"不知。"其人曰:"就是你那个,我放倒了。"
> 赞曰:《庄》《列》许多大言,原来就是这个东西,倒横直竖,却被此人说破。湛甘泉有诗曰:"三山山外青天外,合作无穷如是观。道人独在无穷外,但见乾坤小一丸。"这道人又大的狠也。②

这里,连晚明人最为推崇的庄子,也连带成为讽刺对象。当然,赵南星的主要矛头,是对着当时的说道者。他们喜欢玄妙其词,其实自己连何者为"道"也弄不明白,却把道作为一个谜语,去向世人推广。

赵南星《笑赞》,风格平易而深刻,谑而不虐。在晚明小品文中,颇有艺术特色。表面看,他这种"赞"的文体,来源很古老,但此"赞"和传统古文中的"赞"是不同的。他用的"赞",其实是对故事的评点。可以说,赵南星是借鉴当时盛行的小说评点形式来作小品文的。其评点十分灵活自由,可长可短。有时在"赞"中,又引入另一个故事。这些

---

① 《历代笑话集》,第 286 页。
② 同上书,第 288 页。

"赞",对每则故事都作出别出心裁的解说,往往令人解颐,而且发人深省,起了点铁成金、画龙点睛的作用。

潘游龙《笑禅录》一书的形态,也相当有特点。此书仿照禅宗语录的形式来创作笑话,每个笑话由三部分组成:第一部分是"举",即是举禅的故事或语录;第二部分是"说",举出与之类似的或可以阐释上举禅理的俗家笑话;第三部分是"颂",用打油诗的形式,概括笑话的旨意。

举:舍多那尊者将入鸠摩罗多舍,即时闭户,祖良久扣其门,罗多曰:"此舍无人。"祖曰:"答无者谁?"

说:一秀才投宿于路旁人家,其家止一妇人,倚门答曰:"我家无人。"秀才曰:"你。"复曰:"我家无男人。"秀才曰:"我。"

颂曰:"舍内分明有个人,无端答应自相亲;扣门借宿非他也,尔我原来是一身。"①

这则笑话,涉及语言的逻辑问题。同时,讽刺有些人在为人处世时,总忘记一个"自我"的存在。

举:《坛经》云:"诸佛妙理,非关文字。"

说:一道学先生教人只体贴得孔子一两句言语,便受用不尽。有一少年向前一恭云:"某体贴孔子两句极亲切,自觉心广体胖。"问是那两句,曰:"食不厌精,脍不厌细。"

颂曰:"自有诸佛妙义,莫拘孔子定本;若向言下参求,非徒无

---

① 《历代笑话集》,第 295 页。

益反损。"①

这则笑话,是嘲笑某些人只执着于文字表面,没有理解语言表达的内在意义,或者只抓住片言只语,不领会整体的精神实质。笑话中的少年,竟然把此语作为孔子思想精粹处,天天自觉执行,所以吃到"胖"了。②《笑禅录》不但把禅宗故事和语录与世俗的笑话结合起来,而且还加上打油味道很浓的诗歌。它在艺术形态上的特点,是以似乎相当严肃的形式,去演绎诙谐幽默的故事。而这种内容与形式的不和谐,更造成一种谐趣。

冯梦龙(1574—1646),字犹龙,别号龙子犹、墨憨斋主人、顾曲散人、词奴等,长洲人。冯梦龙是晚明杰出的通俗文学家,完成了《喻世明言》《警世通言》《醒世恒言》《古今谭概》《太平广记钞》《智囊》《情史》《太霞新奏》等书的编纂工作。冯梦龙在小说、戏曲、民歌等文学形式上,都作出杰出的贡献。他编纂过笑话集《笑府》《广笑府》《古今谭概》多种。此外,题为浮白斋主人撰的《雅谑》和浮白主人辑的《笑林》也可能出于冯梦龙之手。可以说,冯梦龙是晚明笑话收集、整理和创作集大成者。对笑话的创作,冯梦龙有比较完整的理论。他在《〈笑府〉序》中说:

> 古今来莫不非话也,话莫非笑也……后之话今,亦犹今之话昔。话之而疑之,可笑也;话之而信之,尤可笑也。经书子史,鬼话也,而争传焉。诗赋文章,淡话也,而争工焉。褒讥伸抑,乱话也,而争趋避焉。或笑人,或笑于人,笑人者亦复笑于人,笑于人者亦

---

① 《历代笑话集》,第297页。
② "心广体胖"的"胖",原义是指舒适;而这里的"胖",应是指胖瘦之胖。

> 复笑人,人之相笑宁有已时?《笑府》集笑话也,十三篇犹曰薄乎云尔。或阅之而喜,请勿喜;或阅之而嗔,请勿嗔。古今世界,一大笑府,我与若皆在其中,供人话柄。不话不成人,不笑不成话,不笑不话不成世界。布袋和尚,吾师乎!吾师乎!①

他认为,古往今来的世界,本身就是一大笑府,现实本身便是笑料。没有笑话,便没有世界。在此之前,似未有人如此重视笑话。冯梦龙还认为,笑可以揭露主观、客观世界的虚伪与虚无:"一笑而富贵假,而骄吝忮求之路绝;一笑而功名假,而贪妒毁誉之路绝;一笑而道德假,而标榜倡狂之路绝;推之一笑而子孙眷属皆假,而经营顾虑之路绝。一笑而山河大地皆假,而背叛侵凌之路绝。"这种笑,不但只是让人轻松幽默,而且还使人看透了人生与社会的本质。"古今来原无真可认也。无真可认,吾但有笑而已矣。无真可认而强欲认真,吾益有笑而已矣。"②这是对于人生、社会的失望而产生的一种讽世和玩世的态度。

冯梦龙辑撰的戏谑小品,不乏对当时不合理的社会现实的深刻讽刺。如《笑府》中有一则著名笑话,说一位官员做生日,下属听说他是属鼠的,便用黄金铸了一鼠作为寿礼。官员大喜说:"汝知奶奶生辰亦在日下乎?奶奶是属牛的。"③这就非常辛辣地讽刺一些官吏贪而无厌、得寸进尺,而厚颜无耻的本性。故事在客观上还讽刺了送礼者启其贪欲,咎由自取的可笑之处。在《笑林》中,有《问孔子》一则:

> 两道学先生议论不合,各自诧真道学,而互诋为假,久之不决,

---

① 《冯梦龙集笺注》卷四《〈笑府〉序》,第108页。
② 《冯梦龙集笺注》卷四《〈古今笑〉自叙》,第111页。
③ 《历代笑话集》,第304页。

乃共请正于孔子。孔子下阶,鞠躬致敬而言曰:"吾道甚大,何必相同?二位老先生皆真正道学,丘素所钦仰,岂有伪哉?"两人各大喜而退。弟子曰:"夫子何谀之甚也?"孔子曰:"此辈人哄得他去勾了,惹他甚了。"①

明人学派林立,相争不下。这里,借孔子对道学先生的敷衍,来讽刺这些争议毫无意义,根本不必为之浪费口舌。另有《露水桌子》一则,写某人于清晨,偶尔在露水桌子上,开玩笑地写着"我要做皇帝"几个字,被他的仇家看到,即把此桌子扛到官府,告发他"谋反"。恰好官府未出,等待之中,桌子上的露水已被太阳晒干了。衙役觉得奇怪,就问他为何扛着这么一张桌子上官府来。告发者十分尴尬,只好说:"我有一堂桌子,特地扛这张作为样子,不知老爷要买否?"②文中的告发者是那种用心险恶而无赖的人,利用一切机会,以置人于死地。这种人正是极端专制的封建社会的产物。在现实生活中,这类人往往制造了大量的悲剧。笑话的妙处,就是让这类人出出丑,让他们处于尴尬的境地,使人读后不但觉得好笑,也觉得解恨。

笑话创作,也有一个由文人的"雅趣"向"俗趣"的转化过程(这里对于"雅""俗"并没有褒贬之义)。冯梦龙辑撰的笑话小品,颇有代表性。这些笑话,大体有两种来源。《古今谭概》多是从历史书籍和文人传说中摘编的,《笑林》《笑府》《广笑府》则有大量的民间作品。冯梦龙整理的笑话小品,与以往纯文人创作的作品有相当大的区别。在传统的文学观念中,笑话一类的文学作品,除了博人一笑之外,还要有其社会意义和寄托。正如刘勰在《文心雕龙·谐隐》中所说:"古之嘲隐,

---

① 《历代笑话集》,第209页。
② 同上书,第222页。

振危释惫……会义适时,颇益讽诫。空戏滑稽,德音大坏。"①总之,谐隐要有政治和社会内容的深度,要收到"振危释惫"的巨大效益。如果没有社会意义,只是让人高兴喜笑,这些作品便没有什么价值。刘勰的话代表了正统文学观念。不过,大量民间流传的笑话,固然也有一定的思想内涵和社会意义,却也未必全是如此。大多民间笑话虽不能"振危",却可以"释惫";不一定有巨大的社会效益,但可以使百姓发发笑,放松身心。有些民间笑话,用传统眼光来看,只能说是"空戏滑稽",却未必"德音大坏"。冯梦龙收集和创作的笑话小品,其中固然有一些深刻的思想内容,但更多的是流传于百姓阶层的口头作品,带有强烈民间文学色彩。而其内容,多是日常生活中的普通人、寻常事。其中有讽刺迂阔者、贪婪者、悭者、虚荣者、不学无术者、惧内者、读错别字者,甚至有讽刺近视、聋子等生理缺陷的。冯梦龙笑话小品最有特色和价值之处,主要不是那些文人的雅趣,而是民众的机智和滑稽。有的甚至显得粗俗或庸俗,却真实地透露出活生生的市民意识和情趣。字里行间,有一股扑面而来的浓烈的晚明市民文化气息:

  一秀才将试,日夜忧郁不已,妻乃慰之曰:"看你作文,如此之难,好似奴生产一般。"夫曰:"还是你每(们)生子容易。"妻曰:"怎见得?"夫曰:"你是有在肚里的,我是没有肚里的。"②

这种笑话,是勉强可以寻找出点思想意义来的。但它毕竟只是嘲笑某些肚里无学问的文人。下面的笑话,则全是世俗意味,惹人一笑,也就罢了:

---

① 《文心雕龙义证》,第557页。
② 《历代笑话集》,《笑府》上"腐流",第301页。

  众怕老婆者相聚,欲议一不怕之法,以正夫纲。或恐之曰:"列位尊嫂闻知,已相约即刻一齐打至矣。"众骇然奔散。惟一人坐定,疑此人独不怕者也;察之,则已惊死矣。①

  女初出阁,正哀哭,闻轿夫觅杠不得,乃带哭曰:"我的娘,轿杠在门角里。"②

  有自负棋名者,与人角,连负三局。他日,人问之曰:"前与某人较棋几局?"曰:"三局。"又问:"胜负如何?"曰:"第一局我不曾赢,第二局他不曾输,第三局我要和,他不肯,罢了。"③

  偷儿入一贫家,遍摸一无所有,乃唾地而去。贫汉于床上见之,唤曰:"贼,可为我关了门去。"偷儿笑曰:"我且问你,关他做甚么?"④

这些小品,大多插科打诨,逗笑而已,未必有重大的社会意义,却有生活趣味。其作用就是能让生活在痛苦和沉闷生活中的人们破颜一笑。这一笑,带来了轻松和愉快,这就是目的。假如从小品文的角度来看,这可以说是民间文学的小品文。总之,冯梦龙收集的笑话,有一种比较特殊的文化意义。

  世俗之趣,是晚明笑话小品中值得注意的一种倾向。除了上举的

---

① 《历代笑话集》,《笑府》上"刺俗",第305页。
② 《历代笑话集》,《笑府》上"闺风",第307页。
③ 《历代笑话集》,《笑府》下"杂语",第308页。
④ 同上书,第309页。

冯梦龙所辑的笑话之外,下面再以醉月子辑的《精选雅笑》和无名氏《时尚笑谈》的一些作品为例:

> 有卖驱蚊符者,一人买,归贴之,而蚊毫不减。往咎卖者,卖者云:"定是贴不得法。"问贴于何处,曰:"须贴帐子里。"①

> 兄弟两童盛饭,问父:"何物过饭?"父曰:"挂在灶上熏的腌鱼,看一看,吃一口就是。"忽小者嚷云:"哥哥多看了一看!"父曰:"咸杀他罢!"②

> 一人对客夸富曰:"我家可无所不有。"因屈两指曰:"所少者,只天上日、月耳。"语未绝,家童出白:"厨下无柴。"其人复屈一指曰:"少日、月、柴。"③

> 有一痴人出街,遇一相士,论人手足云:"男人手如绵,身边有闲钱;妇人手如姜,财谷满仓箱。"痴人闻言,拍掌大笑曰:"我的妻子手如姜也。"相士曰:"何以见之?"痴人曰:"昨日被他打了一下嘴巴,到今日还辣辣的。"④

假如从传统文学观来看,这些作品,的确难说具有多少积极的社会意义,但文学作品,难道除了兴、观、群、怨,除了载道、言情之外,就不能有

---

① 《历代笑话集》,《精选雅笑·蚊符》,第394页。
② 《历代笑话集》,《精选雅笑·腌鱼》,第394页。
③ 《历代笑话集》,《精选雅笑·夸富》,第395页。
④ 《历代笑话集》,《时尚笑谈·看相》,第422页。

一种单纯的娱乐作用吗？晚明笑话小品中这种单纯取乐的作品,正反映出晚明时期世俗化、市民化的审美爱好。这是一种与传统与正统文学观念截然不同的趣味。关于文学的功用,至今还是学术界争论的问题,但娱乐是文学艺术的功能之一,这大致是可以肯定的。从中国古代审美意识的潮流来看,晚明笑话小品所反映出来的世俗趣味,是值得注意的。

第二节 香艳小品

晚明是一个人欲横流的时代,纵情声色是当时社会的普遍现象。从朝廷以至民间,莫不如此,文人也不能免俗。如康海、杨慎、唐寅、祝允明、董其昌、袁中道、王稚登、屠隆、臧懋循、田艺衡等人,都有香艳的记录。如董其昌,虽负清雅重名,但"居乡豪横……老而渔色,招致方士,专讲房术"①。这个时代的文人,一方面摆脱了伦理纲常的束缚,另一方面又坠入情波欲海之中,而难以自拔。曾异撰在《卓珂月〈蕊渊〉〈蟾台〉二集序》中说:"夫饮醇酒近妇人,在今日富贵利达之士大夫,以为是得志而不可不为之乐事。此夫事之极猥庸而不足道者也。然出于千古之英雄,则借以行其痛哭忧畏而消泄其无可如何之感愤。愚尝谓酒色鄙事,今古人亦不相及若此。"②他认为,同是纵情声色,时人与古人不同。古人是不得志感愤而为之,而当时人是"以为是得志而不可不为之乐事",因此表现出一种佻薄的习气。

对晚明人酷爱声色,应作具体分析。当时,有些文人可能是以纵情声色的方式,来发泄苦闷和绝望。正如袁中道在《殷生当歌集小

---

① 《骨董琐记全编》,《骨董琐记》卷四"董思白为人",第164页。
② 《明文海》卷二五五,第2677页。

序》中说：

> 丈夫心力强盛时，既无所短长于世，不得已逃之游冶，以消磊块不平之气。古之文人皆然。近日杨用修云："一措大何所长，特是壮心不堪牢落，故耗磨之耳。"亦情语也。近有一文人酷爱声妓赏适，予规之。其人大笑曰："吾辈不得于时，既不同缙绅先生享安富尊荣之乐，止此一缕闲适之趣，复塞其路，而与之同守官箴，岂不苦哉！"其语卑卑，益可怜矣。①

有一些人当精力旺盛之时，既无用于世，只能借游冶形式一发泄"磊块不平之气"，耗磨壮心。钟惺《吴门悼王亦房》诗中说："酒色藏孤愤，英雄受众疑。"②恣情声色与恣情山水一样，也可以是一种对社会现实不满和无可奈何的排遣方式。但当时更多的文人纵情声色，并不是一种苦闷的宣泄，而是视为一种雅趣。他们往往以相当高雅的理由和理论来为自己解脱，用堂皇的借口巧饰渔色纵欲的放荡行径。

谢肇淛《五杂组》卷三：

> 金陵秦淮一带，夹岸楼阁，中流箫鼓，日夜不绝，盖其繁华佳丽，自六朝以来已然矣。杜牧诗云："商女不知亡国恨，隔江犹唱《后庭花》。"夫国之兴亡，岂关于游人歌妓哉？六朝以盘乐亡，而东汉以节义、宋人以理学，亦卒归于亡耳。但使国家承平，管弦之声不绝，亦足妆点太平，良胜悲苦呻吟之声也。③

---

① 《珂雪斋集》卷一〇《殷生当歌集小序》，第472页。
② 《隐秀轩集》卷一三，第198页。
③ 《五杂组》卷三《地部一》，第46页。

这段话颇能代表当时士人的心态。国家之兴亡,无关声色之娱。讲节义、理学的时代,同样可以亡国。如果天下太平,那么声色之娱当然胜过"悲苦呻吟之声"了。

这种社会风气之下,便出现许多有关女性与艳情的小品。在有关女性的小品中,不少内容是品赏当时的艺妓的。如梅史的《燕都妓品》,用科举取士的方式,来排列燕都妓女的等级。如状元郝筠、榜眼陈桂、探花李增等,并分别摘录唐诗和《世说新语》名句加以品评。这类作品很多,如潘之恒的《金陵妓品》、曹大章的《莲台仙会品》《秦淮士女表》、萍乡花史的《广陵女士殿最》等。① 这些作品的情趣,不能一概而论,但都颇能反映当时文人的兴趣。作家完全可以在文学中反映出妓女和优伶的生活和形象,但晚明一些文人,本身就是风月场中的热客。他们对待妇女,大多是持一种猎艳和占有的男性心理。这种"雅趣"其实已经是"好色而淫"的俗趣了。这在当时,是相当普遍的社会现象,我们不必把晚明文人的纵情声色拔高到个性解放的高度上去。

但是,晚明还是有一些表现妇女生活与爱情理想的作品,写得相当有特色。下文以程羽文的《鸳鸯牒》与卫泳的《悦容编》为例,介绍晚明的香艳小品。

在中国古代漫长的封建社会里,绝大多数人在婚姻上是不能主宰自己命运的。在婚姻大事上,不但有父母之命,媒妁之言,而且还有传统势力的影响。所以,每一代都产生许多婚姻悲剧或不理想的婚姻。

现实中的不自由,更容易激发人们追求理想的自由。文学艺术,正是对现实缺陷的补充。于是,便有作家异想天开地按照自己的婚姻和爱情理想,给古人重新配偶。比如,晚明的吴从先在《小窗自纪》中说:

---

① 以上作品均见《说郛续》卷四四,第 2023 页。

"李太白酒圣,蔡文姬书仙,置之一时,绝妙佳偶。"①他设想如果把李白与蔡文姬这两位酒圣、书仙放到同一时代,他们将成为"绝妙佳偶"。这里把不同时代的古人重新配偶,只是偶然的戏笔。而程羽文的《鸳鸯牒》,则是一篇完整的、有意识创作这种典型"乱点鸳鸯谱"的游戏笔墨的小品奇作。《鸳鸯牒》的篇首说:

> 谭友夏曰:"古今多少才子佳人,被愚拗父母板住不能成对,赍情而死,乃悟文君奔相如是上上妙策。"不知世人阴阳之契,有缱绻司总统,其长官号氤氲大使。冥数当合者,须鸳鸯牒下乃成,如此,即咎有所归,正不必致怨高堂也。春风在手,抹杀月下老人,随举彰彰缺陷者,各下一牒,为千古九原吐气。②

谭元春将古往今来才子佳人的婚姻悲剧,归咎于父母的愚拗,故赞成卓文君私奔司马相如,以反抗父母之命。程羽文不同意谭元春的说法,认为谭元春埋怨错人。因为冥冥之中,总管人间婚姻的是"氤氲大使"。而最关键的是,由"鸳鸯牒"上的记录所决定的。因此,程羽文自命为"氤氲大使",自制一本"鸳鸯牒"。他按照自己的婚姻观、爱情观,将历史上那些在婚姻上有"缺陷"的才子佳人、英雄美人重新加以配对,结成"最佳组合"。《鸳鸯牒》如同给古人开列婚书,而作者似乎成为一名有无限权力的、超越时空的"月下老人",用独特的红丝绳将一些历史名人重新绑到一起。

作者的想象力相当丰富,考虑也非常周到。对配偶双方的品格、才能、性格,要求能"门当户对"。王昭君与苏武是两位爱国的"海外赤

---

① 《四库全书存目丛书》子部第 252 册《小窗自纪》,第 631 页。
② 《香艳丛书》一集卷一,第 3 页。

子"。王昭君为了和亲,独身异域,凄情婉调,青冢难埋,如杜甫诗《咏怀古迹》五首其三说的:"千载琵琶作胡语,分明怨恨曲中论。"①总之,王昭君是历代文人同情吟咏的女性。而苏武独持汉节,北海牧羊,吞毛啮雪,保持高尚的气节和情操,是历代人们景仰歌颂的忠臣。但苏武在匈奴时,曾与胡妇生了孩子,名字叫"通国"。这件事,在《汉书》中有记载。此事引起后人一些议论。比如,苏轼在《东坡志林》卷一"养生难在去欲"条说:

> 昨日太守杨君采、通判张公规邀余出游安国寺,坐中论调气养生之事。余云:"皆不足道,难在去欲。"张云:"苏子卿啮雪啖毡,蹈背出血,无一语少屈,可谓了生死之际矣。然不免为胡妇生子,穷居海上,而况洞房绮疏之下乎?乃知此事不易消除。"众客皆大笑。余爱其语有理,故为记之。②

他们认为,苏武能忍受其他常人不能忍受的痛苦,却还是与胡妇生子。可见,人的性欲最不易忍。程羽文把王昭君配给苏武,"旄落毡残之余,咏琵琶一曲,并可了塞外生子之案"③。王昭君配与苏武,可谓一举多得,彼此互慰寂寞,解决了苏武多方面的痛苦。

程羽文的《鸳鸯牒》是超越时空的,他配成的鸳鸯,不受时间、空间限制。东汉史学家班昭,是班固的妹妹,很有学问。班固死时,所撰《汉书》的八表及《天文志》未完成,班昭与马续共同续撰。《汉书》初出,读者多不通晓,她又教授马融等诵读。郑玄(字康成)为东汉经学

---

① 《杜诗详注》卷一七,第1502页。
② 《东坡志林》卷一,第10页。
③ 《香艳丛书》一集卷一,第3页。

家,以古文经说为主,兼采今文经说,遍注群经,是汉代经学的集大成者。郑玄比班昭年纪小了差不多一百岁,但不要紧,程羽文把班昭配给郑玄,目的是让他们两口子以"六经为庖厨,百家为异馔",成为切磋学术的最佳组合。建安时代的杨修(字德祖)善解隐语,多次破曹操出的难题,包括像"一盒酥""鸡肋"等,而且还为此误了卿卿性命。苏蕙(字若兰),苻秦时人,窦滔妻,窦滔为秦州刺史,被徙流沙,苏蕙思念丈夫,织锦为回文璇玑图诗以赠,纵横反复,都成诗篇。程羽文说:"苏若兰,回文一锦,瞑截天孙,正索解人不可得,宜择配杨德祖,共参曹娥碑阴,鸡肋话谜。"苏蕙与杨修时代不同,她比杨修小了二百岁左右。但这无关紧要,程羽文把苏若兰配与杨修,让他们两人可以一道探讨隐语谜语的技巧。

程羽文所点的"鸳鸯牒",只有极个别以传说为依据,如把甄后配给曹植,"慰此洛神痴赋,蒲生怨诗",因为曹植的《洛神赋》旧说为感念甄后之作;但绝大多数是从心信手而"乱点"的。他把才女蔡文姬配与狂士祢正平,让蔡文姬的《胡笳十八拍》伴以祢衡的渔阳三挝鼓,"宫商迭奏,悲壮互陈"。程羽文介绍婚姻,还考虑双方性格的互补。如王韫秀"挺劲孤卓,惜其稍有炎心,宜故配寒郊瘦岛以消之,不然,亦直配李长源,十六年宰相妻,克善厥终"。

更有意思的是,程羽文的婚姻介绍,往往把一位佳人许配给一批才子,不知是让才子们来竞争,还是让佳人择优选择:"薛涛巧偷鹦鹉,色借凤凰,空作风尘染滥。宜远配张绪杨柳,魏收蝴蝶,举止轻儇,恣其佻达。"而最为吃香,也最为幸运的是朱淑真,被程羽文许配给苏轼一类的人才。"朱淑真,圆音曲转,困此驽庸,宜任配苏子瞻、秦少游、晁无咎、陈季常、黄山谷、王晋卿、晏同叔、苏子美、柳耆卿辈,绮舌交酬,锦肠不断。"朱淑真,宋代女作家,生于仕宦家庭,据说因对婚姻不满,抑郁而终。如今,被程羽文配给这些杰出人才,可谓幸运之至。李清照与其丈夫赵明诚，原是非常般配的一对。但有人说，赵明诚死后，李清照又嫁给张汝舟，引起一些人的遗憾。于是，程羽文把李清照重新配给王十朋、谢希孟、米芾、陆游一班懂艺术的才子，使他们"以金石剩录，乐此桑榆"。

程羽文同情历史上那些不幸女性的遭遇，但同时也流露出男性中心观。他所拉扯成的级别最高、名气最大的一对配偶是曹操与武则天："武曌，英华鲜颢，诏可催花，宜借配魏武帝。锁之铜雀台上，无使播秽牝晨。"①武则天在当时使天下须眉臣伏，当然是找不到匹配的。只有"如幽燕老将，气韵沉雄"的曹操，才能与武则天旗鼓相当。不过，程羽文把武则天"锁之铜雀台"，带有某种惩罚性。他认为，武则天当女皇，就像母鸡司晨一样，是一种异常现象；还认为，武则天性格淫乱。其实，古代男性皇帝都拥后宫千万佳丽，武则天当然也就可以有男宠，有面首了。平等地说，武则天也只是与男性帝王一样，享受性方面的特权罢了。在当时，并谈不上"播秽"。如果程羽文的《鸳鸯牒》真有如此无上法力的话，它可能成就不少佳偶，同样，说不定也制造一些怨偶。曹操与武则天，这对男女强人在一起，最终谁被锁到铜雀台中，还难说呢！又如，苏蕙与丈夫窦滔，好好的一对，凭什么硬把他们拆开，而把苏蕙嫁给那位喜欢卖弄聪明的杨修呢？

在正统文学批评家眼中，这当然是一部坏书。如《四库全书总目》就批评它"伤风化"，"虽古之贤人，不免侮弄"，"帝王妃后，亦遭轻薄"，并说"其书可烧，奈何以秽简牍也"。② 但是，程羽文的《鸳鸯牒》是表现晚明文人雅兴的涉笔成趣之作，对这种香艳小品自然不必过于认真。姑妄言之，姑妄听之，可也。过于执着，便成为痴人说梦了。这

---

① 以上内容出自《香艳丛书》一集卷一，第3—6页。
② 《四库全书总目》卷一三四《檀几丛书》提要，第1140页。

些作品也并非全是无聊之作,它在一定程度上表现了晚明文人爱情理想和生活旨趣,颇有认识作用。从文学背景来看,晚明文坛有一种浪漫气息。尤其爱情作品,更是生可以死,死可以生。程羽文的《鸳鸯牒》,也同样反映晚明文人理想主义的浪漫色彩。这也许是古代文人一次最为淋漓尽致、最为胆大包天地"享受""婚姻自由"的权力——尽管只是纸上谈婚。当我们读《牡丹亭》一类作品时,不妨把程羽文的《鸳鸯牒》作为辅助材料,对于当时人文背景的理解,也许就更为深刻。

《鸳鸯牒》一方面是同情历史上那些在婚姻上遭遇不幸的人们,希望他们重新获得幸福,就其理想而言,未尝不是出自一种浪漫而人道的精神;但无可讳言,作品的字里行间,又不知不觉地流露出晚明文人某种为文儇薄的本相。

卫泳自称他所作的《悦容编》是一部"闺中清玩之秘书",书名取自古语"士为知己死,女为悦己容",故名《悦容编》。阿英曾说:"《悦容篇》可以说是把'女人'作为一种'雅供',来精密地研究如何装饰她,布置她,以供男性享乐的文字,可以作为说明当时士大夫阶级'妇女观'的代表之作。"[①]所谓"悦容",就是讨论妇女如何生活才最为理想,什么样的妇女最能取悦男子。总之,全书目的,便是塑造理想的妇女形象。全书共分:随缘、葺居、缘饰、选侍、雅供、博古、寻真、及时、晤对、钟情、借资、招隐、达观十三篇。[②] 从社会学角度,此书可以看作古代一部女性学著作,内容涉及妇女的婚姻、居住环境、修饰、服装、侍女、器物、修养、容貌、气质、精神等方面。他所论的妇女,其实是上流社会妇女。比如,对于妇女服装打扮的讲究:

---

① 转引自阿英《中国俗文学研究》中《明代笔记小话》之二"枕中秘"条,第212页。
② 《香艳丛书》一集卷二,第67—77页。

> 饰不可过,亦不可缺。淡妆与浓抹,惟取相宜耳。首饰不过一珠一翠一金一玉,疏疏散散,便有画意。如一色金银簪钗行列,倒插满头,何异卖花草标?服色亦有时宜:春服宜倩,夏服宜爽,秋服宜雅,冬服宜艳,见客宜庄服,远行宜淡服,花下宜素服,对雪宜丽服。吴绫蜀锦,生绡白苎,皆须褒衣阔带,大袖广襟,使有儒者气象。①

他论述这些之后,特作说明:"然此谓词人韵士妇式耳,若贫家女典尽时衣,岂堪求备哉?钗荆裙布,自须雅致。"那些贫家妇女,连饭都吃不上,哪里谈得上讲究?《悦容编》中对妇女的品赏,很有晚明文人的审美口味。卫泳说,美人有各种态、情、趣、神:

> 唇檀烘日,媚体迎风,喜之态;星眼微瞋,柳眉重晕,怒之态;梨花带雨,蝉露秋枝,泣之态;鬓云乱洒,胸雪横舒,睡之态;金针倒拈,绣屏斜倚,懒之态;长鬘减翠,瘦靥消红,病之态。
> 惜花踏月为芳情,倚阑踏径为闲情,小窗凝坐为幽情,含娇细语为柔情,无明无夜,乍笑乍啼为痴情。
> 镜里容,月下影,隔帘形,空趣也;灯前目,被底足,帐中音,逸趣也;酒微醺,妆半卸,睡初回,别趣也;风流汗,相思泪,云雨梦,奇趣也。
> 神丽如花艳,神爽如秋月,神清如玉壶冰,神困顿如软玉,神飘荡轻扬如茶香,如烟缕,乍散乍收。数者皆美人真境。②

---

① 《香艳丛书》一集卷二《悦容编》,《缘饰》,第69页。
② 《香艳丛书》一集卷二《悦容编》,《寻真》,第71—72页。

卫泳用细腻的笔墨,画出一幅幅美女生活图。以上是美人的种种情态,而在此段文后的评语认为,最讨人喜欢的是美人的睡态与懒态、幽情与柔情、别趣与顿困之神,流露出文人的审美爱好。自古以来,男性社会对妇女的审美标准,也处于不断变化之中。这里所描绘的慵弱幽清的美人,便是封建社会后期男性社会对于女性形象的期待。假如我们把晚明画家所画的仕女图和此文比照阅读,这种文人心目中的女性理想便更为清晰,也更为直观地展现出来。

作者认为,美人从小到老,一年四季,都"无非行乐之场"。盈盈十五、娟娟十六的豆蔻年华,自不必说;壮年时,则如日中天,如月满轮,如春半桃花,如午时盛开的牡丹;"至于半老,则时及暮而姿或丰,色渐淡而意更远,约略梳妆,偏多雅韵。调适珍重,自觉稳心,如久窨酒,如霜后橘,知老将提兵,调度自别"。总之,应该说美人"终身快意",一辈子都是可爱的。不过,文后的评语又补充说:"红颜易衰,处子自十五以至二十五,能有几年容色?如花自蓓蕾以至烂漫,一转瞬耳,过此便摧残剥落,不可睨视矣,故当及时。"①前面说半老的妇人如陈年老酒,这里又把二十五岁以后的妇人说成是惨不忍睹的落花败叶,前后似乎矛盾。但恐怕后者,更反映出当时文人的真实想法。

在《悦容编》中,最能代表晚明文人心态的,是《招隐》和《达观》二篇。《招隐》篇说:

> 谢安之屐也,嵇康之琴也,陶潜之菊也,皆有托而成其癖者也。古未闻以色隐者,然宜隐孰有如色哉?一遇冶容,令人名利心俱淡,视世之奔蜗角蝇头者,殆胸中无癖,怅怅靡托者也。真英雄豪

---

① 《香艳丛书》一集卷二《悦容编》,《及时》,第73—74页。

杰,能把臂入林,借一个红粉佳人作知已,将白日消磨,有一种解语言的花竹,清宵魂梦,饶几多枕席上烟霞,须知色有桃源,绝胜寻真绝欲,以视买山而隐者何如?①

这是一篇奇谈怪论。古人说,小隐隐山林,大隐隐朝市。此外,古人也有隐于书者,隐于吏者,隐于酒者,而卫泳则匠心独运,开辟了隐的另一大途径,这就是隐于色。他认为,色是最适宜隐的。人们一见美色冶容,名利心便都淡了。于是,名缰利锁,顿可挣脱。那些整天营营于名利场上的人,就因为他们胸中没有这种癖好,精神没有寄托。而英雄豪杰,有一个红粉佳人,便可以把臂入林。所以,女色冶容,可以让人忘却世事,这便达到隐居的目的。相比之下,那些寻找神仙者,禁欲寡欲者,或跑到深山去隐居者,那些隐居是笨方法,不能与隐于色的方式相比。美色,本身就是"桃源",逃到里头,便不知有汉,无论魏晋。这不是最好的隐居吗?"招隐"一词,在古代有两种意义,一种是征召隐士出山,另一种是招人归隐,意思恰恰相反。卫泳当然是后一种意义,也就是公开号召人们隐居到女色之中。

《达观》更是一篇奇谈怪论,是晚明文人的"好色"宣言:

诚意如好好色。好色不诚,是为自欺者开一便门矣。且好色何伤乎?尧舜之子,未有妹喜、妲己,其失天下也,先于桀纣;吴亡,越亦亡,夫差却便宜一个西子。文园令家徒四壁,琴挑卓女而才名不减;郭汾阳穷奢极欲,姬妾满前,而朝廷倚重,安问好色哉?

若谓色能伤生者,尤不然。彭篯未闻鳏居,而鹤龄不老;殇子

---

① 《香艳丛书》一集卷二《悦容编》,第75—76页。

何尝有室,而短折莫延。世之妖者、病者、战者、焚溺者、札厉者相牵而死,岂尽色故哉!人只为虚怯死生,所以祸福得丧,种种惑乱。毋怪乎名节道义之当前,知而不为,为而不力也。倘思修短有数,趋避空劳,勘破关头,古今同尽。缘色以为好,可以保身,可以乐天,可以忘忧,可以尽年。①

这篇文章,先是批驳好色有害的各种观点。先驳好色误国论。卫泳说,国家的兴亡,与国君的好色与否,并无关系。尧舜之子,并不好色,却比桀纣先失去天下;吴国与越国,都先后灭亡,结果不外一样,但吴王夫差,却先享用了西施,占了"便宜"。次驳好色妨德论。卫泳说,司马相如好色,而才名流史册;郭子仪好色,而受到朝廷的重用。再驳好色伤生论。有人说,纵情声色,会伤害身体。卫泳反驳说,彭祖活了八百岁,未听说他过着绝欲生活;而有些小孩,根本未近女色,年纪轻轻就死掉了。世上死去的人很多,有病死的、战死的、火烧死的、水淹死的,这些与色都毫无关系。卫泳的结论是,好色不但无害,而且意义重大。"可以保身,可以乐天,可以忘忧,可以尽年。"加上《招隐》上说的,好色还可以隐,那么,好色便应该成为人生修养的最佳必修课了。似乎比孔夫子说的诗可以兴,可以观,可以群,可以怨还更为重要。当然,还有一个前提,便是要"思修短有数,趋避空劳,勘破关头"。但是这样,好色也就成为一种类似于宗教的修养了。中国古人总喜欢以女色为女祸,把历史上许多国破家亡的悲剧原因归结为女色作祟,卫泳的《达观》反其道而行之,不能说完全没有一点矫枉意义,但他把好色的益处提高到无可复加的地步,其本质也是为纵欲大造舆论的。

---

① 《香艳丛书》一集卷二《悦容编》,第 76—77 页。

我们不必认真地把卫泳《招隐》《达观》当作严谨的论文。就论文而言,其论说偷换概念,逻辑混乱,片面夸大,或随意歪曲,是强词夺理的文章。但它们的价值,就在于非常典型地反映出明末许多文人的生活态度,尤其是对于女色的心态。晚明许多文人的心态,相当矛盾。一方面,他们追求超尘绝俗的清高和隐逸之风;另一方面,又竭力追求世俗的种种犬马声色享乐。于是,他们尽量在理论上调和两者的矛盾。卫泳所谓"招隐""达观",即是把"色"与"隐"两者融合起来:既纵色欲,又可高隐;既快欲望,又可养生。鱼与熊掌,兼而得之,岂不快哉!这样,便可以堂而皇之、名正言顺地为了一个"高雅"的目的而放纵。正如李日华在《紫桃轩杂缀》卷二中所说:"世间唯财与色能耗人精气,速人死亡。而方士之言曰:'金银可点化以济世,少女可采药以长生。'既快嗜欲,又得超胜,何惮而不为耶?予以天理人性揆之,恐无此大便宜事,不敢信也。""既快嗜欲,又得超胜"[①],真是晚明许多文人的心态。但天下恐怕没有这种"大便宜事"。

---

① 《六研斋笔记 紫桃轩杂缀》,《紫桃轩杂缀》卷二,第284页。

第十一章　悲怆之音

鲁迅先生在《小品文的危机》一文中说:"明末的小品虽然比较的颓放,却并非全是吟风弄月,其中有不平,有讽刺,有攻击,有破坏。"① 这种论断,比较全面地评价了晚明小品的思想内容。晚明小品文,虽以空灵清远和闲适颓放为主旋律,但其中亦有一些贴近现实、富有批判锋芒的作品。在明王朝灭亡前后,部分作家亲身感受到家国之恨,写出一些表现忠义之气、亡国之痛的作品。这是晚明小品悲怆的尾声余韵。

第一节　不平与讽刺

晚明时代,有一些小品真实地表现了晚明文人的精神苦闷和焦灼,表达对现实生活的关切和对不合理现象的批判。下以曾异撰、徐芳、傅占衡等人的作品为例。

曾异撰(1590—1644),字弗人,侯官人。崇祯己卯举于乡,年已四十九,再上春官还,遂卒,著有《纺绶堂集》。曾异撰作品最为突出的价值之一,就在于为我们提供了晚明士人在科举制度下的特殊心态。曾异撰在科举道路上蹉跎岁月,很不顺利,对此中况味感受深切。他在

---

① 《鲁迅全集》卷四《南腔北调集》,第591—592页。

《卓珂月〈蕊渊〉〈蟾台〉二集序》中,承认自己是"为时义而不易售者",还激愤地指出:"今天下之人才,帖括养成之人才也;今日之国家,亦帖括撑持之国家也。吾观三岁取士,名为收天下豪隽,当事者舍经义而外弗阅。再三试闱牍,偶有通达慷慨之士,不以为触犯忌讳而不敢收,则谓是滞淹老生,反不如疏浅寡学者。"①当时天下的人才,只不过是八股文养成的人才,而国家则是由八股文支撑着的国家,这是多么可悲的事实!因此,他认为,士人生于科举取士之时,是一种"不幸"。在《答陈石丈》一信中,他又说:每次读科举之文,就不免感叹久之。他非常羡慕司马迁、杜甫诸君,因为他们用不着写八股文。他还夸口说,假如我无科举之累,得肆力于文章,固然不能胜过他们,亦未必尽出其下。接着,他又写出自己的矛盾心情:

> 以此为应制帖括事,每一举笔,辄谓我留此数点心血,作一篇古文辞,数首歌行,直得无拘无碍,而又庶几希冀于千百年以后,何苦受王介甫笼络。如此意况,似于富贵功名一道,极相嫌恨。虽未甘谢去巾衫,飘然为隐士逸民,又似不可强,昔人所谓抑而行之,必有狂疾耳。天下事必且日甚一日,此后极难题目,正需我辈为之。②

这里刻画的心态,在当时文人中是很有代表性的:既想走仕途,但又明白写八股文纯粹是浪费时间精力的事。这种心情相当矛盾,"抑而行之,必有狂疾"。这是时代给文人出了一个必须以自己的青春和生命来回答的"极难题目"。无拘无束地思考、自由自在地抒发实感真情与

---

① 《明文海》卷二五五,第 2677 页。
② 《尺牍新钞》卷一,第 12 页。

现实生活中的名缰利锁之间的矛盾是不可调和的。曾异撰对八股文作用的认识十分清醒,但仍无法摆脱其魔力。他仍然被时代潮流所裹挟,身不由己地向"富贵功名"的方向奔去。

曾异撰在《与邱小鲁》一牍中,再次吐露自己复杂与痛苦的心曲:

> 私念我辈,既用帖括应制,正如网中鱼鸟,度无脱理。倘安意其中,尚可移之盆盎,畜之樊笼。虽不有林壑之乐,犹庶几苟全鳞羽,得为人耳目近玩。一或恃勇跳跃,几幸决网,而出其力愈大,其缚愈急,必至摧鳍损毛,只增窘苦。

这里说的是八股取士制度给文人造成两难的困境。然而,推之其他,何尝不是如此?文人只是封建制度的"网中鱼鸟",他们面临两种选择:要么顺从,那样能换来安全与适然,却失去精神上的自由和人格上的独立;要么反抗,冲出樊笼,去追求个性的高扬,而那样又绝不可能成功,"必至摧鳍损毛"。曾异撰感觉自己"缚急力倦,正不知出脱何日"。① 他自己一辈子的精神,大都消耗于此。在此之前,很少人把这种悲哀表达得如此真切。晚明小品所表现出来的中国知识分子这种悲剧现象,是极为深刻精彩,而又令人极为心酸的。

此外,曾异撰对当时文人习气,也多有攻击之论。如《送林守一重游吴越序》一文说:"今世之所谓游者,我知之矣:其卑卑曳裾者无论,高者挟一策一卷往而师一先生,谒当世大人数辈,投刺名下士数辈,归而索赠言十数通,评文满纸,嘐嘐然,揭揭然,建鼓而号于人曰:'某,吾师也;某,吾友也。'今世之所谓游者,如斯而已矣!"②在这里,曾异撰形

---

① 《尺牍新钞》卷一,第13页。
② 《明文海》卷二九六,第3077页。

象而且深刻地讽刺当时那种市侩式文人。这些人交游的目的,在于结识名人,然后称名人为师,称名人为友,借重名人的光环,来增加自己的身价。

徐芳(1617—1670),字仲光,号拙斋,江西南城人。崇祯十三年进士,授泽州知州。唐王立,封验司,改翰林院编修,著有《悬榻编》。徐芳颇有文学才华,钱谦益在《戏题徐仲光稿后》说其文"雅且正者,如金石,如箴诵;其变者,如小说传奇;其喜者,如嘲戏;其怒者,如骂鬼;其哀者,如泣如诉;其诡谲者,如梦如幻。笔墨畦径,去时俗远甚"①。黄宗羲曾评徐芳《悬榻编》:"小说家手段,能以趣胜,其合处不减东坡小品。"②而从小品文艺术角度看,徐芳的讽刺小品写得相当深刻,尺牍也写得颇有情致。徐芳身处明朝末年,看到天崩地陷,他的尺牍多是抑郁之言。如《寄绥安聂桂侯》中说:"子黎何辜,斩艾未厌?目近今之变,几无辞于天之不仁也。昔之高门阀里,会通大都,既以烬冷烟飘,无复存矣。……昔之避兵者以山,今日之兵乃自深山中窟之,小深则小毒,大深则大毒,其势固无数耳。"③这里,反映了晚明时代兵荒马乱给百姓带来的痛苦。徐芳性格似乎比较悲观。他说:"自审数奇,生平常有桍饥枯瘠之鬼,尾逐为祟。"④"自叹年未四十,而诸色衰相,无不具足。是人于天地内,不知能得有几年活矣。"⑤其身犹壮岁,而情同垂暮。他自称"吾侪如鸟中子规,自是天地间愁种,愈多则愈愁"⑥。像徐芳这样的"天地间愁种",既是个性所然,也是时代氛围的产物。他在《与陈伯

---

① 《四库禁毁书丛刊》集部第86册《悬榻编》,第12页。
② 《黄宗羲全集》第11册"明文授读评语汇辑",第159页。
③ 《尺牍新钞》卷六,第204—205页。
④ 《尺牍新钞》卷六《寄郝陆奕》,第206页。
⑤ 《尺牍新钞》卷六《答张蕙岇》,第207页。
⑥ 《尺牍新钞》卷六《答傅瀛滨》,第211页。

玑》一信中写道:

> 弟常言,天部所辖数种,最雨无情。使人冷落凄清,有朝无日,有夜无月。又偏与花为妒,与春为仇,与离人迁客为恶缘,与竹杖奚囊为敌国。古来篇咏,悼恨不一。我辈十年来,韶光强半负此。若使天路可梯,当奖率同人,肤愬上帝,永遣此物。一意晴朗,使水水山山,一年三百六十,岂不快事。①

春雨潇潇,自是大自然之一景。无所谓乐,无所谓愁。但在自称为"天地间愁种"的徐芳看来,风雨乃无情之物,而"我辈十年来,韶光强半负此",一半的时光在此阴雨霏霏之中熬过,自然是十分痛苦的。文中的苦风凄雨,不仅指自然界,恐怕还兼指晚明社会之风雨飘摇。此处的"肤愬上帝,永遣此物。一意晴朗,使水水山山,一年三百六十,岂不快事",绝不是无病呻吟的为文造情,它不但表达了徐芳对美好事物的向往,可能也含有对故国的追恋之情。徐芳的尺牍,颇真实典型地反映出明末清初文人的痛苦心态。

徐芳的小品文,还是以其讽刺性的杂文最有特色。如《金陵问答》:

> 金陵既建,或告东海生曰:"江南其定乎?"曰:"定。""能久乎?"曰:"吾方思之,二术克举,则安矣!""何谓二术?"曰:"取吾江水而弱之也。水之弱者,力不胜羽,投之以芥而没及底,况舟楫乎?敌虽强②,无繇济也;必若济者,吾嬉而俟其鱼鳖矣。又莫若使敌为伯夷。夷让国而逃,耻食周粟,非其义也,一介不取。使敌

---

① 《尺牍新钞》卷六,第210页。
② 原文"强"作"弱",恐误。

之心化而夷者,虽馈以江南弗顾,肯伺吾瑕以窥吾乎?是伤廉也。如是,虽高枕可矣!"

问者哑然。既而告曰:"向子所云且辨矣。"曰:"何以知之?"曰:"于所闻知之,使水不弱,敌不夷者,胡吾君相之能高枕以嬉如此也!"①

全篇以调侃的口气,自称有两种方法,可使金陵稳如泰山。一是使长江变成弱水,"力不胜羽",敌人的舟楫一来,自然沉入江中喂鱼鳖;另一种更高明的方法,是把敌人变成伯夷,这样,就是把江南白白送他,他都会逃得远远的,怎么会想到来攻打江南呢?如果说这两种方法十分荒谬的话,为何晚明"君相之能高枕以嬉如此也"?文章写得十分调皮,又十分尖锐。

徐芳的《太行虎记》,写一位太行山僧人见一小虎坠崖伤足,觉得它可怜,便把小虎带回庵里饲养。小虎与僧关系,十分亲密,出则尾随,居则膝侍,婉昵柔狎,不离左右:

> 居二载,虎益壮猛,而驯如故。一足微蹩,人呼为"跛足虎"。客有过庵前者,虎亦回旋妥适,略无疑碍。于是远近高僧之行,谓能伏虎,僧亦栩栩然,以为虎与我善也。
> 一日,僧携虎远出,至天井关,鼻衄血不止,淋漓注地。僧惜其污,以足点地,使舐之。虎得血,甘甚。嫌其无几,又馋不可忍,遂前扑僧,负而去之涧中,餐啮殆尽。自是,此虎日蹲伏要路间,伺行人过,搏噬,不复食他物,以其初入喉时甘在人也。而凡他虎出没

---

① 《明文海》卷一三八,第1392页。

太行者,亦皆一意啮人。往来行旅,伤害甚众。每日斜,即相戒裹足。今十数年矣,而患未息。论者以为皆跛足虎燏导之云。①

僧人偶然流鼻血,唤醒了老虎潜藏的兽性,把僧人活活吃掉,老虎从此尝到人血的"甜头",非人的血肉不吃。从此太行山多了一害,十数年,虎患未息。作者的讽刺矛头,首先是针对忘恩负义的恶虎。作者指出像汉代之王莽、梁朝之侯景、唐代之安禄山辈,都如太行山虎。厚宠隆恩,长其爪牙,丰其躯力,而一旦反目,则不可控遏。作者最终的讽刺目标,还是像太行山僧一样的人。养虎的太行僧人比救狼之东郭先生更有可悲可恨之处。僧人最初养虎,虽也是恻隐之心,后来昵虎,则是为了赢得"伏虎"美名,以显示他的德行高超。他不但终于自贻灭身之祸,而且殃及百姓。徐芳说,老虎固然是猛兽,但若"屏而远之,置之深山大泽间,谨吾藩以自固,虽有毒,亦安能为?彼庵者,贪驯虎之名,而自以为虎与我善者也"。在我国古代散文中,倒是不少文章记载了"义虎",写老虎报恩的故事,似乎老虎比某些人还有仁义之心。王稚登就写过《虎苑》一书,书中记载老虎有多种美德,如"德政""殛暴""威猛"等。其中,还提到老虎有"戴义,崇报德"②的义举,暗示世人不及猛兽之有情义。徐芳的《太行虎记》是从另一个角度来论述的,而所写似乎更切合现实。

从这些小品文来看,徐芳是一个对现实相当关切和大胆介入的人。他的讽刺小品,因过于注意表白其意,所以在本可以戛然而止让读者回味之处,又加上一个"卒章明其志"的说理性质的结尾。无论是《太行虎记》,还是《金陵问答》,都是这种创作模式。

---

① 《明文海》卷三五二,第3619—3620页。
② 《续修四库全书》第1119页《虎苑》序,第341页。

傅占衡(1606—1660),字平叔,临川人。性淡漠,耻事征逐,而奉父山中,读书著书。曾作《临川志》,著有《汉书摭言》《编年国策》,并著《湘帆堂集》三十卷。傅占衡是一个当时影响不小但现在未被关注的作家,他有几篇小品文,写得极好。《〈唐宰相年表〉书后》:

> 唐宰相合真拜及他使兼官,计之凡三百数十人,可谓众矣!惟秉政者计之亦不下二百数十,几与国年相等。第令一人绾事一岁,以辅王室,当安不危,治不乱。而考其时何多故,读其传何累累,可为置卷而三叹也!①

整个唐王朝不足三百年,而曾经秉政者的人数,却几乎与唐王朝的国年相等。作者于是提出一个假设:如果每一个秉政者都负责任地干好一年的国事,则这二百多位秉政者,就足以使唐王朝长治久安了。但事实却是中唐以后,政事多故,一塌糊涂。当然,中晚唐政局混乱的原因,是多方面的。傅占衡此文选取的角度却十分新颖,发人深思。更值得注意的是,作者认为历来人们只是痛恨奸臣误国,其实那些占据高位,然可有可无的平庸的达官贵人也同样误国,对他们,同样也不应该饶恕。这些思想,十分深刻。大奸者误国,不作为者亦误国,而统观中国社会,恐怕后者更多。傅占衡的《〈唐宰相年表〉书后》,实在是一篇振聋发聩的妙论。对今人,也许也有某种鞭策作用。

以八股取士,是明代文化的一大特征,它给广大知识分子的生活带来了巨大影响。傅占衡的《吴、陈二子选文糊壁记》对于此,作了颇为深沉的思考:

---

① 《明文海》卷二三一,第 2380 页。

山中织茅为壁,其土疏恶不埴,三日干,洞如窗棂。奴子自城下来,抱一捆文字为予糊之。试阅焉,皆吾友吴仲升、陈惟易二人选庚辰、丁丑进士文也,中多朱墨细批。惟易字不知何从奴子得也。予所处无帷帐,既以避风寒、虫蚁之害,暑中跂脚上床,遇不睡时,或横观,或正视,至其与文争题,不苟同世处,时有郁然思者,已复哑然而笑。

前十年从二子铢铢两两于此,今何轻之至是?二子呕心肝为文,不能丰稼穑、饱邦民,又不得以所选文之意风动有司,移易风俗。一则老得一低乡举,如今飘零海上,"死别已吞声,生别常恻恻",予日日诵之;一则葬父无具,头白母养无策,流离寄食。时文衰则师座废,虽金溪人,如无家人。两生效如是,安得不泥诸壁?

且自洪武辛亥以来,名儒钜工、照史硕老皆专是出。成化间,始微标名目,如王、唐、薛、瞿。到崇祯末,房如蝶,社如蝗。言理学,则周、程、张、朱之嫡派在是;谭文彩,则左丘明、司马迁、刘向、扬雄衙官奔走。美其助朝算、裨世用,则"二十一史"治乱成败眉列,未尝不似。然其末也,上不能当一城一堡之冲,次不足备一箭一炮之用,最下不可言。由此论之,糊壁为幸!

昔汉文帝恭俭,集上书囊为殿帷。虽二子不幸,无上书囊之遇,然未至以所学添祸人国,玉石同訾。存其朴论,安知无河间献王者?故予卧则已,醒则睇,虽哑然笑而犹时郁然思也,作《糊壁记》。①

这篇尚未为人所注意的文章,实在是一篇思想性与艺术性颇高的小品。文中有"到崇祯末"一语,应是明亡以后之作品。这是一篇对明代八股

---

① 《明文海》卷三五二,第3616—3617页。

取士制度进行冷峻反思的作品。傅占衡以偶然看到二位旧友年轻时为了科举考试而准备的八股范文,如今被人用以糊壁御寒一事入手,沉痛地揭露科举制度对当时士子的残害。二位文友曾与作者一起潜心研究八股文,但一位"飘零海上",一位不能葬父,不能养母,自己也无家可归。他们的下场何其悲惨! 文章也反映出八股文的本质,虽盛极一时,"房如蝶,社如蝗",然八股文却是"不能丰稼穑、饱邦民","上不能当一城一堡之冲,次不足备一箭一炮之用,最下不可言",可说是百无一用。作者日夕对着旧友抄录的八股文,"虽哑然笑而犹时郁然思也"。作者并非对这种现象作一般性的嘲笑,而是从根本上表示对科举制度的怀疑,对受八股之害的文人的深切同情。作者最后说,这两位文友的八股文被人用来糊壁,终究发挥了某种作用。这其实还是幸事,因为它还不至于"以所学添祸人国"。从此看来,八股文不但无益,而且那些因八股文而高中入选、步上仕途者还可能为国家和人民带来灾祸。作者的艺术构思十分巧妙,古人所谓"补壁"之说,都是作者对自己作品的自谦,而此文却是以此为题,写出一个令人感慨的真实故事。正因为朋友的八股文被糊于壁上,才得以与之日夕相对,从而引发回忆和深思。文章从远处徐徐而来,文笔平和,而动人心魄。明清两代批评八股文者甚多,而像傅占衡这样深切沉痛而鞭辟入里的作品,可称其中的杰作。黄宗羲曾评论傅占衡此文:"集中多《黍离》之文,读之凄怆,胜其师大大倍屣也。"[1]所论甚当。

何伟然,字仙癯,仁和人,生卒年不详。何伟然是晚明小品编辑出版家之一,编有《快书》《广快书》等著名小品文集。不过,他本人最有批判现实意义的作品,恐怕是《淑女记》一文。此文写天启皇帝登极之

---

[1] 《黄宗羲全集》第11册"明文授读评语汇辑",第180页。

时,下诏在凤阳选美女入宫。由于"风闻所递,讹言辄布",在江南这个美女如云的地区,引起极大恐慌,"有女之家,咸栗如霜色"。为了避免自己家的女孩被选入宫,于是出现一阵婚嫁热潮:

> 吾杭为甚,才闻井里,忽彻乡曲,父母之命,媒妁之言,一时佥举,不特及时破瓜,作缘成偶,即发未覆额,口尚乳气者,亦指童子为盟。或议归,或议赘,冰人竭蹶,应千门之命,市上尽作定婚店矣。朝议暮举,不待决择,惟恐无当人意。

一班臣民,平时总说要效忠皇上,如今皇上有此"燕婉之求",百姓却谁都不想去服侍皇上,宁愿如此随便地许配,而不愿去"入宫受宠"。"有恐人知者,暗为迎送;复恐人不知,且扬言吾女亦有夫矣"。议婚时,怕官吏责怪,只好"暗为迎送";议婚后,却要广而告之,怕官吏不知,再来纠缠,这真是一种滑稽现象。"匝月之间,系鸳鸯之足,不知费仙人几许赤绳也。"在这场混乱中,有一些"市井亡赖,乘机摇鼓",浑水摸鱼,故不免出现一些"明珠暗投""假合错配,何异流离"的悲剧。但其中也有喜剧。有些百姓利用混乱,快速办好婚娶大事,乘机省去大笔妆赍;也有些人以快刀斩乱麻之法,乘机将丑女嫁出门去。总之,办完了此事,"如释重负,如排大难"。而婚娶热潮又引起物价腾飞和社会秩序的混乱:

> 婚牒红笺,钱昂五百;和合神马,价勒三铢。物情腾踊,贩夫骄色。鸡不得谈于窗,鹅不得阵于水,鱼不得乐于国,豕不得化为石,牛羊不待日夕下山。桔柚楂梨,贵于交梨火枣;葱韭薤蒜,珍于江

> 芷杜蘅。花烛燕喜,十家而九。①

这种"喜庆"气氛,正是由百姓的辛酸所构成的。"夫以一言之讹,令人间忽辟一夫妇世界,童男姹女,破性裂道,可胜道哉!"一场喜剧,正是一场悲剧。一言之讹尚如此,若真实,就更是不堪设想了。

晚明文人还以传统古文的形式,创作一些庄重又谐谑的讽刺现实的小品。如曹宗璠的《骂蟹文》,写蟹螯"躁本无肠""僵扶多足",横行暴戾,而"卒至屠肠刳脑,快人心腹"②。作者的锋芒,对准那些横行霸道,而落得可悲下场的权势者。徐孚远的《讪蜂文》,写蜜蜂"狭中竞外,欲以保赘,智小虑大,经营不惬",而最终"举其族远窜,素所畜积,委弃无所携,持取者剥割恣尽"。这里,作者别出心裁地把蜜蜂作为贪佞而愚蠢者的象征,终日积聚,苦心经营,而最终不但酿成的蜜给他人享用,连老窠都丢了。作者说:"向使以其腹量,少欲寡取,无利于人,岂有斯患哉?"③叶襄《弹炎州刺史文》称蚊子为"炎州刺史",大概因为蚊子在炎热的季节叮人"刺人"之故。文章采用弹劾文体:"伏见炎州刺史臣辛暗者,本以草野微贱,猥琐余孽,流垢帷薄,声著中外。迹其所为,似亦眇质,然臣尝观之,其形貌短小精悍,残贼阴忍,勇于进取,捷于规避,徒以依草藉木,背冷附炎,乞哀昏暮之际……"④全文以双关的笔法,讽刺如"炎州刺史"一类的官吏。这些作品,似乎是游戏之作,其实内容是比较严肃的,它们都是语带双关、讽俗讥世的作品。

---

① 《明文海》卷三五〇,第3597页。
② 《冰雪携》(下),《骂蟹文》,第114页。
③ 《冰雪携》(下),《讪蜂文》,第116—117页。
④ 《冰雪携》(下),《弹炎州刺史文》,第116—117页

第二节 亡国悲声

社会巨变动荡之时代,往往会产生杰出作品。正如黄宗羲在《谢皋羽年谱游录注序》中说:

> 夫文章,天地之元气也。元气在平时,昆仑旁薄,和声顺气,发自廊庙而蒙泱于幽遐,无所见奇。逮夫厄运危时,天地闭塞,元气鼓荡而出,拥勇郁遏,坌愤激讦,而后至文生焉。[1]

明末清初,在火与血之中,也产生许多动人的作品。女真族的铁蹄,踏碎明王朝疆域,也踏破了晚明文人的清梦。在此天崩地陷之时,晚明文坛上悲怆的亡国之音,代替了那些吟风弄月与清玩清赏。我们在前面已介绍了王思任等人的作品,下面再加以补充。

叶绍袁(1589—1648),江苏吴江汾湖人,字仲韶,号鸿振,晚号天寥道人。天启进士,曾任北京国子监助教、工部主事。因反对魏忠贤,而弃官家居。明亡后,削发为僧,法名木拂,号栗庵。暗中与义师保持联系,最后颠沛流离,穷困而死。叶绍袁原来是江南名士,夫妇子女,皆有文才。其妻子沈宜修(1590—1635),字宛君,是戏曲家沈璟的侄女;其次女叶小纨(1613—?),是中国戏曲史上第一位有作品传世的女作家;早死的三女儿叶小鸾,才情更为出众,声名尤著。他们全家的著作合为《午梦堂集》,这种文学家庭,是相当少见的。叶绍袁的作品,最能反映一种国破家亡的惨痛,一种黍离麦秀的苍凉。他的代表作《甲行

---

[1] 《黄宗羲全集》第10册《南雷诗文集》,第33页。

日注》八卷,是明亡后作的日记,起乙酉(1645年)秋,终戊子(1648年)九月。作者于乙酉年七月廿五日(甲辰)弃家为僧,故取《楚辞》"甲之朝吾以行"句,名日记为《甲行日注》。此书逐日记载国破之后,作者生命中最后三年的悲痛生活。在书中,清军的残酷与遗民志士的反抗,国破家亡、流离失所的惨痛,都得到了真实的表现。此书非作者经意而作,也无意与文人争高下,只是对自己生活经历与精神生活痛苦的"实录",真可谓"为情而造文"的产物,却有非常高的艺术价值。他有作品多种,但还是以这部随意而作的日记为最佳。正如周作人所言:

> 《午梦堂集》和《年谱》我都读过一遍,但最喜欢的还是这部日记,因为到了甲申他已是五十六岁,从前经过了好些恩爱的苦难,现在却又遇着真是天翻地覆的大变动,他受了这番锻炼,除去不少的杂质与火气,所表现出来的情意自然更为纯粹了……《甲行日注》里所记的是明遗民的生活,所以第一显著的当然是黍离麦秀的感慨,而这里又特别加上种族问题,更觉得痛切了。①

叶绍袁在晚明为名士,风流洒脱;而明亡后,则为遗民,颠沛流离。这不但是个人生活的巨大反差,又包含民族情感在内,所以此书写得特别痛切。如开头写与亲人告别一段,尤其令人读之泪下:

> (乙酉八月)二十七日,丙午。雨。晓起理装。家人辈至庵中拜别,余曰:"此行也,若幸中兴有期,则归来相见亦有日。不然,从此永诀矣。两幼主室家之好未完(馆、䇹未婚),岂不痛心。然

---

① 《甲行日注》卷首《周作人:甲行日注》,第6—7页。

留之事匽,必不可,我亦无可奈何耳。三孙不及见其长大,幸为我善视之。踞湖山先陇松楸,幸念之毋忘。闻虏令遁不降者,籍入。不腆数亩与环堵之室,不暇计矣。顾夫人与公子,向受钱唐公之托,今亦有愧九原,当令善返昆山耳。诸妇女可寄西方尼庵,汝辈但为谋其糊口者,俾无冻馁以死,感且不朽。"

室人皆伏地哭,余亦泣。登舟。二兄幼舆、叔秀侄来送。侄孙舒胤亦来,时年十五,泪潸潸不止矣。

既发,冒雨至栖真寺即香上人简庵。夜,可生上人为祝发焉。即此后,或有黄冠故乡之思,但恐彭泽田园,门非五柳,辽东归鹤,华表无依耳。①

虽曰生离,实同死别。此外,书中历记颠沛流离的痛苦,难以尽述。在作者眼中,大地山河,一草一木,一声一息,无不染上悲凉的色彩:

(乙酉十月)十二日,庚寅。晴。薄暮登庐后山冈,一望寥廓。王敬伯云:"人言愁,我亦欲愁。"门前红黄满地,睹之怆然。②

(丙戌三月)初十日,丁巳。晴。初闻黄鹂声,犹忆离家日,听雁声也。物换星移,动人感深矣。③

(丁亥十二月)十六日,壬午。晴,大风,冷。夜,风浪恬静,明月东升,照薄纸窗上,如轻绡可鉴。远远闻吹笛声,虽地非山阳,而

---

① 《甲行日注》卷一,第13—14页。
② 同上书,第21页。
③ 《甲行日注》卷二,第39页。

感同向秀,旧游之思,亦不止中散一人矣。①

(戊子二月)二十四日,己丑。雨,冷。黯索之况,凄然莫写。②

(戊子年八月)二十日,壬子,寒露。雨,午晴,夜甚寒。枕衾萧索,觉来破纸窗上,明月穿棂如日,不无"杜鹃枝上月三更"之叹,旋又睡去。③

可谓有我之境,物皆着我之颜色也。有些段落,正如周作人所说:"文词华丽,意思亦不外流连景光,但出在遗民口中,我们也就觉得他别有一种感慨,不能与寻常等视。"《甲行日注》一书,虽在明亡之后所作,但作者毕竟为晚明文士,文笔甚好,其叙事写景和抒情,都自然而然地流露出晚明文人的文采风流来。"清言俪语,陆续而出,良由文人积习,无可如何,正如张宗子所说,虽劫火猛烈犹烧之不失也。"④比如:"十九日,庚寅。晴。顾端木拉往二窑看杏花,稍为风雨残矣。有数百树,芳檐村舍,鸡鸣犬吠,俱在杏花内。画景天成,相对思酒甚,村无帘市,土人引至一庵中,饮茶数瓯,返从铜井岭上游,共九人。"⑤这些描写文笔清丽,意境隽永,正是"文人积习"。不过,与晚明诸人不同的是,《甲行日注》文笔简洁清丽而感情凝重,特有一种风味,在晚明小品之中,应列为上品。

这里,顺便提一下瞿昌文的日记《粤行纪事》,它是一本与叶绍袁

---

① 《甲行日注》卷六,第 123 页。
② 《甲行日注》卷七,第 128 页。
③ 《甲行日注》卷八,第 142 页。
④ 《甲行日注》卷首《周作人:甲行日注》,第 10 页。
⑤ 《甲行日注》卷五,第 90 页。

《甲行日注》相似的书。瞿昌文(1629—?),字寿明,常熟人,瞿式耜之孙。南明隆武帝在福建被清军消灭后,瞿式耜等在广东肇庆拥立桂王朱由榔即帝位,次年改元"永历"。永历二年,瞿式耜留守桂林。瞿昌文由家乡至桂林,探望其祖父。永历四年,永历帝退驻梧州,五月,瞿式耜派昌文陈述情况。十一月,桂林城陷,瞿式耜殉难,而昌文被捕。瞿昌文的《粤行纪事》分为上、中、下三卷,其记事始于隆武元年(1645),终于永历四年(1650)。上卷记自离家至与祖父相见。中卷记自己于桂林与梧州之间的往还。下卷记祖父殉难,自己被捕,直至归家时的见闻。这也是一部具有可贵史料价值的日记。然此书较为质实,与《甲行日注》相比,可谓稍逊文采。

陈弘绪(1597—1665),字士业,号石庄,江西新建人。明末授晋州知州,谪湖州经历,署长兴、孝丰二县事。明亡后,清廷屡荐不起,移居章江。辑《宋遗民录》一书以见志。陈弘绪为人有气节,身处晚明,其作品清新明丽,而又颇有一种苍凉悲怆的情调,在晚明小品中颇有特点。

陈弘绪也有一些文章,写得相当清妙。如《与杨维节书》写道:"弟自三月以后,以病移居远郭,所假小斋颇佳。湖光与天相并,草色与烟相乱,云来几上,树入帘间,大足供我啸傲。"① 写得如此地清新佳妙,仍然反映出晚明文人对于山水的爱好和恬淡的审美情趣。不过,陈弘绪有此心情的时候并不多。他的小品文的总体风格,是悲凉而不是淡远。尽管他也可以写出极富诗意的小品文,但在血和火的酷烈现实面前,诗意无疑要退避三舍。

陈弘绪说自己:"值干戈满地,山河间阻。私念生不逢辰,于人世

---

① 《尺牍新钞》卷三,第112页。

一切俱已久置度外。"①其实,他对人世一切,是相当关切的。如《赠方元亮序》通篇以方元亮弹奏《汉宫秋》为线索,写出时序变更的凄楚心境。最初,海内升平时,方元亮每对客抚弦,辄以此曲自娱,人人为之起舞,"殊不觉其凄惋"。到了崇祯九年,作者再见到方元亮,"视其意况萧瑟,殊异往时"。当时的现实是"寇盗蹂躏,剑槊摩击",而知音日少。所以,作者与之相对唏嘘,不愿再听一曲《汉宫秋》,"元亮亦不愿一弹再弹,以甚其悲愁也"。作者在篇末,对方元亮道:

> 行矣元亮,此去遇郊原黯淡,陇水潺湲,鬼啸猩啼,猿吟蛮泣,试取《汉宫秋》旧谱,写其声于旅馆、邮次,较昭阳秋月桐雨之怨,孰至孰不至,必有能辨之者。予恨不得操绿绮以从,可奈何?②

他对于国事相当关切,在《复严子岸书》中说:"中原杀运,未知何时底止。主上迪畏焦劳,殆同日昃不遑之怀,而普天类皆泄泄梦梦。江以北肝脑涂地,江以南犹复酣歌恒舞自如。以弟度之,劫数渐次相加,政恐不免及于我辈。"③后来的现实,正残酷地证实了陈弘绪的忧虑。入清之后,他饱尝精神与肉体上的痛苦。在《再与栎园书》中,他写道:

> 戊子之变,某避地于西山之乌晶,右臂为石所伤,每一痛发,辄视寸管为丈八矛……某自乙酉入山,辇载所藏书不下数万卷,铁骑一来,屯扎于敝居石河,一勺一粒,一丝一缕俱尽。而所藏书,悉被割剥挦扯,裂作纸甲数千,煤痕丹点,离离駮骎之背,余以支枕籍

---

① 《尺牍新钞》卷三《与周栎园书》,第 112 页。
② 《明文海》卷二八四,第 2952 页。
③ 《尺牍新钞》卷三,第 106—107 页。

> 地,数万缥缃,沦于一旦。生平所辑有《明文类抄》一书,三十年访求于南北,诗文罗网几尽,卷帙与《文苑英华》相等,今亦付之流水矣。①

对于文人来说,平生所收辑的藏书毁于一旦,是一件多么痛苦的事情。陈弘绪是一个极喜读书之人,"闭户之余,翻阅诸集,见所载古人得意著作,求之不得,每至负痛竟日"②。一方面,他为朋友们因死去而逃避浩劫而庆幸,"诸君幸而早逝,幸不睹十余年来兵燹之酷烈"。但见到朋友们的著作或化为煨烬,或抛掷沟泥,则又说"然其残编乱帙,荡然零落无余,则又不啻委七尺于兵燹也"③。这些感慨,可谓"亡国之音哀以思"了。

黄淳耀(1605—1645),初名金耀,字蕴生,号陶庵,又号水镜居士,嘉定人。崇祯十六年进士,然不受官职。《明史》卷二八二有传。1645年,清兵南下,南都亡,嘉定亦破。在"嘉定三屠"中,黄淳耀携弟弟渊耀,入西城僧舍,将自尽,僧人劝他说:"公未服官,可无死。"他答道:"城亡与亡,岂以出处贰心。"索笔而书:"弘光元年七月二十四日,进士黄淳耀自裁于城西僧舍。呜呼!进不能宣力王朝,退不能洁身自隐,读书寡益,学道无成,耿耿不寐,此心而已。"遂与渊耀相对自缢而死,年四十一岁。著有《陶庵集》等。黄淳耀是一位重操守骨气,重道德修养的文人。这在晚明文人群体中是比较罕见的。《明史》上说:

---

① 《尺牍新钞》卷三,第115页。
② 《尺牍新钞》卷三《与杨维节书》,第111页。
③ 《尺牍新钞》卷三《与周栎园书》,第113页。

> 淳耀弱冠即著《自监录》《知过录》,有志圣贤之学。后为日历,昼之所为,夜必书之。凡语言得失,念虑纯杂,无不备识,用自省改。晚而充养和粹,造诣益深。①

黄淳耀躬行实践儒家之道,不为荣利所挠夺。他的《吾师录》和《自监录》,可视为人生修养的小品。《吾师录》是壬申(1632)仲冬"取古人言行之可法者,牵连比附,各以类从"②。全篇自"摄心"至"养生"凡三十二条。如"直心"条:

> 魏陈元方东郡卖小宅,家人将就直矣,元方曰:"此宅甚好,但无出水处。"买者因辞不买。
> 晋庾亮所乘马的卢,殷浩以为不利主。劝卖之。亮曰:"安有己之不安,移于人乎?"
> 宋司马温公居西京日,令老兵卖所乘马,云:"此马夏来有肺病,若售者,先语之。"老兵笑其拙。
> 噫!此释氏所谓"直心道场"也。吾人立诚,当自不妄语始。③

此文以几则古人的故事,得出应该"立诚""不妄语"的结论。这正是中国古人一种实事求是的传统美德。《自监录》则是辛未(1631年)所作的。黄淳耀说:"愚仿古人遗意,作《自监录》,每日所为,夜必书之。兼

---

① 《明史》卷二八二《儒林传》,第7258页。
② 《景印文渊阁四库全书》第1297册《陶庵全集》卷一八《吾师录小引》,第829页。
③ 《景印文渊阁四库全书》第1297册《陶庵全集》卷一八《吾师录》,第831—832页。

考念虑之纯杂,语言之得失。"①此篇内容较广,但主要还是讲求道德的自我完善。比如:"在我者有愧焉,不可以人之誉我而辄喜;在我者无愧焉,不可以人之毁我而辄惧也。"②这是以清言形式写成的意味深长的道德箴言。他在《甲申日记》正月三日条中,认为自己清晨"晏起"是"一过",并由此想到:

> 圣人亦人也,四十而不惑。今我尚未到"立"境界,一可惧也;颜子不贰过,今有过皆复犯,二可惧也;"朝闻道,夕死可矣",今此身可以死乎?三可惧也;古人蒙养时,便有天下国家之具,今时过而后学,从前岁月皆弃掷于无用之地,四可惧也。③

因为早上恋床晚起,便如此自责不已,似难以理解;孤立地看,似乎有点迂阔,但是,黄淳耀绝不是假道学,他是真正的自我反省,严于律己,充满着真诚和正气。他身处乱世,而仍保存高尚的气节,自强不息。特别是明亡后以身殉国。这一切,又是与他日常的修养分不开的。

《陶庵全集》卷八中的《文补遗》部分,收有几封黄淳耀写给龚智渊的书信。这些书信,都是明亡后黄淳耀参加抵抗活动时所写的:

> 今早至南关,见我兄区画谨严,井井有法,所练乡兵皆俯首承教,当由贤昆季忠愤之气,实有以摄服之也。
> 而偷生败节之徒,辄哂为"螳臂当车,自毙身命"。噫!读孔

---

① 《景印文渊阁四库全书》第1297册《陶庵全集》卷一九《自监录》篇首自识,第841页。
② 《景印文渊阁四库全书》第1297册《陶庵全集》卷一九《自监录》,第845页。
③ 《明清史料汇刊》第8集第4册《甲申日记》,第2页。

> 孟书,成仁取义,互期无负斯言而已。若辈无知,一任诮笑可也。

此篇作于乙酉(1645年)六月十六日。作为明朝国家象征的崇祯皇帝,已于前一年自缢于北京。尽管全国各地的抵抗活动还在继续,但是明王朝的大势已去,无力回天。黄淳耀参加抵抗活动,确是知其不可为而为之。他全凭一股忠义之气去支撑,全凭着对于无负于"成仁取义"的理想。这确是一种令人心酸,又令人叹服的崇高境界。下面两篇,分别于乙酉六月二十九日和乙酉七月初二日,也就是他自杀之前不久,写给龚智渊的:

> 松陵消息甚恶,举义诸公尽血肉委地矣。银台公订于今晚设祭。谅相见不远,当即在旦夕间与诸公晤于地下也。

> 闻兵已过太仓,渐逼葛隆镇。愁惨之气,城中四起。乡兵哄然欲散,北门已有出走者。
> 我辈第静以镇之可耳。此刻将造银台公所,明晨期与兄握手,以毕此生师友相知之谊。①

人生于危急关头、生死大限,最能反映出一个人的真品质。这些书信,是作者仓促之中所写的,绝无修饰。它是如此地悲怆、绝望,又是如此地从容平静,可谓视死如归。晚明的文字,以此类最为真挚动人。它们的价值,已经远远超出语言文字艺术的范畴。它们本身就是一首《正气歌》,代表中国传统知识分子那种高尚的人格。与之相比,晚明不少

---

① 《景印文渊阁四库全书》第1297册《陶庵全集》卷八《与龚智渊》,第735页。

尽管文采斐然,但轻浅浮碎的小品,不过如"虫鸣草间"而已。

明末清初,这类反映出文人正气的作品不少。如少年英雄夏完淳(1631—1647)《狱中上母书》《遗夫人书》,可以说是这类悲歌中的代表作。它们交织着亡国之恨与忠义之气,慷慨激昂而又低回缠绵,动人心魄,成为晚明尺牍的绝唱。

第十二章　晚明心态与晚明习气

晚明小品"独抒性灵,不拘格套"①,它们虽短小简约,却非常直率、真切地表露了晚明文人在当时特定社会的政治、经济、文化背景中所产生的复杂心态,反映出他们特有的文化品格和精神个性。

第一节　闲适与放诞

晚明文人的精神,受到当时思想界风气的浸染。他们的文化品格,多少都有心学的影子。王阳明心学,崛起于明中叶,盛行于晚明,对文人的心态产生了极大影响。阳明心学取代程、朱理学的地位,既有其积极意义,也有其消极因素。阳明心学引发人们对传统与权威的怀疑,弘扬人的主观意志。在文学创作上,阳明心学对晚明文学弘扬个性、不拘传统的创作思潮,起到巨大的作用。但是,程、朱理学本身具有两重性:作为文化理想的理学和被政治异化而作为官方哲学的理学。程、朱理学的初衷,是要弘扬一种大同、和谐、亲情、友情的文化理想,弘扬人生理想、精神价值和道德境界的民族传统文化精神。因此,它注重人性的崇高和理性意志,追求理性升华。平心而论,程、朱理学讲求理想和理

---

① 《袁宏道集笺校》卷四《叙小修诗》,第187页。

性意志,以理性主宰和支配感性,这些对培养中华民族注重气节品德、自强不息的美德,是有益处的。然而,它一旦成为官方哲学,成为统治工具,也就逐渐成为束缚人们思想的绳索。当这种哲学被人们所推翻和否定,程、朱理学对人们思想意志的束缚消失了,而其原先合理与积极的部分,也可能被抛弃。晚明心学代替了理学,理学作为官方哲学的衰亡,不但对于官方是一种巨大的威胁,而且也极大地影响了整个社会秩序和社会心态。传统价值观的崩塌,引起人们强烈的幻灭感,人们否定了程、朱理学的理性意志,并竭力消除了它的约束,必然带来感性和生理自然欲望方面的膨胀。于是,一方面,人的理性力量丧失;另一方面,耽于声色、追求安逸和享乐的风气盛行。这正如张瀚在《松窗梦语》卷七中所指出的:"人情以放荡为快,世风以侈靡相高。"[1]晚明社会人欲横流的风气,与程、朱理学的衰落有直接关系。

晚明文人和魏晋名士一样,都追求个性自由,蔑视礼法,放诞任真。但魏晋名士的文化品格,带有世袭门阀制度下的贵族气息。他们言谈玄远虚无,清高绝尘,眼不看俗物俗客,口不言阿堵物。晚明文人的文化品格较为复杂,他们总体上是放诞风流,充分地肯定人的生活欲望,"好货好色":既追求精神超越的愉悦,也追求世俗的物质享受;既狂狷、潇洒、超逸、旷达,又善于"玩味"生活;不但琴棋书画、诗词歌赋这些传统文人的把式,连花卉果木、禽鱼虫兽、器物珍玩、饮食起居等寻常的生活事物,皆被导入艺术的殿堂,以之表现雅人高士的澄怀涤虑、与物熙和的风流格调。

晚明小品最大限度地展示了晚明文人理想的生活方式与风雅修养的具体标准。这种生活,既世俗,又雅致,是生活情趣与艺术诗情的结

---

[1] 《治世余闻 继世纪闻 松窗梦语》,《松窗梦语》卷七《风俗纪》,第139页。

合,显示了一种享受人生的文化气质和处世态度。闲适,其实也是一种享受。晚明小品比较集中的主题,便是表现文人闲适的生活理想。例如以下文字:

> 竹楼数间,负山临水,疏松修竹,诘屈委蛇,怪石落落,不拘位置,藏书万卷其中,长几软榻,一香一茗,同心良友,闲日过从,坐卧谈笑,随意所适,不营衣食,不问米盐,不叙寒暄,不言朝市,丘壑涯分,于斯极矣。
>
> 凄风苦雨之夜,拥寒灯读书,时闻纸窗外芭蕉淅沥作声,亦殊有致。①
>
> 洁一室,横榻陈几其中,炉香茗瓯,萧然不杂他物。但独坐凝想,自然有清灵之气,来集我身。清灵之气集,则世界恶浊之气,亦从此中渐渐消去。②

这种生活情趣,相当具有文人色彩。它既不同于一般的平民百姓,也不同于商贾富豪、仕宦贵人,在平静幽深的环境中,追求一种富于艺术意味的恬淡、冲远、淡泊、自然的生活情趣。这种情调的小品,在晚明文坛,可谓俯拾皆是。它们除了反映传统道德和审美理想对文人的影响,更多地折射出当时庄、禅之风对文人心态的影响。

但是,闲适只是晚明文人生活理想的一个方面,另一个方面则是放纵的、侈靡的享乐。这种兼闲适与放纵于一身的生活态度,都明明白白地反映到晚明小品之中。袁宏道在《龚惟长先生》一信中,谓人生有五

---

① 《五杂组》卷一三《事部一》,第 234 页。
② 《六研斋笔记 紫桃轩杂缀》,《六研斋三笔》卷四,第 234 页。

种"真乐",理想的生活要"目极世间之色,耳极世间之声,身极世间之安,口极世间之谭",非把人世间物质和精神方面种种"快活"享受尽了不可。他的"真乐",还推崇"恬不知耻"的生活方式。① 张岱《自为墓志铭》,说他少年时"极爱繁华,好精舍,好美婢,好娈童,好鲜衣,好美食,好骏马,好华灯,好烟火,好梨园,好鼓吹,好古董,好花鸟,兼以茶淫橘虐,书蠹诗魔"②。从这真率得肆无忌惮的表白来看,说他们是一帮纵情声色、放浪形骸的"大玩家",恐怕正是他们乐于接受的雅号。明代中叶以后,文人奢靡淫纵的社会风气日盛。从朝廷以至民间,莫如此。纵情声色,成为当时文人的通病。他们一方面摆脱了伦理纲常的束缚,另一方面又坠入情波欲海之中而难以自拔。其中有一些文人确是借醇酒、妇人来发泄精神上的苦闷,但多数只不过是一种放浪不羁的生活爱好。他们往往以高雅的理由和理论来为自己解脱,以堂皇的借口巧饰渔色纵欲的放荡行径。袁宏道在《叙陈正甫会心集》一文中,批评有些人"或为酒肉,或为声伎,率心而行,无所忌惮,自以为绝望于世,故举世非笑之不顾也"③。其实,他们所批评的,也正是自己在现实中的行径。比如,袁宏道就曾说:"弟世情觉冷,生平浓习,无过粉黛,亦稍轻减。"④又说:"弟往时亦有青娥之癖,近年以来,稍稍勘破此机。"⑤袁宏道所言,虽是带有忏悔心情来说的,但也道出他以往的生活情趣。事实上,在晚明整个社会,可谓上恬下嬉,竞尚浮华。文人流连风月,沉湎花柳,纵情声色。要完全归之于个性解放,似评价过高。

从晚明小品中,也可以看出晚明文人的人生观与价值观。在晚明

---

① 《袁宏道集笺校》卷五,第205页。
② 《琅嬛文集》卷五,第199页。
③ 《袁宏道集笺校》卷一〇,第463页。
④ 《袁宏道集笺校》卷四二《顾升伯修撰》,第1232页。
⑤ 《袁宏道集笺校》卷四二《李湘洲编修》,第1233页。

许多文人笔下,人生的价值就在于追求物质和精神的享乐。传统知识分子那种对于修身、齐家、治国、平天下的政治功业和道德理想的追求,已经不怎么吸引人了,而许多人都把满足个人生活欲望和精神需求作为人生的最高理想。在那个时代,人们所追求和欣赏的是如何及时行乐,传统安贫乐道的清苦生活方式并不为人们所欣赏。从晚明大量的清言、清赏一类小品来看,当时文人对于精神生活与物质生活享乐的讲究十分艺术化。不但生命的每个阶段、每个季节、每天甚至每时每刻,都有一套周密和系统的享乐计划。这个时代的文学,充满着高雅情致的精神追求与感官欲念的物质追求相结合的享乐意识。在晚明小品文中,反映出当时文人相当矛盾的倾向。一方面,他们鼓吹清心去欲,绝尘去俗,追求长生。但另一方面,他们又追求物质享受,追求犬马声色之乐。可以说,纵情耽乐和清心寡欲两种截然不同的人生态度,矛盾统一地并存于晚明文人的生活和创作中。

晚明时期,文人对于人格方面的追求,也是相当有时代特点的。古代儒家传统的理想人格以修身为本,文人应该通过格物、致知、诚意、正心的修养,成为能够安贫乐道、自强不息的真、善、美兼备的正人君子。但是,晚明一些文人既无兼济天下之志,亦未必有独善其身之意。他们最为欣赏的,并不是这种道德完善的君子人格,而是狂狷癖病的文人才子人格。晚明文人并不追求人格的完美,在他们看来,有弱点、有缺陷的个性,才是真正的优点。张大复有《病》一文说:"木之有瘿,石之有鸲鹆眼,皆病也。然是二物者,卒以此见贵于世。非世人之贵病也,病则奇,奇则至,至则传。""小病则小佳,大病则大佳","天下之病者少,而不病者多,多者吾不能与为友,将从其少者观之"。① 有"病",才有个

---

① 《梅花草堂笔谈》卷三,第235—236页。

性,有情趣,有锋芒,有不同于世俗之处。这是晚明文人普遍的看法。袁宏道在《与潘景升》中说:"弟谓世人但有殊癖,终身不易,便是名士。如和靖之梅,元章之石,使有一物易其所好,便不成家。纵使易之,亦未必有补于品格也。"①林和靖对于梅,米芾对于石,都有一种痴迷执着的爱恋之情,故成名士。因有"殊癖",才有个性,有理想,有追求,有忘于一切的执着之情。当然,袁宏道所说的这种"癖",指的是对于高雅事物的执着。但也有不少人,实际上倒多是对于声色的"癖"。同样,张岱也说:"人无癖不可与交,以其无深情也;人无疵不可与交,以其无真气也。"②"无癖""无疵"之人,不可作为朋友交往,因为他们缺少"深情""真气"。晚明人推崇的是突出而又真实的个性,"癖"与"疵",其实就是那种不受世俗影响,没有世故之态的人格。人有"癖"有"疵",才有执着的深情和真实的个性。

蚌病成珠,文人之"病",则成为一种不同世俗的情致。晚明程羽文在《清闲供》的"刺约六"中,详细论及文人的六种"病",以及这些"病"在日常生活中的表现。这六种"病"是癖、狂、懒、痴、拙、傲:

> 一曰癖。典衣沽酒,破产营书。吟发生歧,呕心出血。神仙烟火,不斤斤鹤子梅妻;泉石膏肓,亦颇颇竹君石丈。病可原也。
> 二曰狂。道旁荷锸,市上悬壶,乌帽泥涂,黄金粪壤,笔落而风雨惊,啸长而天地窄。病可原也。
> 三曰懒。蓬头对客,跣足为宾。坐四座而无言,睡三竿而未起。行或曳杖,居必闭门。病可原也。
> 四曰痴。春去诗惜,秋来赋悲。闻解佩而踟蹰,听堕钗而惝

---

① 《袁宏道集笺校》卷五五,第1597页。
② 《琅嬛文集》卷四《五异人传》,第175页。

恍。粉残脂剩,尽招青冢之魂;色艳香娇,愿结蓝桥之眷。病可原也。

五曰拙。学拙妖娆,才工软款。志惟古对,意不俗谐。饥煮字而难糜,田耕砚而无稼。萤身脱腐,醯气犹酸。病可原也。

六曰傲。高悬孺子半榻,独卧元龙一楼。鬓虽垂青,眼多泛白。偏持腰骨相抗,不为面皮作缘。病可原也。①

他们不理生计,不修边幅,傲对权贵,蔑视众生,多愁善感,行为古怪。这些"病",正是文人名士的个性和习气。他们的感情与脾气,他们的生活方式与处世方法,都与俗人俗事不同。不同于世人,故称"病"。文人的生活情趣,都是由这种种"病"所生发的。有了病,才有诗意,才有意趣,才有不同寻常之处。程羽文写道,"病可原也",岂止"可原",更是可赞可叹。这里所写,也正是对于种种"病"的赞歌。晚明文人的风习,固然很少"乡愿"之风,但大多是玩世不恭、放达跌宕的。

袁宏道赠给张幼于一首诗,诗中有"誉起为颠狂"之语。大概张幼于对"颠狂"二字的评价不满,袁宏道给他写了一信,信中说,"颠狂"两个字,是一种很高的赞词:"夫'颠狂'二字,岂可轻易奉承人者。"他引经据典,说明"颠"与"狂"的价值:"狂为仲丘所思,狂无论矣。若颠在古人中,亦不易得,而求之释,有普化焉……求之儒,有米颠焉。"实际上,孔子并不推崇"狂",孔子在《论语·子路》中说:"不得中行而与之,必也狂狷乎?"②"狂""狷"都违背了中庸之道,偏于一面,过于偏激。中郎借用孔子大旗来高度评价"颠狂"的品格,接着说:"不肖恨幼于不

---

① 《香艳丛书》三集卷二《清闲供》,第693页。
② 《论语集释》卷二七《子路》,第931页。

颠狂耳,若实颠狂,将北面而事之,岂直与幼于为友哉?"①可见,"颠狂"不但是晚明文人喜欢的人品,也是他们推崇的理想。

自古以来,儒学所推崇的圣人人格与现实中文人的人格,完全是两回事。文人人格通常受到批评。如曹丕《与吴质书》说:"观古今文人,类不护细行,鲜能以名节自立。"②《颜氏家训·文章》中说:"自古文人多陷轻薄。"③都是对文人才士人格的批评。自从宋代以后,尤其是程、朱理学之后,许多文人以儒学的圣人人格作为人生修养所追求的目标,力求获得尽善尽美的人格。在明初,像宋濂与方孝孺这些儒家学者,就拒绝被人称之为文人。但到了晚明,因为程、朱理学逐渐失去崇高地位,个性之风崛起,文人追求独特个性的兴趣,远远大于对规范性完美人格的兴趣。因此,晚明文人更为欣赏的恰是有特点的文人人格,而不是完美的圣人人格。

第二节 焦灼与困惑

晚明文人的心态和习气,与当时的社会政治背景也是密切相关的。明末政治的腐败黑暗,统治阶级内部连续不断的激烈党争,国事日非,加上由于外族入侵,边患日深,内外交困。许多文人对社会前景感到失望以至绝望。这个时代,笼罩着一种无法解脱的悲剧气氛。在晚明小品中,也同样反映出当时文人对现实的逃避和消沉态度,以及力求自我解脱的心态。陈继儒的《文娱序》云:

---

① 《袁宏道集笺校》卷一一《张幼于》,第 503 页。
② 《文选》卷四二,第 1897 页。
③ 《颜氏家训集解》卷四,第 237 页。

> 往丁卯前,珰网告密,余谓董思翁云:"吾与公此时,不愿为文昌,但愿为天聋地哑,庶几免于今之世矣。"郑超宗闻而笑曰:"闭门谢客,但以文自娱,庸何伤?"①

这则小品,反映晚明一些文人的"以文自娱"正是为了远避是非,明哲保身,其中包含某种对黑暗政治的恐惧。袁宏道也说当时的"吏情物态,日巧一日;文网机阱,日深一日"②。在这种现实背景下,晚明文人便容易从庄、禅之中,找到自我解脱的方法。于是,从抗争转而避世和玩世,以此来消融个性与社会、理想与现实、心境与环境的强烈冲突。可以说,明季社会的腐败、黑暗,使文人对社会现实产生幻灭感。于是,庄、禅自然、适意、清静、淡泊的人生哲学,风靡一时。随之而来的,是文学艺术上追求空灵、幽静、淡雅、自然、清寂的审美情趣。

在晚明文人中,洒脱随便的多,而执着认真的少。认真,有时是要受到嘲笑的。陆灼的《艾子后语》中,有一则叫《认真》的笑话。说艾子有两个学生,一个叫"通",一个叫"执"。一次,艾子口渴,便叫"执"去乡村田舍要点水,田舍老翁正在看书,便指着书中的"真",对"执"说:"你如果认得此字,便送水给你。""执"说:"这是个'真'字。"老翁大怒,不给他水。艾子又派"通"去要水,"通"灵机一动,告诉老翁说,这是"直八"二字。老翁高兴得连好酒都送给他。艾子感叹说:"通也智哉,使复如执之认真,一勺水吾将不得吞矣。"③这个笑话,其实是一个社会伦理方面的寓言。说老实话的认真者,是"执"(固执)。说谎者,是"通"(变通)。认真者连一勺水也得不到,而圆滑者却大受欢迎。可

---

① 《四库禁毁书丛刊》集部172册郑元勋《媚幽阁文娱初集》,第2页。
② 《袁宏道集笺校》卷六《何湘谭》,第272页。
③ 《历代笑话集》,第153—154页。

见,这个世界是认真不得、执着不得的。这是晚明文人普遍的心态。而冯梦龙则更认为,这个世界根本就没有"真"。他说:"古今来原无真可认也。无真可认,吾但有笑而已矣。无真可认而强欲认真,吾益有笑而已矣。"①他还说:"碗大一片赤县神州,纵生塞满,原属假合,若复件件认真,争竞何已?"②既然这个世界本来就是一个虚假的世界,人生又何必那么认真呢? 这种观念,就容易让人产生一种游戏人生的态度了。邹迪光的《观演戏说》写在观看演戏之后的感想是:"人生亦一戏耳,大块宇宙亦一戏场耳。"佛家认为人生如幻,道家说人生如梦,而他则认为人生如戏。而使他感到困惑的是,"孰为戏耶? 孰为非戏耶? 夫恶乎戏? 恶乎非戏? 恶乎假? 恶乎非假? 亦恶乎非非戏? 亦恶乎非非假? 吾何知哉? 吾第以戏言评戏事,且戏书之。"③人生如戏、宇宙如戏场这种观点,既可以是对社会人生冷静超然的观察,也可能产生一种游戏人生的态度。看来,晚明文人的观念和人生态度,兼有这两者。正如屠隆说:"夫玩世之乐,为娱大矣。"④

不过,并非所有晚明文人都持游戏人生的态度。一些小品也反映出晚明文人品格可贵的另一面。如郑二阳的《烈豆纪事》一文,在晚明颇为特出。文中说:

> 煮绿豆中,往往有煮之不烂者,人皆名为"烈豆",亦曰"铁豆",其名甚佳。夫以猛火沸汤之中,诸豆尽皆糜烂,而此豆独能坚挺如铁,完好自若,毫不为损,真可谓入水不濡,入火不焚者矣。

---

① 《冯梦龙集笺注》卷四《〈古今笑〉自叙》,第111页。
② 《冯梦龙集笺注》卷四《古今谭概·痴绝部序》,第115页。
③ 《冰雪携》(下),《观演戏说》,第152—153页。
④ 《屠隆集》第1册《屠长卿集》文集卷之六《与箕仲书》,第339页。

称之曰"烈",宜哉!①

以豆的坚硬来比喻坚强人格,并不始于郑二阳。关汉卿曾在《南吕·一枝花》(不伏老)一曲中说:"我是个蒸不烂、煮不熟、捶不扁、炒不爆、响当当一粒铜豌豆。"②不过,关汉卿是以诙谐打趣的方式来表达自己"向烟花路儿上走"的执拗精神,当然,其中也反映出内心的苦闷。而郑二阳文中的烈豆,是一种象征,象征那种在巨大压力之前,傲然屹立、岿然不动的宝贵人格。在晚明这个内忧外患、风雨飘荡的时代,这种人格,就显得更为难得。《烈豆纪事》说:"世道虽大坏极敝时,定有不坏不敝处,正赖却寻常耳目赫奕外,当自有一辈血性汉在。未可谓一片清明世界,遂被乘鹤轩而顶猴冠者糜烂坏尽行矣!"不必说在晚明这个人欲横流、玩世不恭的时代,就算是天下太平的年代,在中国,这种"血性汉"也都是很少见的,故愈加可贵。郑元勋在此文末评曰:"我能而人亦能,不谓奇;千万人不能而一人独能,是无耦矣,故名奇。今平居好谈节侠,临难而苟免者比比。疾风劲草,吾有嗟乎其言。"③吾亦有嗟乎其言也!

在晚明小品中,不少作品反映出对名利的鄙视态度。如陈以忠的《昆山生》,写昆山一位文人,有才华,会文章,又有洁癖,但他却喜欢吃苍蝇。其抓苍蝇的技巧,如佝偻者之承蜩,百无一失。他说,苍蝇的味道好极了,"甘淫于舌而凉沁于脾",其中味道最好的,是那些"赤帻绿衣"的苍蝇。昆山生的行为引起了人们的惊讶和厌恶,但作者认为,这

---

① 《四库禁毁书丛刊》集部第 172 册郑元勋《媚幽阁文娱二集》卷四《烈豆纪事》,第 370 页。
② 《汇校详注关汉卿集》,第 1702 页。
③ 《四库禁毁书丛刊》集部第 172 册郑元勋《媚幽阁文娱二集》卷四《烈豆纪事》,第 370 页。

没有什么可奇怪的。世人嗜于名利,热切地追求功名,也如同昆山生嗜蝇一样,都是一种病态。而且名利对于人的害处更大,"利之病人,腥腻志气,点染名节,败坏侪类,视蝇与痴,又甚焉,何天下习之而不知怪也"①。但是在当时社会中,文人是不可能真正摆脱名利诱惑的。就像韩廷锡在《答林九还》一信中所说:"承示功名一念,比前稍淡,谈何容易耶?古今多少铁汉,平日口里咬破顽石,一到功名场中,便打折骨头。"②晚明文人这种对功名的矛盾态度,典型地反映在对八股取士制度的态度上。明代以科举取士,而试士之法,专取儒家的四书五经来命题。其形式"略仿宋经义,然代古人语气为之,体用排偶,谓之'八股',通谓之'制义'"③。清代思想家廖燕说:"明太祖以制义取士,与秦焚书之术无异。"因为士子除了四书之外,其他书可以束之高阁,于是,"天下之书不焚而自焚"④。其实,明人并非不知道八股之无用,但既然它是通往功名的唯一道路,只好知其不可而为之了。归有光早就表现出这种矛盾。归有光多次表示出对于八股文的厌恶之情,认为"自科举之习日敝,以记诵时文为速化之术"⑤。他指出:"近来一种俗学,习为记诵套子,往往能取高第……惟此学流传,败坏人材,其于世道,为害不浅。夫终日呻吟,不知圣人之书为何物,明言而公叛之,徒以为攫取荣利之资。"⑥但归有光仍编过两册八股文范本给人作为科举教材。在他的文集中,还保留着为八股文集子所写的序言⑦。而他本人的作品,

---

① 《明文海》卷四八〇,第 5161 页。
② 《尺牍新钞》卷一,第 31 页。
③ 《明史·选举志》卷七〇,第 1693 页。
④ 《清代诗文集汇编》第 164 册《二十七松堂集》卷一《明太祖论》,第 25 页。
⑤ 《震川先生集》卷五《跋小学古事》,第 120 页。
⑥ 《震川先生集》卷七《山舍示学者》,第 152 页。
⑦ 《震川先生集》卷二《会文序》,《群居课试录序》,第 51—52 页。

多少也沾染了八股的习气。郑之玄在《自序》中说得好:"制义之业,戋戋无当,但有此物,即有此物之声价,有此物之派嫡。"①自从有了八股之后,便形成一种"八股之学",让文人们去钻研。明代许多文人,对于八股持一种厌恶、轻蔑的态度,但只有八股文才能带来光宗耀祖和富贵荣华,为了自己的前途和生计,只好无奈地走上科举之路。于是,大多文人读书的目的便是博取功名。正如谢肇淛所说:"今之号为好学者,取科第为第一义矣,立言以传后者百无一焉,至于修身行己则绝不为意矣。"②科举功名,在当时也是社会对于文人的一种价值标准。袁中道中进士以后,备选时写了一封《与梅长公》:"看来世间自有一种世外之骨,毕竟与世间应酬不来,弟才入仕途,已觉不堪矣。荣途无涯,年寿有限,弟自谓得却头巾债,足矣,足矣!升沉总不问也。"③从尺牍中流露的思想看,似乎科举是文人一生应该偿还的"债务"。文人奋斗的目的,便是为了"了却头巾债"。这种心态十分复杂,既悲哀,又无奈。晚明风气是个性的放纵,而八股恰好是最束缚个性与思想的一种文体。明人拿起八股文,便要装出圣人道貌岸然的腔调;放下八股,又露出放纵恣肆的文人习气。晚明人奔突于这两者之间,这种境地,容易造成文人人格的两重性。

许多一辈子钻研时文的人,甚至被视为时文大师的文人,也未必高中科举,于是,往往出现尴尬的场面。正如陈弘绪《答梅惠连》中所说:"江汉、豫章之文,世之窃其词句者,皆得以取荣名掇上第,而江汉、豫章能文之士,大半偃蹇屈抑于泥途之中。"所以有人以刘安为喻,"谓安

---

① 《明文海》卷三〇八,第3174页。
② 《五杂组》卷一三《事部一》,第233页。
③ 《珂雪斋集》卷二五,第1080页。

之鸡犬皆得升天,而安反久滞于地上"①。其中一个例子,就是晚明的陈际泰。陈际泰(1567—1641),字大士,临川人。家贫力学,后与艾南英辈以时文名天下。但科举道路并不平坦。他在《答闽中罗美中》一牍中发牢骚说:"弟文凡万首,行世者亦三千首。"人们对他说:"海内得大士片纸只字,皆已掇巍科,跻膴仕。儿孙满天下,而祖父母尚自留滞人间,是天下极不平之事。"那些得到陈际泰八股技法的人,早已高中,而他自己却还在科场奋战,这是非常尴尬的事。不过,陈际泰还是不甘心,又把自己的经验传授给他们,希望自己的孩子能够继续走这条路,弥补自己的遗憾,并为他们在作八股文方面的爱好感到欣慰。"豚儿孝威、孝逸,颇好学能文,俱可一日十余艺。天迟弟如此,弟将以取偿之道寄诸儿。"②读之,令人顿生感慨!

在小品文中,我们还可以看到,一些获得科举成功的人,也同样对科举不满。如周顺昌(1584—1626)在中进士之后所写的《第后柬德升诸兄弟》中说:

> 今漫以书生当局,其筹边治河大政无论;有问以簿书钱谷之数,天下几何,茫不能对也。始知书不可不多读。平日为八股缘,谓了许工夫,徒做一不识时务进士,良可笑也。弟职应司理,偶展《大明律》一卷,深文刻字,多所未谙。乃信"读书不读律,致君终无术"两言非浪语也。③

周顺昌在这里,当然有一些自谦的因素在内。但他所指出的当时"以

---

① 《尺牍新钞》卷三,第104—105页。
② 同上书,第87页。
③ 《冰雪携》(下),《第后柬德升诸兄弟》,第5页。

书生当局"和"不识时务进士",却是深中时弊的。因为八股考试,只要熟读圣贤书就足矣。那些"筹边治河大政""簿书钱谷之数"与法律,当然是不熟悉的。很多晚明小品真实而深刻地展现了当时多数文人对科举的心态,似乎成为我们理解《儒林外林》一类作品的辅助读物。

在中国古代相当长的历史时期里,商人总是作为被轻视、被贬抑的对象。但明代中叶以后,随着商品经济的发展和社会风气的转变,商人阶层的经济地位和社会地位不断提高,文人对商人阶层开始刮目相看。袁黄在《奇货可居》一文中说:

> 尝观贾于五民最为末业,然贤智之士往往出于其间,概其术,有二而已:贱而收之,贵而散之也。中世之后,士之图谋进取大抵多出于贾术,顾有巧有拙耳……范蠡竭力以成其君,去之五湖为陶朱公,三致千金,而卒尽散之,此真善贾也。①

袁黄承认,在商人中,往往出现一些贤智的人才,而且儒士谋生进取的手段,多出于"贾术"。这里,袁黄自觉不自觉地表示了对于商人阶层的赞扬。在晚明,商人那种重利、追求物欲的风气,在一定程度上也影响了文人的观念。但是,商人的社会与经济地位不断提高的现实,也容易引起文人心态的失衡。商人由于其财富,而成为社会中一种令人妒忌,又令人反感的阶层。张瀚在他的《松窗梦语》卷四中说,当时的"商贾之子甘其食,美其服,饰骑连骞,织陆鳞川,飞尘降天,赭汗如雨。慑巧捷给之夫,借资托力,以献谀而效奔走。燕姬赵女品丝竹,揳筝琴,长

---

① 《两行斋集》卷一,明天启四年(1624)嘉兴袁氏家刊本,台湾"国家图书馆"藏本。

袂利屣,争妍而取容"①。商人的社会地位提高了,甚至由于他们的富有,可以用金钱去换取走向上层社会的途径。自景泰元年始,政府因边防紧张而财政困难,故允许民间纳粟纳马者入监为国子生。于是,"天下以货为贤,士风日陋"②。此例一开,不少富贾子弟,就不必像其他读书人一样苦读,照样成为士子监生。在一定时期之后,他们就可援例选官,走上仕途。当然,官也是可以用钱买来的。据王锜《寓圃杂记》卷一〇记载,当时有富人用钱买得三品官,而且这些人气势特别嚣张:"余偶入城,忽遇驺呵属路,金紫煌赫,与府僚分道而行。士夫见之,敛避不暇。因询于人,始知其为纳银指挥。虎而翼之,无甚于此。"③随着商品经济的发展,"百无一用是书生"的现象越发严重。就像屠隆在《与沈嘉则书》中提到自己的生活困境:"胸中五车,不足当一囊。吟成五字,持向屠沽易斗粟,嫚笑而不答,彼无所用之。"④文人与作品不值钱,生活与商贾无法相比,他们的心理恐怕是难以平衡的。

谢肇淛(1567—1624)在《五杂组》卷之一三中,有一段颇能代表晚明文人心态的话:

> "贫贱不如富贵",俗语也;"富贵不如贫贱",矫语也。贫贱之士,奔走衣食,妻孥交谪,亲不及养,子不能教,何乐之有?惟是田园粗足,丘壑可怡,水侣鱼虾,山友麋鹿,耕云钓雪,诵月吟花,同调之友两两相命,食牛之儿戏着膝间,或兀坐一室,习静无营,或命驾扶藜,留连忘反。此之为乐,不减真仙,何寻常富贵之足道乎!⑤

---

① 《治世馀闻 继世纪闻 松窗梦语》,《松窗梦语》卷四《商贾纪》,第80页。
② 《明史》卷六九《选举志》,第1683页。
③ 《寓圃杂记》卷一〇《纳粟指挥》,第79页。
④ 《屠隆集》第4册《白榆集》文集卷之一〇,第402页。
⑤ 《五杂组》卷一三《事部一》,第234页。

这里明白地表达晚明文人的观念,贫贱是不可能过着真正潇洒快乐的生活的,尽管他们的目的不是为了追求富贵,但要想真正的快乐逍遥,就必须有"田园粗足"的物质基础。所以,谢肇淛认为那种"富贵不如贫贱"的话,是一种打肿脸充胖子的自欺欺人说法。这反映出晚明文人相当实际的一面,因为现实生活给了他们太多活生生的教育。晚明文人悠然的外表,掩盖不了内在的焦灼与困惑。他们难以过着真正舒泰的世外桃源生活。正如黄汝亨《复吴用修》中论人生两种境地:

> 泉声咽石,月色当户;修竹千竿,芭蕉一片。或探名理,时对佳客。清旷则弟蓄嵇阮,飞扬则奴隶原尝。萧然四壁,傲睨千古。此一境也。
>
> 采薇颇艰,辟纑不易。内窘中馈之奉,外虚北海之尊。更复好义先人,守雌去道。食指如林,多口苦棘,风雅之趣既减,往来之礼务苛。此又一境也。
>
> 两境迭进,终归扰扰,半是阿堵小贼坐困英雄耳!吾与足下俱不免,故敢及之。①

这里所描绘的两种截然不同的人生境地,正是晚明文人理想人格与现实生活之间的强烈冲突:一方面追求超越世俗的精神愉悦,一方面又处处摆脱不了人间物质需求和名利的羁绊。自古以来,文人贫穷,似乎成为天经地义。文人不但习惯,而且君子固穷,以之为荣。但在晚明这个商品经济日益发达、人欲横流的时代,清高的文人时时遭受"阿堵小贼"的威胁,所以不免"终归扰扰",难以保持内心平衡。痛苦、烦躁、忧

---

① 《原国立北平图书馆甲库善本丛书》,《寓林集》卷二四《复吴用修》,第379页。

愁,对于生活的强烈欲望和难以实现的矛盾,造成晚明文人心灵的焦灼。今人读此,仍不免感慨系之。

第三节 真趣与轻狂

对自然和人生的丰富感受,以及由此产生的一种浪漫情怀,是晚明小品的精神及精华所在。晚明小品中,最能表现文人浪漫情怀的是对于"情"与"趣"的追求。晚明的"情",是与"理"相对的。晚明许多文人都写有对"情"的赞歌。冯梦龙在《情史类略序》中,提出"六经皆以情教也"①的观点,对儒家经典重新进行阐释,极力夸大"情之功效"。骚隐居士(张琦)《衡曲麈谭》中的《情痴寱言》云:

> 人,情种也;人而无情,不至于人矣,曷望其至人乎?情之为物也,役耳目,易神理,忘晦明,废饥寒,穷九州,越八荒,穿金石,动天地,率百物,生可以生,死可以死,死可以生,生可以死,死又可以不死,生又可以忘生,远远近近,悠悠漾漾,杳弗知其所之。②

这是在汤显祖《牡丹亭记题辞》一文基础上的再创造。这里对"情"的力量的描写,对"情"的礼赞,可谓"至矣,尽矣,蔑以加矣"。世间悠悠万物,唯此为大。这种"情",最主要的还是男女之间的热烈情爱。周铨《英雄气短说》针对人们所说的"儿女情深,英雄气短"的说法,指出英雄好女色,不但不是过错,而且好色,正是英雄本色、英雄的天性,甚至是英雄的基本条件。"惟儿女情深,乃不为英雄气短。"他特别列举

---

① 《冯梦龙集笺注》卷四《〈情史〉叙一》,第133页。
② 《中国古典戏曲论著集成》第4册《衡曲麈谭》,第273页。

历史上的英雄为例:

> 古未有不深于情能大其英雄之气者。以项王喑哑叱咤,为汉军所窘,则夜起帐中慷慨为诗,与美人倚歌而和,泣数行下。汉高雄才谩骂,呼大将如小儿。及威加海内,病卧床席,召戚夫人与泣曰:"若为我楚舞,吾为若楚歌。"歌数阕,一恸而绝。嗟夫!此其气力绝人,皆有拔山跨海之概,乃亦不能不失声儿女子之一戚。他若如姬于魏信陵,夷光于范少伯,卓文君于司马相如,数君子者,皆飘飘有凌云之致,乃一笑功成,五湖风月,与后之自著犊鼻,与庸保杂作,涤器于市,前后相映。呜呼!情之移人,一至是哉!

越是大英雄,其感情就越是丰富、真挚和细腻。不深于情,便不能成为真正的大英雄。卫泳在此文篇末的评语说:"《易》于《咸卦》曰:'观其所感,见天地之情。'可见两仪相对,天地便是情种。"①在他们眼里,连天地都变成"情种"。可见,在晚明,"情种"正是文人雅士所追求的。

"趣"是晚明小品一个显著的审美特征。"趣"这一美学范畴,原本也是宋人论诗的术语,明人以之移植至散文之中。明人很重文中之"趣"。如汤显祖就说:"凡文以意、趣、神、色为主。"②袁宏道亦说:"世人所难得者唯趣。趣如山上之色,水中之味,花中之光,女中之态,虽善说者不能下一语,唯会心者知之。"③而这种"趣得之自然者深,得之学问者浅",所以,自然真率,也是明代小品作家所追求的一种美学境界。他们的小品,大都是活泼泼的真情流露,发乎情而不必止乎礼义。有时

---

① 《冰雪携》(下),《英雄气短说》,第145页。
② 《汤显祖诗文集》卷四七《玉茗堂尺牍》之四《答吕姜山》,第1337页。
③ 《袁宏道集笺校》卷一〇《叙陈正甫会心集》,第463页。

真到赤裸裸的地步:高逸旷达的胸襟、狂放耿直的性格、强烈缠绵的情欲。一种心境、一点感怀、一股牢骚、一丝幽情,无不自然地诉诸笔端。

"趣"除了感情的真实之外,还需要幽默感。这是晚明小品的特殊风味,晚明小品作家喜欢调侃和谐谑。张大复有一篇叫《谑》的小品:

> 《诗》曰:"善戏谑兮,不为虐兮。"虐者,词不雅驯之谓。太史公谈言微中,虽虐不害矣。晋人嘲谑,都以一言案之。更翻一案,则不复作。令人可思而不可究,故足述耳。活剥生吞,尽意丑诋,此何谑乎,善耶?虐耶?然有才情滚滚,联翩络绎者,不可无一以供喷饭。①

谑而不虐,是晚明文人追求的日常生活与艺术创作的境界。游戏笔墨,谐谑调侃,是一种才情的表现。晚明小品除了那些笑话类小品之外,文人的日常交往文字,也常带戏谑的语气。如曾异撰《问余希之足疾》:

> 兄近来足疾知未脱,然颇疑兄不能慎疾。
> 我辈少年,时耗费精气,无异破家荡子,中年得病,此债主持账簿登门时也。但能忍节嗜欲,稍偿一二,彼亦有时而去。然宿负未完,一二月后,不能不再来问我。使着实省啬积聚,遗欠填满,一去遂不复来矣。兄之足,弟之肺,殊为同病。留此一双脚,他日小则拜跪上官,胼胝民事;大则跨马据鞍,驰驱天下:极为要用物事,不可不善养之也。

---

① 《梅花草堂笔谈》卷七,第428—429页。

此信是慰问朋友的足疾而作的。信的开头,突然来个妙喻,说我辈少年时,没养息身体,过于放纵,而耗费精气,就像破家的荡子;而中年得病,就像债主持账簿上门讨债。如果从此节欲休息,那么债主也就暂时离开了,但债务还未彻底还清,过一两个月,债主又会登门逼债。只有真正地节俭积蓄,还清债务,债主才不再登门纠缠。下文又说:"兄之足,弟之肺,殊为同病。"既是同病,就难免"相怜"。这种慰问,显得真诚而深切,而不只是礼节性的问候。信末,还说到朋友的足的重要性,还是以调侃的笔调说:"留此一双脚,他日小则拜跪上官,胼胝民事;大则跨马据鞍,驰驱天下:极为要用物事,不可不善养之也。"①这种慰问写得非常风趣,但又不轻佻,显得十分亲切得体。

清初的文人,对晚明小品往往持一种否定的态度;同时,他们总把轻佻的文风称为"晚明习气"。这当然包含了偏见。但晚明小品,在格调上究竟存在着哪些流弊呢?或者说"晚明习气",究竟有什么表现呢?

由于时代的局限与文体本身的制约,晚明小品创作不可避免地出现一些流弊。如果说传统古文之弊,在于过分沉重易近腐的话,那么,晚明小品之弊,就在于过分轻灵易近佻了。晚明一些小品文,往往空灵闲适到作者如生活在远离人寰的世外桃源之中,不知有汉,无论魏晋。当时,国家正处于将"天崩地陷"之际,然而在晚明小品文中,我们是难以嗅到什么血腥味,也甚罕看到什么刀光剑影的。刘勰在《文心雕龙·时序》中,谈到晋代文坛时有一段话:"自中朝贵玄,江左称盛,因谈余气,流成文体。是以世极迍邅,而辞意夷泰。诗必柱下之旨归,赋乃漆园之义疏。故知文变染乎世情,兴废系于时序,原始以要终,虽百

---

① 《尺牍新钞》卷一,第 12—13 页。

世可知也。"①"世极迍邅,而辞意夷泰",几乎可以用来品评晚明许多名士的小品文。

鲁迅先生在《杂谈小品文》中说:

> 现在大家所提倡的,是明清,据说"抒写性灵"是它的特色。那时有一些人,确也只能够抒写性灵的,风气和环境,加上作者的出身和生活,也只能有这样的意思,写这样的文章。虽说抒写性灵,其实后来仍落了窠臼,不过是"赋得性灵",照例写出那么一套来。当然也有人豫感到危难,后来是身历了危难的,所以小品文中,有时也夹着感愤,但在文字狱时,都被销毁,劈板了,于是我们所见,就只剩了"天马行空"似的超然的性灵。②

所谓"赋得性灵",就是把"性灵"当作新的八股。为了表现"性灵",而制造"性灵",敷衍"性灵"。这就十分准确地指出明清小品的局限性。"性灵"本是与格套针锋相对的,但由于大多数小品作者一味追求抒写性灵,性灵遂成为新的格套窠臼。鲁迅先生所讽刺的"赋得性灵",就是指晚明文人把性灵当作一个例行题目,为性灵而性灵了。从"独抒性灵"到"赋得性灵",是晚明一些小品发展的艺术轨迹。"真",本是晚明小品的特色,但不少晚明作家笔下的"真",不是情之所至,自然而然的流露,而是唯恐人不知其"真",于是,便有意去表现、去追求、去夸张,甚至刻意去制造一种"真"的感情,"真"也就变味了。而一些晚明小品作家所追求的雅人高致,因时代的关系,常常给人以一种黄连树下弹琴,苦中作乐之感;而过分的清高自赏、自我表现,又容易"雅"极而

---

① 《文心雕龙义证》,第 1710—1713 页。
② 《鲁迅全集》卷六《且介亭杂文二集》,第 431—432 页。

俗,"真"而不挚,或弄"真"成假。正如《四库全书总目》所批评的晚明一些文人的通病,是"矫言雅尚,反增俗态"①。这些,都不能不说是一种局限,有时甚至是严重的局限。但鲁迅先生同时指出,晚明文人也有些表现感愤的作品。只是因为"文字狱"之故,受到销禁,因此现存的晚明小品,就更为突出地给人一种超然性灵的感觉了。这也是文学史研究者应该注意的问题。

从艺术表现上看,许多晚明小品作家过于注意自己感情的细漪,却极少关注外界社会的巨澜。如俞琬纶的一些小品,感情极为纤巧。俞琬纶写的《祭桃影》《诔双梧》②,悼念两棵死去的桃树与梧桐树。这些作品虽不可说纯然是嘲风弄月之作,文中也寄托某种感情,但这类文章多了,就叫人觉得有一种文人的酸气。又如他的《祭半齿文》,这篇小品是为了自己被蛀掉的半个牙齿而写:

> 为齿虫啮去半齿,埋之王园梅花下,因摘花祭之,泣而告曰:
> 三十年苦辛,尔噆之。二十年酸味,尔嚼之。千万斛愁惨,尔啮而忍之。徒有饮声,不识笑口。尔固贱骨也,贱愈可怜。贱莫如马,马骨犹埋,矧尔乎?卜花下少人行处埋尔,怜尔,以花本复尔,以花瓣沁尔,以花露护尔,以花神蚓窟为爷,蚁穴为堂,草雨为芳醪,蜂蝶为死友。使寒微片骨,虽贱能香,复忏来生,毋坠业躯也。③

这里所包含的感情,难说是无病呻吟,却有小病大吟之嫌。虽然古人也

---

① 《四库全书总目》卷一二三《长物志》提要,第1059页。
② 《明文海》卷四七七,第5129—5130页。
③ 同上书,第5129页。

有写落齿的诗文,如韩愈在书信中,就多次提到齿摇齿落,还写过一首《落齿》诗,但与之比较,格调自是不同。俞琬纶的《祭半齿文》,给人感觉是一个须眉男子,弄得像林妹妹似的多愁善感,感情未免过于纤细,也显得有些造作。与韩愈的诗文相比,不禁使人想起"拈出退之山石句,始知渠是女郎诗"①之语。

晚明小品反映了晚明文人风趣与佻薄的双重性。文章的风趣与佻薄之间,有着十分微妙的差别。风趣若稍过度,便成为佻薄。如屠隆《与王百谷》:

> 携江阴牡丹归此,何异相如从临邛窃文君逃哉! 相如区区以一文君遂病消渴,今为文君者数十,奈何不令王先生憔悴乎?②

自古以花喻美人多矣,以文君喻牡丹,只是寻常的比喻罢了。然而,屠隆把王百谷从江阴带牡丹花归,比喻为司马相如从临邛带卓文君私奔,不免出人意料。"窃"而且"逃",于是,妙趣横生。花之可爱、王先生惜花之情,由此诙谐笔下尽出。而下文,则纯是调侃口吻了:司马相如只拥有一个卓文君,便已生出消渴之病;而您老先生一下子带走了"文君"数十,如何消受得了,岂不是更要为伊消得人憔悴吗? 这种调侃,不免有点佻薄,谑而近于轻狂。但玩笑开得还不至于"虐",就在于它还有点雅趣。

田艺蘅《留青日札》卷之二五《酒令》条,记录了他与当时一些雅士饮酒时的酒令。如:

---

① 《元好问诗编年校注》卷一《论诗三十首》,第67页。
② 《屠隆集》第2册《由拳集》卷一五,第181页。

> 杨大年有《闲忙令》云:"世上何人最号闲?司谏拂衣归华山;世上何人最号忙?紫微失却张君房。"
>
> 客举为令,禁用故事,但以常言行之。或曰:"云云闲?顺风顺水下平滩;云云忙?过关过堞抢头航。"或曰:"云云闲?极品归家又有钱;云云忙?参官溺(尿)急没处宽。"众大笑曰:"此真忙矣。"
>
> 余曰:"世上何人号最闲?娼家孤老包过年;世上何人号最忙?妇女偷情夫进房。"众又大笑称妙。①

晚明文人生活中,流行各种酒令、弈律,这也是生活艺术化的一个方面。而田艺蘅所载的酒令,虽然博得众人"大笑"或"大笑称妙",其实与《红楼梦》里薛蟠那些令人喷饭的酒令与诗句相去不远。我们不难看到,当时的雅人高致其实包含对俗趣的追求。

又如张应文著有《张氏藏书》凡十种。其《筜瓢乐》中,有一篇叫《粥经》的文章,内容是写吃稀饭的。全文模仿《论语》的口气写成。如在《论语·阳货》篇中,孔子说过:"小子何莫学夫诗?诗可以兴,可以观,可以群,可以怨。迩之事父,远之事君;多识于鸟兽草木之名。""子谓伯鱼曰:女为《周南》《召南》矣乎?人而不为《周南》《召南》,其犹正墙面而立也与?"②而张应文的《粥经》则模拟道:

> 小子何莫吃夫粥?粥可以补,可以宣,可以腥,可以素。暑之代茶,寒之代酒,通行于富贵贫贱之人。
>
> 子谓伯鱼曰:汝吃朝粥夜粥矣乎?人而不吃朝粥夜粥,其犹抱

---

① 此段缺文据《说郛续》卷三八补录。《说郛续》卷三八,第1774页。
② 《论语集释》卷三五,第1212—1213页。

空腹而立也与。①

全文生剥孔子,且不说这是对儒家经典的大不敬,而行文轻佻,戏谑而成俗趣。这种文笔,在晚明文人作品之中,并不少见。

再举一例。宋懋澄在《与家二兄》一札中,谈到自己的读书兴趣时说:"吾妻经,妾史,奴稗,而客二氏者二年矣。然侍我于枕席者文赋,外宅儿也。"②这里,全是比喻。以经为妻,以史为妾,以稗为奴,以佛道为客。但日夕相处,最有感情的,还是诗文辞赋一类的文学艺术作品。它们就像"外宅儿"——非正式夫妻关系而与之同居的妇女(类似于情妇)。俗话说:"妻不如妾,妾不如偷。"宋懋澄用明媒正娶的妻、妾比喻经史,而以婚外偷情的"外宅儿"比喻文学艺术,自然是为了表达自己对文学艺术的倾心和偏爱。这比喻,当然是相当新巧奇特,也比较幽默和风趣。这个比喻,也是有所本的。它是从宋人对于林和靖所谓"梅妻鹤子"的雅称而引申的。但细细品味,总觉得相比之下,宋懋澄的口吻新奇风趣,但未免显得轻佻。虽然比喻毕竟只是比喻,不能认真,也不必求实,但它又的确折射了男权中心社会中封建文人的享受心态和猎艳口味。又如宋懋澄的尺牍《与白大》说:"我于女子,不能忘情,亦不能久癖;譬如黄鸟,山中逢鲜荫木,辄税羽施声,须臾便翻然数岭,心境两忘。"③这里,所表现的对于女子的态度,在晚明文人自己看来,是十分潇洒自得的。但其口吻,还是儇薄的。而这种风趣而显得轻佻的口吻在晚明相当普遍。这也许就是所谓的"晚明习气"吧。

晚明社会相当普遍的"山人现象",也反映了当时一部分文人的心

---

① 转引自《四库全书总目》卷一三四《张氏藏书》提要,第1137页。
② 《九籥别集》卷一,第246页。
③ 同上书,第261页。

态与习气。有些晚明小品的作者,本人便是山人。山人,原是隐士的意思。明代科举盛行,文人或一心一意,或三心二意,但绝大多数奔走在这条道路上,真正的隐士并不多,如《明史·隐逸传》说的,明代中叶以后,"绝意当世者,靡得而称焉"①。奇怪的是,明代中期之后忽然出现了许多"山人"。如赫赫有名的陈眉公。《四库全书总目》卷一八〇说:"有明中叶以后,山人墨客,标榜成风。稍能书画诗文者,下则厕食客之班,上则饰隐君之号,借士大夫以为利,士大夫亦借以为名。"②这种山人的身份,是相当奇特的:非工非农,非宦非商,没有什么固定职业,却有士大夫般的享受。山人的出现,是社会的需要。士大夫需要借他们的名,而他们也需要借士大夫的利。在晚明小品中,我们已经看到大量揭露山人行径的作品。沈德符《万历野获编》说:"山人之名本重,如李邺侯仅得此称。不意数十年来出游无籍辈,以诗卷遍赘达官,亦谓之'山人'。始于嘉靖之初年,盛于今上之近岁。"③许多山人,与传统隐士根本不是一回事。"隐"并不是他们的目的,而只是一种手段。"山人"成为一种职业。有些人为了附庸风雅,标榜清高,出入达官贵人之门,以文学艺术作品为资,骗取清誉,甚至为非作歹,惹是生非,成为知识分子中的败类。做山人的基本条件,是须有文人的基本素质,能写诗文。李贽《又与焦弱侯书》讽刺当时的"圣人"与"山人",都是同样的货色:会写几句诗,就自称为"山人",不能诗者,便去做"圣人";能讲良知者,为"圣人",讲不了良知,便成了"山人"。这样"展转反覆,以欺世获利,名为'山人',而心同商贾;口谈道德,而志在穿窬"④。李贽尖锐地指

---

① 《明史》卷二九八,第7623页。
② 《四库全书总目》卷一八〇赵宦光《牒草》提要,第1626页。
③ 《万历野获编》卷二三《山人名号》,第585页。
④ 《焚书》卷二,第49页。

出,这种"山人"的本质,与商人一样,都是为了"获利"。这种现象,也许正是商品经济给文人带来的影响。

"山人"本是一种美称,但逐渐引起人们的厌恶。晚明小品中,也有一些作品揭露了山人这种不良的文人现象。如薛冈在《辞友称山人书》中,对于友人称他为"山人"提出异议。因为"山人之名,道是美称,实成丑号"。并且详论当时山人十种讨厌的行为表现:

> 身匪章缝,家起卑陋,难亲显贵,故盗美名,思溷衣冠,以徼盼睐,一也。既盗美名,顿忘本相,未通章句,亦议风骚,诘其所学,茫无应声,二也。薄操一艺,杂处嘉宾,月席花筵,旅进旅退,揖让坐作,居之不疑,三也。一闻好客,百计求交,耽耽贵人,以为奇货,甫擅交欢,反谤介绍,四也。察其喜怒,委曲迎合,得其意旨,婉转趋承,日事左右,以求誉言,五也。偶然邂逅,退即造门,怀刺遍投,惟日不足,执礼足恭,从阍人始,六也。年无老幼,刺总"晚生",交无浅深,称皆"知己",沾沾向人,夸其道广,七也。既称山人,略无野致,轻衣肥马,广厦侈庖,驰骋国门,以明得意,八也。贪借厌宠,舌可舐痈,稍拂我情,口常骂座,自取贵人,署门免见,九也。其最甚者,交好阳密,阴伺隐微,满腔机械,不可端倪,持人短长,快我齿颊,十也。今之山人,此其大略。人有此类,殃莫大焉;山有此人,辱莫甚焉!①

这里,指出当时山人常见的劣迹和丑态。他们不学无术,窃取清名,厚颜无耻,品格低下,又惹是生非。这篇小品,可能是晚明时期对"山人"

---

① 《冰雪携》(下),《辞友称山人书》,第25—26页。

行径揭露得比较全面深刻的文章。古人说"文人无行",而这里所言,可说是"山人无行"。这种"山人",不但有辱于"人",也有辱于"山"。山人是晚明文人中比较特殊的一个群体,其成员多是在科举之路走不通时,改换门庭,成为山人。山人是那些在野文人。他们的品性,受到时代环境的影响,而带有商业气和流氓气,成为士大夫的帮闲文人。中国古代文人的许多毛病,至此似乎发展到登峰造极的地步。

除了山人之外,晚明许多文人清客,也自拟清高,内心其实是非常向往享乐富贵的。郎瑛《七修类稿·奇谑类》中"诗人无耻"条写道:

> 近见金华一友,惯游食于四方,以卖诗文为名,而实干谒朱紫。有私印一颗,其文云:"芙蓉山顶一片白云。"其自拟清高如此。友人商履之嘲曰:"此云每日飞到府堂上。"闻者绝倒。①

此则笑话,又见于冯梦龙的《古今谭概》"微词部",看来是当时非常有名的笑话。白云,本来代表着高洁之志。如陶弘景的诗说:"山中何所有,岭上多白云。只可自怡悦,不堪持寄君。"②这位仁兄自称为芙蓉山顶的"一片白云",本应志存高洁才是。但这一片山中白云,却喜欢每日飞到官府堂上。这多么具有讽刺意义!这也就像人们讽刺陈眉公是"翩然一只云间鹤,飞去飞来宰相衙"③一样。山人之心,系于富贵。而市井之人,又都在奢谈清高和向往归隐。其实,这是相似的社会心理。正如袁宏道所说的:"居朝市而念山林,与居山林而念朝市者,两等心

---

① 《七修类稿》卷四九"奇谑类"《诗人无耻》,第722页。
② 《陶弘景集校注》,《诏问山中何所有赋诗以答》,第35页。
③ 《蒋士铨戏曲集》,《清容外集》,第222页。

肠,一般牵缠,一般俗气也。"①刘勰在《文心雕龙·情采》中,批评当时"有志深轩冕,而泛咏皋壤;心缠几务,而虚述人外"的"为文而造情"现象②,在晚明小品中,也存在不少这类矫情之作。

晚明小品也反映出当时文人在学风方面的一些毛病。顾炎武《日知录》卷一八在谈到明人的学风时,引用王世贞的话说:"今之学者偶有所窥,则欲尽发先儒之说而出其上;不学,则借一贯之言以文其陋;无行,则逃之性命之乡,以使人不可诘。"顾炎武评曰:"此三言者,尽当日之情事矣。"③这里,指出明代文人三方面的毛病:一是喜欢推翻前人的说法,一是不学,一是无行。的确,晚明文人的思想多驳杂,不儒,不释,不道;亦儒,亦释,亦道。晚明文人学士多炫博学,但多杂而浮浅,尤在学术方面,益见空疏。而晚明文人为文,又喜欢做翻案文章,当然,不少翻案文章表现了独立思考的精神,但也有一些文章,为了翻案而翻案,未免给人以哗众取宠的印象。

---

① 《袁宏道集笺校》卷四三《答吴本如仪部》,第1263页。
② 《文心雕龙义证》,第1158、1164页。
③ 《日知录集释》卷一八《朱子晚年定论》,第1065页。

第十三章　晚明小品的艺术创造

晚明小品的兴盛,有其文学内部的原因。它一方面继承中国古代散文的优秀传统,另一方面,晚明作家又创造性地赋予小品以独立的艺术品格,淋漓尽致地表现小品的艺术特性,使小品成为一种富于个性色彩、表达相当自由的文体。

第一节　传统与出新

从文学内部发展来考察,中国古代小品文可谓源远流长。钱穆在《中国文学中的散文小品》中,就认为在先秦诸子和一些历史典籍中已有小品文的雏形了,比如:

> 子曰:"岁寒然后知松柏之后凋也。"
> 此一章只一句话,却可认为是文学的,可目之为文学中之小品。又如:
> 子在川上,曰:"逝者如斯夫?不舍昼夜。"
> 此章仅两句,但亦可谓是文学,是文学中之小品。①

---

① 钱穆:《中国文学论丛》,第82页。

先秦诸子那种情味隽永的格言式语录,从广义的小品文形式来看,也可算是此中珍品。晚明小品尽管渊源久远,但在前代作品中,六朝小品与宋人小品,对晚明小品影响最大。

《世说新语》一书在晚明被文人们奉为圭臬,成为晚明文人清谈的经典。如邢侗在《刻世说新语钞引》中说:"盖自隆、万以来,而《世说新语》大行东南天地间,若发中郎之帐,而斫淮南之枕,口不占不得中微谈,士不授不得称名下也。"[①]当时,大多文士酷嗜此书。王世懋《〈世说新语〉后序》说:"余幼而酷嗜此书,中年弥甚,恒著巾箱,铅椠数易,韦编欲绝。"[②]晚明人之所以喜爱《世说新语》,主要是因为喜爱魏晋清谈风气和放达之风,但也与喜爱其文采风流有关系。《世说新语》精要简远,高情远韵,令人回味不已。晚明小品也喜欢采用《世说新语》式的语言,申涵光的《荆园小语》就说:"《世说新语》多隽永有致,凡书札及作诗常引用,不可不知。若沉酣太过,诗文流向小品一派矣。"[③]当然,这里的"小品一派",是一种贬义的说法。不过,申涵光的话,恰好说明"小品一派"与《世说新语》的关系。一些晚明小品明显受到《世说新语》的影响。如孙七政的《社中新评》,品评了四十三位诗社中的诗人,如:

> 莫廷韩为人正,如淮南小山作《招隐》,悲怀远意,不出骚家宗旨。而以气韵峻绝,独称高作,宜其为风流宗。

> 张仲立为人才高灿发,而托意幽玄。正如冰壶秋月,本宜着烟

[①] 《四库存目丛书》集部第 161 册《来禽馆集》,第 438 页。
[②] 《四库存目丛书》集部第 133 册《王奉常集》卷八,第 292 页。
[③] 《丛书集成初编》,《荆园小语》,第 8 页。

霞外去,乃强使适俗,故少年即多子建忧生之嗟。

张幼于为人好贤如渴,有古人风。前辈风流,萧索殆尽,若非之子,吴门大为岑寂。是于我辈中,有中兴功。

康山人幽致洒然,直意其闲猿野鹤群耳;及为君死友万里负骨,竟有铁石心肠。岂惟山人,抑且国士。①

这种品评,都是重精神而略皮相,以匠心独运的形象性语言来反映人物的风神个性,颇得《世说新语》之精髓。又如,晚明小品中书札也受到《世说新语》很大的影响。现以《尺牍新钞》中晚明人的书札为例:

深院凉月,偏亭微波。茶烟小结,墨花粉吐。梧桐萧萧,与千秋俱下。②

诗文非怨不工。我于世无憾,遂断二业。③

自去年已来,万事了不动心,惟见美人不能无叹。④

小窗秋月竹影之间,时杂幼清,不若元常轩后,止见万竿相摩,了无一人影也。⑤

---

① 《四库存目丛书》集部第 142 册孙七政《松韵堂集》,第 623—624 页。
② 《尺牍新钞》卷二《简周先生》,第 61 页。
③ 《尺牍新钞》卷二《与杨大》,第 62 页。
④ 《尺牍新钞》卷二《与顾八》,第 63 页。
⑤ 《尺牍新钞》卷二《戏陆三》,第 64 页。

> 中年哀乐易感,触事销魂,虽复强颜应世,而内怀愦愦。每一念至,卒卒欲无明日。①

> 雨中抱郁,且人境尘喧,悲秋之士,极难为情也。稍朗霁,西出图面。不尽缕缕。②

> 仆平生无深好,每见竹树临流,小窗掩映,便欲卜居其下。③
> 入夏暂学闭关,益懒酬对。驰思足下,如暑月凉风,招摇不能去怀抱。④

这些语言,正得六朝之风流余韵。即便置于《世说新语》之中,也并不多让。

宋代散文小品对晚明小品的影响更为直接。明代文学受唐宋影响极大,但在不同文体之中,影响又颇有不同。明代诗歌,受唐诗影响最大,散文似得益于宋文最多。宋人的笔记、笔谈、杂记、笔录、随笔极多。宋人之中,尤以欧阳修、苏轼、黄庭坚几家,对晚明小品的影响最著。欧阳修那些尺牍、题跋、随笔、札记涉笔成趣,优美而隽永,具有一种摇曳的"六一风神"。东坡对于晚明各种流派的作家,都有巨大影响。虞淳熙说:"当是时,文苑东坡临御,东坡者,天西奎宿也。自天堕地,分身者四:一为元美身,得其斗背;一为若士身,得其灿眉;一为文长身,得其

---

① 《尺牍新钞》卷二《复璿敏仲》,第75页。
② 《尺牍新钞》卷二《与黄望洲》,第76页。
③ 《尺牍新钞》卷二《与友人》,第78页。
④ 《尺牍新钞》卷四《与陈眉公》,第147页。

韵之风流,命之磨蝎;袁郎晚降,得其滑稽之口而已,借光璧府,散炜布宝。"①这正形象地说明,在晚明许多著名作家身上,都可以看到东坡的影子。

　　东坡的散文短制,如行云流水,纯任本真;萧散简远,高风绝尘,不求妙而自然高妙。它们虽然不以小品命名,而实是小品文中的无上佳作。徐渭最佩服东坡,他在《评朱子论东坡文》中说:"极有布置而了无布置痕迹者,东坡千古一人而已。"②明人王圣俞《苏长公小品·书天庆观壁》批语说:"文至东坡真是不须作文,只是随事记录便是文。"③东坡小品兼有魏晋南北朝之洒脱隽永,而自成一家。宋人优秀的作品,为晚明小品创作提供了艺术上的借鉴。晚明小品文作家在其中吸收了大量的精华。袁宏道在《答梅客生开府》中写道:"邸中无事,日与永叔、坡公作对。"④袁中道《答蔡观察元履》把苏轼的作品分为"高文大册"和"小说小品",并明确地表明自己的审美兴趣:"今东坡之可爱者,多在小文小说,其高文大册,人固不深爱也。"⑤苏东坡对明人影响,首先在其放旷潇洒、豪放乐观的文化人格方面。在文学方面,东坡也是晚明小品作家的导师。东坡小品的萧散自如、高风绝尘,自是使晚明文人倾慕不已的;东坡的幽默与机智,也是晚明文人所喜欢的风格。东坡往往以幽默、滑稽来排遣、化解忧愁和苦闷,其不少作品都标明是游戏之作。

---

　　① 《皇明十六家小品》,《翠娱阁评选虞德园先生小品》卷一《徐文长文集序》,第614页。
　　② 《徐渭集》,《徐文长佚草》卷二,第1096页。
　　③ 《中国古代小品精选》第1册《苏长公小品》卷四,第318页。
　　④ 《袁宏道集笺校》卷二一,第734页。
　　⑤ 《珂雪斋集》卷二四,第1045页。

古人称东坡"以文笔游戏三昧"①,又说"东坡多雅谑"②。晚明小品受苏东坡影响很大,染上了幽默和游戏色彩。晚明的嘲谑、雅谑对象有诗朋文友、酒侣茶伴,既可嘲人,也可自嘲,增添社交生活中的乐趣。

在艺术地感受和表现自然与生活方面,宋人小品也是晚明小品的前驱。郁达夫《清新的小品文字》一文中,引了宋人罗大经《鹤林玉露》丙编卷之四中"山静日长"一段文章:

> 余家深山之中,每春夏之交,苍藓盈阶,落花满径,门无剥啄,松影参差,禽声上下。午睡初足,旋汲山泉,拾松枝,煮苦茗啜之。随意读《周易》《国风》《左氏传》《离骚》、太史公书及陶杜诗、韩苏文数篇。从容步山径,抚松竹,与麛犊共偃息于长林丰草间。坐弄流泉,漱齿濯足。既归竹窗下,则山妻稚子,作笋蕨,供麦饭,欣然一饱。弄笔窗间,随大小作数十字,展所藏法帖、墨迹、画卷纵观之。兴到则吟小诗,或草《玉露》一两段,再烹苦茗一杯,出步溪边。邂逅园翁溪友,问桑麻,说粳稻,量晴校雨,探节数时,相与剧谈一饷。归而倚杖柴门之下,则夕阳在山,紫绿万状,变幻顷刻,恍可人目,牛背笛声,两两来归,而月印前溪矣。③

郁达夫说:"看了这一段小品,觉得气味也同袁中郎、张陶庵等的东西差不多。大约描写田园野景,和闲适的自然生活以及纯粹的情感之类,当以这一种文体为最美而最合。"④事实上,我们在晚明小品中所看到

---

① 《历代诗话续编》,《庚溪诗话》卷下,第173页。
② 《独醒杂志》卷五,第46页。
③ 《鹤林玉露》,第304页。
④ 《郁达夫文集》卷六《闲书·清新的小品文字》卷六,第140页。

的生活情趣与艺术技巧,大多已经充分地表现在宋人小品之中了。

宋代散文成就极高。在散文体裁样式方面,也极富开拓性与创新意识。尤其是随笔类的文艺散文,更是如此。可以毫不夸张地说,明人盛行的各种小品文文体,在宋代几乎都已经出现,并且相当成熟。

从小品艺术角度看,宋人题跋对晚明小品文的影响也很大。题跋作为一种独立文体,始于唐宋。明人吴讷《文章辨体·题跋》说:"汉晋诸集,题跋不载;至唐韩、柳,始有读某书及读某文题其后之名。迨宋欧、曾而后,始有跋语,然其辞意亦无大相远也,故《文鉴》《文类》总编之曰题跋而已。"[1]晚明人喜欢苏、黄,主要喜欢其题跋一类小品。钟惺《摘黄山谷题跋语》文中认为,题跋之文,可以见出古人的精神本领,"故其一语可以为一篇,其一篇可以为一部。山谷此种最可诵法"。而从黄庭坚的题跋中,可"知题跋非文章家小道也。其胸中全副本领,全副精神,借一人、一事、一物发之。落笔极深、极厚、极广,而于所题之一人、一事、一物,其意义未尝不合,所以为妙"[2]。陈继儒也说:"苏、黄之妙,最妙于题跋,其次尺牍,其次词。"[3]其钟情于宋人题跋,于此可见一斑。明人毛晋所辑《津逮秘书》,以宋人题跋为一集,并在《东坡题跋》附识中,称苏东坡、黄庭坚为"元祐大家",又说:"凡人物书画,一经二老题跋,非雷非霆,而千载震惊,似乎莫可伯仲。"[4]毛晋又在《容斋题跋》中说:

> 题跋似属小品,非具翻海才、射雕手,莫敢道只字。自坡仙、涪

---

[1] 《续修四库全书》第1602册《文章辨体》目录,第169页。
[2] 《隐秀轩集》卷三五,第565—566页。
[3] 《四库禁毁书丛刊》第66册《白石樵真稿》卷二二《书杨侍御刻苏黄题跋》,第376页。
[4] 《汲古阁书跋》,《东坡题跋》,第25页。

> 翁联镳树帜,一时无不效颦……尝忆数年前,眉公与予论题跋一派,惟宋人当家,惜未有拈出示人者。予因援容斋自序云:"宽闲寂寞之滨,穷胜乐时之眼,时时捉笔据几,随所趣而志之。虽无甚奇论,然意到即就,亦殊自喜。"此独非拈出示人耶?眉公点头抚掌曰:"袜材今萃于子矣。"①

题跋之所以受到重视,主要是其形态短小灵活,不拘格套,符合晚明人的兴趣。

晚明一些作家,明确说明自己的作品,受到宋人小品的影响。宋人洪迈在《容斋随笔》卷首说:"予老去习懒,读书不多,意之所之,随即记录,因其后先,无复诠次,故目之曰'随笔.'"②这种"随笔"体,在晚明有较大影响。如朱国祯的《涌幢小品》是一部杂记见闻的随笔小品集,此书即是受洪迈《容斋随笔》的影响而成。朱国祯在《涌幢小品》的自叙中,说自己写作此书时,"执笔自韵,仰视容斋,欣然有窃附之意焉"③。《涌幢小品》原书名为《希洪》,就是标明他对于洪迈《容斋随笔》的模仿。

晚明小品的形式,继承并发展了前人的艺术形式。这里举一个例子。《晋书》卷七五讲范宁曾患眼疾,向张湛求药方,张湛授与"世世相传"的"古方":"用损读书一,减思虑二,专内视三,简外观四,旦晚起五,夜早眠六。凡六物熬以神火,下以气筛,蕴于胸中七日,然后纳诸方寸。"如果长期服用此方,"非但明目,乃亦延年"④。在这里,张湛是用

---

① 《汲古阁书跋》,《容斋题跋》,第36—37页。
② 《容斋随笔》,第1页。
③ 《涌幢小品》自叙,第1页。
④ 《晋书》卷七五《范汪传》,第1988—1989页。

调侃的口吻,开出了一张以人事代药物的方子。唐代的张说写过《钱本草》一文。"本草",就是中药。古代记载中药的书,多称"本草",如《神农本草经》等。这种书,多记载药的产地、形态、栽培及采集方法、药的性味与功用。张说把金钱比喻为一味药。文章开头说:"钱,味甘,大热,有毒。"全文以"本草"的方式,写出金钱的种种作用。文章虽不到两百字,但形式上很有特点。① 宋代慧日禅师,进而把禅作为一剂拯救人生的良药。他模拟《钱本草》写成《禅本草》一文:

> 禅,味甘,性凉。安心脏,祛邪气。辟壅滞,通血脉。清神益志,驻颜色。除热恼,去秽恶。善解诸毒,能调众病。药生人间,但有大小、皮肉、骨髓、精粗之异,获其精者为良。故凡圣尊卑,悉能疗之。余者多于丛林中,吟风咏月。世有徒辈,多采声觳为药食者,误人性命。幽通密显,非证者莫识。不假修炼炮制,一服脱其苦恼。如缚发解,其功若神,令人长寿。故佛祖以此药,疗一切众生病,号大医王。②

袁中道又作《禅门本草补》,认为"禅"还有"讲""戒""定"诸味。如"戒"味一则:

> 戒,味辛,微苦,回甘。陈久者辛味亦尽,性凉,阳中阴也。须煅炼炮制极净,置污浊处,便常用澡浴,其树或五叶,或八叶,或十叶,或一百二十叶,大小粗细久近不同。四月八日及腊月八日采之,良不可自取。须曾采者指示乃得。此味号为"药中之王",能

---

① 《全唐文》卷二二六,第1007页。
② 《景印文渊阁四库全书》第1410册《文章辨体汇选》卷七七一,第780页。

治百病,不论元气盛衰,皆宜服之。元气盛者恃强不服,能至狂疾;衰者初服觉苦辣,频频服之,久自得味。其药易破,宜谨收藏护惜,小破坏犹可用,若大坏者,不堪用也。亦有小毒,偏服者损目。①

佛教的"戒",本是"禁制"之意。佛教有五戒,十戒,二百五十戒等戒律。慧日禅师的《禅本草》和袁中道《禅门本草补》,与《钱本草》一样,都是模拟记载中药药性的"本草"形式而写的,形式上显得相当别致,而文中的意义又是双关的。如"戒"有那么多清规戒律,要实行当然是"味辛,微苦",但久而收益,则"回甘"了。

唐宋人《钱本草》《禅本草》,以"本草"的形式为小品文,明人受到这种构思的影响,转而以药方的形式,为人生修养小品。如杜巽才(铁脚道人)《霞外杂俎》,其中有《快活无忧散》《和气汤》等文,都是用药方的形式写成的人生修养小品。如《和气汤》一则:

> (专治一切客气、怒气、怨气、抑郁不平之气。)
> 先用一个"忍"字　后用一个"忘"字
> 右二味和均,用"不语"唾送下。
> 此方先之以"忍",可免一朝之忿也;继之以"忘",可无终身之憾也。
> 服后更饮醇酒五七杯,使醺然半酣,尤佳。②

汤,指药汤,是中药剂型的一种。铁脚道人把"忍"和"忘"两者作为药物,来治"客气、怒气、怨气、抑郁不平之气",故取名为"和气汤"。作者

---

① 《珂雪斋集》卷二一,第 910 页。
② 《四库存目丛书》子部第 260 册《霞外杂俎》,第 129—130 页。

巧妙地借用药方的形式,以忍耐与忘却作为两味药,并以沉默"不语"相配,服用此"和气汤"之后,又再饮几杯美酒,遂醺然梦入黑甜乡中。那些烦恼与不平,自然消失了。晚明小品中,此类形式的作品不少。如屠本畯也著有《韦弦佩》一书。"韦弦佩"取名古语,"性急者佩韦,性缓者佩弦"。此为论人生修养之书。书中有"处方"一章,辑录晚明此类作品。他认为,隐居山林者,有五种不治之症。这些全是由于利俗熏心、虚情假意所致的。这些病是"神农、岐伯所未论之证,《本草图经》所不载之药,又安能针砭哉"?① 但是,仍有七种处方可治之。屠本畯所辑录的七种处方,是《和气汤》《快活无忧散》《处穷方》《一味长生饮》《六味治目方》《无比逍遥汤》《四妙诚实丹》。这些都是以中医药方的形式,巧妙地阐明道家的人生理想。② "快活无忧"这种药散,是由"除烦恼""断妄想"二味药配成的。二味药虽不复杂,但配药与服药之法,却相当讲究:

快活无忧散

　　除烦恼　断妄想

　　合此药,洒扫静室,窗棂虚朗,前列小槛,栽花种竹,贮水养鱼。室中设几榻蒲团,跏趺调息。将前药用清净汤调服。

　　至三炷香久,任意所适,吟弄风月,展玩法帖、名画、小说,倦则啜香茗,就枕偃思,久之,觉神气爽泰,不知人间有烦恼,不见我心有妄想,则神效可睹矣。③

---

① 《四库存目丛书》子部第 93 册《韦弦佩》,第 2 页。
② 《四库存目丛书》子部第 93 册《韦弦佩》。
③ 《四库存目丛书》子部第 93 册《韦弦佩》,第 2 页。

作者之意,在宣扬一种道家清静无为的人生哲学和理想的生活方式。但化虚为实,细写"合药""服药"所必备的环境、心境。全文虽寥寥仅一百来字,而妙趣深意,见于言外。① 从张说的《钱本草》到慧日禅师的《禅本草》,再到晚明小品中的药方小品,其艺术色彩逐渐增强,笔法也越来越巧妙。"药方"与"本草"相比,小品味更浓,而且像《快活无忧散》之类,还明显吸收了晚明清言、清赏一类小品的表现方式,在作品中十分注重对于人生艺术境界的构建。《韦佩弦》中除了"处方"之外,又有"艾观""药镜""却病"诸章,形式也相近,都是从《钱本草》《禅本草》一类小品形式发展而来的。

第二节　体制与形态

在中国古代文坛上,诗、文二体占据正宗的统治地位。诗、文二体之中,"文"的责任更为重大。它担负着载道、传道、明道的艰巨任务,与政治关系密切,实用性的色彩也更浓。晚明小品与传统古文相比,在表现内容方面,有较大改变和拓展:尽管其中有对于社会黑暗的揭露,有批判性很强的作品,但更多的是闲适恬淡的人生与平静淡远的自然田园风光。其创作倾向,是从文以载道,向消遣自适转化。其总体风格是空灵闲适,就像箫管之奏,或有遏云裂帛之音,究以悠扬清逸为主。

从文体形式的发展来看,晚明小品在中国散文史上也很有特点。传统古文作为一种文体形态,至唐宋已发挥到极致。其篇章结构、起承转合、句法字法、修辞技巧、文脉节奏等,都有法度可求。正如唐顺之所说:"汉以前之文,未尝无法而未尝有法,法寓于无法之中,故其为法也

---

① 铁脚道人的《霞外杂俎》中的"快活无忧散",篇幅略长。见《四库存目丛书》子部第 260 册,第 129 页。

密而不可窥。唐与近代之文,不能无法,而能毫厘不失乎法,以有法为法,故其为法也严而不可犯。"①艾南英也说:"文至宋而体备,至宋而法严,至宋而本末源流遂能与圣贤合。"②法度的齐备与规范化,是唐宋古文的主要一面。这方面的艺术特征,得到明代人,尤其唐宋派的发扬光大;但是另一方面,唐宋古文在趋于规范化的同时,古文文体的内部也逐步呈现灵动变化的小品化趋势,尤其宋代古文总的体势趋于平易流畅,委曲婉转,风格上更适合小品文的发展。更重要的是,唐宋古文中出现了大量贴近生活的、随意性很强的、毫不拘泥于古文"法度"的短篇作品。尤其是宋代苏轼诸公的随笔,更是平易自然、贴近生活,如行云流水般任意挥洒的小品。

明初古文,或师承秦汉,或取法唐宋。尽管成就不小,然大多是文以载道的产物,内容庄重正统。唐宋派的文章篇幅短小,感情真切,又十分注重在生活琐事中,捕捉悠长的情韵,其小品味逐渐浓厚。但是在艺术法度和表现手法上,唐宋派仍执意向古人学习,强调"文不能无法"③。而学古目的,是领会和掌握古人作文之法。茅坤《唐宋八大家文钞》评点八大家古文,目的也是揭示文章的法度规矩。这个法,固然有"神明之变化"④,但更多是指文章的"开阖首尾经纬错综之法"⑤。茅坤在《唐宋八大家文钞》中的评语,也多是从文章的法度规矩着眼的。故唐宋派文章,仍受传统规范的一些束缚。而到了晚明小品文,情况截然不同,它们已在传统古文之外,另立一宗,形成自己的文体体制,

---

① 《唐顺之集》卷一〇《董中峰侍郎文集序》,第466页。
② 《四库禁毁书丛刊》补编第72册《天佣子集》卷二《再答夏彝仲论文书》,第212页。
③ 《唐顺之集》卷一〇《文编序》,第450页。
④ 同上书,第450页。
⑤ 《唐顺之集》卷一〇《董中峰侍郎文集序》,第466页。

在思想情趣与表现形式方面,都有迥异于传统古文之处。晚明小品与明代前中期散文相比,在艺术形式上,最明显的变化,就是从复古摹古转向师心自运,从传统的古文体制中解放出来。传统古文在长期的历史发展中所形成的一套格式——布局、结构、遣词、造句、字法、句法、章法等,到了晚明小品中,皆化为清空一气。晚明小品卸下文以载道的沉重负担,洗净冠冕堂皇的油彩,从而以悠然自得的笔调,以漫话与絮语式的形态,轻松而自然地体味人生与社会。

小品是一种个性化很强的文体。在诸种文体之中,最为自由。它比较接近真实的生活和个人的情感世界。晚明小品,形式活泼,内容多样;谈天说地,本无范围;言近旨远,充满情趣。晚明小品,样式很多,随笔、杂文、日记、书信、游记、序跋、寓言等;其内容,可以言志,可以抒情,可以叙事,可以写景,可以写人,可以状物;其风格,可以幽默,可以闲适,可以空灵,亦可以凝重。晚明小品作家们似乎信手拈来,漫不经心,兴之所至,随意挥洒。它不像小说戏曲那样,要苦心经营情节结构、塑造人物性格;也无须像古文那样,讲究起承转合、纵横开阖之法;更不用像诗歌那样,追求句式工稳、音韵和谐。总之,到了晚明,小品文已成为中国古代文学文体王国中最为自由的"公民"。假如说,传统古文是"文以气为主"的话,晚明小品则大多以意境情韵取胜了。这在中国古代散文发展史上,是一个值得注意的重大转折。在审美风貌上,传统古文如崇山峻崖,如霆如电,如长风之出谷;晚明小品则如幽林曲涧,如云如烟,如空谷之足音。然而与传统古文相比,晚明小品的文体局限,正包含在它的特点和长处之中。可以说,晚明小品"虽小亦好,虽好亦小"。《四库全书总目》评祝允明的文章,"萧洒自如,不甚倚门傍户,虽无江山万里之巨观,而一邱一壑,时复有致"①,此语几乎可以移评晚明小品的主体风貌。

晚明小品的笔调,以明畅轻灵为主。其叙事简洁明快,其言情缠绵委婉,其评论谈言微中,曲折回环,自成佳境。读晚明小品,如与朋友围炉对谈,推诚相与,相视莫逆。晚明小品的表现技巧,是相当高超的。如杜濬的尺牍《复王于一》:

> 承问穷愁,如何往日。大约弟往日之穷,以不举火为奇;近日之穷,以举火为奇:此其别也。②

此信是回答朋友问候的。其文笔,简约而微妙。所言不过说与往日相比,每况愈下之意。但直说则近于诉苦,而且索然无味了。作者比较说,往日的穷苦,间或断炊,别人感到惊奇;如今,则穷至于以断炊为常事,能做上一顿饭,似乎成为新闻!如此捉襟见肘的穷,却被作者说得这样调皮。寥寥数句,就显出作者高超的语言驾驭能力。

晚明小品在语言运用方面,也相当自由。传统古文对语言有严格要求,有种种清规戒律。清代桐城派古文大师方苞说:"古文中不可入语录中语,魏、晋、六朝人藻丽俳语,汉赋中板重字法,诗歌中隽语,《南北史》佻巧语。"③清代古文家李绂撰《古文辞禁八条》,其中有"禁用儒先语录""禁用佛老唾余内典道藏本""禁用四六骈语""禁用传奇小说""禁用市井鄙言"。④假如按这些标准来衡量,晚明小品在语言上,

---

① 《四库全书总目》卷一七一《怀星堂集》提要,第1496页。
② 《尺牍新钞》卷二,第69页。
③ 引自姚椿编《国朝文录》卷六八沈廷芳《书方先生传后》,光绪庚子春月扫叶山房石印本。
④ 《续修四库全书》第1422册《穆堂别稿》卷四四,第617—618页。

可说是处处犯了古文大忌。然而,这正是晚明小品语言的特点——它本来就是无所禁忌的。晚明小品的语言,相当自由。或文言,或文白相间,或用语体,或用骈体。真是信手拈来,皆成妙文。晚明小品的口语化,更是不必赘言。值得注意的是,晚明小品还吸收其他文体的"丽辞",尤其是六朝骈文的清辞丽句,一改古文散行参差的行文方式。如六朝书札,讲究修辞构思,别有风味,而一些小品,则以游戏之笔,综合各种语言形式。如沈承《考卷帜叙》:

> 窗下命,场中文,自是闲花草,不消十分认真。从今论,则窗下文,场中命,亦是冷鼓板,不消十分按定。只如:开口时,暗珰珰,若个不了事;下手时,黑漆漆,又若个事来;读书时,悠悠泛泛,若个不一味靠天;奔竞时,波波喳喳,又若个肯靠天来。故酸子谈文,政如盲子谈命。会排八字,自然猜着两句;会学八股,自然逗着两篇。①

这种小品语言,读来如闲言语,又如元人散曲,但又暗含有骈语。虽是游戏笔墨,任意涂抹,但其语言亦别有风味,有谐趣。

晚明小品在体制上也多有创获,除了本书论述过的游记、园林小记、尺牍、艺术随笔、清言等形式之外,还有一些较为特殊的体制,值得一说。这里,以晚明"意象体小品"为例——"意象体小品",是我杜撰出来的文体名称——我在这里大胆地称之为"文",但文学研究界,似乎还没有人把它们列入"文章"的范围之中;而且,按正常的文章格式而言,这种形式,也的确称不上"文章",甚至连完整的话语都不是。

---

① 《四库禁毁书丛刊》第41册《毛孺初先生评选即山集》卷一,第586页。

所谓"意象体小品",就是以一连串的意象联缀而成的小品。唐宋人已经采用了这种形式。唐代李商隐的《杂纂》,下文将另作介绍。宋人张镃的《玉照堂梅品》,就有"花宜称"二十六条,"花憎嫉"十四条,"花荣宠"六条,"花屈辱"十二条。其中"花宜称"为:"澹阴、晓日、薄寒、细雨、轻烟、佳月、夕阳、微雪、晚霞、珍禽、孤鹤、清溪、小桥、竹边、松下、明窗、疏篱、苍厓、绿苔、铜瓶、纸帐、林间吹笛、膝下横琴、石枰下棋、扫雪煎茶、美人淡妆簪戴。"①到了晚明,这种形式已经发展成一种流行的小品形态。下面,略举数例加以说明。程羽文《清闲供》中的"天然具""真率漏""酿王考绩""睡乡供职""十七医"等则小品都是以一系列的意象连缀而成的。如"真率漏"前有小序:"柝鸣永巷,角奏边徼,击热敲寒,总不入高人之梦。惟是一顷白云,横当衾枕;数声天籁,代我丽谯云耳。"下文,便铺陈各种令人神远的声音所构成的意象:"蛙鼓、子规啼、竹笑、铁马骤檐、砧杵捣衣、蛮啾唧、鹤警露、松涛、鸡唱、石溜、雁过、犬声如豹、乌鹊惊枝、莎鸡振羽、钟远度、鱼跃浪、蚓笛。"②就语言外在形式而言,它们甚至连句子都不是,只是一连串各自独立的语词。但综观全文,却是以一系列自然与社会的各种声响,构成一种令人神远的"天籁"。再举一例。陈继儒《书画金汤》中的"善趣""恶魔"等则,也是用意象杂纂的形式写成的:

善趣:赏鉴家　精舍　净几　风日清美　瓶花　茶笋橙橘时　山水间　主人不矜庄　拂晒　名香修竹　考证　天下无事　高僧　雪　与奇石鼎彝相傍　睡起　病余　漫展缓收

---

① 《齐东野语》卷一五《玉照堂梅品》,第275—276页。
② 《香艳丛书》三集卷二《清闲供》,第695页。

恶魔：黄梅天　灯下　酒后　研池汁　硬索巧赚轻借　妆藏印多　胡乱题　代枕　傍客催逼　屋漏水　阴雨燥风　夺视　无拣料铨次　市谈搅　油汗手　晒秽地上　恶装缲　临摹污损　蠹鱼强作解　鼠喷嚏　童仆林立　问价　指甲痕　剪截揩擦①

如果说程羽文的"真率漏"是以各种并列的意象来构成的话,陈继儒的"善趣""恶魔"二则,是杂陈各种与书画创作、鉴赏中的"善趣""恶魔"有关的人事情景,它似乎是一篇小品文写作的提要,只是几个关键词语,一种感悟式的写作,需要读者感悟式的阅读。此外,如屠本畯的《文字饮》,也全是此类杂纂文字。《文字饮》分为"饮人""饮地""饮候""饮品""饮趣""饮助""饮禁""饮阑"诸类,而每类则用一系列并列的词语,加以说明和摹绘。如"饮候"是"花前、笋时、鱼时、清秋、新绿、红叶、积雪";"饮趣"则是"清谈、度曲、围炉、吹箫、友造、妙令、吟成";"饮阑"则是"欹枕、散步、踞石、分韵、击磬、投壶、岸中"②。袁宏道的《瓶史》"监戒"一节,也是用意象杂纂的形式,列举了使"花快意"的十四种意象和使"花折辱"的二十三种意象,展示出幽雅与俗气两种截然不同的生活环境和文化氛围。③

黎遂球的《花底拾遗》,描写美女的种种生活情趣。全"文"并列一百五十多句话,每句话之间都无关连词语。下面,摘录开头部分：

春朝姊妹为嫩蕊乞晴　　下珠帘写种树书　　选芳名字小婢　戏拈榴瓣贴臂作守宫砂　　湖山背浴起落红粘玉　　金笼悬

---

① 《续修四库全书》第1380册《陈眉公集》卷一四,第212页。
② 《说郛续》卷三八,第1771页。
③ 《袁宏道集笺校》卷二四《瓶史》,第828页。

鹦鹉作花监　　带花春睡惹浪蝶阑入红绡　　白衣称檐卜　　避人入深丛低枝胃髻　　摭拾花事作佳谜　　摘发系茉莉与郎调鹦鹉舌教诵百花诗……①

《花底拾遗》与上述小品有所不同。它不是词的并列,而是句子的并列,但两者之间的性质却是相同的:都是通过单个意象,来构成整体的生活意境。

"意象体小品"形式上的渊源看来是比较复杂的。它首先可能是受到诗歌意象化的直接影响。古代诗词曲,都重视意象经营。像辛稼轩的"明月别枝惊鹊"、马致远的"枯藤老树昏鸦"等,它们的表现方式,都为"意象体小品"提供了借鉴。其次,"意象体小品"也可能与唐代李商隐所创始的一种艺术形式有关。李商隐写过一本《杂纂》,是一部古代俗语的义类选集,也是一种别具一格的语言幽默俚俗的笔记小品。如"杀风景"条,就杂纂如下:"花间喝道、看花泪下、苔上铺席、斫却垂杨、花下晒裈、游春重载、石笋系马、月下把火、妓筵说俗事、果园种菜、背山起楼、花架下养鸡鸭。"②这十二事,彼此皆无联系,但又全是"杀风景"之事,故杂纂于一类。我们很难肯定上述的小品受到《杂纂》的影响,但至少在形式有相似之处,都是以义类来纂集成篇的。当然,它们在情趣上差异很大。《杂纂》多是记录口语俗话,故诙谐俚俗,而晚明"意象体小品"表现的,则是雅人高致。此外,中国古代类书中的"事类""事对"形态,可能对"意象体小品"也有某种潜在的影响。比如,《初学记》卷一九"美妇人"条,便辑有以下事对:"弄玉、飞琼;南威、西子;楚娃、宋艳;绛树、青琴;巫峡,洛川;高唐,下蔡;翠翰眉,蝉翼鬓;束

---

① 《香艳丛书》一集卷一,第17页。
② 《杂纂》卷上,第5页。

素腰,横波目。"①这是以最简洁的语言,辑录了有关古代美妇人的种种典故,其中也有某些意象,可以使人产生一些联想。中国古代类书,是文人诗文创作的重要参考材料。文人对其都十分熟悉,所以,不能排除类书对"意象体小品"的影响。

意象体小品是一种特殊的文学形式。从外在形式来看,它不但没有具备一般文学作品所应有的形态,既无章法,也无句法,甚至连完整的句子也没有,词语与词语之间,也没有语法上必要的关联。我之所以认为它是文学作品,就在于它的一系列独立的语词之间,有一种内在的联系,能够构成一种独特的艺术意境。当然这需要读者想象的补充,但哪一种文学作品,不需要读者想象补充呢?

还有一些宋元以来新兴的文体,在晚明成熟,并出现一些佳作。如"募缘疏"一体,是僧尼化财物的文字。其实,也是募捐财物的广告词。徐师曾《文体明辨序说·募缘疏》谓:"募缘疏者,广求众力之词也。桥梁、祠庙、寺观、经像、与夫释老、衣食、器用之类,凡非一力所能独成者,必撰疏以募之。"②此体产生于宋元,但晚明作家写得尤其出色,成为颇有艺术性的小品。晚明许多文集和选集,都收入此体文章。如曹能始的《石头庵募米疏》,就被陆云龙收入《皇明十六家小品》之中,全文如下:

> 石头庵,有竹盈亩,有水半溪;有高人韵士来往。愚公日坐竹林,涧水急则响,缓则文;与高人韵士睡听无穷,亹亹酬酢不倦,而后乐可知也。假令犁竹径为田,以水灌之;易高人韵士而为庸俗有金钱之人来往,则师所不乐也。夫使师日乐其中,挥麈谈道,学人

---

① 《初学记》卷一九,第455页。
② 《文体明辨序说》,第172页。

数百,而不苦于乏绝,则其徒之事也。其徒某,有威仪法,可以劝缘者。①

文章写得非常雅致,很有艺术色彩。此文是为石头庵募米而作的,然文中不涉及阿堵物,也几乎不谈及募捐之事。他只是描摹了石头庵幽美的环境、僧人与高人韵士挥麈谈道之乐。为了保护此幽美的环境和高雅的氛围,避免石头庵受到世俗和金钱气息的侵染,保证高人韵士能日乐其中,挥麈谈道,就必须有基本的物质保障,作者非常艺术而明确地表达了他的言外之意。而且在作者的笔下,这种募捐,显得相当高雅,绝不是那些"庸俗有金钱之人"的行为。

无疑,晚明文坛整体上出现一种由雅文化向俗文化转型的审美潮流,许多作家不但认可通俗文学样式,而且积极投入其中。这种情况,在学术界已成公论。但我们还是要注意,与文学艺术"俗化"趋势的同时,还出现一种"雅化"现象。这突出地表现在晚明小品的艺术形态上。晚明小品形态,有一种通俗或实用文体雅化的倾向。一些原先在日常生活中实用的文体,被文人改造成反映生活情趣的高雅文体。本书第九章关于尺牍小品部分,已经谈到尺牍这种实用文体在晚明的雅化现象,这是一个突出的例子。此外,如"约"一体也是如此。据徐师曾说:"古无此体,汉王褒始作《僮约》,而后世未闻有继者,岂以其文无所施用而略之欤?"②其实,并非"后世未闻有继者",明代文人就创作了不少有情致的"约"。如虞淳熙的《胜莲社约》、徐𤊹的《红云社约》、谢肇淛的《红云续约》、严武顺的《月会约》、王道焜的《馔客约》、高兆麟的《生日会约》、陈函辉的《率豆社约》等。其中,还有不少写得非常精

---

① 《皇明十六家小品》,《翠娱阁评选曹能始先生小品》卷二,第2575页。
② 《文体明辨序说》,第129页。

彩。李日华的《浣俗约》,就是在自己的居所,"戏作主人俗状揭之斋壁,以告宾友":

> 客误意主人之艺,征诗、征绘、征书无不可;若转馈当路,与为不识人号,与授意旨,与刻期敦通,则雅不能奉命。
>
> 庭际芳草可步,奇石可抚,幽花可玩;或折茎掐瓣,甚或乞分移植,则意甚吝惜,或忿然见词色。
>
> 客或过宠主人,肯餐主人之疏粝,即倾床头酿,无所吝惜,醉而假榻,无不可;过纵而至作灌夫状,则嗣后不敢复进杯水。①

作者说,以上种种,是"主人不可医之俗也"。然而,还有更俗的,俗到连古代神医扁鹊、医和二人对之也束手无策的,那就是主人不愿"借书、借帖"给客人了。此文以幽默的形式,写出作者日常生活中的习惯、爱好和为人处世之道。处处说自己"俗",正是要表现自己与众不同的"雅"。又如李日华的《运泉约》是一则集资公告:

> 吾辈竹雪神期,松风齿颊。暂随饮啄人间,终拟消遥物外。名山未即,尘海何辞。然而搜奇炼句,液沥易枯;涤滞洗蒙,茗泉不废。月团百片,喜折鱼缄;槐火一篝,惊翻蟹眼。陆季疵之著述,既奉典刑;张又新之编摩,能无鼓吹?昔卫公宣达中书,颇烦递水;杜老潜居夔峡,险叫湿云。今者环处惠麓,逾二百里而遥;问渡淞陵,不三四日而致。登新捐旧,转手妙若辘轳;取便费廉,用力省于桔槔。凡吾清士,咸赴嘉盟。

---

① 《说郛续》卷二九,第1399—1400页。

下文,就是运泉的各项费用开支细目和运泉的各种规定。如"运惠水,每坛偿舟力费银三分";"每月上旬敛银,中旬运水,月运一次,以致清冽。愿者书号于左,以便登册,并开坛数,如数付银"。最后,便是定购惠泉者的尊号、定购数量和交款日期。① 惠泉,乃天下名泉,出于惠山(今江苏无锡市西郊)。这里的"运泉",是让大家集资,统一雇船去运载惠山泉水回来,以供烹茗之用。所谓"运泉约",其实是一则集资公约。"集资"本是有关"阿堵物"之俗事,但此《运泉约》却是雅不可言。全文是用四六文写成的,语言清丽。开篇从雅人高致远远说来,又用了许多古代有关泉水的典故,并陈说此次运泉的佳妙之处。最后,才"图穷匕见",说出目的,就是希望"凡吾清士,咸赴嘉盟"。

田艺蘅在《别花人》一则小品中,记录他在鲜花盛开之时,大书粉牌而悬诸花间的一则布告,希望"凡我同志,共守此约":

> 名花犹美人也,可玩而不可亵,可爱而不可折。撷叶一瓣者,是裂美人之裳也;掐花一痕者,是挠美人之肤也;拗花一枝者,是折美人之肱也;以酒喷花者,是唾美人之面也;以香触花者,是熏美人之目也;解衣对花,狼藉可厌者,是与美人裸裎相逐也;近而觑者,谓之盲;屈而嗅者,谓之齉。语曰:"宁逢恶犷,莫杀风景。谕而不省,誓不再请。"②

美人喻花,俗喻也。但田艺蘅进而把花的各部分,比拟为美人之裳、之肤、之肱、之面、之目,化虚为实。虽是戏词,却细腻地表现出作者怜香惜艳的心态。把一则告示写得如此之美,的确表现出晚明文人雅致和

---

① 《说郛续》卷二九,第1400页。
② 《留青日札》卷三三《别花人》,第509页。

文采。不过,对晚明实用文体或俗文体雅化趋向的评价,不能过于简单化。俗文体雅化,在总体上表现了当时文人精致的审美情趣。但是,实用文体的过分雅化,也可能产生一种矫揉造作的风格,落入欲雅反俗的境地。在晚明小品中,此类作品并不少见。这种倾向,甚至影响到清代的文人。

第三节 意境营造

善于营造艺术意境,是晚明小品相当突出的特点之一。作为一种文体,晚明小品同样受到其他文体的影响,诸如小说、寓言、笑话,甚至八股文,也受到佛经等外来文化形态的影响,比如,陈继儒的《读书十六观》、吴士权《黄山行十六颂》、潘游龙的《笑禅录》等,都借鉴了佛教典籍的形式。不过,在各种文体之中,古代诗歌对晚明小品的影响,最值得注意。

在古代,诗以抒情,文以载道,是一种传统,诗文的文体风貌亦不同。胡应麟《诗薮》外编卷一谓:"诗与文体迥不类:文尚典实,诗贵清空;诗主风神,文先理道。"①文以气为主,而诗以情韵见长。宋代诗人在诗中论道说理,人称"以文为诗",即把古文体制与诗歌体制融合起来。到了晚明,小品文家则"反其道而行之",把诗歌(尤其是唐诗)体制意境,运用于文中,故可称为"以诗为文"。以诗为文,在文体学上是一种创造。它大大地加强了小品文的抒情特性,使之兼有浓郁的抒情诗意。这类似于不同植物之间的杂交,不但改变了原来品类的特性,也增强了生命力。因此,明代小品文的"以诗为文",一方面改变了传统

---

① 《诗薮》,第125页。

古文的特性,另一方面也为之贯注了生命力。因此,晚明小品存在一种诗化倾向,并产生了大量诗情郁勃的作品。而这部分作品,往往艺术成就较高,而且较受人们喜爱。

晚明小品的"以诗为文",主要表现在对意境的追求和营造上。晚明小品大多洋溢着诗情画意,这在山水园林小品中,表现得最为充分。晚明作者以审美的眼光,去品赏山水,选择景物,加以组织,通过烟云泉石、涧溪竹树,抒发情怀情趣,创造隽永的意境。作者或触景生情,或移情入景,或情与景会。总之,作者的性灵与山水融为一体,而山水也成为有生命、有品格的自然。晚明小品名家,像袁宏道、李流芳、张岱等,都是创造艺术意境的高手。张岱的《湖心亭看雪》,可以作为意境营造的典范。由于晚明小品作家多为江南人,其笔下景色,也多表现江南秀色。由于地域的关系,晚明小品的意境,往往具有浓郁的江南色彩,尤其是江浙一带的风光。晚明山水园林小品的意境虽然多样,其中也有雄浑壮阔的意境,但还是以清远萧散的意境为主。追求意境是山水园林小品的一种传统。不过,晚明山水园林小品,更多带有庄、禅意趣,以表现文人的潇洒出尘之胸襟。

关于晚明小品中的园林山林游记,我们已经有专节介绍,而且在小品名家介绍中也多有涉及。这里,只举萧士玮的《韬光庵小记》一文为例,再加说明:

> 初二,雨中上韬光庵。雾树相引,风烟披薄,木末飞流,江悬海挂。倦时踞石而坐,倚竹而息。大都山之姿态,得树而妍;山之骨格,得石而苍;山之营卫,得水而活。惟韬光道中,能全有之。初至灵隐,求所谓"楼观沧海日,门对浙江潮",竟无所有。至韬光,了了在吾目中矣。白太傅碑可读,雨中泉可听,恨僧少可语耳。枕上

沸波,竟夜不息,视听幽独,喧极反寂。益信声无哀乐也。①

这里,描写的是西湖的名胜韬光庵。作者选取"雨中上韬光庵"的独特角度,于是,便欣赏到雾树风烟、飞流悬挂的美妙景色,欣赏到韬光庵的树木与苍石、流水与雨泉,领略了山的姿态、山的骨格、山的营卫。作者所写的游览是一个情景相生的过程。作者带着感情游览名胜,并把自己的感情投注于其中,所以景色遂带上作者的主观情意。特别是到了夜里,卧听整夜奔腾不息的波涛声,"视听幽独,喧极反寂"。这不仅是自然的意境,也是与之相契合的心境了。

晚明小品的意境营造最有特色的还不是山水园林小品,而是那些在日常生活场景中表现文人生活情趣、生活理想的作品。如张大复的小品:

三日前将入郡,架上有蔷薇数枝,嫣然欲笑,心甚怜之。比归,则萎红寂寞,向雨随风尽矣。胜地名园,满幕如锦,故不如空庭袅娜;若儿女骄痴婉娈,未免有自我之情也。②

明月驱人,步不可止,因访龚季弘,不相值。且归,遇诸途,小憩月桥。水月下上,风瑟瑟行之,作平远细皱,潋滟可念。二物适相遭,故未许相无也。人言"寻常一样窗前月",此三家村语,不知月之趣者。月无水,竹无风,酒无客,山无僧,毕竟缺陷。③

---

① 《陶庵梦忆 西湖梦寻》,《西湖梦寻》卷二附,第150—151页。
② 《梅花草堂笔谈》卷七《蔷薇》,第449—450页。
③ 《梅花草堂笔谈》卷一〇《缺陷》,第626—627页。

张大复这些小品,都是写在日常生活中的独特感受。第一则写作者外出归来,看到架上数枝可爱的蔷薇枯萎零落而引起的伤感;第二则写作者在道上遇上朋友,一起在小桥上观赏流水与月色,并由水与月天然凑泊之美,联想到自然与人生的种种缺陷。我们不难看出,作者的审美感受,是何等的敏锐,何等的细腻。作者的确善于从寻常事物中,发现富有人生意义的诗情。这些篇章短小而情意悠长,可以说,是空灵隽永的散文诗。

晚明文人总是以相当敏锐的审美感受,把握生活中的美;以抒情的手法,来表现日常生活,把生活细节艺术化,在日常生活中,营造一种文化氛围,使日常生活成为诗意融融的艺术境界。由于当时政治文化的影响,尤其是庄禅之风的浸染,晚明文人把对于外部社会的抗争,转为逍遥自适。他们更为关切与自身密切相关的真实环境,着意去营造一种舒适而高雅的精神家园。在大多数晚明文人生活中,无论是居室园林、楼台馆阁的环境,还是琴棋书画、饮食茶酒的生活,都十分讲究艺术化,以营造一种生活意境。生活在这种古雅清静的日常环境中,也就容易达到平和安宁的心境。我们这里以张鼐(?—1629)的两篇小品为例。一篇是《题尔遐园居序》:

> 缁衣化于京尘,非尘能化人也。地不择其偏,交不绝其靡;精神五脏,皆为劳薪,能于此中得自在者,其惟简远者乎!尔遐以治行入官柱下,卜居西城之隅,数椽不饰,虚庭寥旷。绿树成林,绮蔬盈圃。红蓼植于前除,黄花栽于篱下。亭延西爽,山气日佳;户对层城,云物不变。钩帘缓步,开卷放歌;花影近人,琴声相悦。灌畦汲井,锄地栽兰;场圃之间,别有余适。或野寺梵钟,清声入座;或西邻砧杵,哀响彻云。图书润泽,琴尊潇洒;陶然丘壑,亦复冠簪;

筋咏之娱,素交是叶。①

生活在尘世之中,而又能抗御世俗的侵蚀,得其"自在",是需要"简远"的心境与环境的。"简远"的环境,并不要求过分的装饰和讲究。"数椽不饰,虚庭寥旷",反而产生一种朴素自然的气氛。对于主人来说,需要的是一种潇洒出尘的心境和一种对自然的敏锐审美眼光,善于亲近自然、借助自然、品味自然,享受人生的各种情趣。寻常的事物,也因此具有不寻常的意味:绿树青蔬,皆为妙物;锄地灌畦,皆成雅事。文人有了高雅的情怀,就能超越自己生活环境中的有限空间,去欣赏更为丰富的自然万物。所以,西爽山气,层城云物,野寺梵钟,西邻杵声,皆奔竞而来,构成日常生活更大的外部环境。正如此文中引用主人所说:"高林受日,宽庭受月。短墙受山,花夜受酒。闲日受书,云烟草树受诗句。"②这一切之所以能构成清雅的生活意境,是居住者的心境妙合自然的缘故。

张鼐的《题王甥尹玉梦花楼》一文,则着重描写当时文人典型和理想的读书环境:

> 辟一室,八窗通明,月夕花辰,如水晶宫、万花谷也。室之左,构层楼,仙人好楼居,取远眺而宜下览平地,拓其胸次也。楼供面壁达摩,西来悟门,得自十年静专也。设蒲团,以便晏坐;香鼎一,宜焚柏子;长明灯一盏,在达摩前,火传不绝,助我慧照。《楞严》一册,日诵一两段,涤除知见,见月忘标;《南华》六卷,读之得"齐物""养生"之理。此二书,登楼只宜在辰巳时,天气未杂,讽诵有

---

① 《皇明十六家小品》,《翠娱阁评选张侗初先生小品》卷一,第1341—1342页。
② 同上书,第1342页。

> 得。室中前槛,设一几,置先儒语录、古本"四书"白文。凡圣贤妙义,不在注疏,只本文已足。语录印证,不拘窠臼,尤得力也。北窗置古、秦、汉、韩、苏文数卷,须平昔所习诵者,时一披览,得其间架脉络。名家著作,通当世之务者,亦列数篇卷尾,以资经济。西牖广长几,陈笔墨古帖,或弄笔临摹,或兴到意会,疾书所得,时拈一题,不复限以程课。南隅古杯一,茶一壶,酒一瓶,烹泉引满,浩浩乎备读书之乐也。①

这种读书环境,是文人生活环境的主要空间。它可以远眺风景,开拓胸次;可以焚香静坐,修身养性;可以临摹古帖,随意作文;可以饮茶品酒,澄怀涤虑。而所读之书,有佛典道藏,也有儒家著作,有秦汉古文,也有唐宋名家。这是一种读书的生活环境,也是一种修洁脱俗的艺术环境。这种环境,既便于读书,也利于厚生悦性。文中所说"浩浩乎备读书之乐",其实,也是享受人生的闲情逸致。张鼐对于读书环境的描写,也透露出当时文人儒、道、释三教合一的生活旨趣,以及超逸、旷放、潇洒的文化品格与人生态度。

从艺术表现来看,晚明小品对于自然和人生丰富细腻的感受、敏锐的艺术感觉、出色的表现能力,可以说,是其最有特点之处。如果说,晚明小品存在"以诗为文"的创作倾向,那么,在创作上最主要的特征,便是晚明小品作家具有相当细腻丰富的审美感觉。他们特别善于在日常生活与自然情景之中,捕捉悠长的情趣和诗情,从而营造某种意境。如冯时可的《蓬窗续录》写道:

---

① 《皇明十六家小品》,《翠娱阁评选张侗初先生小品》卷二,第1483—1484页。

> 雨于行路时颇厌,独在园亭静坐高眠,听其与竹树飕飕相应和,大有佳趣……尝与友人万璧同坐,窗外倚一蓬,雨滴其上,淙淙有声。璧请去之。余曰:"何故?"璧曰:"怪其起我无端旧恨在眉头耳。"余曰:"旧恨如梦,思旧梦亦是一适。"故称旧雨今雨"感慨媒"也。人生无感慨,一味欢娱,亦何意趣。①

这则小品写听雨,不仅写出园亭听雨的佳趣,而且写雨声引起旧恨新愁,故把雨称为"感慨媒",由雨声而及人生的境界意趣。卫泳《枕中秘·闲赏》中的"雾"一则,是富有美学意味的小品。文中把雾描写为大自然的"匹练"和"轻绡",冥迷的雾霭,"笼楼台而隐隐,锁洞壑以重重",使"潭影难窥,花枝半掩"。雾,掩盖了大自然的一部分景物,但霏霏蒙蒙的雾使人与大自然之间,产生一定的审美距离。于是,人们欣赏到了在天朗气清之时难以感受到的朦胧隐约之美。在雾的笼罩下,"树若增密,山若增深,景若增幽,路若增远"。雾霭使树木、山峦、景色、道路,平添几分审美魅力。因此,作者总结说,雾是大自然"胜概之一助也"。② 雾对自然景物的掩盖并不是抹杀,它制造了距离感与陌生感,于是,起了"增密""增深""增幽""增远"的作用,这是用审美的艺术眼光来观察自然,也很切合美学原理。

晚明小品营造意境的艺术,可谓简约而微妙。它们往往以三言两语,就表现出一种心境,描摹出一处景色,构画出一种意境。如陈衎《与何彦季》一牍:

> 雨花台细草,绵软如茵,坐卧其上,不见泥土,他山所无也。摄

---

① 《说郛续》卷一七,第810页。
② 《四库存目丛书》子部第152册《枕中秘》,第712页。

> 山往祖堂磴道幽甚。清凉寺前草坡平旷,极宜心目。弟于数处,皆时游憩,内养不足,正借风景淘汰耳。①

此牍只寥寥数语,而重在描写雨花堂、清凉寺的绿草。那种郁郁勃勃,充满生命力,而又高洁幽雅的气象,令人神远!所以,作者喜欢在此游憩,游目骋怀,"借风景淘汰耳",即以大自然的清景,作为人生修养之资,在与自然相契合的同时,淘洗世尘俗气。此则小品虽只数十字,然而它写的不仅是自然之景,也是人生的意境,这种出色的文字表现能力,不得不叫人佩服。又如冯时可的《滇行纪略》,写安庄牒水岩的瀑布,"上若白练空悬,下若白云倒飞"②。"白练空悬"状瀑布远观静态之美,而"白云倒飞"却能摄瀑布飞泻的动态之神。以"白云倒飞"四字来比喻瀑布从高处跌泻而下时引起的风回气旋、飞流溅沫、氤氲万状之态,真是妙极。又如黄汝亨《岑山游记》中,描写龙乳泉"莹色如玉,微微滴溜下如乳,味不澹而浓重,又似美人微汗浸浸不收"③,以美人微汗来比喻,却能不俗,在比喻中投射了自己的主观色彩。

---

① 《尺牍新钞》卷一,第5页。
② 《说郛续》卷二六,第1286页。
③ 《晚明二十家小品》,第163页。

第十四章 晚明小品的命运和地位

文学作品的价值和地位,是在历史流变中,在读者接受过程中形成的。本章叙述晚明小品在明清以及二十世纪中国的历史命运,也从一个角度呈现出晚明小品的价值与地位。

第一节 晚明人的小品观

晚明人对小品文的看法,并未能完全一致。从整体上说,当时大多数文人与读者对于小品,都是相当喜爱的。这可以从当时的创作与出版的情况略窥一二。晚明有不少以"小品"命名的散文集子,专集如陈继儒的《晚香堂小品》、陈仁锡的《无梦园集小品》、王思任的《文饭小品》、潘之恒的《鸾啸小品》、朱国桢的《涌幢小品》等;选本如王纳谏的《苏长公小品》、陈天定《古今小品》等;而不以小品命名,实则是小品的专集,更是不可胜数,如郑元勋辑《媚幽阁文娱》、蒋如奇的《明文致》、卫泳的《冰雪携》等。在当时,还出现一阵小品丛书出版热潮。编者题为陈继儒(眉公)的《宝颜堂秘笈》规模宏大,分为正集、续集、广集、普集、汇集、秘集六大部分,收入唐宋元明各种杂著小品约二百五十种。而其中的"秘集",则收录了陈眉公的小品十五种。华淑所辑的《闲情小品》收入二十八种小品,其中主要是明人小品。陆云龙(字雨侯,堂号翠娱阁)《翠娱阁评选行笈必携》收入诗文小品九种,并加评注。他在《皇明十六家小品》一书中，评选了屠隆、徐渭、李维桢、董其昌、汤显祖、虞淳熙、黄汝亨、王思任、袁宏道、文翔凤、曹学佺、陈继儒、袁中道、陈仁锡、钟惺、张鼐等十六家小品文。闵景贤、何伟然同编的《快书》，辑录诸家小品五十种，后来何伟然、吴从先又从明人说部中辑录《广快书》，收小品五十种。此外，如汪士贤辑《山居杂志》，沈津、茅一相辑《重订欣赏编》，则收入历代清赏清玩小品。卫泳《枕中秘》采明人杂说二十五种，曰闲赏、二六时令、国士谱、书宪、读书观、护书、悦容编、胜境、园史、瓶史、盆史、茶寮记、酒缘、香禅、棋经、诗诀、书谱、绘妙、琴旨、曲调、胕阵指南、俗砭支言、食谱、清供、儒禅，这些都是隆、万以来的小品杂著。当时的出版情况，也可称为"小品热"。这种热，除了艺术上的原因之外，也有经济上的原因——它们是畅销书。这种畅销正说明晚明人对小品的热烈欢迎。

当然，也有部分晚明文人对于当时的小品热表示反感。如萧士玮《春浮园偶录》上说："近来'清纪''艳纪''快书''情种'等刻，此皆蜣螂抱丸，实为苏合者也。病据膏肓，良医却走，但恐毒气深入，传染者众，聊一针砭，为病狂者发汗耳。"这里，对晚明一些作家小品批评得相当激烈。不过，萧士玮所反对的是那些在他看来纤巧轻佻的小品。这的确也是晚明小品创作中存在的不良倾向。萧士玮自己也写了一些随笔小品文。如其《春浮园别录》所记，描写山水景物，谈论佛家玄旨，正如他在《南归日录》序中所说："随笔所到，如空中之雨，大小萧散，出于自然。"他的随笔与袁宏道诸人的小品相近。[①]

于慎行（1545—1607）在《谷山笔麈》卷八中，对晚明文风提出了全面批评：

[①] 参考谢国桢《明清笔纪谈丛》"春浮园别录"，第48—50页。

> 近年以来，厌常喜新，慕奇好异，《六经》之训目为陈言，刊落芟夷，惟恐不力。陈言既不可用，势必归极于清空，清空既不可常，势必求助于子史；子史又厌，则宕而之佛经，佛经又同，则旁而及小说、拾残掇剩，转相効尤，以至踵谬承讹，茫无考据，而文体日坏矣。

这里，虽泛论晚明文风，却是与小品创作风气有着密切关系。他认为，当时文体之弊，有"谲而不平""驳而不粹""巧而不浑""华而不实"四个方面。并且认为，晚明之文，从表面看是极盛，其实是极衰："夫狂澜横发，汹湧滔天，是水之奇观，而决之兆也；开颜发艳，耀日从风，是花之缛彩，而落之端也。故文至今日可谓极盛，可谓极敝矣。"①于慎行的说法，代表当时比较传统的文学观念。他过低评价晚明文学的地位，但对晚明文风特点和流弊的批评，倒是有些道理的。

中国古代小品文的历史悠久，但从理论上看，只有到了明代，小品文才从古文的附庸独立成为作家笔下一种自觉的文体。明代作家对小品文体理论上的自觉，与这种文体在当时的兴盛，正是互为因果、双向影响的。

"小品"一词，由来已久。它原本是指佛经的略本。到了晚明，"小品"这一概念才真正运用到文学领域中，内涵与现代意义的"小品文"，已经基本相同了。陈继儒《苏长公小品叙》说："如欲选长公之集，宜拈其短而隽异者置前，其论策封事多至数万言，为经生之所恒诵习者稍后之。如读《佛藏》者，先读《阿含小品》，而后徐及于五千四十八卷未晚也。"②这里，把文章的小品与佛经的小品相提并论，说明小品文之名，乃从佛典而来。晚明小品作家对小品文的审美特征，已经有所论述。

---

① 《谷山笔麈》卷八《诗文》，第85—86页。
② 《晚香堂小品》卷一一，第198页。

如王思任的《〈世说新语〉序》说:"兰苕翡翠,虽不似碧海之鲲鲸,然而明脂大肉,食三日定当厌去;若见珍错小品,则哜之惟恐其不继也。"①杜甫诗云:"或看翡翠兰苕上,未掣鲸鱼碧海中。"②把小巧玲珑的作品,比喻为珍禽戏弄在兰花香草之上;把气势雄伟的诗篇,比喻为鲸鱼飞航于碧海之上。王季重则把小品文比喻为"兰苕翡翠",首先肯定其总体审美价值与"碧海鲲鲸"不同,但又把"小品"和"大肉"相对,并指出其"清味自悠"的美学特点。

在晚明一些小品文集序中,可以看出当时人们的小品观念。冯元仲在《皇明十六家小品》序中说:

> 文章之有小品,犹苍灵之有月,有星,有云,有霞,有雪;莽罻之有山,有水,有庄墅,有园林;山之有窦,有谷,有岩,有洞,有石;水之有渚,有溪,有澜;而山水中之有隐士、高僧、羽客、游侠也。故必贞观天地人之文之理,更参之磊砢,喷薄盘涡,而文章之观毕达。③

这段富于艺术夸张和铺陈意象的话,正说明在晚明人看来,"小品"作为一种独立而美妙的文体,其存在如星月云霞、如山水园林一样,它理所当然应该受到重视和喜爱。这种不容置疑的口吻,反映出晚明小品在当时人心目中的地位。

陈继儒《媚幽阁文娱序》认为,郑超宗(元勋)所选的明人小品文,"有法外法,味外味,韵外韵,丽典新声,络绎奔会"④。李鼎如说,《明文

---

① 《王季重十种·杂序》,第3页。
② 《杜诗详注》卷一一《戏为六绝句》其四,第900页。
③ 《明人小品十六家》,第7页。北京图书馆影印《皇明十六家小品》未收此序。
④ 《四库禁毁书丛刊》集部第172册郑元勋《媚幽阁文娱初集》,第2页。

致》一书编选,"客有讥所选皆短篇杂作,其于朝家典重之言,巨公宏大之作,概所多遗。噫! 此仅案头自娱,且姑撮一代之秀耳"①。华淑《题闲情小品序》说:"长夏草庐,随兴抽检,得古人佳言韵事,复随意摘录,适意而止,聊以伴我闲日,命曰《闲情》,非经、非史、非子、非集,自成一种闲书而已。"②可见,晚明人已明确把小品文和"巨公宏大之作"区别开来,认为小品文是"案头自娱"的"一种闲书"。同样,卫泳《冰雪携》的编选方针,也是强调"小品"之"小"。正如叶襄圣在《〈冰雪携〉序》中说:

> 卫子永叔爱自万历以后,迄于启祯之末,为文凡若干卷,自郊庙大章与夫朝廷述作,照碑版而辉四裔者,姑一切勿论,特取其言尤小者,遴数百篇以行于世。涂酌义专,又无訾于挂漏之病。曰:吾识其小者,其其大者固将有待云尔。譬诸观溟海者,苦无津涯,而临清流则易以浏览;陟乔岳者,弥望无极,而视拳石或足以寄畅。卫子之志,亦犹是也。③

这里可以看出,卫泳和叶襄圣都把小品看成与"郊庙大章""朝廷述作"那种庄严正大的大制作相对的文体。值得注意的是,他们并没有过分强调小品的地位。因此他们把小品比喻为"易以浏览"的"清流"和"足以寄畅"的"拳石",以别于"苦无津涯"的"溟海"和"弥望无极"的"乔岳"。

---

① 李鼎和:《明文致序》,宋濂等撰,蒋如奇等选编《明文致》卷首,明崇祯间咏兰堂刻本,二十卷,复旦大学图书馆古籍部藏。
② 华淑:《题闲情小品》,《闲情小品》卷首,明万历刻本,复旦大学图书馆古籍部藏。
③ 《冰雪携》(上),《〈冰雪携〉序》,第1—2页。

陆云龙对于小品文的艺术特征,有比较系统和精辟的论述,他敏锐地指出小品文与性灵的关系。在《叙袁中郎小品》一文中,他极力地阐述性灵的重要性,然后说:"率真则性灵现,性灵现则趣生……然趣近于谐,谐则韵欲其远,致欲其逸,意欲其妍,语不欲其拖沓,故予更有取于小品。"①这里,简要总结了小品文以性灵与兴趣为主的美学本质和远韵、逸致、妍意、简洁的审美特点。晚明文人对小品审美价值的论述,也是比较中肯的。王纳谏《苏长公小品》自序说:"余于文何得,对曰:寐得之醒焉,倦得之舒焉,愠得之喜焉,暇得之销日焉。是其所得于文者,皆一饷之欢也,而非千秋之志也。"②明确揭示小品文的消遣和审美作用,与传统那些载道、言志的古文不同。周高起《枕中秘引》也说卫泳所选的小品:"亦儒亦墨,亦禅亦仙。既令人澹,复令人幽;既令人古,复令人艳。展卷掩卷之间,可以辟寒,可以消夏,可以坐隐,可以卧游,可补《世说》,可广《闲情》,欹枕北窗,南面王真不与易也。"③这也概括出晚明小品在内容上的特点与在审美上的各种功能。郑元化在给郑元勋《媚幽阁文娱》所写的跋中说:"故览是集者,宜通人达士,逸客名流,犹必山寮水榭之间,良辰奇怀之际,爇香althoughれ泉,卧花谓月,则忧可释,倦可起,烦闷可涤可排。"④品赏晚明小品的最佳人选,是那些"通人达士,逸客名流"。而品赏小品,还需清幽的环境和平淡的心情。这里,其实也涉及关于晚明小品特殊的文化品格。

---

① 《皇明十六家小品》,《翠娱阁评选袁中郎小品》卷首,第1881—1882页。
② 《中国古代小品精选》第1册《苏长公小品》序,第13页。
③ 周高起:《枕中秘引》,卫泳《枕中秘》卷首,明刻本,国家图书馆藏。此本卷首即《枕中秘引》,共三叶,然全文未完,未见署名,惟版心上方刻"周叙一""周叙二""周叙三"。据阿英《中国俗文学研究》中《明代笔记小话》之二《枕中秘》条所言,此文作者为周高起。按:《四库全书存目丛书》子部第152册《枕中秘》,未见周高起此引。
④ 《四库禁毁书丛刊》集部第172册郑元勋《媚幽阁文娱初集》,第244页。

晚明人中论小品文最为简要精到的文字,是唐显悦在《媚幽阁文娱序》中引用郑元勋的几句话。郑元勋说:"小品一派,盛于昭代。幅短而神遥,墨希而旨永。野鹤孤唳,群鸡禁声;寒琼独朵,众卉避色。是以一字可师,三语可掾;与于斯文,乐曷其极。"[1]这里对明人小品历史地位和审美特点的评定,几乎是不可移易的。

当然,晚明人对小品并没有非常一致的看法,他们主要是注重其抒发性灵的精神。至于形式上的要求,则是比较宽泛的。如朱国祯《涌幢小品》录随笔杂记,间有考证。陈继儒《晚香堂小品》包括的文体有诗、诗余、序(书序、类序、集序、诗序、时文序、贺序、寿序)、传、记、祭文、疏、题跋、书、志林等;而王思任《文饭小品》则包括了尺牍、启、表、判、募疏、赞、铭、引、题词、跋、纪事、说、骚、赋、乐府、风雅什、诗、诗余、歌行、记、传、序、行状、墓志铭、祭文等;黄夬《黄云龙小品》则包括读书的随笔札记和鬼神怪异之事;郑元勋《媚幽阁文娱》内容包括了赋、文、书、序、传、记、制辞、杂文等;卫泳《冰雪携》包括了序、记、赋、引、题辞、跋语、书、启、笺、拟、檄、碑、赞、传、记、文、词、辞、歌、疏、颂、偈、说、议、论、辨、解、杂著等文体。而且,有的文集选录小品,连长篇大论者,也收入在内。如陶珽《晚香堂小品·例言》中说:"是集虽名小品,凡大议论、大关系,及韵趣之艳仙者,即长篇必录。"[2]不过,从其口气来看,这种情况是比较少的,故须特别加以说明。

第二节　晚明小品在清代

清初,狂肆自由的思潮已经消歇,占统治地位的仍是正统儒家思

---

[1] 《四库禁毁书丛刊》集部第172册郑元勋《媚幽阁文娱初集》,第6页。
[2] 《中国古代小品精选》第7册《晚香堂小品》例言,第18页。

想。最先起来批判晚明文风的,是由明入清的一些思想家和作家。他们亲身体会到亡国之痛,对于晚明文人种种弊病的了解也很深。他们往往把明朝亡国与晚明的士风和文风联系起来。明末清初,几位伟大的思想家,既在学术方面批判晚明的空疏学风,同时,对晚明的文风也深恶痛绝。顾炎武就批评公安、竟陵派的文人,标榜门户,立异为高,认为他们空疏不学、徒事空文,甚至认为明朝的荡覆是晚明文人空言的结果。晚明文人的创作,成为一种"亡国之音"。清初学者批评晚明文风,总是以李贽为始作俑者。王夫之曾回顾明代文学的发展:

> 自李贽以佞舌惑天下,袁中郎、焦弱侯不揣而推戴之,于是以信笔扫抹为文字,而诮含吐精微、锻炼高卓者为"咬姜呷醋"。故万历壬辰以后,文之俗陋,亘古未有。如必不经思维者而后为自然之文,则夫子所云"草创""讨论""修饰""润色",费尔许斟酌,亦"咬姜呷醋"邪?比阅陶石篑文集,其序、记、书、铭,用虚字如蛛丝胃蝶,用实字如展齿粘泥,合古今雅俗,堆砌成篇,无一字从心坎中过,真《庄子》所谓"出言如哇"者,不数行,即令人头重。①

王夫之在这里,批评从李贽开始的晚明文学,认为晚明文风的"俗陋",是自古以来所未有的。他主要不满晚明文章的信笔而书,缺少斟酌。其实,这正是晚明作品的特点。又如顾炎武《日知录》卷一八《李贽》一则谓:"自古以来,小人之无忌惮而敢于叛圣人者,莫甚于李贽。"②他在《钟惺》一则中,又批评钟惺:"其罪虽不及李贽,然亦败坏天下之一

---

① 《姜斋诗话笺注》附录《夕堂永日绪论外编》,第236页。
② 《日知录集释》卷一八《李贽》,第1070页。

人。"①对李贽和竟陵派,持敌视态度。总之,晚明士风与文风,都成为清初思想家的批评对象。另外一些由明入清的文学家,也起来批评晚明文风。钱谦益极力攻击竟陵派。他在《列朝诗集小传》钟惺传中,说他们的诗文"如木客之清吟,如幽独君之冥语,如梦而入鼠穴,如幻而之鬼国","鬼气幽,兵气杀,著见于文章,而国运从之",所以也是亡国之音,是"诗妖"。②

随着清王朝统治的逐步加强,晚明小品又受到来自官方文学权威机构和正统文学思潮两方面的冲击。这两方面冲击的合力,是带有摧毁性的。因为它们一方面要销毁晚明小品书籍,消灭其存在的物质形式;另一方面,又从文学观念的内部,贬抑和排斥晚明小品。

清代在编修《四库全书》的同时,借征书、修书之机,大量查禁、删改、销毁书籍。从乾隆三十九年(1774)开始的一场规模浩大的禁书、销书活动,持续将近二十年。据不完全统计,当时销毁之书,约有三千种,其中晚明书籍受到特别严格的审查和对待。清代的禁书活动,不限于修《四库全书》,而是贯串整个清代。据姚觐元《禁毁书目四种》、陈乃乾《索引式的禁书总录》、孙殿起《清代禁书知见录》《清实录》《清代文字狱档》等书,许多晚明作家的著作,在清代曾被列入禁书,如徐渭、李贽、袁宗道、袁宏道、袁中道、王稚登、屠隆、钟惺、陶望龄、陈继儒、董其昌、李日华、陈子龙、宋懋澄、陈际泰、王季重、曹学佺、郑元勋、陈仁锡等。这些人的著作之所以被禁,一是政治上的原因,因为清廷担心晚明书籍中记录明清之际的史实会引起读者的反清情绪,所以列为查禁重点;其次,清廷及正统文人,对于晚明文风极端厌恶。正如周作人所说的:"清朝士大夫大抵都讨厌明末言志派的文学,只看《四库书目提要》

---

① 《日知录集释》卷一八《钟惺》,第1072页。
② 《列朝诗集小传》丁集中《钟提学惺》,第571页。

骂人常说不脱明朝小品恶习,就可知道,这个影响很大,至今耳食之徒还以小品文为玩物丧志,盖他们仍服膺文以载道者也。"①事实的确如此。我们不妨看看《四库全书总目》对于公安、竟陵二派的一些评价。从总体上,四库馆臣认为,在晚明,"公安、竟陵新声屡变,文章衰敝,莫甚斯时"②。再看看具体的评价。在《四库全书》中,《袁中郎集》被列入别集类存目之中,没有资格进入正选之列。《四库全书总目》对其评价是:

> 其诗文所谓公安派也。盖明自三杨倡台阁之体,递相摹仿,日就庸肤。李梦阳、何景明起而变之,李攀龙、王世贞继而和之。前后七子,遂以仿汉摹唐转移一代之风气。迨其末流,渐成伪体。涂泽字句,钩棘篇章,万喙一音,陈因生厌。于是公安三袁又乘其弊而排抵之……其诗文变板重为轻巧,变粉饰为本色,致天下耳目于一新,又复靡然而从之。然七子犹根于学问,三袁则惟恃聪明。学七子者,不过赝古;学三袁者,乃至矜其小慧,破律而坏度。名为救七子之弊,而弊又甚焉。③

这是从明代文学的发展来评价公安派的。《四库全书总目》对于袁宏道及公安派文学创作上"变板重为轻巧,变粉饰为本色,致天下耳目于一新"特点的评价比较准确,但它所反映出来的文学史方面的价值观,却十分有趣。"学七子者,不过赝古",虽然有弊病,但危害不大;而学公安派的,却导向"破律而坏度",也就是对文学传统的巨大破坏。这

---

① 《周作人自编文集》,《夜读抄》,《苦茶庵小文》,第 196 页。
② 《四库全书总目》卷一七二《学古绪言》提要,第 1515 页。
③ 《四库全书总目》卷一七九《袁中郎集》提要,第 1618 页。

种危害,倒是比较严重的。所以,公安派的影响比七子复古派更坏。"两害相权取其轻",公安派的性灵与七子拟古相较而言,应该先行摈弃。

《四库全书总目》对晚明著作的批评,往往从文风和士风两个方面入手。一是批评其"小品习气",一是批评其"山人习气"。如对于谢肇淛《文海披沙》一书的提要:"是编皆其笔记之文,偶拈古书,借以发议。亦有但录古语一两句,不置一词,如黄香《责髯奴文》之类者。大抵词意轻儇,不出当时小品之习。"①批评周履靖《夷门广牍》"皆明季山人之窠臼"②。批评张应文的《张氏藏书》"大抵不出明人小品之习气"③。所谓"小品习气",是指儇薄轻佻的作风。如沈大洽《蔬斋俳语》提要:"前二卷皆随笔小品,不儒不释,强作清言,不出明季山人之窠臼。"④乐纯《雪庵清史》提要:"是书皆小品杂言,分清景、清供、清课、清醒、清福为五门,每门又各立子目。大抵明季山人潦倒恣肆之言,拾屠隆、陈继儒之余慧,自以为雅人深致者也。"⑤所谓"山人习气",是指其潦倒恣肆自又命清高之俗态。

《四库全书总目》对晚明出现的许多小品文集,也是持轻视态度的。如评闵景贤、何伟然编小品文集《快书》五十卷:"是编割裂诸家小品五十种,汇为一集。大抵儇薄纤佻之言,又多窜易名目。"评何伟然编《广快书》五十卷:"《快书》百种,最下最传。盖其轻儇佻薄,与当时士习相宜耳。"⑥评陆云龙《皇明十六家小品》:"每篇皆有评语,大抵轻

---

① 《四库全书总目》卷一二八,第1103页。
② 《四库全书总目》卷一三四,第1137页。
③ 同上书,第1137页。
④ 《四库全书总目》卷一二五,第1082页。
⑤ 《四库全书总目》卷一二八,第1105页。
⑥ 《四库全书总目》卷一三四,第1138页。

佻僞薄,不出当时之习。前有何伟然序,伟然即尝刻《广快书》者,宜其气类相近矣。"①《四库全书总目》甚至在批评清初的著作,也用"晚明习气"这顶帽子。如评李曰涤的《竹裕园笔语》:"识趣议论,出入于屠隆、袁宏道、陈继儒之间,盖明末风气如是也。"②评王晫、张潮合编的《檀几丛书》:"多沿明季山人才子之习,务为纤佻之词。"③可见,从清代正统文学批评看来,晚明文风是一种坏典型,故成为文学批评的攻击对象。

《四库全书总目》在批评晚明书籍时,有时也表示某种欣赏。这种例外的欣赏,正是表现在总体的否定上。如董其昌《画禅室随笔》提要,谈到其中的子部时说:"皆小品闲文,然多可采。"④这个"然"字,其实正是表达出对晚明一般"小品闲文"总体上的否定。又谈到此书中的《禅悦大旨》部分,"乃以李贽为宗,明季士大夫所见往往如是。不足深诘,视为蜩螗之过耳可矣"⑤,最终还是表示出轻蔑的态度。

纪晓岚尽管是《四库全书总目》总其成者,他对公安、竟陵小品的评价,倒是比较中肯的。他在《删正〈帝京景物略〉序》序中指出:"明之末年,士风佻,伪体作。竟陵公安以诡俊纤巧之词,递相唱导。"批评了两派的文章,但其笔锋一转,说到《帝京景物略》"胚胎则《世说新语》《水经注》,其门径则出入竟陵、公安,其序致冷隽,亦时复可观。盖竟陵、公安之文虽无当于古之作者,而小品点缀,则其所宜。寸有所长,不容没也"⑥。在这里,纪晓岚对公安、竟陵文章的批评,是用两种眼光

---

① 《四库全书总目》卷一九三,第1765页。
② 《四库全书总目》卷一三四,第1139页。
③ 同上书,第1140页。
④ 《四库全书总目》卷一二二,第1055页。
⑤ 同上书,第1055页。
⑥ 《纪晓岚文集》第1册,卷八,第164页。

的。当他用传统古文标准来衡量时,就认为它们"诡俊纤巧""无当于古之作者";但当用小品标准来审视时,则认为它们"序致冷隽",故认为小品是最能表现公安、竟陵特点的文体。这种批评,反映出这位既代表正统文学观念,又相当具有艺术眼光的批评家严格而通脱的态度。

清代散文创作风气,对于晚明小品的流传和接受也相当不利。桐城派历时二百余年,几与清朝的统治相始终。桐城派文学理论及其所造成的风气,对晚明小品也起了一种压制作用。桐城派理论往往与晚明小品的创作倾向相对立。它的理论基础,是古文的"义法"。它对内容的要求,是"言有物",其实就是文以载道;在形式上的要求,是"言有序"①。所谓"义法",不仅对各种文体有不同的要求,而且对文章材料的详略取舍、文章写作的起伏开阖、虚实呼应等也十分讲究。桐城派对于古文风格的要求是"雅洁",这首先是语言的淳雅凝练。方苞门人沈廷芳记载方苞的话:

> 南宋、元、明以来,古文义法不讲久矣,吴、越间遗老尤放恣,或杂小说,或沿翰林旧体,无一雅洁者。古文中不可入语录中语、魏、晋、六朝人藻丽俳语、汉赋中板重字法、诗歌中隽语、南北史佻巧语。②

这段话,简直就是针对着晚明文风而言的。"吴越间遗老",更是直接指晚明的一些作家了。晚明文风的"放恣",与桐城派所提倡的"义法",正好背道而驰。晚明小品的语言,正不乏"语录中语""藻丽俳语"

---

① 《方苞集》卷二《又书货殖传后》,第58页。
② 引自姚椿编《国朝文录》卷六八沈廷芳《书方先生传后》,光绪庚子春月扫叶山房石印本。

"隽语"和"佻巧语"。用桐城派的论文标准来衡量,这当然是很不"雅洁"的。总之,桐城派所强调的"义法",正是晚明小品所要突破的。无"义"无"法",正是晚明小品的特点,也是它们的精神所在。正如《四库全书总目》所说:它们"破律而坏度"①,背离和破坏了文学传统。晚明小品在清代的不吃香,也就可想而知了。所以,自清初一直到近代,晚明小品受到正统文人的蔑视。只要看看清人的古文总集、选本的入选篇目,他们对晚明小品的忽视或轻视,就可以一目了然了。

然而,晚明小品在清代受到来自多种思想观念的"围追堵截",但仍显示出相当强的艺术生命力。清代不少作家,创作出与晚明小品一脉相承的作品。如清初的傅山、金圣叹、李渔、廖燕、陆次云、周亮工,清代中期的史震林、袁枚、郑板桥、沈复等人的小品,仍与晚明文人的疏放通脱和浪漫情怀相通。比如,李渔的《闲情偶寄》谈文说艺,且及于居室、饮食、养生、器物、花木虫鱼等,颇得晚明人清赏清玩与艺术小品的旨趣。金圣叹的小品挥洒自如、痛快淋漓,正说反说,皆成妙笔,开人心眼,发人深思,有李贽之遗风。袁枚小品轻脱要妙,其尺牍率情而行,潇洒雅洁,神似公安,而语言形式更为雅化。郑板桥的题跋与家书,以明明白白的语言,抒写真情真意,而通体洋溢着一种艺术情调和人间挚情。又如余怀的《板桥杂记》,记载明末金陵狭邪艳冶生活,与晚明的香艳小品同出一辙,但书中还多少寄寓了时代盛衰的感慨。在描写爱情生活方面,冒襄的《影梅庵忆语》、沈复的《浮生六记》二书,缠绵哀感,一往情深,是写情小品的杰作。这些作家和作品的出现,说明晚明思潮在清代,仍然影响着文人思想与创作。晚明小品的精神,仍继续发挥其作用,这是官方压抑不住的。此外,一些清人还整理出版了不少晚

---

① 《四库全书总目》卷一七九《袁中郎集》提要,第1618页。

明小品。如有关晚明尺牍,就有周亮工的《尺牍新钞》、陈枚的《写心集》《写心二集》、黄定兰的《明人尺牍》、黄本骥的《明尺牍墨华》等。这也从一个侧面反映了晚明小品在清代还拥有相当多的读者。

第三节 晚明小品在日本

说到晚明小品的影响和地位,我们不妨把眼光放远一点,看看它在域外的影响。这里,以晚明散文在日本的影响和日本人对它的评价为例。

江户时代(1603—1867)末期,日本文坛受到明代前后七子和公安派的影响。当时著名学者斋藤正谦(1797—1865),正是因为"忧近世文弊",而写了著名的《拙堂文话》。此书论述他对中国古代散文发展的见解,也论及明代散文对日本的影响。赖襄(1780—1832)在此书《序》中回顾日本文学的发展时说:

> 余尝谓吾国文运两开,每开辄有或败之。宁乐与平安之盛,文在公卿,而败于唐初骈体,骫骳不振;至今江门之致治,文在士庶,而败于明清间俗流之文,非剽剿则鄙俚。虽有名儒大家,或所习不专,专者则不免浸淬焉。①

在这里,赖襄非常明确地指出"明清间俗流之文"即明清文风对于日本文坛的不良影响。所谓"非剽剿则鄙俚",即是说明七子派与公安派的影响。对于这种影响,赖襄是持否定态度。

---

① 《历代文话》第 10 册《拙堂文话》,第 9830 页。

赖襄的观点应是当时日本学者的共识。斋藤正谦《拙堂文话》曾引用他的老师古贺精里(1750—1817)的一段话,更为详细地说明了当时文坛受到明人风气影响的情况:

> 大抵世儒不能自立脚跟,常依傍西人(引者按:指中国人)之新样而画葫芦,其取舍毁誉皆出雷同,初不由己。向也物茂卿辈以嘉、隆七子为标的,诗则青云白雪,文则汉上套语,陈陈相因,固可厌恶,然犹有气格体制之近似。欲精其业者,非多读书则不能也。近岁尽变其窠臼,变而为宋元,为袁、徐,为钟、谭,为李渔、袁枚之徒。钟、谭之寡陋僻缪,在当时既为儒林嗤,今取其每下者奉以为大宗师,发其余窍者犹将承之,则张打油、胡钉铰之所耻而弗为,浅俗鄙亵之极,文雅扫地矣。特以其主张神情天籁不师古人,故世之空疏者便之,随而和者如水就下。①

赖襄的见解,与古贺精里的话完全相同。从他们的话中可以看出,当时日本散文的发展与我国明代散文发展的趋势大致相同。这就是从七子的复古和模拟,走向公安派的性灵和浅俗。

斋藤正谦对当时日本人追摹明代散文,虽深致不满,但还是比较公允地评价了明代散文影响的积极意义:"先辈唱李、王,唱袁、徐,自今日观之,固皆不胜其弊。然当日筚路蓝缕之劳,亦不可泯也。明季文章之衰,譬之春秋战国之世,虽属衰乱之运,周之礼乐具在焉,举而行之,则先王之治可复矣。当是之时,唱强霸于其间者,可谓不知术矣。"他还客观地指出日本人学习和追摹七子和袁中郎、徐渭的利弊:"我邦从

---

① 《历代文话》第 10 册《拙堂文话》卷一,第 9841 页。

前文字庸陋,时豪患之,修李、王而始雅矣。修辞之弊,涂泽摸拟,修袁、徐而始真矣。皆可谓知时务之俊杰也。然是皆泻下之药,可暂用而不可久服。"日本人从明代七子的文章,学到其古雅。而从袁中郎、徐渭的文章,学到其性灵之真趣。但斋藤正谦认为,无论学七子,还是学性灵派,都产生了流弊,使当时日本人"输泻不止,元气殆受伤矣。宜饭粱食肉,以求其复常也"。

斋藤正谦推崇唐宋派,同时,轻视七子和公安派。但又认为,公安派的影响比七子更坏。他说:"袁中郎乘李、王之弊而起,以暴易暴,其弊视李、王更甚。"他形象地比喻说,这就像一个孩子过于愚昧拘谨,未解人事,为了克服他的毛病,便教唆他"纵入狭邪,日习奸猾",结果是"其愚未必愈,而变为轻薄之徒耳"!他认为,"中郎之事有类此者"。在他看来,袁中郎、徐渭是清代金圣叹、李渔文风的先导:"主张袁、徐,势必至金圣叹、李笠翁。"斋藤正谦对把袁中郎和徐渭相提并论,不以为然:"其实文长与中郎异趋焉。"①而他对徐渭的评价,也远在中郎之上。不过,斋藤正谦对于中郎的评价还是比较公允的。他说,对明人应该"平心论之,以功归功,以罪归罪,舍短而取长,则各不失为名家矣"。他虽不满中郎的文风,但赞扬他"笔路畅达,意言俱尽,如《灵岩记》《效拙传》诸篇,非凡手所辨。文章之道亦广,天地间存此种作亦何妨"。②这些评价,都较为客观平允。

斋藤正谦对晚明徐霞客之游览与游记,评价很高,说"亘古未见其匹俦"。他赞同钱牧斋称其游记为"世间真文字"的说法:"余览其文,信如牧斋之言。唯夫如是,故能爬罗剔抉,无有所遗,使人如身历而目击焉。况其中有奇语错出,足快心目者乎。"他不但肯定《徐霞客游记》

---

① 以上内容出自《历代文话》第 10 册《拙堂文话》卷一,第 9840—9843 页。
② 以上内容出自《历代文话》第 10 册《拙堂文话》卷二,第 9858—9859 页。

的价值,还高度评价了徐霞客的人格。

斋藤正谦对晚明散文并非泛泛而论,他阅读了大量的晚明文献,并且颇有自己的心得。比如,他在《拙堂续文话》卷一中,在论述古人善写山水、岩洞、水泉、瀑布、云气时,就列举了大量晚明小品为例。如引萧士玮的《湖山小记》:"晓起,看白云缕缕出山谷间,若茶烟之在斋阁耳。顷之百道狂驰,奔腾如浪,诸山泛泛水上行也。须臾山尽矣,空水氤氲,风烟一色,类香雾海。"又引中郎的《游庐山记》:"云缕缕出石下,缭松而过,若茶烟之在枝。已乃为人物鸟兽状,忽然匝地,大地皆澎湃。抚松坐石,上碧落而下白云,是亦幽奇变幻之极也。"①以此来说明古人写云气之妙。

古贺精里和斋藤正谦对晚明文的评价,代表日本学术界的主流,其影响很大。我们不难看到一个有趣的现象:他们的评价,似乎与清代正统文学批评遥相呼应,或者像是清代正统文学在异域的回响。因为他们不但接受晚明文学,同时接受清代的文学批评。他们对晚明文的评价,大致是以《四库全书总目》为蓝本的。

第四节 晚明小品在二十世纪中国

在二十世纪中国文学史上,晚明小品的命运,又有几番浮沉。在"五四"新文学运动中,晚明小品产生了不小的影响。鲁迅先生说过,在新文学中,散文的成就最大。的确,"五四"以来的新型散文,在最初阶段的成就,超过了当时的诗歌、小说、戏剧。而且,值得注意的是,"五四"时期的新型散文,一开始就显得成熟老到,而不像新体的诗歌、

---

① 以上内容出自《历代文话》第 10 册《拙堂续文话》卷一,第 9972—9974 页。

小说、戏剧那样,经过一个幼稚的模拟阶段。其原因,就在于"现代散文的发展历程同现代诗歌、现代小说和现代戏剧并不完全一样"①。诗歌、小说、戏剧等主要接受了外来文化的影响,其文学形态和传统形态有着巨大差异。散文虽也受到外来影响,却深深植根于悠久而优秀的古典散文传统,其中,小品,尤其晚明小品,起到较大的作用。

不少现代作家认为,新文学运动的散文创作,与晚明小品有血缘关系。如周作人就认为现代的散文小品,肇始于明代公安、竟陵两派。周作人在《〈近代散文抄〉新序》中说:"正宗派论文高则秦汉,低则唐宋,滔滔者天下皆是,以我旁门外道的目光来看,倒还是上有六朝下有明朝吧。我很奇怪学校里为什么有唐宋文而没有明清文——或称近代文,因为公安竟陵一路的文是新文学的文章,现今的新散文实在还沿着这个统系。"②在《中国新文学的源流》第二讲"中国文学的变迁"中,周作人又把晚明文学运动与"五四"后的新文学革命运动作了比较。他认为,两者有些相似之处:"两次的主张和趋势,几乎都很相同。更奇怪的是,有许多作品也都很相似。胡适之,冰心,和徐志摩的作品,很象公安派的,清新透明而味道不甚深厚。好象一个水晶球样,虽是晶莹好看,但仔细的看多时就觉得没有多少意思了。和竟陵派相似的是俞平伯和废名两人,他们的作品有时很难懂,而这难懂却正是他们的好处。"③把新文学的散文渊源,完全归之公安、竟陵,也许失之狭隘,但新文学运动在思想与艺术形态方面,的确都受到晚明文学运动的一些影响。比如,胡适《文学改良刍议》提出文学改良的八方面:须言之有物;不摹仿古人;须讲求文法;不作无病之呻吟;务去烂调套语;不用典;不

---

① 吴小如:《历代小品大观·序》,第1页。
② 《知堂序跋》第2辑《〈近代散文抄〉新序》,第326—327页。
③ 《中国新文学的源流》,第26页。

讲对仗;不避俗字俗语。这些主张,不少就是从李贽乃至公安派的文学思想那里来的。又如他说:"文学者,随时代而变迁者也。一时代有一时代之文学:周秦有周秦之文学,汉魏有汉魏之文学,唐宋元明有唐宋元明之文学。"①这简直就是公安派的声音。

二十世纪三十年代,中国文坛有过一阵晚明小品热潮。当时林语堂等在其所办刊物《论语》《人间世》上,极力推崇袁中郎等人的晚明小品,郁达夫、阿英、施蛰存、刘大杰等作家响应之。当时,又出版了不少袁中郎等人晚明小品文集,一时掀起一股晚明小品热,也引起一场关于晚明小品与小品文的论争。鲁迅在《五论"文人相轻"——明术》中,批评当时文坛的各种习气,提到有些文人自我吹捧或互相吹捧,而有些人"用死轿夫,如袁中郎或'晚明二十家'之流来抬,再请一位活人喝道。"②这就是指刘大杰标点、林语堂校阅的《袁中郎全集》和施蛰存编选、周作人题签的《晚明二十家小品》。林语堂一方面热情推崇晚明小品,一方面大力提倡写作小品。他在《人间世》半月刊第一期的发刊词中说:

> 十四年来中国现代文学唯一之成功,小品文之成功也。创作小说,即有佳作,亦由小品散文训练而来。盖小品文,可以发挥议论,可以畅泄衷情,可以摹绘人情,可以形容世故,可以札记琐屑,可以谈天说地,本无范围,特以自我为中心,以闲适为格调,与各体别,西方文学所谓个人笔调是也。故善冶情感与议论于一炉,而成现代散文之技巧。③

---

① 《胡适文存》第1集第1卷《文学改良刍议》,第5—7页。
② 《鲁迅全集》卷六《且介亭杂文二集》,第394页。
③ 林语堂:《我的话 行素集》(第二版),《发刊人间世意见书》,第118页。

林语堂在这里对小品文艺术特点的分析,是十分精到的。现在看来,他对小品文,尤其现代小品文艺术的阐述,还具有某种经典性。林语堂在另一篇《论小品文笔调》的论文中,又提出现代小品文的特点:

> 现代小品文,与古人小摆设式之茶经、酒谱之所谓"小品",自复不同……亦与古时笔记小说不同。古人或有嫉廊庙文学而退以"小"自居者,所记类皆笔谈漫录野老谈天之属,避经世文章而言也。乃因经济文章,禁忌甚多,蹈常袭故,谈不出什么大道理来,笔记文学反成为中国文学著作上之一大潮流。今之所谓小品文者,恶朝贵气与古人笔记相同,而小品文之范围,却已放大许多。用途体裁,亦已随之而变,非复拾前人笔记形式,便可自足。盖诚所谓"宇宙之大,苍蝇之微"无一不可入我范围矣。此种小品文,可以说理,可以抒情,可以描绘人物,可以评论时事,凡方寸中一种心境,一点佳意,一股牢骚,一把幽情,皆可听其由笔端流露出来,是之谓现代散文之技巧。①

林语堂指出,现代小品在表现内容和艺术技巧方面,与古代笔记的联系与区别,也是很有价值的。

对于林语堂诸人大力提倡小品与幽默,鲁迅表示了不同观点。鲁迅并不反对晚明小品与小品创作,但不同意把晚明小品和小品艺术定位为闲适、幽默与性灵。他在《一思而行》中说:"小品文大约在将来也还可以存在于文坛,只是以'闲适'为主,却稍嫌不够。"他在此文中,还就当时的风气说:

---

① 林语堂著,万平近编:《林语堂选集》第4辑,第481—482页,原载于1934年6月《人间世》第六期。

> 人间世事,恨和尚往往就恨袈裟。幽默和小品的开初,人们何尝有贰话。然而轰的一声,天下无不幽默和小品,幽默那有这许多,于是幽默就是滑稽,滑稽就是说笑话,说笑话就是讽刺,讽刺就是漫骂。油腔滑调,幽默也;"天朗气清",小品也;看郑板桥《道情》一遍,谈幽默十天,买袁中郎尺牍半本,作小品一卷。有些人既有以此起家之势,势必有想反此以名世之人,于是轰然一声,天下又无不骂幽默和小品。①

鲁迅还认为,林语堂诸人过分而片面地强调袁中郎闲适、性灵和趣味的一面,歪曲了袁中郎的整体形象。他在《"招贴即扯"》一文中说:"然而世间往往混为一谈。就现在最流行的袁中郎为例罢,既然肩出来当作招牌,看客就不免议论这招牌,怎样撕破了衣裳,怎样画歪了脸孔。这其实和中郎本身是无关的,所指的是他的自为徒子徒孙们的手笔。"又说:"中郎正是一个关心世道,佩服'方巾气'人物的人,赞《金瓶梅》,作小品文,并不是他的全部。""中郎之不能被骂倒,正如他之不能被画歪。"②现在看来,鲁迅主张知人论世、避免片面性的批评,是相当合理的。他指出袁中郎有关心世道的一面,也是正确的。但假如说袁中郎思想和行为的主体,是一个"关心世道,佩服'方巾气'人物的人",则又不免过分夸大袁中郎正经高大的一面。又如阿英在《袁中郎全集序》中也说:"中郎是可学的,在政治上,应该学他大无畏的反抗黑暗、反抗暴力、反对官僚主义的精神。"③其实,袁中郎尽管未忘情世道,在总体上,却是追求闲适出世的名士气很浓的作家。对于现实的关切和对于

---

① 《鲁迅全集》卷五《花边文学》,第 499 页。
② 《鲁迅全集》卷六《且介亭杂文二集》,第 236 页。
③ 《袁宏道集笺校》附录,第 1767 页。

"方巾气"人物的佩服,在政治上大无畏的反抗黑暗、反抗暴力、反对官僚主义的精神,只是他生活中的另一部分。林语堂、周作人等人对袁中郎闲适、性灵和趣味的评论,还是把握到他的特点的。

二十世纪三十年代这场关于小品的论争,如今早已硝烟散尽。而当时参加论争者,也已成古人。现在再来看这种论争,平心静气地说,双方都多少有其合理之处。林语堂诸人为什么要推崇晚明小品呢?林语堂的说法颇有代表性。他在《有不为斋丛书序》中说:"你何以要谈明人小品呢?……在我方面,只是认为文学佳作,认为有性灵文字,心好而乐之。"①他们只是从纯文学的审美角度,喜爱和推崇晚明小品。这本来也是无可厚非的。而且,他们对晚明小品的评论,也多中肯之论。尤其周作人对晚明小品作家作品的研究,都比较准确。但是,从当时的社会政治背景来看,情况便相当复杂了。对晚明小品的评价,已经不是单纯的文学价值问题。当时,日本帝国主义已入侵中国,而政治黑暗,民不聊生,在此民族矛盾、阶级矛盾异常激烈之时,林语堂、周作人等人和《论语》《人间世》等刊物还在大力推崇晚明小品,提倡性灵、幽默和闲适,的确显得很不合时宜,也产生了一些消极影响。从这个角度来看,鲁迅站在冷静的思想家的高度,对于他们的批评是中肯的。

但是,当时一些喜爱和推崇晚明小品的作家,也未始一味地鼓吹晚明小品的超然和闲适。其实,他们也是看到晚明小品内容的复杂性与丰富性的。如施蛰存在《晚明二十家小品》的序中指出,他所选录的二十位晚明文人,对正统文学来说,差不多都是叛徒。他在说明自己选文的标准时说:"本集的编选,除了尽量以风趣为标准,把隽永有味的各家的小品选录外,同时还注意到各家对于文学的意见,以及一些足以表

---

① 《袁宏道集笺校》附录,第1736页。

见各家的人格的文字。这最后一点,虽然有点'载道'气味,但我以为在目下却是重要的。""我在编选此集的时候,随时也把一些足以看到这些明人的风骨的文字收缀进去。"①比如汤显祖,他不仅是一个专门摹情说爱、风流倜傥的词人,而且他还有一副刚正不阿的面孔。这种选文标准,应该说是比较合理的。与鲁迅所主张的对晚明作家应该知人论世,避免片面的批评方法,是有一致之处的。

不过,当时许多作家把晚明小品作为一种特别推崇的对象,从而造成一种特殊的风气,这的确容易误导读者而出现一些偏颇。在三十年代关于小品文的争论中,朱光潜《论小品文——一封公开信——给〈天地人〉编辑者徐先生》是一篇值得注意的相当有见地的文章。他在信中说:

> 我并不敢菲薄晚明小品文,但是平心而论,我实在不觉得它有什么特别胜过别朝的小品文的地方……我尤其不相信袁中郎的杂记比得上柳子厚,书信比得上苏东坡。我并不反对少数人特别嗜好晚明小品文,这是他们的自由,但是我反对这少数人把个人的特殊趣味加以鼓吹宣传,使它成为弥漫一世的风气。无论是个人的性格或是全民族的文化,最健全的理想是多方面的自由的发展。晚明式的小品文聊备一格固未尝不可,但是如果以为"文章正轨"在此,恐怕要误尽天下苍生。专拿一个时代的风格做艺术的最高理想,这在中国也是自古有之。李梦阳、何景明之流拼命学唐诗,清末江西派诗人拼命学宋诗,他们的成绩何如呢?

---

① 施蛰存编:《晚明二十家小品·序》。

> 你们高唱小品文,别人就会忘记小品文以外还有较重大的文学事业,你们高唱晚明小品文,别人就会忘记晚明以外的小品文也还值得一读。自然,小品文也是文学中的一格,晚明小品文也是小品文中的一格,都有存在的价值,你们欢喜它,是你们的自由,但是如果把它鼓吹成为风气,这就怕不免有我所忧惧的危险了。①

他认为,喜欢晚明小品,作为个人爱好是无可非议的,尽管他并非十分喜爱晚明小品。但如果把晚明小品,作为"文章正轨"而加以鼓吹,使之成为弥漫一世的风气,这对于民族文化和文学创作却是有害的。

1949年以后,中国文学史研究进入新的阶段,明代文学颇受重视。但在明代文学中,受到研究者重视的文体,主要是小说戏曲一类的通俗叙事文学,明代的诗、文颇受冷落。在"文革"前通行的几部中国文学史中,明代文学部分的小说戏曲研究,占了绝大篇幅,晚明小品研究只占了极小的比例。这种情况,主要由于学者们的研究兴趣重点,转向叙事文学与通俗文学。而另一个重要的原因,是晚明小品那种闲适超然的情调,显然与当时的政治文化气氛格格不入。

"文革"结束之后,情况迅速改变。越来越多的读者喜欢小品,特别是近年来,小品热更是持续不降。在当前图书出版(尤其是古代文献)相当困难之时,散文小品(包括晚明小品)一类的书籍,却拥有众多读者,有令出版商为之心动的订数。各类小品书籍占据文学书架的大半空间,有古代小品,有现代小品;有大陆作家小品,有港台作家小品;有重版小品,有新版小品;有各位名家的小品,也有各种以主题分类的小品。打开报纸杂志,它们也早就成为消闲小品栏目的天下,小品成为

---

① 《孟实文钞》,第206、208页。

传播媒介的"宠儿"。如今名气最大的作家,当然是散文小品作家,而诗人、小说家,甚至学者们也不甘示弱,纷纷争着写小品。小品的命运,至当代而达到高峰。其盛况,不但是二十世纪三十年代所不及的,恐怕比晚明时代都热闹。晚明小品在当今"小品热"之中,也就当然地水涨船高。

"小品热"可以说是二十世纪九十年代中国文化的一大奇观,是一种值得研究的复杂文化现象。九十年代的小品热,是有其深刻的文化背景的。原先束缚着人们的思想和审美观念的格套已渐渐消失了,那种曾经盲目地追求文学上的崇高的时尚也改变了,随着思想的解放和物质生活的改善,世俗化和闲适化的文学又受到人们的喜爱。这是一个以经济为中心、科学技术高度发达、生活节奏极为紧张的时代,闲适与自然之风,和这个时代的精神形成巨大反差,似乎与当今社会"格格不入",但正是因为现代社会生活节奏高度紧张,闲适与自然更成为人类精神生活的"高档品"。人们越发珍重自然之美、闲适之趣。人们渴望它,就如炎炎夏日之中渴望一掬清泉、一丛绿荫。小品形式短小精悍,可以随时随地阅读,能在极短的时间内,给人以美的享受;可以让人们于不经意之间领悟某种人生趣味,也可以使人们得到哪怕是半晌的精神休憩。同时,小品那种世俗化、生活化的倾向,也与当代文化流向相合拍。从这种角度看,人们普遍喜欢小品的现象,就不但是可以理解的,而且还是有其积极意义的。

但是,小品热也反映出大众文化心态的变化。当我国社会急剧地向市场经济转轨时,人们的价值观也产生极大的变化。在许多人那里,自我成为中心,追求物质和精神享乐成为生活的目的。他们更关心的,是与自己密切相关的生活和身边事物。这种心态,导致审美的平庸化和世俗化。任何事物发展到"热",便容易出现流弊。九十年代"小品热"的结果,是读书界、创作界都普遍弥漫着一股"小品习气"。晚明小品那种空灵、萧散,以及浮躁、放纵、颓废的心态,引起了某些人的共鸣。许多读书人只满足于读那些轻松闲适和幽默的小品,而不愿进而探索更为严肃、更为浑厚、更为崇高的古典艺术世界;不少作家只会写那些鸡毛蒜皮一类的琐碎轻浅而油腔滑调的随笔,而无法去展示更为弘阔壮观的生活场景,去思考更为深沉、更为复杂的人生境界。同时,出版商从商业角度,为小品热推波助澜,又使小品热染上浓厚的商业色彩。现在正如鲁迅所讽刺的,"轰的一声,天下无不幽默和小品"①,于是,小品成为一种消费文化,成为一种文化快餐。我们的当代文化,似乎成为一种"小品文化"了。当然,从创作、阅读和出版来看,作者、读者与出版商,固然有他们的自由。但是,当社会审美情趣出现偏安一隅的现象,又使人感到单调和不足。这不禁令人想起杜甫的诗,"或看翡翠兰苕上,未掣鲸鱼碧海中。"②当代小品之盛极,也就隐含着深刻的危机了。

以上我们回顾了晚明小品的接受历史。也许,晚明小品的升沉际遇,正好反映了其艺术特质:因为它在形式上,突破传统古文的法度规矩,在内容上,摆脱了文以载道的古文传统,逸出正宗古文的轨道。所以,在传统文学批评中,地位不高,往往被视为旁门小道,而受到轻蔑;但因为它突破传统思想意识与表现形式的桎梏,比较接近真实生活与个人的情感世界,其表现形式灵活多样,富有情致,潜藏现代艺术散文的某些素质,所以又受到现当代一些作家和读者的激赏。

在本书结束之时,我们能否作出这样的结论:晚明小品是晚明文人形象的心史。他们的闲情逸致与浮躁狂放,都真实地反映在其中。晚明小品以生活化、个性化、审美化为主要特征,充满近代的人文气息。

---

① 《鲁迅全集》卷五《花边文学》《一思而行》,第499页。
② 《杜诗详注》卷一一《戏为六绝句》其四,第900页。

它在形式上自由萧散,打破了传统古文的一些格式,同时,也难免失去了古典散文的法度格调之美。从中国散文发展史的角度看,它们既是古典散文高潮之后的遗响,也是古典散文向现代艺术化散文转换的前奏。只有把晚明小品既放在具体的文化背景之下,又作为文学发展史长链中的一环,我们才能比较真切而公正地把握晚明小品的价值、缺陷及其历史地位。

征引书目

（以著者首字拼音为序）

A

阿英:《中国俗文学研究》,上海:中国联合出版公司1944年版。

艾南英:《天佣子集》,《四库禁毁书丛刊补编》第72册,北京:北京出版社2005年版。

安平秋、章培恒主编:《中国禁书大观》,上海:上海文化出版社1990年版。

敖英纂集:《慎言集训》,《丛书集成初编》,北京:中华书局1985年版。

C

曹臣、郝懿行编纂:《舌华录　宋琐语》,长沙:岳麓书社1985年版。

陈继儒:《安得长者言》,《四库全书存目丛书》子部第94册,济南:齐鲁书社1995年版。

陈继儒:《寸札粹编》,《胡氏粹编》,《北京图书馆古籍珍本丛刊》第80册子部丛书类,北京:书目文献出版社1998年版。

陈继儒:《群碎录》,北京:中华书局1985年版。

陈继儒:《岩栖幽事》,《四库全书存目丛书》子部第118册。

陈继儒著,阿英校点:《白石樵真稿》,《四库禁毁书丛刊》集部第066册,北京:北京出版社2000年版。

陈继儒著,施蛰存校点:《晚香堂小品》,上海:上海杂志公司1936年版。

陈继儒:《晚香堂小品》,《中国古代小品精选》第7—9册,全国图书馆文献缩微复制中心2005年版。

陈继儒:《陈眉公集》,《续修四库全书》第1380册,上海:上海古籍出版社2002年版。

陈继儒:《模世语》,《北京图书馆古籍珍本丛刊》第78册《水边林下》收录。

陈继儒:《香案牍》,《四库存目丛书》子部第260册。

陈枕编,沈亚公校订:《写心二集》,"国学珍本文库"第一集第十七种,上海:中央书店1935年版。

陈枕编:《写心集》,"国学珍本文库"第一集第二种,上海:中央书店1936年版。

陈岩肖:《庚溪诗话》,《历代诗话续编》,北京:中华书局1983年版。

程其珏修,杨震福等纂:《光绪嘉定县志》,《中国地方志集成》上海府县志辑第八,上海:上海书店1991年版。

程树德撰,程俊英、蒋见元点校:《论语集释》,北京:中华书局1990年版。

程羽文:《清闲供》,虫天子编《香艳丛书》三集卷二,北京:人民文学出版社1992年版。

程羽文:《鸳鸯牒》,虫天子编《香艳丛书》一集卷一,北京:人民文学出版社1992年版。

[日]川合康三:《中国的自传文学》,北京:中央编译出版社1999年版。

D

[法]丹纳著,傅雷译:《艺术哲学》,北京:人民文学出版社1963年版。

邓之诚著,栾保群校点:《骨董琐记全编》,北京:人民出版社2012年版。

丁允和、陆云龙编:《皇明十六家小品》,北京:北京图书馆出版社1997

年版。

董诰等编:《全唐文》,上海:上海古籍出版社1990年版。

董其昌:《容台集》,杭州:西泠印社出版社2012年版。

董其昌著,印晓峰点校:《画禅室随笔》,上海:华东师范大学出版社2012年版。

董其昌:《骨董十三说》,《丛书集成续编》第94册,台北:新文丰出版公司1989年版。

杜甫著,仇兆鳌注:《杜诗详注》,北京:中华书局1979年版。

杜巽才:《霞外杂俎》,《四库全书存目丛书》子部第260册。

段克己:《二妙集》,《原国立北平图书馆甲库善本丛书》920,北京:国家图书馆出版社2013年版。

F

方苞:《方苞集》,上海:上海古籍出版社1983年版。

方孝孺:《逊志斋集》,《景印文渊阁四库全书》第1235册,台北:台湾商务印书馆1986年版。

房玄龄等:《晋书》,北京:中华书局1974年版。

冯梦龙:《笑府》《笑林》《古今谭概》,王利器辑录《历代笑话集》,上海:古典文学出版社1956年版。

冯梦祯:《快雪堂集》,明万历四十四年(1616)黄汝亨等刻本,《四库全书存目丛书》集部第164—165册。

费元禄:《晁采馆清课》,《四库全书存目丛书》子部第118册。

G

高洪钧编:《冯梦龙集笺注》,天津:天津古籍出版社2006年版。

高濂:《遵生八笺》,成都:巴蜀书社1992年版。

顾炎武著,黄汝成集释,栾保群、吕宗力校点:《日知录集释》(全校本),上海:上海古籍出版社2013年版。

顾宪成:《小心斋札记》,《顾端文公遗书》,《无锡文库》第四辑,南京:凤凰出版社2011年版。

关汉卿著,蓝立蓂校注:《汇校详注关汉卿集》,北京:中华书局2006年版。

归有光著,周本淳校点:《震川先生集》,上海:上海古籍出版社1981年版。

郭熙撰,郭思编:《林泉高致集》,《景印文渊阁四库全书》第812册。

H

韩愈撰,马其昶校注:《韩昌黎文集校注》,上海:上海古籍出版社1986年版。

合山究选编,陈西中、张明高注释:《明清文人清言集》,北京:中国广播电视出版社1991年版。

何景明:《四箴杂言》,《丛书集成初编》,北京:中华书局1985年版。

何心隐,容肇祖整理:《何心隐集》,北京:中华书局1960年版。

贺复徵:《文章辨体汇选》,《景印文渊阁四库全书》第1402—1410册。

洪迈撰,孔凡礼点校:《容斋随笔》,北京:中华书局2005年版。

胡适:《文学改良刍议》,《胡适文存》第1集第1卷,台北:远流出版事业股份有限公司1986年版。

胡应麟:《诗薮》,上海:上海古籍出版社1979年版。

华淑辑:《闲情小品》,明万历刻本,复旦大学图书馆古籍部藏。

黄淳耀:《陶庵全集》,《景印文渊阁四库全书》第1297册。

黄淳耀:《甲申日记》,《明清史料汇刊》第8集第4册,台北:文海出版社1973年版。

黄汝亨:《寓林集》,《原国立北平图书馆甲库善本丛书》871—872。

黄之隽等:《江南通志》,《景印文渊阁四库全书》第507—512册。

黄宗羲编:《明文海》,北京:中华书局1987年版。

黄宗羲:《黄宗羲全集》(增订本),杭州:浙江古籍出版社2005年版。

J

计成:《园冶》,杭州:浙江人民美术出版社2013年版。

计六奇撰,任道斌等点校:《明季南略》,北京:中华书局1984年版。

纪昀著,孙致中等校点:《纪晓岚文集》,石家庄:河北教育出版社1995年版。

季羡林:《比较文学与民间文学》,《季羡林文集》第八卷,南昌:江西教育出版社1996年版。

江盈科著,黄仁生辑校:《江盈科集》,长沙:岳麓书社1997年版。

江盈科:《雪涛小说》,上海:上海古籍出版社2000年版。

蒋士铨:《蒋士铨戏曲集》,北京:中华书局1993年版。

K

孔尚任:《湖海集》,上海:古典文学出版社1957年版。

孔尚任著,汪蔚林编:《孔尚任诗文集》,北京:中华书局1962年版。

孔尚任著,王季思等合注:《桃花扇》,北京:人民文学出版社1959年版。

L

郎瑛:《七修类稿》,北京:中华书局1959年版。

乐纯:《雪庵清史》,《北京图书馆古籍珍本丛刊》第68册。

黎遂球:《花底拾遗》,虫天子编《香艳丛书》一集卷一,北京:人民文学出版社1992年版。

李绂:《穆堂初稿》《穆堂别稿》,《续修四库全书》集部1422册。

李流芳:《檀园集》,《景印文渊阁四库全书》第1295册。

李日华:《六研斋笔记　紫桃轩杂缀》,"嘉兴文献丛书",南京:凤凰出版社2010年版。

李日华著,屠友祥校注:《味水轩日记校注》,上海:上海远东出版社 2011 年版。

李义山纂:《杂纂》,《丛书集成初编》。

李贽:《焚书 续焚书》,北京:中华书局 1975 年版。

李贽:《四书评》,上海:上海人民出版社 1975 年版。

梁启超著,朱维铮校订:《清代学术概论》,上海:上海古籍出版社 1998 年版。

廖燕:《二十七松堂集》,《清代诗文集汇编》第 164 册,上海:上海古籍出版社 2010 年版。

林语堂著:《我的话 行素集》(第二版),上海:时代书局 1936 年版。

林语堂著,万平近编:《林语堂选集》,福州:海峡文艺出版社 1988 年版。

凌稚哲选辑:《国朝名公翰藻》,明万历十年(1582)刻本,《四库全书存目丛书》集部第 313—314 册。

刘基著,林家骊点校:《刘基集》,《两浙作家文丛》,杭州:浙江古籍出版社 1999 年版。

刘侗、于奕正著,孙小力校注:《帝京景物略》,上海:上海古籍出版社 2011 年版。

刘勰著,詹锳义证:《文心雕龙义证》,上海:上海古籍出版社 1989 年版。

刘义庆著,余嘉锡撰,周祖谟、余淑宜整理:《世说新语笺疏》,北京:中华书局 1983 年版。

刘元卿:《应谐录》,王利器辑录《历代笑话集》。

刘越石:《古今文致》,光绪十九年(1893)夏文玉山房雕板。

柳宗元:《柳宗元集》,北京:中华书局 1979 年版。

鲁迅:《鲁迅全集》,北京:人民文学出版社 2005 年版。

陆次云:《古今文绘稗集》,康熙二十八年(1689)怀古堂刻本,上海图书馆古籍部藏。

陆机著,金涛声点校:《陆机集》,北京:中华书局1982年版。

陆树声:《清暑笔谈》,《丛书集成初编》。

陆云龙:《翠娱阁评选钟伯敬先生小品》,丁允和、陆云龙《皇明十六家小品》,北京:北京图书馆出版社1997年版。

陆云龙等选评,蒋金德点校:《明人小品十六家》,杭州:浙江古籍出版社1996年版。

陆云龙辑:《翠娱阁评选行笈必携》,明崇祯四年(1631)峥霄馆刻本,复旦大学图书馆古籍部藏。

陆云龙辑:《小札简》,《翠娱阁评选行笈必携》。

罗大经:《鹤林玉露》,中华书局1983年版。

罗汝芳著,方祖猷等编:《罗汝芳集》,南京:凤凰出版社2007年版。

吕得胜纂:《小儿语》,《丛书集成初编》。

吕坤、洪应明著,吴承学、李光摩校注:《呻吟语 菜根谭》,上海:上海古籍出版社2000年版。

吕坤纂:《续小儿语》,《丛书集成初编》。

M

毛晋:《汲古阁书跋》,"中国历代书目题跋丛书",上海:上海古籍出版社2005年版。

孟元老:《东京梦华录》,郑州:中州古籍出版社2010年版。

N

倪允昌:《光明藏》,《丛书集成续编》第90册子部,上海:上海书店1994年版。

P

潘游龙:《笑禅录》,王利器辑录《历代笑话集》。

潘之恒:《鸾啸小品》,明崇祯二年(1629)刻本,上海图书馆古籍部藏。
彭定求等编:《全唐诗》,北京:中华书局1980年版。
Q
祁彪佳:《祁彪佳集》,北京:中华书局1960年版。
祁彪佳:《远山堂剧品》,中国戏曲研究院编《中国古典戏曲论著集成》第6册,北京:中国戏剧出版社1959年版。
启功著:《启功全集》,北京:北京师范大学出版社2009年版。
钱穆:《中国文学论丛》,北京:九州出版社2011年版。
钱琦:《钱公良测语》,《丛书集成初编》。
钱谦益:《列朝诗集小传》,上海:上海古籍出版社2008年版。
钱谦益:《牧斋初学集》,上海:上海古籍出版社1985年版。
瞿蜕园、朱金成校注:《李白集校注》,上海:上海古籍出版社1980年版。
R
任访秋:《袁中郎研究》,上海:上海古籍出版社1983年版。
阮元校刻:《十三经注疏》,北京:中华书局1980年影印本。
S
申涵光:《荆园小语》,《丛书集成初编》。
沈承撰,毛孺初辑:《评毛孺初先生评选即山集》,《四库禁毁书丛刊》集部第41册。
沈德符:《万历野获编》,北京:中华书局1959年版。
沈佳胤:《翰海》,明末徐含灵刻本,《四库禁毁书丛刊》集部第20册。
司马迁:《史记》,北京:中华书局2014年版。
施耐庵撰,李贽评:《容与堂本水浒传》,上海:上海古籍出版社1988年版。
施蛰存编:《晚明二十家小品》,上海:光明书局1935年版。

石成金:《福寿真经》,北京:文化艺术出版社2006年版。

四水潜夫(周密)辑:《武林旧事》,杭州:浙江人民出版社1984年版。

宋濂:《宋学士全集》,《丛书集成初编》,北京:中华书局1985年版。

宋濂等撰,蒋如奇选编:《明文致》,咏兰堂刻本,复旦大学图书馆古籍部藏。

宋懋澄撰,王利器校录:《九籥集》,北京:中国社会科学出版社1984年版。

苏轼:《东坡志林》,北京:中华书局1981年版。

苏轼撰,王纳谏编:《苏长公小品》,《中国古代小品精选》第1册,全国图书馆文献缩微复制中心2005年版。

苏轼著,屠友祥校注:《东坡题跋校注》,上海:上海远东出版社2011年版。

孙七政:《松韵堂集》,《四库全书存目丛书》集部第142册。

T

谭元春撰,张国光点校:《鹄湾文草》,长沙:岳麓书社1988年版。

谭元春著,陈杏珍标校:《谭元春集》,上海:上海古籍出版社1998年版。

汤高才主编:《历代小品大观》,北京:生活·读书·新知三联书店1991年版。

汤显祖著,徐朔方校笺:《汤显祖诗文集》,上海:上海古籍出版社1982年版。

唐圭璋编:《全宋词》,上海:中华书局1965年版。

唐圭璋编:《全金元词》,北京:中华书局1979年版。

唐顺之著,马美信、黄毅点校:《唐顺之集》,杭州:浙江古籍出版社2014年版。

唐寅:《唐伯虎全集》,北京:中国书店1985年版。

唐寅著,宋戈编:《唐伯虎诗选》,沈阳:辽宁大学出版社1987年版。
陶弘景著,王京州校注:《陶弘景集校注》,上海:上海古籍出版社2009年版。
陶潜著,袁行霈笺注:《陶渊明集笺注》,北京:中华书局2003年版。
陶宗仪等编:《说郛三种》,上海:上海古籍出版社2012年版。
田艺蘅撰,朱碧莲点校:《留青日札》,杭州:浙江古籍出版社2012年版。
屠本畯:《韦弦佩》,《四库全书存目丛书》子部第93册。
屠隆著,汪超宏主编:《屠隆集》,杭州:浙江古籍出版社2012年版。

W

汪超宏:《明清浙籍曲家考》,杭州:浙江大学出版社2009年版。
王夫之著,戴鸿森笺注:《姜斋诗话笺注》,上海:上海古籍出版社2012年版。
王利器:《颜氏家训集解》,北京:中华书局1993年版。
王利器辑录:《历代笑话集》,上海:古典文学出版社1956年版。
王锜撰,张德信点校;于慎行撰,吕景琳点校:《寓圃杂记 谷山笔麈》,北京:中华书局1984年版。
王世懋:《王奉常集》,《四库全书存目丛书》集部第133册。
王世贞:《艺苑卮言》,丁福保辑《历代诗话续编》,北京:中华书局1983年版。
王世贞:《弇州山人续稿》,沈云龙主编《明人文集丛刊》第一期,台北:文海出版社1970年版。
王守仁著,吴光等编校:《王阳明全集》,上海:上海古籍出版社2014年版。
王思任著,蒋金德点校:《文饭小品》,长沙:岳麓书社1989年版。
王思任著,任远点校:《王季重十种》,杭州:浙江古籍出版社1987年版。

王贞珉、王利器辑:《历代笑话集续编》,沈阳:春风文艺出版社1985年版。

王稚登:《虎苑》,《续修四库全书》子部谱录类第1119册。

王稚登:《吴郡丹青志》,《明代传记丛刊》,台北:明文书局1991年版。

卫泳:《悦容编》,《香艳丛书》一集卷二,北京:人民文学出版社1992年版。

卫泳编评,《冰雪携》,"国学珍本文库"第一集第四种,上海:中央书店1935年版。

卫泳辑:《枕中秘》,《四库全书存目丛书》子部第152册。

卫泳:《枕中秘》,明刻本,国家图书馆藏。

文震亨、屠隆:《长物志 考槃余事》,"中国艺术文献丛刊",杭州:浙江人民美术出版社2011年版。

文震亨原著,陈植校注,杨伯超校订:《长物志校注》,南京:江苏科学技术出版社1984年版。

文徵明著,周道振辑校:《文徵明集》(增订本),上海:上海古籍出版社1987年版。

无名氏:《时尚笑谈》,王利器辑录《历代笑话集》。

吴从先:《小窗自纪》,《四库全书存目丛书》子部第252册。

吴讷撰辑:《文章辨体》,《续修四库全书》第1602册。

吴德旋著,吕璜述:《初月楼古文绪论》,《论文偶记 初月楼古文绪论 春觉斋论文》,北京:人民文学出版社1959年版。

X

夏成淳编:《明六十家小品文精品》,上海:上海社会科学院出版社1995年版。

萧士玮:《春浮园文集》《附录》《南归日录》《偶录》,《四库禁毁书丛刊》集部第108册。

萧统编,李善注:《文选》,上海:上海古籍出版社1986年版。

萧子显:《南齐书》,北京:中华书局1972年版。

谢国桢著:《明清笔记谈丛》,上海:上海古籍出版社1981年版。

谢朓著,曹融南校注集说:《谢宣城集校注》,上海:上海古籍出版社1991年版。

谢肇淛撰,傅成校点:《五杂组》,上海:上海古籍出版社2012年版。

邢侗:《来禽馆集》,《四库全书存目丛书》集部第161册。

徐弘祖著,褚绍唐、吴应寿整理:《徐霞客游记》,上海:上海古籍出版社1987年版。

徐坚等:《初学记》,北京:中华书局1982年版。

徐师曾:《文章辨体序说 文体明辨序说》,北京:人民文学出版社1962年版。

徐朔方:《晚明曲家年谱》,《徐朔方集》,杭州:浙江古籍出版社1993年版。

徐渭:《徐渭集》,北京:中华书局1983年版。

徐学谟:《归有园麈谈》,《丛书集成初编》,北京:中华书局1985年版。

Y

杨廷枢:《崇祯长编》,台北:"中研院"历史语言研究所1962年影印本。

叶绍袁撰,毕敏点校:《甲行日注》,长沙:岳麓书社1986年版。

吕坤撰,尹会一辑:《吕语集粹》,《丛书集成初编》。

永瑢等:《四库全书总目》,北京:中华书局1965年版。

俞樾:《俞楼杂纂》,"春在堂丛书",光绪九年(1883)重定本。

虞淳熙:《翠娱阁评选虞德园先生小品》,丁允和、陆云龙《皇明十六家小品》。

郁达夫:《闲书》,上海:上海良友图书公司1936年版。

元好问:《中州集》,北京:中华书局1959年版。

元好问著,狄宝心校注:《元好问诗编年校注》,北京:中华书局2011年版。

元好问著,赵永源校注:《遗山乐府校注》,南京:凤凰出版社2006年版。

袁宏道著,钱伯城笺校:《袁宏道集笺校》,上海:上海古籍出版社1981年版。

袁黄:《两行斋集》,明天启四年(1624)嘉兴袁氏家刊本,台湾"国家图书馆"藏。

袁中道著,钱伯城点校:《珂雪斋集》,上海:上海古籍出版社1989年版。

袁宗道著,钱伯城标点:《白苏斋类集》,上海:上海古籍出版社1989年版。

恽寿平:《瓯香馆集》,《丛书集成初编》。

Z

曾敏行:《独醒杂志》,"宋元笔记丛书",上海:上海古籍出版社1986年版。

查继佐撰,倪志云、刘天路点校:《明书:罪惟录》,济南:齐鲁书社2014年版。

斋藤正谦:《拙堂文话》《拙堂续文话》,《历代文话》第10册,上海:复旦大学出版社2007年版。

张镃撰,吴晶、周膺点校:《南湖集》,北京:当代中国出版社2014年版。

张潮编:《虞初新志》,上海:上海古籍出版社2012年版。

张大复:《梅花草堂笔谈》,"瓜蒂庵藏明清掌故丛刊",上海:上海古籍出版社1986年版。

张大复:《梅花草堂集》,《续修四库全书》第1380册。

张岱:《琅嬛文集》,长沙:岳麓书社1985年版。

张岱著,夏咸淳辑校:《张岱诗文集》(增订本),上海:上海古籍出版社2014年版。

张岱撰,马兴荣点校:《陶庵梦忆　西湖梦寻》,北京:中华书局2007年版。

张瀚:《松窗梦语》,盛冬铃点校《治世余闻　继世纪闻　松窗梦语》,北京:中华书局1985年版。

张琦:《衡曲麈谭》,中国戏曲研究院编《中国古典戏曲论著集成》第4册。

张廷玉等:《明史》,北京:中华书局1974年版。

张应文:《清秘藏》,上海:上海古籍出版社1993年版。

赵南星:《笑赞》,王利器辑录《历代笑话集》。

赵翼著,王树民校证:《廿二史札记校证》,北京:中华书局1984年版。

郑元勋辑:《媚幽阁文娱》,《四库禁毁书丛刊》集部172册。

郑瑄:《昨非俺日纂》,北京:北京图书馆出版社1996年版。

钟惺著,李先耕、崔重庆标校:《隐秀轩集》,上海:上海古籍出版社1992年版。

钟惺撰,陆云龙评:《翠娱阁评选钟伯敬先生合集》,《原国立北平图书馆甲库善本丛书》。

周亮工辑:《尺牍新钞》,长沙:岳麓书社1986年版。

周亮工辑:《尺牍新钞》,朱天曙编校整理《周亮工全集》第8、9册,南京:凤凰出版社2008年版。

周亮工:《书影》(十卷本),上海:上海古籍出版社1981年版。

周密:《齐东野语》,北京:中华书局1983年版。

周作人:《夜读抄》,《周作人自编文集》,石家庄:河北教育出版社2002年版。

周作人:《中国新文学的源流》,《周作人自编文集》。

周作人著,钟叔河编订:《知堂序跋》,北京:中国人民大学出版社 2004年版。
朱存理:《楼居杂著》,《景印文渊阁四库全书》第 1251 册。
朱光潜:《孟实文钞》,上海:上海良友图书公司 1936 年版。
朱国祯:《涌幢小品》,北京:中华书局 1959 年版。
朱剑心选注:《晚明小品选注》,杭州:浙江人民美术出版社 2015 年版。
朱锡绶:《幽梦续影》,《丛书集成初编》。
朱熹:《四书章句集注》,北京:中华书局 2010 年版。
朱熹:《朱子全书》,上海:上海古籍出版社 2010 年版。
朱彝尊著,姚祖恩编,黄君坦点校:《静志居诗话》,北京:人民文学出版社 1998 年版。
祝允明:《怀星堂集》,《景印文渊阁四库全书》集部第 1260 册。
醉月子辑:《精选雅笑》,王利器辑录《历代笑话集》。

跋

　　是书为余旧时之所作也。曩岁校理明人小品，沿波讨源，荟为斯编。屡承师友勖勉，然常惴惴不自安，唯恐贻讥学林。夫壮岁为文，每若宿构，御风而行，朝发暮至，淋漓快意，而不暇他顾。迩来搦翰，则如行舟于八节滩头，无复向时之轻灵。今此书重付剞劂，再理往篇。噫！落叶难扫，鬓侵易惊。鸿痕一一，如梦前尘。二十余年，俯仰之间耳。惟夫世重小品，以其旨永而神遥也。挹其胜者，恍若陟彼高冈，振衣长想。或见杏花疏雨，杨柳轻风，其妙处有不可形容者。时当长夏，烹茶独赏，书卷亲人，不啻暑热中之清凉散也。

丙申仲夏潮州吴承学于康乐园